Trampa mortal

JUN 1 9 2019

LEE CHILD

TRAMPA MORTAL

Traducción de
V. M. GARCÍA DE ISUSI

S

RBA

Título original inglés: *Tripwire*.
© Lee Child, 1999.

© de la traducción: V. M. García de Isusi, 2017.
© de esta edición: RBA Libros, S.A., 2018.
Avda. Diagonal, 189 - 08018 Barcelona.
rbalibros.com

Primera edición: mayo de 2018.

REF.: OBFI030
ISBN: 978-84-9056-279-6
DEPÓSITO LEGAL: B. 7952-2018

PREIMPRESIÓN: Gama, S. L.

Impreso en España - *Printed in Spain*

PARA MI HIJA RUTH.
EN SU DÍA FUE LA MEJOR NIÑA DEL MUNDO,
HOY ES UNA MUJER A LA QUE CON ORGULLO
PUEDO CONSIDERAR MI AMIGA.

PRÓLOGO

Garfio Hobie le debía toda su vida a un secreto de hacía casi treinta años. Le debía su libertad, su posición, su dinero. Se lo debía todo. Y, como le pasa a cualquier persona cauta en una situación como esa, estaba dispuesto a hacer lo que fuera necesario para proteger aquel secreto. Porque tenía mucho que perder. Toda su vida.

Y aquello en lo que había confiado durante casi treinta años para guardar ese secreto se fundamentaba en dos aspectos. Los dos aspectos en que cualquiera se basa para protegerse de un peligro. Los mismos con los que una nación se protege de un misil enemigo. Con los que una persona protege su casa de los ladrones. Con los que un boxeador mantiene la guardia alta contra un golpe que pretende noquearlo. Detección y respuesta. Primera fase. Segunda fase. Primero descubres la amenaza, y luego reaccionas.

La primera fase era un sistema de alerta temprana. Había cambiado a lo largo de los años, como habían cambiado otras circunstancias. Ahora estaba bien ensayado y lo había simplificado. Se componía de dos capas, como dos cables trampa concéntricos. El primero de los cables trampa estaba a unos dieciocho mil kilómetros de casa. Era una alerta muy muy temprana. Un despertador. Le avisaría de que se estaban acercando. El segundo cable trampa estaba unos ocho mil kilómetros más cerca, pero seguía estando a diez mil kilómetros de casa. Una llamada realizada desde la segunda ubicación le avisaría de que se estaban acercando mucho. Le serviría para saber que había que dejar atrás la primera fase y pasar a la segunda.

La segunda fase era la respuesta. Él tenía muy claro cuál debía ser esa respuesta. Llevaba casi treinta años pensando en ello, pero solo había una solución viable: huir. Desaparecer. Era realista. Llevaba toda la vida sintiéndose orgulloso de su valor y de su ingenio, de su dureza, de su fortaleza. Siempre había hecho lo que había sido necesario. Sin pensárselo dos veces. Sin embargo, sabía que, en cuanto oyera el sonido de alarma de aquellos lejanos cables trampa, tendría que escapar. Porque nadie podría sobrevivir a lo que se le vendría encima. Nadie. Ni siquiera alguien tan cruel como él.

A lo largo de los años, el peligro había fluctuado como la marea. Durante largos periodos, había pensado que la marea lo arrastraría en cualquier momento, y durante otros igual de largos había creído que las olas nunca lo alcanzarían. A veces, el entumecimiento que produce el tiempo hacía que se sintiera seguro, porque treinta años son una eternidad. Otras veces, no obstante, le parecía que aquel tiempo hubiera pasado en un abrir y cerrar de ojos. A veces, pensaba que iba a recibir la llamada en cuestión de horas. Hacía planes, sudaba, pero siempre era consciente de que podía verse obligado a salir huyendo en cualquier momento.

Había pensado miles de veces en cada uno de los pasos que tendría que dar. Había previsto que la primera llamada se la harían un mes antes que la segunda. Así que, durante todo ese mes, se prepararía. Ataría los cabos sueltos, lo liquidaría todo, se haría con el dinero en efectivo, transferiría las acciones, arreglaría cuentas. Entonces, cuando lo llamasen la segunda vez, se marcharía. De inmediato. Sin dudar. Se largaría y no volvería jamás.

Sin embargo, resultó que las dos llamadas se las hicieron el mismo día. Y la segunda fue la que le hicieron primero. Habían hecho saltar el cable trampa que más cerca estaba una hora antes que el que estaba más lejos. Pero Garfio Hobie no salió huyendo. Dejó a un lado treinta años de minuciosos planes y se preparó para luchar.

1

Jack Reacher vio al tipo entrar por la puerta. Aunque, a decir verdad, no había puerta. Lo que hizo el tipo fue cruzar la parte de pared frontal en la que, en realidad, no había nada. La cuestión es que el bar quedaba abierto a la calle. Fuera, debajo de una parra vieja y reseca que daba un vestigio de sombra, había unas mesas con unas sillas. Se podría decir que era un bar interior-exterior, dado que se entraba por la parte de una pared en la que no había nada. Reacher supuso que tendrían una especie de reja de hierro con la que impedir el paso al establecimiento cuando estuviera cerrado. Si es que cerraba. Reacher nunca lo había visto cerrado, y eso que pasaba por delante en horas de lo más intempestivas.

El tipo se detuvo a un metro de la entrada, en el interior oscuro, y esperó, parpadeando, dando tiempo a que sus ojos se acostumbraran a aquella penumbra, después de estar bajo aquel cálido sol casi blanco de Cayo Hueso. Era junio. Las cuatro de la tarde en la zona más austral de Estados Unidos. Mucho más al sur que gran parte de las Bahamas. Un sol blanco, ardiente, y una temperatura extrema. Reacher, sentado en el fondo, bebió un poco de agua de su botella de plástico y esperó.

El tipo miraba a su alrededor. El bar era una especie de chiringuito construido con tablones viejos que estaban tan resecos que habían adquirido un color oscuro. Parecía que provinieran de viejos barcos de vela desmantelados. En ellos había clavados cachivaches náuticos sin ningún orden. Viejos objetos de latón y esferas verdes de cristal. Redes viejas. Artes de pesca. Aunque esto último era una suposición, porque Reacher no había ido de pesca en la vida. Ni en barco. Alrededor de todo eso había miles de tarjetas de visita, clavadas en cada centímetro cuadrado libre de adornos, incluido el techo. Algunas de ellas eran nuevas, otras eran viejas y estaban acartonadas, y representaban, sin duda, empresas que se habían hundido hacía décadas.

El tipo se adentró más en la penumbra y se dirigió a la barra. Era mayor. Unos sesenta años, estatura media, corpulento. Un médico habría dicho que tenía sobrepeso, pero Reacher veía a una persona en forma que se había abandonado un poco. Una persona que se enfrentaba al paso del tiempo con elegancia, pero sin pasarse. Vestía como el típico norteño de ciudad que iba de viaje unos pocos días a un destino cálido. Pantalones de color gris claro, anchos por arriba y estrechos por abajo; una chaqueta fina y arrugada de color beis; una camisa blanca con un par de botones del cuello abiertos; la piel blanca, casi azulada; calcetines oscuros; zapatos de ciudad. De Nueva York o de Chicago. O puede que de Boston. De esos que pasaban la mayor parte del verano en edificios o coches con aire acondicionado y que había desterrado aquellos pantalones y aquella chaqueta a la parte más recóndita del armario hacía veinte años, pero que se los ponía en ocasiones, cuando era necesario.

El hombre mayor llegó a la barra, rebuscó en su chaqueta y sacó una cartera. Era una cartera de fino cuero negro, pequeña, vieja, abarrotada. Una de esas carteras que se amoldan alrededor de todo aquello que uno lleva dentro. Reacher vio cómo la abría con un movimiento rápido que estaba muy acostumbrado a hacer, cómo se la enseñaba al camarero y cómo le hacía una pregunta por lo bajo. El camarero apartó la mirada como si le hubiera insultado. El recién llegado guardó la cartera y se alisó sus sudados mechones grises. Murmuró algo más y el camarero se acercó con una cerveza que había sacado de un cubo de hielo. El hombre se puso la botella en la cara durante unos momentos y, después, le dio un trago largo. Eructó con discreción, con la mano en la boca, y sonrió como si se hubiese resarcido de una pequeña decepción.

Reacher le dio un trago largo a su botella de agua. El tipo más en forma que había conocido era un soldado belga que juraba que la clave para estar así era hacer lo que a uno le saliera de los cojones, eso sí, siempre que se bebiera cinco litros de agua mineral al día. Cinco litros, más o menos un galón. Como el belga le llegaba por el ombligo, Reacher tendría que beber diez litros. Diez botellas enteras. Desde que había llegado a los calurosos Cayos, ese era el régimen que estaba siguiendo, y lo cierto es que le iba muy bien. Nunca se había sentido mejor. Cada día, a las cuatro, se sentaba a aquella mesa oscura y bebía tres litros de agua sin gas a temperatura ambiente. A raíz de eso, era tan adicto al agua como lo había sido al café.

El hombre mayor estaba de lado en la barra, disfrutando de la cerveza. Observaba la estancia con atención. Aparte del camarero y él, Reacher era la única persona que había allí. El hombre se volvió hacia Reacher y se acercó unos pasos. Levantó la cerveza como diciendo: «¿Puedo?». Reacher asintió con la cabeza en dirección a la silla que tenía delante y abrió la tercera botella de agua. El recién llegado se dejó caer en la silla. Esta lo notó. Era de esos hombres que llevan tantas llaves, monedas y pañuelos en los bolsillos que le exageran las caderas.

—¿Es usted Jack Reacher? —le preguntó desde el otro lado de la mesa.

Ni de Chicago ni de Boston. De Nueva York, seguro. Tenía la misma voz que una persona que había conocido y que, los primeros veinte años de su vida, no se había alejado más de cien metros de Fulton Street.

—¿Es usted Jack Reacher? —repitió.

De cerca, el hombre tenía los ojos pequeños, aunque con ese brillo que les confiere la inteligencia, y los párpados caídos. Reacher le dio un trago a la botella de plástico y aprovechó para mirar al neoyorquino a través del agua transparente.

—Bueno, ¿es usted Jack Reacher? —volvió a preguntar por tercera vez.

Reacher dejó la botella en la mesa y negó con la cabeza.

—No —mintió.

La decepción hizo que los hombros del hombre mayor bajaron unos milímetros. Se subió el puño de la camisa con brusquedad y consultó la hora en su reloj. Se inclinó hacia delante, como si estuviera a punto de levantarse, pero se recostó, como si, de pronto, tuviera todo el tiempo del mundo.

—Las cuatro y cinco.

Reacher asintió. El hombre agitó la botella de cerveza vacía en dirección al camarero, que enseguida se acercó con otra.

—El calor me supera.

Reacher volvió a asentir y le dio un sorbo al agua.

—¿Conoce a algún Jack Reacher que venga por aquí?

Reacher se encogió de hombros.

—¿Podría describírmelo?

El hombre mayor estaba en medio de un trago largo. Se secó los labios con el dorso de la mano cuando acabó y usó el gesto para ocultar un segundo y discreto eructo.

—Pues no. Solo sé que es muy alto. Por eso se lo he preguntado.

Reacher asintió.

—Por aquí hay personas muy altas. De hecho, las personas altas están por todas partes —dijo Reacher.

—Pero no sabe usted cómo se llaman, ¿verdad?

—¿Debería? —repuso Reacher—. Además, ¿quién es usted?

El hombre sonrió y asintió, como si estuviera disculpándose por su mala educación.

—Costello. Encantado de conocerle.

Reacher asintió y levantó la botella unos milímetros a modo de respuesta.

—¿Es usted un rastreador?

—Detective privado.

—¿Y busca a un tipo llamado Jack Reacher? ¿Qué ha hecho?

El detective se encogió de hombros.

—Nada, que yo sepa. A mí solo me han encargado que dé con él.

—¿Y cree usted que está por aquí?

—Al menos, aquí estaba la semana pasada. Tiene una cuenta en un banco de Virginia y ha estado transfiriendo dinero.

—¿Desde Cayo Hueso?

El detective asintió.

—Cada semana. Desde hace tres meses.

—¿Y qué?

—Pues que eso significa que está trabajando aquí. Desde hace tres meses. Pensaba que alguien lo conocería.

—Pues no lo conoce nadie.

El detective sacudió la cabeza.

—He preguntado a lo largo de Duval Street, que, al parecer, es donde está la acción. Lo más cerca que he estado de él es en un bar de tetas que hay en un primer piso de esa calle. Una de las chicas que trabaja allí me dijo que desde hace tres meses hay un tipo muy alto que viene a este chiringuito a beber agua a las cuatro de la tarde.

Se quedó callado mirando a Reacher, como si lo estuviera retando. Reacher le dio un sorbo al agua y se encogió de hombros.

—¡Qué coincidencia!

—Sí, supongo —musitó Costello.

Luego, le dio otro trago largo a la cerveza, pero sin dejar de mirar a Reacher con aquellos ojos de tipo listo.

—Aquí hay mucha gente de paso —le dijo Reacher—. Llega y se va gente a todas horas.

—Sí, supongo —repitió Costello.

—Pero estaré atento.

El detective asintió.

—Se lo agradezco.

La respuesta tenía un tono muy ambiguo.

—¿Y quién lo busca?

—Mi cliente. La señora Jacob.

Reacher volvió a darle un sorbo a su agua. Aquel apellido no le sonaba de nada. ¿Jacob? Nunca había conocido ni había oído hablar siquiera de alguien con ese apellido.

—Bueno, pues si veo por aquí al tal Reacher, le diré que lo está buscando. Eso sí, no se haga ilusiones, porque no suelo tratar con mucha gente

—¿Trabaja usted?

Reacher asintió.

—Excavo piscinas.

El detective se quedó pensativo, como si supiera qué era una piscina pero no se hubiera planteado jamás cómo se hacían.

—¿Con una pala excavadora?

—No, aquí las excavamos a mano —respondió Reacher con una sonrisa.

—¿¡A mano!? ¿¡Con palas!?

—Las parcelas son muy pequeñas para meter la maquinaria. Las calles son muy estrechas. Los árboles son muy bajos. Salga de Duval Street y lo verá usted mismo.

El detective asintió una vez más. De repente, parecía que estuviera muy satisfecho.

—Así que no conoce al tal Jack Reacher. Según la señora Jacob, fue oficial del ejército. Lo comprobé y, en efecto, así es. Comandante. Con un montón de medallas. Un jefazo de la Policía Militar, o eso parece. A un tipo así no lo encuentras excavando piscinas con una puta pala.

Reacher le dio un trago largo al agua para esconder la expresión de su rostro.

—¿Y dónde cree que encontraría a un tipo así?

—¡¡Aquí, en los Cayos!? Pues no lo tengo claro. ¿Como miembro de seguridad de un hotel? ¿Al mando de algún negocio? Puede que tenga un yate y que lo alquile.

—¿Y por qué iba a estar aquí?

El detective asintió, como si estuviera del todo de acuerdo con aquella opinión.

—Tiene razón. Este es un sitio de mierda. Pero está aquí, de eso estoy seguro. Dejó el ejército hace dos años, metió la pasta en el banco más cercano del Pentágono y desapareció. En la cuenta se puede ver que sacaba dinero desde todo el país y, de pronto, durante tres meses, lo que hace es meter dinero y siempre desde el mismo sitio. Conclusión: desaparece durante una temporada y, luego, sin más, se establece aquí para ganar algo de pasta. Lo encontraré.

Reacher asintió.

—¿Sigue queriendo que pregunte por ahí?

—No, no se preocupe —respondió Costello, que ya estaba planeando su siguiente movimiento.

Se levantó y sacó del bolsillo un rollo de billetes arrugados. Dejó uno de cinco dólares sobre la mesa.

—Ha sido un placer —le dijo mientras se iba, sin mirar atrás.

Salió a la claridad de la tarde por la parte de pared en que no había nada. Reacher apuró la botella de agua mientras observaba cómo se marchaba. Cuatro y diez de la tarde.

Una hora después, Reacher caminaba por Duval Street pensando en nuevos planes bancarios, buscando un sitio en el que cenar, aunque fuera temprano, y preguntándose por qué le habría mentido al tal Costello. La conclusión a la que había llegado en el caso de la primera cuestión fue que sacaría todo su dinero e iría por ahí con un rollo de billetes en el bolsillo. A la que había llegado en el caso de la segunda: seguiría el consejo del belga y que se comería un buen filete y un helado con otras dos botellas de agua. Y a la que había llegado en el caso de la tercera: había mentido porque tampoco había ninguna razón para no hacerlo.

No había razón alguna para que un detective privado de Nueva York lo estuviera buscando. No había vivido en Nueva York. Ni en ninguna de las grandes ciudades del norte. A decir verdad, nunca había vivido en ninguna parte. Aquel era el rasgo que definía su vida. Que lo convertía en quien era. Su padre había sido oficial del Cuerpo de Marines y a él lo habían llevado de un lado para otro por todo el mundo desde el mismo día en que su madre lo alumbró en un hospital de Berlín. No había vivido en ningún sitio, sino que había pasado tiempo en diferentes bases militares, la mayoría de ellas en países lejanos e inhóspitos. Luego, él también se había alistado en el ejército, como investigador de la Policía Militar, y había vivido y servido en esas mismas bases de nuevo hasta que el «dividendo de paz» de Bush había cerrado su unidad y el ejército lo había licenciado. Entonces había viajado a Estados Unidos y había ido de un lado para el otro como un turista de esos que hacen viajes económicos hasta que, en esa punta del país, se dio cuenta de que se quedaba sin ahorros. Había decidido pasar un par de días haciendo agujeros en el suelo, pero resulta que el par de días se habían convertido en un par de semanas y las semanas, en meses. Y allí seguía.

No tenía parientes vivos que fueran a dejarle una fortuna de herencia. No debía dinero a nadie. Nunca había robado. Nunca había engañado. No tenía hijos. Aparecía en la menor cantidad de papeles en los que puede figurar un ser humano. Era casi invisible. Y no conocía a nadie que se apellidara Jacob. Estaba seguro. Así que, quisiera lo que quisiese el tal Costello, no le interesaba. No le interesaba ponerse al descubierto y que lo involucraran en lo que fuera que pretendían involucrarlo.

Porque ser invisible se había convertido en un hábito. En la parte frontal de su cerebro sabía que era una especie de respuesta compleja y alienada a su situación. Hacía dos años, todo había acabado patas arriba. Había pasado de ser un pez gordo en un acuario pequeño a ser un don nadie. De ser un oficial veterano y valorado en una comunidad muy jerarquizada, a ser uno más entre doscientos setenta millones de civiles anónimos. De ser necesario, a ser uno entre muchísimos. De estar cada minuto del día donde otra persona le ordenara, a tener que enfrentarse sin mapa ni horario a casi ocho millones de kilómetros cuadrados y a puede que otros cuarenta años más. La parte frontal de su cerebro le decía que su respuesta era comprensible, pero defensiva, la respuesta de alguien que busca estar solo pero al que le preocupa la soledad. Le decía que era la respuesta de un extremista y que, por tanto, debería andarse con cuidado.

En cambio, la parte reptil de su cerebro, escondida detrás de los lóbulos frontales, le decía que aquello le gustaba. Le gustaba el anonimato. Le gustaba el secretismo. Se sentía cómodo, abrigado, reconfortado. E iba a proteger aquella sensación. Se mostraba amistoso y gregario, y no contaba mucho de sí mismo. Le gustaba pagar en efectivo y viajar por carretera. Nunca aparecía en ninguna lista de pasajeros ni en los comprobantes de las tarjetas de crédito. No le decía a nadie cómo se llamaba. En Cayo Hueso se había registrado en un motel barato como Harry S. Truman. Al comprobar el registro, se había dado cuenta de que no era el único que ponía en práctica aquella táctica. Allí estaban la mayoría de los cuarenta y un presidentes estadounidenses, incluidos aquellos de los que nadie había oído hablar, como John Tyler y Franklin Pierce. Se había dado cuenta de que, en los Cayos, el nombre no significaba gran cosa. La gente se limitaba a sonreír, a saludar con la mano y a decir «hola». Unos y otros daban por hecho que todos tenían algo que esconder. Allí se sentía cómodo. Demasiado, de hecho, como para tener prisa por marcharse.

Siguió caminando durante una hora, despacio, rodeado por

un calor ruidoso y, después, salió de Duval Street y se dirigió a un restaurante con un patio oculto en el que lo conocían de vista, donde servían su marca preferida de agua y donde el filete que iba a pedir se saldría por ambos lados del plato.

El filete se lo sirvieron con un huevo y patatas fritas, además de con una complicada mezcla de vegetales de climas cálidos. El helado se lo sirvieron con salsa caliente de chocolate y frutos secos. Bebió otro litro de agua, seguido de dos tazas de café solo y fuerte. Se apartó de la mesa con ambas manos y se quedó sentado, satisfecho.

—¿Todo bien? —le preguntó la camarera con una sonrisa.

Reacher le devolvió la sonrisa y asintió.

—Me ha sentado genial.

—Eso salta a la vista.

—Sí, salta a la vista.

Y era verdad. En su próximo aniversario cumpliría treinta y nueve años; pero se sentía mejor que nunca. Siempre había estado en forma y había sido fuerte, pero en aquellos tres meses lo uno y lo otro habían ido a más. Medía metro noventa y cinco y pesaba cien kilos cuando dejó el ejército. Un mes después de unirse a la cuadrilla de los de las piscinas, el trabajo y el calor habían hecho que perdiera cinco kilos. Dos meses más tarde, estaba cerca de los ciento quince kilos de puro músculo. Su carga de trabajo era prodigiosa. Debía de estar moviendo unas cuatro toneladas de tierra, piedra y arena al día. Había desarrollado una técnica para excavar y tirar la palada con la que todo su cuerpo trabajaba. El resultado era espectacular. Estaba muy moreno y en mejor forma física que nunca. Como un condón lleno de nueces, le había dicho una chica. Estimaba que debía consumir unas diez mil calorías al día para mantenerse, además de los diez litros de agua que tenía que beber.

—¿Trabajas esta noche? —le preguntó la camarera.

Reacher se echó a reír. Le pagaban por ponerse en una forma física envidiable, algo en lo que mucha gente se dejaría una fortuna en cualquiera de esos gimnasios modernos de ciudad, y, además, ahora, iba a un trabajo nocturno que muchos hombres desempeñarían incluso gratis. Era el portero en el bar de estriptis del que había hablado Costello. En Duval. Se pasaba la noche allí sentado, sin camisa, poniendo cara de duro, bebiendo gratis y asegurándose de que nadie molestaba a las mujeres desnudas. Luego, alguien le daba cincuenta dólares por ello.

—Es aburrido —dijo Reacher—, pero supongo que alguien tiene que hacerlo.

La chica se unió a las risas de Reacher, que luego pagó la cuenta y volvió a la calle.

Dos mil cuatrocientos kilómetros al norte, justo debajo de Wall Street, en Nueva York, el presidente de la empresa cogió el ascensor para bajar al Departamento de Finanzas, que estaba dos pisos más abajo. Una vez allí, entró en el despacho del director financiero y se sentó al escritorio, al lado de su empleado. El director financiero tenía un despacho lujoso con un escritorio grande y carísimo, de esos que se compran durante una época de vacas gordas y que se convierten en un reproche silencioso durante la época de las flacas. Era un despacho situado en un piso alto, con palisandro oscuro por todos los lados, con cortinas de lino de color crema, con objetos de decoración de latón, un escritorio enorme, una lámpara de mesa italiana y un ordenador demasiado caro para el uso que se le daba. El ordenador brillaba sobre la mesa, a la espera de una contraseña. El presidente la escribió, pulsó la tecla ENTER y en la pantalla apareció una hoja de cálculo. Era la única hoja de cálculo que decía la verdad acerca de la empresa. Por eso estaba protegida con una contraseña.

—¿Lo lograremos? —preguntó el presidente.

Aquel había sido el día R. La R quería decir «recortes». El director de Recursos Humanos de la planta de Long Island había estado ocupado desde las ocho de la mañana. Su secretaria le había preparado una larga fila de sillas en el pasillo, justo frente a la puerta de su despacho, y una larga fila de trabajadores habían ido ocupándolas. Aquellos trabajadores habían estado esperando la mayor parte del día, sentándose, cada cinco minutos, una silla más cerca del despacho del director de Recursos Humanos y yendo de la última de las sillas al despacho para tener con el director una reunión de cinco minutos en la que les comunicaban que los dejaban sin sustento; gracias y adiós.

—¿Lo lograremos? —preguntó de nuevo el presidente.

El director financiero estaba copiando dos números largos en un papel. Le restó uno al otro y consultó un calendario.

—En teoría sí. En la práctica no.

—¿No? —repitió el presidente.

—Es por el factor tiempo —respondió el director financiero—. Hemos hecho lo correcto en la planta, no hay duda. Echar a la calle al ochenta por ciento de la plantilla hace que nos ahorremos el noventa y uno por ciento de la paga, porque nos hemos quedado con los que menos cobran. Sin embargo, como les hemos pagado a los demás hasta el final del mes que viene, la mejora del flujo de caja no la notaremos hasta dentro de seis semanas. Además, ahora, el flujo de caja se pone incluso peor, porque esos cabrones están cobrando cheques de seis semanas.

El presidente suspiró y asintió.

—Entonces ¿cuánto necesitamos?

El director financiero desplegó una ventaba con el ratón.

—Un millón cien mil dólares. Para seis semanas.

—¿Los bancos?

—Olvídalo. Me paso allí el día besándoles el culo para conseguir, únicamente, que no aumente lo que ya les debemos. Como les pida más, se me ríen en la cara.

—Podrían pasarte cosas peores.

—Esa no es la cuestión. La cuestión es que, como se huelan que aún no estamos saneados, nos exigirán el pago de los préstamos. De la noche a la mañana.

El presidente tamborileó con los dedos sobre la mesa de palisandro y se encogió de hombros.

—Venderé más acciones.

El director financiero negó con la cabeza.

—Ni se te ocurra —dijo con tranquilidad—. Como saques acciones al mercado, su valor caerá en picado. Los préstamos actuales se mantienen por las acciones; pero como se devalúen, mañana mismo nos exigen el pago.

—¡Mierda! ¡Estamos a seis semanas! ¡No pienso perder la empresa por seis cochinas semanas! ¡Por un cochino millón de dólares! ¡Eso no es nada!

—Ya, pero no lo tenemos.

—Tiene que haber algún sitio del que podamos sacarlo.

El director financiero no respondió, pero estaba sentado como si tuviera algo más que decir.

—¿Qué? —preguntó el presidente.

—He oído rumores. Cotilleos de gente que conozco. Quizá haya una solución. Por seis semanas, podría merecer la pena. He oído hablar de un tipo. Una especie de prestamista, un último recurso.

—¿Legal?

—Eso parece. Muy respetable, por lo visto. Tiene una oficina enorme en el World Trade Center. Está especializado en casos como este.

El presidente miró la pantalla.

—¿Casos como cuáles?

—Como este. Casos en los que se está a punto de ganar el

partido pero los bancos son demasiado remilgados como para querer verlo.

El presidente asintió y contempló la oficina. Aquel despacho era muy bonito. Y su despacho, que estaba dos pisos más arriba, en una esquina del edificio, era incluso mejor.

—De acuerdo, hazlo.

—Yo no puedo. Al parecer, el tipo solo trata con presidentes. Vas a tener que ir tú.

La noche en el bar de estriptis había empezado tranquila. Una noche de entre semana de junio, demasiado tarde ya para aves de paso y estudiantes de vacaciones de primavera, pero demasiado pronto aún para los veraneantes que iban a tostarse al sol. Unas cuarenta personas por noche, no más. Dos chicas detrás de la barra y tres bailando. Reacher estaba fijándose en una de ellas que se llamaba Crystal. Daba por hecho que no era su nombre de verdad, pero nunca se lo había preguntado. Era la mejor. Ganaba mucho más de lo que había ganado él como comandante de la Policía Militar y se había gastado un porcentaje de las ganancias en un viejo Porsche de color negro. A veces, lo oía al principio de la tarde, rugiendo, haciendo mucho ruido por las zonas en las que él excavaba piscinas.

El bar era una primera planta alargada y estrecha con una pasarela y un pequeño escenario circular con una brillante barra de cromo. Serpenteando alrededor de la pasarela y del escenario había una hilera de sillas. Había espejos por todos los lados, y allí donde no los había la pared estaba pintada de negro. El sitio retumbaba por la alta música, que salía de media docena de altavoces y silenciaba el fuerte zumbido del aire acondicionado.

Reacher estaba en la barra, de espaldas a ella, a un tercio aproximadamente del interior de la sala. Lo bastante cerca de la puerta para que lo vieran enseguida, pero también lo bastante metido en la sala para que nadie se olvidara de su presencia. La mujer que se hacía llamar Crystal había acabado su tercer número y se llevaba a un tipo inofensivo detrás del escenario para hacerle un pase privado por veinte dólares. De pronto, Reacher vio a dos hombres aparecer en lo alto de las escaleras. Forasteros. Del norte. Unos treinta años, fornidos, pálidos. Problemáticos. Gente del norte con trajes de mil dólares y zapatos relucientes que parecía que vinieran con prisa, como si llegaran directos de la oficina. Se pusieron a discutir con la cajera por los tres dólares que costaba la entrada. Esta, nerviosa, miró a Reacher. Bajó del taburete. Se acercó.

—¿Algún problema, chicos?

Había llegado caminando con su «paso de universitario». Se había fijado en que los universitarios caminan con una especie de cojera, como crispados. Sobre todo en la playa, con su traje de baño. Como si tuvieran tantísimos músculos que fueran incapaces de mover brazos y piernas de forma natural. Le parecía que aquello hacía que los jovencitos de sesenta kilos tuvieran un aspecto de lo más cómico. No obstante, se había dado cuenta también de que a un tipo de metro noventa y cinco y ciento quince kilos de peso esa forma de caminar le daba una apariencia temible. Era su nueva herramienta de trabajo. Una herramienta muy útil. Aquellos dos tipos con trajes de mil dólares y los zapatos relucientes, desde luego, se quedaron bastante impresionados.

—¿Algún problema?

Por lo general, con aquella pregunta era suficiente. La mayoría de las personas lo dejaban en ese momento, pero aquellos dos no. Cuando los tuvo cerca, notó algo en ellos: una especie de mezcla de aire amenazante y confianza. Algo de arrogancia, quizá. La sensación de que estaban acostumbrados a salirse con la suya. La cuestión era que se encontraban muy lejos de casa. Muy al sur de su territorio. Lo suficiente como para que se hubieran comportado con mayor cautela.

—Ninguno, Tarzán —respondió el de la izquierda.

Reacher sonrió. Le habían llamado de todo, pero aquello era nuevo.

—Entrar cuesta tres pavos, pero volver por donde habéis venido es gratis.

—Solo venimos a hablar con una persona —dijo el de la derecha.

Ambos tenían acento. De algún punto de Nueva York. Reacher se encogió de hombros.

—Aquí no se habla mucho. La música está demasiado alta.

—¿Cómo te llamas? —le preguntó el de la izquierda.

Reacher sonrió de nuevo.

—Tarzán.

—Estamos buscando a un hombre llamado Reacher. Jack Reacher. ¿Lo conoces?

—No he oído hablar de él —respondió Reacher.

—Pues tenemos que preguntárselo a las chicas. Nos han dicho que puede que ellas lo conozcan.

—No lo conocen —aseguró Reacher.

El de la derecha miraba la sala por encima del hombro de Reacher. Miraba a las chicas de la barra. Estaba comprobando si Reacher era el único tío de seguridad que había en el bar.

—Vamos, Tarzán, aparta, que vamos a pasar.

—¿Sabéis leer? —les preguntó Reacher—. Más allá del «Mi mamá me mima», me refiero.

Reacher les señaló un cartel con letras fosforescentes que había detrás de la caja, en una pared pintada de negro, y en el que podía leerse: LA DIRECCIÓN SE RESERVA EL DERECHO DE ADMISIÓN.

—Bien, pues yo soy la dirección y no os admito.

El de la izquierda miró el cartel y, luego, a Reacher.

—¿Necesitas que te lo traduzca? —dijo Reacher—. ¿En palabras más sencillas? Significa que aquí mando yo y que no os dejo pasar.

—Ahórratelo, Tarzán.

Reacher le permitió que llegara a su altura, hombro con hombro. Entonces, cuando ya iba a pasar, lo agarró por el codo con la mano izquierda, le puso recta la articulación con la palma y le clavó los dedos en los nervios blandos de la parte baja del tríceps. La sensación es como si a uno lo cogieran y empezaran a darle un golpe tras otro en el hueso de la risa. De inmediato, el tipo empezó a dar saltos como si le estuvieran soltando una descarga eléctrica.

—Que os vayáis.

El otro tipo, el de la derecha, estaba ocupado calculando sus opciones. Reacher se dio cuenta y pensó que lo mejor era ponérselo lo más fácil posible. Levantó la mano derecha a la altura de los ojos para confirmarle que la tenía libre y preparada para la acción. Era una mano grande, morena, callosa por el trabajo con la pala, y el tipo enseguida entendió el mensaje. Se encogió de hombros y empezó a bajar las escaleras. Reacher envió a su amiguito detrás de él.

—¡Ya nos veremos!

—Traed a todos vuestros amigos. Y venid con tres dólares cada uno.

Volvió hacia el interior del bar de estriptis. La bailarina que se hacía llamar Crystal estaba al lado de la caja.

—¿Qué querían?

Se encogió de hombros.

—Buscaban a una persona.

—¿A un tal Reacher?

Reacher asintió.

—Es la segunda vez hoy. Antes se ha pasado un hombre mayor por aquí. Ha pagado los tres pavos. ¿Quieres ir a por ellos? Para hacerles algunas preguntas...

Reacher dudó. Crystal cogió la camisa de Reacher del taburete y se la tendió.

—Ve. Podemos arreglárnoslas solas por un rato. Es una noche tranquila.

Reacher cogió la camisa y desdobló las mangas.

—Gracias, Crystal.

Mientras se dirigía a las escaleras, se puso la camisa y se la abotonó.

—De nada, Reacher —gritó ella.

Él se dio la vuelta, pero la mujer ya iba camino del escenario. La miró con cara inexpresiva y bajó las escaleras, camino de la calle.

El momento de más animación de Cayo Hueso es a las once de la noche. Para algunos la velada ya está en su ecuador, y para otros la fiesta empieza entonces. Duval es la calle principal. Recorre la isla de este a oeste y está llena de luz y de ruido. A Reacher no le preocupaba que aquellos dos tipos estuvieran esperándole en Duval. La calle estaba abarrotada. Si pretendían vengarse, buscarían un sitio más tranquilo. Y en la isla había muchos. Más allá de Duval, en especial al norte, la isla se volvía muy tranquila enseguida. Es una ciudad en miniatura. Las manzanas son pequeñas. Un paseíto de nada aleja a uno veinte manzanas del centro, lo que Reacher consideraba las afueras, donde excavaba piscinas en los pequeños patios traseros de casas también pequeñas. A medida que uno se aleja del centro, el alumbrado se reduce y el ruido de los bares empieza a difuminarse bajo el fuerte zumbido de los insectos nocturnos. El olor a humo y a cerveza lo reemplaza la peste a plantas tropicales en flor o pudriéndose en los jardines.

Fue caminando como en espiral por la oscuridad. Doblaba esquinas al azar y cruzaba las zonas tranquilas. Allí no había nadie. Iba por en medio de la calle. Si había alguien escondiéndose en un portal, quería tener tres, cuatro metros de espacio abierto para verlo llegar. No estaba preocupado porque le dispararan.

Los trajes que vestían esos tipos eran demasiado ajustados como para esconder un arma en ellos. Además, aquellos trajes decían que habían viajado al sur a toda prisa. Es decir, en avión. Y es difícil subir a un avión con una pistola encima.

Se dio por vencido tras recorrer un kilómetro y medio. Aquella era una ciudad pequeña, pero seguía siendo lo bastante grande como para que dos tipos se perdieran en ella. Giró a la izquierda en el cementerio y se encaminó hacia el jaleo. En la acera había un hombre contra una valla de tela metálica. Tirado en el suelo. Inerte. No es que aquello fuera raro en Cayo Hueso, pero allí había algo raro. Y algo que le resultaba familiar. Lo raro era el brazo del tipo. Lo tenía debajo del cuerpo de tal manera que, por muy borracho o fumado que estuviera, los nervios del hombro tenían que estar gritando lo suficiente como para despertarlo. Lo que le resultaba familiar era el color beis de la chaqueta. La parte de arriba de la vestimenta del tipo era clara, y la de abajo, más oscura. Una chaqueta beis, unos pantalones grises. Reacher se detuvo y miró a su alrededor. Se acercó. Se acuclilló.

Era el detective Costello. Tenía la cara ensangrentada, irreconocible por los golpes. Había pequeños regueros de sangre coagulada en esa piel blanca con un tono azulado típica de ciudad que asomaba por los botones de la camisa que llevaba sueltos. Le tomó el pulso detrás de la oreja. No tenía. Le tocó la piel con el envés de la mano. Fría. No había *rigor mortis*, pero es que era una noche cálida. Lo más probable era que el tipo llevara una hora muerto.

Le registró la chaqueta. La cartera abarrotada ya no estaba. Entonces le vio las manos. Le habían cortado las yemas de los dedos. Todas. Unos cortes rápidos y eficaces en ángulo hechos con algo muy afilado. No con un bisturí. Con una hoja más ancha. Puede que con un cuchillo curvo para cortar linóleo.

2

—Es culpa mía —dijo Reacher.

Crystal negó con la cabeza.

—Tú no lo has matado.

La mujer levantó la vista y lo miró con dureza.

—Porque no lo has matado, ¿verdad?

—No, pero he hecho que lo maten. ¿Acaso hay alguna diferencia?

El bar había cerrado a la una de la madrugada y estaban sentados en dos sillas, una junto a otra, de cara al escenario. Las luces y la música estaban apagadas. No se oía nada, excepto el zumbido del aire acondicionado a baja velocidad, que absorbía lo que quedaba del humo y del sudor y lo expulsaba a la noche de los Cayos.

—Tendría que habérselo dicho. Tendría que haberle dicho que yo era Jack Reacher. Entonces me habría comentado lo que fuera que tenía que comentarme y ya estaría de vuelta en casa. Y yo podría haber ignorado lo que me hubiera dicho. Yo seguiría igual y él seguiría vivo.

Crystal llevaba una camiseta blanca. Nada más. Era una camiseta larga, pero no lo suficiente. Reacher no la miraba.

—¿Y qué más te da?

Aquella era la típica pregunta de los Cayos. No es que ella fuera insensible; sencillamente, le sorprendía que se preocupara por un desconocido de otro estado. La miró.

—Me siento responsable.

—No, te sientes culpable.

Reacher asintió.

—Bueno, pues no deberías sentirte así, porque tú no lo has matado.

—¿Acaso hay alguna diferencia? —repitió él.

—¡Pues claro que la hay! ¿Quién era?

—Un detective privado. Me estaba buscando.

—¿Por qué?

Reacher movió la cabeza.

—Ni idea.

—¿Iban los otros dos con él?

—No —respondió Reacher—. Son ellos los que lo han matado.

Crystal lo miró sorprendida.

—¿¡En serio!?

—Yo diría que sí. Con él no iban, desde luego. Eran más jóvenes y tenían más pasta. ¿Así vestidos? ¿Con esos trajes? Sus subordinados no podían ser. Además, cuando he hablado con él me ha parecido un solitario, así que esos dos tipos están trabajando para otro. Es probable que les ordenaran que siguieran al detective para ver en qué coño andaba ocupado. Ha debido de mosquear a alguien en el norte, le ha causado algún problema a alguien. Así que lo han seguido hasta aquí y, en un momento dado, lo han sacado a golpes a quién estaba buscando, que es cuando han venido a por mí.

—¿Lo han matado para que les diera tu nombre?

—Eso parece.

—¿Vas a llamar a la poli?

Otra pregunta típica de los Cayos. Meter a la policía o no en algún asunto era un tema que daba pie a largos debates. Debates serios. Reacher meneó la cabeza por tercera vez.

—No.

—Descubrirán por qué había venido y, después, vendrán a por ti.

—Tardarán mucho. El hombre no llevaba encima ninguna identificación ni tampoco hay huellas dactilares. Puede que pasen semanas hasta que descubran quién era.

—En ese caso, ¿qué vas a hacer?

—Voy a ir a ver a la señora Jacob, su clienta. Es ella la que me está buscando.

—¿La conoces?

—No, pero quiero dar con ella.

—¿Por qué?

Reacher se encogió de hombros.

—Tengo que enterarme de qué está pasando.

—¿Por qué?

Reacher se puso de pie y la miró por el espejo que tenían enfrente. De repente, se sentía inquieto. De repente, se sentía más que preparado para volver a la realidad.

—Ya sabes por qué. Al detective lo han matado por algo que tenía que ver conmigo, lo que me implica en el asunto, ¿vale?

La mujer extendió una de sus largas y desnudas piernas y la puso en la silla que Reacher acababa de dejar. Era evidente que consideraba esa sensación de implicación de Reacher una especie de pasatiempo extraño. Legítimo, pero extraño, como los bailes folclóricos.

—Vale. ¿Cómo vas a dar con ella?

—Iré al despacho del tal Costello. Quizá tenga secretaria. Por lo menos, allí encontraré registros. Números de teléfono, direcciones, acuerdos con clientes. Lo más seguro es que el caso de la señora Jacob fuera el último que había aceptado. Es muy probable que esté en lo alto del montón.

—¿Y dónde tiene el despacho?

—No lo sé. Por cómo hablaba en la zona de Nueva York. Tengo su nombre y sé que era expolicía. Un expolicía apellidado Costello. De unos sesenta años. No puede ser difícil seguir su rastro.

—¿Era expolicía? ¿Cómo lo sabes?

—La mayoría de los detectives privados lo son, ¿no? Se retiran pronto y pobres. Cuelgan un cartel y se establecen por su cuenta: divorcios y desapariciones. Además, piensa en lo de mi banco. Conocía todos los detalles. Eso no se consigue hoy en día a menos que un viejo amigo te haga un favor.

Crystal sonrió. Era evidente que sentía cierto interés. Se puso de pie y se acercó a él, que estaba en la barra. Se acercó mucho. Con la cadera contra su muslo.

—¿Cómo sabes todo eso?

Reacher se quedó escuchando el aire que entraba por los extractores.

—Yo también era investigador. De la Policía Militar. Durante trece años. Y se me daba muy bien. No soy solo una cara bonita.

—¿¡Una cara bonita!? ¡Ja! ¡Que te lo has creído! Bueno, ¿y cuándo empiezas?

Reacher miró a su alrededor. Estaba todo a oscuras.

—Supongo que ahora mismo. Seguro que de Miami sale algún vuelo bien temprano.

Crystal volvió a sonreír, solo que esa vez, con cautela.

—¿Y cómo vas a llegar a Miami a estas horas de la noche?

Él le devolvió la sonrisa, confiado.

—Vas a llevarme tú.

—¿Me da tiempo a vestirme?

—Solo a ponerte los zapatos.

La acompañó al garaje donde tenía escondido el viejo Porsche, le abrió la puerta y ella entró y arrancó. Lo llevó hasta su motel, que estaba a algo menos de un kilómetro de allí en dirección norte. Fue despacio, esperando a que el aceite se calentara. Las grandes ruedas rebotaban por el pavimento cuarteado y por los baches. Se detuvo frente a la recepción del motel, que tenía un cartel de neón, y dejó el motor en marcha. Reacher abrió la puerta, pero inmediatamente la cerró con cuidado.

—Vámonos. No tengo nada que quiera llevarme.

Crystal asintió, iluminada por las luces del salpicadero.

—De acuerdo. Abróchate el cinturón.

Metió primera y se incorporó a la circulación. Fue despacio por North Roosevelt Drive. Comprobó los indicadores y giró a la izquierda, hacia el arrecife. Encendió el detector de radares. Pisó el acelerador a fondo y el coche dio un brinco. Reacher se quedó pegado al asiento de cuero, como si estuvieran saliendo de Cayo Hueso en la carlinga de un caza.

Crystal condujo el Porsche por encima de la velocidad permitida hasta que llegaron a Cayo Largo. Reacher estaba disfrutando del viaje. Era una gran conductora. Suave, con los movimientos justos, cambiando de marchas, manteniendo el aullido del motor, con aquel pequeño coche por el centro del carril, usando la fuerza que obtenía en las curvas para impulsarse por las rectas. Y sonreía, con aquel rostro perfecto iluminado por la luz roja de los indicadores. No era fácil conducir rápido aquel coche. El motor, que es muy pesado, cuelga hacia atrás, en busca del eje trasero, preparado para balancearse como un péndulo despiadado en cualquier momento, listo para tender una trampa al conductor que no sepa tratarlo durante más de un segundo. Pero ella lo hacía bien. Kilómetro a kilómetro, cubría la distancia como si pilotara un ultraligero.

Entonces, el detector de radares empezó a pitar y las luces de Cayo Largo aparecieron a algo más de un kilómetro. Frenó con fuerza y el coche avanzó gruñendo por la ciudad, pero volvió a pisar a fondo cuando la dejaron atrás y salieron disparados hacia el norte, por tierra firme, hacia el oscuro horizonte. Una curva pronunciada a la izquierda, un puente, un camino de tierra firme en dirección a una ciudad llamada Homestead, a la que llegarían por una carretera recta que atravesaba el pantano.

Luego, una curva pronunciada a la derecha para entrar en la autopista, que siguieron a toda velocidad, muy pendientes del detector de radares, y ya estaban en la terminal de salidas del aeropuerto de Miami poco antes de las cinco de la mañana. Crystal se detuvo en el carril de carga y descarga y esperó con el motor en marcha.

—Bueno, muchas gracias por haberme traído, Crystal —dijo Reacher.

Crystal sonrió.

—Ha sido un placer. Te lo aseguro.

Reacher abrió la puerta y se quedó mirando hacia delante.

—Vale. Supongo que... ya nos veremos.

—No, no vamos a volver a vernos —dijo ella—. Los tipos como tú no vuelven. Se marchan y no vuelven.

Reacher seguía sentado. En el coche había una temperatura agradable. El motor hervía, burbujeaba. Los silenciadores hacían un suave tictac mientras se enfriaban. Crystal se inclinó hacia él. Pisó el embrague y metió primera para poder acercarse más. Le pasó un brazo por detrás de la cabeza y lo besó con fuerza en los labios.

—Adiós, Reacher. Me alegro de haber descubierto cómo te llamas.

Él le devolvió el beso. Fuerte. Largo.

—¿Y cómo te llamas tú?

—Crystal —respondió y se echó a reír.

Él se rio con ella y bajó del coche. Ella se inclinó hacia la puerta del copiloto y la cerró. Volvió a pisar a fondo. Reacher se quedó en la acera, mirando cómo se iba. La mujer adelantó al autobús de un hotel y Reacher la perdió de vista. Tres meses de su vida acababan de esfumarse, como el humo del tubo de escape del Porsche.

A las cinco de la madrugada, a ochenta kilómetros al norte de Nueva York, el presidente de la empresa estaba tumbado en la cama, sin pegar ojo, mirando al techo. Acababan de pintarlo. De hecho, acababan de pintar toda la casa. Había pagado a los decoradores más de lo que la mayoría de sus empleados ganaban en un año. Bueno, a decir verdad, no había sido él quien les había pagado, sino que había pasado la factura como gastos de empresa. El gasto estaba escondido en alguna casilla de aquella hoja de cálculo secreta, como parte del total de siete cifras correspondiente al mantenimiento de los edificios. Un total de siete cifras en la columna del debe, y que lastraba su negocio igual que una carga muy pesada hunde un barco escorado. La gota que podía colmar el vaso.

Se llamaba Chester Stone. Su padre también se había llamado Chester Stone. Y su abuelo, que había fundado el negocio en los tiempos en los que la hoja de cálculo se llamaba libro de cuentas y estaba escrito a mano. El libro de cuentas de su abuelo había tenido una magnífica cifra en el lado del haber. Su abuelo fue un relojero que enseguida entendió que el cine iba a llamar la atención de todo el mundo. Así que aprovechó su experiencia con ruedas dentadas e intrincados mecanismos diminutos para construir un proyector. Había encontrado un socio que había conseguido que en Alemania les fabricaran unas lentes grandes, y, juntos, habían dominado el mercado y habían amasado una fortuna. El socio murió repentinamente, joven y sin herederos. El cine había florecido de costa a costa. Cientos de salas de cine. Cientos de proyectores. Y luego, miles de salas de cine. Decenas de miles. Luego, el sonido. Y el CinemaScope. Una columna del haber llena de entradas muy muy sustanciosas.

Luego, la televisión. Las salas de cine empezaron a cerrar y las que permanecieron abiertas se aferraban a su viejo equipo hasta que este se caía a pedazos. Su padre, Chester Stone II, tomó el control. Diversificó el negocio. Se centró en el atractivo de las películas caseras. Proyectores de ocho milímetros. Cámaras con mecanismos de relojería. La gran era de las diapositivas de Kodachrome. La película de Zapruder. La nueva planta de producción. Grandes ingresos que aumentaron gracias a la lentitud de la cinta de grabación de IBM.

Luego, volvieron las películas. Su padre murió. El joven Chester Stone III se puso al timón de la empresa. Multicines por todos los lados. Cuatro proyectores, seis, doce, dieciséis, allí donde antes solo había habido uno. Luego, el estéreo. El cinco canales. El Dolby. El Dolby Digital. Riqueza y éxito. Matrimonio. La mudanza a la mansión. Los coches.

Luego, el vídeo. Las películas caseras de ocho milímetros estaban más muertas que muertas. Luego, la competencia. Unos precios imposibles en Alemania y Japón y Corea del Sur y Taiwán le levantaban el negocio de los multicines. La desesperada búsqueda de lo que fuera que se pudiera hacer con pequeñas láminas de metal y con herramientas de corte de precisión. Lo que fuera. Lo horripilante que fue darse cuenta de que lo mecánico era cosa del pasado. La explosión de los microchips en estado sólido, las RAM, las consolas de videojuegos. Se obtenían grandes beneficios de aparatos que no sabía cómo fabricar y se acumulaban grandes pérdidas en los silenciosos programas de su ordenador de sobremesa.

Su esposa se revolvió a su lado. Abrió los ojos y movió la cabeza a izquierda y a derecha, primero para comprobar qué hora era y, luego, para mirar a su esposo, que tenía la vista fija en el techo.

—¿No puedes dormir?

Él no respondió y ella decidió mirar hacia otro lado. Se llamaba Marilyn. Marilyn Stone. Llevaba muchos años casada con Chester. El tiempo suficiente como para saberlo. Como para estar al tanto de todo. Desconocía los detalles y carecía de pruebas porque su marido no dejaba que metiera sus narices en el negocio; pero, aun así, lo sabía todo. ¿Cómo no iba a saberlo? Tenía ojos y cerebro. Hacía mucho tiempo que no veía los productos de su marido en los escaparates de las tiendas. Hacía mucho tiempo que no iban a cenar con el dueño de algún complejo de multicines para celebrar un nuevo y jugoso pedido. Y, sobre todo, hacía mucho tiempo que Chester no dormía de un tirón. Así que claro que lo sabía.

Pero le daba igual, porque cuando pronunció aquello de «en la riqueza y en la pobreza» lo dijo de verdad. Ser rico había sido bueno, pero ser pobre no tenía por qué no serlo. Además, tampoco es que fueran a ser pobres, como la gente que es pobre de verdad. Siempre podían vender la mansión, liquidar la deuda y, aun así, seguir viviendo con muchas más comodidades de las que nunca había imaginado. Todavía eran jóvenes. Bueno, jóvenes no, pero tampoco eran viejos. Tenían salud. Tenían intereses comunes. Se tenían el uno al otro. Chester merecía la pena. Era gris, pero se mantenía esbelto, en forma y vigoroso. Lo amaba. Y él la amaba. Y ella también sabía que merecía la pena. Tenía cuarenta y pocos años, pero, en su cabeza, era una jovencita de veintinueve. Seguía estando delgada, seguía siendo rubia, seguía siendo interesante. Le gustaba la aventura. Seguía mereciendo la pena en todos los sentidos. Todo iba a salir bien. Marilyn Stone respiró hondo y se dio la vuelta. Se apretó contra el colchón y se dispuso a dormir de nuevo, a las cinco y media de la mañana, mientras su esposo yacía a su lado en silencio y mirando al techo.

Reacher estaba en la terminal de salidas, respirando aquel aire enlatado, con la luz fluorescente amarilleándole el moreno, oyendo una decena de conversaciones en español, mirando un monitor de televisión. Nueva York estaba en lo más alto de la lista, tal y como había supuesto. El primer vuelto del día era uno de Delta a LaGuardia, con escala en Atlanta, que salía en media hora. El segundo, uno de Mexicana que iba hacia el sur. El tercero, uno de la United que también iba a LaGuardia, pero directo, y salía en una hora. Se dirigió a la ventanilla de la United. Preguntó cuánto costaba un billete de ida. Asintió y se marchó.

Fue a los cuartos de baño y se quedó frente al espejo. Sacó el rollo de billetes del bolsillo y separó los billetes más pequeños que tenía hasta reunir el importe que acababan de comunicarle. Luego se abrochó la camisa hasta arriba y se atusó el pelo. Salió de los baños y se dirigió al mostrador de Delta.

El precio del billete era el mismo que en la United. Había supuesto que sería así. Por alguna razón, siempre lo es. Contó el dinero. Billetes de uno, de diez, de cinco. La azafata de tierra los cogió, los alisó y los ordenó por su valor.

—¿Cómo se apellida, señor?

—Truman —dijo Reacher—. Como el presidente.

La muchacha lo miró con cara inexpresiva. Era probable que hubiera nacido durante los últimos días de Nixon. Puede que durante el primer año de Carter. Le daba igual. Él había nacido fuera del país a principios del mandato de Kennedy. No iba a decir nada. Truman también era historia antigua para él. La muchacha escribió el nombre en su consola e imprimió un billete. Lo metió en una pequeña carpeta con un planeta Tierra rojo y azul y lo rasgó.

—Puedo registrarle ahora mismo, señor.

Reacher asintió. El problema de pagar en efectivo un billete de avión, en especial en el Miami International, es la guerra contra las drogas. Si hubiera llegado al mostrador y hubiera sacado el rollo de billetes de cien, la muchacha se habría visto obligada a pisar un botoncito que tiene en el suelo y habría estado tecleando en la consola hasta que hubiera aparecido la policía, por la derecha y por la izquierda. La policía habría visto a un tipo grandote, moreno y con un montón de pasta en efectivo, y habría imaginado que se trataba de un mensajero. La estrategia de la policía consiste en perseguir las drogas, pero también en perseguir el dinero, qué duda cabe. No van a permitir que uno lo meta en el banco, ni van a permitir que se lo gaste sin preocuparse. Dan por hecho que los ciudadanos de bien usan las tarjetas de crédito para las compras caras. Sobre todo, para viajar. Sobre todo, en el mostrador de un aeropuerto, veinte minutos antes de que salga el vuelo. Y que la policía diera eso por hecho conllevaría un retraso, molestias y papeleo, que eran tres cosas que Reacher prefería evitar a toda costa. Por eso se había creado un personaje. Se había convertido en un tipo incapaz de conseguir una tarjeta de crédito por mucho que la quisiera, un tío cachas sin suerte e insolvente. Lo de abrocharse la camisa del todo y entregar los billetes pequeños era la parte más importante del disfraz. Hacía que pareciera que estaba avergonzado, lo que ponía a los dependientes de tierra de su lado. Ellos también tenían un sueldo bajo y se veían obligados a hacer esfuerzos para pagar los gastos de unas tarjetas que tenían que quemar para subsistir. Así que levantaban la mirada y veían a una persona que iba por detrás de ellos en esa carretera empinada y su reacción natural era sentir simpatía por ella, no sospechar.

—Por la puerta B 6, señor. Lo he puesto en ventanilla.

—Gracias.

Fue hasta la puerta B 6, y quince minutos después estaba acelerando por la pista con una sensación muy parecida a la que había tenido en el Porsche de Crystal, solo que tenía menos sitio para las piernas y el asiento de su lado estaba vacío.

Chester Stone se rindió a las seis de la mañana. Apagó la alarma del reloj media hora antes de que sonara y se levantó, en silencio, para no despertar a Marilyn. Cogió su bata del gancho, salió despacio de la habitación y bajó las escaleras para ir a la cocina.

Sentía demasiada acidez estomacal como para pensar en comer, así que se hizo un café y fue a la ducha del cuarto de baño de invitados, donde no importaría que hiciera ruido. No quería despertar a su esposa, ni quería que supiera que no podía dormir. Cada noche se despertaba y le hacía algún comentario sobre su insomnio, pero nunca le decía nada por la mañana, así que daba por hecho que lo olvidaba o que lo consideraba parte de un sueño. Estaba bastante seguro de que no sabía nada. Y prefería que fuera así, porque bastante duro era lidiar con aquellos problemas como para tener que empezar también a preocuparse de que ella se preocupase.

Se afeitó y mientras se duchaba estuvo pensando todo el tiempo en qué ponerse y en cómo actuar. La verdad era que iba a presentarse frente a aquel tipo, como quien dice, de rodillas. Un prestamista como última opción. Su última esperanza. Su última alternativa. Un tipo que tenía su futuro en la palma de la mano. ¿Cómo se presentaba uno ante alguien así? De rodillas no. No era así como se jugaba a hacer negocios. Si uno transmite la sensación de que necesita el préstamo como agua de mayo, no se lo dan. Solo lo consigue si parece que, en realidad, no lo necesita. Como si no le importara demasiado que se lo concedan o se lo denieguen. Como si uno no tuviera del todo claro si debería dejar que la otra parte suba a bordo y comparta una porción de las magníficas ganancias que está a punto de obtener. Como si su mayor problema fuera decidir qué oferta aceptar de entre todas las opciones que tiene para que le concedan un préstamo.

Camisa blanca (eso estaba claro) y una corbata discreta. Pero ¿qué traje? Era probable que los italianos fueran demasiado llamativos. El Armani tampoco, porque tenía que parecer una persona seria. Lo bastante rico como para comprar una docena de trajes de Armani, sí, pero, en cierta medida, tan serio como para no hacerlo. Serio y demasiado ocupado con asuntos importantes como para perder el tiempo comprando en Madison Avenue.

Decidió que la herencia era la clave para triunfar. Tres generaciones sin tacha de hombres de negocios que se reflejara, quizá, en una manera dinástica de vestir. Igual que su abuelo había llevado a su padre a su sastre, su padre lo había llevado a él. Eso le hizo pensar en su traje de Brooks Brothers. Viejo, pero bonito. De cuadros discretos, abierto, un poco caluroso para junio. ¿Sería el traje de Brooks Brothers un buen engaño? Como si dijera: «Soy tan rico y tengo tanto éxito que me da igual lo que me pongo». ¿O, por el contrario, parecería un perdedor?

Lo sacó del armario y se lo puso delante del cuerpo. Clásico. Anticuado. Parecía un perdedor. Lo guardó. Sacó el Savile Row gris de Londres. Perfecto. Hacía que pareciera un caballero acaudalado. Sabio, con gusto, alguien en quien se podía confiar. Eligió una corbata que tuviera un estampado casi imperceptible y unos zapatos negros. Se vistió y se giró a derecha e izquierda delante del espejo. No podía quedarle mejor. Así vestido, quizá hasta él confiaría en sí mismo. Apuró el café, se secó los labios con unos toquecitos de la servilleta y fue al garaje. Arrancó el Mercedes, y a las seis y cuarenta y cinco de la mañana ya circulaba por una autopista Merritt descongestionada.

El avión de Reacher pasó cincuenta minutos en Atlanta, después de lo cual despegó de nuevo y giró hacia el noreste en dirección a Nueva York. El sol estaba sobre el Atlántico y se acercaba por las ventanillas de la derecha con el resplandor del amanecer, gélido a tanta altitud. Reacher bebía café. La azafata le había ofrecido agua, pero él había preferido café. Era denso y fuerte, y lo tomaba solo. Lo estaba utilizando como combustible para el cerebro. Para ver si conseguía desentrañar quién era la tal señora Jacob y por qué había pagado a Costello para que peinara el país en su busca.

Al acercarse a LaGuardia tuvieron que esperar. A Reacher le

encantaba esperar en un avión. Círculos bajos y desganados sobre Manhattan, bajo la brillante luz del sol. Como en mil y una películas, pero sin banda sonora. El avión se sacudía y se inclinaba. Dejaban atrás los rascacielos, tintados de oro. Las Torres Gemelas. El Empire State. El Chrysler, que era su favorito. El Citicorp. Luego, un giro y empezaron a descender hacia la costa norte de Queens y aterrizaron. Los edificios del centro de la ciudad que había al otro lado del río pasaban por las ventanillas mientras el avión rodaba despacio hacia la terminal.

La reunión era a las nueve. Era algo que odiaba. No por la hora en sí. Las nueve era la hora que marcaba la media mañana para la mayoría de la comunidad mercantil de Manhattan. No era la hora lo que le molestaba. Le molestaba haber tenido que pedir una reunión. Hacía muchísimo tiempo que Chester Stone no tenía que pedir una reunión. De hecho, ni siquiera recordaba haber tenido que pedir una reunión en la vida. Quizá su abuelo sí que tuvo que hacerlo, al principio, cuando montó la empresa, pero, desde entonces, siempre había sido al revés. Los tres Chester Stone, el primero, el segundo y el tercero, habían tenido secretarias encargadas de organizar apretadas agendas llenas de reuniones con gente suplicante que quería hablar con ellos. En muchas ocasiones, esas personas habían tenido que esperar días para ver si había un hueco y, después, horas en una sala de espera. Pero esa vez era al revés. Y era aquello lo que le ponía furioso.

Había llegado pronto porque estaba nervioso. Había pasado cuarenta y cinco minutos en su despacho repasando las alternativas. No había ninguna. Lo mirase por donde lo mirase, estaba a un millón cien mil dólares y seis semanas de conseguirlo. Y eso también lo asfixiaba. Porque no era un fracaso estrepitoso. No era un desastre irreversible. Era una respuesta medida y realista al mercado, una respuesta con la que casi lo conseguía, pero solo

45

casi. Como ese golpe que se queda a tres centímetros del *green*. Muy muy cerca, pero no lo suficiente.

A las nueve de la mañana, el World Trade Center es por sí solo la sexta ciudad más grande del estado de Nueva York. Más grande que Albany. Solo tiene seis hectáreas y media de superficie, pero su población diurna es de ciento treinta mil personas. Chester Stone se sentía como si la mayoría de ellas pasasen por su lado mientras él permanecía de pie en la plaza. En tiempos de su abuelo, se encontraría en el río Hudson. El propio Chester había visto desde la ventana de su despacho cómo aquella tierra se le ganaba al río y cómo levantaban las torres gigantes en el cauce seco. Miró la hora y entró. Subió en un ascensor hasta la planta ochenta y ocho y salió a un pasillo desierto, silencioso. El techo era bajo y el pasillo era estrecho. Había puertas cerradas que daban a oficinas y que tenían un cristal rectangular reforzado que no estaba centrado. Llegó a la puerta en cuestión, miró por el cristal y pulsó el timbre. Oyó un zumbido, abrió la puerta y entró a la recepción. Parecía una oficina normal y corriente. Extrañamente normal y corriente. El mostrador de recepción, en un intento por aparentar opulencia, era de roble y de latón, y había un recepcionista sentado al otro lado. El hombre dejó lo que estaba haciendo, se enderezó y rodeó el mostrador para acercarse a él.

—Soy Chester Stone. Tengo una reunión con el señor Hobie a las nueve en punto.

Que el recepcionista fuera un hombre fue la primera sorpresa que se llevó. Había dado por hecho que sería una mujer. La segunda sorpresa fue que lo hicieran pasar de inmediato, que no lo tuvieran esperando. Había pensado que tendría que estar sentado un rato en la recepción, en una silla incómoda. Eso era lo que él habría hecho. Si alguien desesperado fuera a verlo para pedirle un préstamo y él fuera su última esperanza, lo habría tenido sudando, al menos, veinte minutos. Era una técnica psicológica básica, ¿no?

El recepcionista lo guio a un despacho muy grande. Habían quitado los tabiques. Estaba oscuro. Una de las paredes era toda ventanas, pero estaban cubiertas con cortinas de tela de listones verticales que apenas estaban abiertos un resquicio. Había un escritorio grande. De cara al escritorio había tres sofás, y entre los cuatro elementos formaban un cuadrado. Al lado de cada sofá había una mesita auxiliar. En medio del cuadrado había una gran mesa de centro, de cristal y latón, sobre una alfombra. El sitio parecía una sala de estar en el escaparate de una tienda de muebles.

Sentado al escritorio había un hombre. Stone emprendió la larga caminata que había para llegar hasta él. Sorteó los sofás, rodeó la mesa de centro, se acercó al escritorio y alargó la mano derecha.

—¿Señor Hobie? Soy Chester Stone.

El hombre que había al otro lado del escritorio estaba quemado. Tenía una cicatriz enorme en uno de los lados de la cara. Parecía escamosa, como la piel de un reptil. Stone, horrorizado, apartó la mirada, pero seguía viendo la cicatriz por el rabillo del ojo. Tenía el aspecto de una pata de pollo que se hubiera pasado en el fuego, solo que tenía un color rosado antinatural. La quemadura, ascendente, le alcanzaba buena parte del cuero cabelludo y no le crecía pelo en ella hasta que iban apareciendo unos mechones aquí y allá. En el otro lado de la cabeza el pelo le crecía normal y de color gris. Las cicatrices eran abultadas, grumosas, mientras que la piel del lado de la cara que no tenía quemado era suave y estaba arrugada. El hombre tendría cincuenta o cincuenta y cinco años. Estaba sentado muy cerca del escritorio, con las manos en el regazo. Stone seguía de pie, obligándose a no apartar la mirada, con la mano derecha por encima de la mesa.

Fue un momento muy incómodo. No hay nada más incómodo que estar con la mano extendida, esperando un apretón de manos, y que la otra persona ignore el gesto. Resultaba estúpido

47

permanecer así, pero era peor retirar la mano. Así que siguió tendiéndola, esperando. Entonces el hombre se movió. Se valió de la mano izquierda para apartarse del escritorio y sacó la derecha para dársela a Stone. Solo que no era una mano, sino un reluciente garfio metálico. Empezaba por debajo del puño de la camisa. No era una mano artificial; no era una de esas prótesis inteligentes. Era un garfio. Un garfio con forma de J hecho de brillante acero inoxidable y tan pulido como una escultura moderna. Stone hizo el ademán de ir a estrechárselo de todas formas, pero, de repente, se quedó parado y se retiró. El hombre esbozó una amplia sonrisa en la media cara que podía mover. Como si aquello no significara nada para él.

—Me llaman Garfio Hobie.

Permaneció sentado, con el gesto de la cara rígido y el garfio levantado como si fuera un objeto para examinar. Stone tragó saliva e intentó recomponerse. Se preguntó si debería ofrecerle la mano izquierda. Sabía que había gente que lo hacía así. Su tío abuelo había sufrido una apoplejía, y durante los últimos diez años de su vida siempre estrechó la mano izquierda.

—Siéntese.

Stone asintió, agradecido, y retrocedió. Se sentó en la punta de uno de los sofás. Aquello hacía que estuviera de lado a la mesa, pero se alegraba de estar haciendo algo, lo que fuera. Garfio Hobie lo miró y puso el brazo derecho sobre la mesa. Al golpear con la mesa, el garfio hizo un ruido metálico.

—Quiere que le preste dinero.

La parte de la cara que tenía quemada no se movía. Era gruesa y dura como la piel de un cocodrilo. Stone sintió acidez estomacal y miró la mesa de centro. Luego asintió y se pasó las palmas de las manos por las rodillas. Asintió de nuevo e intentó recordar su guion.

—He de superar un escollo. Seis semanas, un millón cien mil dólares.

—¿Y los bancos?

Stone miró al suelo. La mesa era de cristal y a través de ella se veía la alfombra estampada. Se encogió de hombros como lo haría un hombre sabio, como si en aquel gesto incluyera cien magníficos puntos de ancestral estrategia mercantil, pero sin que pareciera que creía que su interlocutor los desconocía, pues eso sería como insultarlo.

—Prefiero no recurrir a ellos. Ya tenemos una serie de créditos con ellos, pero conforman paquetes que negocié con un interés muy favorable, con la premisa de que se trataba de cantidades fijas, con un plazo fijo, y de que no se podría añadir nada *a posteriori*. Entenderá que no quiero perder esas condiciones ventajosas por una cantidad trivial.

Hobie movió el brazo derecho y arrastró el garfio por la madera de la mesa.

—Y una mierda, señor Stone.

Stone no respondió. Estaba escuchando el garfio.

—¿Sirvió usted? —siguió Hobie.

—Disculpe, ¿cómo dice?

—Que si se alistó. Que si estuvo en Vietnam.

Stone tragó saliva. Aquellas quemaduras... Y el garfio...

—Me lo perdí. Me dieron prórrogas porque era universitario. Tenía muchas ganas de ir, pero la guerra ya había terminado cuando me gradué.

Garfio Hobie asintió despacio.

—Yo sí que estuve. Y, ¿sabe?, una de las cosas que aprendí allí es lo importante que es reunir información. Algo que sigo al pie de la letra en mi negocio.

Aquel despacho oscuro se quedó en silencio. Stone asintió. Luego miró el borde del escritorio. Cambió de guion.

—Bueno, no irá a culparme por ponerle al mal tiempo buena cara, ¿verdad?

—Está usted hasta el cuello de mierda. Ahora mismo, a los

bancos está pagándoles un interés muy alto y, además, no tienen intención de darle ningún préstamo más. Ahora bien, está haciendo usted un trabajo bastante bueno para salir de ahí y, de hecho, casi lo ha logrado.

—Casi. Seis semanas y un millón cien mil dólares. Eso es todo.

—Yo me he especializado. Todo el mundo se especializa. Mi campo son los casos como el suyo, con una exposición a los problemas temporal y limitada. Problemas que los bancos no pueden resolver porque ellos también se especializan, pero en otros campos, como, por ejemplo, ser más tontos que un culo.

Volvió a mover el brazo derecho y el garfio volvió a hacer ruido sobre la mesa.

—El interés que aplico es razonable. No soy un usurero. No voy a imponerle unos intereses del doscientos por ciento. Digamos que podría dejarle ese millón cien mil al seis por ciento de interés durante esas semanas.

Stone se pasó las manos por los muslos. ¿Un seis por ciento por seis semanas? Eso equivaldría a ¿cuánto? Una tasa anual de casi el cincuenta y dos por ciento. Te prestaba un millón cien mil y tenías que pagar sesenta y seis mil dólares de intereses en seis semanas. Once mil dólares a la semana. No, no era un usurero, pero poco le faltaba. En cualquier caso, el hombre estaba dispuesto a concederle el préstamo.

—¿Y el aval? —preguntó Stone.

—En acciones.

Stone se obligó a levantar la cabeza y mirar a Hobie. Supuso que aquello debía de ser una prueba. Tragó saliva. Estaba tan cerca que dio por hecho que ser honesto era lo mejor.

—Las acciones no valen nada —susurró.

Hobie asintió con aquella horrible cabeza suya, como si le satisficiese la respuesta.

—Ahora mismo no valen nada —respondió—. Pero pronto lo valdrán, ¿verdad?

—Cuando acabe el periodo de riesgo —reconoció Stone—. Es un círculo vicioso. Las acciones no tendrán valor hasta que no le haya devuelto el dinero. Cuando haya logrado salir del pozo.

—Pues será entonces cuando me beneficie. No estoy hablando de una transferencia temporal. Voy a quedarme unas acciones como aval y pienso conservarlas.

—¿¡Conservarlas!?

Stone no pudo evitar el tono de sorpresa. ¿¡Un cincuenta y dos por ciento de interés y un paquete de acciones de regalo!?

—Siempre lo hago así. Es por sentimentalismo. Me gusta tener una pequeña parte de los negocios a los que ayudo. La mayoría de la gente se alegra de que lleguemos a un acuerdo.

Stone tragó saliva. Miró en otra dirección. Examinó las alternativas. Se encogió de hombros.

—De acuerdo. Supongo que acepto.

Hobie se inclinó a la izquierda y abrió un cajón. Sacó un documento impreso. Lo deslizó por el escritorio.

—Había preparado esto.

Stone se levantó del sofá y lo cogió. Era un acuerdo de préstamo. Un millón cien mil dólares, seis semanas, un seis por ciento semanal y un protocolo estándar de transmisión de acciones. Un paquete de acciones que costaban un millón de dólares hacía poco y que volverían a valerlo dentro de muy poco. Abrió los ojos de par en par.

—No puedo hacerlo de otra manera —explicó Hobie—. Como ya le he dicho, me he especializado. Conozco bien este nicho de mercado. No conseguirá nada mejor en ningún sitio. De hecho, no conseguirá nada en ningún otro sitio.

Hobie seguía tras el escritorio, a dos metros de distancia, pero a Stone le parecía que estuviera justo a su lado, sentado en el sofá con él, con su horripilante cara pegada a la suya y retorciéndole el garfio en las tripas. Asintió. Un ligerísimo y silencioso movimiento de cabeza, y buscó en la chaqueta su gruesa estilográfica Montblanc. Se adelantó sobre la fría mesa de cristal y firmó en los dos recuadros que le correspondían. Hobie lo observaba y también asintió.

—Doy por supuesto que quiere el dinero en su cuenta operativa, donde los bancos no puedan verlo.

Stone volvió a asentir, aturdido.

—Estaría bien —respondió.

Hobie anotó algo.

—Lo tendrá en una hora.

—Gracias.

A Stone le pareció que agradecérselo era lo apropiado.

—Bueno, pues ahora soy yo quien corre riesgos —dijo Hobie—. Seis semanas y un aval que no es tal. No es una sensación agradable.

—No habrá ningún problema —aseguró Stone con la mirada clavada en el suelo.

Hobie asintió.

—Seguro que no.

El hombre se inclinó hacia delante y pulsó el botón de un interfono. Stone oyó un leve zumbido en la recepción.

—El dosier de Stone, por favor —le dijo al micrófono.

Silencio durante unos segundos y, entonces, el recepcionista abrió la puerta del despacho y se acercó al escritorio con una carpeta verde. Se inclinó y la dejó delante de su jefe. Dio media vuelta y se marchó del despacho. Cerró la puerta con suavidad. Hobie empujó la carpeta con el garfio hasta el borde del escritorio.

—Échele una ojeada.

Stone se adelantó y cogió la carpeta. La abrió. Contenía fotografías. Fotografías grandes, de veinte por veinticinco, en blanco y negro y con papel brillante. La primera era una fotografía de su casa. Era evidente que la habían tomado desde un coche que estaba aparcado al principio del camino que llevaba hasta la mansión. La segunda era una fotografía de su esposa. Marilyn. Una fotografía tomada con un objetivo de largo alcance en la que aparecía su mujer paseando por el jardín. La tercera era de Marilyn saliendo de su salón de belleza de la ciudad. Una imagen granulada tomada también con un objetivo de largo alcance y a cubierto, como en una vigilancia. La cuarta fotografía era un primer plano de la matrícula del BMW de Marilyn.

En la quinta fotografía también aparecía Marilyn. Estaba tomada de noche a través de la ventana de su dormitorio. Su esposa llevaba puesto un albornoz. Tenía el pelo suelto y parecía que estuviera mojado. Stone se quedó mirando la foto. Para conseguir aquella fotografía, quienquiera que la hubiera sacado tenía que estar en su jardín trasero. Se le emborronó un poco la visión y el silencio hizo que le zumbaran los oídos. Recogió las fotografías y cerró la carpeta. La dejó sobre el escritorio, despacio. Hobie se inclinó hacia delante y puso la punta del garfio sobre el cartón de la carpeta para atraerla hacia él. El garfio volvió a hacer ruido contra la madera.

—Este es mi aval, señor Stone. Pero, como bien acaba de decirme, no va a haber ningún problema.

Chester Stone no dijo nada. Se levantó y volvió a sortear el mobiliario, solo que en dirección a la puerta. Cruzó la recepción, salió al pasillo y se dirigió al ascensor. Bajó ochenta y ocho pisos y salió a la calle, donde el brillante sol de la mañana le dio un puñetazo.

3

Ese mismo sol le estaba pegando a Reacher en la nuca mientras se adentraba por Manhattan en el asiento trasero de lo que allí conocían como minitaxi. Si podía elegir, prefería subirse a vehículos privados sin licencia. Encajaba mejor con su hábito de ir de incógnito. No había razón alguna para pensar que alguien fuera a ponerse a seguir sus movimientos hablando con los taxistas, pero un taxista que no podía admitir que era taxista era un testigo mucho menos fiable y, además, uno tenía la oportunidad de negociar la tarifa. En cambio, poco se podía negociar con los taxímetros de los taxis amarillos.

Entraron en Manhattan por el puente de Triborough, por la calle Ciento veinticinco. Siguieron en dirección oeste por entre el tráfico hasta Roosevelt Square. Reacher le pidió al conductor que se detuviera allí un momento mientras miraba a su alrededor durante unos instantes. Estaba pensando en registrarse en un hotel barato, pero no tanto como para que los teléfonos estuvieran estropeados. En uno con listines intactos. Le pareció que en aquel barrio no iba a encontrar nada que cumpliera con aquellos requisitos. Aun así, se bajó del coche y pagó al conductor. Fuera a donde fuese, la última parte del camino la haría a pie. Un rato para estar a solas. Encajaba con sus hábitos.

Los dos jóvenes con trajes arrugados de mil dólares esperaron hasta que Chester Stone se fue. Entonces, entraron en el despacho, sortearon el mobiliario y se quedaron frente al escritorio, en silencio. Hobie los miró y abrió un cajón. Metió en él el acuerdo que acababa de firmar y la carpeta con las fotografías y sacó una libreta de papel amarillo. Luego, apoyó el garfio en la mesa y giró la silla de forma que la tenue luz que entraba por las ventanas le alumbrara el lado bueno de la cara.

—¿Y bien?

—Acabamos de llegar —respondió el primer joven.

—¿Tenéis la información que os pedí?

El segundo joven asintió y se sentó en uno de los sofás.

—Estaba buscando a un tal Jack Reacher.

Hobie anotó el nombre en la libreta de hojas amarillas.

—¿Quién es?

Un corto silencio.

—No lo sabemos —respondió el primer joven.

Hobie asintió. Despacio.

—¿Quién era el cliente de Costello?

Otro silencio corto.

—Eso tampoco lo sabemos.

—Pues son preguntas bastante básicas.

El joven miró a su jefe. En silencio. Incómodo.

—¿No se os ocurrió hacerle unas preguntas tan básicas?

El segundo joven asintió.

—Sí, se las hicimos. Se las hicimos una y otra vez.

—¿Y Costello no respondió?

—Estaba a punto —contestó el primer joven.

—¿Pero...?

—Se nos murió —dijo el segundo—. De pronto, la palmó. Era mayor, estaba gordo. Yo diría que le dio un infarto. Lo siento mucho, señor. Ambos lo sentimos.

Hobie volvió a asentir. Despacio.

55

—¿Riesgos?

—Ninguno —respondió el primer joven—. Es imposible que lo identifiquen.

Hobie bajó la vista y se miró la punta de los dedos de la mano izquierda.

—¿Dónde está el cuchillo?

—En el mar —contestó el segundo joven.

Hobie movió el brazo y dio unos golpecitos sobre la mesa con la punta del garfio, como si estuviera llevando el ritmo de alguna canción, pero lo que estaba haciendo era darle vueltas a algo a toda velocidad. Luego volvió a asentir, con decisión esta vez.

—Bien, supongo que no es culpa vuestra. Tendría mal el corazón, qué se le va a hacer.

El de la derecha se relajó y se sentó en el sofá junto a su compañero. Habían salido airosos de aquello, lo que era muy importante en aquel despacho.

—Necesitamos encontrar a su cliente —comentó Hobie al vacío.

Los dos jóvenes asintieron y esperaron.

—Costello tenía secretaria, ¿no? Ella sabrá quién era el cliente. Traédmela.

Los dos jóvenes permanecieron sentados en el sofá.

—¿Qué pasa?

—Ese Jack Reacher —empezó a decir el primer joven—. Se suponía que era un tipo grande que llevaba tres meses en los Cayos. Costello nos contó que la gente le había hablado de un tipo grande que llevaba allí tres meses y que trabajaba por las noches en un bar de estriptis. Fuimos a verlo. Era un tipo grande y duro, pero nos dijo que no era Jack Reacher.

—¿Y?

—En el aeropuerto de Miami cogimos el vuelo de la United porque era directo —explicó el segundo joven—, pero había uno que salía antes, uno de Delta que hacía escala en Atlanta antes de venir a Nueva York.

—¿Y?

—Pues que vimos al tipo grandote del bar de estriptis dirigiéndose a la puerta de embarque de ese vuelo.

—¿Estáis seguros?

El primer joven asintió.

—Al noventa y nueve por ciento. Estaba lejos, pero es un tipo muy grande. Es difícil no verlo.

Hobie empezó a tamborilear de nuevo con la punta del garfio. Pensativo.

—Bien, pues es Reacher, ¿no? —dedujo—. Tiene que ser él. Costello empieza a hacer preguntas, aparecéis vosotros haciéndolas también y ese mismo día se asusta y huye. Pero ¿adónde? ¿Aquí?

El segundo joven asintió.

—Si se quedó en el avión en Atlanta, está aquí.

—¿Por qué? ¿Quién coño es?

Hobie se quedó unos instantes meditabundo y se respondió a sí mismo.

—La secretaria de Costello nos dirá quién era el cliente...

Sonrió.

—... Y el cliente nos dirá quién es ese Reacher.

Los dos jóvenes de los trajes caros y arrugados asintieron en silencio y se pusieron en pie, sortearon el mobiliario y salieron del despacho.

Reacher caminaba por Central Park en dirección sur. Intentaba hacerse a la idea de la dimensión de la tarea que se había propuesto. Estaba seguro de que se encontraba en la ciudad adecuada. El acento de los tres así se lo había indicado. No obstante, en aquella ciudad había muchísima gente. Más concretamente, siete millones y medio de personas, divididas en cinco distritos; puede que unos dieciocho millones contando el área metropolitana. Dieciocho millones de personas conformaban un espectro de gente muy amplio que podía buscar un servicio urbano especializado, como, por ejemplo, un detective privado rápido y eficaz. Algo le decía que Costello tenía la oficina en Manhattan, pero era muy posible que la señora Jacob estuviera alejada del centro. Si eres una mujer que vive en las afueras y quieres un detective privado, ¿dónde vas a buscarlo? En el supermercado de al lado de casa o en el videoclub no, desde luego. Ni en el centro comercial o en las tiendas de ropa. Coges las Páginas Amarillas de la ciudad más importante y cercana que tengas y empiezas a llamar. Mantienes una primera conversación y puede que el detective vaya a verte, o coges el tren y vas a verlo tú desde cualquier área urbana con gran densidad de población de entre todas las que hay en una zona que comprende varios cientos de kilómetros cuadrados.

Había descartado los hoteles. A decir verdad, no tenía por qué necesitar mucho tiempo. Era posible que en una hora lo consiguiera. Además, creía que iba a serle útil cierta información que uno no encuentra en los hoteles. Necesitaba listines telefónicos de los cinco distritos y de las afueras, y en los hoteles no los tendrían todos. Por otro lado, sería mejor no pagar las carísimas llamadas telefónicas desde un hotel, porque excavando piscinas no se había hecho precisamente rico.

Así que se dirigió a la biblioteca pública. A la de la calle Cuarenta y dos con la Quinta Avenida. ¿Era la más grande del mundo? No recordaba ese dato. Puede que sí. O puede que no. Desde luego, era lo bastante grande como para tener todos los listines que necesitaba, además de mesas enormes y sillas cómodas. La biblioteca estaba a seis kilómetros y medio de Roosevelt Square, una hora a paso ligero que solo dilatarían el tráfico al cruzar las calles y una parada rápida en una papelería para comprar una libreta y un lápiz.

La siguiente persona que entró en el despacho de Hobie fue el recepcionista. Entró y cerró la puerta. Se acercó y se sentó en uno de los sofás que más cerca estaba del escritorio. Miró a su jefe durante un buen rato, con gesto serio y en silencio.

—¿Qué pasa? —le preguntó Hobie, a pesar de que ya lo sabía.

—Deberías irte. Ahora ya es peligroso.

Hobie no respondió, se limitó a levantar el garfio de su brazo izquierdo y a acariciar su aterradora curva de metal con los dedos que le restaban.

—Lo planeaste —insistió el recepcionista—. Lo prometiste. ¿De qué sirve hacer planes y prometerlo si luego no lo cumples?

Hobie se encogió de hombros. No respondió a la pregunta.

—Ya nos han llegado noticias de Hawái. Planeaste huir en cuanto nos llegasen noticias de Hawái.

—Costello nunca ha estado en Hawái, lo hemos comprobado —señaló Hobie.

—Eso es aún peor. Habrá ido otro. Alguien a quien no conocemos.

—Rutina. Tiene que ser eso. Piénsalo. No hay razones para que alguien vaya a Hawái, a menos que hayamos recibido primero noticias del otro lado. Es una secuencia, ya lo sabes. Recibimos noticias del otro lado, recibimos noticias de Hawái. Primera fase y segunda fase. Y entonces, nos vamos. Pero no antes.

—Lo prometiste.

—Es demasiado pronto. No es lógico. Piensa en ello. Si ves que alguien compra una pistola y una caja de balas y que te apunta con ella, ¿te asustas?

—¡Pues claro que me asusto!

—Yo no. Porque no la ha cargado. La primera fase consiste en comprar la pistola y la caja de balas. La segunda, en cargar el arma. Hasta que no recibamos noticias del otro lado, Hawái es una pistola descargada.

El recepcionista echó la cabeza hacia atrás y miró al techo.

—¿Por qué lo haces?

Hobie abrió un cajón y sacó el dosier de Chester Stone. Sacó el acuerdo firmado e inclinó el papel hasta que la tenue luz que entraba por las ventanas iluminó la brillante tinta azul de ambas firmas.

—Seis semanas. Puede que algo menos. Eso es lo único que necesito.

El recepcionista estiró el cuello e intentó ver el papel.

—¿Que necesitas para qué?

—Para anotar el tanto de mi vida.

Dejó el papel sobre el escritorio y lo atrapó con el garfio.

—Stone acaba de entregarme su empresa. Tres generaciones de sudor, de esfuerzo... y ese idiota acaba de servírmela en bandeja de plata.

—De eso nada. Lo que tienes en esa bandeja de plata que tú dices es una mierda como un piano. Acabas de darle un millón cien mil dólares a cambio de papel mojado.

Hobie sonrió.

—Tranquilo. Deja que sea yo el que piensa, ¿vale? Es a mí a quien se le da mejor.

—Bueno, pues explícamelo.

—¿Sabes lo que tiene? Tiene una gran fábrica en Long Island y una mansión enorme en Pound Ridge. Quinientas casas apelotonadas alrededor de la fábrica. Ahí tiene que haber unas mil doscientas hectáreas de suelo de la preciosa Long Island, junto a la orilla, necesitadas de desarrollo.

—Las casas no son suyas.

Hobie hizo un gesto de asentimiento.

—No, pero casi todas están hipotecadas con un pequeño banco de Brooklyn.

—Vale. ¿Y qué?

—Piensa en ello. Imagina que pongo estas acciones en el mercado.

—Te darán una mierda por ellas. No valen nada.

—Exacto, no valen nada, pero esos banqueros no lo saben todavía. Stone les ha mentido. Les ha ocultado sus problemas. ¿Por qué si no iba a venir a verme? Por lo tanto, esos banqueros descubrirán por las malas lo inútil que es su aval. Habrá una valoración de la Bolsa, que les dirá: «Estas acciones valen incluso menos que una mierda». Y, entonces, ¿qué?

—Les entrará el pánico.

—Exacto. Les entrará el pánico. Quedarán expuestos porque tienen un aval inútil. Se cagarán encima hasta que llegue Garfio Hobie y les ofrezca veinte centavos por cada dólar de la deuda de Stone.

—¿Y lo aceptarán? ¿¡Veinte centavos por dólar!?

Hobie sonrió. La quemadura de la cara se arrugó.

—Lo aceptarán. De hecho, harán lo que sea para aceptar el trato y hasta incluirán sus acciones como parte del trato.

—Vale y, luego, ¿qué? ¿Qué pasa con las casas?

—Lo mismo. Las acciones son mías. La fábrica es mía. Cierro la fábrica. No hay trabajo, quinientas hipotecas que nadie puede pagar. El banco de Brooklyn se pondrá muy nervioso con eso. Le compro esas hipotecas pagando diez centavos por dólar, las ejecuto y desahucio a la gente. Contrato un par de palas excavadoras y, así, de la noche a la mañana, tengo mil doscientas hectáreas de excelentes bienes raíces prácticamente en la costa de Long Island. Además de una mansión en Pound Ridge, claro. ¿Y cuánto me cuesta todo? Unos ocho millones cien mil dólares. Solo la mansión ya vale dos. Eso me deja con un paquete de seis millones cien mil dólares que puedo sacar al mercado por cien millones, si lo muevo bien.

El recepcionista lo miraba con los ojos como platos.

—Por eso necesito seis semanas —aclaró Hobie.

El recepcionista empezó a negar a toda prisa con la cabeza.

—No va a salir bien. Es un viejo negocio familiar. Stone sigue teniendo la mayoría de las acciones. No las ha vendido todas. Su banco solo tiene una parte. No serás sino un accionista minoritario. No te permitirá hacer todo eso.

Hobie también sacudió la cabeza.

—Me las venderá. Todas. Hasta la última.

—No, no te las venderá.

—Lo hará.

En la biblioteca pública lo esperaban buenas y malas noticias. En los listines de Manhattan, el Bronx, Brooklyn, Queens, Staten Island, Long Island, Westchester, la costa de Jersey y Connecticut había muchos Jacob. Decidió buscar en un radio de una hora de la ciudad. Las personas que viven a una hora de la ciudad se dirigen a ella por instinto cada vez que necesitan algo, pero era muy probable que, si vivían más lejos, no lo hicieran. Reacher fue haciendo marcas en la libreta con el lápiz y contó ciento veintinueve potenciales candidatas a ser la angustiada señora Jacob.

En las Páginas Amarillas, no obstante, no salía ningún detective privado apellidado Costello. Había muchos individuos apellidados Costello en las Páginas Blancas, pero ninguno en la categoría profesional. Suspiró. Estaba decepcionado, pero no sorprendido. Habría sido demasiado bonito abrir las Páginas Amarillas y toparse con un «Investigaciones Costello: especializados en dar con ex policías militares en los Cayos».

Muchas de las agencias tenían un nombre genérico y un buen puñado de ellas competían por aparecer lo más arriba posible en el listado alfabético: As, Acme, A-Uno, AA Detectives. Otros nombres tenían sencillas connotaciones geográficas, como Manhattan o Bronx. Otras agencias intentaban captar clientes con mayor poder adquisitivo con conceptos como «servicios de asistencia jurídica». Había una que apelaba a la tradición, por lo que se hacía llamar «Sabueso». Había dos en las que solo trabajaban mujeres y solo ofrecían servicios a mujeres.

Apartó las Páginas Amarillas a un lado, pasó una página de la libreta y copió quince números de la policía de Nueva York. Se quedó sentado un rato, sopesando sus opciones. Luego se marchó, bajó la escalinata de la biblioteca, dejó atrás los enormes leones en reposo y se dirigió a un teléfono de pago que había en la acera. Dejó la libreta encima del teléfono junto con todas las monedas de cuarto de dólar que llevaba en el bolsillo y empezó a llamar a las comisarías de distrito por orden. Pedía que lo pusieran con administración. Suponía que le pasarían con un viejo sargento canoso que sabría todo lo que merecía la pena saber.

Tuvo suerte en la cuarta llamada. Las tres primeras comisarías de distrito no pudieron ayudarle, aunque a Reacher tampoco le dio la impresión de que lo sintieran en el alma. La cuarta llamada empezó de la misma manera: un tono de llamada, una transferencia rápida, una pausa larga y, luego, un resuello de ultratumba debido a que el teléfono lo respondía alguien que se encontraba en las entrañas de algún archivo mugriento.

—Estoy buscando a un hombre que se apellida Costello. Se jubiló y se estableció como detective privado, pero no sé si por su cuenta o si trabajaba para alguien. Unos sesenta años.

—Sí, ¿quién es usted? —quiso saber la voz. El mismo acento. De hecho, podría haber sido el propio Costello.

—Me apellido Carter —dijo Reacher—. Como el presidente.

—¿Y qué quiere de Costello, señor Carter?

—Quería contratarlo, pero he perdido su tarjeta y no encuentro su número en la guía.

—Eso es porque no sale en la guía. Solo trabaja para abogados, no para el público en general.

—Entonces ¿lo conoce?

—¿¡Que si lo conozco!? Pues claro que lo conozco. Trabajó

63

de detective en esta comisaría durante quince años. Lo conozco muy bien.

—¿Y sabe dónde tiene el despacho?

—Por el Village —empezó a decir la voz, pero se detuvo.

Reacher apartó el teléfono y respiró hondo. A ver si sonaba la flauta.

—¿Y sabe dónde del Village en concreto?

—En Greenwich Avenue, si no recuerdo mal.

—¿Y sabe el número?

—No.

—¿Y su teléfono?

—No.

—¿Conoce a una mujer que se apellida Jacob?

—No. ¿Debería?

—Era por probar. Era clienta de Costello.

—Nunca he oído hablar de ella.

—De acuerdo. Gracias por su ayuda.

—De nada.

Reacher colgó y volvió a la biblioteca. Consultó las Páginas Blancas de Manhattan en busca de un Costello en Greenwich Avenue. Nada. Dejó los listines en el estante correspondiente, salió de nuevo al sol y empezó a caminar.

Greenwich Avenue es una calle larga y recta que recorre Manhattan en diagonal y en dirección sudoeste desde la calle Catorce con la Octava Avenida hasta la Sexta Avenida con la calle Ocho. Tiene a uno y otro lado los agradables edificios bajos del Village, algunos de ellos con esos semisótanos en los que suele haber pequeñas tiendas o galerías. Reacher recorrió primero la acera norte y no encontró nada. Cruzó la calle al final del todo, esquivando el tráfico, y empezó a recorrer la acera sur. Encontró una plaquita de latón en un portal de piedra que había justo a medio camino.

La plaquita era rectangular, estaba bien pulida y era una de tantas. En ella ponía: COSTELLO. La puerta del portal era negra y estaba abierta. Dentro había un pequeño vestíbulo con un tablón de anuncios de fieltro abultado en los que había clavadas letras de plástico blancas que dejaban claro que el edificio estaba dividido en diez oficinas pequeñas. En la oficina cinco ponía COSTELLO. Más allá de aquel recibidor había una puerta de cristal cerrada. Reacher pulsó el timbre de la oficina número cinco. No respondió nadie. Mantuvo el nudillo sobre el botón, pero no sirvió de nada. Así que llamó al timbre de la oficina seis. Respondió una voz distorsionada.

—¿Sí?

—UPS.

Se oyó un zumbido en la cerradura de la puerta de cristal, que se abrió con un clic.

Era un edificio de tres plantas, cuatro con el sótano. Las oficinas uno, dos y tres estaban en la planta baja. Reacher subió las escaleras y se encontró con la oficina cuatro a la izquierda, la seis a la derecha y la cinco enfrente, en la parte posterior del edificio, con la puerta justo debajo del tramo de escalera a medida que esta ascendía hacia la planta siguiente.

La puerta era de caoba y estaba abierta. No de par en par, pero lo suficiente como para que resultara evidente. Reacher la empujó con el pie y la puerta se abrió y dejó a la vista una recepción silenciosa, pequeña como la habitación de un motel. Estaba pintada con un color pastel a caballo entre el gris claro y el azul celeste. El suelo estaba cubierto con una alfombra gruesa. La mesa de la secretaria tenía forma de L, con un teléfono complejo y un ordenador elegante encima. Había un archivador y un sofá. Había una ventana con el cristal esmerilado y una puerta que, sin duda, daba al despacho del detective.

La recepción estaba vacía y en silencio. Reacher entró y cerró la puerta con el tacón. El pestillo no estaba cerrado, típico durante el horario de oficina. Se acercó en silencio a la puerta del despacho. Se envolvió la mano con el faldón de la camisa y giró el pomo. Entró a una segunda habitación, de igual tamaño que la recepción. El despacho de Costello. Había fotografías en blanco y negro enmarcadas en las que aparecían versiones más jóvenes de la persona que había conocido en los Cayos. Salía en ellas con comisarios y capitanes de la policía y también con políticos locales que Reacher no reconocía. Hacía años, Costello era delgado. En las fotografías se veía cómo había ido engordando a medida que envejecía, como los anuncios de productos para adelgazar, pero al revés. Las instantáneas estaban agrupadas en la pared que quedaba a la derecha del escritorio. En este había un papel secante, un tintero pasado de moda y un teléfono. Detrás había una silla de cuero que había adquirido la forma de un hombre gordo. En la pared de la izquierda había una ventana, también con cristal esmerilado, como la de recepción, y una hilera de archivos con cerradura. Delante del escritorio había un par de sillas para los clientes, dispuestas de forma simétrica en un ángulo que les permitiera sentarse en ellas con facilidad.

Volvió a la recepción. Olía a perfume. Rodeó el escritorio de la secretaria y encontró un bolso de mujer, abierto, apoyado contra el revestimiento de la mesa que había a la izquierda de la silla. La solapa estaba abierta y dentro se veía una cartera de cuero y un paquete de pañuelos de papel. Sacó el lápiz que había comprado y usó el extremo de la goma para apartar los pañuelos de papel. Debajo había una serie de productos cosméticos, unas llaves y el ligero aroma de una colonia cara.

En el monitor del ordenador remolineaba un salvapantallas acuático. Reacher usó el lápiz para mover el ratón. La pantalla emitió un chasquido y el salvapantallas dejó a la vista una carta a medio terminar. El cursor, paciente, parpadeaba en medio de una palabra incompleta. En el encabezado de la carta aparecía la fecha del día en el que estaban. Reacher pensó en el cadáver de

Costello, despatarrado en la acera, cerca del cementerio de Cayo Hueso, y luego paseó la mirada por el bolso de la mujer ausente, bien puesto en el suelo, la puerta que había encontrado abierta y la palabra a medio escribir. Sintió un escalofrío.

Usó el lápiz para salir del procesador de textos. Se abrió una ventana y le preguntó si quería guardar los cambios de la carta. Lo valoró y pulsó «No». Abrió una pantalla en la que buscar directorios. Buscaba una factura. Con solo ver aquel despacho, estaba claro que Costello no trabajaba en negro y que era lo bastante listo como para facturar, al menos, un anticipo firmado antes de ponerse a buscar a Jack Reacher. Ahora bien, ¿cuándo habría empezado aquella búsqueda? Tendría que obedecer a una secuencia lógica. Lo primero habría sido recibir las instrucciones de la señora Jacob: un nombre, una vaga descripción de su tamaño, y que había estado en el ejército. A continuación, Costello habría llamado al depósito central militar, un complejo bien protegido en Saint Louis en el que se guardaban todos los documentos que hicieran referencia a cualquiera de las personas que hubiera servido alguna vez en el ejército. Bien protegido en dos sentidos: en el físico, con verjas y alambradas, y en lo burocrático, con una gruesa capa obstructiva, diseñada para disuadir a los curiosos. Después de varias peticiones formales, seguidas de una paciente espera, habría descubierto lo del licenciamiento con honores. Inicialmente, se habría quedado sorprendido, como si hubiera llegado a un punto muerto. Después, probaría suerte con lo de la cuenta bancaria. Una llamada a un viejo amigo, pedir que le devolvieran algún que otro favor, tirar de los hilos. Puede que le enviaran un fax borroso desde Virginia, o puede que le dieran por teléfono un informe detallado de las entradas y las salidas. A continuación, un apresurado vuelo al sur, para preguntar por Jack Reacher a lo largo de Duval Street. Los dos jóvenes de los trajes caros. Los puñetazos. El cuchillo para cortar linóleo.

Una secuencia bastante corta, pero Saint Louis y Virginia habrían sido pasos lentos. Supuso que a un ciudadano como Costello le llevaría tres días, puede que cuatro, que el archivo militar le ofreciera una información completa. No creía que el banco de Virginia hubiera sido más rápido. Que a uno le deban un favor no implica que puedan devolvérselo de inmediato. El cálculo temporal tenía que ser ese. Aquellas dos gestiones burocráticas habrían ocupado siete días, más un día pensando en cómo actuar, más otro al principio y otro al final. La señora Jacob debía de haber puesto aquel asunto en marcha hacía unos diez días.

Abrió un subdirectorio llamado FACTURAS. En la parte derecha de la pantalla apareció una larga lista de nombres de archivos organizados por orden alfabético. Fue bajando el cursor por la lista, que fue ascendiendo a medida que la recorría. En la J no había ninguna señora Jacob. En la mayoría de los casos no había sino iniciales, acrónimos que debían de corresponder a bufetes de abogados. Miró las fechas. No había nada de hacía diez días, pero había una factura de hacía nueve. Puede que Costello fuera más rápido de lo que había pensado, o que su secretaria fuera más lenta. El archivo se llamaba SGR&T-09. Lo seleccionó para abrirlo y el disco duro empezó a murmurar. Casi al instante, en la pantalla se abrió una factura por mil dólares a cambio de buscar a una persona desaparecida; una factura cargada a un bufete de Wall Street llamado Spencer, Gutman, Ricker y Talbot. Había una dirección, pero ningún número de teléfono.

Salió del directorio de archivos y entró en la base de datos. Buscó SGR&T y apareció una página en la que salía la misma dirección, pero, esta vez, también había números de teléfono, de fax y de télex, y direcciones de correo electrónico. Se agachó y, con dos dedos, sacó un par de pañuelos de papel del bolso de la secretaria. Se envolvió el índice con uno de ellos y el otro lo desplegó y lo puso encima del teclado. Marcó un número de teléfono pulsando a través del pañuelo. Se oyó un tono durante un segundo y alguien descolgó.

—Spencer Gutman, ¿en qué puedo ayudarle? —preguntó una voz cantarina.

—Con la señora Jacob, por favor —respondió como si estuviera atareado.

—Un momento.

Empezó a sonar una melodía metálica y, de pronto, se oyó la voz de un hombre. Parecía que anduviera con prisa, pero le habló con respeto. Puede que fuera su ayudante.

—Con la señora Jacob, por favor —repitió Reacher.

El hombre respondió estresado, como si no tuviera tiempo para todas las tareas que tenía asignadas.

—Ya ha salido para Garrison y me temo que no sé cuándo volverá al despacho.

—¿Puede darme la dirección de ella en Garrison?

—¿De ella o de él? —preguntó sorprendido el hombre.

Reacher se quedó callado, reflexionó sobre el tono de sorpresa que había oído y decidió probar suerte.

—De él, quería decir de él. Me he equivocado.

—Es normal. Es que había una errata. Yo diría que esta mañana he redirigido al menos a cincuenta personas.

El ayudante le dio una dirección, recitada, al parecer, de memoria. Garrison, Nueva York, una ciudad que estaba casi cien kilómetros Hudson arriba, más o menos frente a West Point, donde Reacher había pasado cuatro largos años.

—Creo que va a tener que darse prisa —recomendó el hombre.

—Sí, me la daré —respondió Reacher confundido.

Cerró la base de datos y dejó la pantalla vacía. Miró de nuevo el bolso abandonado de la secretaria y decidió agacharse para oler una vez más su perfume antes de marcharse.

La secretaria murió cinco minutos después de revelar la identidad de la señora Jacob, cosa que hizo unos cinco minutos después de que Hobie empezara a hostigarla con el garfio. Estaban en el cuarto de baño de su oficina del piso ochenta y ocho. Era un sitio ideal para aquello. Era espacioso, casi cinco metros de lado, mucho más grande que los cuartos de baño habituales. Algún decorador de esos que cobran mucho había puesto baldosas de granito gris brillante en las seis superficies: suelo, paredes y techo. Había una ducha grande con una cortina de plástico transparente colgando de una barra de acero inoxidable. La barra era italiana, mucho más gruesa de lo necesario para sujetar el peso de una cortina de plástico transparente. Hobie había descubierto que podía aguantar incluso el peso de una mujer inconsciente atada a ella con unas esposas. En alguna ocasión, de hecho, había colgado allí a personas que pesaban mucho más que la secretaria y las había interrogado o las había persuadido de lo inteligente que sería que hicieran algo en concreto.

El único problema era que no estaba completamente insonorizado; aunque Hobie estaba bastante seguro de que tampoco debía de oírse gran cosa. Al fin y al cabo, aquel era un edificio sólido. Cada una de las dos Torres Gemelas pesa más de medio millón de toneladas. Mucho acero y cemento, paredes gruesas. Además, no tenía vecinos curiosos. La mayoría de las oficinas de la planta ochenta y ocho estaban alquiladas por misiones comerciales de países extranjeros desconocidos, y los cuatro empleados que solían tener se pasaban la mayor parte del tiempo en la ONU. Y lo mismo sucedía en la planta ochenta y siete y en la ochenta y nueve. De hecho, esa era la razón de que tuviera alquilada aquella oficina. Ahora bien, Hobie era una persona que, si podía evitarlo, no corría ningún riesgo innecesario. De ahí la cinta americana. Antes de empezar, siempre pegaba en las baldosas, alineadas, unas tiras de unos quince centímetros de largo. Con la primera de ellas tapaba la boca de la víctima. Cuando quienquiera que tuviera allí empezaba a asentir como loco, con los ojos saliéndose de las órbitas, le arrancaba la tira y esperaba a que le diera una respuesta. Si gritaba, le ponía la segunda tira de las que tenía preparadas y volvía a ponerse manos a la obra. Por lo general, obtenía la respuesta que quería cuando arrancaba la segunda tira.

Por otro lado, que el suelo fuera de baldosas le permitía limpiarlo con facilidad. Abría la ducha a toda potencia, tiraba un par de cubos de agua por aquí y por allá, se esmeraba con la fregona y el sitio volvía a estar como una patena a la misma velocidad a la que el agua bajaba ochenta y ocho pisos por las tuberías hasta llegar a las alcantarillas. Bueno, que no era él quien fregaba. Para sujetar una fregona hay que tener dos manos. En aquel momento, el que estaba fregando era el segundo joven del despacho, que se había remangado los pantalones de su caro traje y se había quitado los zapatos y los calcetines. Hobie estaba ya en su escritorio, hablando con el primer joven.

—Yo conseguiré la dirección de la señora Jacob y vosotros me la traéis, ¿de acuerdo?

—Por supuesto. ¿Qué hacemos con ella? —preguntó señalando el cuarto de baño con la cabeza.

Hobie lo siguió la mirada.

—Esperad hasta la noche. Ponedle algo de su ropa, llevadla al barco y tiradla a un par de millas de la bahía.

—Es probable que vuelva a la orilla en un par de días.

Hobie se encogió de hombros.

—Me da igual. En un par de días estará hinchada. Además, con esas heridas, pensarán que se cayó de una lancha y que se las hizo una hélice.

Lo de moverse como si fuera invisible tenía ventajas, pero también desventajas. La manera más rápida de llegar a Garrison sería alquilar un coche e ir directo. Sin embargo, si uno decide no

71

usar tarjetas de crédito y no llevar carnet de conducir pierde esa opción. Así que Reacher había vuelto a coger un taxi en dirección a la estación Grand Central. Estaba casi seguro de que la línea Hudson tenía un tren que salía de allí. Daba por hecho que había trabajadores en la Gran Manzana que vivían tan lejos. Y, si no era así, los grandes Amtraks que iban hasta Albany y Canadá pararían allí.

Pagó al taxista y se abrió camino entre la multitud hasta llegar a las puertas. Bajó la larga rampa y llegó al gran vestíbulo. Miró en derredor y estiró el cuello para leer la pantalla de salidas. Intentó recordar la geografía del estado. Los trenes de Croton-Harmon eran los que peor le iban porque le dejarían muy al sur. Necesitaba, como mínimo, uno que llegara hasta Poughkeepsie. Repasó la lista. Nada. Ninguno de los que lo llevaría a Garrison salía antes de hora y media.

Lo hicieron de la manera habitual. Uno de ellos bajó noventa pisos hasta la plataforma de carga y descarga subterránea y buscó una caja de cartón vacía en la basura. Las de frigoríficos eran las mejores, o las de máquinas expendedoras; pero, en una ocasión, llegaron a utilizar la caja de una televisión de pantalla plana de treinta y cinco pulgadas. Para la secretaria, lo mejor que encontró fue la caja de un armario. Usó uno de los carritos de los conserjes que había en la rampa de carga y la llevó hasta el montacargas. Subió hasta el piso ochenta y ocho.

El otro joven estaba en el cuarto de baño, cerrando la cremallera de la bolsa para cadáveres en la que había metido a la secretaria. La introdujeron juntos en la caja del armario y usaron lo que quedaba de la cinta americana para cerrarla. Luego la levantaron, la subieron al carrito y volvieron a bajar por el montacargas. Bajaron hasta el garaje. Llevaron la caja hasta la camioneta Suburban negra. Contaron hasta tres y la metieron en el maletero. Cerraron el portón de golpe y echaron la llave. Se alejaron y miraron hacia atrás. Lunas tintadas y un garaje oscuro. No habría problemas.

—¿Sabes qué? —dijo el primer joven—. Si bajamos los asientos, podemos meter también ahí a la señora Jacob. Así, solo tendremos que hacer un solo viaje en barco esta noche. Es que no me gusta navegar. Prefiero no hacerlo más de lo necesario.

—De acuerdo. ¿Había más cajas?

—Esa era la mejor. Supongo que dependerá de si la señora Jacob es grande o pequeña.

—Y de si acaba con ella esta noche.

—¿Acaso lo dudas? ¿Con el humor que tiene hoy?

Fueron hasta otra plaza de aparcamiento y abrieron un Chevy Tahoe negro. El hermano pequeño de la camioneta Suburban, pero un vehículo gigante de todas formas.

—Bueno, ¿dónde está? —preguntó el segundo joven.

—En una ciudad que se llama Garrison. Subiendo por el Hudson, unas cuantas salidas después de Sing Sing. Una hora u hora y media.

Salieron de la plaza de aparcamiento marcha atrás y las ruedas del Tahoe chirriaron a medida que avanzaban por el garaje. Subieron por la rampa hasta salir al sol y se dirigieron hacia West Street, donde giraron a la derecha y aceleraron en dirección norte.

4

West Street se convierte en la Undécima Avenida justo enfrente del Muelle Cincuenta y seis, donde el tráfico que va hacia el oeste sale de la calle Catorce y gira hacia el norte. El gran Tahoe negro se sumergió en el tráfico y su claxon se sumó al del resto de los frustrados conductores. El sonido ascendía por el cañón que formaban los altos edificios y resonaba sobre el río. El coche avanzó poco a poco durante nueve manzanas y giró a la izquierda en la Veintitrés. Luego giró hacia el norte de nuevo en la Doce. Consiguió avanzar a ritmo de peatón hasta el centro de convenciones Javits y allí volvió a meterse en un atasco por culpa del tráfico que llegaba por la Cuarenta y dos. La Doce se convirtió en la autovía Miller, donde el tráfico seguía siendo lento mientras pasaban por la gran extensión de las viejas vías. Entonces, Miller se convertía en la autopista Henry Hudson. Seguía siendo una vía lenta, pero, sobre el papel, Henry Hudson formaba parte de la ruta 9A, que se convertía en la ruta 9 cuando llegaba a Crotonville e iban en dirección norte hasta Garrison. Una línea recta, sin desviaciones. Sin embargo, media hora después de haber salido, el gran Tahoe negro seguía en Manhattan, atrapado en Riverside Park.

El procesador de texto era lo que más claro se lo había dejado. El cursor, parpadeando con paciencia en medio de una palabra inacabada. La puerta abierta y el bolso abandonado eran indicios, pero no definitivos. Lo normal es que los administrativos cierren la puerta y se lleven sus cosas, pero no siempre lo hacen. La secretaria podría haber salido por folios o alguien podría haberle pedido ayuda con la fotocopiadora, lo que podría haber derivado en tomar una taza de café o en que estuvieran contándole una jugosa historia acerca de la cita de la noche anterior. Una persona que no espera ausentarse más de dos minutos puede dejar el bolso en la oficina y la puerta abierta y, al final, puede haber estado fuera más de media hora. Pero nadie deja algo en el ordenador a medio hacer y sin guardar. Ni siquiera un minuto. Y aquella mujer lo había hecho. La máquina le había preguntado si quería guardar los cambios. A él. Lo que significaba que ella se había levantado del escritorio sin pulsar la tecla de guardar, algo que, para la gente que se pasa el día luchando con programas informáticos, es tan habitual como respirar.

Y eso era lo que le daba al asunto muy mala pinta. Reacher estaba en medio del otro enorme vestíbulo de Grand Central, con el vaso de café solo de algo más de medio litro que acababa de comprar. Ajustó bien la tapa del vaso y guardó en el bolsillo el rollo de billetes. Por suerte, era lo bastante grueso para lo que iba a tener que hacer. Luego fue hasta el andén de donde salía el próximo tren de Croton.

La autopista Henry Hudson se divide en un cúmulo de salidas curvas a la altura de la calle Ciento setenta y los carriles del norte vuelven a aparecer en Riverside Drive. La misma carretera, la misma dirección, sin giros, pero con una dinámica de circulación compleja que hace que, cuando hay mucho tráfico, un solo conductor que no lleve la velocidad media provoque una congestión de cientos de vehículos, y todo porque un forastero que va un kilómetro por delante no tiene claro por dónde tiene que ir. El gran Tahoe negro se detuvo del todo junto al fuerte Washington y se vio obligado a cruzar por debajo del puente George Washington, parando y arrancando una y otra vez. A partir de allí, Riverside Drive se ensancha y pudieron meter tercera hasta que llegaron de nuevo a la Henry Hudson, donde el tráfico volvió a detenerse en el peaje. El vehículo esperó para pagar el dinero que le permitiera salir de la isla de Manhattan y luego se dirigió hacia el norte por el Bronx.

Hay dos tipos de trenes que suben y bajan a lo largo del río Hudson entre Grand Central y Croton-Harmon: los locales y los expresos. No es que los expresos vayan a mayor velocidad, pero no paran tan a menudo, y eso hace que el viaje dure entre cuarenta y nueve y cincuenta y dos minutos. Los locales se detienen en todas las paradas y esos frenazos largos, las esperas y las arrancadas hasta volver a alcanzar velocidad hacen que el viaje dure entre sesenta y cinco y setenta y tres minutos. Una ventaja máxima de veinticuatro minutos para el expreso.

Reacher iba en un tren local. Le había dado al revisor cinco dólares con cincuenta a cambio de un billete de ida en hora valle e iba sentado de lado en un asiento para tres personas que hallaba vacío. Estaba un poco nervioso por tanto café e iba con la cabeza apoyada en la ventana, preguntándose adónde coño estaría yendo. Y por qué. Y en qué iba a hacer cuando llegara. Y en si llegaría a tiempo para hacerlo, fuera lo que fuese.

La ruta 9A se convertía en la 9 e iba girando con gracia desde el río hasta Camp Smith. A la altura de Westchester se convertía en una carretera bastante rápida. No es que fuera un circuito de carreras, porque tenía curvas y había una serie de baches que hacían que los coches botaran demasiado, lo que impedía mantener una velocidad alta constante, pero tenía buena visibilidad y poco tráfico. Era una sucesión de secciones de autopista, unas viejas y otras nuevas, que avanzaban a través del bosque. Se veían urbanizaciones aquí y allí, con altas vallas de pino, casas bien pintadas y nombres optimistas tallados en las enormes piedras que flanqueaban las puertas de entradas. El Tahoe avanzaba a toda velocidad. Uno de los jóvenes conducía y el otro llevaba un mapa en las rodillas.

Dejaron atrás Peekskill y empezaron a buscar una salida a la izquierda. La encontraron y giraron directos hacia el río, que supusieron que tenían delante debido al repentino vacío en el paisaje. Entraron en Garrison y empezaron a buscar la dirección. Era como si fueran de caza. No iba a ser fácil dar con ella. Las áreas residenciales estaban dispersas. Tener un código postal de Garrison no impedía vivir en el quinto pino, algo que enseguida les quedó claro. No obstante, encontraron la carretera adecuada y giraron aquí y allí, justo donde tenían que hacerlo hasta que dieron con la calle. Redujeron la velocidad y avanzaron despacio por el bosque, que cada vez era menos denso, por encima del río, para comprobar los buzones. La carretera giraba y se abría. Avanzaron despacio. Poco después, algo más adelante, vieron la casa que buscaban, frenaron de golpe y aparcaron en la cuneta.

Reacher se bajó del tren en Croton setenta y un minutos después de haberse subido a él. Corrió escaleras arriba y se dirigió a la parada de taxis. Había cuatro aparcados en fila, con el morro en dirección a la entrada de la estación. Todos ellos eran viejos Chevrolets Caprice con madera en los laterales. El primero en reaccionar fue una taxista rechoncha que ladeó la cabeza como si estuviera dispuesta a prestar atención.

—¿Me lleva a Garrison?

—Eso está lejos, señor. A treinta kilómetros.

—Sí, lo sé.

—Podría salirle por cuarenta pavos.

—Le daré cincuenta, pero tengo que llegar cuanto antes.

Se sentó delante, junto a ella. El coche apestaba a ambientador empalagoso y a limpiador para tapicerías, como todos los taxis viejos. El cuentakilómetros decía que llevaba hechos un millón de kilómetros y, desde luego, el coche se movía como un barco en una crecida mientras la mujer se apresuraba por el aparcamiento y cogía la ruta 9 en dirección norte.

—¿Va a alguna dirección en concreto? —le preguntó la taxista sin dejar de mirar la carretera.

Reacher repitió la dirección que le había dado el ayudante del bufete. La mujer asintió y pisó el acelerador.

—Desde allí se ve el río.

Mantuvo la velocidad durante un cuarto de hora, pasaron por Peekskill y, después, deceleró, en busca de una salida a la izquierda. En un momento dado viró con aquel enorme barco y se dirigió hacia el oeste. Reacher presintió el río más adelante, como una trinchera de más de un kilómetro de ancho en medio del bosque. La mujer sabía adónde iba. Llegó hasta el río y giró hacia el norte por una carretera secundaria. Las vías del tren corrían paralelas a ellos y al río. No pasaba ningún tren. El camino empezó a descender y Reacher vio West Point a lo lejos, a la izquierda, cruzando aquella agua azul, a algo más de un kilómetro.

—Tiene que estar por aquí —dijo la taxista.

Estaban en una estrecha carretera secundaria domesticada por las vallas de pino de las casas y amansada con céspedes bien cortados y jardines bien diseñados. Había buzones cada cien metros y postes con cables que colgaban por encima de los árboles.

—¡Vaya! —soltó la taxista sorprendida—. Pues parece que es esta.

Si la carretera ya era estrecha de por sí, en ese punto resultaba intransitable. Delante tenían una larga fila de coches aparcados en la cuneta. Puede que hubiera unos cuarenta automóviles, muchos de ellos de color negro o azul oscuro, todos ellos buenos sedanes último modelo o grandes deportivos. La taxista tomó el camino de entrada, que también estaba lleno de coches aparcados en línea, unos pegados a otros, y llegaban hasta la casa. Había otros diez o doce coches en la zona destinada para aparcar delante del garaje. Dos de ellos eran dos típicos sedanes de Detroit de color verde. Vehículos militares. Reacher era capaz de oler el Departamento de Defensa desde lejos.

—¿Aquí? —le preguntó la taxista.

—No sé, supongo —respondió Reacher con cautela.

Sacó un billete de cincuenta del rollo y se lo entregó. Salió del taxi y se quedó en el camino, sin saber qué hacer. Oyó cómo el taxi gimoteaba al dar marcha atrás. Reacher fue hasta la carretera. Miró la larga hilera de coches. Miró el buzón. En él había una plaquita de aluminio con un apellido grabado en ella: Garber. Un apellido que conocía tan bien como el suyo.

La casa estaba en una parcela muy grande, con un jardín bonito pero no muy ornamentado, en una zona acomodada de la región, entre lo natural y lo descuidado. La casa era baja pero grande, con paredes de cedro oscuro, persianas oscuras, una gran chimenea de piedra...; una casa de estilo entre residencial modesto y campestre acogedor. El sitio era muy tranquilo. El aire era tibio, húmedo, fecundo. Reacher oía a los insectos congregándose en el sotobosque. Sentía que el río estaba más allá de la casa, un vacío de algo más de un kilómetro que se llevaba los sonidos hacia el sur.

Se acercó a la casa y oyó una conversación apagada en la parte de atrás. La gente hablaba en voz baja. Mucha gente, al parecer. Se acercó hacia el sonido de las voces, para lo que rodeó el garaje. Estaba en lo alto de una escalera de cemento, mirando en dirección oeste el jardín trasero y el río, azul y cegador por el reflejo del sol. Como a kilómetro y medio, en dirección noroeste, a su derecha, entre la niebla, estaba West Point, unos edificios bajos y grises a lo lejos.

El jardín trasero, que se encontraba en lo alto de un risco, era una zona llana ganada al bosque. Estaba cubierto de basta hierba pero bien cortada sobre la que había una multitud solemne compuesta por un centenar de personas. Iban todas vestidas de negro, hombres y mujeres. Trajes, corbatas, blusas y zapatos, todo negro, excepto la media docena de oficiales del ejército, que iban con el uniforme de gala. Todos hablaban en voz baja, con sobriedad, haciendo malabarismos para sujetar platos de cartón y copas de vino, con la tristeza sobre los hombros.

Un funeral. Estaba irrumpiendo en un funeral. Se quedó quieto, sin saber qué hacer, recortado contra el paisaje y vestido con la misma ropa que se había puesto el día anterior en los Cayos: unos chinos desgastados, una camisa de color amarillo pálido arrugada, sin calcetines, con unos zapatos arañados, con el pelo aclarado por el sol y despeinado, con barba de un día. Se quedó observando al grupo de dolientes y, de pronto, como si hubiera dado una palmada, todos se callaron y lo miraron. No sabía qué hacer. Todos lo observaban, en silencio, con aire inquisitivo, y él les devolvía la mirada, perplejo. Todo estaba en silencio. En calma. Entonces, una mujer se movió. Le dio su plato y la copa a una persona que tenía al lado y se acercó a él.

Era una mujer joven, de unos treinta años, vestida como los demás, con un serio traje negro. Estaba pálida y tenía cara de cansada; pero era muy guapa. Guapísima. Muy delgada, con tacones y unas piernas largas cubiertas con unas sencillas medias negras de nailon. Cabello rubio y fino, largo y sin corte; ojos azules y huesos delgados. Se movía con delicadeza sobre la hierba y se detuvo al pie de la escalera de cemento, como si estuviera esperando a que él bajara.

—Hola, Reacher —lo saludó con voz suave.

La miró. La mujer sabía quién era. Pero es que él también sabía quién era ella. Se dio cuenta de repente, como si estuviera en una película de *stop motion* que explicara quince años de recuerdos en una sola mirada. Una quinceañera que acababa de crecer y florecer hasta convertirse en una preciosa mujer justo delante de sus ojos. Y todo ello en un segundo. «Garber», el apellido del buzón. Leon Garber, que durante tantos años había sido su oficial al mando. Recordó el día en que se la presentó y cómo fueron conociéndose en barbacoas celebradas en el patio trasero durante las calurosas y húmedas tardes de Filipinas. Una niña delgadita que acostumbraba a quedarse entre las sombras de la deprimente casa de la base; una mujer lo bastante cautivadora con quince años, pero lo bastante niña también como para estar prohibida. Jodie, la hija de Garber. Su única hija. La niña de sus ojos. Tenía delante a Jodie Garber, quince años después, crecida, bella, esperándolo al pie de la escalera de cemento.

Reacher miró a la multitud y bajó los escalones.

—Hola, Reacher —repitió la joven.

Su voz sonaba grave y fatigada. Triste, como la escena que la rodeaba.

—Hola, Jodie.

Quería preguntar quién había muerto, pero no daba con la manera de hacerlo para que no sonara torpe o estúpido. La joven se dio cuenta de lo que pensaba y asintió.

—Papá —anunció ella con sencillez.

—¿Cuándo?

—Hace cinco días. Había estado enfermo los últimos meses, pero murió de repente. Nos sorprendió a todos.

Reacher asintió.

—Lo siento muchísimo.

Miró hacia el río y el centenar de caras que tenía delante se convirtieron en un centenar de caras de Leon Garber. Un hombre bajo y duro. Esbozaba siempre una amplia sonrisa, ya estuviera contento, molesto o en peligro. Un valiente, tanto en el plano físico como en el mental. Un gran líder. Honesto, justo, perceptivo. Había sido su modelo durante sus años clave de formación. Su mentor y su mecenas. Su protector. Había creído en él y lo había ascendido dos veces en dieciocho meses, lo que lo había convertido en el comandante más joven de la historia en tiempos de paz. Luego, había abierto los brazos con las palmas hacia delante, había sonreído y no había querido llevarse los laureles por aquel éxito, que consideraba exclusivo de Reacher.

—Lo siento muchísimo, Jodie —volvió a decir.

La joven asintió.

—No me lo puedo creer. No me lo quiero creer. ¡Pero si lo vi hace menos de un año! Y estaba en buena forma... ¿Enfermo?

La joven volvió a asentir.

—Pero si siempre fue muy duro...

Ella asintió por tercera vez con tristeza.

—Lo era, ¿verdad? Siempre había sido duro.

—Y no era mayor.

—Sesenta y cuatro.

—¿Qué ha pasado?

—El corazón. Ha sido lo que se lo ha llevado. ¿Te acuerdas de cuánto le gustaba simular que carecía de él?

—El corazón más grande que he visto jamás —respondió Reacher mientras sacudía la cabeza.

—Yo también lo creo. Cuando murió mi madre, fuimos los mejores amigos durante diez años. Lo quería muchísimo.

—Yo también lo quería —reconoció Reacher—. Como si fuera mi padre y no el tuyo.

Ella volvió a asentir.

—Seguía hablando de ti a menudo.

Reacher apartó la mirada. La fijó en los edificios borrosos de West Point, grises por la niebla. Estaba bloqueado. Había entrado en esa franja de edad en que la gente que conocía empezaba a morir. Su padre había muerto, su madre había muerto, su hermano había muerto. Y, ahora, lo más parecido a un pariente que le quedaba también había muerto.

—Sufrió un infarto hace seis meses. —A Jodie se le llenaron los ojos de lágrimas y se pasó aquel pelo largo y liso por detrás de la oreja—. Pareció que se recuperaba, no tenía mal aspecto, pero la cuestión es que el corazón no estaba bien. Los médicos se plantearon hacerle un baipás, pero se puso malo y nos dejó en cuestión de días. No habría sobrevivido a la cirugía.

—Lo siento mucho —dijo Reacher una vez más.

La joven se puso a su lado y le cogió del brazo.

—No lo sientas. Siempre fue una persona feliz. Es mejor que haya muerto en poco tiempo. En ningún momento me pareció que la sensación de que iba a tener que vivir resistiendo le hiciera muy feliz.

Reacher imaginó a Garber por unos instantes, de un lado para el otro, animado siempre, una bola de fuego de energía, y enseguida comprendió lo desesperado que se sentiría al haberse convertido en un inválido. Aquel corazón cansado y viejo había debido de ceder por fin a tanta lucha. Asintió entristecido.

—Ven, que quiero presentarte a unas personas. Puede que a algunas ya las conozcas.

—No voy bien vestido para esto. Me siento mal. Debería irme.

—No te preocupes. ¿Crees que a mi padre le hubiera importado?

Imaginó a Garber con su uniforme caqui arrugado y el gorro maltrecho. Había sido el oficial peor vestido del Ejército de Estados Unidos durante los trece años que Reacher había servido bajo su mando. Sonrió fugazmente.

—No, supongo que no —respondió.

La joven lo llevó hasta el césped. Del centenar de personas, Reacher debía de conocer a unas seis. Un par de los que iban de uniforme le resultaban familiares, y con un puñado de los hombres que iban de traje había trabajado aquí y allí en otros momentos de su vida. Estrechó la mano a decenas de personas e intentó quedarse con sus nombres, pero le entraban por un oído y le salían por el otro. Luego, cuando la gente lo envolvió y empezó a conversar en voz baja de nuevo, a comer y a beber, la sensación de su torpe llegada fue diluyéndose hasta que la olvidó. Jodie seguía cogiéndolo del brazo. Tenía la mano fría.

—Estoy buscando a una persona —dijo Reacher—. Esa es la verdadera razón de que haya venido.

—Lo sé. A la señora Jacob, ¿verdad?

Reacher asintió.

—¿Está aquí?

—La señora Jacob soy yo.

Los dos tipos que iban en el gran Tahoe negro dieron marcha atrás para apartarse de la fila de coches y del tendido eléctrico y así evitar las interferencias en el teléfono del coche. El conductor marcó un número y el tono de llamada llenó el silencioso vehículo. Alguien respondió a casi cien kilómetros de allí y a ochenta y ocho pisos de altura.

—Problemas, jefe —dijo el conductor—. Aquí hay un velatorio, un funeral o algo. Por lo menos hay cien personas. Es imposible que capturemos a la tal señora Jacob. Ni siquiera podemos saber quién es, porque hay decenas de mujeres. Podría ser cualquiera de ellas.

Por el auricular les llegó el gruñido de Hobie:

—¿¡Y qué!?

—¡Ah! ¿Sabe el tipo del bar de los Cayos? Pues acaba de aparecer en un puto taxi. Ha llegado unos diez minutos después que nosotros y ha entrado sin más.

El auricular crepitó. No entendieron lo que les había dicho.

—¿Qué hacemos? —preguntó el conductor.

—Quedaos ahí. Ocultad el vehículo y escondeos por algún lado. Esperad a que se vaya todo el mundo. Por lo que sabemos, la señora Jacob vive ahí. Puede que sea su vivienda habitual o su residencia de fin de semana; en cualquier caso, seguro que todo el mundo se irá y solo se quedará ella. Traedla como sea, ¿entendido?

—¿Y qué hacemos con el tipo grandote?

—Si se marcha, dejad que se vaya. Si se queda, cargáoslo. ¡Pero venid con la señora Jacob!

—¿¡Tú eres la señora Jacob!? —se sorprendió Reacher.

—Lo soy —dijo Jodie Garber—. Lo era. Estoy divorciada, pero aún uso el apellido de casada en el trabajo.

—¿Quién era él?

La joven se encogió de hombros.

—Un abogado, como yo. En su momento me pareció una buena idea.

—¿Cuánto tiempo?

—Tres años, desde que empezamos hasta el final. Nos conocimos en la universidad. Nos casamos en cuanto encontramos trabajo. Yo me quedé en Wall Street, pero él se fue a un bufete de Washington D. C. hace un par de años. Lo de estar casado no iba con él. La cosa se fue apagando. Los papeles del divorcio me llegaron en otoño. Ya casi ni me acordaba de quién era. Solo un nombre. Alan Jacob.

Reacher la miraba. Se dio cuenta de que le molestaba que hubiera estado casada. Con quince años, había sido una niña delgaducha pero preciosa, segura de sí misma, pero inocente y un poco tímida al mismo tiempo. Él había asistido a esa batalla entre su timidez y su curiosidad cada vez que se sentaba con él y reunía valor suficiente para hablar de la vida y de la muerte, del bien y del mal. Luego, retorcía aquellas piernecitas huesudas en la silla y hacía que la conversación derivara hacia el amor y el sexo, hombres y mujeres. Entonces se ruborizaba y desaparecía. Él se quedaba solo, frío por dentro, cautivado por ella y enfadado consigo mismo por sentirse así. Días después, se cruzaban por la base y la joven volvía a ruborizarse. Ahora, en cambio, quince años después, era una mujer de los pies a la cabeza, que había ido a la universidad y se había licenciado en Derecho, que se había casado y se había divorciado, que era bella, serena y elegante, y que estaba allí, en medio del jardín de su padre fallecido, cogiéndole del brazo.

—¿Estás casado?

—No —dijo Reacher.

—¿Y estás contento?

—Siempre estoy contento. Siempre lo he estado y siempre lo estaré.

—¿Haciendo qué?

—Poca cosa.

Miró a los demás por encima de la cabeza de ella. Eran hombres y mujeres apagados, atareados, con buenas vidas, con buenas carreras; todos ellos, del primero al último. Los miró y se preguntó quién era el tonto, si ellos o él. Recordó la expresión que había puesto Costello.

—Estaba en los Cayos. Me dedicaba a excavar piscinas con una pala.

El gesto de ella no cambió. La mujer intentó apretarle el antebrazo con la mano, pero tenía la mano muy pequeña y él, muy grande el antebrazo. Aun así, Reacher sintió la agradable presión de su palma.

—¿Te encontró Costello allí?

«Sí, pero no me invitó a ningún funeral».

—Tenemos que hablar de Costello —respondió él.

—Es bueno, ¿eh?

86

«No lo suficiente».

Jodie lo dejó solo y empezó a circular entre la multitud. La gente quería ofrecerle sus condolencias una vez más. El vino estaba empezando a soltarlos, a relajarlos, y las conversaciones empezaban a ser más ruidosas y sentimentales. Reacher se acercó a una especie de terraza que había a ras de jardín, donde había una mesa larga cubierta con un mantel blanco y llena de comida. Se sirvió pollo frío y arroz en un plato de papel, y agua en un vaso. En la terraza había unos viejos muebles de jardín llenos de restos verdosos y grisáceos de los árboles, razón por la que la gente los había ignorado. Al lado había una sombrilla rígida y con la tela desgastada por el sol. Reacher se agachó para ponerse debajo de ella y se sentó en una sucia silla. Estaba solo.

Observó a la muchedumbre mientras comía. La gente era reacia a marcharse. El afecto que sentían por el bueno de Leon Garber era palpable. Las personas como él despiertan afecto en los demás, puede que hasta demasiado como para decírselo a la cara, razón por la que sale a la superficie una vez han muerto. Jodie se movía entre los asistentes, haciendo movimientos de cabeza, estrechando manos, esbozando sonrisas tristes. Todos le contaban alguna historia, alguna anécdota de cómo habían sido testigos de que el corazón de oro de su padre estaba siempre detrás de ese exterior brusco e irascible. Reacher también podría contar unas cuantas historias; pero no lo haría, porque Jodie no necesitaba que le explicaran que su padre había sido uno de los buenos. Eso ella ya lo sabía. Se movía con serenidad porque había querido a su padre toda la vida y porque él la había querido a ella. Ella no había dejado de decirle nada y a él tampoco se le había quedado nada en el tintero. La gente vive y después muere, y siempre que hagan lo uno y lo otro de manera adecuada, no hay mucho por lo que lamentarse.

Encontraron una casa en aquella misma calle que, sin duda, era una residencia de fin de semana, cerrada y vacía. Aparcaron el Tahoe detrás del garaje, donde nadie pudiera verlo desde la carretera pero desde donde, al mismo tiempo, fuera fácil salir en persecución de otro coche. Sacaron dos nueve milímetros de la guantera y cada uno de ellos se guardó una en el bolsillo de la chaqueta. Volvieron a la carretera y se escondieron entre la maleza.

Les resultó complicado avanzar. Aunque estaban solo a cien kilómetros al norte de Manhattan, podrían haber estado en las selvas de Borneo. Había zarzas por todos los lados, zarzas que les arañaban la cara y las manos, y que se les enganchaban una y otra vez en la ropa, lo que hacía que tropezaran. Los árboles eran los típicos de hoja ancha de la zona, crecían salvajes, con las ramas saliendo en todas las direcciones por todo el tronco, desde la base. Decidieron caminar de espaldas. Cuando llegaron a la altura del camino de entrada de la casa de Garber, resollaban y estaban manchados de musgo y de un polen verdoso. Se acercaron a la propiedad y encontraron una depresión en el suelo en la que se escondieron. Se arrastraron a derecha e izquierda para encontrar el mejor sitio desde el que ver el camino que llevaba hasta el jardín trasero. La gente empezaba a recorrerlo, estaba a punto de marcharse.

Enseguida les quedó claro quién era la señora Jacob. Si Hobie tenía razón y aquella era su casa, la señora Jacob era la rubia delgadita que no paraba de estrecharle la mano a la gente y de despedirse de los que habían sido sus invitados hasta ese momento. Ellos se marchaban y ella se quedaba, así que la señora Jacob era ella. La observaron. Era el centro de atención. Sonreía con valentía. Abrazaba a unos y a otros. Se despedía de ellos. La gente formaba una fila a lo largo del camino, de uno en uno, de dos en dos, en grupos más grandes. Empezaron a oír cómo arrancaban los coches, a ver el humo azulado de los tubos de es-

88

cape. Oían el siseo y el quejido de la dirección asistida a medida que los vehículos iban dejando la fila en la que estaban aparcados. El roce de los neumáticos en la gravilla o en el asfalto. El balbuceo de los motores a medida que aceleraban y se alejaban por la carretera. Aquello iba a ser pan comido. Dentro de poco iba a quedarse sola, triste y compungida, y entonces recibiría a un par de visitantes más. Puede que los viera llegar y que considerara que eran dos hombres que llegaban tarde a darle el pésame. Al fin y al cabo, ellos también iban con traje y corbata oscuros. Lo que va bien para el distrito financiero de Manhattan va bien para un funeral.

Reacher siguió a los dos últimos invitados por la escalera de cemento hasta salir del jardín. Uno era coronel y el otro era un general de dos estrellas. Ambos iban con el uniforme inmaculado. Tal y como había supuesto, allí donde hay comida y bebida gratis, los militares son siempre los últimos en marcharse. Al coronel no lo conocía, pero el general le sonaba de algo. Le pareció que este también lo había reconocido a él, pero ninguno de los dos hizo ademán de esforzarse por descubrir de qué. Ninguno de los dos quería meterse en largas y complicadas explicaciones acerca de lo que cada uno de ellos estaba haciendo en aquel momento.

Los dos jefazos le estrecharon la mano a Jodie de manera bastante formal, se cuadraron y saludaron. Movimientos precisos típicos de desfiles, botas relucientes que pisaban con fuerza el pavimento, la mirada al frente, fijada a mil metros de distancia, todo ello un poco chocante en aquel camino rodeado de un verde tan tranquilo. Subieron al último coche que quedaba en el patio delantero: uno de los sedanes verdes que había visto aparcados más cerca de la casa. Los primeros en llegar, los últimos en irse. Estaban en tiempos de paz y la Guerra Fría había terminado, así que no tenían nada que hacer en todo el día. Aquella era la razón por la que a Reacher no le había importado formar parte de los recortes. Mientras veía cómo giraba el coche verde y avanzaba hacia la salida, volvió a considerar que tenía razones para sentirse afortunado.

Jodie se puso a su lado y volvió a cogerlo del brazo.

—Bueno, pues ya está —murmuró ella.

Permanecieron en silencio mientras el ruido del coche verde iba siendo cada vez menor, hasta que no se oyó nada.

—¿Dónde está enterrado?

—En el cementerio de la ciudad. Podría haberlo hecho en Arlington, claro; pero él no quería ser enterrado allí. ¿Quieres ir a verlo?

—No —contestó Reacher—. No voy a visitar a los muertos a los cementerios. No les sirve de nada. Ya sabía que lo echaría de menos, porque se lo dije hace mucho tiempo.

Jodie asintió sin soltarle el brazo.

—Tenemos que hablar de Costello.

—¿Qué pasa? Te dio el mensaje, ¿no?

—No. Dio conmigo, pero me mostré precavido. Le dije que no era Jack Reacher.

Ella lo miró estupefacta.

—¿Por qué?

Él se encogió de hombros.

—Supongo que por costumbre. No me gusta que me metan en nada y, como no me sonaba el apellido Jacob, me lo saqué de encima. Estaba feliz viviendo allí abajo.

Ella seguía mirándolo.

—Debería haber usado el apellido Garber. Al fin y al cabo, era para una cosa de mi padre, no mía. Pero, claro, como lo hice a través del bufete, ni me detuve a pensarlo. Si hubiera mencionado el apellido Garber le habrías escuchado, ¿verdad?

—Por supuesto.

—Y no habrías tenido que preocuparte, porque habrías sabido que no era nada grave.

—¿Entramos? —preguntó Reacher.

—¿Por qué? —Ella volvió a mostrarse sorprendida.

—Porque me parece que es más grave de lo que crees.

Vieron cómo ella llevaba al hombre grandote hasta la puerta delantera y tiraba de la puerta con mosquitera. Él sujetó el bastidor de la mosquitera mientras ella giraba el pomo de la puerta y la abría. Era una puerta principal grande, de madera marrón apagado. Entraron y la cerraron. Unos diez segundos después vieron una luz tenue por una ventana, en la zona izquierda de la casa. Supusieron que se trataría de una sala de estar, una estancia que estaba tan resguardada detrás de una fila de arbustos que necesitaba luz incluso a pleno día. Siguieron agachados en aquella depresión húmeda y esperaron. A su alrededor, los insectos iban de aquí para allá entre los rayos del sol. Se miraron el uno al otro y escucharon con suma atención. No se oía nada.

Salieron de su escondite y se dirigieron al camino de entrada. Corrieron agachados hasta la esquina del garaje. Se pegaron a la pared y se deslizaron hasta la parte frontal. Hacia la casa. Buscaron sus pistolas en las chaquetas. Las sacaron y las empuñaron apuntando al suelo. Se dirigieron al porche. Primero uno. El otro no salió hasta que el primero no había llegado. Cuando volvieron a estar juntos, descansaron apoyándose en la madera vieja. Luego se agacharon, con la espalda contra la pared, uno a cada lado de la puerta principal, con la pistola preparada. La joven había entrado por allí y saldría por allí. Solo era cuestión de tiempo.

—¿¡Que lo han asesinado!? —exclamó Jodie.

—Y es muy probable que a su secretaria también —añadió Reacher.

—No me lo puedo creer... ¿Por qué?

Jodie había guiado a Reacher por un vestíbulo oscuro hasta una sala de estar que había en una esquina de la casa. La pequeña ventana, el revestimiento de madera oscura y los elegantes muebles de cuero marrón la convertían en una estancia lúgubre, por lo que la joven había encendido una lamparita de mesa. Con aquella luz, la habitación se convirtió en el reino acogedor de un hombre, como los bares anteriores a la guerra que Reacher había visto en Europa. Había estantes con libros —ediciones baratas compradas mediante suscripción hacía décadas— y con fotografías curvadas y desvaídas clavadas con chinchetas. Había también un escritorio sencillo, de esos en los que un anciano desocupado ordena sus facturas e impuestos, a imitación de como lo hacía cuando tenía trabajo.

—No sé el porqué. De hecho, no sé nada. Por no saber, ni siquiera sé por qué le encargaste que me buscara.

—Mi padre quería verte. No llegó a decirme la razón. Yo estaba ocupada. Tenía un juicio muy complicado que duró meses. Estaba absorta en eso. Lo único que sé es que, cuando se encontró mal, empezó a ir al cardiólogo y que en la consulta debió de conocer a alguien que lo metió en algo. Estaba preocupado. Me daba la impresión de que consideraba que tenía una gran obligación. Y cuando empeoró, se dio cuenta de que iba a tener que dejarlo y empezó a decir que debía dar contigo porque tú eras de los que haría algo al respecto. Aquello lo agitaba, algo que no le convenía, así que le pedí a Costello que te buscara. En el bufete trabajamos con él a menudo y me pareció que era lo mínimo que podía hacer por mi padre.

Tenía sentido, pero lo primero que pensó Reacher fue: «Pero ¿por qué a mí?». Entendía el problema de Garber: estaba en medio de algo, le fallaba la salud, no quería abandonar aquella obligación, necesitaba ayuda. La cuestión era que alguien como él podía conseguir ayuda donde quisiera. Las Páginas Amarillas de Manhattan estaban llenas de investigadores privados. Y si era algo que no se podía contar, demasiado personal para un detective de la ciudad, lo único que tenía que hacer era descolgar el teléfono y una docena de sus amigos de la Policía Militar lo ayudarían al momento. Dos docenas. Cien. Todos ellos ansiosos por devolverle la amabilidad que les había mostrado o los favores que les había hecho a lo largo de su carrera. Así que Reacher se preguntaba: «¿Por qué a mí en concreto?».

—¿A quién dices que conoció en el cardiólogo?

Jodie se encogió de hombros.

—No lo sé. Estaba tan ocupada que nunca hablamos de ello.

—¿Vino aquí Costello? ¿Habló con tu padre?

La joven asintió.

—Lo llamé y le dije que le pagaríamos a través del bufete, pero que viniera aquí a conocer los detalles del trabajo. Me llamó uno o dos días después y me explicó que había hablado con mi padre y que él quería encontrarte. Quería que lo contratara de forma oficial, con contrato de por medio, porque decía que la búsqueda podía salir cara, y así lo hice, porque no quería que mi padre se preocupara por lo que iba a costar.

—Por eso Costello me dijo que su cliente era la señora Jacob, no Leon Garber. Y por eso lo ignoré. Y por eso provoqué que lo asesinaran.

La joven negó con la cabeza y lo miró con dureza, como si fuera un novato del bufete que acababa de entregar un informe chapucero. A Reacher aquello lo pilló por sorpresa. Aún pensaba en ella como en la niña de quince años, no como en la abogada treintañera que se pasaba el día inmersa en casos largos y complejos.

—*Non sequitur* —le dijo—. Lo que ha pasado está claro, ¿no?

Mi padre le contó la historia a Costello y este intentó tomar un atajo para dar contigo, pero levantó la liebre que no debía y puso a alguien sobre aviso. Ese alguien lo mató para descubrir a quién andaba buscando y por qué. Daba igual que tú hubieras salido a jugar o no. De una u otra manera, habrían ido a por Costello para descubrir quién le había puesto sobre la pista. Así que, en realidad, la culpa de que lo hayan asesinado es mía.

Reacher negó con la cabeza.

—Fue Leon, a través de ti.

Ella también negó con la cabeza.

—La culpa es de quienquiera que conociera mi padre en el cardiólogo. Suya, a través de mi padre y, a su vez, a través de mí.

—Tengo que encontrar a esa persona.

—¿Qué importa eso ahora?

—Claro que importa. Si Leon estaba preocupado por algo, a mí también me preocupa. Así es como funcionaban las cosas entre nosotros.

Jodie asintió en silencio. De pronto, se puso de pie y se acercó a la estantería. Con las uñas, sacó poco a poco la chincheta de una de las fotografías. La miró con atención y, después, se la tendió a Reacher.

—¿Te acuerdas de esto?

La fotografía era una Kodak que debía de tener unos quince años y que había ido perdiendo el color de esa forma característica en que lo pierden las Kodak debido a la luz y al paso del tiempo, hasta que se convierten en fotografías en tonos pastel. En ella se veía uno de esos áridos cielos de Manila y un jardín de tierra. Leon Garber estaba a la izquierda, con unos cincuenta años, vestido con un uniforme de campaña arrugado y de color verde aceituna. Reacher estaba a su derecha, con veinticuatro años, teniente, treinta centímetros más alto que Garber, sonriendo con el vigor de la juventud. Entre los dos estaba Jodie, con quince años, con un vestido sin mangas y pasándole un brazo por los hombros a su padre y el otro por la cintura a Reacher. La chica tenía los ojos entrecerrados por el sol, sonreía y estaba inclinada hacia Reacher como si le estuviera abrazando la cintura con toda la fuerza de la que era capaz aquel cuerpecito tostado por el sol.

—¿Te acuerdas? Mi padre acababa de comprar la Nikon en el economato militar. Y tenía un autodisparador. Pidió prestado un trípode y no podía esperar para estrenarla.

Reacher asintió. Lo recordaba. Recordaba incluso cómo le olía el pelo a ella aquel día, bajo el caluroso sol del Pacífico. Un pelo limpio y joven. Recordaba la sensación que le había producido que se pegara así a él. La sensación de tener aquel bracito suyo pasado por la cintura. Recordaba que se había gritado a sí mismo: «¡Despierta, hombre, que solo tiene quince años y es la hija de tu oficial al mando!».

—Él decía que era su foto de familia. Nunca dejó de decirlo —comentó Jodie.

Reacher asintió.

—Por eso. Porque así es como funcionaban las cosas entre nosotros.

Ella se quedó un buen rato mirando la fotografía. Había algo en su mirada.

—En cuanto a la secretaria —explicó él—, le habrán preguntado quién era el cliente de su jefe. Y seguro que se lo ha dicho. Y, aunque no se lo haya dicho, lo descubrirán antes o después. A mí me ha costado treinta segundos y una llamada de teléfono. Así que ahora vendrán a buscarte para preguntarte quién está detrás de este asunto.

Por su expresión, era como si la joven se hubiera quedado en blanco. Dejó la fotografía en el escritorio.

—Pero yo no lo sé.

—¿Y piensas que van a creerte?

Asintió como pensativa y miró hacia la ventana.

—Bueno, ¿y qué hacemos?

—Tienes que irte de aquí. Es necesario. Esto es muy solitario. Está muy aislado. ¿Tienes casa en la ciudad?

—Claro. Tengo un *loft* en la parte baja de Broadway.

—¿Has venido en coche?

La joven asintió.

—Claro. Está en el garaje, pero iba a quedarme a pasar aquí la noche. Tengo que encontrar su testamento, hacer el papeleo, cerrar algunos asuntos. Pensaba marcharme mañana a primera hora.

—Haz lo que tengas que hacer ahora mismo y luego nos largamos de aquí. Lo digo muy en serio, Jodie. No sé quién será esa gente, pero no está jugando.

La cara que puso Reacher era más convincente que nada de lo que pudiera decir. La joven asintió y se puso de pie.

—De acuerdo. El escritorio. Échame una mano.

Desde que estudió el programa de las Fuerzas Armadas en el instituto hasta que lo licenciaron por enfermedad, Leon Garber había pasado casi cincuenta años en uno u otro destino militar. Allí estaba todo, en aquel escritorio. En los cajones de arriba había bolígrafos, lápices, gomas de borrar y reglas, todo ello bien alineado. Los cajones de abajo eran de doble altura y había una serie de archivadores de acordeón colgando de unas barras. Cada uno de los archivadores tenía secciones con una etiqueta escrita a mano. IMPUESTOS, TELÉFONO, ELECTRICIDAD, ACEITE DE LA CALEFACCIÓN, TRABAJOS DE JARDINERÍA, GARANTÍAS DE ELECTRODOMÉSTICOS. Una de las etiquetas tenía una caligrafía más reciente y de un color distinto: ÚLTIMA VOLUNTAD Y TESTAMENTO. La joven ojeó lo que había en cada uno de los archivadores y acabó cogiéndolos todos. Reacher encontró en un armario una maleta de cuero a la que se le notaba el paso del tiempo y metieron los archivadores en ella. Reacher la cerró con cierto esfuerzo. Luego, cogió la vieja fotografía del escritorio y la miró de nuevo.

—¿Te molestaba que dijera eso de mí? —le preguntó a Jo- die—. Lo de que éramos familia.

La joven se detuvo en la puerta y asintió.

—Sí, me molestaba mucho. Algún día te explicaré por qué.

Reacher se quedó mirándola, pero ella se dio la vuelta y desa- pareció por el vestíbulo.

—¡Voy por mis cosas! —anunció—. Tardo cinco minutos, ¿vale?

Reacher volvió a la estantería y clavó la fotografía donde ha- bía estado. Luego apagó la luz y salió de la sala de estar con la maleta. Se quedó en el silencioso vestíbulo y miró a su alrededor. Era una casa agradable. En algún momento la habían ampliado, eso estaba claro. Había un grupo de habitaciones centrales cuya distribución tenía cierto sentido y, después, había otras que sa- lían como de un segundo vestíbulo. Un vestíbulo demasiado pe- queño para considerarlo un laberinto, pero demasiado grande para que fuera previsible. Entró en el salón y paseó por él. Las ventanas daban al jardín y al río, con West Point visible a lo lejos desde una esquina de la chimenea. El aire olía un poco a cerrado y a líquido pulidor. La decoración había perdido color y era muy sencilla. Un suelo de madera de lo más normal, paredes de color crema, mobiliario grande. Una televisión primitiva. No había ví- deo. Libros, cuadros, más fotografías. Nada hacía juego con nada. Era una habitación que nadie se había detenido a diseñar y que no había evolucionado, pero que resultaba confortable. Se notaba que habían vivido en ella.

Garber debía de haber comprado la casa hacía unos treinta años. Puede que en cuanto la madre de Jodie se quedó embara- zada. Era lo habitual. Los oficiales casados con familia a menudo se compraban una casa que, por lo general, estaba cerca de la primera base en la que habían servido o de alguna institución militar que creían que iba a ser clave en su vida, como West Point. La compraban y luego la dejaban vacía mientras vivían fuera del país. La cuestión era contar con un puerto donde echar el ancla, un sitio que conocieran bien y al que pudieran volver cuando todo hubiera acabado. O un sitio donde pudiera vivir su familia si el destino extranjero no era adecuado o si la educación de sus hijos necesitaba cierta estabilidad.

Los padres de Reacher no habían seguido ese plan. Ellos no habían comprado ninguna casa. Reacher jamás había vivido en una casa. Había vivido en sucios bungalós de servicio o barracones militares y, desde que había dejado el ejército, en moteles baratos. Y tenía bastante claro que no quería que fuera de otra manera. Sabía que no quería vivir en una casa. No sentía aquella necesidad. La implicación que hacía falta lo intimidaba. Como si fuera un peso físico. Como la maleta que llevaba. Las facturas, los impuestos del inmueble, el seguro, las escrituras, las reparaciones, el mantenimiento, las decisiones, un tejado nuevo o una estufa nueva, alfombra o moqueta, los presupuestos. Arreglar el jardín. Se acercó a una ventana y miró el césped. Solo pensar en las horas que había que emplear para cuidar el jardín hacía que le pareciera que comprar una casa no tenía sentido. Primero, uno se gastaba un montón de dinero e invertía muchísimo tiempo en conseguir que la hierba creciera, pero ¿para qué? Para seguir gastando dinero e invirtiendo tiempo en cortarla cada cierto tiempo. Era una maldición que creciera demasiado rápido, pero, si no crecía, uno volvía a gastar más dinero en regarla durante el verano, por carísima que fuera el agua. Y la pasta en fertilizantes que se tenía que gastar para abonarla en otoño, claro.

Una locura. Ahora bien, si alguna casa podía hacerle cambiar de opinión, quizá fuera la de Garber. Era un sitio normal, que exigía pocos esfuerzos. Parecía que hubiera prosperado gracias a una negligencia benigna. Podía imaginarse viviendo allí. De hecho, la imagen fue muy potente. El ancho Hudson pasando, tranquilizador y muy presente. Y el viejo río iba a seguir su curso, les sucediera lo que les sucediese a las casas y a los jardines que había en sus orillas.

—¡Vale! ¡Ya estoy lista!

Jodie apareció en la puerta del salón. Llevaba una bolsa de cuero para trajes y se había cambiado de ropa. Se había puesto unos Levi's desteñidos y una sudadera azul celeste con un logo que Reacher no reconocía. Se había cepillado el cabello y la energía estática le levantaba un par de mechones que ella intentaba domar poniéndoselos por detrás de la oreja. El color de la sudadera resaltaba el de sus ojos y el color miel suave de su piel. Los últimos quince años no le habían sentado nada mal.

Fueron a la cocina y cerraron el pestillo de la puerta que daba al jardín. Apagaron los electrodomésticos y comprobaron que los grifos estaban bien cerrados. Volvieron al vestíbulo y abrieron la puerta principal.

5

Por varias razones, Reacher fue el primero en salir por la puerta. Por lo general, habría dejado que Jodie pasara primero, dado que en los de su generación aún se veían los vestigios de los buenos modales estadounidenses. Sin embargo, había aprendido que la caballerosidad estaba bien siempre y cuando uno tuviera claro cómo iba a reaccionar la mujer con la que estaba. Además, se encontraban en la casa de ella, no en la suya, lo que también alteraba la dinámica, dado que era ella quien iba a tener que cerrar la puerta con llave. Así que, por todas esas razones, decidió ser el primero en salir al porche, que es por lo que fue él la primera persona que vieron los dos jóvenes de los trajes caros.

«Si se queda, cargáoslo. ¡Pero venid con la señora Jacob!», les había dicho Hobie. El tipo de la izquierda reaccionó al instante desde donde estaba acuclillado. Estaba muy concentrado, por lo que a su cerebro le llevó menos de un segundo procesar lo que su nervio óptico le estaba enseñando. Notó que se abría la puerta principal, vio que la puerta con mosquitera se abría también, vio a alguien saliendo al porche, vio que era el tipo grandote el primero que salía y disparó.

El de la derecha estaba en una posición peor. La puerta con mosquitera chirrió mientras se abría justo delante de su cara. No es que fuera un obstáculo, porque una malla de nailon prieta diseñada para que no pasen los insectos no iba a servir de mucho para detener una bala, pero la cuestión era que él era diestro y que el marco de la mosquitera se movía justo hacia su pistola mientras intentaba encontrar la posición para dispararla. Eso le llevó a dudar unos instantes y a girarse hacia delante para evitar el arco que describía la puerta con mosquitera. Cogió el marco con la mano izquierda y tiró de él mientras iba levantando la derecha y buscando una buena posición.

Para entonces, Reacher estaba actuando de manera inconsciente e instintiva. Tenía casi treinta y nueve años y su memoria abarcaba unos treinta y cinco de ellos, desde los primeros fragmentos de la niñez. El caso es que esos recuerdos estaban casi monopolizados por el servicio militar: el de su padre, el de los padres de sus amigos, el suyo, el de sus amigos. No sabía qué era la estabilidad. Nunca había pasado todo un curso en un mismo colegio. Nunca había trabajado de nueve a cinco de lunes a viernes. Nunca había contado sino con la sorpresa y la imprevisibilidad. Había una parte de su cerebro, desarrollada de manera desproporcionada, como un músculo que se ha entrenado a todas horas, que hacía que le pareciera razonable salir por la puerta de una casita de campo de una tranquila población de Nueva York y ver a dos hombres agachados y apuntándole con una nueve milímetros cada uno; dos hombres que había visto hacía poco en los Cayos, a tres mil doscientos kilómetros de distancia de allí. No se asustó, no le sorprendió, no soltó una exclamación de miedo. No se detuvo, no dudó, no se inhibió. Solo reaccionó de manera instantánea a un problema mecánico que se le presentaba, como si no fuera sino un diagrama geométrico en el que estaban implicados el tiempo y el espacio, además de ángulos, balas duras y cuerpos blandos.

Reacher, que llevaba la pesada maleta en la mano izquierda y la balanceaba hacia delante mientras pasaba por el umbral, hizo dos cosas al mismo tiempo. La primera: dejó que la maleta siguiera el curso de su balanceo y usó la fuerza que dicho movimiento confería a su hombro izquierdo para mover el objeto hacia fuera; y, la segunda: describió un círculo como el de las aspas de un molino con el brazo derecho y le pegó un empujón a Jodie en el pecho, lo que la lanzó al interior del vestíbulo. La mujer trastabilló hacia atrás y fue la maleta la que se llevó la primera bala. Reacher notó que quería escapársele de las manos. Sin embargo, la sujetó con fuerza y se asomó al porche como un nadador que no tiene claro si lanzarse a una piscina de agua helada. Aprovechando la inercia de la maleta, le pegó con ella en la cara al joven de la izquierda, aunque solo le alcanzó de refilón. Sin embargo, como el tipo estaba medio de pie, medio acuclillado, en una posición inestable, el golpe de la maleta lo empujó hacia atrás e hizo que se cayera y que desapareciera momentáneamente de escena.

Sin embargo, Reacher no llegó a ver su caída porque, para entonces, ya estaba concentrado en el otro tipo, que intentaba sortear la puerta con mosquitera con la pistola a unos quince grados de la posición necesaria para disparar. Reacher aprovechó la inercia de la maleta para lanzarse hacia delante. Dejó que el asa tirase de él hacia el suelo mientras su brazo derecho, recogido, aceleraba hacia atrás por el porche. El joven acabó de girar la pistola, lo que hizo que golpeara con ella en el pecho a Reacher. Este oyó el disparo y sintió cómo el cañón del arma le quemaba la piel. La bala salió disparada por debajo de su brazo izquierdo e impactó en el garaje, lejos, al mismo tiempo que su codo derecho acertaba al tipo en la cara.

El codazo de una persona de ciento quince kilos de músculo que se está lanzando puede hacer muchísimo daño. El codo superó el marco de la mosquitera y alcanzó al tipo en la barbilla. La onda sísmica producida por el golpe le recorrió a la víctima toda la mandíbula, pero esta es una articulación lo bastante dura como para que la fuerza que llevaba el golpe llegara mermada al cerebro del tipo. Aun así, Reacher estaba seguro de que, por la manera en que acababa de caer al suelo, su rival iba a estar fuera de juego durante un buen rato. En ese momento, empujada por su muelle, la puerta con mosquitera empezó a cerrarse acompañada de un chirrido y Reacher vio que el de la izquierda se revolvía de lado, sobre el suelo de madera del porche, en busca de su arma, que se le había escapado. Jodie quedaba enmarcada por el zaguán, agachada, con las manos en el pecho, intentando respirar. La maleta daba vueltas de campana como loca por el césped del jardín delantero.

Jodie era el problema. Reacher se encontraba a dos metros y medio de ella y el tipo de la izquierda estaba entre ambos. Si se adelantaba a coger el arma y apuntaba a la derecha, Jodie estaría en la misma línea de tiro que el atacante. Por tanto, Reacher apartó de en medio al tipo inconsciente y se lanzó hacia la puerta. Cerró la mosquitera y entró en la casa. Empujó a Jodie un metro hacia el interior del vestíbulo y cerró la puerta de golpe. La puerta golpeó y protestó en tres ocasiones, una por cada vez que el tipo de fuera disparó, y escupió polvo y astillas. Reacher cerró el pestillo, se agachó, obligó a agacharse a Jodie y tiró de ella hasta la cocina.

—¿Hay alguna manera de llegar al garaje desde la casa?

—Por el pasillo lateral —respondió Jodie resollando.

Era junio, así que las contraventanas estaban abiertas y el pasillo lateral no era sino un pasillo techado y cerrado con pantallas mosquiteras que iban del suelo al techo. El tipo de la izquierda llevaba una Beretta M9, que habría empezado el día con quince balas en el cargador. Ya había disparado cuatro: una a la maleta y tres a la puerta. Le quedaban once, lo cual no resultaba reconfortante, teniendo en cuenta que lo único que los separaba de él iban a ser unos pocos metros cuadrados de malla de nailon.

—¿Las llaves del coche?

La joven rebuscó en el bolso hasta que las encontró, pero se le cayeron. Reacher las recogió y las mantuvo dentro de su puño. La puerta de la cocina tenía un panel de cristal por el que se veía el corredor, que acababa en una puerta idéntica. La que daba al garaje.

—¿Está cerrada aquella puerta?

Jodie asintió. Le faltaba el aire.

—La verde. La verde es la del garaje.

Reacher miró el manojo de llaves. Había una vieja Yale con manchitas de pintura verde. Se acercó a la puerta de la cocina, la abrió, se arrodilló y sacó la cabeza con precaución, a una altura que nadie se esperaría. Miró a ambos lados. Al parecer, el tipo no estaba esperándolos por allí. Luego, cogió la llave verde y la sujetó con la punta por delante, como si fuera una lanza diminuta. Se puso de pie y salió corriendo hacia la puerta del garaje. Nada más llegar, metió la llave en la cerradura, la giró y sacó la llave. Abrió la puerta y le hizo un gesto con la mano a Jodie para que le siguiera. La joven llegó a la carrera y Reacher cerró la puerta inmediatamente detrás de ella. La cerró con llave y se quedó escuchando. No se oía nada.

El garaje era alargado y oscuro, con las vigas a la vista y la estructura abierta, y olía a aceite de motor viejo y a creosota. Estaba lleno de los trastos que se tienen en un garaje, como cortacéspedes, mangueras y sillas de jardín, todos ellos viejos; las pertenencias de un hombre que había dejado de comprar chismes hacía veinte años. Las puertas principales se abrían manualmente y subían por unos rieles metálicos curvados. No había ningún mecanismo. No había ningún botón eléctrico. El suelo era de cemento, envejecido y barrido hasta que parecía que estuviera pulido. El coche de Jodie era un Oldsmobile Bravada nuevo, de color verde oscuro con destellos dorados. Estaba allí, agazapado en la oscuridad, con el morro hacia la pared de atrás. En el portón trasero tenía dos insignias que se jactaban de su tracción a las cuatro ruedas y de su motor V6. La tracción a las cuatro ruedas iba a ser útil, pero lo que de verdad iba a marcar la diferencia era lo rápido que arrancara aquel V6.

—Sube detrás y túmbate en el suelo —le susurró Reacher.

Jodie entró con la cabeza por delante y se tumbó sobre la caja de cambios. Él cruzó el garaje y buscó en el manojo de llaves la que abría la puerta que daba al jardín. La abrió, miró hacia fuera y escuchó. Ningún movimiento, ningún sonido. Luego fue al coche, metió la llave en el contacto y encendió el cuadro de mandos para echar atrás el asiento eléctrico tanto como pudiera.

—Enseguida subo —susurró.

La zona de herramientas que había organizado Garber estaba tan ordenada como su escritorio. Había un tablero de clavijas de esos de dos metros cuarenta por uno veinte con las típicas herramientas domésticas bien ordenadas. Reacher cogió un martillo de carpintero que pesaba bastante, salió del garaje y lo tiró hacia la casa, en diagonal, para que cayera en los matorrales del jardín delantero. Contó hasta cinco para darle al tipo tiempo para oír el ruido, reaccionar y correr hacia él desde donde fuera que estuviera escondido. Acto seguido, se agachó y volvió al coche. Se quedó junto a la puerta, metió el brazo y giró la llave para arrancarlo. El motor respondió de inmediato. Corrió hasta la persiana metálica y la levantó de golpe. La puerta se abrió con estruendo mientras ascendía por su riel de metal. Reacher volvió corriendo al coche, se subió, metió marcha atrás y pisó a fondo el acelerador. Las cuatro ruedas chirriaron y se agarraron al suelo de cemento, tras lo cual el vehículo salió disparado del garaje. Reacher vio al tipo de la Beretta por el rabillo del ojo, a su izquierda, en el jardín delantero, girándose para mirarlos. Reacher aceleró hasta el camino de salida y fue marcha atrás hasta la carretera. Frenó con gran violencia, giró el volante, metió primera y salió a toda velocidad por la carretera, envuelto en la nube de humo azul producida por los neumáticos quemados.

Aceleró al máximo durante cincuenta metros y, después, dejó de pisar el pedal. Se detuvo poco a poco junto al camino de entrada de la casa vecina y se metió por él marcha atrás muy despacio hasta que los arbustos los ocultaron. Enderezó la dirección y apagó el motor. Detrás de él, Jodie se incorporó como pudo y lo miró sorprendida.

—¿¡Qué coño estamos haciendo aquí!?

—Esperar.

—¿¡A qué!?

—A que salgan de casa de tu padre.

La joven ahogó un gritito a caballo entre la indignación y la sorpresa.

—No, Reacher, no vamos a esperar, vamos a ir directos a la policía.

Reacher encendió el cuadro de mandos para conseguir la electricidad con la que abrir la ventanilla. El cristal zumbó hasta llegar abajo. Así oía mejor.

—No podemos dar parte a la policía.

—Joder, ¿por qué no?

—Porque sospecharán que a Costello lo maté yo.

—¡Pero no fuiste tú!

—¿Y piensas que es eso lo que van a creer?

—Pues tendrán que creérselo, porque simplemente no fuiste tú.

—Ya, pero podría llevarles algo de tiempo encontrar a alguien que parezca más sospechoso que yo.

Ella se quedó callada un momento.

—Bueno, ¿pues qué propones?

—Propongo que mantengamos a la policía alejada de mí. Será lo más ventajoso para nosotros.

Jodie sacudió la cabeza. Reacher lo vio por el retrovisor.

—No, Reacher, para esto necesitamos a la policía.

Él siguió mirándola por el retrovisor.

—¿Recuerdas lo que solía decir tu padre? «Yo soy la policía».

—Sí, vale, lo era. Y tú también lo eras. Pero eso fue hace mucho tiempo.

—Tampoco hace tanto.

Se quedó callada. Se sentó. Se inclinó hacia él.

—No quieres ir a la policía, ¿verdad? Es eso, ¿no? No es que no debas, sino que no quieres.

Reacher se ladeó hacia ella para poder mirarla a la cara. Se fijó en que ella se quedaba mirando la quemadura que tenía en la camisa, a la altura del pecho. En la prenda había una larga mancha con forma de lágrima, una mancha negra, de pólvora, de partículas de pólvora que habían quedado tatuadas en el algodón. Se desabrochó los botones y abrió la camisa. Se miró el pecho. Se le había quedado marcada en él la misma forma de lágrima, y tenía los pelos chamuscados y rizados. Incluso empezaba a salirle una ampolla, roja y furiosa. Se lamió el pulgar y presionó la ampolla. Esbozó un gesto de dolor.

—Si se meten conmigo, responden ante mí.

La joven lo miraba con los ojos como platos.

—Eres increíble, ¿lo sabes? Eres igual de malo que mi padre. Reacher, tendríamos que ir a la policía.

—No. Me meterían en la cárcel.

—Deberíamos ir —insistió Jodie, pero esta vez con la boca pequeña.

Él negó con la cabeza. Se quedó mirándola. Era abogada, pero también era la hija de Leon Garber y sabía muy bien cómo funcionaban las cosas en el mundo real. Se quedó callada un buen rato y, después, se encogió de hombros como si supiera que no podía hacer nada y se llevó la mano al esternón, como si le doliera.

—¿Estás bien? —preguntó Reacher.

—Me has dado muy fuerte.

«Podría darte un masaje».

—¿Quiénes son esos dos? —quiso saber Jodie.

—Los que mataron a Costello.

Ella asintió primero y después suspiró. Miró a derecha e izquierda con aquellos ojos azules.

—Bueno, ¿adónde vamos a ir?

Reacher se relajó. Acto seguido, sonrió.

—¿Cuál sería el último sitio del mundo en el que nos buscarían?

Ella se encogió de hombros. Se quitó la mano del pecho y se atusó el pelo.

—¿En Manhattan?

—En la casa de tu padre. Nos han visto huir, así que no esperarán que volvamos.

—Estás loco, lo sabes, ¿no?

—Necesitamos la maleta. Es posible que Leon tuviera algunas notas.

Jodie sacudió la cabeza, como si estuviera mareada.

—Además, tenemos que cerrar el garaje. No podemos dejarlo abierto o se llenará de mapaches. De familias enteras de esos cabroncetes.

De repente, Reacher levantó la mano y se llevó un dedo a los labios. Se oyó el ruido de un motor al arrancar, posiblemente un enorme V-8, a unos doscientos metros. Oyeron el traqueteo de unas ruedas grandes sobre un camino de gravilla. El borboteo de una aceleración. Luego, una forma oscura pasó a toda velocidad por delante de ellos. Un todoterreno negro con las llantas de aluminio. Un Yukon o un Tahoe, dependiendo de si ponía GMC o Chevrolet en la parte trasera. En él iban dos jóvenes con traje oscuro. Uno de ellos conducía y, el otro, iba recostado en el asiento del copiloto. Reacher sacó la cabeza por la ventanilla y estuvo escuchando hasta que el ruido del coche, que iba en dirección a la ciudad, dejó de oírse.

Chester Stone esperó frente a la puerta de su oficina más de una hora. Cuando entró, llamó al director financiero para que se pusiera en contacto con el banco y consultase la cuenta operativa.

En ella había un millón cien mil dólares, transferidos hacía cincuenta minutos desde un banco de las islas Caimán por parte de una compañía fiduciaria de las Bahamas.

—¡Está en la cuenta! —exclamó el director financiero—. Lo has conseguido.

Stone agarró con fuerza el teléfono mientras se preguntaba qué sería, exactamente, lo que había conseguido.

—Voy a bajar. Quiero ver los números.

—Los números están bien. No te preocupes.

—Voy a bajar de todas formas.

Bajó dos pisos en el ascensor y se unió al director financiero en el lujoso despacho de este. Introdujo la contraseña de la hoja de cálculo secreta y esta se abrió. El director financiero se acercó el ordenador y tecleó el nuevo balance disponible en la cuenta operativa. El programa hizo los cálculos y les indicó que, dentro de seis semanas, el balance estaría nivelado.

—¿Lo ves? ¡Bingo!

—¿Y qué pasa con los intereses?

—¿Once mil a la semana durante seis semanas? Es un interés desorbitado, desde luego.

—Vale, pero ¿podemos pagarlo?

El director financiero asintió confiado.

—Por supuesto. Debemos setenta y tres mil dólares a dos proveedores. Tenemos el dinero para pagarles, pero si perdemos las facturas y les pedimos que vuelvan a enviárnoslas... podemos liberar ese dinero durante un tiempo.

Y señaló la pantalla para indicar a Stone una provisión de fondos para facturas recibidas.

—Setenta y tres mil menos once mil durante seis semanas nos dejan siete mil limpios. Hasta podríamos salir a cenar un par de veces.

—Compruébalo de nuevo, ¿vale? Una vez más.

El director financiero miró sorprendido a su jefe, pero hizo los cálculos de nuevo. Cogió el uno punto uno, lo sacó del rojo, volvió a ponerlo en su sitio y pulsó un botón para que el programa le hiciera el balance, que quedaba equilibrado una vez más. Después canceló la provisión para aquellas dos facturas, sustrajo once mil cada siete días durante seis semanas y comprobaron de nuevo que les quedaba un excedente de siete mil dólares.

—Justo, pero a nuestro favor.

—¿Cómo volvemos a pagar la deuda principal? Necesitamos un millón cien mil disponibles al final de las seis semanas.

—No hay problema. Ya he pensado en eso. Lo tendremos a tiempo.

—Enséñame cómo, ¿de acuerdo?

—Vale. ¿Ves esto? —Estaba dando unos golpecitos en la pantalla en una línea diferente a la de antes, donde estaban los pagos de los clientes—. Estos dos mayoristas nos deben, exactamente, un millón ciento setenta y tres mil dólares, que encaja con el principal más las dos facturas perdidas, y tenemos que cobrarlos a lo largo de estas seis semanas.

—¿Pagarán a tiempo?

El director financiero se encogió de hombros.

—Bueno, siempre lo han hecho.

Chester Stone miraba la pantalla. Sus ojos se movían arriba y abajo, a derecha e izquierda.

—Repásalo otra vez. Una tercera vez.

—No sufras, jefe, que llegamos.

—Tú hazlo, por favor.

El director financiero asintió. Al fin y al cabo, era la empresa de aquel hombre. Hizo un nuevo repaso de todos los cálculos, de principio a fin, y obtuvo el mismo resultado. El millón cien mil del prestamista desaparecía a medida que los exempleados cobraban los cheques, los dos proveedores se quedaban sin cobrar, pagaban los intereses, recibían el pago de los mayoristas, le devolvía su millón cien mil al prestamista, pagaban tarde a los proveedores y en la hoja de cálculo seguían apareciendo los insignificantes siete mil dólares a su favor.

—No sufras, que llegamos —insistió el director financiero.

Chester Stone miraba la pantalla y se preguntaba si con aquellos siete mil dólares podría pagarle un viaje a Europa a Marilyn. Lo más probable era que no, al menos, no uno de seis semanas. Además, la pondría sobre aviso. La preocuparía. Le preguntaría que por qué la obligaba a marcharse y tendría que contárselo. Su esposa era muy inteligente. Lo suficiente para sonsacárselo de una u otra manera. Entonces se negaría a viajar a Europa y pasaría aquellas seis semanas como él: despertándose por las noches, sin pegar ojo.

La maleta seguía allí, tirada en el jardín delantero. Tenía un agujero de bala en un lado. No había orificio de salida. La bala debía de haber atravesado el cuero, haber visto reducida su velocidad con el recio contrachapado de la carcasa y detenido con los papeles que había dentro. Reacher sonrió, la cogió y volvió hacia el garaje, donde le esperaba Jodie.

Habían dejado el coche en la zona que había frente a la casa en la que se podía aparcar. Una vez dentro, Reacher bajó la puerta del garaje y fueron hasta el pasillo lateral que llevaba a la cocina. Allí, Reacher cerró la puerta con la llave verde y se dirigieron a la cocina. Aquella puerta también la cerraron con llave. Salieron de la cocina y pasaron junto a la bolsa de cuero para trajes que Jodie había dejado tirada en el vestíbulo. Reacher, que llevaba la maleta, entró en el salón. Allí había más espacio y más luz que en la sala de estar.

Abrió la maleta y sacó los archivadores de acordeón. La bala cayó al suelo y botó sobre la alfombra. Era una nueve milímetros Parabellum estándar recubierta de cobre. La punta estaba un poco aplanada por el impacto contra el contrachapado pero, por lo demás, parecía nueva. Los archivadores la habían frenado del todo a lo largo de un recorrido de unos cuarenta y cinco centímetros. Se veía con claridad el agujero que había dejado en el centro de ellos. Reacher cogió la bala y la sopesó en la palma. Luego, se fijó en que Jodie seguía en la puerta, observándole. Le tiró la bala y ella la cogió con una mano.

—De recuerdo —dijo Reacher.

Jodie la tiró hacia arriba un par de veces, como si estuviera caliente, y después la lanzó a la chimenea. Entró en el salón y se sentó junto a Reacher en la alfombra, frente al montón de papeles, cadera con cadera. Él percibió el perfume de ella, pero no lo reconoció. En cualquier caso, era un olor sutil y muy femenino. La sudadera le quedaba muy grande, informe, pero, en cierta manera, enfatizaba su figura. Las mangas, muy largas, le llegaban hasta la palma de las manos, casi hasta los dedos. Usaba un cinturón para sujetar el Levi's a su estrecha cintura y sus piernas no llenaban del todo el pantalón. Parecía frágil, pero Reacher recordaba la fuerza de sus brazos. Era delgadita, pero nervuda. La joven se inclinó para consultar los archivadores y el pelo se le cayó hacia delante. A Reacher le llegó el mismo olor que hacía quince años.

—¿Qué estamos buscando?

Reacher se encogió de hombros.

—Supongo que lo sabremos cuando demos con ello.

Buscaron con gran atención, pero no encontraron nada. Allí no había nada. Nada actual, nada significativo. Solo un montón de papeles del hogar que, de repente, resultaban viejos y patéticos porque no hacían sino recordarles una vida que ya había acabado. Lo más reciente era el testamento: un sobre cerrado que estaba en una sección aparte y que tenía unas palabras con letra pulcra escritas en él. Pulcra, pero un poco lenta y temblorosa, la letra de un hombre que acaba de volver del hospital después de que le diera un infarto. Jodie lo cogió, se lo llevó al vestíbulo y lo guardó en un bolsillo aparte que tenía su bolsa para trajes.

—¿Hay algún recibo sin pagar? —le preguntó desde allí.

Había una sección en la que ponía: PENDIENTE. Estaba vacía.

—Aquí no, desde luego. Supongo que alguno que otro aún tiene que llegar. ¿Son mensuales?

Ella le miró desde la puerta y sonrió.

—Sí, son mensuales. Llegan cada mes.

Había otra sección cuya etiqueta decía: MÉDICOS. Estaba llena de facturas médicas del hospital y del cardiólogo y había también fajos de cartas del seguro médico. Reacher las miró por encima.

—Joder, ¿tanto cuesta un tratamiento?

Jodie se acercó y se agachó para mirar.

—Sí. ¿Tú no tienes seguro?

Reacher la miró sin enfocar la mirada.

—Quizá el seguro para veteranos me sirva. No sé, al menos, durante un tiempo.

—Deberías comprobarlo. Para estar seguro.

—Me encuentro bien.

—También mi padre. Se encontró bien durante sesenta y tres años y seis meses.

La joven se arrodilló y Reacher se fijó en que se le nublaban los ojos. Le puso la mano en el brazo con delicadeza.

—Un día de mierda, ¿eh?

Ella asintió y parpadeó repetidamente. Luego, esbozó una sonrisa amarga.

—Increíble. Entierro al viejo, me disparan un par de asesinos, me salto las leyes al no informar a las autoridades de tantos delitos que ni siquiera soy capaz de recordarlos todos y, después, un salvaje que va por ahí de justiciero me convence para que le ayude. ¿Sabes lo que me habría dicho mi padre?

—¿Qué?

Jodie frunció los labios y bajó la voz como para imitar los gruñidos bonachones de su padre:

—«Va con el cargo, muchacha. Va con el cargo». Eso es lo que me habría dicho.

Reacher sonrió. A continuación, buscó entre los papeles médicos hasta que encontró la dirección de la consulta del cardiólogo.

—Venga, vamos a hacerle una visita a su médico.

En el Tahoe estaban debatiendo si deberían volver. «Fallar» no era un verbo muy popular en el vocabulario de Hobie. Puede que lo mejor fuera desaparecer. Largarse. Era una perspectiva atractiva. Pero sabían que lo más probable era que acabara dando con ellos. Puede que tardara, pero los encontraría. Y esa perspectiva, en cambio, no tenía nada de atractiva.

Así que empezaron a pensar en cómo minimizar los daños. Estaba claro lo que tenían que hacer. Pararon donde lo necesitaron y malgastaron un tiempo razonable en un restaurante de carretera que había en la ruta 9 en dirección sur. Para cuando consiguieron abrirse paso entre el tráfico hasta llegar a la punta sur de Manhattan una vez más, ya tenían pensado lo que iban a decir.

—Parecía pan comido —empezó a explicar el primer tipo—. Hemos estado horas esperando; por eso hemos tardado tanto en volver. Pero el problema ha sido que había muchos soldados, como si fuera una ceremonia, y tenían rifles y todo eso.

—¿Cuántos? —les preguntó Hobie.

—¿Soldados? —le preguntó el otro—. Por lo menos diez. Puede que quince. Se paseaban de un lado a otro, por lo que resultaba difícil contarlos. Debía de ser una especie de guardia de honor.

—Se ha ido con ellos. Han debido de escoltarla desde el cementerio y después ha ido con ellos a algún lado.

—¿Y no se os ha ocurrido seguirlos?

—Imposible —dijo el segundo joven—. Iban muy despacio y formaban una larga línea de coches. Como una procesión funeraria. Nos habrían descubierto enseguida. No íbamos a ponernos en la cola de una procesión funeraria, ¿no?

—¿Y el tipo grande de los Cayos?

—Se ha ido muy temprano. Hemos dejado que se fuera. Estábamos vigilando a la señora Jacob, que para entonces ya estaba claro quién era. Ella se ha quedado un rato y después se ha marchado rodeada de un montón de militares.

—Y, entonces, ¿qué habéis hecho?

—Hemos intentado registrar la casa, pero estaba cerrada a cal y canto, así que hemos ido a la ciudad y hemos comprobado a quién pertenecía el título de la propiedad —explicó el primer joven—. Tienen toda la información en la biblioteca pública. La casa está registrada a nombre de un tal Leon Garber. Le hemos preguntado a la bibliotecaria si sabía algo sobre él y nos ha dejado un periódico local. En la página 3 aparecía una historia acerca del tipo en cuestión. Ha muerto de algo del corazón. Era viudo, así que solo le quedaba su hija, Jodie, apellidada Jacob hasta hace un tiempo, y que, a pesar de que es joven, es una abogada financiera reputada que trabaja en Wall Street, en el bufete Spencer, Gutman, Ricker y Talbot. Vive en la parte baja de Broadway, aquí, en Nueva York.

Hobie asintió despacio y tamborileó con la punta del garfio sobre la mesa, con un ritmo algo nervioso.

—¿Y quién era el tal Leon Garber? ¿Por qué había tantos soldados en su funeral?

—Un policía militar —respondió el primer joven.

El segundo asintió.

—Lo dieron de baja del servicio con tres estrellas y tantas medallas que pierde uno la cuenta. Había servido en el ejército durante cuarenta años. Corea, Vietnam..., en todas partes.

Hobie dejó de tamborilear. Permaneció sentado y se quedó pálido. De no ser por las quemaduras, que seguían de color rosado y resplandecían en la penumbra, parecería un cadáver.

—Un policía militar... —murmuró.

Permaneció sentado un buen rato en la misma posición, con aquellas palabras en los labios. Sentado y mirando al vacío. Luego levantó el garfio y lo giró delante de su cara, mirándolo, examinándolo, dejando que los suaves rayos de luz que entraban por las lamas de las cortinas iluminaran sus curvas y contornos. Le temblaba el brazo, así que se sujetó el garfio con la mano.

—Un policía militar —repitió mientras miraba el garfio. Luego miró a los dos jóvenes que estaban en los sofás.

—Tú, sal —le dijo al segundo.

El joven miró a su compañero, se levantó y salió del despacho. Cerró la puerta con suavidad. Hobie se apartó del escritorio y se puso de pie. Rodeó la mesa y se detuvo justo detrás del otro joven, que seguía sentado en el sofá, sin moverse, sin atreverse a darse la vuelta para mirar a su jefe.

El joven tenía una talla 16 de cuello, es decir, un contorno de casi trece centímetros de diámetro, si damos por hecho que el cuello humano es, más o menos, un cilindro uniforme, que era una asunción que Hobie siempre había considerado adecuada. El garfio que llevaba era una sencilla curva de acero de buen tamaño, como una J mayúscula. El diámetro interior de la curva era de doce centímetros. Se movió muy rápido. Lanzó el instrumento y enganchó la garganta del joven por delante. Dio un paso atrás y estiró con todas sus fuerzas. El joven se levantó y se echó hacia atrás mientras intentaba meter los dedos por debajo del frío metal para que dejara de ahogarle. Hobie sonrió y tiró con más fuerza. El garfio estaba remachado a una copa de cuero que, a su vez, estaba sujeta a una especie de corsé. La copa encajaba en el muñón de su antebrazo y el corsé lo sujetaba con fuerza a la altura del bíceps, por encima del codo. La parte del antebrazo solo era un estabilizador; era la especie de corsé, más pequeño que su codo, lo que soportaba el esfuerzo y hacía que fuera imposible que el garfio se separara del muñón. Hobie siguió tirando hasta que la sensación de ahogo del joven se convirtió en dificultad para respirar y el color de su rostro empezó a pasar de rojo a azul. Entonces Hobie aflojó solo un par de centímetros la posición del garfio y se acercó a la oreja del joven.

—Tu compañero tiene un moretón enorme en la cara. ¿Creéis que soy idiota?

El joven jadeaba y hacía gestos como loco. Hobie giró un poco el garfio para liberar la presión sobre las cuerdas vocales, pero le acercó la punta a la parte inferior de la oreja.

—¿Creéis que soy idiota?

El joven era consciente de que, con el garfio en aquella posición, a nada que su jefe tirase un poco más, le clavaría la punta en el vulnerable triángulo que hay detrás de la mandíbula. No es que supiera mucho de anatomía, pero era muy consciente de que estaba a poco más de un centímetro de morir.

—¡Se lo contaré todo! ¡Se lo contaré todo!

Hobie no apartó el garfio y lo giraba cada vez que el joven dudaba, por lo que no tardó ni tres minutos en conseguir que le contara con pelos y señales lo que había sucedido de verdad.

—Me habéis fallado.

—Sí, es cierto —jadeó el joven—. Pero ha sido culpa suya. Se ha trabado con la puta puerta con mosquitera. Es un inútil.

Hobie giró el garfio.

—¿Inútil comparado con qué? ¿Con lo útil que has resultado tú?

—De verdad, ha sido culpa suya —jadeó de nuevo—. Yo sigo siendo útil.

—Eso vas a tener que demostrármelo.

—¿Cómo? Por favor, ¿cómo? ¡Dígamelo!

—Es fácil. Aún puedes hacer una cosa por mí.

—¡Sí, sí! ¡Lo que sea!

—¡Tráeme a la señora Jacob! —gritó Hobie.

—¡Sí!

—¡Y no vuelvas a cagarla!

—¡No, no! ¡Le prometo que no la cagaremos!

Hobie volvió a tirar del garfio, en dos ocasiones, una por cada una de sus dos siguientes frases.

—No va a ser «nosotros» esta vez. Vas a encargarte tú solo. Porque hay otra cosa que puedes hacer por mí.

—¿El qué? ¿¡El qué!? Lo que sea.

—Deshazte del inútil de tu compañero —respondió entre susurros—. Esta noche. En el barco.

El joven asintió con tanto vigor como se lo permitía el garfio. Hobie se inclinó hacia delante y le quitó el instrumento del cuello. El joven cayó hacia delante, sobre el sofá, resollando con fuerza, presa de las arcadas.

—Y tráeme su mano derecha —susurró Hobie—, para demostrármelo.

Lo primero que descubrieron fue que el cardiólogo al que había estado yendo Leon Garber no trabajaba en una clínica, sino que tenía alquilada una consulta en una unidad administrativa de un gigantesco hospital privado de la zona sur del condado de Putnam. Se trataba de un edificio de diez plantas, blanco, rodeado de zonas verdes, con consultas médicas de todo tipo que se agrupaban alrededor de la planta baja. Había unos caminos asfaltados que serpenteaban por entre una serie de jardines sobrios y que daban a una especie de calles sin salida alrededor de las que había consultas de dentistas y de todo tipo de médicos. Aquello de lo que los doctores no podían encargarse en la consulta se transfería a camas de alquiler que había en el edificio principal.

Así que lo de la clínica de cardiología era más bien una noción; en realidad, se trataba de un policlínico con una población de médicos y pacientes cambiante que dependía de quién estuviera enfermo y de lo grave que estuviera. La correspondencia médica que había recibido Leon Garber dejaba claro que a él lo habían atendido en diferentes sitios: en la UCI al principio, de donde lo habían trasladado a la sala de recuperación, y en consultas externas después, hasta que había vuelto a la UCI, de donde ya no había salido.

El único elemento constante en todos aquellos papeles era el nombre del cardiólogo que lo había llevado, el doctor McBannerman, que Reacher se imaginaba como un viejecito amable, con el pelo canoso, un erudito, un sabio compasivo, puede que con antepasados escoceses, hasta que Jodie le explicó que se había reunido con él en varias ocasiones y que se trataba de una mujer de Baltimore de unos treinta y cinco años. Reacher conducía el cuatro por cuatro de la joven por las curvas de aquellos caminos asfaltados mientras ella miraba a derecha e izquierda en busca de la consulta. La reconoció al final de una de aquellas calles secundarias. Era un edificio bajo, de ladrillo, con molduras blancas y con esa especie de halo de antiséptico que envuelve los edificios médicos. Fuera había estacionados una decena de coches, pero Reacher encontró una plaza libre y aparcó en ella marcha atrás.

La recepcionista era una mujer mayor, obesa y entrometida que saludó a Jodie con cierta simpatía. Luego, les pidió que pasaran al despacho de la doctora McBannerman, lo que hizo que los pacientes que esperaban en la consulta los mirasen mal. El despacho era un sitio inocuo, pálido, estéril y silencioso, con una camilla para examinar pacientes y el enorme diagrama en color del corte transversal de un corazón colgado en la pared de detrás del escritorio. Jodie miraba el diagrama como si se preguntase: «¿Qué parte es la que falló?». Reacher notaba su propio corazón, enorme y vigoroso, bombeando poco a poco en el pecho. Sentía la sangre corriéndole por el cuerpo y el pulso latiéndole en las muñecas y en el cuello.

Estuvieron esperando unos diez minutos hasta que se abrió la puerta y por ella entró la doctora McBannerman, una mujer sencilla y morena que vestía una bata blanca, llevaba un estetoscopio alrededor del cuello como si fuera un distintivo de su profesión y venía con cara de preocupación.

—Jodie. Siento muchísimo lo de tu padre.

El noventa y nueve por ciento del tono era sincero, pero también había algo de preocupación en él.

«Le preocupa que le pongan una demanda por mala praxis», dedujo Reacher.

La hija del paciente era abogada y había acudido a su consulta justo después del funeral. Jodie también se dio cuenta y asintió; un gesto con el que pretendía tranquilizar a la mujer.

—Solo he venido a darle las gracias. Lo ha hecho de maravilla en todo momento. No podría haber estado mejor atendido.

La doctora McBannerman se relajó y ese uno por ciento de preocupación desapareció. Sonrió. Jodie, por su lado, volvió a mirar el diagrama.

—Bueno, ¿qué parte es la que falló?

La doctora siguió la mirada de la joven y se encogió de hombros con delicadeza.

—Me temo que, a decir verdad, le falló todo el corazón. Es un músculo grande y complejo. Nunca deja de latir. Treinta millones de veces al año. Si aguanta dos mil setecientos millones de latidos, que son noventa años, decimos que ha llegado a viejo. Si solo aguanta mil ochocientos millones, es decir, sesenta años, consideramos que tenía una enfermedad cardiaca prematura. Es el mayor problema de salud en Estados Unidos, pero, en realidad, lo único que sabemos es que, antes o después, se para.

Hizo una pausa y miró a Reacher. Durante un segundo, le parecía que la doctora había detectado algún síntoma en él, pero enseguida se dio cuenta de que lo que esperaba era a que los presentaran.

—Jack Reacher —se presentó—. Un viejo amigo de Leon Garber.

La doctora asintió despacio, como si acabara de resolver un rompecabezas.

—Vaya, así que es usted el famoso comandante Reacher. Leon hablaba mucho de usted.

La doctora se sentó y lo miró con un interés manifiesto. Lo miró a la cara y después se fijó en el pecho. Reacher no estaba seguro de si sería por deformación profesional o por la quemadura que le había dejado el cañón de la pistola.

—¿Y le habló de algo más? —le preguntó Jodie—. Tengo la sensación de que estaba preocupado por algo.

La doctora McBannerman se volvió hacia ella y la miró como si no entendiera a qué se refería, como si estuviera pensando: «Bueno, desde luego, todos mis pacientes están preocupados por la muerte».

—¿A qué se refiere?

—No estoy segura. Puede que por algo en lo que lo hubiera involucrado algún otro paciente.

La doctora se encogió de hombros y puso cara de no tener ni idea; pero, justo cuando parecía que estaba a punto de pasar a otra cosa, debió de recordar algo.

—Bueno, lo cierto es que me dijo una cosa que me llamó la atención. Me dijo que tenía una nueva tarea.

—¿Y dijo de qué se trataba?

La doctora negó con la cabeza.

—No entró en detalles. Al principio parecía que lo aburriera. Como si se mostrara reacio a ponerse con ello. Como si alguien le hubiera pedido que hiciera algo tedioso. Pero luego el tema debió de volverse más interesante. Lo estimulaba. Sus electrocardiogramas estaban disparados, y a mí eso no me gustó nada.

—¿Tenía algo que ver con algún otro paciente? —le preguntó Reacher.

—No lo sé —aseguró la doctora—. Supongo que es posible. Pasan mucho tiempo juntos en la sala de espera. Hablan unos con otros. Son gente mayor que, por lo general, están aburridos y se sienten solos.

Sonaba a reprimenda. Jodie se sonrojó.

—¿Cuándo habló del tema por primera vez? —le preguntó Reacher sin perder tiempo.

—¿En marzo? ¿En abril? En cualquier caso, poco después de que pasara a ser paciente externo. Poco antes de que viajara a Hawái.

Jodie la miró sorprendida.

—¿Viajó a Hawái? No lo sabía...

La doctora asintió.

—Se saltó una cita y le pregunté qué había sucedido. Me dijo que había pasado un par de días en Hawái.

—Hawái... ¿Por qué no me lo diría?

—Desconozco la razón por la que viajó a Hawái —contestó la doctora.

—¿Estaba bien para viajar? —le preguntó Reacher.

La doctora negó con la cabeza.

—No, y yo diría que era consciente de que estaba haciendo una locura. Puede que fuera por eso por lo que no me lo contó antes de hacerlo.

—¿Cuándo pasó a ser paciente externo?

—A principios de marzo.

—¿Y cuándo viajó a Hawái?

—Yo diría que a mediados de abril.

—¿Podría darnos una lista de los pacientes que tuvo durante

ese periodo, entre marzo y abril? De la gente con la que podría haber hablado.

La doctora había empezado a negar con la cabeza antes incluso de que Reacher acabara la pregunta.

—Lo siento mucho, pero no, no puedo hacerlo. Es información confidencial.

La doctora apeló a Jodie con la mirada. De médica a abogada. De mujer a mujer. La típica mirada de «ya sabe cómo va esto». Jodie asintió comprensiva.

—Quizá podríamos preguntárselo a la recepcionista. Puede que sepa si mi padre hablaba más de lo normal con alguien en concreto. Solo sería mantener una conversación con ella, con una tercera parte. Así, preservaríamos la confidencialidad médico-paciente. Al menos, en mi opinión.

La doctora McBannerman se dio cuenta de que estaba en un callejón sin salida. Pulsó el botón del interfono y le pidió a la recepcionista que entrase. Le hicieron la misma pregunta, que empezó a asentir con empeño y a responder antes incluso de que acabaran de formularle la pregunta.

—Sí, por supuesto. El señor Garber siempre estaba hablando con esa pareja de ancianos tan agradable, ¿sabe? Ese matrimonio en el que el marido tiene la válvula fastidiada. El ventrículo derecho, ¿no? Ese al que trae su mujer porque él ya no puede conducir. Los que tienen ese coche horrible. El señor Garber estaba ayudándolos con algo, estoy completamente segura. El matrimonio siempre estaba enseñándole fotografías antiguas y papeles.

—¿Los Hobie? —preguntó la doctora.

—¡Eso es, los Hobie! Eran como uña y carne. El señor Garber y el señor y la señora Hobie.

6

Garfio Hobie estaba solo en su despacho del piso ochenta y ocho, escuchando los tranquilos ruidos de fondo del gigantesco edificio, pensando mucho, cambiando de opinión. No era una persona inflexible y se jactaba de ello. De hecho, se admiraba por la manera en que era capaz de cambiar, de adaptarse, de escuchar, de aprender. Creía que ese era su rasgo distintivo, lo que le daba ventaja.

Había ido a Vietnam sin tener una idea clara de qué era capaz. Sin tener una idea clara de nada porque era muy joven. Aunque no solo porque fuera muy joven, sino porque provenía de un tranquilo barrio residencial donde no se podían vivir muchas experiencias.

Vietnam lo había cambiado. Podría haber acabado con él. Acabó con muchos de los suyos. A su alrededor, otros soldados se quebraban en pedazos. Y no solo los que eran unos niños, como él, sino profesionales que llevaban muchos años en el ejército. Vietnam le caía a uno encima como un peso: a algunos los destrozaba, a otros, no.

A él no lo destrozó. Él miraba a su alrededor y cambiaba y se adaptaba. Escuchaba y aprendía. Matar era fácil. Aparte de las ardillas y los conejos atropellados por las calles llenas de hojas que rodeaban su casa, y de aquella apestosa mofeta en una ocasión, jamás había visto un muerto antes. En cambio, nada más llegar a Vietnam, el primer día, vio ocho compatriotas fallecidos.

Se trataba de una patrulla que había caído bajo la perfecta triangulación de fuego de morteros. Ocho soldados, veintinueve pedazos, algunos de ellos bastante grandes. Un momento que marca a uno. Sus compañeros se habían quedado callados o habían empezado a vomitar, incluso a gemir, presas de la incredulidad más abyecta y miserable. Él se mantuvo impertérrito.

Empezó como comerciante. Allí todo el mundo quería algo. Todos se quejaban de lo que no tenían. Le resultó facilísimo. Bastaba con escuchar un poco. Aquí había uno que fumaba pero que no bebía. A aquel de allí le encantaba la cerveza, pero no fumaba. Con uno cambiabas los cigarrillos, y con el otro, la cerveza. Él era el que hacía el trato y la cuestión es que se quedaba con un pequeño porcentaje. Era tan fácil, tan obvio, que no alcanzaba a entender cómo no lo hacían ellos mismos. No se lo tomaba en serio porque estaba seguro de que no podía durar. No pasaría mucho tiempo antes de que se dieran cuenta y se libraran del intermediario.

Pero no llegó a suceder. Aquella fue la primera lección que aprendió: podía hacer cosas que otros no podían. Era capaz de ver cosas que otros no veían. Así que empezó a escuchar con más atención. ¿Qué más querían? De todo. Chicas, comida, penicilina, discos, trabajar en la base, pero nada de limpiar las letrinas. Botas, repelente de insectos, pistolas con cachas de cromo, orejas secas de muertos del Viet Cong como recuerdo. Marihuana, aspirinas, heroína, agujas limpias, un destino seguro durante los últimos cien días del periodo de servicio. Escuchaba, aprendía, buscaba y se quedaba con lo mejor.

Fue entonces cuando dio su gran salto. Fue un salto conceptual del que siempre se había sentido muy orgulloso. Le sirvió de patrón para los demás pasos de gigante que daría más adelante. La revelación la tuvo como respuesta a un par de problemas a los que llevaba un tiempo enfrentándose. El primero, la gran carga de trabajo que le estaba llevando aquello que hacía. En algunas ocasiones, encontrar algo en concreto podía ser muy complicado. Dar con chicas que no tuvieran enfermedades venéreas era muy difícil, y ya encontrarlas vírgenes era casi imposible. Conseguir un suministro fijo de drogas, por ejemplo, era arriesgado. Había otras búsquedas que eran tediosas. Armas molonas, recuerdos del Viet Cong, botas... Conseguir todo eso llevaba tiempo. Además, cuando llegaban nuevos oficiales por las rotaciones a las zonas seguras sin combates, se las hacían pasar putas con los tratos.

El segundo problema era la competencia. Empezó a darse cuenta de que no era el único que se dedicaba a aquello. Su habilidad era rara, pero no única. Había otros que estaban metiéndose en el negocio. Comenzaba a desarrollarse el mercado libre. En ocasiones, algunos soldados rechazaban hacer tratos con él porque decían que podían conseguir un trato mejor en otro lado. Aquello le sorprendió.

Cambiar y adaptarse. Reflexionó mucho sobre ello. Pasó toda una tarde y una noche solo, tumbado en su estrecho camastro, emborrachándose, dándole vueltas a cada punto, y llegó a una conclusión. ¿Por qué ir en busca de cosas específicas que era difícil de encontrar, cuando aquello iba a ponerse más difícil todavía? ¿Por qué ir a visitar a un médico para ver qué quería a cambio de un cráneo de Charlie hervido y limpio? ¿Por qué salir luego a por lo que fuera que quisiera el médico y volver a por el puto cráneo? ¿Por qué hacer tratos con toda esa mierda? ¿Por qué no simplemente negociar con la mercancía más común y más fácil de conseguir en Vietnam: los dólares americanos?

Y así fue como se convirtió en prestamista. Más tarde, cuando estuvo convaleciente y tuvo tiempo para leer, sonrió, aunque con cierto arrepentimiento, al recordar sus comienzos. Había seguido una progresión de lo más clásica. Las sociedades primitivas empezaron con el trueque y, después, evolucionaron a una economía monetaria. La presencia estadounidense en Vietnam había empezado como una sociedad primitiva, de eso no cabía duda. Primitiva, improvisada, desorganizada, allí agachados, en la superficie fangosa de aquel país horripilante. Pero, a medida que pasaba el tiempo, aquella sociedad fue haciéndose mayor, se asentó, maduró. Creció y fue él quien primero empezó a crecer con ella. El primero y, durante mucho tiempo, el único. Se sentía muy orgulloso de ello. Sirvió para demostrar que era mejor que los demás. Más inteligente, más imaginativo; estaba más capacitado para cambiar, adaptarse y prosperar.

El dinero en efectivo era la clave de todo. Si alguien quería botas, heroína o una chica que algún Charlie mentiroso juraba que tenía doce años y que era virgen, pues podía ir y comprarlo con el dinero que le dejaba Hobie. Podía satisfacer su deseo ese día y pagar la semana siguiente, más un pequeño porcentaje de interés. Hobie solo tenía que sentarse allí, como una araña gorda en el centro de su telaraña. No tenía por qué ir de un lado para el otro. No tenía por qué molestarse. Lo había pensado mucho. Enseguida se había dado cuenta del poder psicológico de los números. Los números pequeños, como «nueve», sonaban a poca cosa, amistosos. El nueve por ciento era su tarifa preferida. Parecía que no fuera nada. Un nueve no era sino un garabato en un pedazo de papel. Un solo número. Menos de diez. Nada de nada. Y así es como lo veían los soldados. Sin embargo, un nueve por ciento semanal era un cuatrocientos sesenta y ocho por ciento al año. Como alguien se olvidase de pagar la deuda una semana, el interés subía muchísimo. Ese cuatrocientos sesenta y ocho por ciento se convertía en un mil por ciento la hostia de rápido. Pero nadie se paraba a pensar en eso. Nadie, excepto él. Todos veían un número nueve, un único número, poca cosa, amistoso.

El primer moroso fue un tipo grande, salvaje, feroz y bastante subnormal. Hobie sonrió. Le perdonó la deuda, la dio por perdida. Le sugirió que le compensase por su generosidad sirviéndole de matón. Después de aquello, no hubo más morosos. Era complicado establecer el método exacto de disuasión. Un brazo o una pierna rotos enviaban al tipo al hospital de campaña, lejos del frente, donde estaba a salvo y rodeado de enfermeras blancas que era probable que se derritieran por él si decidía contar alguna heroicidad para explicar cómo lo habían herido. Si, además, la rotura era lo bastante mala, los médicos podían llegar a considerar que le incapacitaba para prestar servicio y le enviaban a casa. Aquello no tenía nada de disuasorio. Absolutamente nada. Así que le sugirió a su matón que usase las estacas punji. Eran un invento del Viet Cong, unas pequeñas estacas afiladas, como brochetas de carne, recubiertas de mierda de búfalo, que es venenosa. El Viet Cong las escondía en agujeros excavados en la tierra, y así los soldaditos las pisaban y la septicemia se apoderaba de ellos. El matón de Hobie se las clavaba a los morosos en los testículos y, así, su clientela consideraba que las consecuencias médicas a largo plazo no merecían la pena, por mucho que se libraran de la deuda y volvieran a casa.

Para cuando se quemó y perdió el brazo, Hobie era muy rico. Su siguiente golpe maestro fue conseguir llevarse su fortuna a casa, hasta el último dólar y sin que nadie se diera cuenta. No todo el que lo había intentado lo habría conseguido. Y menos en las condiciones en las que tuvo que hacerlo él. Aquello le dio aún más pruebas de lo grande que era. Como la historia en que desembocó toda aquella aventura. Tullido y desfigurado llegó a Nueva York después de un viaje tortuoso, pero enseguida se sintió como en casa. Manhattan era una selva no muy diferente de las selvas de Indochina, así que no había razón para que dejara de comportarse como lo había hecho hasta entonces. No había razón para cambiar de negocio. Y en esa ocasión empezaba con una increíble reserva de capital, no de cero, como la primera vez.

Fue un usurero durante años. Ganó mucho dinero. Tenía tanto el capital como la imagen. En lo visual, las cicatrices de las quemaduras y el garfio influían mucho. Acabó teniendo a su servicio un montón de personas que le ayudaban. Se nutrió de oleadas enteras de inmigrantes y pobres, de generaciones de ellos. Se enfrentó a los italianos para mantenerse en el negocio. Pagó a brigadas enteras de la policía y a fiscales para seguir siendo invisible.

Fue entonces cuando dio el segundo gran salto. Fue similar al primero. Y lo dio gracias a un cambio profundo y radical en su forma de pensar. Como respuesta a un problema. El problema de la escala. Tenía millones en la calle, pero se trataba de préstamos pequeños. Miles de pequeños tratos, cien dólares aquí, ciento cincuenta allá, un nueve o un diez por ciento a la semana, quinientos o mil por ciento al año. Mucho papeleo, muchos problemas, siempre a la carrera para poder mantener el ritmo. De repente, se dio cuenta de que menos podía ser más. Se le ocurrió por casualidad. El cinco por ciento del millón de dólares de una gran empresa en una semana era mucha más pasta que el quinientos por ciento de la mierda callejera que prestaba. Se puso enseguida con aquello. Dejó de conceder préstamos de la noche a la mañana y les apretó las tuercas a todos para que le devolvieran lo que le debían cuanto antes. Se compró unos trajes y alquiló una oficina. De la noche a la mañana, se convirtió en un prestamista de empresas.

Fue una genialidad. Había descubierto ese margen gris que hay a la izquierda de las prácticas empresariales convencionales. Había encontrado una enorme circunscripción de prestatarios que necesitaban un préstamo con unas condiciones que iban, digámoslo así, un par de pasos más allá de lo que los bancos considerarían aceptable. Una circunscripción de dimensiones desproporcionadas. Objetivos fáciles. Los hombres de negocios civilizados que vestían de traje y recurrían a él para que les prestase un millón de dólares suponían un riesgo mucho menor que alguien con una camiseta interior sucia que necesitaba cien dólares y que vivía en un edificio de apartamentos junto con un perro rabioso. Objetivos fáciles a los que se intimidaba con facilidad. Ellos no estaban acostumbrados a la dura realidad de la vida. Dejó ir a sus matones y enseguida vio cómo su clientela se reducía a un puñado de prestatarios, cómo la media de los créditos que concedía pasaba a ser mil veces mayor, cómo los tipos de interés dejaban de subir hasta la estratosfera y cómo sus beneficios subían como nunca había imaginado. Menos es más.

Era maravilloso estar en aquel nuevo negocio. Naturalmente, de vez en cuando había problemas, pero eran razonables. Cambió de táctica disuasoria. La familia era el punto débil de aquellos nuevos y civilizados prestatarios. Esposas e hijos. Por lo general, con amenazarlos era suficiente. En algún caso, no obstante, había tenido que actuar. A menudo, resultaba divertido. Las esposas y las hijas de objetivos fáciles que vivían en zonas residenciales podían llegar a ser muy entretenidas. Y aquello era un plus. Tenía un negocio maravilloso. Un negocio que había organizado gracias a su constante predisposición a cambiar y a adaptarse. Sabía que su flexibilidad era su mayor fortaleza. Se había prometido que nunca lo olvidaría. Y aquella era la razón de que estuviera solo en su despacho del piso ochenta y ocho, escuchando los tranquilos ruidos de fondo del gigantesco edificio, pensando, cambiando de opinión.

Ochenta kilómetros al norte de allí, en Pound Ridge, Marilyn Stone también estaba cambiando de opinión. Era una mujer inteligente. Sabía que Chester tenía problemas financieros. No podía ser otra cosa. No es que estuviera teniendo una aventura, de eso estaba segura. hay indicios que se ven cuando los maridos tienen una aventura, pero no era el caso de Chester. Era imposible que estuviera preocupado por otro asunto. Por lo tanto, tenía problemas financieros.

Al principio, había pensado en esperar. Esperar sentada hasta que llegara el día en que él necesitara sacarlo, quitárselo de encima, y se lo contara. Su planteamiento había sido este: esperar hasta ese día y, entonces, meterse de lleno. Sería ella quien se encargara de la situación a partir de ese momento, por grande que fuera la deuda, la insolvencia, o incluso si estaban en bancarrota. A las mujeres se les da bien manejar las situaciones. Mejor que a los hombres. Ella daría pasos prácticos, le ofrecería el consuelo que necesitara, se abriría camino por entre las ruinas sin esa desesperación provocada por el ego en la que, sin duda, Chester se vería inmerso.

Pero estaba cambiando de opinión. No podía esperar más. La preocupación iba a acabar con su marido. Así que iba a tener que dar un paso adelante y hacer algo al respecto. De nada iba a servir que hablara con él. Su naturaleza le llevaba a esconder los problemas. No quería preocuparla. Lo negaría todo y la situación iría a peor. Así que tenía que agarrar el toro por los cuernos, pero hacerlo sin que su marido se enterase. Por su bien, y también por el de ella.

Lo primero que había que hacer era evidente: había que poner la casa a la venta en una inmobiliaria. Fuera cual fuese la envergadura del problema, iban a tener que vender la casa. Ahora bien, lo que no sabía era si con eso sería suficiente. Puede que así resolvieran el problema o puede que no. En cualquier caso, era el primer paso obvio que había que dar.

Una mujer rica que viviera en Pound Ridge, como Marilyn, tenía muchos contactos en los negocios inmobiliarios. En un escalón social por debajo, en el que las mujeres tienen una vida acomodada pero no son ricas, muchas de ellas trabajan en inmobiliarias. Lo hacen a media jornada e intentan que parezca que es una afición, como si lo hicieran más por el entusiasmo que les produce la decoración de interiores que por motivos económicos. Marilyn no tenía ni que pensar para que le vinieran a la cabeza cuatro buenas amigas a las que podría llamar en ese mismo instante. Tenía la mano en el teléfono e intentaba decidirse entre alguna de las cuatro. Al final, se decantó por Sheryl, que era a la que menos conocía de las cuatro, pero que, a su entender, era la más capaz. Ella se lo tomaría en serio y su inmobiliaria también. Marcó su número.

—¡Marilyn! ¡Qué alegría! ¿En qué te puedo ayudar?

Marilyn respiró hondo.

—Creo que vamos a vender la casa.

—¿Y quieres que me encargue yo? Gracias, Marilyn. Pero ¿por qué queréis venderla? Tenéis una casa maravillosa. ¿Os mudáis? ¿Os vais a otro estado?

Marilyn Stone volvió a respirar hondo.

—Creo que Chester va a arruinarse y, aunque no quiero hablar de ello, creo que tengo que empezar a preparar planes de contingencia.

No hizo ninguna pausa. No dudó. No se sintió avergonzada.

—Creo que haces muy bien. Mucha gente espera hasta el último momento y, después, tiene que vender a toda prisa y a cualquier precio.

—¿Mucha gente? ¿Acaso esto es normal?

—¡Puf! ¡No te haces a la idea! Lo vemos a diario. Es mejor enfrentarse a ello cuanto antes y conseguir el valor real de la casa. Estás haciendo lo mejor, te lo aseguro. Ahora bien, esto es lo normal entre mujeres cuando nos dejan llevar las riendas, porque nosotras nos encargamos de estos asuntos mejor que los hombres.

Marilyn respiró aliviada y sonrió. Se sentía como si estuviera haciendo lo mejor y como si aquella fuera la persona indicada con la que hacerlo.

—Me pongo con el asunto de inmediato. Te sugiero que pidas un dólar por debajo de los dos millones y que te plantees conseguir por ella un millón novecientos mil. Eso es realista y, además, así conseguirás a alguien interesado de verdad bastante rápido.

—¿Cómo de rápido?

—¿Tal y como está el mercado hoy en día y donde tenéis la casa? No sé... ¿Seis semanas? Sí, yo creo que en seis semanas tenéis una oferta.

La doctora McBannerman aún estaba un poco nerviosa por lo de la confidencialidad, así que, aunque les dio la dirección del señor y la señora Hobie, no quiso facilitarles un número de teléfono. Jodie no le veía lógica legal, pero parecía que, así, la doctora se quedaba satisfecha, por lo que no insistió. Se dieron la mano y salieron atravesando de nuevo la sala de espera. Fueron hasta el coche, con Reacher detrás de Jodie.

—Qué raro —dijo ella—. ¿Has visto la gente que había en la consulta?

—Sí, gente muy mayor, medio muerta.

—Ese era el aspecto que tenía mi padre al final. Justo ese. Yo diría que el tal señor Hobie estará más o menos igual, así que, ¿en qué van a andar metidos dos viejecitos que se están muriendo?

Subieron al Bravada y ella se inclinó hacia el teléfono del coche y lo descolgó. Reacher encendió el motor para poder poner el aire acondicionado. Ella pidió información. Los Hobie vivían al norte de Garrison, pasado Brighton, que era la siguiente parada del tren. La joven apuntó su número con un lápiz en un pedazo de papel que había cogido de su libreta de bolsillo y llamó de inmediato. Sonó durante mucho rato y, entonces, respondió una mujer.

—¿Dígame?

—¿La señora Hobie?

—Sí, ¿dígame?

Le temblaba la voz y Jodie se la imaginó mayor, débil, gris, delgada, con una bata estampada, sujetando un teléfono antiguo y enorme en una casa oscura y antigua que olía a comida rancia y a cera para muebles.

—Señora Hobie, soy Jodie Garber, la hija de Leon Garber.

—¿Sí?

—Mi padre ha muerto. Murió hace cinco días.

—Sí, lo sé —dijo con un tono de voz triste—. La recepcionista de la doctora McBannerman nos lo contó ayer, cuando fuimos a la consulta. Me dio mucha pena. Era un buen hombre. Fue muy agradable con nosotros. Estaba ayudándonos. Y nos habló de usted. Es abogada. Le acompaño en el sentimiento.

—Gracias. Pero, oiga, ¿podría decirme con qué estaba ayudándoles mi padre?

—Bueno, ya no importa.

—¿Cómo que no importa? ¿Por qué?

—Bueno, pues porque su padre ha muerto. Verá, creo que él era nuestra última esperanza.

Por la manera en que lo dijo, parecía que lo pensara de verdad. La mujer tenía un tono grave y pronunció el final de la frase con una inflexión descendente, con una cadencia trágica, como si por fin se hubiera dado por vencida respecto a algo que había deseado y querido conseguir desde hacía mucho tiempo. Jodie se la imaginó con el teléfono en una mano huesuda y una lágrima en su pálida y delgada mejilla.

—Puede que no sea así, quizá yo pueda ayudarles.

Silencio al otro lado de la línea. Un leve siseo.

—Pues... no lo creo. Es que no sé si es uno de esos asuntos con los que suelen lidiar los abogados.

—¿Y de qué asunto se trata?

—Eso ya no importa.

—¿No puede facilitarme ni siquiera algún detalle?

—No, es que ya no hay nada que hacer. —La mujer lo dijo como si se le estuviera rompiendo el corazón en aquel mismo instante.

Silencio de nuevo. Jodie miró hacia la consulta de la doctora McBannerman por el parabrisas.

—Pero ¿mi padre podía ayudarles? ¿Era algo de lo que sabía mucho? ¿Era porque estuvo en el ejército? ¿Es por eso? ¿Algo que tuviera que ver con el ejército?

—Sí, era por eso. Esa es la razón por la que dudo mucho que, siendo abogada, vaya usted a poder ayudarnos. Ya hemos probado con abogados. Necesitamos a alguien que esté relacionado con el ejército, pero muchas gracias por la oferta. Es muy amable por su parte.

—Conmigo está una persona. Está aquí, a mi lado. Él trabajaba con mi padre, en el ejército. Y estaría encantado de ayudarles, siempre que le sea posible.

Silencio una vez más al otro lado de la línea. Un siseo como el anterior, una respiración. Como si la anciana estuviera pensando. Como si tuviera que replantearse las nuevas circunstancias.

—Se trata del comandante Reacher. Puede que mi padre les hablara de él. Sirvieron juntos durante mucho tiempo. Mi padre envió a buscarlo cuando se dio cuenta de que a él no le quedaba mucho tiempo.

—¿Envió a buscarlo?

—Sí. Yo diría que consideraba que el comandante podía seguir donde él lo había dejado. Ya me entiende, que fuera él quien siguiera ayudándoles.

—¿Y estaba ese señor también en la Policía Militar?

—Sí, lo estaba. ¿Es eso relevante?

—No estoy segura —dijo la mujer.

Y volvió a quedarse callada. Respiraba cerca del teléfono.

—¿Podría venir a casa? —preguntó la anciana de repente.

—Iremos los dos —respondió Jodie—. ¿Le parece bien que vayamos ahora mismo?

Un nuevo silencio. Respiraciones. Pensamientos.

—Mi marido acaba de tomarse la medicación y está durmiendo. Está muy enfermo, ¿sabe?

Jodie asintió. Abría y cerraba la mano que tenía libre. Estaba frustrada.

—Señora Hobie, ¿no puede contarnos de qué va el asunto?

Silencio. Respiraciones. Pensamientos.

—Debería dejar que fuera mi marido quien lo cuente. Él se explica mejor que yo. Es una historia muy larga y, a veces, resulta confusa.

—De acuerdo. ¿Hacia qué hora se va a despertar? ¿Nos pasamos por allí un poco más tarde?

Otra pausa.

—Lo normal es que, después de tomar la medicación, no se despierte hasta por la mañana. En realidad, es una suerte. Bueno, al menos eso creo. ¿Podría venir el amigo de su padre a primera hora de la mañana?

Hobie pulsó el botón del intercomunicador que tenía en el escritorio con la punta del garfio. Se inclinó hacia delante y llamó al recepcionista. Lo llamó por el nombre, lo que era inusual en él, que solo se mostraba cercano cuando se sentía muy estresado.

—¿Tony? Tenemos que hablar.

Tony entró, directo desde la recepción de roble y latón y sorteó la mesa de centro hasta llegar al sofá.

—Fue Garber quien viajó a Hawái —anunció Tony.

—¿Estás seguro?

Tony asintió.

—En un vuelo de American. De White Plains a Chicago, de Chicago a Honolulu, el 15 de abril. Regresó al día siguiente, el 16 de abril, por la misma ruta. Pagó con American Express. Está todo en el ordenador.

—¿Y qué hizo allí? —dijo Hobie, que, en realidad, estaba preguntándoselo a sí mismo.

—No lo sabemos —musitó Tony—, pero podemos imaginárnoslo, ¿no?

En el despacho se hizo un silencio ominoso. Tony, a la espera de una respuesta, miraba a su jefe al lado de la cara que no tenía quemado.

—He recibido noticias de Hanói —comentó Hobie rompiendo el silencio.

—¡Dios mío! ¿Cuándo?

—Hace diez minutos.

—¿De Hanói? ¡Mierda, mierda, mierda!

—Treinta años —dijo Hobie—. Y acaba de suceder.

Tony se levantó y rodeó el escritorio. Apartó dos de las lamas de una de las cortinas con dos dedos. Una franja del sol de la tarde iluminó el despacho.

—Deberías marcharte. Ahora... ahora es demasiado peligroso.

Hobie no dijo nada. Puso el garfio entre los dedos de la mano, como si entrelazara el uno y los otros.

—Lo prometiste —continuó Tony ansioso—. Primera fase, segunda fase, y ya ha sucedido. ¡Ya se han producido las dos fases, por el amor de Dios!

—Todavía pasará un poco de tiempo, ¿no crees? Todavía no saben nada.

—Garber no era idiota —soltó Tony—. Sabía algo. Si fue a Hawái es por alguna razón.

Hobie usó el músculo del brazo izquierdo para guiar el garfio hasta la cara. Se pasó el liso y frío acero por la cicatriz. De vez en cuando, la presión de aquella curva dura le aliviaba el picor.

—¿Y qué hay del tal Reacher? ¿Algún progreso?

Tony entrecerró los ojos mientras miraba por el hueco de las lamas, a ochenta y ocho pisos de altura.

—He llamado a Saint Louis —informó Tony—. Él también era policía militar y sirvió con Garber durante casi trece años.

Hace diez días, alguien más pidió información acerca de él. Supongo que sería Costello.

—¿Por qué? ¿Los Garber contratan a Costello para que dé con un viejo amigo del ejército? ¿Por qué? ¿¡Para qué, joder!?

—Ni idea —dijo Tony—. El tipo es un vagabundo. Trabajaba excavando piscinas cuando Costello dio con él.

Hobie asintió como ausente. Estaba pensando en algo.

—Fue policía militar y ahora es un vagabundo.

—Deberías marcharte —insistió Tony.

—No me gustan los policías militares.

—Ya lo sé.

—¿Qué coño estará haciendo aquí ese cabrón metomentodo?

—Deberías marcharte.

Hobie asintió.

—Soy un tipo flexible, ya lo sabes.

Tony dejó las lamas de la cortina y el despacho volvió a quedar en la penumbra.

—No quiero que seas flexible, lo que quiero es que te ajustes al plan que trazaste hace mucho tiempo.

—He cambiado el plan. Quiero las acciones de Stone.

Tony volvió a rodear el escritorio y se sentó en el sofá.

—Es demasiado arriesgado quedarse aquí por eso. ¡Dios mío! Ya has recibido los dos avisos, Vietnam y Hawái.

—Eso ya lo sé. Por eso he vuelto a cambiar el plan.

—¿Y has vuelto al del principio?

Hobie se encogió de hombros y movió la cabeza de un lado al otro.

—A una combinación de ambos. Escapamos, sí, pero después de que consiga lo de Stone.

Tony suspiró y puso las manos en el sofá.

—Seis semanas es demasiado tiempo. Por el amor de Dios, Garber viajó a Hawái. Era un general de la hostia y es evidente que algo sabía, porque, de lo contrario, ¿por qué iba a haber ido a Hawái?

Hobie iba asintiendo a eso. Su cabeza entraba y salía de un haz de luz que iluminaba algunos de los mechones de su cabello canoso.

—Sí, algo sabía, hay que aceptarlo, pero enfermó y murió. Lo que supiera murió con él. De lo contrario, ¿por qué iba a haber recurrido su hija a un detective con pocas luces y a un vagabundo?

—¿Qué quieres decir con eso?

Hobie puso el garfio debajo del escritorio y se llevó la mano a la barbilla. Los dedos le escondían parte de la cicatriz. Era una pose que adoptaba sin darse cuenta cuando pretendía parecer cortés e inofensivo.

—No puedo dejar pasar la oportunidad de lo de Stone —explicó—. Lo entiendes, ¿verdad? Lo tengo ahí delante y me está diciendo «cómeme». Si lo dejara pasar, no me lo perdonaría en la vida. Sería una cobardía. Huir es inteligente, estoy de acuerdo contigo; pero huir antes de tiempo, antes de cuando sea necesario, eso es cobardía, y yo no soy ningún cobarde, Tony. Lo sabes, ¿verdad?

—¿Y qué quieres decir con eso?

—Que vamos a hacer lo uno y lo otro a la vez, pero acelerado. Porque estoy de acuerdo contigo: seis semanas es demasiado tiempo. Tendremos que largarnos antes de seis semanas, pero no vamos a irnos sin las acciones de Stone, así que vamos a precipitar los acontecimientos.

—Vale. ¿Cómo?

—Voy a sacar las acciones al mercado hoy mismo. Habrán tocado fondo hora y media antes de que suene la campana del cierre. Ese debería ser tiempo suficiente para que los bancos reciban el mensaje. Mañana por la mañana, Stone vendrá echando humo, pero yo no estaré, así que serás tú el que le diga lo que queremos y lo que le haremos si no nos lo da. Como mucho, lo tendremos todo en un par de días. Yo haré una preventa de los bienes raíces de Long Island para que eso no nos ocasione retrasos. Mientras tanto, tú lo arreglarás todo aquí.

—Vale. ¿Cómo hago eso?

Hobie miró a su alrededor. Miró aquel despacho en penumbra.

—Nos iremos de aquí. Sin más. Perderemos seis meses de fianza, pero qué más da. Y esos dos gilipollas que juegan a matones no serán ningún problema. Uno de ellos va a cargarse al otro esta noche y tú trabajarás con él hasta que nos traiga a la señora Jacob. Entonces tú te desharás de los dos. Vendemos el barco, vendemos los coches y nos largamos de aquí. Sin cabos sueltos. En una semana. Una sola semana. Yo diría que una semana sí que tenemos, ¿no?

Tony asintió. Se inclinó hacia delante, aliviado ante la perspectiva de que fuera a haber algo de acción.

—¿Y qué pasa con el tal Reacher? Él también es un cabo suelto.

Hobie se encogió de hombros.

—Para él tengo otro plan.

—No vamos a dar con él —dijo Tony—. Al menos, tú y yo solos, no. Y menos en una semana. No vamos a tener tiempo para ir a buscarlo.

—No va a ser necesario.

Tony lo miró con atención.

—Claro que sí, jefe. Porque es un cabo suelto, ¿verdad?

Hobie negó con la cabeza. Luego dejó de cogerse la barbilla con la mano y sacó el garfio de debajo de la mesa.

—Lo haré de la forma más eficaz posible. No hay razones para que gaste energía yendo a buscarlo. Voy a dejar que sea él quien me encuentre a mí. Y me va a encontrar, porque sé muy bien cómo son los policías militares.

—Y, luego, ¿qué?

Hobie sonrió.

—Luego, llevaré una vida larga y feliz, al menos durante treinta años más.

—Y, ahora, ¿qué? —preguntó Reacher.

Seguían en el aparcamiento que había frente a la consulta alargada y baja de la doctora McBannerman, con el motor al ralentí, con el aire acondicionado puesto para combatir el calor que había dejado el sol en el Bravada verde oscuro. Los respiraderos estaban enfocados en todas las direcciones y a Reacher le llegaba el sutil perfume de Jodie mezclado con la ráfaga de freón. Estaba contento porque estaba viviendo una antigua fantasía. En el pasado, en numerosas ocasiones, había imaginado cómo sería estar tan cerca de ella cuando fuera adulta. Era algo que había creído que nunca sucedería. Había dado por hecho que dejaría de saber de ella y que jamás volvería a verla. Había dado por hecho que, con el paso del tiempo, sus sentimientos se extinguirían. Pero allí estaba, sentado a su lado, respirando su fragancia, mirando de reojo sus largas piernas, que llegaban hasta el final del hueco para los pies. Siempre había dado por hecho que, cuando creciera, sería muy guapa; pero, ahora, se sentía un poco mal por haberla infravalorado... porque no era guapa, era espectacular. Sus fantasías no le hacían justicia.

—Hay un problema. Yo no puedo ir a verlos mañana. No me puedo tomar más días libres. Ahora mismo, tenemos mucho trabajo y tengo que seguir facturando horas.

Quince años. ¿Es mucho o poco tiempo? ¿Es suficiente para cambiar a una persona? A él le parecía poco tiempo. Él no se sentía tan diferente de la persona que había sido hacía quince años. De hecho, era la misma persona, pensaba igual y era capaz de hacer las mismas cosas. Había adquirido una consistente pátina de experiencia a lo largo de ese tiempo, tenía más años y se había pulido, pero era la misma persona. En cambio, tenía la

141

sensación de que ella era diferente. Sí, sin duda. Aquellos quince años habían significado un salto mucho mayor para ella, una transición mayor. El instituto, la universidad, la carrera de Derecho, el matrimonio, el divorcio, el esfuerzo porque la hicieran socia, tener que facturar horas... Por tanto, Reacher sentía que navegaba en aguas desconocidas y no tenía claro cómo relacionarse con ella, dado que estaba enfrentándose a tres aspectos distintos, todos los cuales le bullían en la cabeza: la realidad de Jodie como niña, hacía quince años; la manera en la que había pensado que crecería, y la manera en la que había crecido de verdad. De los dos primeros aspectos lo sabía todo, pero apenas sabía nada del tercero. Conocía a la niña. Conocía a la adulta que se había inventado. Sin embargo, desconocía la realidad, y eso hacía que se sintiera inseguro porque, de pronto, quería evitar cometer fallos estúpidos con ella.

—Vas a tener que ir solo —dijo ella—. ¿Tienes algún inconveniente?

—Ninguno. No obstante, esa no es la cuestión. La cuestión es que tienes que ir con cuidado.

Jodie asintió. Se metió las manos por dentro de las mangas y se abrazó a sí misma. Reacher no sabía por qué.

—No me pasará nada. Al menos, eso espero.

—¿Dónde está tu bufete?

—En Wall Street y en la zona baja de Broadway.

—En la zona baja de Broadway es donde vives, ¿verdad?

Jodie asintió.

—A trece manzanas del bufete. Por lo general, voy andando.

—Mañana no —dio Reacher—. Te llevaré yo.

Ella pareció sorprenderse.

—¿Tú?

—Por supuesto. ¿Trece manzanas a pie? Olvídalo. En casa estarías a salvo, pero en la calle pueden secuestrarte. Y el bufete, ¿es seguro?

Jodie asintió de nuevo.

—Nadie puede entrar a menos que trabaje allí o tenga una reunión y enseñe una identificación.

—Bien. Pues voy a pasar la noche en tu apartamento y te llevaré hasta la puerta del bufete por la mañana. Luego volveré aquí para visitar a los Hobie y tú te quedarás en el bufete hasta que vaya a buscarte, ¿de acuerdo?

Jodie se quedó callada. Reacher repasó lo que había dicho.

—Porque tendrás alguna habitación para mí, ¿no?

—Claro. Tengo una habitación de invitados.

—Entonces no hay problema, ¿no?

Ella negó despacio con la cabeza.

—Bueno, y ahora, ¿qué hacemos? —le preguntó Reacher mientras ella se giraba en el asiento.

La ráfaga de aire de los respiraderos centrales le sopló el pelo y le dejó unos mechones en la cara. Ella se los retiró y se los puso por detrás de la oreja y luego miró a Reacher de arriba abajo. Sonrió.

—Pues deberíamos ir de compras —contestó Jodie.

—¿De compras? ¿A por qué? ¿Qué necesitas?

—No, no es lo que yo necesito. Es lo que necesitas tú.

La miró preocupado.

—¿Y qué necesito yo?

—Ropa. No puedes ir a visitar a ese matrimonio como si fueras un cruce entre un chulo de playa y el hombre salvaje de Borneo, ¿no te parece?

Se inclinó hacia él y le tocó la marca de la camisa con la punta de un dedo.

—Además, hay que ir a una farmacia. Tienes que ponerte algo en esa quemadura.

—¿¡Qué coño estás haciendo!? —le gritó el director financiero.

Estaba en la puerta del despacho de Chester Stone, dos pisos por encima del suyo, sujetando el marco con ambas manos, resollando por el esfuerzo y la furia. No había esperado al ascensor. Había subido a toda prisa por la escalera de incendios. El presidente lo miraba como si no entendiera nada.

—¡Idiota! —continuó—. ¡Te dije que no lo hicieras!

—¿Hacer el qué? —preguntó Stone.

—¡Poner acciones en el mercado!

—No lo he hecho. No hay acciones en el mercado.

—¡Claro que sí! ¡Y un buen montón! Ahí están, muertas de risa, con la gente apartándose de ellas como si fueran radioactivas o vete tú a saber qué.

—¿¡Qué!?

El director financiero jadeaba. Miraba a su jefe y veía a un hombrecito arrugado con un ridículo traje inglés, sentado a la mesa de su despacho; una mesa que, en ese momento, valía cien veces más que el activo neto de la empresa.

—Gilipollas, te dije que no lo hicieras. ¿Por qué no has contratado una página del *Wall Street Journal* y has puesto en letras mayúsculas: «¡Eh, muchachos, que mi empresa vale menos que la mierda de gato!»?

—Pero ¿de qué estás hablando?

—Tengo a los bancos al teléfono. Acaban de leer el teletipo bursátil. Hace una hora han salido a la venta acciones de la empresa y el precio está cayendo en picado a tal velocidad que ni los ordenadores dan abasto para computarlo. Son invendibles. Les has enviado un mensaje, por el amor de Dios. Les has dicho que eres insolvente. Les has dicho que les debes dieciséis millones de dólares ¡y que el aval que les habías ofrecido no vale ni dieciséis putos centavos!

—Yo no he puesto acciones en el mercado —repitió Stone.

—Ya, ¿y quién coño las ha puesto? ¿¡El ratoncito Pérez!? —dijo el director financiero con sarcasmo.

—Hobie —concluyó Stone—. Ha tenido que ser él. Pero, joder, ¿por qué?

—¿Hobie?

Chester Stone asintió.

—¿Hobie? —repitió incrédulo el director financiero—. Mierda, ¿le has dado acciones?

—No me quedaba otra opción. Era una de las condiciones para que me prestara el dinero.

—Mierda... ¿Te das cuenta de lo que está provocando?

Stone, pálido, inexpresivo, asintió asustado.

—¿Qué podemos hacer?

El director financiero soltó el marco de la puerta y le dio la espalda al presidente.

—No cuentes conmigo. Yo no voy a seguir con esto. Dimito. Me largo. Arréglalo tú.

—¡Pero fuiste tú quien me recomendó a ese cabrón!

—¡Pero no te recomendé que le dieras acciones, gilipollas! ¿Acaso eres tonto del culo? Si te recomiendo que vayas al acuario a ver las pirañas, ¿vas a meter la mano en el puto tanque?

—Tienes que ayudarme.

El director financiero negó con la cabeza.

—Estás solo. Dimito. Ahora mismo, lo que te recomiendo es que bajes al que era mi despacho y te pongas las pilas. En mi escritorio no para de sonar el teléfono. Te recomiendo que empieces por responder al que más alto suena.

—¡Espera, necesito tu ayuda!

—¿Contra Hobie? ¡Ni lo sueñes!

El hombre se marchó. Recorrió el antedespacho a grandes zancadas, abrió la puerta y se fue. Stone se levantó, salió de detrás del escritorio, fue a la puerta del despacho y observó cómo se iba. El antedespacho estaba en silencio. La secretaria se había ido. Antes de su hora. Salió al pasillo. El Departamento de Ventas, que estaba a la derecha, estaba desierto. El de Marketing, que estaba a la izquierda, también. Las fotocopiadoras estaban calladas. Fue a los ascensores y pulsó el botón. El silencio era tan absoluto que el ruido del mecanismo del ascensor le pareció atronador. Bajó dos pisos, solo. El Departamento de Administración estaba vacío. Había cajones abiertos y vacíos, y la gente se había llevado sus pertenencias. Fue hasta el despacho del director financiero. La luz de la lámpara de mesa italiana estaba encendida; el ordenador, apagado. Los teléfonos estaban descolgados sobre la mesa de palisandro. Cogió uno de ellos.

—¿Diga? Soy Chester Stone.

Lo repitió un par de veces a aquel silencio electrónico. Una mujer le pidió que no colgara. Oyó clics y zumbidos, una música relajante.

—¿Señor Stone? —Era una voz nueva—. Soy del departamento de insolvencia.

Stone cerró los ojos y agarró el teléfono con fuerza.

—Por favor, espere, que va a ponerse el director.

Más música. Violentos violines barrocos que sonaban implacables.

—¿Señor Stone? —Una voz grave—. Soy el director.

—Hola —respondió. Fue lo único que se le ocurrió.

—Estamos tomando medidas. Supongo que entiende nuestra posición.

—Entiendo —respondió Stone mientras pensaba: «¿Qué medidas? ¿Abogados? ¿La cárcel?».

—Deberíamos estar fuera de este asunto para mañana a primera hora.

—¿Fuera de este asunto? ¿Cómo?

—Como es evidente, vamos a vender la deuda.

—¿Vender la deuda? No le entiendo.

—Ya no la queremos. Seguro que eso lo entiende. Ahora mismo, está muy lejos de los parámetros con los que nos sentimos cómodos, así que vamos a venderla. Eso es lo que hace la gente, ¿no? Cuando tienen algo que no quieren, lo venden al mejor postor.

146

—¿Y a quién van a vendérsela? —preguntó azorado.

—A una compañía fiduciaria de las islas Caimán. Nos ha hecho una oferta.

—¿Y en qué posición nos deja eso?

—¿Nos? —Parecía que el director del banco no entendiera la pregunta—. En ninguna. Sus obligaciones con nosotros habrán terminado. Ya no hay un «nosotros». Nuestra relación ha terminado. Ahora bien, mi único consejo es que no intente retomarla. Jamás. Lo consideraremos un insulto además de un agravio.

—Entonces ¿con quién tengo ahora la deuda?

—Como ya le he dicho, con una compañía fiduciaria de las islas Caimán —respondió el director con calma—. Esté quien esté detrás de ella, seguro que no tardará en ponerse en contacto con usted y en ofrecerle una propuesta de pago.

Jodie quería conducir, así que Reacher salió del todoterreno, lo rodeó por delante y se subió al asiento del copiloto. Ella pasó por encima de la consola central y echó el asiento hacia delante. Cruzaron los soleados embalses de Croton en dirección sur, hacia White Plains. Reacher iba volviéndose de vez en cuando para ver si los seguían. No, no tenían perseguidores. No había nada sospechoso. Era una apacible tarde de junio en una zona residencial. Tuvo que tocarse la ampolla del pecho a través de la camisa para recordarse lo que había sucedido.

La joven se dirigió a un gran centro comercial. Era un edificio del tamaño de un estadio, orgulloso entre un montón de edificios de oficinas de su misma altura y en medio de un nudo de una serie de carreteras muy transitadas. Se movió a derecha e izquierda por los carriles y descendió por una rampa curva que llevaba al aparcamiento subterráneo del centro comercial. El aparcamiento, todo de cemento, estaba oscuro, polvoriento y manchado de aceite. Sin embargo, a lo lejos, había una puerta de cristal y latón que daba a una tienda de la que salía una prometedora luz blanca. Jodie encontró una plaza libre a unos cincuenta metros de esa entrada. Aparcó y fue a una máquina expendedora. Cuando volvió, puso un billete pequeño sobre el salpicadero, donde cualquiera podría leerlo a través del parabrisas.

—Ya está. ¿Adónde vamos primero? —preguntó ella.

Reacher se encogió de hombros. No tenía experiencia en aquel tipo de sitios. En los últimos dos años había entrado en muchas tiendas de ropa, porque se había acostumbrado a comprar prendas nuevas cada vez que las viejas estaban para lavar. Era un hábito defensivo. Lo protegía de tener que llevar cualquier tipo de equipaje y le evitaba tener que aprender las técnicas necesarias para hacer la colada. Sabía que existían lavanderías y tintorerías, pero no quería encontrarse jamás a solas en una lavandería donde no conociera los procedimientos adecuados. Por otro lado, llevar una prenda a una tintorería implicaba el compromiso de tener que permanecer en ese mismo sitio cierto tiempo, compromiso que no estaba dispuesto a asumir. Lo más rápido y sencillo era comprar ropa nueva y deshacerse de la vieja. Así que, sí, había comprado ropa, pero le costaba un poco decir dónde la había comprado. Por lo general, veía ropa en un escaparate, entraba para comprarla y salía de allí sin estar muy seguro del nombre del establecimiento.

—En Chicago solía ir a un sitio. Yo diría que era una cadena... Tenía un nombre corto. ¿Gata? ¿Gap? No sé, algo así. Tienen cosas de mi talla.

Jodie se echó a reír. Lo cogió del brazo.

—Gap, sí. Aquí hay uno.

La puerta de entrada de cristal y latón daba a unos grandes almacenes. El aire era frío y apestaba a jabón y a perfume. Dejaron atrás la zona de cosméticos y llegaron a una zona con mesas llenas de montones de ropa de verano, de algodón y colores pastel. Luego salieron a la arteria principal del centro comercial. Era oval, como una pista de carreras, y a su alrededor había pequeñas tiendas, en una distribución que se repetía en dos pisos más por encima de ellos. Las calles estaban enmoquetadas, sonaba música y había gente por todos los lados.

—Creo que Gap está arriba —dijo Jodie.

Reacher olió a café. Uno de los locales que había enfrente estaba organizado como una cafetería, como una de esas terrazas que hay en Italia. Tenía las paredes de dentro pintadas igual que las de fuera, y el techo era de color negro, como para dar la sensación de que había desaparecido y solo estuviera el cielo. Una cafetería interior que representaba una cafetería exterior, solo que con moqueta.

—¿Te apetece un café? —preguntó Reacher.

Jodie sonrió y negó con la cabeza.

—Primero, la ropa. Luego, el café.

Lo guio hacia unas escaleras mecánicas. Reacher sonrió. Sabía cómo se sentía ella. Él se había sentido igual hacía quince años. Ella lo había acompañado, nerviosa, dubitativa, a visitar el invernadero de Manila. Una visita de rutina. Un territorio familiar para él, sin misterio, pero nuevo y extraño para ella. Él se había sentido cómodo, feliz y, en cierto modo, le había parecido una visita educativa. Había sido divertido estar con ella, que lo vieran con ella. Ahora, era ella la que estaba sintiéndose así. Aquel centro comercial no tenía misterios para ella. Jodie había vuelto a Estados Unidos hacía muchos años y aprendido sus costumbres y detalles. En ese momento, él era el extraño en el territorio de ella.

—¿Y aquí? —le preguntó ella.

No era la tienda Gap ni tampoco parecía pertenecer a una cadena. Estaba decorada con tejas y tablones que parecían sacados de un viejo granero. La ropa estaba hecha con un algodón tupido y teñida con colores suaves, y expuesta con gusto en viejas carretillas de granja, de esas con las ruedas recubiertas de hierro.

Reacher se encogió de hombros.

—Por mí, bien.

Jodie le cogió de la mano. En contraste con la suya, la joven tenía la palma fría y pequeña. Lo hizo pasar por delante de ella, se puso un mechón por detrás de la oreja y empezó a mirar la ropa. Lo hacía de la misma manera que Reacher había observado en otras mujeres: buscaba entre las prendas y se iba poniendo algunas en el antebrazo con movimientos rápidos. Unos pantalones, aún doblados, sobre la mitad inferior de una camisa. Una chaqueta, de lado encima de ambas prendas, con la camisa asomando por arriba y los pantalones, por debajo. Con los ojos medio cerrados. Con los labios fruncidos. Una sacudida de cabeza. Otra camisa diferente. Un asentimiento. Aquello era comprar.

—¿Qué te parece? —le preguntó ella.

Jodie había elegido unos pantalones caqui —pero un poco más oscuros que la mayoría de los chinos—, una camisa de cuadros discretos, verdes y marrones, y una chaqueta fina de color marrón oscuro que conjuntaba a la perfección con el resto de las prendas.

—Me parece bien —respondió Reacher.

Los precios estaban escritos a mano en pequeñas etiquetas que colgaban con cuerda de las prendas. Reacher le dio la vuelta a una de ellas.

—¡Joder! ¡Olvídalo!

—Merece la pena. La calidad es buena.

—No puedo permitírmelo, Jodie.

Solo la camisa costaba el doble de lo que había pagado por todo un conjunto de ropa la última vez. Vestirse así le costaría lo que ganaba en un día de trabajo excavando piscinas con una pala. Diez horas, cuatro toneladas de arena, piedra y tierra.

—Yo te la regalo.

Reacher se quedó con la camisa en la mano, dudando.

—¿Te acuerdas del collar? —le preguntó ella.

Reacher asintió. Se acordaba. A Jodie le gustaba un collar que había visto en un joyero de Manila. Le gustaba mucho. Era una cadena de oro sencilla, con reminiscencias egipcias. No es que fuera cara, pero ella no podía permitírsela. Leon estaba inculcándole disciplina a su hija por aquella época y no iba a ayudarla, así que fue Reacher quien se la compró. Y no porque fuera su cumpleaños, sino porque a ella le gustaba la cadena y a él le gustaba ella.

—Me hiciste muy feliz. De hecho, pensaba que iba a reventar de felicidad. Todavía la tengo y me la pongo a veces, así que deja que te devuelva el favor, ¿vale?

Reacher reflexionó sobre ello.

—Vale.

Ella se lo podía permitir. Era abogada. Lo más probable era que ganara una fortuna. Además, en proporción, teniendo en cuenta el precio frente a los ingresos y después de quince años de inflación, era un trato justo.

—Vale —repitió Reacher—. Gracias, Jodie.

—Necesitas calcetines y demás, ¿verdad?

Cogieron un par de calcetines caqui y un bóxer blanco. Jodie se dirigió a la caja registradora y pagó con una tarjeta dorada. Reacher fue con la ropa a un probador, le quitó las etiquetas y se vistió. Pasó el rollo de dinero de unos pantalones a otros y dejó la ropa vieja en una papelera. La ropa nueva le resultaba un poco rígida, pero le quedaba muy bien cuando la vio en el espejo, en contraste con su piel morena. Salió.

—¡Estupendo! —opinó Jodie—. Y ahora, a la farmacia.

—Y luego, café.

Reacher se compró una maquinilla de afeitar y un bote de espuma, un cepillo de dientes y dentífrico. Y también una pomada para quemaduras. Pagó y se lo llevó todo en una bolsa de papel marrón. De camino a la farmacia habían pasado cerca de una zona de restaurantes. Reacher había visto un sitio de costillas del que salía buen olor.

—Vamos a cenar, no solo a tomar café. Y a esto invito yo.

—De acuerdo —respondió ella, que volvió a agarrarle del brazo.

La cena para dos le costó a Reacher lo mismo que la camisa nueva a Jodie, lo que no le pareció abusivo. Tomaron postre y café. Para entonces, algunas tiendas habían empezado a cerrar.

—Bueno, nos vamos a casa —dijo él—. Y, a partir de ahora, vamos a ser muy cautelosos.

Atravesaron los grandes almacenes y recorrieron, pero en sentido contrario, el mismo camino que habían hecho desde el aparcamiento, por entre la ropa de veraniegos colores pastel y el agresivo olor a cosméticos. Reacher detuvo a Jodie justo antes de que salieran por la puerta de cristal y latón y, durante unos momentos, echó un vistazo por el aparcamiento, donde el aire era caliente y húmedo. Había una posibilidad entre un millón, pero era mejor no pasarla por alto. Allí no había nadie, solo gente que volvía a toda prisa a su coche con bolsas repletas. Fueron juntos al Bravada y ella se puso al volante. Él ocupó el asiento del copiloto.

—¿Por dónde sueles ir?

—¿Desde aquí? Supongo que iría por la autovía Franklin D. Roosevelt.

—De acuerdo, pues ve por LaGuardia y entraremos por Brooklyn, por el puente.

Lo miró.

—¿Estás seguro? ¿Qué quieres?, ¿hacer turismo? Hay sitios mejores que el Bronx o Brooklyn.

—Primera regla: ser predecible no es seguro. Si hay un camino que seguirías habitualmente, desde luego, no va a ser el que tomemos hoy.

—¿Lo dices en serio?

—Te puedes jugar lo que quieras. Me dedicaba a proteger a gente muy importante para ganarme la vida, ¿sabes?

—¿Ahora soy gente muy importante?

—Te puedes jugar lo que quieras.

Una hora después ya era de noche, que es lo mejor para cruzar el puente de Brooklyn. Reacher se sintió como un turista cuando bajaron por la rampa y subieron el montículo de la arcada y, de repente, la zona sur de Manhattan apareció frente a ellos con miles de millones de luces brillantes por todas partes. Le pareció una de las vistas más bellas del mundo, y eso que había contemplado gran parte de los candidatos.

—Ve unas manzanas hacia el norte. Llegaremos desde más lejos. Si nos están esperando, creerán que iremos directos a casa.

Ella giró a la derecha y se dirigió hacia el norte por Lafayette. Giró luego a la izquierda y otra vez a la izquierda, y se dirigió al sur por Broadway. El semáforo estaba en rojo en Leonard Street. Reacher, bañado por el neón, observó con atención lo que había por delante de ellos.

—Faltan tres manzanas —le informó Jodie.

—¿Dónde sueles aparcar?

—En el garaje del edificio.

—Vale. Para una manzana antes —pidió Reacher—. Iré a comprobar que no nos espera nadie. Luego, das una vuelta y me recoges. Si no estoy esperándote en la acera, ve a una comisaría de policía.

Jodie giró en Thomas Street, se detuvo y esperó a que él bajara. Reacher dio unos golpes suaves en el techo del todoterreno y ella volvió a arrancar. Reacher fue hasta la esquina, la dobló y enseguida encontró el edificio en el que vivía Jodie. Era la típica construcción cuadrada y grande, con un vestíbulo renovado y pesadas puertas de cristal, con una gran cerradura y con un interfono con quince timbres dispuestos en vertical con nombres impresos en ventanillas de plástico. En el timbre del apartamento doce ponía JACOB/GARBER, como si vivieran dos personas en él. Había gente en la calle. Algunas personas formaban pequeños grupos, otras caminaban, pero ninguna de ellas resultaba interesante. La entrada al garaje estaba un poco más allá. Era una rampa que descendía de forma abrupta hacia la oscuridad. La bajó. El garaje estaba en silencio y mal iluminado. Había dos filas con ocho plazas cada una, quince en total, porque parte del final de la rampa ocupaba una de las plazas. Había once coches aparcados. Revisó el garaje entero. Allí no había nadie. Subió la rampa y corrió hasta Thomas Street. Esquivó el tráfico para cruzar la calle y esperó. Jodie se acercaba por el sur. Lo vio, se detuvo a su lado y él ocupó otra vez el asiento del copiloto.

—Todo bien —informó Reacher.

Ella se incorporó al tráfico, giró a la derecha y bajó por la rampa. Los faros del vehículo subieron y bajaron. Se detuvo en el pasillo y aparcó marcha atrás. Apagó el motor y las luces.

—¿Cómo sueles subir?

—Por esa puerta, que da al vestíbulo.

La joven señalaba una escalera de metal que acababa en una enorme puerta industrial, también de metal, que tenía un ribete de acero. La puerta tenía una buena cerradura, como la de cristal del portal. Salieron del coche y Jodie lo cerró. Él llevaba la bolsa para trajes de ella. Fueron hasta las escaleras y las subieron. Jodie metió una llave en la cerradura y abrió la puerta. El vestíbulo estaba vacío. Había un ascensor justo enfrente.

—Vivo en el cuarto piso.

Reacher pulsó el botón del quinto.

—Bajaremos un piso andando. Por si acaso.

Bajaron por la escalera de incendios hasta el cuarto. Reacher la hizo esperar en el descansillo y asomó la cabeza. El rellano estaba vacío. Estrecho y techos altos. El apartamento diez estaba a la izquierda, el once a la derecha y el doce, justo enfrente.

—Vamos —dijo Reacher.

La puerta era negra y gruesa. Tenía una mirilla a la altura de los ojos. Dos cerraduras. Jodie las abrió y entraron. La joven cerró con llave y puso una barra en unas eles que había detrás de la puerta. Reacher la aseguró. Era de hierro y parecía muy pesada, así que, mientras estuviera puesta, allí no iba a entrar nadie. Luego apoyó la bolsa para trajes contra una pared. Ella encendió la luz y esperó junto a la puerta mientras él se adelantaba. El pasillo, la sala de estar, la cocina, un dormitorio, un baño, un dormitorio, un baño, los armarios. Eran habitaciones grandes y con techos muy altos. No había nadie en ellas. Fue a la sala de estar, se quitó la chaqueta, la dejó en el respaldo de una silla, se volvió hacia Jodie y se relajó.

Pero ella no estaba relajada. A Reacher le resultaba evidente. Miraba hacia otro lado, más tensa que durante el resto del día. De pie, con las mangas de la sudadera tapándole la palma de las manos, en la puerta de la sala de estar, inquieta. Reacher no tenía ni idea de lo que le sucedía.

—¿Estás bien?

Ella agachó la cabeza primero y la echó para atrás después, como describiendo un ocho, para pasarse el pelo por detrás de los hombros.

—Creo que voy a darme una ducha y, luego, al sobre.

—Un día de mierda, ¿eh?

—Ya te digo.

De camino a su dormitorio, ella ladeó su cuerpo al pasar junto a él, manteniendo las distancias. Se despidió de él con timidez, con la mano, aunque por la manga de la sudadera solo asomaban los dedos.

—¿A qué hora mañana? —preguntó él.

—A las siete y media.

—De acuerdo. Buenas noches, Jodie.

La muchacha asintió y desapareció por el pasillo. Reacher oyó cómo abría y cerraba la puerta de su dormitorio. Se quedó sorprendido un momento. Luego, se sentó en el sofá y se quitó los zapatos. Estaba demasiado preocupado como para quedarse dormido de inmediato. Se levantó y paseó con sus nuevos calcetines, contemplando el apartamento.

No era exactamente un *loft*. Era un edificio viejo con los techos muy altos, nada más. El exterior era de origen. Era posible que, en su día, fuera una fábrica. Las paredes exteriores eran de ladrillo pulido con chorro de arena y las interiores eran de yeso liso. Las ventanas eran enormes; muy probablemente para que las costureras de las máquinas de coser, o lo que fuera que se hiciera allí hacía cien años, tuvieran mucha luz.

En las partes de las paredes que eran de ladrillo, este tenía un color cálido, natural; pero todo lo demás era blanco, excepto el suelo, que era de madera de arce. La decoración era fría, neutra, como la de una galería de arte. No había nada que indicara que allí había vivido otra persona. No había signos de dos estilos compitiendo el uno con el otro. La casa tenía un estilo muy uniforme. Sofás blancos, sillas blancas, estanterías de sencillas secciones cúbicas y pintadas con la misma pintura blanca que las paredes. Había unas grandes tuberías de calefacción y unos radiadores horribles, lo uno y lo otro pintado de blanco. Lo único que ponía una nota de color en el salón era una reproducción a tamaño natural de un Mondrian que colgaba de la pared del sofá más grande. Era una buena copia hecha a mano sobre lienzo, con óleos y con los colores adecuados. Nada de rojos, azules y amarillos estridentes, sino que habían usado tonos apagados, con las típicas grietecitas en el blanco, que parecía más bien gris. Reacher se quedó de pie delante de él y lo admiró durante un buen rato, estupefacto. Piet Mondrian era su pintor favorito, y aquella obra en particular era la que más le gustaba de todas. Se titulaba *Composición con rojo, amarillo y azul*. Mondrian había pintado el original en 1930 y Reacher lo había visto en Zúrich, Suiza.

Frente al sofá más pequeño había un armario, pintado también de blanco, como todo lo demás. En su interior había una televisión pequeña, un vídeo, un receptor de televisión por cable y un reproductor de CD con unos auriculares grandes conectados con un cable largo de clavija. Había unos pocos CD, en su mayoría de jazz de la década de los cincuenta y alguna otra música que le gustaba, pero que no lo volvía loco.

Las ventanas daban a la parte sur de Broadway. Desde la calle, el zumbido del tráfico y las luces de neón eran constantes. Se oían de vez en cuando sirenas que resonaban a mayor o menor volumen a medida que pasaban por los huecos que había entre manzanas. Levantó las lamas de la persiana con una varilla transparente y miró la acera. Allí seguían los mismos grupos de hacía un rato. No le preocupaban. Cerró la persiana.

La cocina era enorme y de techos muy altos. Los armarios eran de madera y estaban pintados de blanco, y los electrodomésticos eran de acero inoxidable y de tamaño industrial, como hornos de pizzería. Reacher había vivido en sitios más pequeños que la nevera. La abrió y vio en ella una decena de botellas de su marca favorita de agua, esa a la que se había aficionado en los Cayos. Cogió una y se la llevó al dormitorio de invitados.

La habitación era blanca, como todo lo demás. Los muebles eran de madera; una madera que, en su momento, había tenido otro acabado pero que, en ese momento, era blanca como las paredes. Dejó la botella de agua en la mesita y fue al lavabo. Baldosas blancas, un inodoro blanco, una bañera blanca, todo baldosas y lacados antiguos. Cerró las cortinas, se desnudó y dejó la ropa en lo alto de la cómoda. Abrió la cama, se metió entre las sábanas y empezó a pensar.

«Ilusión y realidad». En cualquier caso, ¿qué eran nueve años de diferencia? Mucho, cuando ella tenía quince y él, veinticuatro, sí; pero ¿qué eran ahora? Él tenía treinta y ocho años y ella, veintinueve o treinta, no estaba seguro. ¿Qué problema iba a haber? «¿Por qué no haces algo?». Puede que no fuera solo por la edad. Puede que fuera por Leon. Era su hija. Y siempre lo sería. Aquello hacía que se sintiera culpable, como si fuera su hermana pequeña o su sobrina. Eso, claro está, lo cohibía. No obstante, no era ni su hermana pequeña ni su sobrina, ¿verdad? Era la hija de un viejo amigo, nada más. Un viejo amigo que, además, ya había muerto. Y si de verdad era eso lo que pensaba, ¿por qué se sentía tan mal al mirarla e imaginar que le quitaba la sudadera y el cinturón? «¿Por qué no lo has hecho ya?». ¿Por qué coño estaba en el dormitorio de invitados en vez de al otro lado de la pared, con ella? Ni que tuviera que esforzarse por olvidar incontables noches con ella, algunas bochornosas y otras nostálgicas.

Porque era muy probable que las realidades de Jodie estuvieran enraizadas en el mismo tipo de ilusiones, pero con hermanos mayores o tíos en vez de con hermanas pequeñas y sobrinas. Ella lo consideraría su tío favorito, seguro, porque Reacher sabía que lo quería. Había mucho afecto entre ambos, lo que solo empeoraba la situación. El afecto por los tíos favoritos es un tipo de afecto muy concreto. Los tíos favoritos están para algo muy concreto, para asuntos familiares, como llevarte de compras y malcriarte. Los tíos favoritos no están para tirarte los tejos. Eso sería como salirse del guion, como una traición que lo rompería todo. Horripilante, desagradable, incestuoso, dañino en lo psicológico.

«Ella está al otro lado de la pared». Pero no podía hacer nada al respecto. Nada. Nunca iba a suceder. Sabía que aquello lo volvería loco, por lo que se obligó a dejar de pensar en ella y a pensar en otros asuntos. Asuntos que eran realidades, no ilusiones. Los dos tipos de los trajes caros, fueran quienes fuesen. Seguro que ya tenían aquella dirección. Hay decenas de maneras de descubrir dónde vive una persona. De hecho, en aquel mismo instante podían estar en la calle, frente al edificio. Repasó de memoria el edificio. La puerta del portal estaba cerrada. La puerta del garaje estaba cerrada. La puerta del apartamento estaba cerrada a cal y canto. Las ventanas estaban cerradas y las persianas, echadas. Por aquella noche estaban a salvo, pero la mañana del día siguiente sería peligrosa. Puede que incluso muy peligrosa. Se concentró en fijar en su mente a los dos tipos mientras se quedaba dormido. El vehículo que conducían, el traje que llevaban, la complexión que tenían, sus caras.

Sin embargo, en aquel momento, solo uno de aquellos dos tipos seguía teniendo cara. Ambos habían navegado juntos diez millas hacia el sur de donde Reacher yacía tumbado, hacia las negras aguas de la zona sur del puerto de Nueva York. Habían descorrido juntos la cremallera de la bolsa para cadáveres y habían tirado el cuerpo frío de la secretaria a las aceitosas olas del Atlántico. Uno de ellos se había vuelto hacia el otro mientras empezaba a hacer un chiste fácil y el otro le había disparado en la cara, a bocajarro, con una Beretta a la que le había puesto un silenciador. Y luego otra vez. Y otra. La lenta caída del cadáver hizo que cada una de las tres balas acabara en un punto diferente del rostro. La cara quedó reducida a una herida enorme y mortal, negra en la oscuridad. El que había disparado apoyó uno de los brazos del otro en la barandilla de caoba y le cortó la mano derecha a la altura de la muñeca con un cuchillo de carnicero robado en un restaurante. Tuvo que darle cinco golpes. Fue una labor desagradable y brutal. La mano acabó en una bolsa de plástico y el cadáver cayó al agua sin hacer ruido a menos de veinte metros de donde la secretaria empezaba ya a hundirse.

7

Esa mañana, Jodie se despertó temprano, lo que era inusual en ella. Por lo general, dormía como un tronco hasta que sonaba el despertador, momento en que se obligaba a salir de la cama e iba al baño despacio y soñolienta. Esa mañana, sin embargo, se despertó una hora antes de que sonara el despertador, alerta, respirando rápido, con el corazón algo acelerado.

Su habitación era blanca, como todas las demás estancias de la casa, y su cama era extragrande, con el armazón de madera y blanco, y con la cabecera en la pared que estaba frente a la ventana. El dormitorio de invitados estaba justo al lado del suyo, pegados, dispuesto de la misma manera que el suyo, simétricos, pero al revés, como la imagen de un espejo. Eso significaba que su cabeza estaba como a unos cuarenta y cinco centímetros de la de Reacher, al otro lado de una pared.

Sabía de qué estaban hechas las paredes. Había comprado el apartamento antes de que estuviera terminado. Había estado entrando y saliendo de allí durante meses, observando la transformación. La pared que había entre los dos dormitorios era una pared original, que tendría cien años de antigüedad. En el suelo había una base de madera y encima de ella habían puesto ladrillos que llegaban hasta el techo. Los obreros se habían limitado a reforzar la pared allí donde los ladrillos estaban debilitados y después la habían enyesado por ambos lados, como hacen los europeos, tras lo que le habían dado un duro acabado estucado.

Al arquitecto le había parecido lo más adecuado, ya que así añadía solidez a la cubierta y era más seguro en caso de incendio, además de que aislaba mejor del sonido. Sin embargo, también hacía que hubiera treinta centímetros de sándwich de estucado, ladrillo y estucado entre Reacher y ella.

Lo amaba. No tenía ninguna duda. Ninguna. Siempre lo había amado. Desde el principio. Pero, claro, ¿estaba bien eso? ¿Estaba bien amarlo como lo amaba? No era la primera vez que le daba vueltas al tema. Hacía muchos años, había pasado noches sin dormir pensando en ello. Se había sentido avergonzada por lo que sentía. Aquella diferencia de edad de nueve años era escandalosa. Vergonzoso. Lo sabía. Una quinceañera no debería sentir eso por un oficial amigo de su padre. El protocolo del ejército lo habría considerado prácticamente incestuoso. Era como si uno se enamorase de su tío. En ese caso, de hecho, era casi como si uno se enamorase de su padre. Pero lo amaba. No tenía ninguna duda.

Pasaba tiempo con él siempre que podía. Hablaba con él siempre que podía. Lo tocaba cada vez que podía. Tenía su propia copia de aquella foto con autodisparador que se habían hecho en Manila, pasándole el brazo por la cintura. La había guardado en un libro durante aquellos quince años. La había mirado cientos de veces. Durante años, había alimentado la idea de acariciarlo, de abrazarlo con fuerza para la cámara. Aún recordaba lo que había sentido, su cuerpo recio, su olor.

No había llegado a olvidar aquella sensación. Le habría gustado hacerlo. Hubiera preferido que fuera una locura adolescente. Un enamoramiento juvenil. Pero no había sido así. Y estaba segura de ello por la manera tan fuerte en que había sobrevivido aquel sentimiento. Y aunque él había desaparecido y ella había crecido y se había mudado, el sentimiento había permanecido allí. No había disminuido, solo había acabado corriendo en paralelo al fluir principal de su vida. Siempre había estado ahí, siempre había sido real, siempre había sido fuerte; solo había dejado de estar conectado con su día a día. Como tantos y tantos abogados y banqueros que conocía que, en el fondo, habían querido ser bailarinas o jugadores de béisbol. Un sueño del pasado que no estaba conectado con la realidad, pero que definía del todo la identidad de la persona que lo tenía. Una abogada que había querido ser bailarina; un banquero que había querido ser jugador de béisbol; una divorciada de treinta años que siempre había querido pasar la vida con Jack Reacher.

El día anterior tendría que haber sido el peor de su vida. Acababa de enterrar a su padre, que era el último pariente que le quedaba. Luego le habían disparado unos sicarios. Conocía a gente que acababa en terapia por muchísimo menos. Debería estar tumbada en la cama, sintiéndose poca cosa, en estado de shock. Pero no era así. El día anterior, de hecho, había sido el mejor de su vida. Reacher había aparecido como una visión en lo alto de las escaleras, por detrás del garaje, en la zona alta del jardín. El sol del mediodía lo iluminaba. A ella se le había acelerado el corazón y el antiguo sentimiento había vuelto a convertirse en el centro de su vida, más profundo y fuerte que nunca, como una droga que recorre tus venas aullando, como un relámpago.

Pero aquello era una pérdida de tiempo. Era consciente de ello. Tenía que admitirlo. La miraba como a una sobrina o como a una hermanita pequeña. Como si aquella diferencia de nueve años siguiera importando, por mucho que no fuera así. Ser una pareja compuesta por una niña de quince años y un muchacho de veinticuatro sí que les habría traído problemas, pero con treinta y treinta y ocho no tenía nada de malo. Había miles de parejas con una diferencia de edad muchísimo mayor. Millones. Había ancianos de setenta años con esposas de veinte. Pero, claro, para él seguía siendo importante. O puede que la hubiera tratado así porque estuviera acostumbrado a verla como la hija de Leon. Como una sobrina. Como la hija del oficial al mando. Las reglas de la sociedad o el protocolo del ejército le impedían verla como algo más. Aquello siempre la había molestado. Aún le molestaba. El afecto de su padre por él, que lo trataba como si le perteneciera, lo había apartado de ella. Había hecho que lo suyo fuera imposible desde el principio.

Habían pasado el día como si fueran hermanos. Como si fueran tío y sobrina. Luego, él se había puesto serio, como un guardaespaldas, como si ella fuera su responsabilidad profesional. Se lo habían pasado bien y él se preocupaba por el bienestar de ella, pero nada más. Nunca habría nada más. Y ella no podía hacer nada al respecto. Nada. Les había pedido salir a algunos chicos. Todas las mujeres de su edad lo hacían. No estaba mal visto. Estaba aceptado. Incluso era normal. Ahora bien, ¿qué iba a decirle a él? ¿Qué puede decirle en esa situación una hermana a un hermano, o una sobrina a un tío, sin ofenderle, sorprenderle o disgustarle? Así que no iba a hacerlo y no podía hacer nada al respecto.

Tumbada en la cama, levantó las manos por encima de la cabeza, puso las palmas con suavidad en la pared que la separaba de él y permaneció así un rato. Al menos, estaba en su apartamento... y siempre podía soñar, ¿no?

El tipo durmió menos de tres horas después de volver solo con el barco, amarrarlo y cruzar la ciudad para volver a su casa. A las seis estaba de nuevo en pie y a las seis y veinte, en la calle, después de darse una ducha rápida sin desayunar. Llevaba la mano del otro en la bolsa de plástico en la que la había metido en el barco, envuelta en una hoja del *Post* del día anterior y metida en una bolsa de Zabar's que tenía de la última vez que había ido a comprar comida para la cena.

Cogió el Tahoe negro y fue por las calles dejando atrás a todos los repartidores matutinos. Aparcó en el garaje subterráneo y subió en el ascensor hasta el piso ochenta y ocho. Tony, el recepcionista, ya estaba detrás del mostrador de roble y latón, pero, por el silencio que reinaba en la oficina, era evidente que no había nadie más. El joven levantó la bolsa del Zabar's como si fuera un trofeo.

—Esto es para Garfio —informó el joven.

—Garfio no va a venir hoy —respondió Tony.

—Genial... —comentó el otro con amargura.

—Mételo en la nevera.

En uno de los lados de la recepción había una puerta que daba a una pequeña cocina que estaba llena de trastos y desordenada, como todas las cocinas de las oficinas. Cercos de café en la encimera, tazas con manchas en el fregadero. La nevera era diminuta y estaba debajo de la encimera. El tipo la abrió, apartó un cartón de leche y un pack de seis latas, enrolló la bolsa alrededor de la mano y la metió como pudo en el poco espacio que quedaba.

—El objetivo de hoy es la señora Jacob —le dijo Tony, que estaba en la puerta de la cocina—. Sabemos que vive en la parte baja de Broadway, al norte del Ayuntamiento. A ocho manzanas de aquí. Los vecinos dicen que siempre sale a las siete y veinte, y que va andando al trabajo.

—¿Y dónde trabaja?

—En Wall Street con Broadway. Yo conduzco, tú la coges.

Chester Stone había vuelto a casa a la hora normal y no le había contado nada a Marilyn. ¿Qué iba a decirle? La rapidez con la que se había derrumbado todo lo había dejado anonadado. Su mundo había quedado patas arriba en veinticuatro horas. No era capaz de comprenderlo. Su idea era ignorar lo ocurrido hasta por la mañana, momento en que iría a ver a Hobie e intentaría descubrir por qué lo había hecho. En el fondo, confiaba en salvarse. La empresa tenía noventa años, por el amor de Dios. Tres generaciones de Chesters Stones. Allí había demasiada historia como para que todo desapareciera de la noche a la mañana. Así que no le dijo nada y pasó la tarde aturdido.

Marilyn Stone tampoco le contó nada a Chester. Era demasiado pronto para que se enterara de que se había puesto al timón del barco. Tenían que darse las circunstancias adecuadas para hablar de ello, porque el asunto iba a tener mucho que ver con el ego. Así que se mantuvo atareada, haciendo lo de siempre, e intentó dormir mientras él yacía despierto a su lado, mirando al techo.

Cuando Jodie puso las palmas de las manos en la pared divisoria, Reacher estaba en la ducha. Reacher tenía tres rutinas para ducharse y cada mañana decidía cuál de ellas le convenía más ese día. La primera consistía en darse una ducha normal, nada más. Tardaba once minutos. La segunda consistía en afeitarse y darse una ducha. Veintidós minutos. La tercera rutina consistía en un procedimiento especial que seguía muy pocas veces. Se duchaba una vez, salía para afeitarse y, después, volvía a ducharse. Tardaba más de media hora, pero la ventaja era la hidratación. Una chica le había explicado que era mejor afeitarse con la piel ya mojada. Y también le había dicho que a nadie le hacía daño enjabonarse dos veces.

Ese día había decidido usar el procedimiento especial. Ducha, afeitado, ducha. Le sentó bien. El cuarto de baño para invitados de Jodie era grande y alto, y la alcachofa de la ducha estaba lo bastante alta como para que no tuviera que agacharse, lo cual no era habitual. Había botes de champú bien alineados. Sospechaba que eran marcas que Jodie había probado y que no le habían gustado, por lo que habían acabado relegadas al cuarto de baño de invitados, pero a él le daba igual. Encontró uno que decía que estaba indicado para pelo seco y dañado por el sol. Le dio la impresión de que era justo lo que necesitaba. Se puso un poco en la mano y se lo extendió por el pelo. Se frotó el cuerpo con un jabón amarillo y se aclaró. Mojó el suelo mientras se afeitaba en el lavamanos. Se afeitó con minuciosidad, desde la base del cuello hasta la nariz, de lado, hacia atrás, hacia delante. Luego volvió a la ducha.

Pasó cinco minutos limpiándose los dientes con el nuevo cepillo. Las cerdas eran duras y le dio la sensación de que eso era bueno. A continuación se secó, sacudió la ropa nueva para quitarle las arrugas, se puso los pantalones y fue sin camisa a la cocina por algo de comer.

Jodie estaba allí. Ella también acababa de salir de la ducha. Tenía el pelo suelto y más oscuro, al estar húmedo. Llevaba puesta una camiseta blanca muy grande que le llegaba casi hasta las rodillas. Era una camiseta de algodón fino. Tenía las piernas largas y suaves. Iba descalza. Era esbelta, excepto donde no tenía que serlo. Reacher contuvo el aliento.

—Buenos días, Reacher —saludó.

—Buenos días, Jodie.

Ella lo miraba. Le miró todo el cuerpo. Con un gesto indescifrable.

—Esa ampolla está peor.

Él se miró el pecho. La verdad era que seguía roja e irritada. Y también estaba un poco más grande y más hinchada.

—¿Te has puesto la pomada?

Reacher negó con la cabeza.

—Se me ha olvidado.

—Tráela.

Reacher fue a su cuarto de baño y sacó la pomada de la bolsa marrón. La llevó a la cocina. Ella se la cogió y desenroscó el tapón. Rompió el sello metálico de la boquilla con la punta del tapón y se puso un poco de pomada en la punta del dedo índice.

Estaba concentrada, con la lengua entre los dientes. Se acercó a él y levantó la mano. Le tocó la ampolla con mucho cuidado y le frotó la pomada con la punta del dedo. Él se quedó mirando por encima de la cabeza de ella, envarado. Estaban como a treinta centímetros el uno del otro. Ella, desnuda por debajo de la camiseta, frotándole el torso desnudo con la punta del dedo. Quería abrazarla. Quería levantarla del suelo y estrecharla entre sus brazos. Besarla con suavidad, empezando por el cuello. Quería volverle la cara y besarla en los labios. Ella le describía pequeños círculos en el pecho. Con sumo cuidado. A Reacher le llegaba el olor de su pelo, húmedo y brillante. Le llegaba el olor de su piel. Ella acariciaba la quemadura con el dedo. A treinta centímetros de él. Desnuda, excepto por la fina camiseta. Él jadeó y cerró las manos con fuerza. Ella se apartó.

—¿Duele?

—¿Qué?

—¿Estaba haciéndote daño?

Le miró la punta del dedo, reluciente por la pomada.

—Un poco.

Ella asintió.

—Lo siento, pero había que ponértela.

—Supongo que sí —respondió él.

Y, entonces, sin más, la crisis se desvaneció. Ella tapó la pomada y él se apartó. Por moverse. Por hacer algo. Fue hacia la nevera, la abrió y sacó una botella de agua. Cogió un plátano del frutero que había sobre la encimera. Ella dejó la pomada en la mesa.

—Voy a vestirme —dijo ella—. No deberíamos entretenernos.

—Vale. Enseguida estoy.

Jodie desapareció en su dormitorio y él se bebió el agua y se comió la fruta. A continuación volvió a su habitación, se puso la camisa, se la abrochó y se la metió por dentro de los pantalones. Se puso los calcetines, los zapatos y la chaqueta. Luego fue al sa-

167

lón a esperarla. Levantó la persiana, descorrió el pestillo de la ventana y la abrió. Se asomó y estudió la calle, cuatro pisos más abajo.

Era muy diferente con la primera luz del día. Ya no había neones brillantes y el sol empezaba a asomar por entre los edificios de enfrente, a inundar la calle. Los grupos nocturnos habían sido reemplazados por trabajadores que iban a paso ligero en dirección norte o sur, con un café en vaso de cartón en una mano y una magdalena con una servilleta en la otra. Los taxis se abrían paso entre el tráfico y les pitaban a los semáforos en rojo para que cambiasen de color más rápido. Corría una leve brisa y le llegaba el olor del río.

El edificio estaba en la parte baja de Broadway. El tráfico de la calle iba solo en dirección sur, de izquierda a derecha por debajo de la ventana. Si Jodie fuera a pie, saldría del portal, giraría a la derecha y caminaría en el mismo sentido que el tráfico. Por la acera de la derecha, que era donde daba el sol. Cruzaría Broadway en un semáforo, puede que seis o siete manzanas más adelante. Caminaría las últimas manzanas por el lado izquierdo de la calle y giraría a la izquierda, hacia el este de Wall Street, hacia su bufete.

Así que ¿cómo intentarían atraparla? Hay que pensar como el enemigo. Tenía que pensar como aquellos dos jóvenes del traje caro. Fuertes, poco sutiles, así que preferirían un acercamiento directo. Eran expeditivos y peligrosos, pero no estaban entrenados. Eran solo aficionados entusiastas. Estaba bastante claro lo que harían. Tendrían un coche de cuatro puertas esperando en una calle lateral, puede que unas tres manzanas al sur, aparcado en el carril de la derecha, en dirección este, listo para salir disparado y girar a la derecha en Broadway. Estarían los dos en los asientos delanteros. En silencio. Mirando de derecha a izquierda por el parabrisas, atentos al paso de cebra que tendrían delante. Suponían que ella iba a pasar con prisas, o que se deten-

168

dría en el semáforo en rojo. Esperarían, arrancarían y girarían a la derecha. Conducirían despacio. Por detrás de ella. Se pondrían a su altura. La adelantarían. Entonces, el que fuera en el asiento del copiloto bajaría del coche, la cogería, abriría la puerta trasera, la obligaría a entrar y se metería en el coche con ella. Un movimiento fluido y descarnado. Una táctica basta, pero sencilla. Muy sencilla. El éxito estaba casi asegurado, aunque dependía del objetivo y de lo consciente que fuera de que corría peligro. Él mismo lo había hecho en multitud de ocasiones, con objetivos más grandes, más fuertes y más conscientes del peligro que ella. En una ocasión, incluso, lo había hecho con Leon al volante.

Se inclinó un poco más y sacó el cuerpo hasta la cintura por la ventana. Estiró el cuello hacia la derecha y miró la calle. Se fijó en especial en las esquinas que había dos, tres y cuatro manzanas al sur. Sería en una de esas.

—¡Lista! —dijo Jodie.

Bajaron juntos los noventa pisos que había hasta el aparcamiento subterráneo. Caminaron por la zona derecha hasta las plazas de aparcamiento que Hobie tenía alquiladas junto con la oficina.

—Deberíamos coger la Suburban —dijo el matón—. Es más grande

—Vale —respondió Tony.

Él mismo lo abrió y se sentó al volante. El matón se sentó junto a él, en el asiento del copiloto. Miró hacia atrás, hacia la zona de carga. Tony arrancó y avanzó poco a poco hacia la rampa que daba a la calle.

—¿Cómo vamos a hacerlo? —preguntó Tony.

El matón sonrió confiado.

—Es fácil. Ella irá en dirección sur por Broadway. La esperamos en una esquina hasta que la veamos. A un par de manzanas al sur de donde vive. La vemos cruzar el paso de cebra, doblamos la esquina, nos ponemos a su lado, ¡y ya está! ¿Te parece bien?

—No, no me parece bien —repuso Tony—. Vamos a hacerlo de otra manera.

El matón lo miró sorprendido.

—¿Por qué?

El coche subió la rampa chirriando hasta que llegaron arriba y salieron a la luz del sol.

—Porque no eres muy listo —respondió Tony—. Así que, si esa es la manera en la que tú lo harías, seguro que hay otra mejor. En Garrison la cagasteis y me temo que la cagarías aquí también. Lo más probable es que siga con ese Reacher. Os ganó allí y te ganaría aquí. Esa es la razón de que no vayamos a hacerlo como tú crees que es la mejor manera.

—¿Y cómo vamos a hacerlo?

—Te lo voy a explicar muy despacio y de la manera más sencilla que pueda.

Reacher cerró la ventana, cerró el pestillo y bajó la persiana. Jodie estaba justo en el umbral, con el pelo aún un poco oscurecido por la ducha, con un sencillo vestido de lino, corto y sin mangas, y con zapatos planos. El vestido era del mismo color que su pelo mojado, pero iría pareciendo más oscuro a medida que se le secara el pelo. Llevaba un bolso y un maletín de cuero grande, tanto como el de los pilotos comerciales. Era evidente que pesaba. Lo dejó en el suelo y se agachó junto a la funda para trajes, que estaba en el suelo, apoyada contra una pared, donde Reacher la había dejado la noche anterior. Sacó del bolsillo el sobre con la última voluntad de su padre, abrió la solapa del maletín y lo metió en él.

—¿Quieres que te lo lleve yo? —se ofreció Reacher.

Jodie sonrió y negó con la cabeza.

—Según el sindicato, a los guardaespaldas no os corresponden ciertas tareas.

—Parece que pesa mucho.

—Sí, pero soy una chica mayor —replicó ella con la vista clavada en él.

Reacher asintió. Se acercó a la puerta, levantó la pesada barra de hierro de las eles en las que se apoyaba y la dejó contra la pared. Ella se acercó a él y abrió las cerraduras. El mismo perfume, sutil y femenino. Sus hombros, visibles con aquel vestido, eran delgados. Mucho. Los pequeños músculos del brazo izquierdo se le pusieron en tensión mientras intentaba equilibrar el maletín.

—¿Qué tipo de documentos legales llevas ahí dentro?

—Financieros.

Reacher abrió la puerta. Miró hacia fuera. El rellano estaba vacío. El indicador del ascensor decía que alguien estaba bajando a la calle desde el tercero.

—¿Qué tipo de documentos financieros?

Salieron y él llamó al ascensor.

—Suelo dedicarme a renegociar deudas. A decir verdad, soy más una negociadora que una abogada. Soy más como una consejera o una mediadora, ¿sabes a qué me refiero?

No, no lo sabía. Nunca había tenido ninguna deuda. Y no porque fuera una virtud innata en él, sino porque ni siquiera había tenido la oportunidad de tenerla. El ejército le había proporcionado siempre todo lo básico: un techo bajo el que dormir, comida en el plato. Y, a decir verdad, tampoco había necesitado mucho más. Ahora bien, sí que conocía a militares que se habían metido en problemas. Compraban coches y casas a plazos, con hipotecas. A veces, se retrasaban en el pago. El ordenanza de la compañía lo arreglaba. Hablaba con el banco y deducía la provisión necesaria del cheque del soldado en cuestión. Aunque Reacher suponía que eso no serían sino minucias al lado de las situaciones con las que estaría acostumbrada a lidiar ella.

—¿Millones de dólares? —preguntó Reacher.

El ascensor llegó. Las puertas se abrieron.

—Como mínimo. Por lo general, decenas de millones y, en ocasiones, cientos —respondió ella.

El ascensor estaba vacío. Entraron.

—¿Te gusta lo que haces?

El ascensor empezó a bajar con un chirrido.

—Por supuesto. Hay que trabajar, y este es un buen trabajo.

El ascensor se detuvo con un bote.

—¿Eres buena?

—Sí —contestó Jodie—, la mejor que hay en Wall Street, sin lugar a dudas.

Reacher sonrió. Era hija de Leon, eso estaba claro.

Las puertas del ascensor se abrieron. El vestíbulo estaba vacío. La puerta de salida estaba cerrada. Una mujer corpulenta estaba bajando poco a poco la escalinata hacia la acera.

—¿Llevas las llaves del coche? —preguntó Reacher.

Las tenía en la mano. Un gran manojo de llaves en un aro de latón.

—Espera aquí —añadió—. Voy a acercar el coche a las escaleras. Dame un minuto.

La puerta del garaje se abría con una barra como la de las puertas de emergencia. Reacher bajó la escalera metálica y fue mirando con atención las zonas a oscuras a medida que avanzaba. Allí no había nadie. Al menos, no se veía a nadie. Caminó confiado hasta otro coche, un Chrysler no sé qué, grande y oscuro, que estaba aparcado dos plazas más allá del todoterreno de Jodie. Se tiró al suelo y miró alrededor, por debajo de los vehículos. No había nadie. Nadie se escondía agazapado o tumbado. Se puso de pie y rodeó el Chrysler pegado al capó, agachado. Rodeó de igual forma el capó del siguiente coche. Volvió a tirarse al suelo, se metió como pudo entre el espacio que quedaba entre la pared y el maletero del Oldsmobile Bravada. Estiró la cabeza por debajo del vehículo en busca de cables. Todo estaba bien. No había trampas.

Abrió el todoterreno y se metió en él. Lo arrancó y salió al pasillo. Dio marcha atrás y se quedó a la altura de las escaleras. Se inclinó hacia la puerta del copiloto y la abrió mientras ella cruzaba la puerta del vestíbulo. Con un movimiento fluido y grácil, bajó los peldaños y subió al coche. Cerró la puerta de golpe y Reacher arrancó, giró a la derecha para subir la rampa y otra vez a la derecha al salir a la calle.

El sol de la mañana, en el este, lo deslumbró durante un instante, pero enseguida lo dejó atrás al bajar en dirección sur. La primera bocacalle estaba a unos treinta metros. El tráfico avanzaba despacio. No se detenían, solo avanzaban despacio. El semáforo los pilló tres coches por detrás del giro. Iban por el carril derecho y Reacher no tenía ángulo para ver la calle que cortaba Broadway. El tráfico salía de derecha a izquierda por ella, por delante de ellos, a tres coches. Vio que la parte más alejada del flujo de vehículos iba deteniéndose, como pasando alrededor de algún obstáculo. Puede que fuera un automóvil aparcado. Puede que un cuatro puertas aparcado que estuviera esperando algo en concreto. Entonces, la corriente transversal se detuvo y el semáforo de Broadway se puso en verde.

Pasó con la cabeza girada a la altura de la intersección, con un ojo fijándose en la calle por la que iban y el resto de su atención concentrada en la calle lateral. Allí no había nada. No había ningún cuatro puertas aparcado. La obstrucción la provocaba un caballete rayado situado sobre una alcantarilla abierta. A unos diez metros más allá había una furgoneta de una compañía eléctrica y una cuadrilla de técnicos en la acera, bebiendo refrescos en lata. El tráfico seguía avanzando despacio. Se detuvieron de nuevo en el siguiente semáforo. Estaban cuatro coches por detrás del disco.

Aquella no iba a ser la calle. El patrón del tráfico no era el adecuado. Fluía hacia el oeste, de izquierda a derecha por delante de ellos. Esa vez tenía buena visión de la zona izquierda. Veía unos cincuenta metros por delante. Allí no había nada. Aquella no iba a ser. Iba a ser la siguiente.

Lo ideal, lo que habría preferido, habría sido no pasar por delante de aquellos dos tipos. Rodear la manzana y salir por detrás de ellos era un plan mejor. Dejaría el todoterreno unos cien metros por detrás y se acercaría caminando. Ellos estarían mirando hacia un lado, esforzándose por ver el paso de cebra desde donde estaban aparcados. De hecho, si quisiera, podría quedarse mirándolos tanto tiempo como le viniera en gana. Podría incluso subir al coche con ellos. Seguro que tenían las puertas traseras abiertas y que, tan concentrados como estarían, seguirían mirando hacia delante. Podría colarse dentro y estrellarles la cabeza como el músico de la orquesta que toca los platillos. Y, luego, podría hacerlo una y otra vez, una y otra vez, hasta que empezaran a responder algunas preguntas.

Pero no iba a hacer eso. Su regla era: «Concéntrate en lo que tienes entre manos», y lo que tenía entre manos era conseguir que Jodie llegara sana y salva al bufete. Los guardaespaldas defendían. Si empezaban a pasar a la ofensiva, no harían bien ni lo uno ni lo otro. Tal y como le había dicho a Jodie, él se había ganado la vida con eso. Estaba entrenado para ello. Muy bien entrenado. Y tenía mucha experiencia. Así que iba a seguir a la defensiva y su gran victoria iba a ser ver cómo la joven entraba por la puerta del bufete sana y salva. E iba a quedarse callado y no iba a decirle que estaba metida en un buen problema. No quería preocuparla. No había razón alguna para que la misión empezada por su padre la angustiara a ella. Leon no lo habría querido. Leon habría deseado que fuera él quien se encargara de todo. Así que eso era justo lo que iba a hacer. La dejaría en la puerta del bufete sin largas explicaciones ni advertencias pesimistas.

El semáforo se puso en verde. El primer coche arrancó. Luego, el segundo. El tercero. Reacher arrancó también. Se fijó con atención en el hueco que tenía delante y estiró la cabeza hacia la derecha. ¿Estaban allí? La calle que cruzaba era estrecha. Dos carriles de vehículos detenidos que esperaban a que su semáforo se pusiera en verde. No, allí no había nadie aparcado. Nadie los esperaba. No estaban allí. Cruzó despacio la intersección sin dejar de mirar hacia la derecha. No había nadie. Soltó el aire, se relajó y miró hacia delante. Sintieron un tremendo estruendo metálico. Un tremendo y fortísimo puñetazo en la espalda. Oyeron láminas de metal que se rasgaban y los empujó una violenta aceleración repentina. El todoterreno salió disparado hacia delante, chocó contra el vehículo que le precedía y se quedó detenido. Los airbags estallaron. Reacher vio cómo Jodie rebotaba en el asiento y salía hacia delante, hasta donde se lo permitió el cinturón, aunque su cabeza siguió lanzada. Luego, rebotó al chocar contra el airbag y se golpeó contra el reposacabezas. Se fijó en que la cabeza de ella estaba como detenida a la altura de la suya mientras el interior del coche temblaba y giraba, lo que se debía a que a su cabeza estaba pasándole lo mismo que a la de ella.

El impacto había hecho que soltara las manos del volante. El airbag se desinflaba delante de él. Miró por el retrovisor y vio un enorme capó negro enterrado en la parte trasera del Bravada. Una rejilla de cromo deformada. Era una gigantesca camioneta con tracción a las cuatro ruedas. En ella, a pesar de las lunas tintadas, se distinguía al conductor. No había nadie más. Reacher no había visto a aquel tipo en la vida. Por detrás de ellos, los demás coches empezaron a tocar el claxon y el tráfico comenzó a moverse hacia la izquierda para dejar atrás aquella obstrucción. La gente se volvía para mirar. Oyó un siseo en algún lado. Vapor del radiador, o puede que un pitido en los oídos después de aquellos terribles ruidos. El tipo de detrás estaba bajando del vehículo. Levantaba las manos como en señal de disculpa y tenía una expresión de preocupación y miedo. Rodeó la puerta de su camioneta y avanzó, junto al tráfico lento, en dirección a la puerta de Reacher. Mientras pasaba, se fijó en las partes retorcidas de los coches accidentados. Delante de ellos, una mujer, enfadada, azorada, se bajaba de un sedán. El tráfico gruñía alrededor de los tres vehículos. El aire estaba lleno de vapor debido al calor producido por los motores sobrecalentados y los pitidos eran insoportables. Jodie estaba erguida, tocándose la nuca.

—¿Estás bien? —le preguntó Reacher.

—Sí, estoy bien —respondió ella después de reflexionar durante un buen rato—, ¿y tú?

—Bien.

Jodie metió un dedo en el airbag, fascinada, y dijo:

—Vaya, así que estas cosas funcionan, ¿eh?

—Es la primera vez que veo cómo se activa uno.

—Yo también.

Entonces oyeron unos golpecitos en la ventanilla del conductor. El tipo que los había embestido estaba allí, llamando a la ventana con los nudillos, ansioso. Reacher lo miró. El hombre le hacía gestos para que abriera la puerta, como si algo estuviera poniéndole nervioso.

—¡Mierda! —gritó Reacher.

Pisó el acelerador con todas sus fuerzas. El todoterreno se esforzó por avanzar. Empujaba el sedán destrozado de la mujer. Avanzó un metro deslizándose hacia la izquierda con algo metálico chirriando.

—¿Qué coño estás haciendo? —gritó Jodie.

El del coche de atrás tenía una mano en el picaporte de la puerta del conductor y la otra en el bolsillo.

—¡Agáchate! —ordenó Reacher.

Reacher dio marcha atrás e hizo que el vehículo recorriera de un salto ese metro que había avanzado y golpeara la camioneta todoterreno que los había embestido. Con el impacto ganó treinta centímetros más. Metió primera y giró el volante hacia la izquierda. Chocó contra la parte posterior izquierda del sedán y saltaron cristales por todas partes. El tráfico estaba amontonándose por detrás de ellos y cambiando de carriles. Miró a la derecha y vio que un tipo intentaba abrir la puerta de Jodie, uno de los dos jóvenes del traje caro de Cayo Hueso y de Garrison. Marcha atrás de nuevo a toda velocidad y sin dejar de girar el volante. El joven agarraba con tanta fuerza el picaporte que el brusco movimiento lo tiró al suelo. Reacher dio marcha atrás tanto como le permitió la camioneta, volvió a meter primera y salió disparado hacia delante, con el volante girado hacia la izquierda, haciendo aullar al motor. El joven se levantó como pudo. Aún sujetaba el picaporte y tiraba de él como un loco, mientras el brazo que le quedaba libre y las piernas volaban de aquí para allá como si fuera un vaquero y el Oldsmobile, un toro salvaje que luchaba a la desesperada para escapar de una trampa. Reacher, que pisaba el acelerador a fondo, consiguió evitar por poco el sedán de la mujer y estampó al joven contra el maletero. El tipo se llevó el golpe en las rodillas, lo que lo volteó e hizo que saliera por los aires y aterrizara de cabeza en el parabrisas trasero. Por el retrovisor, Reacher vio una especie de remolino de brazos y piernas mientras la inercia impulsaba al joven por encima del techo del sedán. Luego, desapareció por el otro lado y cayó despatarrado en la acera.

—¡Cuidado! —gritó Jodie.

El conductor de la camioneta seguía en la ventanilla de Reacher. El Bravada ya se había incorporado al tráfico, pero era tan lento que el tipo podía correr a la altura de ellos, cosa que hacía mientras se esforzaba por sacar algo del bolsillo. Reacher giró a la izquierda y se puso en paralelo a una furgoneta del carril contiguo. El tipo aún corría con ellos, como de costado, sujetando aún el picaporte. Estaba sacando algo del bolsillo. Reacher volvió a girar a la izquierda y lo estampó con fuerza contra el lateral de la furgoneta. Se oyó un golpe sordo cuando la cabeza del tipo chocó contra la chapa y, luego, ya no se supo más de él. La furgoneta frenó en seco, como si el golpe hubiera asustado al conductor, y Reacher aprovechó para ponerse por delante. Broadway Street era una sólida masa de tráfico. Frente a ellos había una humeante colcha multicolor de retales metálicos. Los techos de los vehículos parpadeaban bajo el sol. Los vehículos cambiaban de carril a derecha e izquierda, arrastrándose hacia delante. Se veía el humo de los tubos de escape, se oían los bocinazos. Reacher volvió a girar a la izquierda y se saltó un semáforo. La gente que estaba cruzándolo tuvo que hacerse a un lado a toda prisa, saltar. El Bravada se sacudía, se estremecía y tiraba con fuerza hacia la derecha. La aguja de la temperatura del agua iba a salirse del indicador. El vapor escapaba por los huecos del capó abollado. Reacher se fijó de refilón en que el airbag reventado colgaba entre sus rodillas. Tiró del volante hacia la izquierda con violencia y se metió por un callejón lleno de desperdicios de restaurantes: bolsas de restos, garrafas de aceite para freír vacías, cajas de cartón con verduras podridas. Enterró el morro del todoterreno en una de aquellas pilas de cajas de cartón y las verduras cayeron sobre el capó y rebotaron contra el parabrisas. Apagó el motor y cogió las llaves.

Reacher había dejado el vehículo demasiado cerca de la pared que había en el lado de Jodie y su puerta no podía abrirse, así que agarró el maletín y el bolso y los sacó por la puerta del conductor, bajó como pudo y después se volvió hacia ella. Jodie salía a gatas por el asiento. Se le subía el vestido. La cogió por la cintura y ella agachó la cabeza y los hombros para que Reacher la sacara del coche. Una vez fuera, se aferró a su cintura con las piernas desnudas. Reacher se dio la vuelta y la apartó unos dos metros del todoterreno. No pesaba nada. La dejó de pie en el suelo y se agachó para coger sus cosas. Mientras tanto, ella se bajó el vestido. Respiraba con fuerza. Tenía el pelo despeinado y empapado en sudor.

—¿Cómo lo has sabido? ¿Cómo has sabido que no era un accidente?

Reacher le tendió el bolso, pero el maletín se lo quedó. La cogió de la mano y la guio hasta la calle. Resollaba por el subidón de adrenalina.

—Mejor hablamos mientras caminamos —le respondió.

Giraron a la izquierda y se dirigieron hacia el este por Lafayette. El sol de la mañana les daba en los ojos y la brisa del río, en la cara. Por detrás de ellos se oían los gruñidos del tráfico en Broadway. Caminaron juntos cincuenta metros, respirando con fuerza, calmándose.

—¿Cómo lo has sabido?

—Por estadística, supongo. ¿Qué probabilidad había de que tuviéramos un accidente la misma mañana en que pensábamos que unos tipos vendrían por nosotros? Una entre un millón, en el mejor de los casos.

Jodie asintió. Esbozó una ligera sonrisa. Levanto la barbilla, echó los hombros hacia atrás. Se recuperaba pronto. No quedaba rastro del susto. Era hija de Leon, joder, eso estaba claro.

—Has estado genial. ¡Qué rápido has reaccionado!

—No, lo he hecho fatal —replicó él sin dejar de caminar—. He sido un tonto del culo. He cometido un error después de otro. Han cambiado de personal. Había un tipo nuevo al mando. Ni siquiera se me había ocurrido esa posibilidad. Me he limitado a plantearme qué haría la pareja original de gilipollas, sin pensar en que quizá, esta vez, decidieran contar con alguien más listo. Y, fuera quien fuese el nuevo, es muy listo. Era un buen plan. Casi les funciona. No lo he visto venir. Y, luego, cuando ha sucedido, he perdido la hostia de tiempo hablando contigo sobre los putos airbags.

—No te culpes.

—Claro que me culpo. Tu padre tenía una regla básica: hazlo bien. Menos mal que no estaba aquí para ver que la he cagado. Habría sentido vergüenza ajena.

Se fijó en que a ella se le nublaba la cara y se dio cuenta de lo que acababa de decir.

—Lo siento. Es que no me hago a la idea de que esté muerto.

Llegaron a Lafayette. Jodie se acercó al bordillo para buscar un taxi.

—Pues lo está —dijo ella sin acritud—. Nos acostumbraremos. Supongo.

Reacher asintió.

—Y siento lo del coche... Tendría que haberlo visto venir.

—Da lo mismo, era de alquiler —respondió ella encogiéndose de hombros—. Les pediré que me envíen otro igual. Por lo menos, ahora sé que es seguro en caso de accidente. Igual les pido que sea rojo.

—Deberías decir que te lo han robado. Llama a la policía y di que no estaba en el garaje cuando has llegado por la mañana.

—Eso es fraude.

—No, es ser inteligente. Recuerda que no puedo permitirme tener a la policía haciendo preguntas. Ni siquiera llevo carnet de conducir.

Jodie reflexionó unos instantes. Luego esbozó una sonrisa y ladeó la cabeza.

«Igual que cuando una niña perdona a su hermano mayor por algún acto de rebeldía que ha cometido».

—Vale. Llamaré desde el bufete.

—¿Desde el bufete? No vas a ir al bufete.

—¿Por qué? —preguntó sorprendida.

Reacher hizo un gesto vago hacia el oeste, hacia Broadway.

—¿Después de lo que acaba de suceder? No, Jodie, no voy a quitarte el ojo de encima.

—Reacher, tengo que ir a trabajar. Y, por favor, sé lógico: el bufete no se ha vuelto inseguro por lo que acaba de suceder. Es algo completamente aparte. El bufete sigue siendo tan seguro como siempre. Y hace un rato te parecía bien que fuera, ¿no? ¿Qué ha cambiado?

La miró. Quería decirle que todo había cambiado porque, fuera lo que fuese lo que su padre se traía entre manos con aquella pareja de ancianos de la consulta de la cardióloga, acababan de entrar en juego profesionales medio competentes. Profesionales medio competentes que, hacía un rato, habían estado a punto de ganar la partida. Y, además, quería decirle: «Te quiero y estás en peligro, y prefiero que no estés en ningún sitio donde no pueda cuidar de ti». Pero no podía decirle nada de eso porque se había comprometido a no preocuparla, a no implicarla. En nada. Ni en el amor ni en el peligro. Así que se encogió de hombros, como sin convicción.

—Deberías venir conmigo.

—¿Por qué? ¿Para ayudarte?

—Sí, ayúdame con la pareja de ancianos. Contigo hablarán, porque eres la hija de Leon.

—¿Quieres que vaya contigo porque soy la hija de Leon? —preguntó Jodie.

Reacher asintió de nuevo. Vio un taxi y le hizo una señal para que parase.

—Te has equivocado de respuesta, Reacher —dijo Jodie.

Discutió con ella, pero no la convenció. Estaba decidida y no iba a cambiar de opinión. Lo único que consiguió fue que le resolviera su problema más inmediato; es decir, que le alquilara un coche con aquella tarjeta dorada suya y con su carnet de conducir. Fueron en el taxi al centro de la ciudad, hasta una oficina de Hertz. Él se quedó esperando fuera, al sol, durante un cuarto de hora, hasta que ella apareció dando la vuelta a la manzana en un Taurus nuevo y lo recogió. Volvieron a Broadway. Pasaron por delante de la casa de ella y del lugar donde los habían emboscado, tres manzanas al sur. Los vehículos dañados ya no estaban. Había cristales y manchas de aceite, pero nada más. Jodie siguió conduciendo hacia el sur y aparcó junto a una boca de riego, frente al edificio de su bufete. Dejó el motor en marcha y echó el asiento hacia atrás, listo para el nuevo conductor.

—Bueno, ¿me recoges aquí a eso de las siete?

—¿Tan tarde?

—Hoy empiezo tarde. Tengo que acabar tarde.

—Vale, pero no salgas del edificio.

Reacher se quedó de pie en la acera, mirando cómo Jodie entraba. Justo delante del edificio había una amplia zona pavimentada. Ella la cruzó deprisa, con sus piernas desnudas destellando y bailando por debajo del vestido. Se dio la vuelta, sonrió y se despidió de él con la mano. Entró por la puerta giratoria mientras balanceaba el pesado maletín. Era un edificio muy alto, de unos sesenta pisos. Era probable que hubiera decenas de oficinas alquiladas a diferentes despachos de abogados. Puede que centenares. En cualquier caso, parecía un sitio bastante seguro. Nada más entrar había un mostrador de recepción; detrás de él estaban sentados varios guardias de seguridad. Y detrás de ellos había un cristal antibalas que iba de pared a pared y hasta el techo, y que no tenía sino una puerta, que se abría con un botón que pulsaban los guardias desde detrás del mostrador. Los ascensores estaban detrás de esa pared de cristal. Era imposible entrar a menos que los de seguridad lo permitieran. Asintió para sí mismo. Sí, puede que fuera bastante seguro. Quizá. Dependería de lo diligentes que fueran aquellos guardias. Vio cómo Jodie hablaba con uno de ellos, con la cabeza inclinada, con su pelo rubio cayendo hacia delante. Luego vio cómo caminaba hacia la puerta de cristal, esperaba y la empujaba. Llegó a los ascensores. Pulsó un botón. Se abrieron las puertas de uno de ellos. Cogió el maletín con ambas manos y entró en el ascensor. Las puertas se cerraron.

Esperó en la zona pavimentada durante un minuto. Luego se apresuró hacia la puerta giratoria y entró. Se acercó al mostrador de recepción como si llevara haciéndolo toda la vida. Eligió al guardia de seguridad de mayor edad. Por lo general, los más mayores son los más descuidados. Los más jóvenes aún albergan esperanzas de ascender.

—Me esperan en Spencer Gutman —dijo mientras consultaba su reloj.

—¿Cómo se llama?

—Lincoln.

El hombre tenía cara de cansado, de estar quemado, pero hizo lo que tenía que hacer, es decir, coger un portapapeles y comprobarlo.

—¿Tenía usted cita?

—Acaban de avisarme. Por lo visto, tienen alguna emergencia.

—¿Lincoln ha dicho? ¿Como el coche?

—Como el presidente.

El guardia asintió y pasó el dedo por la lista de nombres.

—Pues no está usted en la lista. No puedo dejarle pasar si no está usted en la lista.

—Trabajo para Costello. Me necesitan allí arriba cuanto antes.

—Si quiere, puedo llamar. ¿Quién le ha avisado?

Reacher se encogió de hombros.

—El señor Spencer. Es con quien acostumbro a reunirme.

El guardia puso cara de ofendido y dejó el portapapeles en su sitio.

—El señor Spencer murió hace diez años. Si quiere entrar, consiga una cita, ¿de acuerdo?

Reacher asintió. El sitio era muy seguro. Dio media vuelta y volvió al coche.

Marilyn Stone esperó a que el Mercedes de su marido se perdiera de vista para volver corriendo a casa y ponerse manos a la obra. Era una mujer muy seria y sabía que para vender la casa, en un plazo de seis semanas, iba a tener que poner mucho de su parte.

Lo primero que hizo fue llamar a una empresa de limpieza. La casa estaba limpia, pero quería quitar algunos muebles. Tenía la impresión de que si enseñaba la casa con menos muebles y decoraciones conseguiría que pareciera más grande. Aún más grande de lo que ya era. Además, así evitaría que el potencial comprador tuviera ideas preconcebidas acerca de lo que quedaría bien y de lo que no. Por ejemplo, el aparador italiano de la entrada era perfecto para aquel vestíbulo, pero no quería que alguien pensara que no iba a encajar en ningún otro sitio. Era mejor que en el vestíbulo no hubiera nada y que fuera la imaginación del comprador la que llenara el hueco, puede que hasta con un mueble que ya tuviera.

Así que, si iba a mover muebles, iba a tener que encargarse de que un equipo de limpieza pasara por donde hubiera pasado ella. La ligera falta de mobiliario daba sensación de amplitud, pero los huecos muy evidentes daban un aire triste a una casa. Así que llamó a la empresa de limpieza y también a una de almacenamiento, porque en algún sitio iba a tener que poner lo que retirara. A continuación llamó al servicio de piscinas y a los jardineros. Los quería trabajando allí cada mañana, una hora, hasta próxima orden. Era imprescindible que el jardín tuviera el mejor aspecto posible. Hasta en un nicho de mercado como aquel, el exterior de las casas marcaba la diferencia.

Luego intentó recordar otros consejos que había leído o que

le hubiera dado la gente. Flores, por supuesto, en jarrones y por todos los lados. Llamó a la florista. Alguien le había explicado que los platillos con limpiacristales neutralizaban los malos olores que produce una casa; al parecer, por algo que tenía que ver con el amoniaco. Recordó que había leído que hornear un puñado de granos de café producía un excelente olor de bienvenida, así que guardó un paquete de café en uno de los cajones de la cocina para tenerlo a mano. Supuso que si ponía un puñado en el horno en cuanto Sheryl la llamara para avisarla de que iba de camino con algún cliente, daría tiempo suficiente para que se expandiera el aroma.

8

El día de Chester Stone empezó como todos los demás. Fue conduciendo hasta el trabajo a la hora de siempre y el Mercedes ejerció sobre él su habitual influjo relajante. Brillaba el sol, como era normal en junio. El camino hasta la ciudad fue como siempre. Con un tráfico como el de siempre, ni más ni menos. Los habituales vendedores de rosas y de periódicos en los peajes. La congestión disminuía a medida que atravesaba Manhattan, lo que le indicaba que había calculado bien, como era habitual. Aparcó en su plaza de alquiler de siempre, debajo de su edificio, y entró en el ascensor para subir a su oficina. Fue entonces cuando el día dejó de ser normal.

El sitio estaba desierto. Era como si su empresa se hubiera desvanecido de la noche a la mañana. No había ni un solo empleado. Habían huido todos por instinto, como las ratas de un barco que se hunde. Solo se oía un teléfono en una mesa que había a lo lejos, pero no había nadie sentado a ella para cogerlo. Los ordenadores estaban apagados. Las pantallas eran aburridos cuadrados grises en los que se reflejaban los fluorescentes del techo. Su despacho solía estar en silencio, pero aquella mañana la quietud resultaba aún mayor. Cuando entró, se sintió como si entrase en un mausoleo.

—Soy Chester Stone —le dijo al silencio.

Lo dijo para oír algo, pero su voz sonó como el croar de una rana. No había eco porque la gruesa moqueta y las paredes de conglomerado absorbían el sonido como una esponja. Su voz desapareció en el vacío.

—Mierda.

Estaba enfadado. Sobre todo con su secretaria. Llevaba con ella muchos años. La había considerado uno de esos empleados leales; pensaba que le habría puesto una mano en el hombro, con los ojos llorosos, y que le habría prometido que se quedaría y que, juntos, superarían aquel infierno que estaban pasando. Sin embargo, había hecho lo mismo que los demás. Había oído los rumores que llegaban del Departamento de Finanzas, que decían que la empresa estaba en quiebra, que el banco devolvería los cheques de las nóminas, y había metido unos cuantos archivos viejos en una caja de cartón, las fotos de sus putos sobrinos que tenía en aquellos marcos baratos de latón, su tiesto con el raquítico y viejo lazo de amor que regaba todos los días y los cachivaches que guardaba en el cajón y se lo había llevado todo a casa en metro, a su apartamentito, dondequiera que viviera. Un apartamentito que había decorado con el dinero que él le había pagado cuando la cosa iba bien. Y allí estaría, en bata, bebiendo café a sorbos, con una inesperada mañana libre, puede que buscando ya trabajo en las últimas páginas del periódico, eligiendo su próximo destino.

—Mierda.

Dio media vuelta, salió del despacho, del antedespacho y volvió a los ascensores. Bajó a la calle y caminó bajo el sol. Giró en dirección oeste y empezó a andar más rápido, furioso, con el corazón a mil por hora. La enorme masa brillante de las Torres Gemelas se alzaba frente a él. Cruzó la plaza a paso ligero y se dirigió hacia los ascensores. Estaba sudando. El aire acondicionado de la entrada estaba tan fuerte que sintió un escalofrío. Subió hasta el piso ochenta y ocho. Salió del ascensor y recorrió el estrecho pasillo hasta la oficina de Hobie. Entró. Era la segunda vez en menos de veinticuatro horas que estaba delante de aquel mostrador de recepción de roble y latón.

El recepcionista estaba allí sentado, como el día anterior. En la otra punta de la recepción, un joven fornido con un traje caro salía de una cocinita con dos tazas grandes en una mano. Chester Stone olió el café. Vio el humo que salía de las tazas y la espuma marrón que giraba en ellas. Miró a ambos hombres.

—Quiero ver a Hobie —dijo Stone.

Lo ignoraron. El joven fornido se acercó al mostrador y dejó en él, delante del recepcionista, una de las tazas. Luego rodeó a Stone y se quedó más cerca que este de la puerta de entrada. El recepcionista se inclinó hacia delante y giró la taza de café hasta que el asa quedó en el ángulo más cómodo para cogerla.

—Quiero ver a Hobie —repitió Stone mirando al vacío.

—Me llamo Tony —respondió el recepcionista.

Stone volvió a fijarse en él y se quedó mirándolo sin expresión en el rostro. El tipo tenía una marca roja en la frente, como si se hubiera dado un golpe hacía poco. Y el flequillo mojado, como si se hubiera puesto hielo en la frente.

—Quiero ver a Hobie —repitió Stone por tercera vez.

—El señor Hobie no va a venir hoy —le informó Tony—. Tendrá que hablar conmigo. Porque tenemos asuntos de los que discutir, ¿no cree?

—Sí, ya lo creo que sí.

—¿Entramos?

El recepcionista se puso de pie y le hizo un gesto al joven fornido, que se acercó al mostrador y se sentó en la silla de recepción. Tony salió de detrás del mostrador, entró en el despacho y dejó la puerta abierta. Stone entró a la misma estancia en penumbra del día anterior. Las cortinas seguían cerradas. Tony avanzó a oscuras hasta el escritorio. Lo rodeó y se sentó en la silla de su jefe. El muelle de la base crujió una única vez, pero, como el despacho estaba en silencio, se oyó bien. Stone lo siguió. Entonces se detuvo y miró a derecha e izquierda, pensando por un momento dónde iba a sentarse.

—No, no, quédese de pie —le dijo Tony.

—¿Cómo dice?

—Que se quede de pie mientras hablamos.

—¿Cómo? —Stone estaba estupefacto.

—Ahí, justo delante del escritorio.

Stone hizo lo que le decía, con la boca cerrada con fuerza.

—Con los brazos a los lados. Y póngase recto, por favor.

Lo dijo con calma, tranquilo, con voz anodina, sin moverse. Luego se quedó en silencio. Chester Stone solo oía los leves ruidos de fondo del edificio y los latidos de su corazón. Sus ojos empezaban a adaptarse a la oscuridad y vio las marcas que el garfio de Hobie había dejado en el escritorio. Conformaban una tracería profunda y furiosa. Aquel silencio estaba poniéndole nervioso. No tenía ni idea de cómo reaccionar. Miró el sofá que había a la derecha. Era humillante quedarse de pie. En especial, teniendo en cuenta que se trataba del puto recepcionista. Miró el sofá que había a la izquierda. Sabía que tenía que enfrentarse a aquel tipo, que debería sentarse en alguno de los sofás. Dar un paso a derecha o izquierda y sentarse. «Hazlo». Tenía que sentarse y demostrarle al puto recepcionista quién era el jefe. Como cuando tienes una baza ganadora.

«¡Siéntate, por el amor de Dios!». Pero no se le movían las piernas. Era como si estuviera paralizado. Permaneció de pie, a un metro del escritorio, rígido por la indignación, por la humillación. Y por el miedo.

—Lleva puesta la chaqueta del señor Hobie. ¿Podría quitársela, por favor?

Stone se lo quedó mirando fijamente, incapaz de creer lo que estaba oyendo. Luego se miró la chaqueta. Llevaba su traje Savile Row. Se dio cuenta de que, por primera vez en su vida, se había puesto, si bien por descuido, la misma ropa dos días seguidos.

—Esta chaqueta es mía.

—No, es del señor Hobie.

Stone negó con la cabeza.

—La compré en Londres. La chaqueta es mía.

Tony sonrió.

—No lo entiende, ¿verdad?

—¿Entender qué?

Stone miraba perplejo al recepcionista.

—Que ahora le pertenece usted al señor Hobie. Es usted suyo. Como todo lo que tiene.

Stone miraba al hombre. El despacho seguía en silencio. Solo oía los débiles ruidos de fondo del edificio y el latido de su corazón.

—Así que quítese la chaqueta del señor Hobie —dijo Tony con voz suave.

Stone lo miraba, abriendo y cerrando la boca, pero sin que saliera ni un solo sonido de ella.

—Que se la quite. No es suya. No debería ponerse usted la ropa de otras personas.

El tipo hablaba con calma, pero su voz resultaba amenazadora. A Stone se le había quedado la cara de piedra por el susto; pero, entonces, empezó a mover los brazos, como si estuvieran fuera de su control. Se quitó la chaqueta y la sujetó por el cuello, como si se encontrara en una sección de ropa masculina, devolviendo una prenda que acababa de probarse, pero que no le había gustado.

—En el escritorio, por favor —dijo Tony.

Stone dejó la chaqueta en el escritorio. La dejó extendida y sintió la fina lana enganchándose con la áspera superficie. Tony la cogió y miró en los bolsillos, uno a uno. Dejó el contenido en un montoncito, delante de él. Hizo una bola con la chaqueta y la tiró al sofá de la izquierda.

Cogió la estilográfica Montblanc. Hizo un gesto con la boca, como apreciándola, y se la metió en el bolsillo. Luego cogió el manojo de llaves, lo abrió sobre la mesa como un abanico y fue pasándolas una a una. Eligió la del coche y la levantó.

—¿Un Mercedes?

Stone, perplejo, asintió.

—¿Qué modelo es?

—Un 500 SEL —murmuró Stone.

—¿Es nuevo?

Stone se encogió de hombros.

—Tiene un año.

—¿Y de qué color es?

—Azul oscuro.

—¿Dónde está?

—En mi oficina. En el garaje.

—Luego iremos a por él.

Tony abrió un cajón y metió las llaves en él. Lo cerró y se concentró en la cartera. Le dio la vuelta, la sacudió y acabó de sacar con el dedo el contenido que no había caído aún. Cuando estuvo vacía, la tiró debajo del escritorio. Stone oyó que caía dentro de una papelera metálica. Tony miró la fotografía de Marilyn y también la tiró. Stone oyó un sonido más suave cuando el rígido papel fotográfico golpeó el metal. Tony cuadró las tarjetas de crédito con tres dedos y las extendió sobre la mesa como un crupier.

—Un tipo que conozco le daría cien pavos por estas.

Luego, cogió los billetes y los ordenó por su valor. Contó cuánto sumaban y les puso un clip. Los metió en el mismo cajón que las llaves.

—¿Qué es lo que quieren ustedes? —preguntó Stone.

Tony lo miró.

—Quiero que se quite la corbata del señor Hobie.

Stone se encogió impotente.

—No, en serio, ¿qué es lo que quieren de mí? —inquirió de nuevo Stone.

—Diecisiete millones cien mil dólares. Eso es lo que nos debe —respondió Tony.

—Lo sé. Se lo pagaré.

—¿Cuándo?

—Bueno, voy a necesitar algo de tiempo.

—Bien —asintió el recepcionista—, le doy una hora.

Stone lo miró con los ojos como platos.

—No, no... Necesito más tiempo.

—Pues solo tiene una hora.

—Es que no puedo conseguir ese dinero en una hora.

—Eso ya lo sé. Ni en una hora, ni en un día, ni en una semana, ni en un mes, ni en un año, porque es usted un pedazo de mierda que no vale nada y que no sabría ni cómo salir de una bolsa de papel de supermercado, ¿no es así?

—¿Cómo?

—Que es usted la deshonra de la familia. Se hizo cargo de un negocio en el que su abuelo trabajó como un esclavo y que su padre hizo grande, y lo ha tirado a la basura porque es un completo gilipollas. ¿O no?

Stone lo miraba con los ojos abiertos de par en par. Tragó saliva.

—A ver, he sufrido algunos varapalos, pero ¿qué podía hacer? —preguntó Stone.

—¡Quítese la corbata! —gritó Tony.

Stone dio un respingo y se llevó las manos al nudo a todo correr.

—¡Quítesela, pedazo de mierda!

Stone prácticamente se la arrancó del cuello y la tiró sobre el escritorio, donde quedó hecha una maraña.

—Gracias, señor Stone —dijo Tony con calma.

—¿Qué es lo que quieren? —susurró Stone.

Tony abrió otro cajón y sacó un folio manuscrito. Era amarillo y estaba lleno de letras apretadas. Era una especie de lista con números y un total abajo del todo.

—Desde esta mañana, somos dueños del treinta y nueve por ciento de su empresa. Lo que queremos es un doce por ciento más.

Stone lo miraba. Hizo un cálculo mental.

—¿Quieren controlar la empresa?

—Exacto. Ahora tenemos el treinta y nueve por ciento y con un doce por ciento más tendremos el cincuenta y uno por ciento, lo que, en efecto, nos proporcionaría el control de su empresa.

Stone tragó saliva y negó con la cabeza.

—No, no pienso hacerlo.

—De acuerdo. En ese caso, queremos diecisiete millones cien mil dólares dentro de una hora.

Stone siguió parado, mirando como loco a derecha e izquierda. De pronto, se abrió la puerta del despacho y entró el otro tipo, el joven fornido del traje caro, y se situó, con los brazos cruzados, detrás de Tony, a su izquierda.

—El reloj, por favor —dijo Tony.

Stone se miró la muñeca. Era un Rolex. Parecía de acero, pero era de platino. Lo había comprado en Ginebra. Se lo quitó y se lo entregó. Tony asintió y lo metió en otro cajón.

—Ahora quítese la camisa del señor Hobie.

—No pueden obligarme a que les dé más acciones.

—Yo creo que sí podemos. Quítese la camisa, por favor.

—Oiga, no crea que van a intimidarme —soltó con tanta confianza como logró reunir.

—Ya está usted intimidado, ¿no le parece? —repuso Tony—. De hecho, está usted a punto de cagarse en los pantalones del señor Hobie. Lo que, se lo advierto, sería una mala idea, porque lo obligaré a que los limpie.

Stone no dijo nada. Se quedó mirando un punto fijo entre ambos matones.

—Un paquete de acciones por el doce por ciento —continuó Tony con calma—. ¿Por qué no? Pero si ya no valen nada. Y a usted aún le quedaría el cuarenta y nueve por ciento.

—Tengo que hablar con mis abogados.

—Bien, hágalo.

Stone miró a su alrededor, desesperado.

—¿Dónde hay un teléfono?

—Aquí no. Al señor Hobie no le gustan los teléfonos.

—¿Y cómo hablo con ellos?

—Pues grite. Quizá si grita lo bastante fuerte, sus abogados le oigan.

—¿Qué?

—Que grite. Es usted muy tonto, ¿eh, señor Stone? Con que sume dos y dos, llegará a una conclusión: si aquí no hay teléfono y no puede salir del despacho, para hablar con sus abogados va a tener que gritar.

Stone volvió a quedarse perplejo.

—¡Que grite, inútil pedazo de mierda!

—No, no voy a gritar —aseguró Stone impotente—. No sé qué pretende.

—¡Quítese la camisa!

Stone se sacudió con violencia. Dudó, con los brazos medio levantados.

—¡Que se la quite, pedazo de mierda! —gritó Tony.

Stone se llevó las manos a los botones y empezó a desabrochárselos, de arriba abajo. Se quitó la camisa y se quedó con ella en la mano, temblando, en camiseta.

—Dóblela bien, por favor. Al señor Hobie le gustan las cosas bien hechas.

Stone hizo lo que pudo. La sacudió por el cuello y la dobló. Primero una vez y después, otra. Se inclinó y la dejó en el sofá, encima de la chaqueta.

—Entréguenos el doce por ciento —volvió a insistir Tony.

Stone crispó las manos.

—No.

Silencio. Silencio y penumbra.

—Eficiencia. Eso es lo que nos gusta aquí. Debería haber estado usted más atento a la eficiencia, señor Stone. Es probable

194

que así su negocio no se hubiera ido por el retrete. ¿Sabe cuál es la manera más eficiente de hacer esto?

Stone se encogió de hombros, impotente.

—Es que no sé de qué está hablando.

—Pues se lo explicaré. Queremos que acceda a lo que le estamos pidiendo. Queremos su firma en un papel. ¿Lo ha entendido ahora?

—¡Pues no firmaré nunca, cabrón! —gritó Stone—. ¡Antes prefiero la quiebra, joder! ¡Capítulo once! ¡No conseguirán ustedes nada de mí! ¡Nada de nada! ¡Como mínimo, se tirarán ustedes cinco años litigando!

Tony sacudió la cabeza con paciencia, como un profesor de la escuela elemental que oye la misma respuesta incorrecta por enésima vez a lo largo de su larga carrera.

—Háganme lo que quieran —continuó Stone—, pero no pienso entregarles mi empresa.

—Podríamos hacerle daño —advirtió Tony.

Stone bajó la mirada y la centró en un punto del escritorio. Su corbata seguía allí, encima de los surcos bastos del garfio.

—¡Quítese los pantalones del señor Hobie! —gritó Tony.

—¡No, joder, no voy a hacerlo! —chilló Stone.

El joven fornido que estaba a la izquierda de Tony buscó algo debajo del brazo. Se oyó un crujido de cuero. Stone lo miró con atención, incrédulo. El joven sacó una pistola negra. Estiró el brazo y le apuntó con ella. Empezó a rodear el escritorio acercándose a él. Cada vez más cerca. Stone tenía los ojos como platos y fijos en el arma. El joven le apuntaba a la cara. Stone temblaba y sudaba. El joven se acercaba despacio y el arma estaba cada vez más cerca. Stone bizqueó para no perderla de vista. El joven le puso el cañón del arma en la frente. Con fuerza. Presionaba. El cañón era duro y estaba frío. Stone temblaba. Se echó hacia atrás para aliviar la presión. Se tropezó. Intentó concentrarse en la mancha negra borrosa en que se había convertido la pistola. No llegó a ver que el joven cerraba la otra mano. No llegó a ver el golpe. El puñetazo lo alcanzó en el estómago y cayó al suelo como un saco, con las piernas dobladas. Se retorcía, jadeaba, tenía arcadas.

—¡Quítese los pantalones, pedazo de mierda! —gritó Tony.

El joven del traje le pegó una patada brutal y Stone gritó y rodó sobre la espalda como una tortuga. Jadeaba. Sentía arcadas. Buscaba la hebilla del cinturón. La soltó. Se desabrochó los botones del pantalón y abrió la cremallera como pudo. Se bajó los pantalones. Se le quedaron enredados en los tobillos y luego se los quitó por encima de los zapatos, tirando con fuerza de ellos.

—Levántese, señor Stone —ordenó Tony con tranquilidad.

Stone se levantó como pudo, inseguro, inclinado hacia delante, con la cabeza gacha, jadeando, con las manos en las rodillas, con ganas de vomitar, con unas piernecitas blancas y sin pelo asomando por debajo de los calzoncillos, con unos calcetines oscuros y absurdos, y con zapatos.

—Podríamos hacerle mucho daño —advirtió Tony—. ¿Lo ha entendido ya?

Stone asintió y resopló. Se apretaba el estómago con ambos brazos. Jadeaba y tenía arcadas.

—Lo ha entendido, ¿verdad? —insistió Tony.

Stone se obligó a asentir de nuevo.

—Dígalo en voz alta, señor Stone. Diga que le podríamos hacer mucho daño.

—Podrían ustedes hacerme mucho daño.

—Pero no se lo haremos, porque no es así como le gusta llevar sus negocios al señor Hobie.

Stone se secó las lágrimas con la mano y levantó la mirada, esperanzado.

—El señor Hobie prefiere hacer daño a las esposas. Eficiencia, ¿entiende? Se obtienen resultados más rápido. Así que, ahora mismo, debería estar usted pensando en Marilyn.

El Taurus alquilado era mucho más rápido que el Bravada. En las secas carreteras de junio no había ni punto de comparación. Puede que en la nieve de enero o con el aguanieve de febrero hubiera apreciado más la tracción a las cuatro ruedas; pero si lo que quería era subir rápido siguiendo el Hudson en junio, un sedán normal y corriente era mejor que un todoterreno, eso seguro. Era un coche bajo y estable, rodaba bien y cogía las curvas como debería hacerlo un automóvil. Y era silencioso. Reacher llevaba la radio puesta en una poderosa emisora de la ciudad y una tal Wynonna Judd le preguntaba «¿Por qué no yo?». Estaba pensando que Wynonna Judd no debería gustarle tanto porque, según sus ideas preconcebidas, si alguien le preguntara si iba a disfrutar de una canción country en la que la vocalista le cantaba al amor, casi con toda seguridad habría respondido que no. La cuestión era que, a decir verdad, la mujer tenía una gran voz y la canción, unos arreglos de guitarra brutales. Además, la letra le estaba llegando, aunque se debía a que imaginaba que era Jodie la que se la cantaba, no Wynonna Judd. Decía: «¿Por qué no yo ahora que estás haciéndote viejo? ¿Por qué no yo?». Reacher empezó a cantar, con su ruda voz grave retumbando por debajo del elevado contralto y, para cuando acabó la canción, había decidido que, si algún día tenía una casa y un equipo estéreo, como la gente normal, compraría aquel disco. «¿Por qué no yo?».

Iba en dirección norte por la ruta 9 y llevaba un mapa de Hertz desplegado a su lado, un mapa que llegaba lo bastante lejos como para indicarle que Brighton estaba a medio camino entre Peekskill y Poughkeepsie, hacia el oeste, en el Hudson. La dirección de la pareja de ancianos también la llevaba a la vista, escrita en una de las hojas del bloc de la doctora McBannerman. No dejaba que el Taurus pasara de los cien kilómetros por hora: lo bastante rápido para no tardar mucho en llegar, pero lo bastante lento para que la policía de tráfico no lo molestase, porque seguro que había alguna patrulla escondida detrás de alguna zona boscosa y ansiosa por aumentar los ingresos municipales con sus radares y sus libretas de multas.

Tardó una hora en llegar a la altura de Garrison y dio por hecho que seguiría en dirección norte por la gran autopista en la que había girado al oeste y por la que había cruzado el río en dirección a Newburgh. Abandonaría esa carretera cerca del Hudson y llegaría a Brighton por arriba. Después, era cuestión de dar con la dirección exacta, lo cual quizá no sería fácil.

Pero sí lo fue, porque resultó que la carretera que lo llevaba hacia el sur para entrar en Brighton por la carretera que cruzaba la población de este a oeste se llamaba igual que la calle en la que vivían los ancianos. Fue despacio en dirección sur, mirando los buzones y el número de las casas. Luego la cosa fue más difícil, porque los buzones empezaron a aparecer agrupados de seis en seis, a cientos de metros de distancia un grupo del otro, aislados, sin conexión evidente entre el buzón y la casa a la que le correspondía. De hecho, había muy pocas casas a la vista. Daba la impresión de que estuvieran todas al otro lado de pistas rurales de gravilla y asfalto parcheado que se internaban a derecha e izquierda por el bosque como si fueran túneles.

Por fin encontró el buzón. Estaba en lo alto de un poste de madera que la lluvia y el sol estaban pudriendo y que las heladas estaban combando. Al poste lo envolvían unas enredaderas verdes, fuertes y espinosas. El buzón tenía una caja muy grande pintada de verde mate, con el número de la casa, descolorido, pintado a mano alzada en el lateral. La puertecilla estaba abierta porque la caja estaba llena hasta arriba de correo. Cogió las cartas, las cuadró y las dejó en el asiento del copiloto. Cerró la puertecilla, que chirrió, y vio que en ella había un apellido pintado por la misma persona que el número: HOBIE.

Los buzones estaban todos en el mismo lado de la carretera para facilitarle el trabajo al cartero, pero las pistas salían en ambas direcciones. Desde donde estaba se veían cuatro: dos que iban a la derecha y otras dos, a la izquierda. Se encogió de hombros y decidió seguir la primera, que iba a la derecha, hacia el río.

No era esa. Al final de la pista había dos casas. Una de ellas tenía un cartel duplicado en la verja: KOZINSKY. La otra tenía un Pontiac Firebird de color rojo brillante aparcado debajo de un aro de baloncesto nuevo que colgaba del gablete del garaje. En el jardín había tiradas unas bicicletas para niños. Nada de aquello indicaba que la casa estuviera ocupada por gente mayor o enferma.

La primera pista que salía hacia la izquierda tampoco era. Acertó cuando tomó la siguiente, la segunda que iba a la derecha. La pista daba a un camino principal lleno de malas hierbas que bajaba hacia el sur, paralelo al río. En la verja había un buzón viejo y oxidado, de cuando el servicio postal estaba dispuesto a acercarse un poco más a la casa de uno. El buzón estaba pintado con el mismo color verde mate que el otro, pero todavía más desgastado. El mismo tipo de letra, pero con un color desvaído, como un fantasma: HOBIE. Había cables de electricidad y de teléfono llenos de enredaderas que colgaban de ellos como cortinas. Entró con el Taurus en el camino que daba a la casa y fue aplastando y apartando vegetación a ambos lados. Dejó el coche al lado de un viejo Chevrolet aparcado debajo de una marquesina. El coche era enorme, con un capó y un maletero grandes como un avión, y era de ese color marrón mate que adquieren todos los coches cuando envejecen.

Reacher apagó el motor y bajó del Taurus en silencio. Metió medio cuerpo en el coche para recoger el correo y, cuando salió, cerró la puerta y se quedó mirando la casa. Era una edificación de una sola planta que se extendía hacia el río desde donde estaba él, en dirección este. La casa era del mismo color marrón que el coche, revestida con viejos tablones y tejas de madera. El jardín era un caos. Era tal y como se vuelve un jardín bien atendido después de quince años de primaveras húmedas y veranos calurosos en los que nadie se ha encargado de él. En su día había habido un camino amplio que lo recorría desde el garaje abierto hasta la puerta delantera, pero la maleza había acabado convirtiéndolo en una estrecha rampa de desembarco. Miró a su alrededor y pensó que allí resultaría de mayor utilidad un pelotón de infantería equipado con lanzallamas que una cuadrilla de jardineros.

De camino a la puerta, la vegetación no dejó de tironearle de los tobillos. Había un timbre, pero estaba oxidado, así que se inclinó y llamó a la puerta con los nudillos. Esperó. No recibió respuesta. Volvió a llamar. Oía la jungla bullendo detrás de él. Ruido de insectos. Oía el silenciador del Taurus a medida que se enfriaba. Llamó una vez más. Esperó. Oyó el crujido de la tarima en el interior de la casa. Ese sonido le llegó antes que las pisadas de una persona que se iban esparciendo. Las pisadas se detuvieron al otro lado de la puerta y una voz de mujer, ligeramente apagada por la madera, preguntó:

—¿Quién es?

—Soy Reacher, el amigo del general Garber.

Habló alto. Oyó que, detrás de él, algo se escabullía asustado entre los matorrales. Los animales furtivos huían. Frente a él, oyó los giros de una cerradura y de unos duros pestillos. La puerta chirrió mientras se abría. Lo recibió la oscuridad. Dio un paso adelante y se quedó a la sombra del alero de la casa. Vio a una mujer esperando. Tendría unos ochenta años, era delgada, con el pelo blanco y estaba encorvada. Llevaba un vestido con estampado de flores que había ido perdiendo el color y que se acampanaba a la altura de la cintura, justo por encima de la enagua de nailon de la mujer. Era el típico vestido con el que había visto inmortalizadas en fotografías de los cincuenta y los sesenta a mujeres de zonas residenciales que asistían a las fiestas que sus amigos celebraban en el jardín de sus casas. Uno de esos vestidos que era habitual llevar con guantes blancos largos y un sombrero de ala ancha, además de con una sonrisa burguesa de satisfacción.

—Le esperábamos.

Se hizo a un lado. Reacher asintió y entró. El radio de la falda era tal que Reacher la rozó al pasar y se oyó el fuerte frufrú del nailon.

—Les he traído el correo. Su buzón estaba lleno.

Le enseñó el gran montón de sobres curvados.

—Gracias. Es usted muy amable. Hay una larga caminata hasta el buzón y no nos gusta bajar con el coche, no vaya a ser que nos embistan por detrás mientras estamos detenidos. Es una carretera con mucho tráfico y por la que, además, la gente conduce muy rápido. Mucho más de lo que debería, en mi opinión.

Reacher asintió. Sin embargo, era la carretera más tranquila que había recorrido en la vida. Bien podría uno echarse a dormir en la línea continua, que era muy probable que sobreviviera. Reacher aún tenía las cartas en la mano. La anciana no mostraba curiosidad alguna por ellas.

—¿Dónde quiere que las deje?

—¿Le importaría llevarlas a la cocina?

El pasillo, forrado con paneles de madera oscuros, era muy sombrío. La cocina era peor. Tenía unas ventanas pequeñas con los cristales esmerilados y de color amarillo. Había una serie de armarios independientes de color agua sucia y curiosos electrodomésticos esmaltados con patitas, de color verde menta unos y de color gris otros. La estancia olía a comida rancia y a horno templado, pero estaba limpia y ordenada. Sobre el desgastado linóleo de una mesa había un trapo, y sobre el trapo, una taza de porcelana desportillada y unas gafas gruesas. Reacher dejó las cartas junto a la taza. Cuando él se fuera, la mujer se pondría las gafas para leer el correo, justo después de guardar su mejor vestido en el armario, un armario lleno de bolas de alcanfor.

—¿Puedo ofrecerle un poco de tarta?

Reacher miró el fogón. En él había una bandeja de porcelana tapada con un viejo trapo de lino. La mujer había hecho algo para él.

—¿Y café?

Junto al fogón, en la encimera, había una antigua cafetera de filtro esmaltada. Era de color verde, con un asa de cristal verde en lo alto y estaba enchufada con un cable antiguo aislado con una tela que estaba ya deshilachada. Reacher asintió.

—Me encantan el café y la tarta.

La anciana asintió, complacida. Se dirigió hacia el fogón y estrelló la falda contra la puerta del horno. Con un pulgar tembloroso pulsó el botón de la cafetera. Ya estaba cargada y lista.

—Solo será un momento.

Luego, la mujer se paró a escuchar. La cafetera empezó a hacer un sonido como si estuviera engullendo algo.

—Venga, acompáñeme. Voy a presentarle a mi marido. Ya está despierto y tiene muchas ganas de verlo. Vamos, mientras esperamos a que salga el café.

Lo llevó por el pasillo hasta una sala que había en la parte de atrás. La estancia, cuadrada, mediría unos tres metros y medio de lado y estaba llena de sillones, sofás y unas vitrinas, que llegaban a la altura del pecho, abarrotadas de adornos de porcelana. En uno de los sillones estaba sentado un anciano. El hombre llevaba un rígido traje de sarga azul, desgastado y con zonas que brillaban, y que, por lo menos, era tres tallas mayor de lo que necesitaba su mermado cuerpo. El cuello de la camisa era como un aro rígido alrededor de aquel cuello pálido, flacucho y arrugado. De su pelo no quedaban sino una serie de mechones blancos y sedosos aquí y allá. Sus muñecas asomaban como lapiceros por las mangas del traje. Tenía las manos finas, huesudas, y las apoyaba en los brazos del sillón. Unos tubitos de plástico le rodeaban las orejas y le entraban por la nariz. Había una bombona de oxígeno en un carrito que tenía aparcado al lado. Levantó la vista y respiró con fuerza para alimentar el esfuerzo que le suponía levantar la mano.

—Comandante Reacher, es un placer conocerlo.

Reacher se acercó a él y le estrechó la mano. La tenía fría y seca. Parecía la mano de un esqueleto envuelta en franela. El anciano hizo una pausa, respiró más de aquel oxígeno y volvió a hablar:

—Me llamo Tom Hobie, comandante. Y esta encantadora dama es Mary, mi esposa.

Reacher asintió.

—Es un placer conocerlos, pero ya no soy comandante.

El anciano asintió y volvió a respirar el oxígeno de la bombona.

—Sirvió usted, por lo que considero que merece que se dirijan a usted por su rango.

En la sala, en el centro de una de las paredes, había una chimenea baja de piedra. La repisa estaba llena de fotografías con ornamentados marcos de plata. La mayoría de las fotografías eran en color y tenían un motivo central que se repetía: un joven con uniforme de combate de color verde aceituna. Lo que cambiaban eran las poses y las situaciones. Entre ellas había una fotografía más antigua, en blanco y negro, retocada, con otro hombre de uniforme, alto, en posición de firmes y sonriendo; un soldado de primera de otra generación. Lo más probable era que se tratara del señor Hobie antes de que el corazón empezara a matarlo por dentro, pero Reacher no estaba seguro. Era imposible encontrar el parecido.

—Soy yo —le confirmó el anciano, que había seguido su mirada.

—¿En la Segunda Guerra Mundial? —preguntó Reacher.

El hombre asintió, pero con los ojos tristes.

—No llegué a cruzar el océano. Me presenté voluntario, pero mi corazón ya era débil por aquel entonces. No me dejaron ir, así que me pasé la guerra en un almacén de Nueva Jersey.

Reacher asintió. El anciano había bajado la mano y estaba trasteando con la válvula de la bombona para aumentar el aporte de oxígeno.

—Voy a por el café y el pastel —anunció la mujer.

—¿Quiere que la ayude? —preguntó Reacher.

—No, no hace falta.

La anciana salió despacio de la estancia.

—Comandante, por favor, siéntese —le pidió Tom Hobie.

Reacher asintió y se sentó en silencio en un pequeño sillón que estaba lo bastante cerca de donde se encontraba el anciano porque, desde allí, oiría con claridad aquella voz débil. Oía incluso el traqueteo de su respiración. Nada más, aparte del leve siseo de la bombona de oxígeno y un tintineo de porcelana en la cocina. Pacientes sonidos domésticos. La ventana tenía una persiana veneciana de plástico, de color verde lima, que tenía las lamas inclinadas de forma que apenas entrara la luz. El río corría por allí fuera, en alguna parte, más allá de aquel jardín descuidado. Estaban a unos cincuenta kilómetros de la casa de Leon Garber, también río arriba.

—¡Bueno, ya estamos aquí! —exclamó la señora Hobie desde el pasillo.

Entró en la sala con un carrito. En él había un juego de café de porcelana compuesto por tazas y platillos, una jarrita de leche y un azucarero. La bandeja de la tarta ya no estaba cubierta con el viejo trapo de lino. Se trataba de un bizcocho cubierto con un glaseado amarillo. Puede que fuera de limón. La vieja jarra de la cafetera estaba también allí y lo llenaba todo de olor a café.

—¿Cómo le gusta?

—Sin leche ni azúcar.

La anciana le sirvió una taza. Cuando se la tendió, la fina muñeca le tembló por el esfuerzo y la taza vibró en el platillo. A continuación, le sirvió un cuarto del bizcocho. Le temblaba el plato. La bombona de oxígeno siseaba. El anciano ensayaba su historia, la dividía en partes y tomaba el oxígeno necesario para narrar cada una de ellas.

—Yo era impresor —dijo de repente—. Tenía mi propio taller. Mary trabajaba para uno de mis mejores clientes. Nos conocimos y nos casamos en la primavera de 1947. Nuestro hijo nació en junio de 1948.

El anciano miró las fotografías que había sobre la repisa de la chimenea.

—Es ese, Victor Truman Hobie.

La sala se quedó en silencio. Como si observaran algún precepto.

—Yo creía en el deber, pero no era apto para el servicio activo y no sabe cuánto me dolió. Fue un trago muy amargo, comandante, pero me alegré de poder servir a mi país de otra manera, y eso es lo que hice. Educamos a nuestro hijo con las mismas ideas, para que amara este país y para que lo sirviera. Se presentó voluntario para ir a Vietnam.

El anciano señor Hobie cerró la boca, respiró oxígeno por la nariz una vez, dos, y después se inclinó hacia el suelo y cogió una carpeta de cuero. La dejó sobre sus esqueléticas piernas y la abrió. Sacó una fotografía y se la pasó a Reacher, que hizo malabares con la taza y el plato del bizcocho para cogerla de la mano temblorosa que se la ofrecía. Era una instantánea con el color desvaído en la que aparecía un chico jugando en un jardín. El muchacho tendría nueve o diez años, era robusto, tenía grandes dientes, era pecoso, sonreía y llevaba un rifle de juguete al hombro y un bol de metal en la cabeza como si fuera un casco. Tenía el pantalón, que era de rígida tela vaquera, metido por los calcetines para que pareciera un uniforme con polainas.

—Quería ser soldado —continuó el señor Hobie—. Desde siempre. Era su ambición. En aquel momento me parecía bien, claro está. No conseguíamos tener más hijos, así que Victor creció solo y se convirtió en la luz de nuestra vida. Yo seguía pensando que ser soldado y servir a tu país era una buena ambición para el hijo único de un padre patriota.

Silencio de nuevo. Una tos. Un siseo de la bombona de oxígeno. Silencio.

—¿Aprobaba usted lo de Vietnam, comandante? —quiso saber el señor Hobie.

Reacher se encogió de hombros.

—Yo era muy pequeño para tener formada una opinión. Pero, hoy en día, sabiendo lo que sé no, no hubiera aprobado lo de Vietnam.

—¿Por qué no?

—Porque era el lugar equivocado. El momento equivocado. Las razones equivocadas. Los métodos equivocados. El acercamiento equivocado. El liderazgo equivocado. No había apoyo real. No había verdadera voluntad de vencer. No había una estrategia coherente.

—¿Habría ido usted?

—Sí, habría ido —aseguró Reacher—. No había otra alternativa. Yo también soy hijo de militar. Ahora bien, habría sentido envidia de la generación de mi padre. Fue mucho más sencillo ir a la Segunda Guerra Mundial.

—Victor quería ser piloto de helicópteros. Sentía pasión por ellos. Me temo que eso también fue culpa mía. En una ocasión fuimos a una feria del condado y pagué dos dólares para que volara en uno por primera vez. Era un viejo Bell, un fumigador. Después de eso, lo único que quería era ser piloto de helicópteros y decidió que alistándose en el ejército tendría más oportunidades de conseguirlo.

El anciano sacó otra fotografía de la carpeta. Se la pasó. En ella aparecía el mismo chico, pero con el doble de años, crecido, alto, aún sonriente, de uniforme, delante de un helicóptero militar. Un Hiller H-23, un viejo helicóptero de entrenamiento.

—Eso es en el fuerte Wolters. En Texas. La Escuela de Helicópteros del Ejército de Estados Unidos.

Reacher asintió.

—¿Pilotó helicópteros en Vietnam?

—Fue el segundo de su promoción. Aunque no es que nos sorprendiera, porque en el instituto fue un estudiante excelente. Se le daban especialmente bien las matemáticas. Entendía de contabilidad. Pensé que iría a la universidad y que, después, nos asociaríamos para seguir con la imprenta. Yo estaba deseando que así fuera. A mí no se me dio bien el colegio, comandante. No tiene sentido esconderlo. No tengo estudios. Por tanto, suponía una gran alegría para mí ver que Victor iba tan bien. Era muy inteligente. Y también era muy buen chico. Inteligente, amable, de buen corazón...; el hijo perfecto. Nuestro único hijo.

La anciana permanecía callada. Ni comía bizcocho, ni bebía café.

—Se graduó en el fuerte Rucker. En Alabama. Viajamos hasta allí para asistir a la ceremonia.

Le pasó la siguiente fotografía. Era una copia de una de las que había enmarcadas sobre la repisa. En ella aparecían un cielo y una hierba descoloridos, de tonos pastel, y un joven alto de uniforme, con la visera de la gorra sobre los ojos, que rodeaba con el brazo a una mujer que llevaba un vestido estampado. La mujer era delgada y guapa. La fotografía estaba un poco desenfocada y torcida. Sin duda, hecha por un marido y padre que no cabía en sí de orgullo.

—Son Victor y Mary. Mi esposa no ha cambiado nada, ¿eh?

—Nada —mintió Reacher.

—Queríamos a ese chico —aseguró la anciana despacio—. Dos semanas después de que mi marido tomara esa fotografía, lo enviaron a la guerra.

—Julio de 1968 —dijo el señor Hobie—. Tenía veinte años.

—¿Qué sucedió?

—Cumplió todo un periodo de servicio —respondió el anciano—. Lo elogiaron en dos ocasiones. Volvió a casa con una medalla. Me di cuenta de que lo de llevar los libros de una imprenta se le quedaría pequeño enseguida. Supuse que serviría el tiempo correspondiente y que, después, se dedicaría a pilotar helicópteros para las petroleras. En el Golfo, quizá. Por aquel entonces, a los pilotos del ejército les pagaban muchísimo dinero. Igual que a los de la Armada y a los de las Fuerzas Aéreas, claro está.

—Pero él volvió —terció la señora Hobie—. Volvió a Vietnam.

—Firmó un reenganche —continuó el señor Hobie—. No tenía por qué hacerlo, pero decía que era su deber. Dijo que aún estábamos en guerra y que su deber consistía en tomar parte en ella. Decía que el patriotismo era justo eso.

—¿Y qué pasó?

Hubo un largo silencio.

—Que no volvió a casa —dijo el señor Hobie.

De la sala se apoderó un silencio profundo que parecía que pesara sobre ella. En algún lado de la casa había un reloj que hacía un incesante tictac, un tictac que sonaba cada vez más alto, y más, hasta que a Reacher le parecieron martillazos.

—Aquello acabó conmigo —añadió el anciano en voz baja. El oxígeno entraba y salía por su oprimida garganta como un jadeo, entraba y salía—. Acabó conmigo. Empecé a decir que daría el resto de mi vida por pasar un día más con él.

—El resto de la vida... por pasar un día más con él —repitió la esposa como un eco.

—Y lo decía de verdad. Y sigo manteniéndolo. Sigo manteniéndolo, comandante. Aunque, claro, con lo que me queda, ya no es un trato tan bueno. Yo ya no voy a vivir mucho más. Pero lo dije nada más enterarme y lo he dicho cada día durante estos treinta años... Y a Dios pongo por testigo de que lo he dicho de verdad cada una de las veces. El resto de mi vida por pasar un día más con él.

—¿Cuándo murió? —preguntó Reacher con delicadeza.

—No lo mataron. Lo capturaron.

—¿Lo tomaron prisionero?

El anciano asintió.

—Al principio, nos dijeron que había desaparecido. Dimos por hecho que estaba muerto, pero nos aferrábamos a la esperanza. Lo inscribieron como desaparecido y así lo mantuvieron. Nunca nos confirmaron de manera oficial que hubiera muerto.

—Así que esperamos —siguió la señora Hobie—. Esperamos años y años. Entonces empezamos a hacer preguntas. Nos decían que Victor había desaparecido, que lo más probable era que estuviera muerto. Que era lo único que podían decirnos. Habían derribado su helicóptero en la jungla y no habían encontrado los restos.

—En aquel momento, lo aceptamos —dijo el señor Hobie—. Sabíamos lo que había sido aquello. Muchísimos chicos habían desaparecido y sus padres no habían podido enterrar los cadáveres. Siempre ha sido así en las guerras.

—Entonces levantaron el monumento —prosiguió la señora Hobie—. ¿Lo ha visto?

—¿El Muro de Vietnam? ¿El de Washington? —dijo Reacher—. Sí, he estado allí. Lo he visto. Me parece muy conmovedor.

—Se negaron a poner su nombre en él —manifestó el anciano.

—¿Por qué?

—Nadie nos lo ha dicho. Pedimos una explicación por activa y por pasiva, pero nadie ha sido capaz de darnos una razón. Se enrocaron en que ya no lo consideraban una baja.

—Entonces les preguntamos qué lo consideraban —aclaró la señora Hobie—. Y nos dijeron que lo consideraban desaparecido en combate.

—Pero los demás desaparecidos en combate están en el Muro.

De nuevo silencio. El reloj martilleaba en otra estancia.

—¿Qué les dijo el general Garber sobre esto?

—No lo comprendía —respondió el señor Hobie—. No le cabía en la cabeza. Estaba investigándolo cuando murió.

De nuevo el silencio. El siseo del oxígeno, el martilleo del reloj.

—Pero sabemos lo que sucedió —aseguró la señora Hobie.

—¿Ah, sí? ¿Y qué sucedió?

—Lo único que tiene sentido, que lo cogieron prisionero —respondió la anciana.

—Y que no lo liberaron —añadió el señor Hobie.

—Por eso el ejército lo está encubriendo —dijo la señora Hobie—. El gobierno quedaría en ridículo si se supiera. La verdad es que a algunos de los nuestros nunca los soltaron. Los vietnamitas se los quedaron como rehenes para obtener ayuda extranjera y negociar con nuestra aceptación y nuestro crédito después de la guerra. Como chantaje. A pesar de que nuestros hijos siguieran allí prisioneros, el gobierno no quiso ceder. Por eso no pueden admitirlo. Y como lo escondieron, no pueden hablar de ello.

—Pero ahora podemos demostrarlo —aseguró el señor Hobie.

El anciano sacó otra fotografía de la carpeta y se la tendió a Reacher. Era una imagen más reciente. Colores vivos. Una instantánea tomada con teleobjetivo por entre la vegetación tropical. Se veía alambre de espino alrededor de una valla de bambú. También se veía a un asiático con un uniforme marrón, un pañuelo en la cabeza y un rifle en las manos. Estaba claro que era un Ak-47 soviético. Sin duda. Y había otra figura en la fotografía: un caucásico alto, de unos cincuenta años, demacrado, esquelético, encorvado, gris, con un uniforme de combate descolorido y raído. Apartaba la mirada del asiático, como encogido.

—Es Victor —aseguró la señora Hobie—. Es nuestro hijo. Esa fotografía la tomaron el año pasado.

—Hemos pasado treinta años preguntando por él, pero nadie nos ayudaba —dijo el señor Hobie—. Preguntamos en todos los lados. Entonces, encontramos a una persona que nos habló de esos campamentos secretos. No hay muchos, al parecer. Unos pocos. Con un puñado de prisioneros cada uno. La mayoría de ellos habrán muerto ya. Muchos morirían de viejos, o puede que de hambre. Esta persona fue a Vietnam y lo comprobó. Se acercó lo suficiente a uno de esos campos como para tomar esta fotografía. Llegó incluso a hablar con otro de los prisioneros a través de la valla. En secreto, por la noche. Fue muy peligroso. Preguntó el nombre del prisionero que había fotografiado y le dijo que se llamaba Vic Hobie, piloto de helicóptero del Primero de Caballería.

—Esa persona no tenía dinero para rescatarlo —explicó la señora Hobie—. Y nosotros ya le habíamos dado cuanto teníamos para financiarle el primer viaje. No nos quedaba más dinero. Así que, cuando conocimos al general Garber en el cardiólogo, le contamos nuestra historia y le pedimos que intentara que fuera el gobierno quien pagara el rescate.

Reacher miró la fotografía. Contempló al hombre esquelético y gris.

—¿Quién más ha visto esta fotografía?

—Solo el general Garber —respondió la anciana—. El hombre que la tomó nos recomendó que no la enseñáramos porque, en lo político, este es un tema muy delicado. Muy peligroso. Esa guerra es un suceso terrible que está enterrado en la historia de nuestra nación. Pero, claro, teníamos que enseñársela al general Garber, dado que él estaba en situación de ayudarnos.

—¿Y qué es lo que quieren que haga yo?

El oxígeno siseó en el silencio. Dentro y fuera por los tubitos de plástico. Dentro y fuera. El anciano abrió la boca.

—Tan solo queremos que vuelva. Tan solo quiero verlo una vez más antes de morir.

Después de aquello, la anciana pareja no dijo nada más. El uno y la otra se volvieron y fijaron la mirada, una mirada nebulosa, en las fotografías que había sobre la repisa. Dejaron a Reacher sumido en el silencio. Al rato, el anciano se volvió hacia él, levantó la carpeta de cuero con ambas manos y se la tendió. Reacher se inclinó y la cogió. Al principio, dio por hecho que se la entregaba para que metiera en ella las tres fotografías, pero, de pronto, se dio cuenta de que acababan de pasarle el testigo. Como en una ceremonia. La búsqueda de los Hobie se había convertido en la búsqueda de Leon, y en ese instante acababa de convertirse en la suya.

La carpeta era delgada. Aparte de las tres fotografías que le habían enseñado, contenía una serie de cartas con frecuencia esporádica que habían recibido de su hijo y las cartas formales del Departamento del Ejército. También había un grupo de papeles en los que aparecía la liquidación de sus ahorros y la transferencia mediante cheque certificado de dieciocho mil dólares a una dirección del Bronx para financiar una misión de reconocimiento a Vietnam que iba a dirigir un tal Rutter.

Las cartas del muchacho empezaban con notas breves enviadas desde varios puestos del sur a medida que pasaba por ellos: Dix, Polk, Wolters, Rucker, Belvoir y Benning. Aquel fue el camino que siguió durante su formación. Luego había una nota enviada desde Mobile, en Alabama, justo antes de subir al barco que lo llevaría a Indochina por el canal de Panamá y por el Pacífico; un viaje que duraba un mes. Después había varios de esos delgados telegramas del ejército enviados desde Vietnam, ocho del primer periodo de servicio y seis del segundo. El papel tenía treinta años, así que estaba seco y rígido, como el papiro, como uno de esos descubrimientos de los arqueólogos.

Desde luego, no se había prodigado mucho con la correspondencia. Las cartas estaban llenas de las típicas frases banales que los soldados jóvenes escriben a sus padres. Debía de haber cientos de millones de padres en el mundo que guardaran viejas cartas como aquellas como si fueran tesoros. Cartas de diferentes épocas, de diferentes guerras, en diferentes idiomas, pero con los mismos mensajes: la comida, el clima, rumores de que iban a entrar en acción, palabras de consuelo.

Las respuestas del Departamento del Ejército eran un catálogo de cómo había ido avanzando la tecnología de oficina a lo largo de aquellos treinta años. Habían empezado a escribirlas con las viejas máquinas de escribir, con algunas de las cartas desalineadas, con espacios mal puestos, algunas con tinta rojiza allí donde se había resbalado la cinta. Luego, máquinas electrónicas, más nítidas y uniformes. Más tarde, el procesador de textos, impresiones inmaculadas en papel de mejor calidad. El mensaje, sin embargo, siempre era el mismo: no había información. Victor Hobie había desaparecido en combate y lo más probable era que hubiera muerto. Condolencias. No tenían más información.

El trato al que habían llegado con el tal Rutter había dejado a los Hobie, que habían tenido unos modestos fondos de inversión y algunos ahorros, sin blanca. En una hoja, escrito con una letra temblorosa que Reacher supuso que era de la anciana, había un total con sus gastos mensuales, repasados y reducidos una y otra vez, hasta que encajaban con los cheques que recibían de la Seguridad Social. Así, haciendo ese sacrificio, podrían liberar su capital. Los fondos los habían canjeado hacía dieciocho meses, y lo que les habían dado por ellos lo habían juntado con el efectivo y transferido todo al Bronx. Tenían un recibo de Rutter en el que ponía que aquel dinero era el que necesitaba para realizar el viaje de exploración y que partiría de inmediato. Les pedía toda la información que pudiera resultar de utilidad, incluido el número de servicio de su hijo y su historial, además de cuantas fotografías tuvieran. Había también una carta, fechada tres meses después, en la que se relataba el descubrimiento del remoto campamento, y se incluía la fotografía clandestina, por la que tantos riesgos había corrido el tal Rutter, y una transcripción de la conversación susurrada a través de la alambrada. Había también una propuesta de rescate, planeada con gran detalle y que tenía un coste previsto de cuarenta y cinco mil dólares. Cuarenta y cinco mil dólares que los Hobie no tenían.

—¿Va a ayudarnos? —La pregunta de la anciana rompió el silencio—. ¿Lo tiene todo claro? ¿Necesita saber algo más?

La miró y se dio cuenta de que la mujer había estado siguiendo su avance por el dosier. Reacher cerró la carpeta y se quedó mirando la gastada cubierta de cuero. En aquel momento, lo único que quería saber era: «¿Por qué coño no les diría Leon la verdad?».

9

Marilyn Stone estaba tan ocupada que se le olvidó comer, pero no le importó, porque le satisfacía el aspecto que empezaba a tomar la casa. Se dio cuenta de que estaba afrontando aquella tarea sin pasión alguna, lo que le sorprendió un poco, dado que, después de todo, era su casa la que estaba preparando para la venta, su hogar, el lugar que con tanto mimo, atención y sentimiento había elegido, aunque no hacía muchos años. Había sido la casa de sus sueños. Mucho más grande y mucho mejor de lo que había imaginado jamás. Por aquel entonces había sentido escalofríos solo de pensar en ello. Cuando se mudaron, le pareció que había muerto y que estaba en el cielo. En ese instante, en cambio, miraba el sitio como un objeto de exposición, como una propuesta de negocio. No veía las habitaciones que había decorado y en las que había vivido, en las que se había emocionado y en las que había disfrutado. No sentía dolor. No sentía nostalgia al mirar aquellos rincones en los que Chester y ella habían jugueteado y reído, donde habían comido, donde habían dormido. Se había apoderado de ella un convencimiento dinámico, financiero, que le decía que tenía que darle a la casa un nuevo toque que la hiciera irresistible.

El equipo de la mudanza había sido el primero en llegar, tal y como había planeado. Les había pedido que se llevaran el aparador del vestíbulo y que sacaran el sillón de Chester del salón; y no porque fuera una mala pieza, sino porque era, sin lugar a dudas, un mueble que parecería que estaba de más. Era donde Chester prefería sentarse. Lo había elegido tal y como lo eligen todo los hombres: dando prioridad a la comodidad y a la familiaridad frente al estilo y a la idoneidad. Era el único mueble que habían llevado de la antigua casa. Chester lo había puesto junto a la chimenea, en diagonal. A ella había ido gustándole un poco más a cada día que pasaba porque le daba a la habitación un aspecto hogareño. Era ese toque el que hacía que la estancia pasase de ser digna de una revista de decoración a un salón familiar, que era la razón exacta por la que había que quitarlo.

Pidió a los de la mudanza que se llevasen la mesa central de trabajo de la cocina. En muchas ocasiones había pensado en ello. Encajaba bien en la cocina, decía de aquella estancia que era un sitio adecuado para cocinar, donde se planeaban y se cocinaban buenos platos; pero, sin ella, había nueve metros de baldosas ininterrumpidos hasta la ventana en voladizo, y Marilyn sabía que, después de abrillantar las baldosas, la luz de la ventana inundaría el suelo y lo convertiría en un mar de espacio. Se había puesto en la piel de los compradores y se había preguntado: «¿Qué me impresionaría más, una cocina funcional o una cocina amplísima?». Así que la gran mesa al camión de la mudanza.

La televisión de la sala de estar también iba fuera. Chester tenía un problema con las televisiones. El vídeo había matado la faceta de su negocio enfocada a los hogares y el pobre no sentía ningún entusiasmo por comprar el último y mejor modelo de sus competidores. Así que tenían una televisión obsoleta, una RCA, pero que ni siquiera era un modelo de consola. La pantalla, que tenía un brillante marco que imitaba el cromo, sobresalía como una pecera gris. Había visto televisiones mejores al lado de contenedores de basura cuando iba en tren a la estación de la calle Ciento veinticinco, así que les había pedido a los de la mudanza que se la llevaran y que bajasen una estantería del cuarto de invitados para rellenar el hueco. Le pareció que la sala de estar quedaba mucho mejor así. Solo con la estantería, los sofás de cuero y las lámparas con las pantallas oscuras parecía una habitación sofisticada. Una habitación de gente culta. La convertía en una estancia con aspiraciones. Como si el comprador fuera a adquirir estilo de vida, no solo una casa.

Marilyn pasó algo de tiempo eligiendo libros para las mesitas auxiliares. Entonces llegó la florista con cajas de cartón llenas de plantas con flor. Primero, Marilyn le pidió a la joven que limpiara los jarrones y, después, la dejó con una revista europea y le pidió que copiara los arreglos que aparecían en ella. El tipo que venía de la oficina de Sheryl trajo el cartel de SE VENDE y Marilyn le dijo que lo pusiera en la esquina, cerca del buzón. A continuación, llegó la cuadrilla de jardineros, justo cuando se marchaban los de la mudanza, lo que los llevó a maniobrar a unos y a otros con cierta torpeza al cruzarse por el camino de entrada. Marilyn guio al jefe de la cuadrilla por el jardín y fue explicándole lo que tendrían que hacer, tras lo que volvió a la casa, antes de que empezaran a rugir los cortacéspedes. El de la piscina llegó al mismo tiempo que los del servicio de limpieza. Marilyn miró a uno y a otros, a derecha e izquierda, sin saber a quién dirigirse primero, superada por unos instantes; pero luego asintió con decisión y les pidió a los del servicio de limpieza que esperaran un momento y llevó al chico hasta la piscina y le explicó lo que quería que hiciera. Después, les asignó los quehaceres a los del servicio de limpieza y entró corriendo en la casa. Sintió hambre y se dio cuenta de que no había comido, aunque se sentía enormemente satisfecha por los progresos que estaba haciendo.

Los dos recorrieron el pasillo para despedirse de él. El anciano había abierto la válvula de la bombona lo suficiente para que dejase pasar el oxígeno que le permitiese hacer el esfuerzo de ponerse de pie y, después, había salido al pasillo con el carrito por delante, valiéndose, hasta cierto punto, de su estabilidad como de un bastón, empujándolo como un saco de palos de golf. Su esposa iba un poco por delante de él y su vestido producía un suave frufrú al rozar una y otra vez con las jambas de las puertas y con los paneles del estrecho pasillo. Reacher los seguía, con la carpeta de cuero bajo el brazo. La anciana abrió la puerta y su marido se quedó a su lado, jadeando y sujetando el manillar del carrito. Por la puerta entró un aire fresco y dulce.

—¿Saben si alguno de los amigos de Victor sigue vivo? —preguntó Reacher.

—¿Es eso importante, comandante?

Reacher se encogió de hombros. Con el tiempo, había aprendido que la mejor manera de preparar a la gente para darle una mala noticia era mostrarse muy meticuloso desde el principio. La gente atendía mejor a uno si pensaba que había agotado todas las posibilidades.

—Tan solo quiero establecer un trasfondo.

Le dio la impresión de que los había desconcertado pero que, dado que aquella era su última esperanza, estaban pensando en ello. Al fin y al cabo, él tenía, en sentido literal, la vida de su hijo en sus manos.

—Supongo que Ed Steven, el de la ferretería —dijo el señor Hobie—. Victor y él eran uña y carne, desde la guardería hasta que acabaron los estudios. Pero eso fue hace treinta y cinco años, comandante. No sé de qué iba a servirle hablar con él.

Reacher asintió como ausente. Él también pensaba que, a aquellas alturas, de poco iba a servir.

—Tengo su número. Los llamaré en cuanto me entere de algo.

—Confiamos en usted —le dijo la anciana.

Reacher asintió de nuevo.

—Ha sido un placer conocerlos. Gracias por el café y por la tarta. Y siento mucho que se encuentren en esta situación.

No respondieron. Decir aquello no servía de nada. Treinta años de agonía y ¿sentía su situación? Estrechó las frágiles manos de los ancianos y se abrió paso por el descuidado jardín hasta el Taurus, con la carpeta de cuero bajo el brazo, mirando hacia delante.

Salió dando marcha atrás por el camino de entrada, aplastando y llevándose por delante vegetación a uno y otro lado, hasta que llegó a la pista, donde giró a la derecha y se dirigió al sur por aquella carretera tranquila por la que había llegado buscando la casa de los Hobie. Poco después, la pequeña ciudad de Brighton apareció delante de él. La carretera se ensanchó y el pavimento se volvió más uniforme. Vio una gasolinera y un parque de bomberos. Unos jardines municipales con un campo de béisbol de la Liga Infantil. Un supermercado con un enorme aparcamiento, un banco, una hilera de tiendecitas con una fachada común y retiradas de la calle.

Daba la sensación de que el aparcamiento del supermercado fuera el centro geográfico de la ciudad. Pasó despacio por delante de él y vio una guardería con unas filas de arbustos plantados en macetas. Los regaba un aspersor que describía arcoíris bajo el sol. Luego, un edificio enorme e independiente pintado de un rojo apagado: FERRETERÍA STEVEN. Giró y aparcó el Taurus junto a un almacén de madera que había detrás.

A la enorme ferretería, que parecía un cobertizo, se entraba por una puerta insignificante situada en una esquina. La puerta daba a un laberinto de pasillos llenos de todo tipo de cachivaches que Reacher nunca había necesitado comprar: tornillos, clavos, pernos, herramientas de mano, herramientas eléctricas, cubos de basura, buzones, láminas de vidrio, marcos de ventanas, puertas, latas de pintura. A su vez, el laberinto daba a un núcleo central en el que había cuatro mostradores dispuestos en cuadrado debajo de unas potentes lámparas fluorescentes. Dentro de aquel corral había un hombre y dos chicos, vestidos los tres con vaqueros y camisa, y con un mandil rojo de lona. El hombre era delgado y bajo, de unos cincuenta años; y los chicos eran, sin lugar a dudas, sus hijos, versiones más jóvenes de su cara y de su físico, puede que de dieciocho y veinte años.

—¿Ed Steven? —preguntó Reacher.

El hombre asintió, ladeó la cabeza y enarcó las cejas, un gesto típico de quienes llevan treinta años atendiendo preguntas de comerciales y de clientes.

—¿Podría hablar con usted sobre Victor Hobie?

Durante un segundo, el hombre puso cara de no entender nada. Luego, miró a sus hijos como si estuviera recogiendo el carrete de su vida, yendo hacia atrás, hasta mucho antes de que ellos existieran, hasta cuando se relacionaba con Victor Hobie.

—Murió en Vietnam, ¿no?

—Necesito un poco de trasfondo.

—¿Otra vez están buscándolo sus padres?

Lo preguntó sin asomo de sorpresa y, al mismo tiempo, como con tono de hastío. Como si en la localidad conocieran bien el problema de los Hobie y lo toleraran, pero como si ya no provocase ninguna simpatía.

Reacher asintió.

—Tengo que hacerme a la idea de qué tipo de persona era. Se dice que usted lo conocía bien.

Otra vez cara de no entender nada.

—Sí, a ver, lo conocía, pero cuando éramos niños. Después del instituto solo nos vimos en una ocasión.

—¿Podría hablarme de él?

—Es que estoy muy ocupado. Tengo que colocar un pedido.

—Podría echarle una mano. Hablamos mientras lo colocamos.

Estaba claro que Steven iba a decir que no pero, de pronto, volvió a fijarse en el tamaño de Reacher y sonrió como un trabajador al que acaban de ofrecerle, gratis, una carretilla elevadora.

—De acuerdo. Vamos atrás.

Salió del corral de mostradores y llevó a Reacher hasta la puerta de atrás. Fuera había una camioneta polvorienta al sol, cerca de un cobertizo abierto con el techo de hojalata. La camioneta estaba llena de sacos de cemento. Las estanterías que se veían en el cobertizo estaban vacías. Reacher se quitó la chaqueta y la dejó en el capó de la camioneta.

Los sacos eran de papel grueso. Reacher sabía, de cuando había estado excavando piscinas, que si uno los cogía por el centro con ambas manos, se doblaban y se rompían. Para levantarlos había que cogerlos con la palma por una esquina y tirar de ellos con una sola mano. Además, de esa manera no se ensuciaría la camisa nueva. Los sacos pesaban cuarenta y cinco kilos, por lo que podía con dos a un tiempo, uno en cada mano. Los equilibraba manteniéndolos apartados del cuerpo. Steven lo miraba como si fuera un espectáculo circense.

—Bueno, hábleme de Victor Hobie —gruñó Reacher.

Steven se encogió de hombros. Estaba apoyado en un poste, debajo del techo de hojalata, a la sombra.

—Ya le he dicho que fue hace mucho tiempo. ¿Qué quiere que le cuente? Éramos niños, ¿sabe? Nuestros padres se conocían de la Cámara de Comercio. Su padre era impresor y el mío tenía este sitio, aunque por aquel entonces solo era un almacén de madera. Coincidimos durante todos los años de colegio e instituto. Empezamos en la guardería el mismo día y nos graduamos en el instituto el mismo día. Después de eso, solo lo vi en una ocasión, cuando volvió de la guerra. Había estado un año en Vietnam e iba a volver.

—¿Qué tipo de persona era?

Steven se volvió a encoger de hombros.

—No sé si darle mi opinión.

—¿Por qué? ¿Tan mala es?

—No, no, ni mucho menos. De hecho, no hay nada que esconder. Era un buen chico. La cuestión es que no puedo darle más que la opinión que un chaval tenía de otro chaval en el mundo de hace treinta y cinco años. Quizá no sea una opinión muy fiable, ¿entiende?

Reacher hizo una pausa con un saco de cemento de cuarenta y cinco kilos en cada mano y giró la cabeza para mirar a Steven. El hombre seguía apoyado en el poste, con aquel mandil rojo, delgado y en forma. Para Reacher, era la viva imagen de un comerciante de una pequeña ciudad del norte del país. El tipo de persona cuyo juicio sería bastante sólido.

—Sí, lo entiendo y lo tendré en cuenta —respondió Reacher.

Steven también asintió, como si acabasen de dejar claras las reglas del juego.

—¿Qué edad tiene?

—Treinta y ocho —respondió Reacher.

—¿Es usted de por aquí?

Reacher negó con la cabeza.

—A decir verdad, no soy de ninguna parte.

—Vale, pues, para empezar, tiene que entender un par de cosas. Esta es una ciudad muy muy pequeña, de provincias, y Victor y yo nacimos en 1948. Teníamos quince años cuando dispararon a Kennedy, dieciséis cuando llegaron los Beatles y veinte cuando los disturbios de Chicago y de Los Ángeles. ¿Sabe a qué me refiero?

—A que era otro mundo.

—¡No le quepa duda! Crecimos en otro mundo. Nuestra infancia transcurrió en otro mundo. Para nosotros, uno que se atreviera a ponerle cromos de béisbol a su Schwinn en las ruedas se convertía en el más atrevido de la ciudad, ¿entiende? Tiene que tener eso en cuenta cuando escuche lo que voy a contarle.

Reacher asintió. Levantó el noveno y el décimo saco de cemento de la parte trasera de la camioneta. Estaba empezando a sudar y le preocupaba el estado de su camisa la próxima vez que lo viera Jodie.

—Victor era un chaval muy recto —empezó a explicar el señor Steven—. Muy recto y normal. Y, para que me entienda, le estoy hablando de una época en la que nos creíamos los reyes del mundo cuando nuestros padres nos permitían que nos quedáramos despiertos, bebiendo batidos, hasta las nueve y media los sábados por la noche.

—¿Qué cosas le interesaban?

Steven resopló y se encogió de hombros.

—Pues qué quiere que le diga... Lo mismo que a todos, supongo. El béisbol. Mickey Mantle. También nos gustaba Elvis. El helado. El Llanero Solitario. Cosas así. Lo normal.

—Su padre me ha dicho que siempre quiso ser soldado.

—Todos queríamos serlo. Primero, quisimos ser indios y vaqueros y, después, soldados.

—¿Fue usted a Vietnam?

—No, a mí se me pasaron las ganas de ser soldado. Y no porque no aprobara la guerra. Tiene que entender que aquello fue muchísimo antes de que aquí llegara lo del pelo largo. Aquí nadie se oponía a los militares. Y tampoco es que me diera miedo. Por aquel entonces, no había nada que temer. Éramos Estados Unidos, ¿no? Íbamos a patearles el culo a esos *charlies* de ojos rasgados. Íbamos a estar allí seis meses, como mucho. A nadie le preocupaba ir; la cuestión era que parecía que estuviera pasado de moda. Lo respetábamos, nos encantaba escuchar historias de guerra y todo eso, pero parecía algo del pasado, ¿sabe a qué me refiero? Yo quería montar un negocio. Quería convertir el cobertizo de maderas de mi padre en una gran empresa. Eso era lo que me motivaba. Para mí, eso era mucho más estadounidense que alistarse. Por aquel entonces, parecía igual de patriótico.

—¿Así que se libró del reclutamiento?

Steven asintió.

—Me llamaron a filas, pero había solicitado la entrada en varias universidades y me saltaron. Mi padre era muy amigo del presidente de la junta, lo que supongo que algo ayudaría.

—¿Cómo reaccionó Victor a eso?

—No le importó. No supuso ningún problema. No es que yo fuera un activista contra la guerra ni nada por el estilo. De hecho, apoyaba nuestra presencia en Vietnam, como todo el mundo, por otro lado. Sencillamente, fue una elección personal: quedarme anclado en el pasado o mirar hacia el futuro. Yo quería ir hacia delante, y Victor quería formar parte del ejército. No crea, él también sabía que estaba un poco... pasado de moda. Pero, claro, la cuestión era que estaba muy influenciado por su padre. Su viejo no había podido ir a la Segunda Guerra Mundial porque no era apto. El mío fue soldado de infantería en el Pacífico. Victor tenía la sensación de que su familia no había cumplido con su deber; así que él quería ir, ya sabe, como si fuera una obligación. Hoy en día suena desfasado, ¿eh? ¡El deber! Pero, por aquel entonces, todos pensábamos así. No tiene nada que ver con los chavales de hoy en día. Aquí éramos muy serios y anticuados. Puede que Victor lo fuera incluso un poco más que los demás. Muy serio y muy sincero, aunque tampoco es que se saliera tanto de lo ordinario.

Reacher había llevado ya tres cuartos de los sacos. Se detuvo y descansó apoyado en la puerta de la camioneta.

—¿Era inteligente?

—Lo suficiente, diría yo. En el colegio le fue bien, pero, vamos, que tampoco es que fuera impresionante. Aquí ha habido un par de chavales que han sido abogados, médicos o algo así. Uno incluso fue a la NASA; uno que era un poco más joven que Victor y yo. Victor era bastante inteligente, pero tenía que esforzarse, por lo que yo recuerdo.

Reacher volvió a ponerse con los sacos. Había llenado primero las estanterías del fondo, algo de lo que se alegraba, porque empezaban a arderle los antebrazos.

—¿Se metió alguna vez en algún problema?

Steven puso cara de que la pregunta le había molestado.

—¿Problema? No ha estado usted prestándome atención, ¿verdad? Victor era más recto que una flecha en una época en que un chico malo se consideraría un ángel hoy en día.

Le quedaban seis sacos. Se limpió las palmas en los pantalones.

—¿Qué impresión le dio la última vez que lo vio? Entre un periodo de servicio y el otro.

Steven se quedó callado unos instantes, pensativo.

—Me pareció que era un poco más mayor, no sé. Para mí había pasado un año, pero parecía que para él hubieran pasado cinco. Ahora bien, estaba igual. Era el de siempre. Seguía siendo serio y sincero. Le organizaron una recepción porque le habían concedido una medalla; pero él, en cambio, decía que se sentía avergonzado porque aquella medalla no era nada. Luego regreso allí y ya no volvió a casa.

—¿Qué sintió usted?

El hombre hizo otra pausa.

—Creo recordar que me sentí mal. Era un muchacho que conocía de toda la vida. Habría preferido que volviera, claro está; pero también me alegré de que no acabara en una silla de ruedas o algo así, como muchos otros.

Reacher terminó con los sacos. Dejó el último de ellos en un estante y se apoyó en el poste que había enfrente del de Steven.

—Entonces ¿a qué viene tanto misterio respecto a lo que le sucedió?

Steven sacudió la cabeza y esbozó una sonrisa triste.

—No hay ningún misterio. Lo mataron. Aquí, lo único que pasa es que hay dos ancianos que se niegan a aceptar tres verdades incómodas, nada más.

—¿Qué tres verdades?

—Es sencillo. La primera verdad es que su hijo murió. La segunda, que murió en una selva impenetrable dejada de la mano de Dios, donde nadie podía encontrarlo. Y la tercera, que, por aquella época, el gobierno dejó de incluir en las listas de bajas a los desaparecidos en combate para que los números siguieran pareciendo razonables. ¿Cuántos muchachos irían en el helicóptero de Vic? ¿Diez? Pues diez nombres que no salían en las noticias de la noche. Era la política que había por aquel entonces, y ahora es demasiado tarde para admitirlo.

—¿Esa es su opinión?

—Sí. La guerra salió mal y el gobierno no supo cómo llevar el asunto. Para los de mi generación fue complicado aceptarlo, ¿sabe? Es probable que a ustedes, que son más jóvenes, no les suponga ningún problema aceptar aquello, pero hay que tener claro que los ancianos como los Hobie jamás serán capaces de encajarlo.

Se quedó callado y miró, como ausente, la camioneta vacía y las estanterías llenas.

—Ha movido usted una tonelada de cemento. ¿Quiere entrar, limpiarse y le invito a un refresco?

—No, gracias, necesito comer —dijo Reacher—. Se me ha pasado la hora de la comida.

Steven asintió y, después, sonrió como arrepentido.

—Vaya hacia el sur. Hay un restaurante justo después de la estación de tren. Allí es donde acostumbrábamos a beber batidos hasta las nueve y media de la noche los sábados, imaginándonos que casi éramos Frank Sinatra.

Era evidente que el restaurante había cambiado mucho desde que los chicos atrevidos con pegatinas de béisbol en las ruedas de la bicicleta sorbían batidos allí los sábados por la noche. Ahora era un restaurante con estilo setentero, bajo y rectangular, con la fachada de ladrillo y el techo verde, y con brillantes y elaborados carteles de neón de color rosa o azul cálido en cada ventana que le daban un toque más actual. Reacher cogió la carpeta de cuero, abrió la puerta del restaurante y le recibió un aire helado con olor a freón, a hamburguesas y a ese fuerte producto de limpieza con el que los restaurantes rociaban las mesas antes de limpiarlas. Se sentó a la barra y una chica sonriente y rechoncha de veintipocos años lo encajonó con un servicio de mesa que incluía servilleta y le dio una carta del tamaño de un póster con fotos de cada plato al lado de la descripción de este. Reacher pidió una hamburguesa de cuarto de kilo poco hecha, con queso suizo, ensalada de col y aros de cebolla, y apostó consigo mismo a que lo que le trajeran poco iba a parecerse a lo que se veía en la foto. Bebió el vaso de agua helada que le sirvió la joven y le pidió que se lo rellenara antes de abrir la carpeta.

Se centró en las cartas que Victor había enviado a sus padres. Había veintisiete en total: trece desde los puestos de formación y catorce desde Vietnam. Confirmaban todo lo que le había contado Ed Steven. Una gramática precisa, una ortografía precisa, frases bien construidas. La misma caligrafía usada por todos aquellos que hubieran sido educados en Estados Unidos entre 1920 y la década de 1960, solo que un poco inclinada hacia atrás. Era zurdo. Ninguna de las veintisiete cartas llegaba a tener más de unas pocas líneas en el reverso del folio. Eso lo convertía en una persona diligente, en una persona que sabía que era de mala educación acabar una carta personal en la primera página. Una persona educada, diligente, zurda, sosa, convencional, normal, con buenas notas, pero tampoco como para ir a la NASA.

La chica le llevó la hamburguesa. No estaba mal, pero era muy diferente del festín pantagruélico que prometía la fotografía del menú. La ensalada de col se la sirvieron nadando en vinagre blanco en una cajita de cartón doblado y encerado, y los aros de cebolla estaban inflados y eran uniformes, como pequeños neumáticos marrones. El queso suizo estaba cortado tan fino que parecía transparente, pero, al menos, sabía a queso.

La fotografía que le habían tomado en Rucker, después de su graduación, era más difícil de interpretar. Estaba un poco desenfocada y la visera de la gorra le dejaba los ojos en sombra. Victor tenía los hombros rectos y el resto del cuerpo tenso. ¿Estaría a punto de reventar de orgullo o se sentiría avergonzado por su madre? Era difícil saberlo. Al final, la boca hizo que Reacher se decantara por el orgullo. El joven la tenía fruncida y un poco baja en las comisuras; el tipo de boca fruncida que requiere mucho control por parte de los músculos faciales, porque lo que ansía es convertirse en una amplísima sonrisa. Era la fotografía de una persona que se encontraba en lo más alto de su vida hasta la fecha. Había alcanzado sus objetivos, realizado sus sueños. Dos semanas después, viajaría a Vietnam. Reacher buscó entre las cartas la nota de Mobile. Estaba escrita desde un catre, antes de embarcarse. La había enviado un ordenanza de la compañía desde Alabama. Una página y cuarto de frases sobrias. Emociones contenidas. No comunicaba nada de nada.

Pagó la cuenta y dejó dos dólares de propina a la joven por aquella sonrisa. ¿Habría escrito ella a sus padres una carta de una página y cuarto llena de frases vacías el mismo día en que partía a la guerra? Seguro que no, pero tampoco habría ido nunca a la guerra. Reacher calculó que el helicóptero de Victor habría sido abatido unos siete años antes de que ella naciera y, para entonces, Vietnam no era sino uno de los temas que había tenido que sufrir en la clase de Historia del instituto.

Era demasiado pronto para volver a Wall Street. Jodie le había dicho que quedaban a las siete. Como poco, le quedaban dos horas libres. Se subió al Taurus y puso el aire acondicionado a toda pastilla para eliminar el calor. Luego, desdobló el mapa de Hertz sobre la carpeta de cuero y miró cómo salir de Brighton. Podía coger la ruta 9 en dirección sur hasta la autopista de Bear Mountain, seguir por allí en dirección este hasta Taconic, de allí ir al sur hasta Sprain y, de Sprain, llegaría a la autopista del río

Bronx. Esa autopista lo llevaría directo al Jardín Botánico, un sitio en el que nunca había estado y que consideraba ideal para visitar.

Marilyn empezó a comer un poco después de las tres de la tarde. Había comprobado el trabajo del servicio de limpieza antes de dejarlo marchar, y la verdad era que estaba todo como la patena. Incluso habían pasado un limpiador de vapor por la alfombra del vestíbulo, pero no porque estuviera sucia, sino porque era la mejor manera de levantar el pelo que el aparador italiano había aplastado. Como el vapor hincha las fibras de lana, igualó la alfombra y así nadie se daría cuenta de que allí había habido un mueble enorme.

Se había dado una larga ducha y limpió las baldosas con una toallita para que relucieran. Se peinó, pero no se secó el pelo porque sabía que la humedad de junio haría que se le rizase un poco. Luego se vistió con una sola prenda, la favorita de Chester: un vestido tubo de color rosa que quedaba mucho mejor si se llevaba sin ropa interior. Le llegaba justo por encima de la rodilla y, aunque no era ceñido del todo, resaltaba sus curvas como si lo hubieran hecho para ella, que así era en realidad, aunque Chester no lo sabía. Su marido creía que le sentaba tan bien porque sí, y a ella le gustaba que fuera eso lo que pensaba, y no por el dinero que había costado, sino porque le daba un poco de vergüenza admitir que le habían hecho a medida una prenda tan sexi. A su marido, aquel vestido lo convertía en un desvergonzado. Era como un detonante. Marilyn se lo ponía cuando creía que Chester necesitaba una recompensa. O cuando quería desviar su atención, y esa noche iba a necesitar desviarla, y mucho. Cuando Chester llegara, se encontraría con que su casa estaba en venta y con que era su esposa la que estaba al timón de la situación. Desde cualquier perspectiva, iba a ser una noche difícil para él, así que, con vergüenza o sin ella, Marilyn iba a usar todas sus armas para conseguir que lo superara.

Eligió los zapatos de tacón de Gucci que iban a juego con el vestido y hacían que sus piernas parecieran más largas. Fue entonces cuando bajó a la cocina y comió: una manzana y una loncha de queso bajo en grasa. Volvió arriba, se cepilló los dientes y se planteó maquillarse. Sin ropa interior y con el pelo al natural, lo lógico era no hacerlo, pero no le importaba admitir que, aunque por poco, ya no era tan joven como para no necesitar algunos retoques, así que se preparó para la larga tarea que suponía maquillarse de forma que pareciera que no se había maquillado.

Le llevó veinte minutos y, después, se pintó las uñas, incluidas las de los pies, porque consideraba que era importante llevarlas arregladas cuando lo más probable era que una no tardase en quitarse los zapatos. Luego se puso su perfume favorito; el suficiente para que Chester lo notara, pero sin que resultara agobiante. Entonces sonó el teléfono. Era Sheryl.

—¿Marilyn? La casa lleva seis horas en el mercado ¡y ya hay un interesado!

—¿En serio? ¿Quién? ¿Cómo es posible?

—Ya lo sé, es el primer día... ¡y sin que te haya anunciado en ningún sitio! ¿No es maravilloso? Se trata de un caballero que se traslada de ciudad con su familia y que resulta que estaba dando una vuelta por la zona para conocerla cuando ha visto el cartel de venta. Ha venido directo a informarse de los detalles. ¿Estás lista? ¿Puedo ir con él ahora?

—Vaya... ¿ahora? ¿Ahora mismo? Qué rápido, ¿no? Bueno, sí, estoy lista. ¿Quién es, Sheryl? ¿Crees que es un comprador serio?

—No me cabe duda, pero solo está aquí hoy. Esta noche tiene que volver al oeste.

—De acuerdo, bien, venid. Estaré lista.

Marilyn cayó en la cuenta de que debía de haber llevado a

cabo todas las labores del día de forma inconsciente, sin pensar en lo que estaba haciendo en realidad. Se movió con rapidez, pero sin nervios. Colgó el teléfono, corrió directa a la cocina y encendió el horno a una temperatura baja. Puso una cucharada de granos de café en un plato y lo dejó en la bandeja del centro. Cerró el horno y fue al fregadero. Tiró el corazón de la manzana en el triturador de basura y metió el plato en el lavavajillas. Limpió el fregadero con papel de cocina, dio un paso atrás y, con los brazos en jarras, comprobó que toda la estancia estuviera en orden. Fue a la ventana en voladizo y giró las lamas de la persiana hasta tener el ángulo adecuado para iluminar el suelo.

—Perfecto —se dijo.

Subió las escaleras a toda prisa y empezó a revisar el piso de arriba. Se agachó en cada habitación, analizándolo todo, retocando los adornos florales, poniendo las lamas de las cortinas de la manera más adecuada, ahuecando los almohadones y almohadas. Encendió todas las luces. Había leído que hacerlo después de que el comprador estuviera en la habitación era un indicativo de que a la casa le faltaba luz. Era mejor tenerlas encendidas desde el principio, lo que era indicativo de una bienvenida alegre.

Corrió escaleras abajo. Abrió del todo la persiana del salón para que se viera la piscina. En la sala de estar de Chester encendió las lamparitas de lectura y cerró las persianas casi del todo para que la estancia tuviera un aire oscuro, confortable. Luego entró en el salón. Mierda, la mesita de Chester seguía allí, justo al lado de donde había estado su sillón. ¿Cómo se le habría pasado por alto? La cogió con ambas manos y se encaminó a la puerta del sótano. Oyó las ruedas del coche de Sheryl en la gravilla. Abrió la puerta del sótano, bajó corriendo las escaleras, tiró la mesa y subió corriendo también. Cerró la puerta y fue al cuarto de baño de invitados. Puso bien la toalla y se miró en el espejo. ¡Ay, Dios, pero si llevaba el vestido tubo de seda! ¡Y sin ropa interior! La seda se le pegaba al cuerpo. ¿Qué iba a pensar aquel pobre hombre?

Sonó el timbre. Se quedó helada. ¿Tenía tiempo para cambiarse? Por supuesto que no. Estaban en la puerta, en ese mismo instante, llamando al timbre. ¿Para ponerse una chaqueta quizá? Volvió a sonar el timbre. Respiró hondo, sacudió las caderas para aflojar la tela y fue al vestíbulo. Tomó aire de nuevo y abrió la puerta.

Sheryl la miró con una sonrisa radiante, pero fue en el comprador en quien se fijó Marilyn. Era un hombre bastante alto, de unos cincuenta o cincuenta y cinco años, con el pelo entrecano, con un traje oscuro. Estaba ladeado, mirando las plantas que había a los lados del camino de entrada. Marilyn se fijó en los zapatos, porque Chester siempre decía que la riqueza y la buena educación se ven en los pies. Aquellos zapatos parecían bastante buenos, unos Oxford brillantes. Sonrió. ¿Sería aquel hombre quien se quedara su casa? ¿Habría vendido la casa en seis horas? Sería la leche, la verdad. Le dedicó una sonrisita cómplice a Sheryl y volvió a concentrarse en el comprador.

—Adelante —dijo con tono alegre mientras le tendía la mano.

El hombre se volvió y la miró directamente, con franqueza y con descaro. Se sintió desnuda. Pero es que, claro, como quien dice, lo estaba. Marilyn se dio cuenta de que no podía apartar la mirada de su cara, porque el hombre tenía en ella una quemadura terrible. Un lado de su cabeza, de hecho, no era sino una masa de cicatrices rosadas y brillantes. Marilyn no dejó de sonreír con educación y siguió con la mano tendida. El hombre hizo una pausa. Luego levantó la mano para estrechársela. La cuestión es que lo que levantó no era una mano, sino un brillante garfio de metal. No era una mano artificial, no era una de esas prótesis inteligentes. Era un garfio con forma de J hecho de brillante acero inoxidable.

Reacher estaba aparcado junto a la acera del edificio de sesenta plantas de Wall Street diez minutos antes de las siete. Tenía el motor en marcha y observaba con gran atención el triángulo que, con un vértice en la puerta del edificio, iba desplegando sus lados a lo largo de la plaza hasta la distancia en que alguien podría llegar hasta Jodie antes que él. Al menos, de momento, en dicho triángulo no había nadie que le preocupara. Nadie estaba parado, nadie miraba con actitud sospechosa, no había sino una corriente de trabajadores que salían a la calle con la chaqueta en el brazo y unos enormes maletines en la mano. La mayoría de ellos giraban a la izquierda, camino del metro, y algunos se metían entre los vehículos que había aparcados en la acera para buscar un taxi en la corriente de tráfico.

Los demás vehículos estacionados eran inofensivos. Había un camión de UPS dos plazas más adelante y un par de coches de lujo cuyo chófer esperaba junto al vehículo y miraba a la gente en busca de su pasajero. Un trajín inocente al final de un largo día de trabajo. Reacher se recostó en el asiento a la espera. Miraba a derecha e izquierda, adelante y atrás, pero siempre volvía a la puerta giratoria.

Jodie salió antes de las siete, antes de lo que la esperaba. La vio en el vestíbulo, a través del cristal de seguridad. Vio su pelo, su vestido, el brillo de sus piernas mientras caminaba hacia la salida. Por unos instantes se preguntó si habría estado esperándolo. Cabía esa posibilidad. Quizá hubiera visto el coche desde arriba, desde la ventana, y hubiera ido directa al ascensor. Jodie empujó la puerta giratoria y salió a la plaza. Reacher salió del coche y rodeó el capó hasta la acera, donde la esperó. La joven llevaba el maletín de piloto. Pasó bajo un rayo de sol y su pelo se encendió como un halo. A diez metros de él, le sonrió.

—Hola, Reacher.

—Hola, Jodie.

Ella sabía algo, lo adivinaba en su expresión. Tenía buenas noticias para él, pero sonreía como si fuera a chincharle antes.

—¿Qué pasa?

Ella sonrió y negó con la cabeza.

—No, tú primero.

Entraron en el coche y él le contó todo lo que le habían explicado los Hobie. Jodie dejó de sonreír. Reacher le pasó la carpeta de cuero y dejó que investigara su contenido mientras él se enfrentaba al tráfico en una estrecha plaza en la que se circulaba en el sentido contrario al de las agujas del reloj y tras la que acabaron encarados hacia el sur en Broadway, a dos manzanas de la casa de ella. Aparcó junto a la acera frente a una cafetería. Jodie estaba leyendo el informe de reconocimiento de Rutter y estudiando la fotografía del demacrado hombre gris y del soldado asiático.

—Es increíble —dijo despacio.

—Dame las llaves —pidió Reacher—. Ve a por un café y vendré a por ti cuando haya comprobado de que el edificio es seguro.

Jodie no hizo ninguna objeción. La fotografía la había conmovido. Buscó las llaves en el bolso, se las dio, salió del coche y fue directa a la cafetería. Él esperó a que estuviera dentro y siguió calle abajo. Entró en el garaje sin preámbulos. Era un coche diferente y supuso que si había alguien esperando dentro, aquel factor le haría dudar el tiempo suficiente como para que él consiguiera la ventaja que necesitaba. Pero el garaje estaba tranquilo. Allí estaban aparcados los mismos vehículos, como si no se hubieran movido en todo el día. Dejó el Taurus en la plaza correspondiente y subió las escaleras metálicas. En el vestíbulo no había nadie. No había nadie en el ascensor ni en el rellano del cuarto piso. La puerta del apartamento estaba intacta. La abrió y entró en la casa. Tranquila, en silencio. Allí no había nadie.

Bajó al vestíbulo por la escalera de incendios y salió a la calle por la puerta de cristal del portal. Caminó los dos bloques en dirección norte, entró en la cafetería y encontró a Jodie sola en una mesa de cromo, leyendo las cartas de Victor Hobie, con un expreso intacto a un lado.

—¿Vas a beberte eso? —preguntó Reacher.

Ella ordenó los papeles con la fotografía de la jungla arriba del todo.

—Esto tiene graves implicaciones —respondió Jodie.

Reacher dio por sentado que la respuesta era no, así que cogió el café y se lo bebió de un trago. Se había enfriado un poco, pero tenía una fortaleza estupenda.

—Vamos —dijo ella.

Le permitió que le llevara el maletín y le cogió del brazo hasta que llegaron a su edificio. Él le devolvió las llaves en la puerta, entraron juntos en el vestíbulo y subieron en el ascensor en silencio. Jodie abrió la puerta del apartamento y entró por delante de él.

—Así que nos persigue gente del gobierno —soltó ella.

Él no dijo nada. Se quitó la chaqueta nueva y la dejó en el sofá, junto a la copia del Mondrian.

—Tiene que ser eso —insistió la joven.

Reacher fue a las ventanas y abrió las persianas de golpe. Los rayos de luz entraron en la habitación y la blanca estancia resplandeció.

—Estamos cerca de descubrir esos campamentos secretos, así que el gobierno está intentando silenciarnos. La CIA o algún otro organismo —concluyó ella.

Reacher fue a la cocina, abrió la nevera y sacó una botella de agua.

—Estamos en peligro y parece que no te importe lo más mínimo.

Reacher se encogió de hombros y bebió agua. Estaba demasiado fría. La prefería a temperatura ambiente.

—La vida es demasiado corta para preocuparse.

—Pues mi padre estaba preocupado. Seguro que esto le agravó lo del corazón.

—Sí, lo sé y lo siento —dijo Reacher.

—Entonces ¿por qué no te lo tomas en serio? ¿Acaso no te lo crees?

—Sí, me lo creo. Me creo todo lo que me han contado —respondió él.

—Y la fotografía lo demuestra, ¿no? Es evidente que el sitio existe.

—Sí, ya sé que existe. De hecho, he estado allí.

Ella se quedó mirándolo.

—¿Que has estado allí? ¿Cuándo? ¿Por qué?

—No hace mucho. Y he llegado a estar tan cerca de allí como el tal Rutter.

—¡Dios! ¿Y qué vas a hacer al respecto, Reacher?

—Voy a comprar una pistola.

—No, deberíamos hablar con la policía. O con los periódicos. ¡El gobierno no puede hacer esto!

—Espérame aquí, ¿vale?

—¿Adónde vas?

—Voy a comprar una pistola. Luego iré a por una pizza y volveré aquí.

—No puedes comprar una pistola. ¡Estamos en Nueva York, por el amor de Dios! Aquí hay leyes. Necesitas un carnet de identidad, permisos... y, además, tienes que esperar cinco días.

—Puedo comprar una pistola donde quiera. Sobre todo, en Nueva York. ¿De qué te apetece la pizza?

—¿Tienes dinero suficiente?

—¿Para la pizza?

—Para la pistola.

—La pistola va a costarme menos que la pizza. Cierra la puerta con llave en cuanto salga, ¿vale? Y ni se te ocurra abrirla a menos que me veas por la mirilla.

La dejó de pie en la cocina. Bajó al vestíbulo por la escalera de incendios, salió a la calle y se dejó envolver por su ajetreo hasta que se sintió en sintonía con la geografía de la ciudad. Había una pizzería en la manzana que quedaba al sur. Entró y pidió una gigante, una mitad de anchoas y alcaparras, y la otra de *pepperoni* picante. Estaría lista en media hora. Luego esquivó el tráfico de Broadway y fue hacia el este. Había estado en aquella ciudad las veces suficientes como para saber que lo que cuenta la gente es verdad. En Nueva York, todo sucede deprisa. Todo cambia deprisa. Deprisa en lo que a cronología se refiere y también en lo geográfico. No hacen falta más de un par de manzanas para que un vecindario se convierta en otro muy diferente. A veces, la fachada de un edificio es un paraíso de clase media y, por detrás, el callejón está lleno de vagabundos durmiendo. Era consciente de que una rápida caminata de diez minutos iba a llevarlo a mundos de distancia del caro edificio de apartamentos de Jodie.

Encontró lo que estaba buscando bajo las sombras del puente de Brooklyn. Allí había un laberinto de calles agazapadas y un gigantesco proyecto de viviendas que se extendía hacia el norte y hacia el este, algunas tiendas viejas y una cancha de baloncesto con cadenas colgando de los aros en vez de redes. El aire era caliente y húmedo, y estaba lleno de ruidos y humos. Dobló una esquina y se apoyó en la valla metálica que rodeaba el campo de baloncesto y el griterío que había dentro de él. Se quedó observando cómo dos mundos colisionaban. Había un rápido flujo de vehículos y gente que caminaba a toda prisa, y un número similar de coches detenidos y de personas pasando el rato en corros. Los coches que se movían rodeaban a los que estaban detenidos, tocaban el claxon y cambiaban de dirección. Y la gente que caminaba empujaba a la que estaba detenida en medio de la acera, se quejaba y esquivaba a los merodeadores. De vez en cuando, un coche se paraba allí y un chaval se acercaba corriendo a la ventanilla del conductor. Uno y otro mantenían una conversación corta y había un dinero que cambiaba de manos como por arte de magia. A continuación, el chaval corría hasta una puerta y desaparecía por ella. Poco después, volvía a aparecer e iba corriendo hasta el coche. El conductor miraba a derecha e izquierda, aceptaba el paquetito que le tendía el chiquillo y se incorporaba al tráfico a la fuerza, envuelto en una burbuja de cláxones y humo de tubos de escape. El chaval, a su vez, volvía a quedarse rondando por la acera, esperando.

A veces, el trato se hacía entre dos peatones, pero el sistema siempre era el mismo. Los chicos eran los mensajeros. Llevaban el dinero adentro y el paquete afuera. Eran demasiado jóvenes como para que los juzgaran. Reacher se fijó en que usaban tres portales en concreto, los tres en la misma manzana. El del centro era el que movía más negocio. En términos de volumen comercial, uno de cada dos tratos se hacía a través de él. Estaba en el undécimo edificio, contando desde la esquina sur. Reacher dejó de apoyarse en la valla y fue hacia el este. Delante de él había un descampado desde el que se adivinaba el río. El puente pasaba sobre su cabeza. Giró hacia el norte y apareció junto al callejón que había detrás de la manzana. Mientras caminaba, estudió la zona que quedaba por delante de él y contó once escaleras de incendios. Bajó la vista y vio un sedán negro aparcado en el estrecho espacio que quedaba junto a la puerta trasera del undécimo edificio. Sentado en el maletero, con el móvil en la mano, había un muchacho de unos diecinueve años. Aquel era el guardián de la puerta de atrás, un cargo que estaba solo un escalón por encima del de los chavales de la parte de delante.

Allí no había nadie más. El joven estaba solo. Reacher entró en el callejón. Había que hacerlo caminando rápido y concentrándose en otra cosa que no fuera el objetivo, para que este creyera que la cosa no iba con él. Reacher fingió que miraba la hora en su reloj y luego fijó la mirada a lo lejos. Avanzaba deprisa, casi corriendo. En el último instante, miró el coche como si estuviera viéndolo por primera vez. El joven lo observaba. Reacher intentó esquivar el vehículo por la izquierda, a sabiendas de que no había sitio suficiente para pasar. Simuló exasperación y fue hacia la derecha, representando el enfado de una persona que va con mucha prisa y a quien lo del coche le ha supuesto una molestia. Mientras se volvía, giró también el brazo izquierdo y golpeó en la sien al muchacho, que se cayó del maletero. Entonces, según caía, Reacher le pegó otra vez, esa vez un derechazo, no muy fuerte. Tampoco era necesario enviarlo al hospital.

Dejó que cayera del maletero sin ayuda para ver hasta qué punto lo había noqueado. Una persona consciente siempre intenta poner las manos cuando va a caer de bruces. El muchacho no lo intentó. El joven cayó al suelo y levantó una nubecilla de polvo. Reacher le dio la vuelta y le registró los bolsillos. Tenía una pistola, pero no era el trofeo con el que iba a volver a casa. El arma, un calibre 22, era la imitación china de la imitación soviética de una pistola original que ya era una mierda. La tiró debajo del coche, donde nadie pudiera alcanzarla.

Sabía que la puerta de atrás del edificio no estaría cerrada con llave, porque esa es la razón de que uno tenga una puerta trasera cuando está haciendo negocios ilegales ciento cincuenta metros al sur de la sede del Departamento de Policía de Nueva York. Si entran por delante, uno tiene que poder salir por detrás sin pararse a buscar una llave. Abrió la puerta unos pocos centímetros con el pie y miró hacia el interior, que estaba en penumbra. Al final del pasillo, a unos diez pasos, había otra puerta que daba a la derecha, a una habitación en la que había luz.

No tenía sentido esperar. No iban a hacer una pausa para cenar. Caminó los diez pasos y se detuvo junto a la puerta. El edificio apestaba a podredumbre, a sudor y a orina. Estaba en silencio. Era un edificio abandonado. Escuchó. En la habitación se oía una voz grave. Luego, una respuesta. Allí, por lo menos, había dos personas.

Abrir la puerta y detenerse a examinar cuál era la situación en la habitación no era la manera de hacer las cosas. Aquel que se queda parado, aunque solo sea una décima de segundo, muere antes que sus compañeros de clase. Reacher calculó que el edificio tendría unos cuatro metros y medio de anchura, de los cuales casi un metro lo ocupaba el pasillo en el que estaba. Por tanto, tenía que recorrer los otros tres metros y medio tan rápido que, para cuando lo hubiera hecho, los de la habitación estuvieran preguntándose aún si iba a entrar alguien más por detrás de él.

Respiró hondo y entró por la puerta como una exhalación. La hoja crujió en las bisagras y se estrelló contra la pared, y él cruzó la habitación en dos pasos. Una luz tenue. Una bombilla colgando de un casquillo. Dos hombres. Paquetes sobre la mesa. Dinero sobre la mesa. Una pistola sobre la mesa. Al primero de ellos le pegó un gancho fortísimo en la sien. El tipo cayó de lado y Reacher le atizó un rodillazo en las tripas mientras ya iba camino del segundo hombre, que estaba empezando a levantarse de la silla con los ojos como platos y la boca abierta. Reacher apuntó alto y le atizó en la frente con el antebrazo en horizontal. Si se hace con la fuerza suficiente, el tipo se queda fuera de juego durante una hora, pero no se le rompe el cráneo. Reacher solo había ido allí de compras, no a ejecutar a nadie.

Se quedó parado y escuchó. Nada. El muchacho del callejón seguía dormido y el sonido de la calle mantenía ocupados a los muchachos de la acera. Miró la mesa y no se creyó lo que veía. El arma era una Colt Detective Especial. Un revólver de tambor. Un calibre 38 de acero azul con empuñadura de plástico negro. Un cañón de cinco centímetros y un tambor de seis balas. Aquello no valía para nada. No se acercaba ni de lejos a lo que estaba buscando. Un cañón tan corto era una desventaja, y el calibre era una decepción. Recordó a un policía de Louisiana que había conocido, un comisario de una pequeña jurisdicción de los pantanos. El tipo había ido a la Policía Militar pidiendo consejo sobre armas de fuego y le habían encargado a Reacher que lo atendiera. El policía contaba todo tipo de historias terribles acerca de los revólveres del calibre 38 que usaban los suyos. «No puedes confiar en que abatan a un tío que viene hacia ti hasta las cejas de cocaína», le había dicho. Le contó también una historia sobre un suicidio. Al parecer, el suicida tuvo que meterse cinco tiros en la cabeza para acabar con su vida. A Reacher le había impresionado tanto la cara de tristeza que tenía aquel comisario que había decidido no acercarse en la vida a un 38, una política de empresa que no iba a abandonar en aquel momento. Así que le dio la espalda a la mesa, se quedó callado y volvió a escuchar. Nada. Se agachó junto al tipo al que había golpeado en la frente y empezó a rebuscar en su chaqueta.

Los camellos más atareados son los que más dinero ganan y, cuanto más dinero, mejores juguetes pueden comprarse. Por eso Reacher había elegido aquel edificio y no los de los dos rivales que tenían a un lado del portal y otro. En el bolsillo interior izquierdo de la chaqueta de aquel tipo encontró justo lo que quería, algo mucho mejor que un pobre Detective Special del calibre 38. Se trataba de una gran automática negra, una Steyr GB, una elegante nueve milímetros que había sido una de las favoritas de sus amigos de las Fuerzas Especiales durante casi todo el tiempo que había sido militar. La cogió y la examinó. Sacó el cargador, que tenía las dieciocho balas, y olfateó la cámara, que olía como si a aquella arma no la hubieran disparado jamás. Tiró del gatillo y vio cómo accionaba el mecanismo. Luego volvió a montar el arma, se la metió por el cinturón, en la espalda, y sonrió. Se quedó acuclillado junto al tipo, que seguía inconsciente, y le susurró:

—Te compro la Steyr por un pavo. Si tienes algún inconveniente, di que no con la cabeza, ¿vale?

Entonces volvió a sonreír y se puso de pie. Sacó un billete de dólar de su rollo y lo dejó en la mesa, debajo de la Detective Special. Salió al pasillo. Todo seguía en silencio. Dio los diez pasos que lo llevaban hasta la puerta de atrás y salió afuera. Miró a derecha e izquierda por el callejón y se acercó al sedán aparcado. Abrió la puerta del conductor y buscó la palanca con la que se abría el maletero. Dentro había una bolsa de deporte de nailon, negra, vacía. También había una pequeña caja de munición de nueve milímetros debajo de una maraña de cables de batería rojos y negros. Guardó la munición en la bolsa y se marchó. Cuando llegó a Broadway, la pizza lo estaba esperando.

Fue repentino. Ocurrió sin previo aviso. En cuanto estuvieron dentro y se cerró la puerta, el hombre pegó a Sheryl un fortísimo revés en la cara con lo que quiera que tuviera dentro de aquella manga vacía. Marilyn se quedó de piedra. Vio cómo el hombre se volvía con violencia y que el garfio describía un arco resplandeciente, y oyó un crujido cuando alcanzó a Sheryl en la cara. Marilyn se llevó las manos a la boca como si fuera de vital importancia que no gritara. Vio cómo el hombre se daba la vuelta hacia ella, buscaba algo debajo de la axila derecha y sacaba una pistola con la mano izquierda. Vio cómo Sheryl daba un par de pasos hacia atrás y se caía de culo sobre la alfombra, justo donde aún estaba húmeda después de la limpieza con vapor. Vio que el arma describía un arco hacia ella, un arco con el mismo radio que el garfio hacía unos instantes, solo que en la dirección contraria. La pistola era de un metal gris oscuro y estaba aceitada. Era mate, pero brillaba. El hombre le apuntó con ella a la altura del pecho y ella se fijó en su color, y no pudo evitar pensar: «Este es el color al que se refieren cuando dicen "plomizo"».

—Acérquese —le dijo el hombre.

Marilyn estaba paralizada. No podía quitarse las manos de la boca y tenía los ojos tan abiertos que sentía como si se le fuera a rasgar la piel de la cara.

—Acérquese —repitió el hombre.

Marilyn miró a Sheryl, que se esforzaba por ponerse de pie con ayuda de los codos. La mujer bizqueaba y sangraba por la nariz. El labio superior se le estaba hinchando y también tenía un corte en la mejilla. Tenía las rodillas levantadas y la falda arrugada y subida, y Marilyn alcanzaba a ver el sitio donde los pantis dejaban de ser finos y pasaban a ser gruesos. Entonces, a la mujer se le resbalaron los codos, se cayó hacia atrás y se le abrieron las piernas. Se golpeó la nuca contra el suelo, lo que produjo un golpe sordo, y la cabeza se movió hacia un lado.

—Acérquese.

Marilyn miró al hombre a la cara. Era un rostro rígido. Las cicatrices parecían de plástico duro. Uno de los ojos estaba encapuchado bajo un párpado grueso y áspero como un pulgar. El otro era frío e imperturbable. Miró el arma. La tenía a un palmo. El hombre le apuntaba al pecho con ella. No se movía. La mano que la sujetaba era suave. Tenía hecha la manicura. Marilyn avanzó un cuarto de paso.

—Más cerca.

Marilyn arrastró los pies hacia delante hasta que la pistola tocó la tela de su vestido. Sintió la dureza y el frío de aquel metal gris oscuro a través de la fina seda.

—Más cerca.

Lo miró a él. Su cara estaba a treinta centímetros de la suya. El lado izquierdo lo tenía gris y arrugado. El ojo bueno tenía multitud de patas de gallo. El derecho parpadeó. La pestaña se movía despacio, como si pesara mucho. Bajó y subió, lentamente, como una máquina. Marilyn se inclinó hacia delante un par de centímetros. La pistola se le clavó en el pecho.

—Más cerca.

Marilyn movió sus pies. Él respondió igualando la presión

243

con el arma. El cañón se le clavaba con fuerza en su suave piel. Le aplastaba el pecho. La seda empezaba a ceder, a dar paso a un cráter. La presión de la tela tiraba de sus pezones hacia dentro. Le hacía daño. El hombre levantó el brazo derecho, el del garfio. Se lo puso delante de la cara, frente a los ojos. El garfio era una curva de acero pulida y brillante. El hombre lo giró despacio, con un extraño movimiento del antebrazo. Marilyn oyó el crujido del cuero dentro de la manga. De alguna manera, podía mover la punta del garfio. El hombre giró la punta y apoyó la curva plana en su frente. Marilyn se encogió. Estaba frío. El hombre fue bajando el garfio por la frente y dibujó con él la curva de su nariz. Lo dejó debajo de esta. Siguió bajándolo y lo presionó contra su labio superior. Siguió bajándolo y la obligó a abrir la boca. Le dio unos golpecitos suaves en los dientes con él. Se le quedó pegado el labio inferior al acero porque lo tenía seco. Él siguió bajando el garfio y el labio lo acompañó hasta que la carne se soltó. El hombre describió con el garfio la curva de su mentón. Del mentón bajó por la garganta, subió un poco y tiró hacia delante, describiendo la curva de su mandíbula, hasta que empezó a empujar con fuerza para que levantara la cabeza. La miró a los ojos.

—Me llamo Hobie.

Marilyn estaba de puntillas para intentar librarse de la presión que sentía en la mandíbula. Empezaba a atragantarse. No recordaba haber respirado desde que había abierto la puerta.

—¿Le ha hablado Chester de mí?

La mujer tenía la cabeza inclinada hacia atrás. Miraba al techo. La pistola se le clavaba en el pecho. Ya no estaba fría. El calor de su cuerpo la había templado. Negó con la cabeza, con urgencia, equilibrada en la presión del garfio.

—¿No le ha hablado de mí?

—No —boqueó ella—. ¿Debería?

—¿Es una persona reservada?

Marilyn negó con la cabeza de nuevo. Con la misma urgencia, de lado a lado, con la piel de la mandíbula enganchándosele en el garfio a derecha e izquierda.

—¿Le ha hablado de los problemas que atraviesa su empresa?

La mujer parpadeó. Negó de nuevo con la cabeza.

—Vaya, pues yo diría que sí que es una persona reservada.

—Puede ser. Pero yo ya lo sabía.

—¿Tiene su marido alguna amante?

Marilyn parpadeó de nuevo. Negó con la cabeza.

—¿Cómo está tan segura, teniendo en cuenta que es un hombre que le guarda secretos?

—¿Qué es lo que quiere?

—Aunque supongo que no necesita amantes. Es usted una mujer muy bella.

Parpadeó otra vez. Se le habían salido los Gucci y estaba de puntillas.

—Acabo de hacerle un cumplido —dijo Hobie—. ¿No cree que debería decir algo? Por educación.

El hombre incrementó la presión del garfio y el acero se le clavó a Marilyn en la mandíbula. La mujer levantó un pie del suelo.

—G... gracias.

El hombre dejó de ejercer tanta presión con el garfio y ella pudo bajar la cabeza hasta que sus ojos volvieron a mirar hacia delante. Se dio cuenta de que estaba respirando. Resollaba. Inspirar, espirar. Inspirar, espirar.

—Una mujer muy bella.

Le quitó el garfio del cuello. Le tocó la cintura con él. Describió la curva de su cadera con él. Lo bajó por el muslo. La miraba a la cara. Seguía clavándole la pistola con fuerza en el pecho. El hombre giró el garfio y la parte lisa de la curva se separó del muslo, pero dejó la punta del instrumento sobre él. Bajó por la pierna con ella. Marilyn la notó por encima de la seda, deslizándose, hasta que llegó a su pierna desnuda. Era puntiaguda. Pero no como una aguja. Como la punta de un lápiz. Dejó de moverla. Empezó a subirla. Ejercía cierta presión, aunque suave. No estaba causándole herida, lo notaba. Ahora bien, tenía que estar dejándole surcos en su firme piel. Siguió subiéndolo. Lo deslizó por debajo de la seda. Marilyn sintió el metal en el muslo desnudo. Siguió subiéndolo. Notaba cómo el vestido de seda iba arrugándose alrededor del garfio. Lo subió más. Notaba el dobladillo rozándole la parte posterior de las piernas. Sheryl se revolvió en el suelo. El hombre dejó de mover el garfio y su horrible ojo derecho miró hacia abajo.

—Meta la mano en mi bolsillo.

Marilyn se quedó mirándolo.

—La mano izquierda en mi bolsillo derecho.

Marilyn tuvo que acercarse más y estirar el brazo por entre los de él. Su cara acabó cerca de la de él. Olía a jabón. Metió la mano en su bolsillo. Cerró los dedos en torno a un cilindro pequeño. Lo sacó. Era un rollo usado de cinta americana de unos cinco centímetros de anchura. Plateada. Puede que quedaran unos cinco metros. Hobie se apartó de ella.

—Átele las muñecas a Sheryl.

Marilyn sacudió las caderas para que el vestido volviera a su sitio. El hombre se fijó en cómo lo hacía y sonrió. Marilyn miró primero el rollo de cinta, y después, a Sheryl, a su amiga.

—Póngala boca abajo.

La luz que entraba por la ventana se reflejaba en la pistola. Marilyn se arrodilló al lado de Sheryl. Tiró de un hombro y empujó el otro hasta que la puso boca abajo.

—Júntele los codos.

Marilyn dudó. Él levantó la pistola una fracción y, después, el garfio, con los brazos abiertos, como si estuviera recordándole el armamento tan superior con el que contaba. Ella esgrimió una mueca. Sheryl volvió a revolverse. Su sangre había dejado manchas marrones y pegajosas en la alfombra. Marilyn le juntó los codos a la espalda con ambas manos. El hombre las miraba.

—Júnteselos mucho.

Marilyn despegó la cinta con la uña y estiró un pedazo. Rodeó con él los antebrazos de Sheryl, justo por debajo de los codos.

—Con fuerza. Y hasta arriba.

Fue dando vueltas y vueltas con la cinta, bajando hasta las muñecas. Sheryl se revolvía, se revolvía.

—Muy bien; ahora, siéntela.

La levantó hasta que su amiga estuvo sentada, con los brazos a la espalda. Tenía una máscara de sangre. La nariz la tenía hinchada y estaba poniéndosele azul. Los labios también los tenía hinchados.

—Tápele la boca con cinta.

La mujer cortó con los dientes un pedazo de unos quince centímetros. Sheryl parpadeaba e intentaba centrar la mirada. Marilyn le hizo un gesto con aire triste, como pidiéndole disculpas. Luego, le pegó la cinta en la boca. Era una cinta gruesa, reforzada con una serie de hilos incrustados en el revestimiento. Brillaba, pero no resbalaba, lo que se debía a que los hilos formaban una cuadrícula. La frotó con los dedos para pegarla bien. A Sheryl empezaron a salirle burbujas por la nariz y abrió los ojos de par en par.

—¡Por Dios, no puede respirar! —gimió Marilyn.

Marilyn hizo ademán de quitarle la cinta, pero el hombre se lo impidió.

—¡Le ha roto la nariz! ¡No puede respirar!

Le apuntaba con la pistola a la cabeza. La sujetaba con firmeza. A cuarenta y cinco centímetros de distancia.

—Se va a morir...

—No le quepa la más mínima duda —sentenció Hobie.

Lo miró horrorizada. A Sheryl seguían saliéndole burbujas de sangre por la nariz. Sus ojos eran la viva imagen del pánico. El pecho le subía y le bajaba. El hombre miraba a Marilyn.

—¿Quiere que sea bueno?

Marilyn asintió con fuerza

—¿Será usted buena a cambio?

Miró a su amiga. Su pecho empezaba a convulsionar en busca de un aire que era incapaz de encontrar. Movía la cabeza de lado a lado. El hombre se agachó y apoyó la punta del garfio en la cinta americana que le tapaba la boca mientras la mujer seguía moviendo la cabeza de un lado para el otro. Luego, la pinchó con fuerza y la rompió. Sheryl se quedó de piedra. El hombre movió el garfio a derecha e izquierda, arriba y abajo. Después lo apartó. Había dejado tras de sí un agujero irregular y el aire entraba y salía silbando por él. La mujer absorbía la cinta y la soplaba a medida que jadeaba.

—He sido bueno, así que ahora me debe una, ¿eh?

Sheryl respiraba con fuerza por el agujero. Estaba concentrada en ello. Bizqueó los ojos para mirar por delante de la cinta americana, como si pretendiera confirmar que delante de ella había aire y que podía respirarlo. Marilyn la observaba, en cuclillas, petrificada por el miedo.

—Ayúdela a subir al coche —ordenó Hobie.

10

Chester Stone estaba solo en el cuarto de baño de la planta ochenta y ocho. Había sido Tony quien le había obligado a entrar, aunque sin usar la fuerza. El recepcionista se había quedado de pie, señalando el cuarto de baño en silencio, y él había ido a toda prisa por la alfombra, en calzoncillos y con la camiseta interior, con los calcetines oscuros y los zapatos lustrosos. Luego, Tony había bajado el brazo, había dejado de señalar y le había ordenado que cerrara la puerta y se quedara allí. Chester había oído sonidos apagados en la oficina y, después de varios minutos, ambos hombres debían de haberse marchado, porque había oído puertas que se cerraban y el gemido cercano del ascensor. Al rato, todo se había quedado a oscuras y en silencio.

Estaba sentado en el suelo con la espalda apoyada en las baldosas grises, mirando al vacío, en silencio. La puerta del cuarto de baño no estaba cerrada, eso lo tenía claro, porque no había oído que nadie la manipulara ni ningún clic después de cerrarse. Tenía frío. El suelo era de baldosas y el frío que transmitía se le estaba colando por el fino algodón de los calzoncillos. Empezó a temblar. También tenía hambre y sed.

Escuchó con atención. Nada. Se puso de pie y se acercó al lavamanos. Abrió el grifo y escuchó de nuevo con el correr del agua de por medio. Nada. Agachó la cabeza y bebió. Sin querer, tocó el metal con los dientes y notó el sabor a cloro del agua de la ciudad. Dio un sorbo y lo mantuvo en la boca hasta que dejó de sentir seca la lengua. Luego se lo tragó de golpe y cerró el grifo.

Esperó una hora. Una hora entera sentado en el suelo, mirando aquella puerta sin cerrar, escuchando el silencio. Le dolía allí donde le había pegado el otro, el joven fornido. Le dolía mucho a la altura de las costillas, donde le había dado el puñetazo. Huesos contra huesos, sólido, contundente. Y le dolía la patada. Sentía náuseas al recordar el golpe. Fijó la mirada en la puerta, como si así fuera a ser capaz de deshacerse del dolor. El edificio rugía y retumbaba con suavidad, como si hubiera más gente en el mundo pero estuviera muy lejos. Los ascensores y el aire acondicionado, el agua por las cañerías, el viento en las ventanas, todo ello provocaba un agradable susurro que quedaba justo por debajo de lo que resulta audible con facilidad. Le pareció que era capaz de oír cómo se abrían y se cerraban las puertas de los ascensores ochenta y ocho pisos más abajo y un leve zumbido grave mientras ascendían por el hueco.

Tenía frío, y empezaba a sentir calambres y tenía hambre, y le dolían los golpes, y tenía miedo. Se puso de pie, sintió un dolor que lo dobló, y se puso a escuchar. Nada. Deslizó las suelas de cuero de sus zapatos por las baldosas, hasta la puerta. Puso la mano en el pomo. Escuchó con mayor atención. Nada de nada. Abrió la puerta. El gran despacho estaba a oscuras y en silencio. Vacío. Lo cruzó por la alfombra. Se detuvo junto a la puerta que daba a la recepción. Ya estaba más cerca de los ascensores. Oía cómo subían y bajaban, chirriando, quejándose, por el hueco. Escuchó detrás de la puerta. Nada. La abrió. La recepción estaba en penumbra y desierta. El roble brillaba pálido y los detalles de latón lucían aquí y allá. Oyó el motor de una nevera en la cocina, que estaba a su derecha. Olió un café rancio y frío.

La puerta que daba al pasillo estaba cerrada con llave. Era una puerta grande y gruesa, puede que de antiincendios, fabricada, lo más seguro, según la estricta normativa de la ciudad. Estaba revestida de roble claro y Chester alcanzaba a ver el brillo mate del acero en el punto en el que la puerta se encontraba con el marco. Giró el pomo a un lado y a otro, pero no se movió. Se quedó allí un largo rato, de cara a la puerta, mirando por la ventanilla de cristal reforzado, a nueve metros de los botones de los ascensores, de la libertad. Luego, se volvió hacia el mostrador.

Visto de frente era alto, le llegaba a la altura del pecho. Por detrás era como un escritorio, y el muro de madera que lo complementaba estaba compuesto por casilleros llenos de material de oficina de todo tipo. En el escritorio, en la parte donde Tony tenía la silla, había un teléfono, uno de los típicos de oficina. El teléfono tenía el auricular a la izquierda y mil botones a la derecha, debajo de una pantalla rectangular. En la pantalla gris de LCD se leía APAGADO. Chester levantó el auricular y no oyó nada sino el siseo de su sangre en la oreja. Presionó botones al azar. Nada. Los miró uno a uno, pasando el dedo de derecha a izquierda por encima de ellos. Buscando. Encontró un botón en el que ponía: ENCENDER. Lo pulsó y en la pantalla apareció: INTRODUZCA LA CONTRASEÑA. Pulsó unos números al azar y en la pantalla volvió a aparecer la palabra APAGADO.

Debajo del escritorio había armarios con puertecitas de roble. Estaban todas cerradas. Aunque intentó abrirlas, solo consiguió oír el pestillo metálico golpeando el hueco de la puerta en el que encajaba. Volvió al despacho de Hobie. Sorteó la mesa auxiliar y los sofás hasta el escritorio. Los cajones estaban cerrados. Era una mesa de muy buena calidad, cara, estropeada por los surcos que el hombre había hecho en ella con el garfio, y las cerraduras de los cajones también eran buenas. Se agachó. Se sentía ridículo tal y como estaba vestido. Tiró de los pomos de los cajones. Se movieron un poco y se detuvieron. Vio la papelera, que estaba debajo del escritorio. Era un cilindro de latón bajo. Lo inclinó. Su cartera estaba allí, vacía y triste. La fotografía de Marilyn estaba al lado, boca abajo; en el reverso se veía impreso una y otra vez la palabra: KODAK. Metió la mano en la papelera y cogió la fotografía. Le dio la vuelta. Su esposa le sonreía. Era una fotografía informal de busto. Llevaba el vestido de seda, ese tan sexi, ese que le habían hecho a medida. Ella no sabía que él sabía que se lo habían hecho a medida. Resultó que, cuando llamaron de la tienda para avisar de que lo tenían preparado, solo estaba él en casa. Les había pedido que volvieran a llamar para que Marilyn pensara que no sabía nada. La fotografía era del primer día que se lo había puesto. Sonreía con timidez, con los ojos brillándole por el atrevimiento, pidiéndole que no bajara mucho la lente, hasta donde la seda le colgaba sobre los pechos. Acunó la fotografía en la palma, mirándola, y, después, volvió a dejarla en la papelera porque no tenía bolsillos.

Se puso de pie a toda prisa y rodeó la silla de cuero hasta la pared de ventanas. Apartó las lamas de una de las cortinas con ambas manos y miró hacia abajo. «Tengo que hacer algo». Pero estaba en el piso ochenta y ocho. Desde allí no se veía nada, más que el río y Nueva Jersey. No había vecinos a los que hacerles señales con los que darles a entender que estaba en peligro. Enfrente no había nada más, hasta los Apalaches a su paso por Pennsylvania. Dejó las persianas y recorrió el despacho de un lado a otro, fue a la recepción y volvió al despacho una vez más.

«No puedo hacer nada». Estaba en una cárcel. Se encontraba en el centro del despacho, temblando, incapaz de concentrarse en nada.

Tenía hambre. No sabía qué hora era, ni siquiera se hacía una idea. En aquel sitio no había reloj y a él se lo habían quitado. El sol empezaba a descender por el oeste. Última hora de la tarde o tarde noche... y no había comido nada en todo el día. Fue casi arrastrándose a la puerta del despacho. Escuchó una vez más. Nada, excepto el confortable zumbido del edificio y el traqueteo del motor de la nevera. Salió y fue a la cocina. Puso el dedo en el interruptor de la luz, hizo una pausa y, al fin, se atrevió a pulsarlo. Fue un luminoso tubo fluorescente lo que se encendió. La luz parpadeó unos instantes y luego llenó la estancia con un brillo plano y añadió un zumbido feroz al de la nevera. La cocina era pequeña, con un fregadero de acero inoxidable pequeño y una encimera igual de pequeña. Había tazas, de esas grandes, enjuagadas boca abajo en un escurridor, y una cafetera con café hecho de hacía varios días. Había una pequeña nevera debajo de la encimera. Allí había leche y seis latas de cerveza, además de una bolsa de Zabar's bien doblada. La sacó. Dentro había algo envuelto en papel de periódico. Pesaba y era compacto. Chester se puso de pie y lo desenvolvió sobre la encimera. El papel de periódico guardaba, a su vez, una bolsa de plástico. El hombre la cogió por la parte de abajo y la mano cortada cayó sobre la encimera. Los dedos estaban blancos y retorcidos, y al final de la muñeca había una carne esponjosa de color púrpura, además de huesos astillados y unos pequeños tubos azules vacíos. Chester sintió que el resplandor del fluorescente empezaba a dar vueltas y a inclinarse delante de sus ojos, y se desmayó en el suelo.

Reacher dejó la caja de la pizza en el suelo del ascensor, sacó la pistola y la metió en la bolsa de deporte, junto con la munición. Luego se agachó y cogió la caja, justo antes de que la puerta del ascensor se abriera en el cuarto piso. Jodie abrió la puerta del apartamento en cuanto lo vio por la mirilla. Lo esperaba de pie en el pasillo. Aún llevaba el vestido de lino, que estaba un poco arrugado a la altura de las caderas, de estar sentada todo el día. Tenía cruzadas aquellas piernas largas y morenas suyas, con un pie delante del otro.

—He traído la cena.

Ella le dedicó una mirada a la bolsa de deporte.

—Última oportunidad, Reacher. Tenemos que hablar de esto con alguien.

—No.

Reacher entró en el apartamento y dejó la bolsa en el suelo. Ella pasó por detrás de él para cerrar la puerta.

—Muy bien, si esto es cosa del gobierno, puede que tengas razón. Puede que lo mejor sea que nos mantengamos alejados de la policía.

—Vale.

—En ese caso, estamos juntos en esto.

—Vamos a cenar.

Reacher fue a la cocina con la pizza. Jodie había puesto la mesa de forma que uno estaba frente al otro. Platos, cuchillos, tenedores, servilletas de papel, vasos de agua con hielo. Como si en aquel apartamento vivieran dos personas. Reacher puso la pizza en la encimera y abrió la caja.

—Elige —le dijo.

Ella estaba al lado de él. Reacher la notaba. Olía su perfume. Sintió que le ponía la palma de la mano en la espalda. Ardía. La joven dejó la mano allí un segundo y, después, la utilizó para apartarlo.

—Vamos a dividirla.

Jodie cogió la caja con un brazo por debajo, en equilibrio, y la llevó a la mesa. Arrancó los pedazos, que venían ya medio cortados, mientras la caja se inclinaba y se bamboleaba. Los sirvió en los platos. Reacher se sentó y le dio un sorbo al agua mientras observaba a Jodie. Era esbelta y enérgica, y hacía que cualquier actividad mundana pareciera un elegante ballet. Dio media vuelta, tiró la caja grasienta y volvió a la mesa. El vestido giraba y fluía con ella. Se sentó. Reacher oyó el susurro del lino sobre la piel de ella y la joven le golpeó la rodilla con el pie por debajo de la mesa.

—Perdón —dijo ella.

Se limpió los dedos con la servilleta, se retiró el pelo por encima de los hombros con la mano y ladeó la cabeza para dar el primer mordisco a la pizza. Enrolló la porción con la mano izquierda y se la comió con voracidad.

—Es que no he comido —explicó—. Me has dicho que no saliera del edificio.

Sacó la lengua para atrapar una hebra de queso. Sonrió un poco cohibida mientras se la metía en la boca. El aceite hacía que le brillaran los labios. Dio un largo trago de agua.

—¡Anchoas! ¡Mi favorita! ¿Cómo lo sabías? Claro que, luego, dan una sed, ¿eh? ¡Son tan saladas!

El vestido no tenía mangas, así que Reacher le veía los brazos hasta la articulación del hombro. Eran delgados y estaban morenos. Casi no tenía músculo. Sus bíceps eran tan pequeños que parecían tendones. Era preciosa y lo dejaba sin respiración; pero, en lo físico, era como un rompecabezas. Era alta, pero estaba tan delgada que Reacher no comprendía cómo tenía espacio para todos los órganos vitales. Y aunque era delgada como un palo, su aspecto era vibrante, firme, fuerte. Un rompecabezas. Recordó lo que había sentido cuando le había pasado el brazo por la cintura hacía quince años. Como si alguien le estuviera atando una soga.

—Esta noche no puedo quedarme aquí —anunció Reacher.

Ella lo miró.

—¿Por qué? ¿Tienes algo que hacer? Te acompaño. Ya te he dicho que estamos juntos en esto.

—No, es que no puedo quedarme.

—¿Por qué?

Reacher tomó una bocanada profunda de aire y la contuvo. Se fijó en cuánto le brillaba el pelo.

—No es apropiado que me quede aquí.

—Pero ¿por qué?

Reacher se encogió de hombros, avergonzado.

—Porque no, Jodie. Porque, por influencia de tu padre, piensas en mí como en un hermano o como en un tío o lo que sea, pero no es eso lo que soy, ¿sabes?

Ella lo miraba con atención.

—Lo siento —le dijo él.

Jodie tenía los ojos abiertos como platos.

—¿El qué?

—Esto no está bien. No eres ni mi hermana ni mi sobrina. No es sino una ilusión producida porque yo estaba muy próximo a tu padre. Para mí, eres una mujer preciosa y no puedo estar aquí a solas contigo.

—¿Por qué no? —le volvió a preguntar ella. Le faltaba el aire.

—¡Dios, Jodie! ¿Cómo que por qué no? Porque no es apropiado, por eso. ¿Quieres que te dé más detalles? No eres ni mi hermana ni mi sobrina, y no puedo seguir actuando como si lo fueras. Fingirlo me está volviendo loco.

Ella estaba muy quieta. Lo miraba fijamente. Seguía sin respiración.

—¿Hace cuánto te sientes así? —preguntó Jodie.

Reacher se encogió de hombros, más avergonzado aún.

—Yo diría que lo siento desde siempre. Desde que te conocí. Entiéndelo, sé que eras una niña, pero es que yo estaba más cerca de tu edad que de la de Leon.

Ella no respondió. Reacher contuvo el aliento, esperando a que empezara a llorar. El enfado. El trauma. En cambio, ella se limitaba a mirarlo. Reacher se arrepentía de haber abierto la boca. Debería haberse mantenido callado. Debería haberse mordido la puta lengua y dejarlo pasar. Al fin y al cabo, había vivido situaciones peores, aunque era incapaz de recordar cuáles y dónde.

—Lo siento —repitió.

Ella tenía el rostro inexpresivo. Lo miraba con atención con aquellos ojos azules. Tenía los codos apoyados en la mesa. La tela del vestido se estaba frunciendo en la parte delantera, se estaba ahuecando. Reacher veía la tira de su sujetador, fina y blanca, recortada contra su hombro moreno. Jodie tenía cara de angustia, cerró los ojos y suspiró desesperada. La honestidad está sobrevalorada.

A continuación, Jodie hizo una cosa muy extraña. Se levantó poco a poco, se volvió y apartó la silla. Dio un paso adelante y agarró el borde de la mesa con ambas manos. Con aquellos delgados músculos, pero tensos como cables, apartó la mesa a un lado. Luego cambió de posición, se volvió de nuevo y la empujó con los muslos hasta que estaba pegada a la encimera. Reacher seguía sentado. De pronto, se había quedado aislado en medio de la cocina. La joven dio un paso para ponerse frente a él. A Reacher se le congeló la respiración en el pecho.

—¿Piensas en mí como en una mujer? —le preguntó muy lentamente.

Reacher asintió.

—¿No como en una hermana pequeña? ¿Ni como en una sobrina?

Él negó con la cabeza. Ella hizo una pausa.

—¿Sexualmente?

—Pues claro que sexualmente —afirmó Reacher, avergonzado y resignado—. ¿Qué esperabas? Mírate... ¡Esta noche casi no he pegado ojo!

Jodie seguía allí, de pie.

—Tenía que decírtelo. Lo siento mucho, de verdad.

Ella cerró los ojos. Los cerró con fuerza. Entonces, Reacher vio que esbozaba una sonrisa. Una sonrisa que le inundó la cara. Tenía los brazos en jarras. De pronto, explotó y se le tiró encima. Aterrizó en su regazo, le agarró la cabeza con ambas manos y empezó a besarlo como si le fuera la vida en ello.

Era el coche de Sheryl, pero el hombre la había obligado a ella, a Marilyn, a que lo condujera. Él se había sentado en el asiento trasero, detrás de ella, con Sheryl a su lado, que aún llevaba los brazos atados a la espalda y la cinta en la boca, lo que la obligaba a respirar con fuerza. El hombre había puesto el garfio en el regazo de la agente inmobiliaria, con la punta presionándole el muslo. En la mano izquierda llevaba la pistola. Durante el trayecto, cada dos por tres, el hombre había ido tocándole la nuca con el cañón a Marilyn, tanto que a la mujer le habría resultado imposible olvidar que estaba allí.

Tony se reunió con ellos en el aparcamiento subterráneo. El horario de oficina ya había terminado y el sitio estaba desierto. Tony se encargó de Sheryl y Hobie, de Marilyn, y los cuatro fueron hasta el montacargas y subieron. Hobie abrió la puerta de la oficina con su llave y entró en la recepción. La luz de la cocina estaba encendida. Chester Stone estaba tirado en el suelo, despatarrado, en calzoncillos. Marilyn pegó un pequeño grito y corrió a su lado. Hobie se fijó en cómo se le movía el cuerpo por debajo del vestido y sonrió. Se dio la vuelta y cerró la puerta con llave. Se metió el llavero y la pistola en el bolsillo. Marilyn se había quedado inmóvil, mirando hacia la cocina, con las manos en la boca una vez más, con los ojos como platos y cara de pavor. Hobie siguió su mirada. Sobre la encimera había una mano, con la palma hacia arriba, con los dedos contraídos. Parecía la mano de un vagabundo pidiendo. Luego, Marilyn bajó la mirada, horrorizada, buscando algo.

—No se preocupe, que no es suya —dijo Hobie—. Pero podría serlo, porque se me ha pasado por la cabeza cortársela si no hace lo que yo le diga.

La mujer lo miró.

—O podría cortársela a usted y obligarlo a él a mirar. Puede que incluso consiguiera obligarlo a que se la cortara por mí.

—Está loco —espetó Marilyn.

—Se la cortaría, ¿sabe? Haría lo que yo le pidiera. Es un hombre patético. Mírelo, en calzoncillos. ¿Le parece atractivo en calzoncillos?

La mujer no respondió.

—¿Y usted? —continuó Hobie—. ¿Tiene usted buen aspecto en ropa interior? ¿Se quitaría usted el vestido para que pudiera juzgarlo?

Marilyn lo miró aterrada.

—¿No? Bueno, quizá más tarde. ¿Y qué me dice de su agente inmobiliaria? ¿Cree que ella tendría buen aspecto en ropa interior?

Hobie se volvió hacia Sheryl, que decidió recular hacia la puerta. Cuando topó con ella, se apoyó en sus brazos inmóviles. Se quedó rígida.

—¿Qué me dice? ¿Tiene usted buen aspecto en ropa interior?

Sheryl lo miró y negó con la cabeza como loca. Su respiración silbaba por el agujero que había en la cinta con la que Marilyn le había tapado la boca. Hobie se acercó a ella, la acorraló contra la pared y le metió el garfio en la cinturilla de la falda.

—Vamos a comprobarlo.

El hombre tiró con el garfio y Sheryl trastabilló, desequilibrada. La tela se rasgó. Los botones salieron volando por todos los lados y la mujer cayó de rodillas. Él la empujó con el pie para que cayera de espaldas. Luego miró a Tony y le hizo un gesto con la cabeza. Tony se agachó y le quitó la falda a estirones mientras ella pataleaba.

—Vaya... ¡pantis! —exclamó Hobie—. Joder, odio los pantis. Acaban con el romanticismo.

El hombre se inclinó hacia delante y rasgó el nailon en mil pedazos con el garfio. A Sheryl se le salieron los zapatos. Tony hizo una pelota con la falda, los zapatos y el nailon roto y la llevó a la cocina, donde la tiró a la basura. Sheryl se esforzó por apoyarse contra la pared y allí se quedó, con las piernas desnudas y resollando a través de la cinta americana. Llevaba unas bragas blancas e intentaba que los faldones de la blusa cayeran por encima de ellas. Marilyn la observaba, boquiabierta, aterrada.

—Vaya, ahora sí que nos estamos divirtiendo, ¿eh? —dijo Hobie.

—Y que lo digas —respondió Tony—. ¡Y eso que esto acaba de empezar!

Hobie se echó a reír y Chester Stone se estremeció. Marilyn se agachó para ayudarle a sentarse en el suelo de la cocina. Hobie pasó por encima de ellos y cogió la mano cortada de la encimera.

—Esto era del último que me tocó los cojones —dijo.

Stone abría y cerraba los ojos como si, de esa manera, fuera a conseguir que la escena cambiara. Entonces vio a Sheryl. Marilyn se dio cuenta de que nunca se la había presentado. Su marido no sabía quién era.

—Al cuarto de baño —ordenó Hobie.

Tony puso a Sheryl de pie y Marilyn ayudó a Chester. Hobie fue por detrás de ellos. Entraron en el gran despacho y lo cruzaron hasta la puerta del baño.

—Adentro —dijo Hobie.

Stone entró el primero. Las mujeres, después. Hobie miró cómo entraban y, luego, se quedó en el umbral. Le hizo un gesto de asentimiento con la cabeza a Stone.

—Tony va a dormir aquí esta noche. En el sofá. Así que ni se te ocurra volver a salir. Y aprovecha el tiempo. Habla del tema con tu esposa. La transferencia de acciones la haremos mañana y será mucho mejor para ella que lo hagamos en una atmósfera de acuerdo mutuo. Mucho mejor. De lo contrario, las consecuencias podrían ser nefastas. ¿Entiendes qué quiero decir?

Chester Stone se limitó a mirarle. Hobie miró a las mujeres y, después, se despidió de ellos con el garfio y cerró la puerta.

El dormitorio blanco de Jodie estaba bañado de luz. Cada tarde noche de junio, durante cinco minutos, el sol descendía hacia el oeste, encontraba un estrecho paso entre los rascacielos de Manhattan y golpeaba la ventana de la chica con todas sus fuerzas. La cortina ardía como si estuviera incandescente y las paredes captaban la luz y hacían que rebotara por todos los lados hasta que la habitación entera relucía como si se estuviera produciendo una explosión en ella. A Reacher le pareció de lo más apropiado. Estaba tumbado de espaldas y no recordaba haber sido tan feliz en toda la vida.

Si se hubiera parado a pensarlo, quizá le habría preocupado. Le venían a la cabeza dichos mezquinos como «Pobre de aquel que obtiene cuanto desea» o «Es mejor el viaje que llegar al destino». Conseguir algo que había deseado desde hacía quince años podría habérsele hecho extraño, pero no era así. Se había sentido como en un animado viaje por el espacio a algún planeta que no sabía ni que existía. Había sido tal y como se lo había imaginado, pero multiplicado por mil. Aquella mujer era mítica. Era una criatura fuerte, dura, fibrosa y perfumada, cálida, tímida y obsequiosa.

Jodie descansaba acurrucada, rodeada por el brazo de Reacher, de cara a él, con el pelo sobre su cara, por lo que a él se le metía en la boca cuando respiraba. Él tenía la otra mano apoyada en su espalda y le acariciaba las costillas. La columna de la joven estaba en una hendidura formada por los largos y superficiales músculos dorsales. Le pasó el dedo por aquel canal. La joven tenía los ojos cerrados y sonreía, y Reacher lo sabía. Lo sabía porque había sentido las cosquillas que le hacían sus pestañas en el cuello y porque sentía en el hombro la forma de su boca. Era capaz de decodificar los movimientos de sus músculos de su rostro con solo sentirlos. Estaba sonriendo. Reacher la acariciaba. Jodie tenía la piel fresca y suave.

—Ahora debería estar llorando —dijo ella—. Siempre imaginé que lo haría. Siempre he pensado que si esto llegaba a ocurrir, lloraría cuando acabáramos.

Él la apretó con más fuerza.

—¿Por qué íbamos a llorar?

—Por todos los años que hemos perdido.

—Más vale tarde que nunca.

Ella se apoyó en los codos y casi se le subió encima, con los senos aplastados contra el pecho de él.

—Lo que me has dicho antes, podría habértelo dicho yo a ti palabra por palabra. De hecho, me gustaría habértelo dicho hace mucho tiempo... pero era incapaz.

—Yo también. Me sentía como si tuviera un secreto por el que debía sentirme culpable.

—Sí, era mi secreto culpable. —Ella acabó de subírsele encima y se sentó a horcajadas, con la espalda recta, sonriendo—. Pero ya no es ningún secreto.

—No.

Ella extendió los brazos hacia arriba y soltó un bostezo que acabó en una sonrisa contenida. Él le puso las manos en la estrecha cintura y fue subiéndolas hasta los pechos. La sonrisa contenida casi se convirtió en una carcajada.

—¿Otra vez?

Reacher la empujó de lado con la cadera, la giró y la puso con cuidado de espaldas sobre la cama.

—Hay que ponerse al día, ¿no? Por todos los años que hemos perdido.

Jodie asintió. Fue un gesto casi imperceptible que hizo sonriendo y acariciando la almohada con su pelo.

Marilyn tomó el mando. Le pareció que era la más fuerte. Chester y Sheryl estaban aturdidos, cosa que, por otro lado, le parecía comprensible, ya que habían abusado de ellos. Se hacía una idea de lo vulnerables que tenían que sentirse medio desnudos. Ella también se sentía medio desnuda, pero no era el momento de preocuparse por eso. Le quitó la cinta americana de la boca a Sheryl y la abrazó mientras su amiga lloraba. Luego se agachó por detrás de ella y le quitó toda la cinta con la que tenía sujetos los brazos a la espalda. Hizo una bola con aquella masa pegajosa, la tiró a la basura, volvió y la ayudó a masajearse los brazos para que recuperara la sensibilidad. Luego mojó con agua caliente una toalla que encontró en el armarito y le limpió la sangre reseca de la cara. Sheryl tenía la nariz hinchada y estaba poniéndosele negra. Marilyn estaba preocupada porque creía que habría que llevarla a Urgencias. Había visto películas en las que había rehenes. En ellas, uno de los retenidos se erigía en portavoz de los demás y conseguía que los malos dejasen que los heridos fueran al hospital a cambio de no avisar a la policía. Ahora bien, ¿cómo se hacía eso?

Cogió las toallas del toallero y le dio la de baño a Sheryl para que se la pusiera a modo de falda. Las demás las colocó en tres montones en el suelo, porque era evidente que aquellas baldosas eran frías y, por tanto, el aislamiento térmico era importante. Deslizó los tres montones hasta formar una fila junto a la pared de la puerta. Ella se sentó con la espalda apoyada en la puerta y puso a Chester a su izquierda y a Sheryl a su derecha. Les cogió las manos y se las apretó con fuerza. Chester se la apretó a ella.

—Lo siento muchísimo —le dijo él.

—¿Cuánto le debes?

—Más de diecisiete millones.

No se molestó en preguntarle si podía pagarlo. No estaría medio desnudo en el suelo de un cuarto de baño si pudiera.

—¿Qué es lo que quiere?

Chester se encogió de hombros como si se sintiera un miserable.

—Todo. Quiere la empresa entera.

Ella asintió y se concentró en las cañerías del lavamanos.

—¿Qué nos quedaría a nosotros?

El hombre se quedó callado unos instantes y se encogió de hombros de nuevo.

—Las migajas que quiera tirarnos. Puede que nada de nada.

—¿Y la casa? La casa aún la tenemos, ¿verdad? La he puesto a la venta. Esta mujer es la agente inmobiliaria. Dice que se vendería casi por dos millones.

Chester miró a Sheryl. Luego negó con la cabeza.

—La casa pertenece a la empresa. Lo hice así por asuntos técnicos, para que fuera más fácil financiarla. Así que el tal Hobie se la quedará... junto con todo lo demás.

Marilyn asintió y miró al vacío. A su derecha, Sheryl se había quedado dormida tal cual, sentada. El terror la había agotado.

—Duerme tú también —le dijo a su marido—. Ya se me ocurrirá algo.

Él volvió a apretarle la mano y apoyó la cabeza contra la pared. Cerró los ojos.

—Lo siento muchísimo.

Marilyn no respondió. Se limitó a alisarse el fino vestido de seda a la altura de los muslos y volvió a mirar al vacío. Empezó a darle vueltas al asunto con todas sus fuerzas.

El sol se había escondido para cuando acabaron la segunda vez. Se convirtió en una franja brillante que se deslizaba oblicuamente por la ventana. Luego, ya era un rayo horizontal que jugueteaba por la pared blanca, viajando despacio, con el polvo bailoteando en él. Más tarde desapareció, se apagó como se apaga una luz eléctrica, y dejó aquel dormitorio blanco bañado por el fresco resplandor mate de la noche. Yacían agotados entre un revoltijo de sábanas, se acariciaban, holgazaneaban, respiraban despacio. Entonces, él volvió a sentir su sonrisa. Jodie levantó la cabeza y lo miró a los ojos con la misma sonrisa que tenía cuando había ido a buscarla al bufete.

—¿Qué pasa? —quiso saber él.

—Tengo una cosa que decirte.

Reacher esperó.

—Es un tema legal, pero tengo potestad para contártelo.

La miró con atención. La joven aún sonreía. Tenía los dientes blancos y sus ojos eran de un color azul brillante a pesar incluso de la penumbra. «¿Un tema legal?». Era abogada, una abogada que se dedicaba a limpiar el lío que se organizaba cuando alguien le debía cien millones de dólares a alguien.

—Oye, que yo no le debo dinero a nadie. Y tampoco nadie me lo debe a mí.

La joven negó con la cabeza. Aún sonreía.

—Como albacea testamentaria de mi padre.

Reacher asintió. Tenía lógica que Leon la hubiera nombrado albacea a ella. Cuando hay un abogado en la familia, es la opción obvia.

—He abierto su testamento y lo he leído. Hoy, en el trabajo.

—¿Y qué dice? ¿Era un avaro y un acaparador y resulta que tiene miles de millones de dólares?

Jodie negó con la cabeza. No dijo nada.

—¿Sabía lo que le sucedió a Victor Hobie y lo escribió en su testamento?

Ella aún sonreía.

—Te ha dejado algo. Algo en herencia —informó Jodie.

Reacher asintió de nuevo, despacio. Aquello también tenía sentido. Era típico de Leon. Se acordaba de él y le dejaría alguna cosilla por aquel sentimiento que compartían. Pero ¿qué? Pensó en ello. Algún recuerdo. ¿Sus medallas, quizá? ¿El rifle de francotirador que había traído de Corea? Menudo rifle. Se trataba de un viejo Mauser que había empezado su andadura en manos alemanas. Luego, lo más probable era que se hubiera convertido en botín de guerra de los soviéticos en el frente oriental y que, diez años más tarde, alguien se lo hubiera vendido a sus clientes coreanos. Era una pieza de ingeniería magnífica. Leon y él habían especulado sobre las acciones bélicas de las que habría sido testigo; lo habían hecho en muchas ocasiones. Aquel sería un objeto que le gustaría tener. Un bonito recuerdo. Aunque, ¿dónde coño iba a guardarlo?

—Te ha dejado la casa.

—¿Qué?

—La casa. Donde estuvimos. La de Garrison.

Reacher la miraba sorprendidísimo.

—¿Su casa?

Jodie asintió, sonriendo.

—¡No me lo puedo creer! Y no puedo aceptarla. ¿Qué iba a hacer yo con una casa?

—¿Cómo que qué ibas a hacer con una casa? ¡Pues vivir en ella, Reacher! Para eso son, ¿no?

—Pero es que yo no vivo en casas. Nunca he vivido en una casa.

—Bueno, pues ahora tienes la oportunidad de hacerlo.

Se quedó callado. Luego sacudió la cabeza.

—Jodie, no puedo aceptarla. Tendría que ser para ti. Tendría que habértela dejado a ti. Es tu herencia.

—Yo no la quiero y él lo sabía. A mí me gusta la ciudad.

—Vale, pues véndela, pero es tuya. Véndela y te quedas el dinero.

—No necesito dinero. Eso también lo sabía. Vale menos de lo que gano en un año.

La miró.

—Pensaba que esa zona, cerca del río, sería cara.

—Y lo es.

Se quedó callado. Confundido.

—¿Su casa?

La joven asintió.

—¿Sabías que iba a hacerlo?

—No tenía la certeza, pero sabía que a mí no iba a dejármela —explicó ella—. Pensaba que igual me pedía que la vendiera y entregara el dinero a obras de caridad. A antiguos soldados o algo así.

—Bien, pues haz eso.

Ella sonrió una vez más.

—Reacher, no puedo hacerlo, no es cosa mía. Su testamento es vinculante, tengo que acatarlo.

—Su casa... ¿Me ha dejado su casa?

—Creo que le preocupabas. Creo que ha estado preocupado por ti durante estos dos años, desde que te licenciaron. Sabía lo que podía ser para ti. Llevabas toda la vida en el ejército y, de repente, te das cuenta de que no hay nada al otro lado. Le preocupaba cómo estarías viviendo.

—Ya, pero él no sabía cómo estaba viviendo.

Jodie asintió de nuevo.

—Pero coincidirás conmigo en que podía hacerse a la idea, ¿no? Era un tipo muy listo. Sabía que andarías de aquí para allá, y él solía decir que andar de aquí para allá es estupendo durante tres o cuatro años. Pero ¿y cuando tuvieras cincuenta años?, ¿sesenta?, ¿setenta? Se preocupaba por ti.

Reacher se encogió de hombros, tumbado de espaldas, desnudo, mirando al techo.

—Yo nunca pienso en eso. Mi lema es: los días, de uno en uno.

Ella no dijo nada, pero bajó la cabeza y le dio un beso en el pecho.

—Me siento como si te la estuviera robando —continuó Reacher—. Es tu herencia, Jodie. Deberías quedártela tú.

Ella le dio otro beso.

—Era su casa. Aunque la quisiera, tendríamos que respetar su última voluntad. En cualquier caso, resulta que no la quiero. Nunca la he querido y él lo sabía. Era libre de hacer con ella lo que quisiera, que es justo lo que ha hecho. Te la ha dejado a ti porque quería que la tuvieras tú.

Reacher miraba al techo, pero, en realidad, estaba caminando por la casa. Por el camino de entrada, por entre los árboles, por el garaje, que estaba a la derecha, por el pasillo exterior que iba del garaje a la casa, que quedaba a la izquierda. La sala, el salón, el ancho y lento Hudson bajando a lo lejos. El mobiliario. Le había parecido muy confortable. Quizá pudiera comprar un equipo estéreo. Y unos libros. Una casa. Su casa. Probó a decirlo en su cabeza: «MI casa». «Mi casa». Casi no sabía ni cómo decirlo. «MI CASA». Se estremeció.

—Quería que fuera tuya. Te la ha legado. No puedes negarte. Lo ha hecho y punto. Y te juro que no me supone ningún problema, ¿De acuerdo?

Reacher asintió despacio.

—Vale. Vale, pero me resulta extraño. Muy muy extraño.

—¿Quieres un café?

Reacher se dio media vuelta y la miró a los ojos. Podría comprarse su propia cafetera. La tendría en su cocina. En su casa. Enchufada a la electricidad. Su electricidad.

—¿Quieres un café? —repitió ella.

—Creo que sí.

Jodie salió de la cama y se puso los zapatos.

—Solo y sin azúcar, ¿verdad?

Estaba desnuda, excepto por los zapatos. De charol. Con tacón. Se percató de que estaba mirándola de pies a cabeza.

—El suelo de la cocina está frío. Nunca entro descalza.

—Olvídate del café, ¿vale?

Durmieron en el dormitorio de ella, toda la noche, hasta pasado el amanecer. Reacher se despertó primero, sacó el brazo de debajo de la cabeza de ella y consultó la hora en su reloj. Eran casi las siete. Había dormido nueve horas. Jamás había dormido tan bien. Jamás había dormido en una cama mejor. Y eso que había dormido en muchísimas camas, en cientos de ellas, puede que incluso en miles; pero aquella era la mejor de todas. Jodie seguía dormida a su lado. Estaba boca abajo y se había quitado la sábana a lo largo de la noche. Estaba destapada hasta la cintura y completamente desnuda. Reacher veía cómo asomaba su pecho por debajo. Tenía el pelo sobre los hombros. Tenía una rodilla levantada y apoyada en uno de los muslos de él. Tenía la cabeza ladeada sobre la almohada, curvada, siguiendo la dirección de la rodilla. La postura le daba una apariencia compacta, atlética. Reacher la besó en el cuello y ella se estremeció.

—Buenos días, Jodie.

La joven abrió los ojos. Los cerró y volvió a abrirlos. Sonrió. Era una cálida sonrisa de buenos días.

—Tenía miedo de haberlo soñado. En su día, eso era lo que pasaba: que no era más que un sueño.

La besó de nuevo. Un beso tierno, en la mejilla. Seguido de otro no tan tierno en los labios. Ella lo abrazó y rodaron juntos. Volvieron a hacer el amor, por cuarta vez en quince años. Después, se ducharon juntos, por primera vez. Desayunaron. Comieron como si estuvieran muertos de hambre.

—Tengo que ir al Bronx —dijo él.

Ella asintió.

—¿Por lo de Rutter? Yo te llevo. Sé más o menos dónde está el sitio.

—¿Y el bufete? Me dijiste que no podías faltar.

Ella lo miró perpleja.

—Me dijiste que tenías que facturar horas. Me dio la impresión de que estabas muy atareada.

Jodie sonrió con timidez.

—Me lo inventé. En realidad, llevo mi trabajo muy adelantado. Me dijeron que me tomara la semana libre. No quería andar por ahí contigo... sintiendo lo que sentía. Por eso me fui corriendo a la cama la primera noche. Fui muy maleducada, tendría que haberte enseñado la habitación de invitados, ya sabes, como hacen los buenos anfitriones; pero es que me asustaba estar a solas contigo en un dormitorio. Me habría vuelto loca. Tan cerca, y tan lejos a la vez. ¿Sabes a qué me refiero?

Reacher asintió.

—Entonces ¿qué hiciste en el despacho todo el día?

Jodie se rio.

—¡Nada! ¡Me pasé el día sin hacer nada de nada!

—Estás loca. ¿Por qué no me lo dijiste?

—¿Por qué no me lo dijiste tú?

—Bueno, te lo dije anoche, ¿no?

—¡Sí, claro, después de quince años!

Reacher asintió.

—Lo sé, pero es que me preocupaba. Pensaba que te haría daño o algo así. Pensaba que sería lo último que querrías oír en la vida.

—Lo mismo me pasaba a mí. Pensaba que me odiarías para siempre.

Se miraron y sonrieron. Luego fueron esbozando sonrisas más amplias, hasta que se echaron a reír y así estuvieron cinco minutos largos.

—Voy a vestirme —le dijo Jodie, aún riendo un poco.

Él la siguió al dormitorio y se encontró su ropa en el suelo. Ella estaba mirando en el armario, eligiendo algo limpio. Mientras la observaba, empezó a preguntarse si la casa de Leon tendría armarios. Bueno, no, si «su» casa tendría armarios. Claro que los tendría. Todas las casas tienen armarios, ¿no? Entonces ¿iba a tener que empezar a comprar prendas con las que llenarlos?

Jodie eligió unos vaqueros y una camiseta, se puso un cinturón de cuero y unos zapatos caros. Él se vistió, fue al sofá a por la chaqueta y guardó en ella la Steyr que tenía en la bolsa de deporte negra. En el otro bolsillo guardó veinte balas. Con tanto metal, parecía que la chaqueta pesara mucho. Jodie se reunió con él.

Llevaba la carpeta de cuero en la mano y estaba buscando la dirección de Rutter.

—¿Estás listo?

—Sí, como siempre.

Reacher la obligó a esperar en todas las etapas de su itinerario mientras él lo exploraba siguiendo los mismos procedimientos que había usado el día anterior. El día anterior, la seguridad le había parecido importante. En ese momento, le parecía vital. Todo estaba en orden y en silencio. El rellano estaba vacío, el ascensor estaba vacío, el vestíbulo estaba vacío, el garaje estaba vacío. Subieron al Taurus y ella lo condujo alrededor de la manzana y se dirigió hacia el norte primero, hacia el este después.

—Por la autopista de East River a la I-95, ¿te parece bien? —le preguntó Jodie—. En dirección este se encuentra la autovía Cross Bronx.

Reacher se encogió de hombros e intentó recordar el mapa de Hertz.

—Cuando cojas la autovía del río Bronx, sigue en dirección norte, que tenemos que ir al zoo.

—¿Al zoo? Rutter no vive cerca del zoo.

—No es exactamente al zoo adonde quiero que vayamos, sino al Jardín Botánico. Quiero que veas una cosa allí.

Ella lo miró y, después, se concentró en conducir. Había mucho tráfico, aunque no tanto como en hora punta; algo se avanzaba. Siguieron el río hacia el norte y, luego, en dirección noroeste hacia el puente George Washington, giraron nada más cruzarlo y se dirigieron hacia el este, hacia el Bronx. En la autovía había mucho tráfico y avanzaban despacio; pero por la autopista del norte fueron más rápido, porque salía de la ciudad y, en aquel momento, Nueva York lo que estaba haciendo era deglutir personas. Una vez pasada la barrera, el tráfico que iba en dirección sur rugía.

—Vale, y ahora, ¿adónde? —preguntó ella.

—Por la Universidad de Fordham. Deja atrás el invernadero y aparca arriba.

Jodie asintió y cambió de carriles. Dejaron Fordham a la izquierda y el invernadero a la derecha. Se metió por la entrada del museo y encontró el aparcamiento un poco más allá. Estaba casi vacío.

—¿Y ahora qué?

Reacher cogió la carpeta de cuero y respondió:

—Tú muestra una mentalidad abierta.

El invernadero estaba como a unos cien metros. El día anterior, Reacher lo había leído todo acerca de él en uno de esos folletos informativos. Llevaba el nombre de un tal Enid Haupt y su construcción había costado una fortuna en 1902, y diez veces más renovarlo noventa y cinco años después, un dinero bien gastado, dado que el resultado era magnífico. Era un edificio gigantesco y muy ornamentado, la definición pura de la filantropía urbana expresada con hierro y cristal lechoso.

Dentro hacía calor y humedad. Reacher llevó a Jodie hasta el lugar que estaba buscando. Las plantas exóticas abarrotaban unos parterres enormes rodeados por muretes y barandillas. En las esquinas de los pasillos había bancos. El cristal lechoso filtraba la luz del sol de tal manera que parecía que el día estuviera nublado. Olía mucho a tierra húmeda y a floraciones acres.

—¿Qué? —preguntó Jodie, medio fascinada, medio muerta de impaciencia.

Reacher encontró el banco que estaba buscando y se apartó de él hasta acercarse a un murete. Dio un paso a la izquierda y luego otro hasta que estuvo seguro.

—Ponte aquí.

La cogió por los hombros desde atrás y la puso en la misma posición que había estado ocupando él. Se agachó hasta tener la cabeza a la misma altura que la de ella y miró a ver.

—Ponte de puntillas y mira hacia delante.

Jodie lo hizo. Tenía la espalda recta y el pelo le caía sobre los hombros.

—Vale —dijo Reacher—. Dime qué ves.

—Nada. Bueno, plantas y demás.

Reacher asintió y abrió la carpeta de cuero. Sacó la fotografía brillante del occidental esquelético y gris que se apartaba del rifle de su carcelero. La sujetó delante de ella, con el brazo extendido. Ella la miró.

—¿Qué? —preguntó de nuevo ella, medio divertida, medio frustrada.

—Compara la fotografía y lo que ves.

La joven miró a derecha e izquierda, la fotografía y el escenario que tenía delante. Al rato, le cogió la foto y la sujetó ella misma, con el brazo extendido. Abrió los ojos como platos y se quedó pálida.

—Dios... —murmuró—. Mierda, ¿la fotografía está tomada aquí? ¿Aquí mismo? Lo está, ¿verdad? Estas plantas de aquí son idénticas.

Reacher se agachó una vez más y comprobó la vista. Jodie sujetaba la fotografía de manera que la forma de las plantas se correspondía punto por punto con ella. Una palmera de cuatro metros y medio de altura a la izquierda, frondas de helechos a la derecha y detrás una maraña de ramas. Las dos figuras estaban como a unos seis metros de la densa floresta y las habían fotografiado con un teleobjetivo que comprimía la perspectiva y desenfocaba la vegetación más cercana. Al fondo había una jungla de árboles de madera dura que la cámara había desenfocado porque estaban bastante más lejos; de hecho, crecían en un parterre diferente.

—¡Mierda! ¡Mierda, no me lo puedo creer!

La luz también coincidía. El cristal lechoso que tenían encima les proporcionaba una buena imitación del tiempo nublado de la jungla. Vietnam es un sitio nuboso. Las montañas serradas atraen las nubes y la mayoría de la gente recuerda nieblas y brumas, como si la propia tierra produjera vapor. Jodie pasaba la mirada de la fotografía a la realidad que tenía delante, moviéndose a derecha e izquierda en un caso y otro para conseguir una perspectiva perfecta.

—Pero ¿y la alambrada? ¿Y los postes de bambú? Parece tan real...

—Atrezo. Tres postes y diez metros de alambre de espino. Dudo mucho que sea difícil conseguirlo, ¿no crees? Lo más probable es que lo trajeran aquí enrollado.

—Pero ¿cuándo? ¿Cómo?

Reacher se encogió de hombros.

—No sé, ¿un día a primera hora de la mañana? ¿O cuando el invernadero estaba aún cerrado? Puede que conozcan a alguien que trabaja aquí. Puede que lo hicieran mientras aún estaban con las reformas.

Jodie miraba la fotografía de cerca.

—Espera un momento. Joder, ¡pero si se ve ese banco! ¡Se ve la esquina de ese banco de allí!

La joven le señaló con la uña a lo que se refería: un punto concreto de la fotografía brillante. Allí había un pequeño cuadrado blanco, como borroso. Era la esquina de uno de los bancos de hierro, a la derecha, detrás de la escena principal. Rutter había encuadrado muy bien el teleobjetivo, pero se le había colado aquello.

—No había visto eso. Se te da bien.

Ella se volvió para mirarlo.

—¡Estoy furiosa, Reacher! ¡Ese Rutter les ha estafado dieciocho mil dólares por una fotografía falsa!

—Y lo que es peor: les ha dado falsas esperanzas.

—¿Qué vamos a hacer?

—Vamos a hacerle una visita.

Estaban de vuelta en el Taurus dieciséis minutos después de

haber salido de él. Jodie dejó el aparcamiento mientras tamborileaba con los dedos en el volante y hablaba a toda prisa:

—Pero me dijiste que lo creías. Dije que la fotografía demostraba que el sitio existía y te mostraste de acuerdo. Incluso añadiste que habías estado allí hacía poco y que te habías acercado tanto como Rutter...

—Y así es. Creía en la existencia del Jardín Botánico, acababa de estar ahí mismo y me había acercado tanto como Rutter. De hecho, estuve justo al lado del murete detrás del que debió de tomar la fotografía.

—Dios, Reacher, ¿qué es esto, un juego?

Reacher se encogió de hombros.

—Ayer no sabía lo que era. Es decir, no sabía hasta qué punto quería compartirlo contigo.

Jodie asintió y sonrió a pesar de la exasperación que sentía. Pensó en lo diferentes que estaban siendo esos dos días seguidos.

—Ya, pero ¿cómo esperaba salirse con la suya? ¡El invernadero del Jardín Botánico de Nueva York, por el amor de Dios!

Reacher se repantingó en el asiento. Estiró los brazos hacia el parabrisas.

—Psicología —dijo—. Es la base de toda estafa, ¿no crees? Le dices a la gente lo que quiere oír. Esos dos ancianos querían oír que su hijo estaba vivo. Por tanto, Rutter va y les dice que lo más probable es que así sea. Entonces, ellos invierten toda su esperanza y su dinero, y se pasan tres meses enteros esperando en ascuas. Él les da una fotografía y, básicamente, ellos van a ver lo que él quiera. Además, es listo. Les pregunta el nombre completo y la unidad porque quería encontrar a un tipo de mediana edad similar, con la altura y el cuerpo parecido. Luego vuelve con el nombre y con la unidad y se los repite. Psicología. Los padres ven lo que querían ver. Incluso podría haber puesto a un tipo con un disfraz de gorila en la foto, y habrían creído que era una representación de la fauna local.

—¿Y cómo te diste tú cuenta?

—De la misma manera, psicología, pero inversa. Yo no quería creérmelo, porque sabía que no podía ser verdad, así que empecé a buscar algo que no encajara. Me di cuenta por el uniforme que lleva el tipo. ¿Te has fijado? Es un uniforme de combate harapiento del Ejército de Estados Unidos. La cuestión es que a Victor Hobie lo abatieron hace treinta años. Es imposible que un uniforme haya durado treinta años en la selva. Se habría podrido en seis semanas.

—Pero ¿por qué en el Jardín Botánico? ¿Qué te llevó a buscar allí?

Reacher apoyó los dedos en el parabrisas y estiró los brazos, como para liberar la presión de los hombros.

—¿Dónde iba a encontrar vegetación así? En Hawái, quizá, pero ¿por qué gastarse el billete de tres personas cuando saldría gratis hacerlo al lado de casa?

—¿Y el vietnamita?

—Es probable que sea un chaval de por aquí. Puede que de la propia universidad. Puede que de Columbia. Puede que ni siquiera sea vietnamita. Puede que fuera el camarero de un restaurante chino. Seguro que Rutter le pagó veinte dólares por la foto. Y es probable que tenga cuatro amigos que hacen de cautivo estadounidense por turnos. Un blanco grandote, un blanco bajito, un negro grandote y un negro bajito. ¡Y, hala, ya tienes todas las bases ocupadas! Todos ellos vagabundos, que es por lo que están tan delgados y demacrados. Hasta es probable que les pagara con whisky. Y también es probable que tomara las fotografías el mismo día, las de unos y las de otros, y que las utilice según le convenga. De hecho, es posible que haya vendido esa fotografía una decena de veces. Les da una copia a todos aquellos cuyo hijo fuera alto y blanco. Luego, les vende la historia de que deben mantenerlo en secreto porque hay una conspiración del gobierno y toda esa mierda y así consigue que nadie compare su fotografía con la de otro.

—Es repugnante.

Reacher asintió.

—No te quepa duda. Las familias de los CNR son un mercado grande y vulnerable, y supongo que está alimentándose de ellas como un gusano.

—¿Los CNR?

—Cadáveres no recuperados. Así es como se les llama. MEC/CNR. Muertos en combate, cadáveres no recuperados.

—¿Muertos? ¿No crees que puede quedar algún prisionero?

—No, Jodie, no creo que queden prisioneros —respondió Reacher—. Ya no. Eso son chorradas.

—¿Estás seguro?

—Del todo.

—¿Y cómo estás tan seguro?

—Porque sí. Igual que sé que el cielo es azul, que la hierba es verde y que tienes un culo maravilloso.

La joven sonrió mientras conducía.

—Soy abogada, Reacher, ya sabes que ese tipo de pruebas no me valen.

—Datos históricos —señaló Reacher—. Para empezar, lo de quedarse con rehenes para conseguir ayuda estadounidense es una estupidez. El Viet Cong tenía planeado bajar por la ruta Ho Chi Minh en cuanto nos hubiéramos ido de allí, lo que incumplía los acuerdos de París, por lo que sabían que no iban a conseguir ninguna ayuda, hicieran lo que hiciesen. Así que a los prisioneros los soltaron en 1973, poco a poco, sí, pero dejaron que se fueran. Cuando nos marchamos del país, en 1975, soltaron a unos cien que habían seguido reteniendo y nos los devolvieron directamente, lo que no encaja con ninguna política de rehenes. Además, estaban desesperados porque quitáramos las minas de sus puertos, así que no iban a hacer tonterías al respecto.

—Pero tardaron en devolver los restos mortales. Ya sabes,

los de los soldados que morían en combate o cuando se estrella-
ba un helicóptero. Con eso sí que se anduvieron con tonterías.

Reacher asintió.

—Porque no entendían que para nosotros era muy importante. Queríamos que nos devolvieran dos mil cadáveres, pero
ellos no entendían por qué. Llevaban en guerra más de cuarenta
años: contra los japoneses, contra los franceses, contra Estados
Unidos, contra China. Probablemente habían perdido un millón
de soldados en combate. Para ellos, nuestros dos mil muchachos
eran como una gota en un cubo lleno de agua. Y, además, piensa
en que eran comunistas. No le daban al individuo el valor que le
damos nosotros. Vuelve a ser cuestión de psicología. Sin embargo, eso no significa que tuvieran campamentos secretos con prisioneros escondidos.

—No es un argumento muy concluyente —respondió ella
con sequedad.

Reacher asintió otra vez.

—Leon es el argumento concluyente. Tu padre y otros como
él. Conozco a esa gente. Son gente valiente y honorable, Jodie.
Lucharon allí y fue después cuando consiguieron poder y rele-
vancia. El Pentágono está lleno de gilipollas, eso también lo sé...
Bueno, eso todo el mundo lo sabe; pero siempre ha habido en él
suficientes personas como tu padre como para que fuera honesto. Dime, si Leon hubiera sido consciente de que aún había prisioneros en Vietnam, ¿qué habría hecho?

—Pues no lo sé —respondió Jodie—, pero es evidente que
algo habría hecho.

—No te quepa duda. Tu padre habría demolido la Casa
Blanca ladrillo a ladrillo hasta que todos esos soldados estuvieran de vuelta en casa, sanos y salvos. Sin embargo, no lo hizo, y
no porque no supiera si había prisioneros o no. Piensa en que
Leon estaba al tanto de todo. Es imposible que hubieran ocultado un secreto así no ya solo a tu padre, sino a todos los Leon

Garber que ha habido. ¿Una gran conspiración que ha durado seis administraciones? ¿Una conspiración que la gente como tu padre no se ha olido? Olvídalo. Si los Leon Garber de este mundo no reaccionaron es porque no había nada ante lo que reaccionar. Por lo que a mí respecta, Jodie, esa es una prueba concluyente.

—No, eso es fe.

—Llámalo como quieras, pero para mí es suficiente.

Jodie se quedó pensando en ello mientras observaba el tráfico y, al rato, asintió, porque, a decir verdad, la fe en su padre también era suficiente para ella.

—Entonces ¿Victor Hobie está muerto?

Reacher asintió.

—Tiene que estarlo. Muerto en combate, cadáver no recuperado.

Ella seguía conduciendo, despacio. Iban hacia el sur y había muchísimo tráfico.

—Vale, no hay prisioneros y no hay campamentos. No hay ninguna conspiración del gobierno. Entonces los que nos dispararon y los que nos embistieron con el coche no eran del gobierno.

—Nunca pensé que lo fueran. La mayoría de los empleados del gobierno que he conocido eran mucho más eficaces que ellos. En cierto modo, yo formaba parte de ellos. ¿De verdad crees que fallaría dos días seguidos?

Jodie aparcó a la derecha, junto al arcén. Se volvió para mirar a Reacher, con aquellos ojos azules suyos abiertos de par en par.

—En ese caso, tiene que ser Rutter. ¿Quién si no? Tiene montada una estafa muy lucrativa, ¿no? Está dispuesto a protegerla. Piensa que vamos a dejarla al descubierto. Así que ha estado buscándonos, y ahora vamos directos a sus brazos.

Reacher sonrió.

—Bueno, la vida está llena de peligros.

Marilyn se dio cuenta de que debía de haberse quedado dormida, porque se despertó rígida y con frío, y sobresaltada por los ruidos que había al otro lado de la puerta. El cuarto de baño no tenía ventanas, así que no sabía qué hora era. Supuso que por la mañana, porque tenía la sensación de que llevaba tiempo dormida. A su lado, Chester miraba al vacío, con la vista a miles de kilómetros de las tuberías del desagüe del lavamanos. Inerte. Ella se volvió y lo miró a los ojos, pero no consiguió reacción alguna por parte de su marido. A su derecha, Sheryl estaba hecha un ovillo en el suelo. Respiraba con fuerza por la boca. Tenía la nariz negra, hinchada y brillante. Marilyn tragó saliva mientras la observaba. Luego, puso la oreja en la puerta y escuchó con suma atención.

Había dos hombres al otro lado. Se oían dos voces profundas que hablaban bajito. También oía los ascensores a lo lejos. Y un ligerísimo zumbido del tráfico, con sirenas de vez en cuando, sirenas que se desvanecían. Y los motores de un avión, uno grande, saliendo del JFK, despegando en dirección oeste, sobre el muelle. Se puso de pie.

Se le habían salido los zapatos durante la noche. Los encontró un poco rasguñados junto a su pila de toallas. Se los puso y fue en silencio hasta el lavamanos. Chester la traspasaba con la mirada, no la veía. Se miró en el espejo. «Ni tan mal», pensó. La última vez que había pasado la noche en un cuarto de baño había sido después de una fiesta de la hermandad universitaria, hacía más de veinte años, y la verdad era que no tenía mucho peor aspecto que en aquella ocasión. Se cepilló el pelo con los dedos y se mojó un poco los ojos. Acto seguido, volvió a la puerta y a concentrarse en escuchar.

Eran dos hombres y estaba bastante segura de que Hobie no era ninguno de ellos. Había algo que transmitía igualdad en aquellas voces de tenor. Estaba claro que mantenían una conversación. No se trataba de alguien dando órdenes y de otro obedeciéndolas. Marilyn deslizó su montón de toallas hacia atrás con el pie, respiró hondo y abrió la puerta.

Los dos hombres dejaron de hablar y la miraron. El que se llamaba Tony estaba sentado de lado en el sofá que había frente al escritorio. Otra persona que ella no había visto jamás estaba agachada a su lado, en la mesa de centro. Era un joven con un traje oscuro; no era alto, pero sí estaba fuerte. En el escritorio no había nadie. Ni rastro de Hobie. Las lamas de las cortinas estaban cerradas casi del todo, pero por las estrechas aberturas entraba la brillante luz del sol. Era más tarde de lo que le había parecido. Volvió a mirar hacia el sofá. Tony la miraba a ella y le sonreía.

—¿Ha dormido bien?

Marilyn no respondió. Lo miró con una expresión neutral hasta que Tony dejó de sonreír.

«Punto para mí».

—He hablado del tema con mi marido —mintió.

Tony la miró, expectante, a la espera de que siguiera hablando. Dejó que esperara.

«Otro punto para mí».

—Hemos acordado hacerles la transferencia, pero va a ser un poco complicado. Va a llevar algo de tiempo. Hay factores en los que creo que no han pensado. Les transferiremos las acciones, pero esperamos un poco de cooperación por su parte.

Tony asintió.

—¿De qué tipo?

—Eso lo hablaré con el señor Hobie, no con usted.

Se hizo el silencio en el despacho. Solo les llegaban unos sonidos apagados del mundo exterior. Marilyn se concentró en respirar. Inspirar, espirar. Inspirar, espirar.

—De acuerdo.

«Tercer punto para mí».

—Queremos café. Tres tazas, con leche y azúcar.

Más silencio. Al rato, Tony asintió y el joven fornido se puso de pie y fue a la cocina.

«Cuarto punto para mí».

La dirección del remite que aparecía en la carta de Rutter se correspondía con un sórdido escaparate que había unas pocas manzanas al sur de cualquier esperanza de renovación urbana. Se trataba de un edificio de listones de madera emparedado a derecha e izquierda por dos estructuras ruinosas de ladrillo ruinosas de cuatro plantas que en su día debieron de ser fábricas o almacenes, antes de que las abandonaran hacía décadas. La tienda de Rutter tenía una cristalera sucia a la izquierda, con la entrada en el centro y una persiana metálica enrollada a la derecha que dejaba a la vista un garaje estrecho. En el garaje había un Lincoln Navigator nuevo que cabía muy justo. Reacher reconoció el modelo por algunos anuncios que había visto. Se trataba de un Ford gigante con tracción a las cuatro ruedas y un montón de lujos brillantes e innecesarios para justificar que lo hubieran incluido en la división de los Lincoln. El coche era de color negro metalizado y lo más probable era que valiera más que la propiedad que lo rodeaba.

Jodie dejó atrás el edificio, ni muy rápido ni muy lento, a una velocidad adecuada, teniendo en cuenta la gran cantidad de baches que tenía la calle. Reacher estiró el cuello para mirar, para echar un vistazo y hacerse una idea. La joven giró a la izquierda para rodear la manzana. Reacher vio un callejón de servicio que iba por detrás de las casas, con escaleras de incendios roñosas colgando por encima de montones de basura.

—¿Cómo vamos a hacerlo? —preguntó ella.

—Vamos a entrar directos. Lo primero que vamos a hacer es ver cómo reacciona. Si sabe quiénes somos, actuaremos de una manera. Si no lo sabe, actuaremos de otra.

Jodie aparcó dos manzanas al sur del escaparate, a la sombra de un almacén de ladrillo ennegrecido. Cerró el coche y fueron juntos en dirección norte. Desde la acera, vieron con claridad que, al otro lado del sucio escaparate, había una muestra pobre de excedentes del ejército: polvorientas chaquetas de camuflaje, cantimploras y botas. Había también radios de campo, raciones de campaña y cascos de infantería. Parte del material ya estaba obsoleto cuando Reacher se graduó en West Point.

La puerta estaba dura y tocaba una campanilla cuando se abría. Era un mecanismo sencillo: la puerta tiraba de un muelle que, a su vez, tiraba de la campanilla, que sonaba. La tienda estaba desierta. Había un mostrador a la derecha con una puerta detrás que daba al garaje. En un perchero circular cromado había una serie de prendas de ropa y más basura apilada en una estantería. También había una puerta trasera que daba al callejón que habían visto al pasar; estaba cerrada y conectada a una alarma. En línea, junto a la puerta de atrás, había cinco sillas de vinilo acolchadas. Alrededor de las sillas había colillas y botellas de cerveza vacías. Había poca luz, pero el polvo acumulado a lo largo de los años se veía con claridad por todos los lados.

Reacher entró primero. La tarima crujió. Cuando ya llevaba dos pasos, vio una trampilla en el suelo, abierta, más allá del mostrador. Era una puerta pequeña y fuerte, de viejas tablas de pino, con bisagras de latón y pulida que había acabado obteniendo un brillo grasiento allí donde generaciones de manos la habían cogido para abrirla. Dentro del agujero se veían unas vigas de suelo, y una escalera estrecha construida de la misma madera vieja llevaba hacia una cálida luz eléctrica. Reacher oía unos pies como arrastrándose sobre un suelo de cemento.

—¡Enseguida voy, sea quien sea! —gritó una voz desde el agujero.

Era una voz de hombre de mediana edad, a caballo entre la sorpresa y el enfado. La voz de una persona que no esperaba clientes. Jodie miró a Reacher y este cerró la mano en torno a la empuñadura de la Steyr, que aún llevaba en el bolsillo de la chaqueta.

A la altura del suelo apareció la cabeza de un hombre. Luego sus hombros, su torso. Subía la escalera. Era corpulento y le costó salir del agujero. Iba vestido con un uniforme de campaña verde descolorido. Tenía el pelo entrecano y grasiento, una barba entrecana desarreglada, la cara carnosa y los ojos pequeños. Salió de rodillas y se puso de pie.

—¿En qué puedo ayudarles?

En ese momento, otra cabeza, otros hombros y otro torso salieron por la trampilla. Y otros. Y otros. Y otros. Cuatro hombres más subieron por la escalera del sótano. Todos y cada uno de ellos se pusieron rectos, miraron a Reacher y a Jodie con mala cara y, después, se dirigieron a la línea de sillas. Eran tipos grandes, gordos, tatuados, vestidos con similares uniformes ajados. Se sentaron con sus grandes brazos cruzados sobre sus grandes tripas.

—¿En qué puedo ayudarles? —repitió el primero.

—¿Es usted Rutter?

El tipo asintió. No sabía quiénes eran. Reacher observó la línea de hombres que había en las sillas. Representaban una complicación con la que no había contado.

—¿Qué es lo que quiere?

Reacher cambió de planes. Intentó imaginar la verdadera naturaleza de las transacciones que se llevaban a cabo en aquella tienda y lo que habría almacenado en el sótano.

—Quiero un silenciador para una Steyr GB.

Rutter sonrió. Las arrugas de su mandíbula y la luz de sus ojos le indicaron a Reacher que acababa de sorprenderlo gratamente.

—Va contra la ley que le venda uno y va contra la ley que tenga usted uno.

El sonsonete con el que lo dijo fue una confesión abierta de que los tenía y de que los vendía. Lo hizo en un tono paternalista, un tono condescendiente que insinuaba «Tengo algo que quieres y eso me hace mejor que tú». Su voz no denotaba cautela. No sospechaba que Reacher fuera ningún policía que quisiera jugársela. Nunca nadie pensaba que fuera policía. Era demasiado alto y tenía demasiada pinta de duro. Carecía de la palidez típica de las horas de comisaría o de la actitud de furtividad urbana con la que la gente tiende a asociar de forma subconsciente a la policía. Rutter no estaba preocupado por él. Pero sí le preocupaba Jodie. No sabía qué hacía ella allí. Había estado hablando con Reacher pero mirándola a ella. Esta lo miraba a él.

—¿Contra la ley de quién? —preguntó Jodie con aire desdeñoso.

Rutter se rascó la barba.

—Y eso hace que sean caros.

—Comparados con qué —le soltó ella.

Reacher sonrió para sus adentros. Con aquellas ocho palabras, Jodie había conseguido sembrar la duda en aquel hombre y lo había dejado pensando si ella sería alguien de la alta sociedad de Manhattan preocupada porque secuestraran a sus hijos, la esposa de un millonario que pretendía heredar pronto, o la de un miembro del Rotary que intentaba sobrevivir a un complejo triángulo amoroso. Jodie lo miraba como si fuera una mujer acostumbrada a salirse con la suya sin que nadie le pusiera pegas, y mucho menos la ley o un sórdido tendero del Bronx.

—Para una Steyr GB. ¿Y quieren la pieza original austriaca?

Reacher asintió, como si él fuera la persona que se encargaba de los detalles triviales. Rutter chasqueó los dedos y uno de los gordos de la línea de sillas se puso de pie y bajó por el agujero. Volvió un buen rato después con un cilindro negro envuelto en un papel que el aceite para armas había tornado transparente.

—Dos mil pavos —soltó Rutter.

Reacher asintió. El precio casi era justo. Aquella pistola ya no la fabricaban e imaginó que las últimas debieron de venderse entre los ochocientos y los novecientos dólares. Lo más probable era que el precio final de fábrica del silenciador hubiera sido de más de doscientos dólares. Dos mil dólares por un suministro ilegal diez años después y a seis mil quinientos kilómetros de la fábrica le parecía casi razonable.

—Déjeme verlo —pidió Reacher.

Rutter limpió el tubo en sus pantalones. Se lo entregó. Reacher sacó la pistola y le puso el silenciador. Pero no como en las películas. Uno no se lleva la pistola a la altura de la cara y enrosca el silenciador, despacio, como si fuera un placer. Ejerce una presión rápida, da medio giro y el dispositivo se ajusta con un clic, como un objetivo a una cámara.

Aquello mejoraba el arma. Mejoraba el equilibrio. El noventa y nueve por ciento de las veces, los disparos de las pistolas salen altos porque el retroceso levanta la boca del cañón, que era algo que el peso del silenciador contrarrestaba. Además, lo que hace el silenciador es dispersar el gas con relativa lentitud, lo que, para empezar, debilita el retroceso.

—¿Funciona bien? —preguntó Reacher.

—Claro que sí. Es la pieza original de fábrica.

El hombre que había sacado el silenciador del sótano había vuelto a sentarse en una de las sillas. Cuatro tipos, cinco sillas. Para neutralizar una banda, lo primero que uno tiene que hacer es eliminar al líder. Esa es una verdad universal, y Reacher la había aprendido con cuatro años. Hay que descubrir quién es el líder y dejarlo fuera de combate el primero. En esa ocasión, la situación iba a tener que ser diferente, porque Rutter era el líder, pero tenía que acabar de una pieza debido a que Reacher tenía otros planes para él.

—Dos mil pavos —insistió Rutter.

—Quiero una prueba de campo.

La Steyr GB no tiene pasador de seguridad. El primer disparo necesita una presión de seis kilos en el gatillo, que se considera suficiente para evitar que la pistola se dispare por accidente si cae al suelo, porque ejercer seis kilos de fuerza es una presión muy deliberada. Por eso no tiene mecanismo de seguridad. Reacher giró la mano y ejerció los seis kilos de fuerza. La pistola disparó e hizo añicos la silla que estaba vacía. Produjo un sonido fuerte. No como en las películas. No es como un carraspeo. No es como un escupitajo educado. Es más como coger el listín telefónico de Manhattan, levantarlo por encima de la cabeza y dejarlo caer sobre una mesa con todas las fuerzas. No es un sonido silencioso, pero es más silencioso de lo que podría serlo.

Los cuatro hombres de las sillas se quedaron inmóviles del susto. Por el aire volaban pedazos de vinilo roto y parte del sucio relleno de pelo de caballo. Rutter lo miraba, incapaz de moverse. Reacher le pegó un fuerte zurdazo en el estómago, le barrió los tobillos con una pierna y lo tiró al suelo. Luego apuntó con la Steyr al tipo que estaba más cerca de la silla destrozada.

—Abajo. Todos. Ahora mismo —ordenó Reacher.

No se movieron. Ninguno. Así que contó en alto:

—¡Uno, dos, tres! —Volvió a disparar.

El mismo estallido ruidoso. El suelo se astilló a los pies del primer tipo de la línea.

—¡Uno, dos...! —Volvió a disparar.

Y otra vez:

—¡Uno, dos...! —Y un disparo más.

No paraban de volar polvo y astillas. El ruido de los tiros era aplastante. Apestaba a pólvora quemada y a lana de acero caliente. Los tipos se movieron después de aquella última bala. Se apelotonaron para entrar por la trampilla. Pasaron a toda prisa, trastabillaron mientras bajaban. Reacher cerró la portezuela y corrió el mostrador para obstruirla. Rutter estaba a cuatro patas. Reacher le pisó la espalda y siguió haciéndolo hasta que el hombre volvió a estar en el suelo, con la cabeza pegada al mostrador.

Jodie había sacado la fotografía falsa. Se agachó y se la enseñó. Rutter parpadeó y la enfocó. Empezó a abrir la boca, que no era sino un pequeño agujero en su barba. Reacher se agachó y le sujetó la muñeca izquierda, le levantó la mano y le cogió el meñique.

—Voy a hacerte unas preguntas. Cada vez que me mientas, te romperé un dedo.

Rutter empezó a revolverse con todas sus fuerzas para zafarse. Reacher volvió a pegarle un golpe fortísimo en las tripas y el hombre volvió a caer.

—¿Sabes quiénes somos?

—No.

—¿Dónde tomaste esta fotografía?

—En los campos secretos de Vietnam —respondió jadeando.

Reacher le rompió el meñique. Se limitó a echarlo hacia tras y el dedo crujió a la altura del nudillo. Rutter empezó a gritar de dolor. Reacher le cogió el anular. Llevaba un anillo de oro.

—¿Dónde?

—¡En el zoo del Bronx!

—¿Quién es el chico asiático?

—¡Ni idea! ¡Solo un chico!

—¿Quién es el hombre?

—¡Un amigo!

—¿Cuántas veces has hecho esto?

—Unas quince...

Reacher tiró del dedo hacia atrás.

—¡Es la verdad! ¡Te juro que no más de quince veces! ¡Y a vosotros no os lo he hecho jamás! ¡Ni siquiera sé quiénes sois!

—¿Sabes quiénes son los Hobie? ¿De Brighton?

Reacher se fijó en que Rutter buscaba en una lista mental y que, al cabo de un rato, los recordó. Y vio también que se preguntaba cómo era posible que aquellos dos vejestorios le hubieran mandado a aquel tipo.

—Eres un pedazo de mierda, ¿sabes?

Rutter, asustado, giraba la cabeza de un lado al otro.

—¡Dilo, Rutter! —gritó Reacher.

—Soy un pedazo de mierda —gimoteó.

—¿Dónde está tu banco?

—¿Mi banco?

—Tu banco.

Rutter dudó. Reacher volvió a tirar del dedo.

—¡A diez manzanas de aquí!

—¿Y el título de propiedad del coche?

—¡En el cajón!

Reacher le hizo un gesto con la cabeza a Jodie. La joven se puso de pie y fue al mostrador. Abrió los cajones y sacó un montón de papeles. Los miró y asintió. Lo había encontrado.

—Está registrado a su nombre. Le costó cuarenta mil dólares.

Reacher dejó de cogerle el dedo a Rutter y lo sujetó por el cuello. Lo empujó los hombros hacia abajo y tiró con fuerza de la mandíbula.

—Voy a comprarte el todoterreno por un dólar. Niega con la cabeza si no te parece bien.

Rutter ni siquiera intentó moverse. Reacher le estaba agarrando la garganta con tanta fuerza que parecía que fueran a salírsele los ojos de las órbitas.

—Y ahora voy a llevarte a tu banco en mi coche nuevo. Vas a sacar dieciocho mil dólares en metálico y yo voy a encargarme de dárselos a los Hobie.

—No —le interrumpió Jodie—. Eso fue una inversión segura, así que tienen que ser diecinueve mil seiscientos cincuenta. Digamos que el interés era de un seis por ciento por un año y medio.

—De acuerdo —dijo Reacher, que incrementó la presión—. Diecinueve mil seiscientos cincuenta para los Hobie y diecinueve mil seiscientos cincuenta para nosotros.

Rutter intentaba mirar a Reacher a la cara. Suplicante. No entendía nada.

—Los engañaste. Les dijiste que descubrirías lo que le había pasado a su hijo, pero no lo has hecho, así que, ahora, vamos a tener que hacerlo nosotros. Y, por lo tanto, necesitamos ese dinero para gastos.

Rutter estaba poniéndose azul. Agarraba con fuerza la muñeca de Reacher, intentando, a la desesperada, debilitar la presión.

—Así que eso es lo que vamos a hacer, ¿de acuerdo? Niega con la cabeza si tienes algún problema con lo que acabamos de exponerte.

Rutter agarraba con fuerza la muñeca de Reacher, pero no movió ni un ápice la cabeza.

—Considéralo un impuesto. Un impuesto para estafadores de mierda.

Reacher dejó de sujetarle y se puso de pie. Quince minutos después, estaban en el banco de Rutter. Este llevaba la mano izquierda en el bolsillo y firmó un cheque con la derecha. Cinco minutos después, Reacher tenía treinta y nueve mil trescientos dólares en metálico en la bolsa de deporte. Quince minutos después, dejó a Rutter en el callejón que había en la parte de atrás de su tienda con dos billetes de dólar en la boca, uno por el silenciador y otro por el todoterreno. Cinco minutos después, seguía a Jodie, que conducía el Taurus hasta el depósito que Hertz tenía en LaGuardia. Quince minutos después, estaban juntos en su nuevo Lincoln, camino de Manhattan.

11

La noche empieza a caer en Hanói doce horas antes que en Nueva York, así que el sol que seguía en lo alto cuando Jodie y Reacher dejaron el Bronx ya se había escondido tras las tierras altas del norte de Laos, a algo más de trescientos kilómetros al oeste del aeropuerto de Noi Bai. El cielo brillaba de color naranja y las largas sombras de la última hora de la tarde quedaron reemplazadas de repente por la oscuridad apagada del típico crepúsculo tropical. Los olores de la ciudad y de la jungla quedaban enmascarados por el hedor a queroseno y el ruido de los cláxones de los vehículos y de los insectos nocturnos quedaban apagados por el quejido uniforme de motores de avión al ralentí.

Un gigantesco C-141 Starlifter de las Fuerzas Aéreas estadounidenses, destinado al transporte aéreo, se encontraba en la pista delantera, a kilómetro y medio de las atestadas terminales de pasajeros, cerca de un hangar sin distintivos. La rampa trasera del avión estaba bajada y los motores estaban encendidos, con la potencia suficiente para dar energía a las luces interiores. Las luces interiores del hangar sin distintivos también estaban encendidas. Había un centenar de lámparas de arco colgadas en lo alto, por debajo del techo de metal corrugado, e iluminaban aquel sitio cavernoso con una brillante luz amarilla.

El hangar era grande como un estadio, pero no había en él más que siete cajas. Cada una de ellas medía dos metros de largo y estaba hecha de aluminio estriado pulido, por lo que brillaba.

Tenían el aspecto de ataúdes, porque eso era justo lo que eran. Estaban colocados en una fila ordenada, sobre caballetes, cada uno de ellos cubierto con una bandera estadounidense. Las banderas estaban recién lavadas y, por eso mismo, un tanto rígidas. La franja central de cada una de ellas estaba alineada con el centro de cada uno de los féretros.

En el hangar había nueve hombres y dos mujeres, todos ellos de pie junto a los ataúdes de aluminio. Seis de los hombres conformaban la guardia de honor. Eran soldados regulares del Ejército de Estados Unidos, recién afeitados, vestidos con inmaculados uniformes de gala, en posición de firmes, sin mirar a las otras cinco personas. Tres de esas cinco personas eran vietnamitas: dos hombres y una mujer, de baja estatura, de piel oscura, impasibles. También estaban vestidos con uniforme, pero el suyo era el de cada día, no el de gala: una tela de color verde oscuro, gastada, arrugada, con extrañas insignias de rango.

Las otras dos personas, un hombre y una mujer, eran estadounidenses vestidos de civil, pero con ese estilo que deja clara su naturaleza militar tanto como el uniforme. La mujer era joven y llevaba una falda de lona que le llegaba a las rodillas, con una blusa caqui de manga larga y unos grandes zapatos de color marrón. El hombre era alto, con el pelo plateado, de unos cincuenta y cinco años, e iba vestido con unos pantalones caqui de estilo tropical por debajo de un impermeable ligero que llevaba atado con un cinturón. Sujetaba un maltrecho maletín de cuero marrón y, en el suelo, a su lado, había una bolsa para trajes de un marrón similar.

El hombre alto de pelo plateado asintió a la guardia de honor. Fue una pequeña señal, casi imperceptible. El oficial al mando dio una orden apagada y los seis soldados formaron en dos filas de tres. Marcharon hacia delante poco a poco, giraron a la derecha y volvieron a marchar despacio hasta que estuvieron alineados con precisión, tres a cada lado del primer ataúd. Hicieron una pausa, se inclinaron, levantaron el ataúd y se lo pusieron al hombro, todo ello en un solo movimiento fluido. El hombre alto volvió a decir algo y los soldados empezaron a marchar, poco a poco y con el ataúd equilibrado, hacia la puerta del hangar. Solo se oía el ruido de sus botas sobre el cemento y el quejido de los motores del avión que los esperaba.

Una vez en la pista delantera, giraron a la derecha describiendo muy despacio un semicírculo amplio por entre los calientes motores del avión hasta que llegaron a la rampa del Starlifter. Marcharon poco a poco hacia delante, justo por el centro de la rampa, pisando con cuidado los costillares de metal de esta para ayudarse a subir, hasta que estuvieron en la tripa del avión. La piloto los estaba esperando. Era una capitana de las Fuerzas Aéreas estadounidenses que iba vestida con el uniforme tropical de vuelo. Su tripulación estaba en posición de firmes a su lado: un copiloto, un ingeniero de vuelo, un navegante y un operador de radio. Frente a ellos estaban el jefe de carga y su equipo, en silencio, vestidos con uniforme de combate verde. Unos frente a otros, en dos filas, y la guardia de honor pasó poco a poco entre ellos hasta que llegó a la zona de carga delantera. Una vez allí, doblaron las rodillas y bajaron con cuidado el ataúd, que dejaron en una balda que había a lo largo de la pared del fuselaje. Cuatro de los soldados se apartaron con la cabeza gacha. Uno de los soldados de delante y uno de los de detrás deslizaron el ataúd al mismo tiempo hasta dejarlo bien puesto. El jefe de carga se adelantó y lo aseguró con unas tiras de goma. Luego, dio un paso atrás, se unió a la guardia de honor y juntos le hicieron un largo y silencioso saludo.

Tardaron una hora en cargar los siete ataúdes. Las personas que estaban dentro del hangar permanecieron en silencio todo el tiempo y siguieron a la guardia de honor cuando esta cargó el séptimo y último ataúd. Iban despacio, al mismo paso que la guardia de honor, y esperaron al pie de la rampa del Starlifter, en aquella noche calurosa, húmeda y ruidosa. La guardia de honor bajó del avión. Aquellos seis soldados habían cumplido con su deber. El estadounidense alto del pelo plateado los saludó, les estrechó luego la mano a los tres oficiales vietnamitas y le hizo un gesto con la cabeza a la estadounidense. No intercambiaron palabra alguna. El estadounidense se echó al hombro la bolsa para trajes y subió a paso ligero la rampa del avión. Se oyó el zumbido de un motor potente y la rampa empezó a subir, hasta que se cerró. Los motores del avión fueron cogiendo velocidad y el gigantesco aparato soltó los frenos y empezó a rodar, describió un giro torpe hacia la izquierda y desapareció por detrás del hangar. El ruido que hacía fue apagándose. Poco después, volvió a oírse con fuerza a lo lejos y los que lo observaban lo vieron volver por la pista, con los motores chillando, acelerando con fuerza, hasta que despegó. Una vez en el aire, viró hacia la derecha, ascendiendo a toda prisa, girando, inclinando un ala, y, luego, casi desapareció, porque de él no quedó sino un triángulo de luces que parpadeaban a lo lejos y el leve borrón negro del humo del queroseno, que trazaba una curva en el cielo nocturno.

La guardia de honor se dispersó en el repentino silencio y la estadounidense estrechó la mano a los tres oficiales vietnamitas y volvió a su coche. Los oficiales vietnamitas se fueron al suyo, pero en otra dirección. Era un sedán japonés que habían pintado con un verde militar mate. La mujer se sentó al volante y los dos hombres, detrás. El viaje al centro de Hanói era corto. La mujer aparcó en un complejo rodeado por una valla metálica, junto a un edificio bajo pintado de color arena. Los hombres salieron del coche y, sin decir palabra, entraron por una puerta sin distintivos. La mujer cerró el vehículo y rodeó el edificio hasta llegar a otra puerta. Entró y subió un tramo corto de escaleras hasta su despacho. En su escritorio había abierto un libro de contabilidad. Apuntó el envío seguro de la carga con buena letra y cerró el libro. Lo llevó a un archivador que había cerca de la puerta del despacho, lo metió dentro y cerró el archivador con llave. Abrió la puerta del despacho y miró a ambos lados del pasillo. Luego, volvió al escritorio, cogió el teléfono y marcó un número de Nueva York, que estaba casi a dieciocho mil kilómetros.

Marilyn despertó a Sheryl y Chester pareció volver a una especie de consciencia antes de que el joven fornido les llevara el café. Lo llevaba en tazas grandes, dos en una mano y una en la otra, y no tenía muy claro dónde dejarlas. Hizo una pausa, se acercó al lavamanos y las puso en la repisa de granito que había debajo del espejo. Luego dio media vuelta sin decir palabra y se fue. Cerró la puerta con firmeza, pero sin hacerlo de golpe.

Marilyn les pasó las tazas una a una, porque estaba temblando y tenía la sensación de que las derramaría si cogía más de una a la vez. Se agachó para darle la primera a Sheryl, e incluso le ayudó a dar el primer sorbo. Luego fue a por la de Chester. El hombre la cogió como ausente y la miró como si no supiera lo que era. La tercera se la quedó ella, se apoyó en el lavamanos y se la bebió casi de un trago porque tenía muchísima sed. El café estaba bueno. La leche y el azúcar sabían a energía.

—¿Dónde tienes los títulos de las acciones? —le susurró a su marido.

Chester la miró como sin fuerzas.

—En mi caja de seguridad del banco.

Marilyn asintió. Cayó en la cuenta de que no sabía cuál era el banco de Chester. Ni dónde estaba. Ni para qué eran los títulos de las acciones.

—¿Cuántos tienes?

Él se encogió de hombros.

—Eran mil al principio. Usé trescientas para avalar los préstamos, no tenía alternativa.

—¿Y ahora las tiene Hobie?

Su marido asintió.

—Ha comprado la deuda. Es posible que se las envíen hoy mismo. Los bancos ya no las quieren para nada. Y yo le di otras noventa, aunque siguen en la caja. Iba... iba a enviárselas pronto.

—Dime, ¿cómo se realiza una transferencia?

El hombre volvió a encogerse de hombros, cansado, como si no estuviera allí.

—Firmo conforme le entrego las acciones, él se queda los títulos y los registra en la Bolsa. Luego, cuando tenga quinientas una registradas a su nombre, será el accionista mayoritario.

—¿Dónde está tu banco?

Chester le dio el primer sorbo al café.

—A unas tres manzanas de aquí —le respondió—. A unos cinco minutos caminando. Luego, otros cinco minutos hasta la Bolsa. Diez minutos y nos quedamos sin un centavo, sin casa, en la calle.

El hombre dejó la taza en el suelo y volvió a quedarse mirando al vacío. Sheryl continuaba apagada. No bebía el café. Tenía la piel como húmeda y pegajosa. Puede que aún estuviera conmocionada o algo así. Puede que siguiera en shock. Marilyn no sabía qué le pasaba; carecía de experiencia en situaciones como aquella. Su amiga tenía la nariz fatal, negra e hinchada, y el moratón empezaba a extendérsele hasta por debajo de los ojos. Los labios los tenía agrietados y secos porque se había pasado la noche respirando por la boca.

—Bebe un poco más de café —le dijo Marilyn—. Te sentará bien.

Se agachó junto a ella y le llevó la taza a los labios. La inclinó por ella. Sheryl tomó un sorbo. Parte del líquido caliente le cayó por la barbilla. La mujer miró a Marilyn con una expresión en los ojos que esta no llegó a entender, pero le ofreció una brillante sonrisa de ánimo y le susurró:

—Te llevaremos al hospital.

Sheryl cerró los ojos y asintió, como si, de repente, se sintiera aliviada. Marilyn se arrodilló junto a ella, le cogió la mano y miró la puerta mientras se preguntaba cómo iba a cumplir aquella promesa.

—¿Vas a quedarte con él? —preguntó Jodie.

Se refería al Lincoln Navigator. Reacher pensó en ello mientras esperaba. Estaban atascados cerca de Triborough.

—Puede.

El coche era casi nuevo. Muy silencioso y suave. Negro metalizado por fuera, de oscuro cuero marrón por dentro. Seiscientos cincuenta kilómetros en el cuentakilómetros. El cuero, las alfombrillas y el plástico aún apestaban a nuevos. Asientos enormes, todos ellos como el del conductor. Montones de consolas con posavasos y tapas que debían esconder compartimentos secretos.

—Me parece vulgar —opinó ella.

Reacher sonrió.

—¿Comparado con qué? ¿Con esa cosa diminuta que conducías?

—Sí, la verdad es que era mucho más pequeño que este.

—Y tú eres mucho más pequeña que yo.

Ella se quedó callada unos instantes.

—Es que era de Rutter. Está contaminado.

El tráfico se movió y volvió a detenerse a lo largo del río Harlem. Los edificios del centro de la ciudad estaban aún lejos, a la izquierda de ellos, brumosos, como una promesa vaga.

—Solo es una herramienta —dijo él—. Las herramientas no tienen recuerdos.

—Odio a ese tío. Creo que jamás había odiado tanto a nadie.

Reacher asintió.

—Lo sé. No he dejado de pensar en los Hobie ni un segundo

mientras estábamos allí. Me los imaginaba en su casa de Brighton, solos, con esa mirada en los ojos. Enviar a tu único hijo a la guerra es una mierda y que, después, además, te mientan y te estafen... No hay justificación para eso. Si cambias la época, podría haberles pasado a mis padres. Y el tío lo ha hecho quince veces. Debería haberle hecho más daño.

—Espero que no vuelva a hacerlo.

Reacher negó con la cabeza.

—Su lista de objetivos está menguando. Ya no quedan muchas familias de CNR.

Consiguieron cruzar el puente y se dirigieron al sur por la Segunda Avenida. Durante sesenta manzanas no encontraron apenas tráfico.

—Y no era él quien venía a por nosotros —murmuró Jodie—. No sabía quiénes éramos.

—No —respondió Reacher—. ¿Cuántas fotografías falsas tiene uno que vender para que te merezca la pena estrellar una Chevrolet Suburban? Hay que analizar la situación desde el principio, Jodie. Alguien envía a los Cayos a dos empleados a tiempo completo. Y, luego, a Garrison. Hasta ahí está claro, ¿no? Dos salarios a tiempo completo, además de armas, billetes de avión y todo lo demás. Y conducen un Tahoe. Luego, un tercer empleado aparece en una Suburban que puede permitirse dejar tirada en medio de la calle. Eso significa que hay mucho dinero de por medio y, a decir verdad, es posible que no hayamos visto sino la punta de un iceberg. Detrás de eso hay algo que quizá debe de valer millones de dólares. Rutter no gana ese dinero estafándoles dieciocho mil dólares a parejas de ancianos.

—Entonces ¿de qué va toda esta mierda?

Reacher se encogió de hombros y siguió conduciendo sin dejar de mirar por el retrovisor.

Hobie recibió la llamada de Hanói en casa. Escuchó el breve informe de la mujer vietnamita y colgó sin decir nada. Luego se quedó de pie en medio del salón, ladeó la cabeza y entrecerró su ojo bueno como si estuviera observando algo que sucedía delante de él, como si estuviera viendo que la pelota recién bateada se salía del diamante e iba perdiéndose entre los brillantes focos del estadio mientras uno de los jugadores exteriores seguía su trayectoria en dirección a la valla, levantando el guante, con la valla más cerca aún, con la pelota volando y el jugador saltando. ¿Superaría la bola la valla o no? Hobie no lo sabía.

Cruzó el salón y salió a la terraza. Esta daba al oeste y se veía el parque desde ella. Una vista desde treinta plantas de altura. A decir verdad, odiaba aquella vista, porque los árboles le recordaban su niñez. Sin embargo, aumentaba el valor de la propiedad, que era lo que le interesaba. No se sentía responsable de la forma en que los gustos de los demás afectaban al mercado. Él solo estaba en aquello para obtener beneficio. Se volvió y miró a la izquierda, donde se veía el edificio en el que tenía la oficina, en el centro. Debido a la curvatura de la Tierra, las Torres Gemelas parecían más bajas de lo que eran. Volvió al salón y cerró la puerta corredera. Salió del apartamento y fue al ascensor. Bajó hasta el garaje.

No tenía el coche adaptado para ayudarle con las limitaciones de su brazo derecho. Era un Cadillac, un sedán último modelo, con el arranque y el cambio de marchas a la derecha. Meter la llave en el contacto le resultaba complicado, porque tenía que inclinarse con el brazo izquierdo extendido, introducir la llave de lado y girarla. Aparte de eso, conducir aquel coche no le suponía ningún problema. Metía la marcha con el garfio y salía del garaje conduciendo con la mano mientras el garfio lo llevaba apoyado en el regazo.

Se sintió mejor cuando llegó a la calle Cincuenta y nueve. El parque desapareció y se encontró en el interior de los ruidosos cañones del centro de la ciudad. El tráfico lo confortaba. El aire acondicionado del Cadillac le aliviaba el picor de las cicatrices. Junio era el peor mes del año. La combinación particular de calor y humedad lo volvía loco. Pero la cosa mejoraba en el Cadillac. Distraído, se preguntó si en el Mercedes de Stone le pasaría lo mismo. Creía que no. Nunca había confiado en el aire acondicionado de los coches extranjeros. Lo convertiría en dinero. Conocía a un tipo en Queens que se lo quitaría de las manos. Pero, antes, tenía otra tarea en la lista. De hecho, tenía mucho que hacer y le quedaba poco tiempo para hacerlo. El jugador de béisbol estaba justo allí, justo debajo de la bola, dando un salto, con la valla inmediatamente detrás.

Aparcó en el garaje subterráneo, en la plaza en la que antes dejaban la Suburban. Se inclinó, sacó la llave, salió del coche y lo cerró. Subió en el montacargas. Tony estaba en el mostrador de recepción.

—Acaban de llamarme de Hanói otra vez —le dijo Hobie—. Está en el aire.

Tony miró en otra dirección.

—¿Qué pasa? —quiso saber Hobie.

—Pues que deberíamos dejar este asunto de Stone.

—Todavía tardarán unos días, ¿vale?

—Puede que con unos días no sea suficiente. Hay problemas. La mujer dice que ha hablado con su marido y que acceden a firmar el trato, pero que hay complicaciones que desconocemos.

—¿Qué complicaciones?

—No me lo ha dicho —respondió Tony—. Quiere hablar contigo en persona.

Hobie miró la puerta del despacho.

—Estará de broma, ¿no? Joder, será mejor que esté de broma. A estas alturas, no puedo permitirme ninguna complicación. Acabo de hacer una preventa de la zona, en tres tratos separados. He dado mi palabra. La maquinaria está en marcha. ¿Qué tipo de complicaciones?

—No me lo ha querido decir.

A Hobie le picaba mucho la cara. En el aparcamiento no había aire acondicionado. El corto camino hasta el montacargas había sido suficiente para que empezaran a picarle las cicatrices. Se llevó el garfio a la frente porque el frío del metal solía aliviarle. El metal, sin embargo, estaba caliente.

—¿Qué hay de la señora Jacob?

—Ha pasado toda la noche en casa, con el tal Reacher. Lo he comprobado. Esta mañana se reían por algo. Los he oído desde el rellano. Luego han ido a algún sitio en coche, al norte por la autovía Franklin D. Roosevelt. Puede que hayan vuelto a Garrison.

—Pues no la quiero en Garrison. La quiero aquí. Y a él también.

Tony no dijo nada.

—Tráeme a la señora Stone —ordenó Hobie.

Entró en su despacho y lo cruzó hasta el escritorio. Tony entró con él pero fue en la dirección opuesta, hacia el cuarto de baño. Salió enseguida, empujando a Marilyn, que parecía cansada. Aquel vestido tubo de seda estaba fuera de contexto; le daba un aspecto ridículo, como si fuera una fiestera a la que le había pillado una ventisca por la noche y que, por la mañana, siguiera vagabundeando por la ciudad.

Hobie le señaló el sofá.

—Siéntese, Marilyn.

Ella permaneció de pie. El sofá era demasiado bajo. Demasiado bajo para sentarse en él con un vestido tan corto y demasiado bajo para conseguir la ventaja psicológica que iba a necesitar frente a aquel hombre. Sin embargo, permanecer delante de su mesa tampoco era lo más indicado. Una posición sumisa. Se dirigió a los ventanales. Apartó dos de las lamas de una de las cortinas y miró la mañana. Luego se dio la vuelta y se sentó en el alféizar, lo que obligó a Hobie a girar la silla para mirarla a la cara.

—¿Qué complicaciones son esas?

Marilyn lo miró y respiró hondo.

—Ya llegaremos a eso. Primero, hay que llevar a Sheryl al hospital.

Se hizo el silencio. No se oía nada, excepto los sonidos característicos de aquel edificio tan poblado. A lo lejos, en dirección oeste, se oía débilmente una sirena. Puede que incluso fuera en Jersey.

—¿Qué complicaciones son esas? —repitió Hobie. Usó el mismo tono de voz que la primera vez que lo había preguntado, la misma entonación. Como si estuviera dispuesto a pasar por alto el error que acababa de cometer la mujer.

—Primero, el hospital.

Silencio de nuevo. Hobie se volvió hacia Tony.

—Trae aquí a Stone.

Chester Stone salió del cuarto de baño tropezándose, en calzoncillos, con los nudillos de Tony en la espalda. El segundo guio al primero hasta el escritorio. Stone se golpeó en la espinilla con la mesa de centro y resopló de dolor.

—¿Qué complicaciones son esas? —le preguntó Hobie a Stone.

Este miró a derecha e izquierda como si estuviera demasiado desorientado y asustado como para hablar. Hobie esperó. Luego asintió y dijo:

—Rómpele la pierna.

Y miró a Marilyn. Silencio. No se oía nada, excepto la respiración entrecortada de Stone y los leves sonidos del edificio. Hobie seguía mirando a Marilyn. Ella lo miraba a él.

—Adelante —le dijo ella con calma—. Rómpale la puta pierna. ¿Qué más me da? Me ha dejado sin nada. Me ha arruinado la

302

vida. Si quiere, rómpale las dos putas piernas. Eso, sin embargo, no va a hacer que consiga usted antes lo que quiere, porque hay una serie de complicaciones, y cuanto antes nos pongamos con ellas mejor para usted. Y no pienso hacer nada al respecto hasta que Sheryl no esté en un hospital.

Marilyn apoyó las manos en el alféizar de la ventana y se echó hacia atrás. Esperaba que aquella pose transmitiera que se sentía relajada, tranquila, aunque, en realidad, lo hacía para no desplomarse en el suelo.

—Lo primero, el hospital —insistió.

La mujer estaba tan concentrada en su voz que, en un momento dado, incluso le pareció la de otra persona. Aunque estaba satisfecha, sonaba bien. Una voz firme y grave, calmada y queda en aquel despacho en silencio.

—Después de eso, negociaremos —dijo Marilyn—. Usted decide.

El jugador de béisbol estaba saltando con el guante en alto y la bola caía. El guante estaba por encima de la valla. La trayectoria de la bola estaba demasiado cerca. Hobie tamborileó sobre el escritorio con la punta del garfio. El sonido era fuerte. Stone lo miraba. Y Hobie lo ignoró y miró a Tony.

—Lleva a esa zorra al hospital —le ordenó amargado.

—Y Chester va con ellos. Para que lo verifique. Para que la vea entrar en Urgencias sola. Yo me quedo aquí como garantía.

Hobie dejó de dar golpecitos en la mesa. La miró y sonrió.

—¿Acaso no confía en mí?

—No, no confío en usted. Si no lo hacemos así, nada le impide llevarse a Sheryl y ocultarla en otro sitio.

Hobie seguía sonriendo.

—¡Fíjese, ni se me habría ocurrido! Iba a pedirle a Tony que le pegase un balazo y la tirase al mar.

Silencio de nuevo. En su interior, Marilyn no paraba de temblar.

—¿Está segura de que quiere hacerlo así? Si dice algo en el hospital, puede darse usted por muerta, ¿lo sabe?

Marilyn asintió.

—No le dirá nada a nadie. Nadie sabrá que nos tiene usted aquí.

—Más le vale.

—Lo que le pido no es por nosotros, sino por ella. Necesita que la atienda un médico.

Marilyn seguía mirando a Hobie. Volvió a echarse hacia atrás. Se sentía como si fuera a desmayarse. Intentaba esbozar un gesto de compasión. Él la miraba a ella y en su rostro, desde luego, no había ni rastro de dicho sentimiento. De hecho, lo único que había era enojo. Marilyn tragó saliva y respiró hondo.

—Y necesita una falda. No va a ir por ahí con esa pinta. Resultaría sospechoso. Serían los del hospital quienes llamaran a la policía y ninguno queremos que eso suceda. Así que Tony tiene que ir a comprarle una falda.

—Déjele su vestido —propuso Hobie—. Quíteselo y déjeselo.

Un largo silencio.

—No le cabe.

—Esa no es la razón, ¿verdad?

Marilyn no dijo nada más. Silencio. Hobie se encogió de hombros.

—De acuerdo.

Marilyn volvió a tragar saliva.

—Y zapatos.

—¿Qué?

—Necesita zapatos. No puede ir por ahí sin zapatos.

—Joder, ¿y qué va a ser lo siguiente?

—Lo siguiente, el trato. En cuanto Chester vuelva del hospital y me diga que la ha visto entrar sola en Urgencias, y sin que le hayan hecho ustedes nada más, por supuesto, cerraremos el trato.

Hobie acarició la curva de su garfio con los dedos y dijo:

—Es usted muy inteligente.

«Ya lo sé. Esa es la primera de tus complicaciones».

Reacher dejó la bolsa de deporte en el sofá que había bajo la copia del Mondrian. La abrió, le dio la vuelta y dejó caer los ladrillos de billetes de cincuenta. Treinta y nueve mil trescientos dólares en metálico. Lo dividió en partes iguales, para lo que fue dejando un ladrillo a la derecha y otro a la izquierda, a uno y otro lado del sofá, hasta que acabó. Eran dos montones impresionantes.

—Hay que hacer cuatro viajes al banco —comentó Jodie—. Por debajo de diez mil dólares el banco no está obligado a informar. Porque no queremos tener que dar explicaciones de cómo hemos conseguido este dinero, ¿verdad? Lo metemos en mi cuenta y le hacemos un cheque a los Hobie por los diecinueve mil seiscientos. A nuestra mitad accederemos con mi tarjeta oro, ¿vale?

Reacher asintió y añadió:

—Tenemos que comprar billetes de avión para Saint Louis, Missouri. Y reservar un hotel. Con diecinueve mil dólares en el banco, podemos alojarnos en hoteles decentes y volar en primera.

—Esa es la única manera que hay de volar.

Jodie abrazó a Reacher por la cintura, se puso de puntillas y le dio un beso en la boca. Él correspondió con pasión.

—Está siendo divertido, ¿verdad? —preguntó ella.

—Puede que para nosotros sí, pero para los Hobie no.

Hicieron tres viajes juntos a tres bancos diferentes y, en el cuarto, la joven realizó el último depósito y firmó un cheque por valor de diecinueve mil seiscientos cincuenta dólares a nombre del señor T. Hobie y de la señora M. Hobie. El cajero lo metió en un sobre de color crema y Jodie se lo guardó en el bolso. Luego, volvieron a Broadway juntos, cogidos de la mano, para hacer la maleta. Ella dejó el cheque en su escritorio y Reacher llamó para enterarse de qué vuelo de United de los que salían del aeropuerto JFK era el mejor para volar a Saint Louis en aquel momento del día.

—¿Un taxi? —preguntó ella.

—No, vamos en coche —dijo Reacher.

El enorme motor V-8 hacía un ruido atronador en el garaje del sótano. Reacher pisó el acelerador en un par de ocasiones y sonrió. La estupenda fuerza de arranque hizo que el vehículo se sacudiera en dos ocasiones sobre sus amortiguadores, de lado a lado.

—El precio de sus juguetes —dijo Jodie.

Él la miró como si no la entendiera.

—¿Nunca lo habías oído? La diferencia entre los hombres y los niños es el precio de sus juguetes.

Reacher volvió a pisar el acelerador y sonrió de nuevo.

—Pues este ha costado un dólar.

—Sí, pero acabas de gastarte dos en gasolina con esos acelerones.

Reacher lo sacó de la plaza, lo subió por la rampa y fueron en dirección este, hacia el túnel de Midtown. Allí cogieron la 495 hasta Van Wyck y el JFK.

—Apárcalo en estancias cortas —le dijo ella—. Ahora podemos permitírnoslo, ¿no?

Tuvo que abandonar la Steyr y el silenciador. No es fácil pasar por los detectores de metales de los aeropuertos si uno lleva enormes armas metálicas en los bolsillos. Escondió lo uno y lo otro debajo del asiento del conductor. Dejaron el Lincoln en el aparcamiento que había justo enfrente del edificio de la United, y cinco minutos después estaban en el mostrador, comprando dos billetes de ida en primera para Saint Louis. Aquellos billetes tan caros les permitían esperar en una sala especial en la que una azafata de tierra les servía un buen café en tazas de porcelana con platillo y donde podían leer el *Wall Street Journal* sin tener que pagarlo. Luego, Reacher bajó la bolsa de viaje de Jodie por la pasarela hasta el avión. En primera clase, solo había dos asientos en cada uno de los lados de la fila, y solo media docena de filas. Asientos amplios y confortables. Reacher sonrió.

—Nunca había hecho esto —soltó.

Reacher se sentó en el asiento de ventanilla e incluso tenía espacio para estirar un poco las piernas. Jodie se perdía en el suyo. En cada uno de aquellos asientos cabían tres personas como ella. La azafata les llevó un zumo antes de que el avión empezara a moverse. Minutos después estaban en el aire, girando hacia el oeste por la punta sur de Manhattan.

Tony volvió a la oficina con una brillante bolsa roja de Talbot y una marrón de Bally. Marilyn las llevó al cuarto de baño y, cinco minutos después, salió Sheryl. La falda era de su talla, aunque el color no conjuntaba con la blusa. La mujer se la iba alisando a la altura de las caderas con movimientos imprecisos. Los zapatos nuevos tampoco conjuntaban y, además, le quedaban demasiado grandes. Y, por si fuera poco, el aspecto de su rostro era horrible. La mujer tenía una mirada inexpresiva y un gesto condescendiente, que era justo lo que le había pedido Marilyn.

—¿Qué va a decirles a los médicos? —le preguntó Hobie.

Sheryl miró hacia otro lado y se ciñó al guion de su amiga:

—Entraré y nada más.

Su voz era grave y nasal. Apagada, como si aún estuviera superada por la situación.

—¿Va a llamar a la policía?

La mujer negó con la cabeza.

—No, no voy a hacerlo.

Hobie asintió.

—¿Qué le sucederá si lo hace?

—No lo sé.

Hablaba como una autómata.

—Su amiga Marilyn morirá torturada después de sufrir mucho. ¿Lo ha entendido?

Hobie levantó el garfio y dejó que la mujer se concentrara en él desde el otro lado del despacho. Luego se levantó y se acercó a Marilyn. Se detuvo justo detrás de ella y le apartó el pelo con la mano. La acarició. Marilyn se puso rígida. El hombre le tocó la mejilla con la curva del garfio. Sheryl asintió como ida.

—Sí, lo he entendido.

Había que hacerlo rápido porque, aunque Sheryl ya estaba vestida con su falda y sus zapatos nuevos, Chester aún iba en camiseta interior y tirantes. Tony obligó al uno y a la otra a esperar en la recepción hasta que el montacargas llegara, tras lo que los llevó corriendo por el pasillo y al interior del ascensor. Salió el primero al garaje y se aseguró de que no había nadie. Los llevó a empujones hasta el Tahoe y metió a Chester en el asiento de atrás y a Sheryl en el de delante. Arrancó y activó el cierre de todas las puertas. Subió la rampa del aparcamiento y salió a la calle.

Sin necesidad de esforzarse, recordaba algo más de una veintena de hospitales de Manhattan y, por lo que sabía, todos tenían sala de Urgencias. Su instinto le decía que condujera hacia el norte, quizá hasta el Mount Sinai, en la calle Cien, porque tenía la sensación de que estarían más a salvo si ponía cierta distancia de por medio entre ellos y dondequiera que fuera a acabar Sheryl. Pero andaban justos de tiempo, y conducir hasta allí y volver iba a llevarles, por lo menos, una hora, quizá algo más. Y no podían perder una hora. Así que decidió dejarla en el St. Vincent, en la calle Once con la Séptima Avenida. El Bellevue, en la Veintisiete con la Primera, se encontraba más cerca, pero, por una u otra razón, siempre estaba lleno de policías. Al menos, a él siempre se lo parecía. Era como si, como quien dice, vivieran allí. Así que al St. Vincent. Además, sabía que delante de las Urgencias del St. Vincent, justo donde Greenwich Avenue se cruzaba con la Séptima, había una zona amplia. Se acordaba de aquella disposición de cuando había ido a por la secretaria de Costello. Una zona muy amplia, casi como una plaza. Desde allí podrían ver cómo entraba, pero sin tener que acercarse demasiado, sin necesidad de exponerse.

Tardaron ocho minutos en llegar. Tony aparcó junto a la acera, en la zona oeste de la Séptima Avenida, y pulsó el botón para abrir los cierres automáticos de las puertas.

—Fuera.

Sheryl abrió la puerta y bajó del coche. Se quedó quieta, sin saber qué hacer. Luego se acercó al semáforo sin mirar atrás. Tony se inclinó hacia el lado derecho y cerró la puerta de golpe. Luego se giró y le soltó a Stone:

—Vamos, mira bien.

Stone ya la estaba mirando y vio cómo el tráfico se detenía y cómo la luz del semáforo cambiaba. Vio cómo la mujer empezaba a cruzar la calle con la multitud, azorada. Sheryl, que se tapaba la cara con una mano, que iba con aquellos zapatones grandes que le había comprado Tony, caminaba más despacio que los demás. Llegó a la otra acera un rato después de que el semáforo se hubiera puesto en rojo para los peatones, así que el conductor impaciente de una camioneta la rodeó. Sheryl caminó hacia la entrada del hospital. Por la zona amplia. Llegó a la entrada de ambulancias. Tenía un par de puertas enfrente, a unos metros. Estaban rayadas y eran de plástico. Junto a las puertas había tres enfermeras en su descanso para el cigarrillo, fumando. Pasó por delante de ellas, directa hacia las puertas, despacio. Las empujó con ambas manos, dudando. Se abrieron. Entró. Las puertas se cerraron.

—Vale, ya lo has visto, ¿no?

Stone asintió.

—Sí, lo he visto. Está dentro.

Tony miró por el retrovisor y se incorporó al flujo de tráfico. Para cuando se habían alejado cien metros en dirección sur, Sheryl esperaba en una cola de triaje, repasando una y otra vez para sus adentros lo que Marilyn le había obligado a aprender de memoria.

Fue un viaje corto y barato el que tuvieron que hacer en taxi desde el aeropuerto de Saint Louis al Centro Nacional de Registros de Personal, que era territorio conocido para Reacher. La mayoría de los viajes que había hecho por Estados Unidos habían conllevado, por lo menos, un viaje allí, a los archivos, para buscar algún que otro acontecimiento del pasado. Esa vez, sin embargo, iba a ser diferente. Iba a entrar como civil, que no era lo mismo que llegar vestido de comandante. No era lo mismo, ni mucho menos. Estaba clarísimo.

El acceso público está controlado por los soldados que atienden en el mostrador del vestíbulo. Técnicamente, el archivo es parte de los registros públicos, pero dichos soldados se esfuerzan por no desvelar ese detalle. En el pasado, Reacher no había dudado en estar de acuerdo con dicha táctica, qué duda cabe. Los informes militares pueden ser muy francos y deben interpretarse en un contexto estricto. Siempre le había parecido bien que los mantuvieran apartados de los civiles, pero en ese momento él era civil y se preguntaba cómo iba a salir la cosa. En aquellas instalaciones había millones de informes apilados en decenas de almacenes gigantescos y podía suceder que el encargado tardara días o incluso semanas en encontrar algo en concreto, por mucho que los empleados salieran corriendo de un lado para el otro y se comportaran como si estuvieran haciendo cuanto estaba en su mano. No sería la primera vez que lo veía. A decir verdad, desde dentro había presenciado en multitud de ocasiones aquella representación, y lo cierto es que resultaba muy creíble. Siempre asistía a ella con una sonrisa burlona.

Así que se quedaron bajo el caliente sol de Missouri después de pagar el taxi y acordaron cómo seguir a partir de allí. Entraron y vieron el gran cartel: LOS ARCHIVOS, DE UNO EN UNO. Llegaron frente al mostrador, delante de la recepcionista, y esperaron. La recepcionista era una mujer corpulenta, de mediana edad y vestida con uniforme de sargento mayor. Estaba inmersa en una de esas labores que no sirven para nada excepto para hacer esperar a la gente. Después de un buen rato, la sargento empujó dos formularios a través del mostrador y les señaló un lapicero atado con una cuerda.

Los formularios eran peticiones de acceso. Jodie puso que su apellido era Jacob y requirió toda la información existente sobre el «Comandante Jack-nada-Reacher, de la División de Investigación Criminal del Ejército de Estados Unidos». Reacher le cogió el lápiz y pidió toda la información existente sobre el «Teniente general Leon Jerome Garber». Luego le pasó ambos formularios a la sargento mayor, que los miró y los dejó en la bandeja de salientes. Acto seguido, tocó una campana que tenía a la altura del codo y volvió al trabajo. A partir de ahí, el proceso consistía en que algún soldado raso oiría la campana, iría a recoger los formularios y empezaría con la paciente búsqueda de los archivos.

—¿Quién es el supervisor de guardia hoy? —preguntó Reacher a la sargento mayor.

Era una pregunta directa. La sargento mayor buscó la manera de evitarla, pero no la encontró.

—El comandante Theodore Conrad —respondió a regañadientes.

Reacher asintió. ¿Conrad? No recordaba aquel apellido.

—¿Podría comunicarle que nos gustaría reunirnos con él unos instantes? ¿Y podría enviar a su despacho los archivos que hemos pedido?

La manera en que lo dijo estaba a medio camino entre una pregunta agradable y una orden. Era un tono de voz que siempre le había parecido muy adecuado para tratar con los sargentos mayores. La mujer cogió el teléfono y llamó.

—Él mismo vendrá a buscarlos para acompañarlos arriba.

Lo dijo como si le fascinara que Conrad estuviera haciéndoles un favor así.

—No es necesario —respondió Reacher—. Sé dónde es. No es la primera vez que vengo.

Reacher llevó a Jodie al piso de arriba, por las escaleras del vestíbulo, hasta un espacioso despacho del segundo piso. El comandante Theodore Conrad los esperaba en la puerta. Vestía el uniforme de clima cálido, con su apellido en la placa de acetato que llevaba sobre el bolsillo del pecho. Parecía una persona agradable, aunque era posible que estuviera un tanto amargado por el puesto que ocupaba. Debía de andar por los cuarenta y cinco años y aún era comandante en el segundo piso del CNRP, lo que significaba que no iba a recibir ningún ascenso en breve. El hombre hizo una pausa porque un soldado raso corría hacia él por el pasillo con dos gruesos archivos en las manos. Reacher sonrió para sí. Estaban dándoles un servicio de primera. Cuando querían ser rápidos podían serlo, y mucho. Conrad cogió los archivos y le ordenó al corredor que se retirara.

—Bueno, ¿qué puedo hacer por ustedes?

Hablaba despacio y costaba un poco entenderle. Lento y fangoso, como el Mississippi cuando se originó. En cualquier caso, se mostraba hospitalario.

—Pues necesitamos que nos ayude cuanto pueda, comandante, y hemos pensado que, si lee estos dos informes, no tendrá inconveniente alguno en hacerlo —explicó Reacher.

El comandante miró los archivos que tenía en la mano, se hizo a un lado y les hizo un gesto para que entraran en el despacho. Era una estancia silenciosa, revestida con paneles. Luego, les hizo otro gesto, esta vez para que se sentaran en un par de sillones de cuero iguales, rodeó su escritorio y dejó los archivos sobre el secante del escritorio, uno encima del otro. Se sentó, abrió el primero, el de Leon, y empezó a ojearlo.

Tardó diez minutos en encontrar lo que quería. Reacher y Jodie permanecieron sentados, mirando por la ventana. La ciudad se cocía bajo un sol blanco. El comandante acabó con los archivos y cogió los formularios para leer los nombres de quienes los habían solicitado. Luego levantó la mirada.

—Dos informes magníficos. Impresionantes, impresionantes. Y capto lo que pretenden decirme. Usted es Jack-nada-Reacher y supongo que la señora Jodie Jacob es la Jodie Garber a la que se refieren en el informe como hija del general. ¿Es eso?

Jodie asintió y sonrió.

—Me lo imaginaba. ¿Y creen que por ser ustedes quienes son van a conseguir un acceso mejor y más rápido al archivo?

—Ni se nos había pasado por la cabeza —negó Reacher con aire solemne—. Somos conscientes de que todas las peticiones de acceso se tratan por igual.

El comandante sonrió primero y después se echó a reír con todas sus fuerzas.

—Ha mantenido usted el gesto. Bien, bien. ¿Juega usted al póquer? Porque, si no es así, debería. Bueno, díganme, ¿en qué puedo ayudarlos?

—Necesitamos toda la información que tengan sobre Victor Truman Hobie —pidió Reacher.

—¿Vietnam?

—¿Ha oído hablar de él? —Reacher estaba sorprendido.

El comandante le devolvió la mirada sin expresión alguna en el rostro.

—No, no he oído hablar de él, pero con «Truman» como segundo nombre debió de nacer entre 1945 y 1952, ¿no? Siendo así, sería muy joven para Corea y muy mayor para el Golfo.

Reacher asintió. Empezaba a caerle bien aquel comandante. Era agudo. Le gustaría ver su informe para ver qué era lo que, con cuarenta y cinco años, impedía que ascendiera y lo mantenía detrás de un escritorio en Missouri.

—Trabajaremos aquí —dijo el comandante—. Será un placer ayudarlos.

Cogió el teléfono y llamó a los almacenes, saltándose así a la sargento mayor del mostrador. Le guiñó el ojo a Reacher y pidió el archivo de Hobie. Luego, permanecieron sentados en silencio, sin sentirse incómodos, hasta que otro soldado corredor llegó con el archivo, cinco minutos después.

—¡Qué rápido! —exclamó Jodie.

—A decir verdad, ha tardado un poco. Piense en ello desde el punto de vista de una empresa privada. El soldado me oye decir la H de Hobie, sale corriendo a la sección H, localiza el archivo por la primera y la segunda inicial, lo coge y corre aquí con él. Mi gente cumple con las normas estándares del ejército en lo referente a forma física, lo que significa que ese soldado sería capaz de correr un kilómetro en unos tres minutos y medio. Y aunque este es un edificio muy grande, no hay ni por asomo un kilómetro entre el triángulo que forman su escritorio, la sección H y este despacho, créanme. Así que, en realidad, ha sido un poco lento. Yo diría que la sargento mayor lo ha retenido para fastidiarme.

La carpeta en la que estaba el archivo de Victor Hobie era vieja, de piel, y tenía una cuadrícula impresa en la cubierta, que era donde se anotaban las peticiones de acceso con letra clara y manuscrita. Solo había dos. El comandante siguió las peticiones con el dedo.

—Son peticiones que se hicieron por teléfono. Una es del

propio general Garber, en marzo de este año, y la otra es de un tal Costello, que llamó desde Nueva York a principios de la semana pasada. ¿A qué viene este repentino interés?

—Eso es lo que pretendemos descubrir —respondió Reacher.

Los soldados que han combatido tienen archivos gruesos, en especial, los que combatieron hace treinta años. Tres décadas son tiempo suficiente para que todos los informes y todas las notas acaben justo en el lugar que deben. El archivo de Victor Hobie tenía unos cinco centímetros de grosor. La vieja carpeta de piel estaba moldeada alrededor de los papeles y a Reacher le recordó a la cartera de cuero negro de Costello, la que había visto en el bar de los Cayos. Reacher acercó su sillón al de Jodie y a la mesa del comandante. Este puso el archivo sobre la mesa, le dio la vuelta sobre la brillante superficie de madera, lo abrió y se lo acercó como si estuviera mostrándoles un extraño tesoro a unos expertos interesados en él.

Las instrucciones de Marilyn habían sido precisas y Sheryl las siguió al pie de la letra. El primer paso consistía en que la atendieran. La mujer fue al mostrador de triaje y, después, esperó en una silla de plástico dura. Aquel día, la sala de Urgencias del St. Vincent tenía algo menos de movimiento que de costumbre y en cuestión de diez minutos la atendió una doctora tan joven que bien podría haber sido su hija.

—¿Cómo le ha pasado esto?

—Me choqué contra una puerta.

La doctora la llevó a una zona con cuartitos separados por cortinas y la sentó en una camilla para examinarla. Empezó por sus reflejos en brazos y piernas.

—¿Con una puerta? ¿Está usted segura?

Sheryl asintió. Se ciñó a la historia. Marilyn contaba con ello.

—Estaba medio abierta. Me di la vuelta de repente y no me di cuenta.

La doctora no dijo nada y enfocó con una linternita el ojo derecho de Sheryl; luego, el izquierdo.

—¿Tiene la visión borrosa?

Sheryl asintió.

—Un poco.

—¿Le duele la cabeza?

—Muchísimo.

La doctora estudió el formulario de admisión.

—Bueno, tenemos que hacerle una radiografía de los huesos de la cara, como es evidente; pero también voy a hacerle un estudio del cráneo y un TAC. Tenemos que ver qué ha pasado exactamente ahí dentro. Su seguro es bueno, así que voy a pedirle a un cirujano que venga para echarle una ojeada, porque si necesita usted cirugía reparadora, es mejor hacerlo cuanto antes, ¿de acuerdo? Va a tener que ponerse una bata y tumbarse. Luego, le daré un analgésico que le alivie ese dolor de cabeza.

Sheryl recordó cómo Marilyn le había insistido: «Haz la llamada antes de tomarte el analgésico o te atontará y se te olvidará».

—Tengo que hacer una llamada —dijo con tono de preocupación.

—Si quiere, ya llamamos nosotros a su marido. —El tono de la doctora era neutro.

—No, no estoy casada. Tengo que llamar a un abogado. Tengo que llamar al abogado de una persona.

La doctora la miró y se encogió de hombros.

—Muy bien. Hay teléfonos en el vestíbulo, pero dese prisa.

Sheryl fue hasta los teléfonos, que estaban justo enfrente de la zona de triaje. Habló con el operador, le pidió una llamada a cobro revertido, tal y como le había indicado Marilyn, y le proporcionó el número que había memorizado. Respondieron al teléfono después de dos tonos.

—Forster y Abelstein, ¿en qué puedo ayudarle? —dijo una voz cantarina.

—Llamo de parte del señor Chester Stone. Tengo que hablar con su abogado.

—Con el señor Forster, en ese caso —dijo la voz cantarina—. Por favor, aguarde un instante.

Mientras Sheryl escuchaba la música de espera, la doctora que la había atendido estaba a seis metros de allí, en el mostrador principal, también haciendo una llamada. En la suya no había música de espera. Ella estaba llamando a la Unidad de Violencia de Género del Departamento de Policía de Nueva York.

—Les llamo del St. Vincent. Tengo a otra para ustedes. Esta dice que se ha golpeado con una puta puerta. Ni siquiera admite que está casada, así que menos va a admitir que le han pegado. Pueden venir a hablar con ella cuando quieran.

Lo primero que aparecía en el archivo de Victor Hobie era el formulario que había rellenado para alistarse. El paso del tiempo lo había amarilleado por los bordes y daba la sensación de que el papel estuviera a punto de romperse. Estaba manuscrito con la misma letra limpia y de zurdo que habían visto en las cartas que enviaba a Brighton. En el formulario había un listado de cuál había sido la educación que había recibido hasta aquel momento; hablaba de su deseo de pilotar helicópteros y poca cosa más. A primera vista, no parecía ambicioso. En aquella época, sin embargo, por cada muchacho que se presentaba voluntario, dos docenas cogían un Greyhound a Canadá. Por eso, los reclutadores del ejército habían agarrado a Hobie con ambas manos y lo habían llevado directo al médico.

Le habían hecho un reconocimiento médico para pilotos, que era más exigente que el reconocimiento estándar, en especial en lo concerniente a vista y equilibrio. Lo había pasado con

A-1. Un metro ochenta y cinco de estatura, setenta y siete kilos de peso, visión perfecta, buena capacidad pulmonar, sin enfermedades infecciosas. El examen médico tenía fecha de principios de primavera y Reacher se imaginó al chico, pálido tras el invierno de Nueva York, de pie en calzoncillos sobre el suelo de madera y con una cinta métrica ajustada alrededor del pecho.

En la siguiente hoja que había en el archivo le daban cupones de viaje y le ordenaban que se presentara en el fuerte Dix en dos semanas. El papeleo que había a continuación tenía dicho fuerte como origen. Empezaba con el formulario que había firmado nada más llegar y con el que se comprometía, sin remisión, a servir con lealtad al Ejército de Estados Unidos. En el fuerte Dix estuvo doce semanas de entrenamiento estándar. Tenía seis asignaturas y estaba muy por encima de la media en todas. No había comentarios.

A continuación, había una petición de cheques de viaje para el fuerte Polk y una copia de la orden para presentarse allí, donde realizaría el entrenamiento de infantería, que duraba un mes. Había notas acerca de sus progresos con las armas. Lo consideraban bueno, lo que, en Polk, era buen síntoma. En Dix calificaban a uno como «bueno» en armas si era capaz de reconocer un rifle a diez pasos. En Polk, una calificación así implicaba una excelente coordinación entre ojos y manos, un buen control muscular y un temperamento tranquilo. Reacher no era experto en vuelo, pero imaginaba que sus instructores debían de haberse mostrado bastante optimistas a la hora de pensar en que aquel muchacho pilotara un helicóptero.

Más cheques de viaje, en esa ocasión para el fuerte Wolters, en Texas, donde estaba la Academia Principal de Helicópteros del Ejército de Estados Unidos. Había una nota del oficial al mando de Polk en la que decía que Hobie había rechazado una semana de permiso para ir directo a Wolters. Era una constatación de hechos, pero había en ella cierto eco de aprobación, incluso después de tantos años. Tenían delante a una persona que estaba ansiosa por conseguir lo que anhelaba.

En Wolters aumentaba el papeleo. Era una estancia de cinco meses y allí el tema se ponía serio, como en la universidad. Primero, había un mes de entrenamiento previo a volar, con gran concentración académica de asignaturas como Física, Aeronáutica y Navegación. Si se quería progresar, era imprescindible aprobar esas asignaturas. Hobie lo había conseguido sin problemas. El talento que su padre le había visto para las matemáticas y que en su día había querido que pusiera al servicio de la contabilidad de su imprenta sirvió para que aquellos libros de texto se le quedaran pequeños. Fue el primero de su promoción. Lo único negativo era una nota breve acerca de su actitud. Uno de los oficiales lo criticaba por haber intercambiado favores a cambio de clases particulares. Al parecer, Hobie estaba ayudando a algunos reclutas a los que no se les daban tan bien como a él las ecuaciones complejas y a cambio le abrillantaban las botas y le limpiaban el equipo. Reacher se encogió de hombros para sí. Era evidente que aquel oficial era un imbécil. Hobie se formaba para ser piloto de helicóptero, no un maldito santo.

Durante los siguientes cuatro meses en Wolters, los reclutas recibieron entrenamiento aéreo básico, al principio en un Hiller H-23. El primer instructor de Hobie fue un tal Lanark. Sus notas estaban escritas con garabatos apresurados, y eran anecdóticas, muy poco militares. En ocasiones, muy divertidas. Aseguraba que aprender a pilotar un helicóptero era como aprender a montar en bici cuando eras niño: la cagabas, la cagabas y volvías a cagarla y, de repente, un día, empezabas a hacerlo bien y ya nunca se te olvidaba cómo hacerlo. En su opinión, Hobie había tardado algo más de lo debido en aprender a pilotar, pero, después, su progreso había ido de excelente a espectacular. Lo pasaron del Hiller al Sikorsky H-19, que era como si a uno le pasaran a un coche de carreras con diez marchas. Con el Sikorsky lo hizo mejor que con el Hiller. Al parecer, tenía talento natural y el tipo iba mejorando a medida que la máquina se volvía más complicada.

Acabó en Wolters como segundo de la clase, calificado como «destacado», justo detrás de un as del aire llamado A. A. DeWitt. Más cheques de viaje que los condujeron juntos al fuerte Rucker, en Alabama, donde pasaron otros cuatro meses para recibir el curso de vuelo avanzado.

—Me suena el tal DeWitt —dijo Reacher—. ¿Sabe a qué puede deberse?

El comandante iba siguiendo del revés el avance de Reacher por el archivo.

—Podría tratarse del general DeWitt. Ahora es quien dirige la Academia de Helicópteros de Wolters. Sería lógico, ¿no? Lo comprobaré.

Hizo una llamada al almacén y pidió el archivo del general de división A. A. DeWitt. Miró qué hora era en su reloj nada más colgar el teléfono.

—Con este debería tardar menos, porque la sección D está más cerca de su escritorio que la H. A menos, claro está, que la puñetera sargento mayor vuelva a meterse de por medio.

Reacher esbozó una sonrisa fugaz y volvió a unirse a Jodie en su repaso de lo que había sucedido hacía treinta años. En el fuerte Rucker cambiaba todo, porque sus máquinas ya no eran de entrenamiento, sino que eran helicópteros de combate nuevos: los Bell UH-1 Iroquois, conocidos como Hueys. Aquellas eran máquinas feroces y grandes con motores de turbinas de gas, cuyo rotor movía una pala de catorce metros y medio de largo y medio metro de ancho y hacía aquel inolvidable sonido uop-uop-uop. El joven Victor Hobie había pilotado uno de ellos por los cielos de Alabama durante diecisiete largas semanas y, después, se había licenciado con honores y distinciones en la ceremonia en la que su padre lo había fotografiado.

—Tres minutos cuarenta segundos —susurró el comandante.

El soldado corredor entró con el archivo de DeWitt. El oficial se inclinó hacia delante y lo cogió. El soldado saludó y se fue.

—Este no puedo dejar que lo vean. El general es aún un oficial en activo. En cualquier caso, si es el mismo DeWitt, se lo diré.

El comandante abrió el archivo por el principio y Reacher vio que el primer papel era como el de Hobie. El oficial fue pasando papeles y asintió.

—Sí, es el mismo DeWitt. Sobrevivió a la selva y, después, siguió a bordo. Un loco de los helicópteros. Yo diría que acabará sus días de servicio en Wolters.

Reacher asintió. Miró por la ventana. El sol empezaba a caer y daba paso a la tarde.

—¿Quieren un café? —ofreció Conrad.

—Estupendo —respondió Jodie.

Reacher se limitó a asentir.

El comandante cogió el teléfono y llamó al almacén.

—Café. No es ningún archivo. Estoy pidiéndole un tentempié. Tres tazas y de la mejor porcelana, ¿entendido?

Para cuando el soldado corredor les llevó el café en una bandeja de plata, Reacher ya estaba en el fuerte Belvoir, en Virginia, con Victor Hobie y su nuevo amigo, A. A. DeWitt, presentándose en la Tercera Compañía de Transporte de la Primera División de Caballería. Ambos jóvenes pasaron allí dos semanas, el tiempo suficiente para que el ejército le añadiera la etiqueta «aérea» a su designación de unidad y los asignara después a la Compañía B del Batallón de Helicópteros de Asalto 229. Al cabo de aquellas dos semanas, la compañía renombrada salió de la costa de Alabama como parte de un convoy de diecisiete barcos para realizar un viaje que duraría treinta y un días, y que tenía como destino la bahía de Long Mai, que estaba a treinta kilómetros al sur de Qui Nhon y a dieciocho mil kilómetros de casa.

Treinta y un días en el mar es un mes entero y el jefazo de la compañía inventó tareas para que los soldados no se aburrieran. En el archivo de Hobie ponía que se había apuntado a mantenimiento, lo que suponía limpiar y engrasar una y otra vez las piezas desmontadas de los Hueys para combatir el aire salado que había en el interior de las bodegas en las que los transportaban. En la nota se aprobaba su conducta, así que Hobie llegó a Indochina siendo teniente de primera, tras haber salido de Estados Unidos como subteniente y de haber entrado en el ejército como candidato a oficial hacía trece meses. Ascensos meritorios para un reclutamiento que había merecido la pena. Era uno de los buenos chicos. Reacher se acordó de las palabras de Ed Steven: «Muy serio y muy sincero, aunque tampoco es que se saliera tanto de lo ordinario».

—¿Leche? —preguntó el comandante.

Reacher negó con la cabeza al mismo tiempo que Jodie.

—Solo, por favor —contestaron a la vez.

El oficial les sirvió y Reacher siguió leyendo. En aquella época había dos variantes de los Hueys: el helicóptero de ataque y el de transporte, que se conocía por «escurridizo». A la Compañía B le asignaron el pilotaje de escurridizos, por lo que servirían al Primero de Caballería en tareas de transporte en el campo de batalla. El escurridizo era una bestia de carga, pero eso no significaba que careciera de armas. Se trataba de un Huey estándar, con las puertas laterales quitadas y una ametralladora pesada colgando de una banda elástica a cada uno de los lados del compartimento de carga. Llevaba un piloto y un copiloto, dos artilleros y un jefe de tripulación que ejercía de ingeniero y mecánico para todo. El escurridizo era capaz de llevar a tantos soldados como fueran capaces de apelotonarse en su compartimento entre un artillero y el otro, o una tonelada de munición, o cualquier combinación de ambos.

Una vez allí, el ejército seguía con el entrenamiento de los pilotos, dado que Vietnam era muy diferente de Alabama. No había ningún grado formal asignado para aquellos entrenamientos, pero lo cierto es que Hobie y DeWitt fueron los primeros pilotos novatos que asignaron a la selva. Luego el requerimiento era volar en cinco misiones como copiloto y, si todo iba bien, uno pasaba a sentarse en el asiento del piloto y le asignaba el copiloto a él. Era entonces cuando empezaba lo duro, algo que quedaba reflejado en el informe. Toda la segunda mitad del archivo estaba lleno de informes de misiones escritos en hojas finas de papel cebolla. El lenguaje utilizado en ellos era seco y objetivo. No los escribía el propio Hobie, sino que eran obra del ordenanza de la compañía.

Su participación en los combates era episódica. La guerra bullía a su alrededor sin pausas, pero Hobie pasaba mucho tiempo en tierra debido al clima. En ocasiones, las brumas y las nieblas de Vietnam hacían que, durante días, fuera una locura sacar los helicópteros y hacerlos volar a baja altura por los valles selváticos. Luego, de pronto, el tiempo mejoraba y los informes de vuelo se apelotonaban en un mismo día. Tres, cinco, a veces hasta siete misiones en un solo día contra las feroces posiciones enemigas, desplegando, recuperando, suministrando y volviendo a suministrar a los de infantería. Más tarde, las nieblas volvían y los Hueys tenían que volver a esperar, inertes, en el campamento. Reacher se imaginó a Hobie, tendido en su catre durante días, frustrado o aliviado, cansado o nervioso, y volviendo, entonces, días después, a la acción trepidante durante horas y horas de combate.

Los informes de guerra de los dos periodos de servicio que había pasado Hobie en Vietnam estaban separados por los documentos que ponían fin al primero de esos periodos, a la entrega habitual de la medalla, al largo permiso en Nueva York y al comienzo del segundo periodo. Luego, más informes de combates. El mismo trabajo que la vez anterior, el mismo patrón. Pero esa vez había menos informes. La última hoja que había en el archivo hablaba de la misión novecientos noventa y uno del teniente Victor Hobie, una misión de combate. No era la típica asignación habitual del Primero de Caballería; era una asignación especial. Despegó de Pleiku y se dirigió al este en busca de una improvisada zona de aterrizaje que había cerca del paso de An Khe. Sus órdenes eran volar hasta allí acompañado de otro escurridizos y extraer al personal que estaba esperando en la zona de aterrizaje. DeWitt era quien le daba apoyo con su helicóptero. Hobie llegó el primero. Aterrizó en el centro de la zona designada, a pesar de que no paraban de dispararle con ametralladoras desde la jungla. Desde el otro helicóptero habían visto cómo subían a bordo solo tres soldados. Hobie despegó casi de inmediato. Su Huey no dejaba de recibir impactos de ametralladora. Sus artilleros devolvían el fuego a ciegas a través de las copas de los árboles. DeWitt volaba en círculos y Hobie escapaba de allí. El primero vio cómo el segundo recibía una ráfaga de ametralladora en los motores. Su informe, tal y como lo había registrado el ordenanza de la compañía, decía que el rotor del Huey se había detenido y que habían salido llamas en la zona de los depósitos de combustible. El helicóptero cayó a la jungla a seis kilómetros y medio de la zona de aterrizaje, en un ángulo bajo y a una velocidad que, según la estimación de DeWitt, superaba los ciento treinta kilómetros por hora. DeWitt decía que había visto un fogonazo verde a través del follaje, lo que solía indicar la explosión de un tanque de combustible en la selva, a la altura del suelo. Organizaron una operación de búsqueda y recuperación, pero hubo que abortarla por el clima y no llegaron a ver restos del accidente. Como la zona quedaba seis kilómetros y medio al oeste del valle y se consideraba selva virgen inaccesible, el alto mando, de acuerdo con el procedimiento de actuación establecido, determinó que, dado que no se tenía conocimiento de que allí hubiera tropas vietnamitas, los soldados estadounidenses no corrían riesgo inmediato de captura. Así, los ocho soldados que viajaban en aquel Huey se consideraron desaparecidos en combate.

—Pero ¿por qué? —preguntó Jodie—. DeWitt vio cómo el helicóptero estallaba, ¿por qué los consideraron desaparecidos en combate? Es evidente que murieron, ¿no?

El comandante Conrad se encogió de hombros.

—Supongo que sí, pero nadie tenía la certeza. DeWitt vio un fogonazo entre las copas de los árboles, nada más. En teoría, podría haber sido un almacén de munición del Viet Cong que recibió un tiro fortuito del helicóptero mientras caía. Podría haber sido cualquier cosa. Tan solo se dictamina que un soldado ha muerto en combate cuando la autoridad militar está del todo segura; cuando alguien lo ha visto con sus propios ojos. Cuando un caza caía en medio del océano, dos mil millas mar adentro, al piloto lo consideraban desaparecido, no muerto, porque cabía la posibilidad de que hubiera llegado nadando a alguna parte. Para incluirlos en el listado de muertos, alguien tenía que haber visto cómo morían. Podría enseñarle un archivo diez veces más grueso que este en el que se define y se redefine el método exacto para describir las bajas.

—¿Por qué? ¿Porque tenían miedo de la prensa?

—No —respondió el oficial—, es por cuestiones internas. Cada vez que tenían miedo de la prensa, simplemente mentían. Esto otro era así por dos razones. La primera, que no querían equivocarse, por los familiares cercanos. Se lo aseguro, en la vida se dan situaciones de lo más extrañas y aquel, desde luego, era un entorno muy extraño. Había soldados que sobrevivían a situaciones de las que parecería imposible salir. La gente aparecía más tarde. O los encontraban. Se cerraban tratos para encontrar y recuperar a los nuestros en todo momento. Los *charlies* capturaban a nuestros soldados, pero no hacían listas de prisioneros. Pasaron años hasta que empezaron a hacerlas y no se les podía decir a los padres que su hijo había muerto si cabía la más mínima posibilidad de que apareciera con vida más tarde. Así que utilizaban una y otra vez la palabra «desaparecido» hasta que no había otra opción.

El comandante Conrad hizo una larga pausa.

—La segunda razón es que, sí, en efecto, tenían miedo, pero no de la prensa. Tenían miedo de sí mismos. Tenían miedo de que los números les confirmaran que estaban dándoles una paliza. Una paliza de campeonato.

Reacher leía el informe de la última misión de Hobie. Se fijó en el nombre del copiloto. Se trataba del subteniente F. G. Kaplan. Había sido el compañero regular de Hobie durante la mayor parte de su segundo periodo de servicio.

—¿Podría ver el archivo del copiloto? —pidió Reacher.

—¿En la sección K? Tardarán unos cuatro minutos en traerlo.

Permanecieron en silencio, con el café frío, hasta que el soldado corredor llegó con el historial de F. G. Kaplan. Era un archivo grueso y antiguo, similar en tamaño y época al de Victor Hobie. En la cubierta también había una cuadrícula en la que se registraba quién había pedido acceso a él. La única nota que tuviera menos de veinte años de antigüedad decía que la petición la había hecho por teléfono en abril Leon Garber. Reacher le dio la vuelta al archivo y empezó a leerlo por el final, por la penúltima página. Era un informe de misión idéntico al que había en el archivo de Victor Hobie, con DeWitt como testigo y escrito por el mismo ordenanza, con la misma letra.

Sin embargo, la última hoja que había en el archivo de Kaplan era de dos años después que el anterior informe. Era una decisión formal tomada tras mucho deliberar acerca de las circunstancias del accidente y con la que el Departamento del Ejército determinaba que F. G. Kaplan había muerto en combate a seis kilómetros y medio al oeste del paso de An Khe, cuando el helicóptero del que era copiloto fue abatido por múltiples disparos de ametralladora realizados por el enemigo. El ejército no había recuperado su cadáver, pero la muerte se consideraba real a efectos de conmemoraciones y del pago de las pensiones. Reacher cuadró los papeles sobre la mesa.

—¿Por qué Victor Hobie no tiene una de estas?

El comandante Conrad sacudió la cabeza.

—Pues no lo sé.

—Quiero ir a Texas —dijo Reacher.

El aeropuerto de Noi Bai, a las afueras de Hanói, y el de Hickam Field, a las afueras de Honolulu, comparten la misma latitud, por lo que el Starlifter de las Fuerzas Aéreas de Estados Unidos no volaba ni hacia el norte ni hacia el sur; volaba, sencillamente, de oeste a este por el Pacífico, y lo hacía manteniéndose con gran comodidad entre el trópico de Cáncer y el paralelo 20. Nueve mil seiscientos cincuenta kilómetros de recorrido a novecientos sesenta y cinco kilómetros por hora son diez horas de vuelo; pero, siete horas después de que hubiera despegado, a las tres de la tarde del día siguiente, el transporte ya estaba acercándose a su destino. La capitana de las Fuerzas Aéreas hizo el típico anuncio cuando cruzaron la línea de cambio de fecha internacional, y el estadounidense alto del pelo plateado que iba en la parte de atrás de la carlinga atrasó el calendario de su reloj un día y añadió, así, otro día extra a su vida.

Hickam Field es el principal aeropuerto militar de Hawái, pero comparte espacio de vuelo y controladores con el aeropuerto internacional de Honolulu, por lo que el Starlifter tuvo que dar un cauteloso rodeo por encima del mar a la espera de que el JAL 747 proveniente de Tokio aterrizara. Luego viró, se enderezó y bajó detrás del avión civil. Sus ruedas chillaron y los motores gritaron por el empuje inverso. La piloto no tenía que preocuparse por las delicadezas que había que tener durante los vuelos civiles, así que tiró del freno con brusquedad y lo antes que pudo para tomar la primera salida. El aeropuerto le había hecho al ejército una petición formal para que los aviones militares se mantuvieran alejados de los turistas; en especial, de los turistas japoneses. La piloto era de Connecticut y le daban igual la industria turística de Hawái y las sensibilidades de los orientales; pero si cogía la primera salida llegaría antes al complejo militar, que era por lo que siempre se esforzaba por tomarla.

El Starlifter ya rodaba poco a poco, que era lo apropiado, y se detuvo a cincuenta metros de un edificio de cemento largo y bajo que había junto a la alambrada. La piloto apagó los motores y permaneció sentada en silencio. Los integrantes de la tripulación de tierra, uniformados, marchaban poco a poco hacia las tripas del avión mientras tiraban de un grueso cable. Conectaron el cable a un puerto que había debajo del morro y los sistemas del avión volvieron a encenderse, pero con la energía del aeropuerto. De esa manera, la ceremonia podría realizarse en silencio.

Aquel día, la guardia de honor de Hickam Field era la usual de ocho soldados con el mosaico habitual de cuatro uniformes diferentes, dos del Ejército de Estados Unidos, dos de la Armada de Estados Unidos, dos del Cuerpo de Marines de Estados Unidos y dos de las Fuerzas Aéreas de Estados Unidos. Los ocho marcharon poco a poco y esperaron en formación y en silencio. La piloto pulsó el botón de la rampa trasera y esta empezó a descender con un quejido hasta posarse sobre el caliente suelo de territorio estadounidense. La guardia de honor subió a las tripas del avión con solemnidad y pasó despacio entre las silenciosas líneas gemelas de la tripulación hasta el fondo del avión. El jefe de carga quitó las gomas que sujetaban los ataúdes y la guardia de honor cargó con el primero de ellos. Poco a poco, con el ataúd al hombro, los soldados salieron del oscuro fuselaje, bajaron por la rampa y los recibió la soleada tarde, que hacía que el aluminio reluciera y que la bandera brillara. La escena quedaba recortada contra el azul del Pacífico y el verde de las praderas de Oahu. La guardia de honor giró a la derecha en la pista y recorrió marchando poco a poco los cincuenta metros que había hasta el edificio de cemento largo y bajo. Los soldados entraron en él, doblaron la rodilla y bajaron el ataúd. Permanecieron un rato en silencio, con las manos a la espalda y la cabeza gacha, y después dieron media vuelta y marcharon una vez más hacia el avión.

Tardaron una hora en descargar los siete ataúdes. Hasta que la tarea no estuvo completada, el estadounidense alto de pelo plateado no se levantó de su asiento. Decidió bajar por la escalerilla de la piloto, pero, antes de hacerlo, en lo alto de ella, se detuvo y estiró brazos y piernas bajo el sol.

12

Stone tuvo que esperar cinco minutos tras los cristales tintados del Tahoe, en los asientos de atrás, porque el muelle de carga del World Trade Center estaba ocupado. Tony hacía tiempo cerca del coche, apoyado en una columna, en la ruidosa oscuridad, esperando a que el camión de reparto se fuera, cosa que hizo envuelto en una explosión de diésel. Como pasó un rato hasta que el siguiente pudo entrar, Tony lo aprovechó para llevar a todo correr a Stone hasta el montacargas. Pulsó el botón y subieron en silencio, con la cabeza gacha, resollando, respirando el fuerte olor del duro suelo de goma. Llegaron al piso ochenta y ocho y Tony sacó la cabeza para ver si había alguien. El pasillo estaba vacío hasta la puerta de la oficina.

El joven fornido estaba en el mostrador de recepción. Lo dejaron a un lado y entraron en el despacho, que estaba a oscuras, como era habitual. Las cortinas estaban cerradas y todo estaba en silencio. Hobie se hallaba sentado ante el escritorio, mirando a Marilyn, que estaba sentada en el sofá con las piernas cruzadas.

—¿Y bien? —preguntó Hobie—. ¿Misión cumplida?

—Sí —respondió Stone—, ha entrado.

—¿Dónde? ¿En qué hospital la habéis dejado? —preguntó Marilyn.

—En el St. Vincent. Ha entrado en Urgencias —respondió Tony.

Stone asintió para confirmarlo y se fijó en que Marilyn esbozaba una ligera sonrisa de alivio.

—Muy bien, pues ya hemos hecho la buena obra del día —soltó Hobie—. Ahora, hablemos de negocios. A ver, dígame, ¿cuáles son esas complicaciones?

Tony empujó a Stone desde la mesa de centro hasta el sofá. El hombre se dejó caer al lado de su esposa y se quedó mirando al frente, sin concentrarse en nada.

—¿Y bien? —insistió Hobie.

—Las acciones —dijo Marilyn—. Él no las controla del todo.

Hobie la miró.

—Pues claro que sí, lo he comprobado en la Bolsa.

Marilyn asintió.

—A ver, sí, es su dueño, pero no las controla. Me refiero a que no tiene acceso libre a ellas.

—¿Cómo que no?

—Hay un consejo regulador y el acceso a las acciones tienen que aprobarlo los consejeros.

—¿Cómo que un consejo regulador? ¿Por qué?

—Fue su padre quien lo organizó así, antes de morir. No confiaba en que Chester fuera capaz de dirigir el negocio. Pensó que debía existir una supervisión.

Hobie la miraba con atención.

—Toda venta mayor de acciones necesita una firma conjunta. La de los consejeros.

Silencio.

—De los dos —añadió Marilyn.

Hobie miró a Chester Stone. Fue como el haz de un reflector pasando de un objetivo a otro. Marilyn se fijó en su ojo bueno. Se fijó también en que el hombre estaba dándole vueltas a lo que acababa de decirle y en que estaba tragándose la mentira, como había pensado que sucedería, dado que cuadraba con lo que ya sabía: que el negocio de su marido se iba a pique porque Chester era un mal empresario. Un pariente cercano, como un padre, enseguida se habría dado cuenta de que Chester no valía para aquello. Y un padre que, además, fuera responsable, habría protegido la herencia de la familia con un consejo regulador.

—Y no se puede disolver. No se imagina cuántas veces lo hemos intentado.

Hobie asintió. Un ligero movimiento de cabeza. Casi imperceptible. Marilyn sonrió por dentro. Sonrió triunfal. El comentario final había acabado de convencerlo. Los consejos reguladores pueden disolverse, pero es muy complicado. Así que el hecho de que hubieran intentado disolverlo era justo lo que demostraba su existencia.

—¿Y quiénes son los consejeros?

—Yo soy una, y el otro es el socio principal de un bufete de abogados.

—¿Solo hay dos?

Marilyn asintió.

—¿Y usted es una de ellos?

La mujer asintió de nuevo.

—Y mi voto ya lo tiene. Yo lo único que quiero es deshacerme de toda esta mierda y que nos dejen ustedes en paz.

Hobie asintió.

—Es usted una mujer inteligente.

—¿Qué bufete de abogados? —preguntó Tony.

—Forster y Abelstein. Están aquí, en la ciudad.

—¿Y quién es el socio principal? —preguntó Tony.

—David Forster.

—¿Cómo nos reunimos con él? —preguntó Hobie.

—Puedo llamarlo —propuso Marilyn—. O puede hacerlo Chester. Aunque, en estos momentos, creo que es mejor que llame yo.

—Pues llámelo y organice la reunión para esta tarde.

Marilyn negó con la cabeza.

—No va a poder ser tan pronto. De hecho, podría tardar un par de días.

Silencio. Solo se oían los sonidos habituales que aquel gigantesco edificio hacía al respirar. Hobie tamborileó con la punta del garfio en el escritorio. Cerró los ojos. El párpado dañado permaneció abierto unos instantes. El ojo giró hacia arriba y se quedó en blanco, como una medialuna.

—Mañana por la mañana como muy tarde —dijo con voz queda—. Dígale que es un asunto de máxima urgencia para ustedes.

Luego abrió los ojos de golpe.

—Y dígale que me envíe por fax la reglamentación del consejo regulador —susurró—. De inmediato. Quiero saber a qué me estoy enfrentando.

Marilyn temblaba por dentro. Acarició el suave tapizado del sofá para ver si así se tranquilizaba.

—No habrá ningún problema. Solo es una formalidad.

—Bueno, pues llame.

Marilyn se puso de pie. Se balanceaba. Se alisó el vestido a la altura de los muslos. Chester le tocó el codo durante un segundo. Fue un tímido gesto de apoyo. Marilyn se puso erguida y siguió a Hobie hasta el mostrador de recepción.

—Marque el nueve para obtener línea.

La mujer se puso detrás del mostrador mientras los tres hombres la observaban. El teléfono era de esos pequeños de consola. Miró los botones y no vio ninguno para el manos libres, lo que la relajó un poco. Levantó el auricular. Marcó el nueve y oyó el tono.

—Pórtese bien —le advirtió Hobie—. Es usted una mujer muy inteligente y, ahora mismo, tiene que seguir siéndolo.

Ella asintió. Él levantó el garfio. El instrumento brillaba bajo la luz artificial de la recepción. Parecía que pesara bastante. Estaba muy bien hecho y pulido con gran habilidad. Era un objeto mecánico muy sencillo pero terrible, brutal. Marilyn se dio cuenta de que el hombre estaba invitándola a imaginar las cosas que podría hacerle con él.

—Forster y Abelstein, ¿en qué puedo ayudarle? —dijo una voz cantarina en su oído.

—Soy Marilyn Stone. Quisiera hablar con el señor Forster.

De repente, se dio cuenta de que tenía la garganta seca, lo que hacía que su voz sonara grave, ronca. Le pusieron una música electrónica mientras la mantenían a la espera y, después, oyó el estallido de la acústica de un gran despacho.

—Forster —dijo una voz profunda.

—David, soy Marilyn Stone.

Durante un segundo hubo un silencio aterrador. Aquel segundo de silencio hizo que Marilyn se diera cuenta de que Sheryl había hecho lo que le había pedido.

—¿Nos están escuchando?

—No, estoy bien —respondió Marilyn con voz alegre.

Hobie apoyó el garfio en el mostrador y el acero brilló por encima de su pecho, a escasos cuarenta y cinco centímetros de la cara de Marilyn.

—Hay que avisar a la policía —dijo Forster.

—No, tan solo quiero convocar una reunión del consejo regulador. ¿Cuándo podríamos quedar?

—Su amiga Sheryl me ha explicado lo que quiere, pero hay problemas. Nuestros empleados no pueden encargarse de algo así. No estamos preparados para ello. No somos un bufete de ese estilo. Tendría que encontrar a un detective privado.

—A nosotros nos parece bien mañana por la mañana. Me temo que tenemos un poco de prisa.

—Deje que llame a la policía.

—No, David, la semana que viene es demasiado tarde. Si es posible, tenemos que actuar con rapidez.

—Pero es que no sé dónde buscar. Nunca hemos empleado a detectives privados.

—Espere un momento, David. —Marilyn tapó el micrófono con la mano y miró a Hobie—. Si quiere que sea mañana, tendrá que ser en su bufete.

—¡No! —dijo Hobie en voz alta—. Tiene que ser aquí, en mi territorio!

Apartó la mano del micrófono.

—David, ¿qué le parece que la celebremos pasado mañana? Pero es que tiene que ser aquí. Me temo que es una negociación muy delicada.

—¿De verdad que no quiere que llame a la policía? ¿Está usted del todo segura?

—Es que hay complicaciones. Ya sabe lo delicados que pueden volverse algunos asuntos.

—De acuerdo, pero tendré que dar con alguien adecuado. Puede que me lleve algo de tiempo. Voy a tener que preguntar por ahí para que me recomienden a la persona adecuada.

—Estupendo, David.

—Muy bien. Si está usted segura, me pondré con ello ahora mismo. Ahora bien, no tengo muy claro qué es lo que pretende conseguir.

—Sí, estoy de acuerdo. Ya sabe que siempre me ha parecido fatal cómo organizó esto papá. Porque las interferencias externas pueden cambiar las cosas, ¿verdad?

—A las dos de la tarde —dijo Forster—. Pasado mañana. No sé quién será, pero le enviaré a alguien bueno. ¿Le parece bien?

—Pasado mañana a las dos. —Le dio la dirección—. Genial. Muchísimas gracias, David.

Le temblaban las manos y el auricular traqueteó cuando lo colgó en la consola.

—No le ha pedido la reglamentación del consejo —le soltó Hobie.

Marilyn se encogió de hombros, nerviosa.

—No es necesaria. La firma es una formalidad. He pensado que le habría llevado a sospechar.

Silencio. Al rato, Hobie asintió.

—De acuerdo. Pasado mañana, a las dos de la tarde.

—Necesitamos ropa. Se supone que es una reunión de negocios. No podemos presentarnos así.

Hobie sonrió.

—Pues a mí me encanta cómo va vestida. Me encanta cómo van vestidos los dos. Bueno, al viejo Chester le puedo prestar mi traje para la reunión. Usted se quedará como está.

Marilyn asintió como si no le prestara mucha atención. Estaba demasiado agotada como para otra cosa.

—Venga, de vuelta al cuarto de baño —dijo Hobie—. Saldrán ustedes pasado mañana, a las dos de la tarde. Pórtense bien y tendrán dos comidas diarias.

Marilyn y Chester caminaron en silencio por delante de Tony. Luego, este cerró la puerta del cuarto de baño y volvió con Garfio y con el joven fornido a la recepción.

—Pasado mañana es demasiado tarde. ¡Por el amor de Dios, en Hawái van a enterarse hoy... mañana como muy tarde!

Hobie asintió. La pelota descendía por entre el brillo de las luces. El jugador saltaba con el guante en alto. La valla se acercaba.

—Sí, va a ser muy justo.

—¡Va a ser la hostia de justo! ¡Tendríamos que largarnos cuanto antes!

—No puedo, Tony. He dado mi palabra en el trato, así que necesito esas acciones. Pero todo saldrá bien. No te preocupes. Pasado mañana a las dos y media, las acciones serán mías. Las habremos registrado a las tres y estarán vendidas a las cinco. Para la hora de cenar, nos habremos ido de aquí. Pasado mañana y se acabó.

—Pero es que es una locura. Con un abogado de por medio. No podemos dejar entrar en esto a un abogado.

Hobie miró a Tony con fijeza.

—Un abogado —repitió lentamente—. ¿Sabes cuál es la base de la justicia?

—¿Cuál?

—La imparcialidad. La imparcialidad, la ecuanimidad. Si ellos traen a un abogado, nosotros también deberíamos tener uno, ¿no te parece? Para que el asunto sea justo, imparcial, ecuánime.

—Joder, Hobie, no podemos meter a dos abogados aquí.

—Por supuesto que sí. De hecho, creo que es lo que deberíamos hacer.

Hobie fue hasta la silla de recepción y se sentó donde había estado Marilyn. El cuero seguía templado por el calor del cuerpo de la mujer. Cogió las Páginas Amarillas de uno de los casilleros y las abrió. Levantó el auricular y pulsó el nueve para obtener línea. Luego, con gran precisión, pulsó con la punta del garfio cada uno de los siete dígitos del número de teléfono.

—Spencer Gutman, ¿en qué puedo ayudarle? —dijo una voz alegre.

Sheryl estaba tumbada en una cama del hospital con una aguja intravenosa clavada en la mano izquierda cuya cánula iba hasta una bolsa cuadrada de plástico que colgaba de una de las varillas curvas de una percha de acero que había a la altura del cabecero de la cama. La bolsita contenía un líquido y Sheryl notaba la presión a medida que el líquido se colaba por su mano; notaba cómo empujaba su presión sanguínea hasta hacer que estuviera más alta de lo habitual. Sentía un siseo en las sienes y se notaba el pulso detrás de las orejas. El líquido de la bolsa era transparente. Parecía solo agua densa; pero, a decir verdad, estaba funcionando: ya no le dolía la cara. El dolor había desaparecido y se sentía calmada y somnolienta. Había estado a punto de llamar a la enfermera para decirle que ya no necesitaba más calmantes, pero se dio cuenta de que eran justo los calmantes los que estaban haciendo que se sintiera así y que el dolor volvería en cuanto le quitaran la vía intravenosa. Intentó reírse por aquella confusión, pero respiraba tan despacio que no le salía el sonido. Así que sonrió para sus adentros, cerró los ojos y se sumergió en la cálida profundidad de la cama.

Entonces oyó un ruido justo delante de ella. Abrió los ojos y vio el techo. Era blanco y estaba iluminado desde arriba. Miró hacia los pies de la cama. Le supuso un gran esfuerzo. Allí había dos personas. Un hombre y una mujer. La miraban. Iban vestidos de uniforme. Camisa azul de manga corta, pantalones oscuros y largos, y zapatos grandes y confortables para caminar. Tenían la camisa llena de insignias de colores brillantes bordadas, además de placas y escudos de metal. Llevaban un cinturón cargado de equipo: porra, radio, esposas. Del cinturón colgaba también una funda con una pistola con las cachas de madera y asegurada con una tira de cuero. Eran agentes de policía. Ambos eran mayores. Ambos, de baja estatura. Anchos. Aquel cinturón, además, les daban una apariencia desgarbada.

La observaban con aire paciente. Sheryl intentó sonreír de nuevo. Miraban a la paciente con paciencia. El hombre estaba quedándose calvo. La luz del techo se reflejaba en su brillante frente. La mujer llevaba una permanente con el rizo muy cerrado, el pelo teñido de color naranja, naranja zanahoria. Ella era mayor que él. Debía de andar por los cincuenta. Era madre. Sheryl lo veía a la legua. Miraba hacia abajo con la expresión típica de una madre.

—¿Podemos sentarnos? —preguntó la mujer.

Sheryl asintió. El denso líquido le zumbaba en las sienes y la confundía. La policía arrastró una silla y se sentó a su derecha, al otro lado de donde Sheryl tenía la aguja intravenosa. El policía se sentó justo detrás de ella. La policía se inclinó hacia la cama y él lo hizo hacia el otro lado para que pudiera verlos a los dos. Estaban cerca y a Sheryl le costaba enfocar sus rostros.

—Soy la agente O'Hallinan.

Sheryl asintió de nuevo. El apellido le pegaba. Aquel pelo anaranjado, aquella cara dura y aquel cuerpo recio pedían a gritos un apellido irlandés. Además, por lo que Sheryl sabía, muchos de los policías de Nueva York tenían ascendencia irlandesa. A veces, parecía que fuera un negocio familiar. Una generación seguía a la siguiente.

—Yo soy el agente Sark.

Era un hombre pálido. Tenía esa especie de piel blancuzca que parece papel. Se había afeitado, pero, aun así, se le adivinaba una sombra grisácea. Tenía los ojos hundidos pero una mirada amable. Tenía muchas patas de gallo. Era tío. A Sheryl no le cabía duda. Seguro que tenía sobrinos que lo adoraban.

—Queremos que nos cuente lo que ha pasado —le dijo la agente que se apellidaba O'Hallinan.

Sheryl cerró los ojos. La verdad era que no recordaba bien qué había sucedido. Sabía que había entrado en casa de Marilyn. Recordaba que había olido a limpiador de alfombras. Recordaba que había pensado que aquello era un error, porque era posible que el cliente se preguntara qué quería esconder. Entonces, de repente, estaba tirada en el suelo del vestíbulo y sentía un dolor agónico en la nariz.

—¿Podría decirnos qué ha sucedido? —insistió el agente apellidado Sark.

—Me he golpeado con una puerta —susurró.

Quería sonar convincente. Era importante. Marilyn le había pedido que no llamara a la policía. Aún no.

—¿Con qué puerta?

No sabía con qué puerta. Marilyn no se lo había dicho. De eso no habían hablado. ¿Qué puerta? Le entró el pánico.

—La del despacho.

—¿Tiene usted el despacho aquí, en la ciudad? —le preguntó O'Hallinan.

339

Sheryl no respondió. Se quedó mirando sin expresión alguna a la policía de rasgos amables.

—Los de su seguro nos han informado de que trabaja usted en Westchester —comentó el policía—. En una inmobiliaria de Pound Ridge.

Sheryl asintió con cautela.

—Así que se ha chocado con la puerta de su despacho de Westchester —empezó a decir O'Hallinan—. Pero resulta que ha venido usted a un hospital de la ciudad de Nueva York, a ochenta kilómetros de distancia.

—¿Cómo ha sucedido, Sheryl? —le preguntó Sark.

La mujer no respondió. La zona de cortinas estaba en silencio. Sentía un siseo y un zumbido en las sienes.

—Podemos ayudarla, ya lo sabe —le dijo O'Hallinan—. Por eso estamos aquí. Hemos venido a ayudarla. Podemos asegurarnos de que esto no vuelva a suceder.

Sheryl asintió de nuevo con cautela.

—Pero tiene que contarnos lo que ha pasado. ¿Le hace esto a menudo?

Sheryl la miró confundida.

—¿Por eso ha venido hasta aquí? —le preguntó Sark—. Ya sabe, un hospital nuevo, no tienen informes suyos de otras veces que la hayan ingresado... Si preguntáramos en el Mount Kisco o en el White Plains, ¿qué descubriríamos? ¿Descubriríamos que allí la conocen?, ¿que ha ingresado allí otras veces?

—Me he golpeado con una puerta —susurró Sheryl una vez más.

—No, Sheryl —dijo O'Hallinan—. Sabemos que no es eso lo que ha pasado.

La policía se puso de pie y cogió las radiografías de la caja de luz que había en la pared. Las levantó para acercarlas a la luz del techo, como haría un médico.

—Esto es su nariz —dijo mientras la señalaba—. Estos son

340

sus pómulos y esto es su frente. Y esto de aquí es su barbilla. ¿Ve esto de aquí? Su nariz está rota, Sheryl, y sus pómulos también. Es una fractura con hundimiento. Así es como lo ha llamado la médica: fractura con hundimiento. Los huesos están hundidos más allá del nivel de su mentón y de su frente. No obstante, su mentón y su frente están bien. Así que esto se lo han hecho con un golpe dado en horizontal, ¿verdad? ¿Con un bate, por ejemplo? ¿Con un bate, un golpe de lado?

Sheryl miró las radiografías. Eran grises y blanquecinas. Sus huesos parecían formas vagas, borrosas. Las cuencas de sus ojos eran enormes. El analgésico le zumbaba en la cabeza y se sentía débil y somnolienta.

—Me he golpeado con una puerta —susurró.

—Los bordes de las puertas son verticales —dijo con paciencia el agente—. Tendría usted daños en la barbilla y en la frente. Es lógico, ¿no le parece? Si un objeto vertical le hubiera causado un hundimiento en los pómulos, tendría que haberle dado también con gran fuerza en la frente y en el mentón, ¿no le parece?

Sheryl miró las radiografías con cara de pena.

—Podemos ayudarla —repitió O'Hallinan—. Cuéntenos qué ha sucedido y evitaremos que suceda de nuevo. Podemos impedir que vuelva a hacerle algo así.

—Quiero dormir —murmuró Sheryl.

O'Hallinan se inclinó hacia delante y le habló con suavidad:

—¿Se sentiría más cómoda si mi compañero se marchara? Así podríamos hablar usted y yo solas, ¿eh?

—Me he golpeado con una puerta y ahora quiero dormir.

Con buen criterio y paciencia, O'Hallinan asintió.

—Voy a dejarle mi tarjeta. Así, si quiere hablar conmigo cuando despierte, solo tiene que llamarme, ¿le parece bien?

Sheryl asintió sin mucho convencimiento y la policía sacó una tarjeta de su bolsillo y la dejó en la mesita que había junto a la cama.

—No olvide que podemos ayudarla —le dijo en voz baja.

Sheryl no dijo nada. O se había quedado dormida o lo estaba fingiendo. O'Hallinan y Sark corrieron la cortina y fueron al mostrador. La médica los miró. La policía negó con la cabeza.

—Lo niega.

—Se ha chocado con una puerta —dijo el agente Sark—. Sí, claro, una puerta hasta arriba de esteroides, que pesa noventa kilos y a la que le gustan los bates.

La doctora negó con la cabeza

—¿Por qué coño protegerán a esos cabrones?

Una enfermera levantó la mirada.

—Yo la he visto llegar. Ha sido un poco raro. Me encontraba en el descanso para fumar, en la calle. La mujer ha salido de un coche, al otro lado de la plaza, y ha venido sola. Los zapatos le quedaban demasiado grandes, ¿te has fijado en eso? En el coche había dos hombres, que se han quedado esperando a que entrara y después se han marchado a toda velocidad.

—¿Qué coche era? —pregunto Sark.

—Uno de esos negros enormes.

—¿Recuerda la matrícula?

—¿Quién se cree que soy, doña Memoria?

O'Hallinan se encogió de hombros y empezó a marcharse.

—Pero seguro que estará en el vídeo —añadió de repente la enfermera.

—¿En qué vídeo? —preguntó Sark.

—En el de la cámara de seguridad que hay encima de la puerta de entrada. Nosotras nos quedamos justo debajo de la cámara para que los de Recursos Humanos no sepan de cuánto tiempo hacemos el descanso. Así que lo que vemos nosotras es lo mismo que ve ella.

La hora exacta de la llegada de Sheryl estaba escrita en el registro de entradas. Tardaron un minuto en rebobinar a toda velocidad la cinta hasta aquel momento. Luego, un minuto más en ver, más despacio, cómo cruzaba hacia atrás la entrada de ambulancias, la plaza, el paso de cebra y llegaba al enorme coche negro del que salía. O'Hallinan se acercó a la pantalla para ver mejor la matrícula.

—¡La tengo!

Fue Jodie la que eligió el hotel en el que pasarían la noche, y lo hizo buscando en la sección de viajes de la librería que más cerca había del CNRP. Para ello, hojeó las guías locales hasta que encontró un sitio que estuviera recomendado en tres de ellas.

—Resulta curioso, ¿no te parece? —le dijo a Reacher—. Estamos en Saint Louis y en la sección de viajes hay más guías de la ciudad que de ningún otro sitio. ¿Cómo puede considerarse esto, entonces, una sección de viajes? Debería llamarse sección de quedarse en casa.

Reacher estaba un poco nervioso. Aquella forma de actuar era nueva para él. El tipo de sitios en los que solía dormir nunca aparecían en libros, sino que tenían carteles de neón que ponían encima de unos postes muy altos y se jactaban de ofrecer comodidades, como el aire acondicionado, la televisión por cable y la piscina, que, en realidad, habían dejado de ser complementos con gancho para convertirse en derechos humanos inalienables desde hacía veinte años.

—Sujeta este —pidió Jodie.

Reacher cogió el libro que le tendía Jodie y puso el pulgar en la página que le había señalado mientras ella se inclinaba sobre su bolso y lo abría. La joven buscó con la mano, revolvió el interior, hasta que encontró el teléfono móvil. Luego, le cogió el libro y llamó al hotel desde el pasillo de la librería. Él la observaba. Reacher nunca había llamado a un hotel. Los sitios en los que se hospedaba siempre tenían habitaciones libres, daba igual cuándo fueras. De hecho, se volvían locos de contentos si la ocupación alcanzaba el cincuenta por ciento. Escuchó el final de la conversación, en la que Jodie mencionó unas sumas de dinero con las que, con un pequeño regateo de por medio, él habría conseguido cama para un mes.

—De acuerdo, ya tenemos habitación, la suite nupcial. Tiene cama con dosel. Genial, ¿no?

Reacher sonrió. La suite nupcial.

—Tenemos que comer —dijo—. ¿Se podrá cenar allí?

Jodie negó con la cabeza y buscó la sección de restaurantes del libro.

—Será más divertido que vayamos a cenar a otro lado. ¿Te gusta la cocina francesa?

Reacher asintió.

—Mi madre era francesa.

La joven buscó en el libro, hizo otra llamada y reservó mesa para dos en un restaurante sofisticado que había en el casco viejo, cerca del hotel.

—Tenemos reserva a las ocho, así que nos da tiempo a hacer un poco de turismo, a registrarnos en el hotel y a asearnos antes de cenar.

—Llama al aeropuerto. Necesitamos billetes para primera hora. Para Dallas–Fort Worth.

—Vale, pero lo haré en la calle. No voy a llamar al aeropuerto desde una librería.

Reacher cogió la bolsa de viaje de Jodie. Ella compró un mapa de Saint Louis para turistas y salieron de la librería. Aunque era última hora de la tarde, aún hacía muchísimo calor. Él consultó el mapa y ella llamó a la línea aérea desde la acera y reservó dos plazas para volar a Texas en primera clase a las ocho y media de la mañana. Después, decidieron caminar por la orilla del Mississippi.

Pasearon cogidos del brazo durante noventa minutos, por lo que recorrieron unos seis kilómetros y medio por la parte histórica de la ciudad. El hotel era una antigua mansión de tamaño mediano que se alzaba en una calle silenciosa llena de castaños. Tenía una puerta enorme pintada de negro brillante y suelos de roble del color de la miel. La recepción era un antiguo mostrador de caoba que descansaba solitario en una esquina del vestíbulo. Reacher lo admiró. La recepción de los hoteles en los que acostumbraba a quedarse solía estar detrás de una rejilla o de una ventana de plexiglás a prueba de balas. Una señora elegante con el pelo blanco pasó la tarjeta de Jodie por el datáfono y el comprobante de pago salió de la máquina traqueteando y haciendo ruiditos. Jodie se agachó para firmarlo y la señora le tendió a Reacher una llave de latón.

—Disfruten de su estancia, señores Jacob.

La suite nupcial ocupaba todo el ático. Tenía el mismo suelo de roble color miel que la recepción y, a pesar de que gran parte de él lo cubrían una serie de alfombras antiguas, también estaba barnizado para que brillara. El techo tenía ventanas abuhardilladas y estaba adornado con un complejo patrón de dibujos geométricos. En un extremo de la suite había una sala de estar con dos sofás tapizados con una tela de flores de color pastel; el cuarto de baño estaba al lado, y, después, estaba el dormitorio. La cama era gigantesca, tenía dosel, estaba tapizada con la misma tela floreada que los sofás y era muy alta. Jodie saltó encima y se sentó en ella con las manos debajo de las rodillas y balanceando las piernas. Sonreía y el sol entraba por la ventana por detrás de ella. Reacher dejó la bolsa de viaje en el suelo y se quedó parado, mirándola. Jodie llevaba una blusa azul, entre un azul violáceo y el azul de sus ojos. La prenda era de una tela muy fina, puede que de seda. Los botones parecían perlas. Los dos primeros estaban desabrochados. El peso del cuello abría la blusa y se le veía un triángulo del pecho, con aquella piel suya, más pálida que el suelo de roble color miel. La prenda era pequeña, pero no le quedaba ceñida. La llevaba metida por dentro del pantalón. El

cinturón era de cuero negro, lo llevaba atado sin holgura alrededor de aquella cintura de avispa que tenía y la punta le colgaba
sobre los vaqueros. Estos eran viejos, los habían lavado en innu-
merables ocasiones y estaban muy bien planchados. Llevaba
unos mocasines azules, sin calcetines. Eran de piel, italianos lo
más probable. Reacher vio las suelas mientras Jodie balanceaba
los pies. Eran nuevos. Los había llevado poco.

—¿Qué estás mirando?

Tenía la cabeza inclinada, como si estuviera un poco nerviosa y, al mismo tiempo, fuera consciente de que estaba poniendo
cara de traviesa.

—A ti.

Los botones eran realmente perlas, perlas como las de un collar, sacadas de la cuerda y cosidas de una en una a la blusa. Eran
pequeñas y resbalaban entre los torpes dedos de él. Había cinco.
Desabrochó cuatro de ellas y, al llegar a la cintura, tiró de la blusa con suavidad para sacarla del pantalón. Entonces, desabrochó
la quinta. La joven levantó las manos, una primero, la otra después, derecha e izquierda, para que Reacher pudiera desabro-
char los puños. Después, le quitó la prenda y resultó que Jodie
no llevaba nada debajo.

Ella se inclinó hacia delante y comenzó a liberarle los botones de la camisa a él. Empezó por abajo. Era diestra. Tenía las
manos pequeñas, ágiles y rápidas. Fue más rápida de lo que había sido él. Él llevaba los puños desabrochados porque tenía las
muñecas tan anchas que los puños de las camisas de las tiendas
le quedaban pequeños. Jodie le acarició el pecho mientras le quitaba la camisa con ambas manos. La prenda le resbaló por los
hombros y ella se la sacó de los brazos. Cayó al suelo. El algodón
emitió un leve suspiro y los botones tintinearon sobre la madera.
Jodie le pasó el dedo por la quemadura con forma de lágrima
que tenía en el pecho.

—¿Has traído la pomada?

—No —respondió Reacher.

Ella lo abrazó por la cintura y le dio un beso en la herida. Reacher sintió sus labios, firmes y frescos contra la delicada piel. Luego, en aquella cama con dosel, en lo alto de la vieja mansión, mientras el sol iba desapareciendo por la ventana hacia el oeste, camino de Kansas, hicieron el amor por quinta vez en quince años.

La Unidad de Violencia de Género del Departamento de Policía de Nueva York tomaba prestado un espacio para trabajar allí donde fuera posible. En ese momento, era en una enorme sala que había encima de las oficinas administrativas de la sede central del departamento. O'Hallinan y Sark volvieron allí una hora antes de que acabara su turno. Aquella era la hora del papeleo, así que fueron directos a su escritorio y abrieron su bloc de notas por el principio del día y empezaron a teclear la información.

Llegaron a su visita al St. Vincent cuando faltaban quince minutos para que acabara el turno. Lo clasificaron como probable incidente con víctima no cooperativa. O'Hallinan sacó el informe de la máquina y, entonces, se dio cuenta de que había garabateado la matrícula del Tahoe en la parte inferior de aquella página del bloc. Cogió el teléfono y llamó al Departamento de Vehículos de Motor.

—Un Chevrolet Tahoe negro —le dijo el agente—. Está registrado a nombre de la Compañía Fiduciaria de las Islas Caimán, que tiene una dirección en el World Trade Center.

O'Hallinan lo escribió en su bloc de notas. Estaba dudando de si debía recuperar el informe para añadir aquella información cuando, de pronto, el agente del Departamento de Vehículos a Motor le dijo algo más.

—Espera, mira, tengo aquí otra referencia. Por lo visto, el mismo dueño abandonó ayer una camioneta Chevrolet Suburban negra en medio de la calle en la zona sur de Broadway. Al parecer, hubo una colisión múltiple entre tres vehículos. Fueron los de la comisaría del distrito quince los que se encargaron de retirar el coche.

—¿Quién tiene asignado el caso? ¿Tienes el nombre de quien lo lleva en la Quince?

—No, lo siento.

O'Hallinan colgó y llamó a la sección de tráfico del distrito quince, pero estaban en medio de un cambio de turno al final del día y no consiguió dar con quien llevaba el caso. Garabateó un recordatorio para el día siguiente y lo dejó en su bandeja de entrada. Luego el reloj marcó el fin de su turno y Sark, que se sentaba en el escritorio que quedaba justo frente al suyo, se puso de pie como por resorte.

—¡Se acabó! —dijo su compañero—. Trabajar y trabajar sin el más mínimo descanso nos convierte en personas aburridas, ¿no crees?

—Tienes toda la razón. ¿Te apetece una cerveza?

—Una por lo menos. Puede que incluso me apetezca tomarme dos.

—¡Di que sí!

Se dieron una larga ducha juntos en el espacioso cuarto de baño de la suite nupcial. Entonces, Reacher, con una toalla en la cintura, se tumbó en el sofá y observó cómo Jodie se preparaba. La joven fue hasta la bolsa de viaje y volvió con un vestido. Tenía el mismo corte que el vestido amarillo de lino que había llevado al bufete, solo que este era de color azul oscuro y de seda. Se lo puso por la cabeza y se bamboleó hasta que le quedó en su sitio. El vestido tenía un pequeño escote en forma de U y le llegaba justo por la rodilla. Se lo puso con los mismos mocasines azules de piel. Se secó un poco el pelo con la toalla y se lo peinó hacia atrás. Luego fue de nuevo hasta la bolsa de viaje y volvió con el collar que Reacher le había comprado en Manila.

—¿Me lo pones?

Ella se levantó el pelo para retirarlo de la nuca y él se agachó para asegurar el cierre. El collar era un cordón de oro que pesaba bastante. Por lo que había pagado, lo más probable era que no fuera oro, aunque, en Filipinas, todo era posible. Reacher tenía los dedos anchos y las uñas desarregladas y astilladas debido al trabajo que había estado realizando en los Cayos con la pala. Contuvo el aliento y necesitó dos intentos para cerrar el collar. Luego, le dio un beso en el cuello a Jodie, que dejó de sujetarse el pelo. Estaba húmedo, pesaba, olía a verano.

—Bueno, pues yo ya estoy lista.

Sonrió y le tiró la ropa que había en el suelo. Reacher se vistió. El algodón se le pegaba un poco a la piel porque aún la tenía húmeda. Le cogió prestado el cepillo y se peinó. Mientras lo hacía, la vio por el espejo. Era como una princesa que estaba a punto de ir a cenar con su jardinero.

—Quizá no me dejen entrar.

Ella se puso de puntillas y le arregló el cuello de la camisa por detrás, sobre sus exagerados deltoides.

—¿Y cómo te lo van a impedir? ¿Qué van a hacer, llamar a la Guardia Nacional?

El restaurante estaba a cuatro manzanas, así que fueron a pie. Una noche de junio en Missouri junto al río. El aire era suave y húmedo. El cielo estaba estrellado y tenía un color tan oscuro como el azul del vestido de Jodie. La cálida brisa provocaba un leve susurro entre las hojas de los castaños. Las calles empezaban a estar más transitadas. Los árboles eran los mismos, pero empezaban a verse coches, que bien dejaban atrás los árboles, bien aparcaban debajo de ellos. Algunos de los edificios eran tranquilos hoteles, pero otros eran restaurantes, más pequeños, más bajos, y tenían carteles con el nombre en francés. Los carteles estaban iluminados con apliques. Nada de neón por ningún lado. El restaurante que Jodie había elegido se llamaba La Préfecture. Reacher sonrió y se preguntó si habría en alguna pequeña ciudad de Francia algunos amantes que estuvieran a punto de entrar en un restaurante llamado Administración Municipal, que, si no recordaba mal, era lo que significaba el nombre de aquel restaurante.

En cualquier caso, era un sitio agradable. Un chico de alguna parte del Medio Oeste que intentaba poner acento francés los saludó con efusividad y los guio hasta una mesa que había en un porche iluminado con velas y que daba al jardín trasero. En el jardín había una fuente con luces dentro del agua y los árboles estaban iluminados con focos sujetos al tronco. El mantel era de lino y la cubertería, de plata. Reacher pidió una cerveza estadounidense y Jodie pidió Pernod y agua.

—Está bien, ¿verdad?

Él asintió. Era una noche cálida y tranquila.

—Dime cómo te sientes —pidió Reacher.

Ella lo miró sorprendida.

—Me siento bien.

—¿Cómo de bien?

La joven sonrió con timidez.

—Reacher, ¿qué intentas sonsacarme?

Él le devolvió la sonrisa.

—Nada. Es que estaba pensando en una cosa. ¿Te sientes relajada?

La joven asintió.

—¿Y segura?

Asintió de nuevo.

—Yo también. Me siento seguro y relajado. ¿Qué significa eso?

El camarero llegó con las bebidas en una bandeja de plata. El Pernod se lo habían servido en un vaso alto y le dejaron al lado una jarra de agua de estilo francés. La cerveza se la llevaron en una jarra helada. Nada de botellas de cuello largo en un sitio como aquel.

—¿Qué significa todo eso? —quiso saber Jodie.

Nada más preguntar aquello, echó agua sobre el líquido ambarino de su vaso y la mezcla adquirió un tono lechoso. Luego, dio vueltas al vaso para acabar de juntar los dos líquidos. A Reacher le llegó el fuerte olor a anís.

—Significa que, sea lo que sea que está pasando, es poca cosa. Que es una pequeña operación que está teniendo lugar en Nueva York. Allí nos sentíamos nerviosos, pero aquí estamos relajados.

Le dio un trago largo a la cerveza.

—Eso es solo una sensación. No demuestra nada.

Reacher asintió.

—Tienes razón, pero los sentimientos son persuasivos. Y hay algunas pruebas plausibles. Allí nos persiguieron y nos atacaron, pero aquí nadie nos presta la más mínima atención.

—¿Has estado fijándote?

—Nunca dejo de fijarme. Hemos estado paseando, despacio y sin escondernos, y no nos ha seguido nadie.

—¿No tendrán más personal?

—Están los dos jóvenes que enviaron a los Cayos y a Garrison, y el que conducía la camioneta Suburban, pero yo diría que eso es todo lo que tienen, o estarían aquí buscándonos. Así que conforman una unidad pequeña radicada en Nueva York.

La joven asintió.

—Yo creo que se trata de Victor Hobie —concluyó ella.

El camarero volvió con una libreta y un lápiz. Jodie pidió paté con cordero y Reacher pidió sopa y *porc aux pruneaux*, que siempre había sido su comida de domingo preferida cuando era niño y que su madre cocinaba siempre que conseguía encontrar cerdo y ciruelas en los lejanos destinos a los que enviaban a su padre. Se trataba de un plato típico de la región del Loira y, aunque su madre era parisina, le gustaba prepararles aquel plato a sus hijos porque lo consideraba una magnífica introducción a su cultura.

—No, yo no creo que se trate de Victor Hobie.

—Pues yo creo que sí. No me preguntes cómo, pero creo que sobrevivió al accidente y a la guerra, y que ha estado escondido desde entonces. Y que, como es evidente, no quiere que den con él.

Reacher negó con la cabeza.

—Lo cierto es que ya lo había pensado. De hecho, es lo primero que pensé, pero la parte psicológica del asunto no concuerda. Has leído su archivo. Has leído sus cartas. Te he contado lo que me dijo de él su viejo amigo Ed Steven. Ese muchacho era muy recto, Jodie. Plano, normal. No puedo creer que fuera a dejar a sus padres con una angustia así. ¡Y menos durante treinta años! ¿Por qué iba a hacerlo? No encaja con lo que sabemos de él.

—Puede que cambiara. Mi padre siempre me decía que Vietnam cambiaba a la gente y, por lo general, para mal.

Reacher volvió a negar con la cabeza.

—Murió, Jodie. Murió a seis kilómetros y medio al oeste del paso de An Khe hace treinta años.

—Está en Nueva York —afirmó Jodie—. Ahora mismo. Intentando que nadie lo descubra.

Estaba en su terraza, a treinta pisos de altura, apoyado en la barandilla, de espaldas al parque. Estaba hablando por un teléfono inalámbrico, vendiéndole el Mercedes de Chester Stone al tipo de Queens.

—Y también tengo un BMW. Un Serie 8 cupé. Ahora mismo está en Pound Ridge. Te los vendo por la mitad de lo que cuestan si vienes mañana mismo con el dinero en metálico en una bolsa.

Escuchó a través del auricular cómo el tipo inspiraba entre dientes, que es lo que siempre hacen los compradores de coches en cuanto les hablas de dinero.

—Treinta mil por los dos. En metálico, en una bolsa. Mañana.

El tipo gruñó un «Sí» al otro lado del teléfono y Hobie miró qué era lo siguiente que aparecía en su lista mental.

—Te vendo también un Tahoe o un Cadillac. Que sean cuarenta mil y puedes añadir al trato uno de los dos. El que prefieras.

El tipo hizo una pausa y eligió el Tahoe. Es más fácil vender un todoterreno de segunda mano, sobre todo en el sur, que era adonde Hobie imaginaba que llevarían los coches. Colgó el teléfono y entró en la sala por entre las cortinas. Abrió su pequeño diario de cuero con la mano y lo mantuvo abierto con el garfio. Cogió de nuevo el teléfono y llamó a un agente inmobiliario que le debía muchísimo dinero.

—Quiero el dinero que te presté.

Hobie oyó los ruidos que hacía el otro al tragar saliva. El hombre era presa del pánico. Durante un buen rato hubo un silencio que resultaba desesperante. Luego oyó cómo el hombre se sentaba de golpe.

—¿Puedes pagarme?

No respondió.

—¿Sabes lo que le pasa a la gente que no puede pagarme?

Más silencio. Más ruidos al tragar.

—No te preocupes. Podemos arreglarlo. Tengo dos propiedades que quiero vender. Una mansión en Pound Ridge y mi apartamento de la Quinta Avenida. Quiero dos millones por la mansión y tres y medio por el apartamento. Si me lo consigues, considera que te perdono la deuda a cambio de la comisión. ¿Trato hecho?

Al hombre no le quedaba otra opción que aceptar. Hobie le dijo que anotara su número de cuenta bancaria de las Caimán y que le hiciera una transferencia en un periodo de un mes.

—Un mes es un tanto optimista —le comentó el agente inmobiliario.

—¿Qué tal están tus hijos?

El hombre volvió a tragar saliva.

—De acuerdo, un mes.

Hobie colgó y escribió «5.540.000 $» en la misma página en la que tenía anotados los tres coches y las dos casas que acababa de vender. Luego llamó a la línea aérea y preguntó por los vuelos nocturnos que salían para la costa dentro de dos días. Había muchos asientos disponibles. Sonrió. La bola iba a pasar justo por encima de la valla, directa a la quinta fila de las gradas. El jugador de béisbol había saltado con todas sus fuerzas, pero no iba a conseguir alcanzarla.

Ahora que Hobie se había ido, Marilyn se sentía lo bastante segura para darse una ducha. No lo habría hecho si aquel hombre hubiera estado en el despacho. La miraba con lascivia. Se habría sentido como si el tipo pudiera ver a través de la puerta del cuarto de baño. En cambio, ese que se llamaba Tony no le preocupaba. Él era ansioso y obediente. Su jefe le había ordenado que se asegurara de que no salían del cuarto de baño y eso es lo que haría, pero nada más. No entraría a hostigarlos. Los dejaría en paz. Estaba segura. Y el otro tipo, el joven fornido que les había llevado el café, estaba haciendo lo que fuera que Tony le había ordenado que hiciera, así que se sentía bastante segura. Aun así, le pidió a Chester que se sentara de espaldas a la puerta con la mano en el pomo.

Marilyn se inclinó hacia el mando de la ducha y abrió el agua caliente. Se quitó el vestido y los zapatos, y dejó el vestido sobre el riel de la cortinilla, donde el agua no lo alcanzara, pero lo bastante cerca para que el vapor le quitase las arrugas. Luego entró en la ducha y se lavó el pelo y se enjabonó de pies a cabeza. Se sintió bien. La relajó. Consiguió que la tensión desapareciera. Permaneció un buen rato con la cara levantada debajo del chorro. Luego dejó el agua abierta, cogió una toalla, salió y le cambió el puesto a su marido.

—Venga, ahora tú. Te va a sentar bien.

Chester seguía como atontado. Se limitó a asentir y soltó el pomo. Antes de quitarse la camiseta interior y los calzoncillos, se quedó de pie frente a la ducha unos instantes, sin hacer nada. Luego se sentó en el suelo y se quitó los zapatos y los calcetines. Marilyn vio el moratón amarillento que tenía en un costado.

—¿Te han pegado? —susurró.

Chester asintió otra vez. Se puso de pie y entró en la ducha. Se quedó debajo del chorro de agua con los ojos cerrados y la boca abierta. Fue como si el agua lo reviviera. Cogió el jabón y el champú y se lavó.

—Deja el agua abierta. Está calentando la estancia.

Era cierto. El agua caliente empezaba a hacer que el cuarto de baño resultara confortable. Chester cogió una toalla y salió. Se secó la cara con ella dándose unos golpecitos y luego se la puso alrededor de la cintura.

—Además, con el ruido no podrán oír lo que decimos. Porque tenemos que hablar, ¿no?

Chester se encogió de hombros, como si no hubiera mucho que decir.

—No entiendo lo que pretendes. No hay ningún consejo regulador. Lo descubrirá y se pondrá como loco.

Marilyn estaba envolviéndose el pelo con la toalla. Se detuvo y miró a su marido, que estaba rodeado por una nube de vapor.

—¿No te das cuenta? Necesitamos un testigo.

—¿Un testigo de qué?

—De lo que está sucediendo. David Forster enviará un detective privado y ¿qué va a hacer Hobie? Admitiremos que no hay ningún consejo regulador, iremos a tu banco y le daremos las acciones a Hobie. En un sitio público, con un testigo. Un testigo que, en cierta medida, será un guardaespaldas. Cuando hayamos hecho eso, nos marcharemos.

—¿Y va a salir bien?

—Yo creo que sí. Piensa en que, por alguna razón, él tiene prisa. ¿Te has dado cuenta? Es como si hubiera una fecha límite. Está asustado. Lo mejor que podemos hacer es retrasar el asunto cuanto podamos y, después, largarnos, con un testigo que nos proteja las espaldas. A Hobie apenas le quedará tiempo, así que no podrá reaccionar.

—No lo entiendo. ¿Te refieres a que el detective privado confirmará que estábamos actuando bajo coacción? ¿Y lo haces porque crees que así podremos demandar a Hobie para que nos devuelva las acciones?

Marilyn permaneció callada unos instantes. Estupefacta.

—No, Chester, no vamos a demandar a nadie. Hobie se queda las acciones y nosotros nos olvidamos del tema.

Él la miraba a través del vapor.

—Pero eso no salvará la empresa. Si Hobie se queda las acciones, nosotros no podremos recuperarla.

Ella también lo miraba.

—Por el amor de Dios, Chester, ¿es que no te enteras? La empresa ya no existe. La empresa es historia, y será mejor que lo asumas. Esto no lo hacemos para salvar la puta empresa, lo hacemos para salvar la vida.

La sopa estaba deliciosa y el cerdo estaba aún mejor. Su madre habría estado orgullosa de un plato así. Compartieron media botella de vino californiano y comieron en relativo silencio. El restaurante era uno de esos en los que te dejan una larga pausa entre el plato principal y el postre, no de los que tienen prisa por echarte para darle la mesa a otro. Reacher estaba disfrutando de aquel lujo. No era algo a lo que estuviera acostumbrado. Se recostó en la silla y estiró las piernas. Sus tobillos rozaron los de Jodie por debajo de la mesa.

—Piensa en sus padres —empezó diciendo él—. Piensa en cuando era un crío. Tú abres la enciclopedia por la F en busca de «Familia estadounidense normal» y sale una foto de los Hobie. Una foto de los tres, mirándote a los ojos. Vale, acepto que Vietnam cambiaba a las personas. Entiendo que tuvo que expandirle el horizonte, aunque fuera un poco. Eso también lo sabían sus padres. Sabían que no iba a volver y trabajar en una mierda de imprenta de Brighton. Lo veían volando para empresas del Golfo, por entre las torres de las extracciones petrolíferas. Pero habrían mantenido el contacto, ¿no crees? Aunque fuera mínimo. No los habría abandonado. Eso sería una auténtica crueldad, fría e impasible, que habría mantenido durante treinta años. ¿Has visto algo en su informe que te haya hecho pensar que Victor Hobie era una persona así?

—Quizá hiciera algo. Algo de lo que se avergonzase. Algo como la matanza de My Lai, no sé. Quizá le diera vergüenza volver a casa. Puede que esté escondiendo un secreto.

Reacher negó con la cabeza con impaciencia.

—Estaría en su historial. Además, tampoco tuvo oportunidad de hacerlo. Era piloto de helicóptero, no soldado de infantería. Nunca vio al enemigo de cerca.

El camarero volvió con la libreta y el lápiz.

—¿Postre? ¿Café?

Pidieron un sorbete de frambuesa y café solo. Jodie apuró el vino que quedaba. A la luz de las velas, el líquido brillaba con un rojo mate.

—¿Y qué hacemos?

—Murió —afirmó Reacher—. Obtendremos las pruebas definitivas antes o después. Luego volveremos y les diremos a sus padres que han malgastado treinta años de su vida preocupándose por él.

—¿Y qué nos decimos a nosotros mismos? ¿Qué nos atacaron unos fantasmas?

Reacher se encogió de hombros y no respondió. El sorbete llegó y lo disfrutaron en silencio. Después llegó el café y también la cuenta en una carpetita de cuero que tenía el logotipo del restaurante impreso en letras doradas. Jodie puso la tarjeta de crédito dentro sin mirar siquiera el total. A continuación, sonrió.

—Una cena maravillosa —comentó.

Reacher sonrió y añadió:

—Una compañía maravillosa.

—Olvidémonos de lo de Victor Hobie un rato, ¿eh?

—¿De lo de quién?

Jodie se rio.

—¿Y en qué nos centramos?

Reacher sonrió.

—Estaba pensando en tu vestido.

—¿Te gusta?

—Me parece genial...

—¿Pero...?

—Pero podría estar mejor. Por ejemplo, hecho un ovillo en el suelo.

—¿Tú crees?

—Estoy bastante seguro. Sin embargo, ahora mismo no es más que una teoría y necesitaría realizar el experimento. Ya sabes, para tener una comparativa del antes y del después.

La joven suspiró para fingir que estaba muy cansada.

—Reacher, tenemos que levantarnos a las siete, ¿sabes? Tenemos un vuelo a primera hora.

—Pero eres joven. Si yo aguanto, seguro que tú también.

Ella sonrió. Arrastró la silla hacia atrás y se levantó. Se apartó un paso de la mesa y dio una vuelta sobre sí misma. El vestido la acompañó. Era como una funda, pero no ajustada. De espaldas, tenía un aspecto maravilloso. Su pelo era dorado a la luz de las velas. Se acercó a Reacher, se agachó y le susurró al oído:

—Bueno, esto ha sido un previo. Vámonos antes de que se te olvide que quieres hacer una comparativa.

Las siete de la mañana en Nueva York llegaban una hora antes que las siete de la mañana en Saint Louis y los agentes O'Hallinan y Sark pasaron esa hora en la sala de la brigada, planificando su turno. Los mensajes de la noche estaban apilados en la bandeja de entrada. Eran llamadas de los hospitales e informes de los policías del turno anterior, que habían ido a mediar en disputas domésticas. Había que leerlas y evaluarlas y, después, había que trazar un itinerario basado en la geografía y en la urgencia de estas. Había sido una noche normal en la ciudad de Nueva York, lo que significaba que O'Hallinan y Sark reunieron una lista con veintiocho nuevos casos que requerían su atención, y eso le llevó a ella a tener que aplazar la llamada a la comisaría del distrito quince hasta las ocho menos diez.

O'Hallinan marcó el número y el sargento de recepción no respondió al teléfono hasta el décimo tono.

—Anteayer remolcasteis una Suburban negra. Tuvo un accidente en la parte baja de Broadway. ¿Estáis haciendo algo al respecto?

La agente oyó un ruido como si el sargento consultara un montón de papeles.

—Está en el depósito. ¿Tenéis interés en el vehículo?

—Tenemos en el hospital a una mujer con la nariz rota y sabemos que la llevó hasta allí un Tahoe que es propiedad de la misma gente.

—Quizá la conductora fuera ella. En el accidente estuvieron implicados tres vehículos y solo tenemos a uno de los conductores. Fue la Suburban la que provocó el accidente, pero el conductor desapareció. También había un Oldsmobile Bravada que se marchó de allí pero que apareció en un callejón. Tampoco sabemos nada ni del conductor ni del pasajero de este vehículo. La Chevrolet Suburban es de una empresa, de una especie de compañía financiera del distrito.

—¿La Compañía Fiduciaria de las Islas Caimán? Sí, también es la dueña de nuestro Tahoe.

—Sí, esa. El Bravada está a nombre de la señora Jodie Jacob, pero informó de su robo antes del accidente. No será esa vuestra mujer de la nariz rota, ¿verdad?

—¿Jodie Jacob? No, la nuestra se llama Sheryl no sé qué.

—Vale. Es probable que fuera la conductora de la Suburban. ¿Es baja?

—Sí, bastante... No sé. ¿Por qué?

—Los airbags saltaron. Es posible que una mujer bajita se hiciera daño así, por culpa del airbag. Eso suele pasar.

—¿Quieres que lo compruebe?

—No, nuestra política dicta que, como tenemos su vehículo, ya serán ellos los que vengan.

O'Hallinan colgó y Sark la miró con aire inquisitivo.

—¿De qué va eso? ¿Por qué iba a decir que se chocó con una puerta si tuvo un accidente de tráfico?

La agente se encogió de hombros.

—Ni idea. ¿Y por qué una agente inmobiliaria de Westchester iba a estar conduciendo para una empresa del World Trade Center?

—Podría explicar las heridas —sugirió Sark—. El airbag... puede incluso que se lo hiciera con el propio volante.

—Puede.

—¿Deberíamos comprobarlo?

—Supongo que sí, porque si se lo hizo en un accidente de tráfico el caso pasa a quedar cerrado en vez de ser un probable.

—Vale, pero no lo apuntes en ningún lado, porque si no fue

un accidente el caso volverá a quedar abierto y pendiente, lo que, más adelante, será peor que un grano en el culo.

Se pusieron de pie a un tiempo y cada uno metió su libreta en el bolsillo del uniforme. Bajaron por las escaleras y disfrutaron del sol de la mañana mientras recorrían el depósito en busca de su coche patrulla.

El mismo sol se movía en dirección oeste y llegó a las siete a Saint Louis. Entró por la ventana abuhardillada del ático e iluminó con sus rayos bajos la cama con dosel desde una dirección diferente. Jodie se había levantado primero y estaba en la ducha. Reacher estaba solo en la cálida cama, estirándose, consciente de un apagado trino que se oía en la habitación.

Miró en la mesita de noche para ver si estaba sonando el teléfono o si Jodie había puesto alguna alarma que no hubiera recordado apagar. Nada. El trino seguía, débil pero insistente. Rodó sobre sí mismo y se sentó. En aquella nueva posición, enseguida localizó el sonido dentro del bolso de la joven. Salió de la cama y fue descalzo, desnudo por la habitación. Abrió el bolso. El trino empezó a sonar más fuerte. Era el teléfono móvil. Reacher miró la puerta del cuarto de baño y cogió el teléfono. En su mano trinaba con más fuerza. Estudió los botones y pulsó el de descolgar. El trino cesó.

—¿Hola? —contestó.

Quienquiera que estuviera al otro lado hizo una pausa antes de responder.

—¿Quién es? Quería hablar con la señora Jacob.

Era una voz de un hombre, joven, ocupado, estresado. Una voz que conocía. Era el ayudante de Jodie en el bufete, el que le había dado la dirección de Leon.

—Está en la ducha.

—Ah.

Otra pausa.

—Soy un amigo —informó Reacher.

—Ya. ¿Siguen ustedes en Garrison?

—No. Estamos en el Saint Louis, Missouri.

—Dios mío, eso complica el asunto. ¿Podría hablar con la señora Jacob, por favor?

—Está en la ducha. Puede devolverle la llamada dentro de un rato o puede dejarle usted un mensaje.

—¿Le importaría anotar un mensaje? Es que me temo que es urgente.

—Espere un momento.

Reacher volvió a la cama y cogió una libretita que había en la mesita de noche, junto al teléfono. Se sentó y se cambió el móvil a la mano izquierda.

—A ver, dispare.

El ayudante empezó con el mensaje. Iba dando vueltas. Estaba eligiendo las palabras con cuidado para que el mensaje fuera un tanto vago. Como es evidente, no podía confiar en un amigo para dar detalles legales secretos. Reacher dejó la libretita y el lápiz en la mesita. No iba a necesitarlos.

—Le diré que le devuelva la llamada si no lo ve claro.

—Gracias. Y disculpe por haber interrumpido... eh... lo que sea que haya interrumpido.

—No ha interrumpido usted nada. Ya le he dicho que la señora Jacob está en la ducha. Ahora bien, no voy a negarle que, hace diez minutos, en efecto, nos habría interrumpido.

—¡Dios! —Y colgó.

Reacher sonrió, estudió los botones y colgó. Dejó el móvil sobre la cama y oyó que Jodie cerraba los grifos. Al rato, se abrió la puerta del cuarto de baño y la joven salió envuelta en una toalla y en una nube de vapor.

—Tu ayudante acaba de llamarte al móvil. Me ha parecido que se quedaba un poco sorprendido cuando he respondido.

Jodie se rio.

—Vaya, se arruinó mi reputación. Para la hora de la comida lo sabrá todo el bufete. ¿Qué quería?

—Tienes que volver a Nueva York.

—¿Por qué? ¿Te ha dado detalles?

Reacher negó con la cabeza.

—No —respondió Reacher—. Ha intentado no decir nada confidencial, ha sido muy profesional, como debería ser un ayudante, imagino. La cuestión es que debes de ser la abogada estrella del bufete, porque estás muy solicitada.

Jodie sonrió.

—Soy la mejor, sí. ¿No te lo había dicho? Bueno, ¿y quién me necesita?

—Alguien que ha llamado al bufete. Una corporación financiera que tiene algo entre manos. Han preguntado por ti. Yo diría que porque saben que eres la mejor.

Jodie asintió y sonrió.

—¿Te ha dicho cuál es el problema?

—Parece lo típico de lo que te encargas tú. Hay uno que le debe dinero a otro y, por lo visto, no se ponen de acuerdo. Tienes que asistir a una reunión mañana para ver si alguna de las dos partes entra en razón.

Una de las miles de llamadas telefónicas que se hacían por minuto en la zona de Wall Street tuvo su origen en el bufete de Forster y Abelstein, desde donde llamaron a la oficina de un detective privado llamado William Curry. Curry era un veterano de la policía que había pasado veinte años en el cuerpo de detectives del Departamento de Policía de Nueva York, que se había jubilado a los cuarenta y siete años y que trabajaba de detective privado para que le alcanzara para vivir y para pagar la pensión conyugal a su exesposa hasta que esta volviera a casarse, se muriera o se olvidara de él. Llevaba dos años no muy buenos en el negocio, así que una llamada personal del socio principal de un bufete de clase alta de Wall Street era un avance, algo que lo satisfacía, si bien tampoco le sorprendía demasiado. Con la intención de labrarse una reputación, llevaba aquellos dos años trabajando bien y con tarifas razonables, por lo que si aquella llamada implicaba que por fin sus esfuerzos estaban dando frutos y que empezaban a solicitarle los grandes, se sentiría satisfecho, pero no estupefacto.

Lo que lo pasmó fue la naturaleza del trabajo.

—¿Tengo que hacerme pasar por usted?

—Sí, es muy importante —explicó el señor Forster—. Están esperando a un abogado, a mí, que es a quien tendrá que representar usted. No va a haber ningún tipo de fuerza de la ley implicada. De hecho, es muy posible que no suceda nada. Usted solo tiene que hacer acto de presencia y no revelar la tapadera. Será bastante sencillo, ¿de acuerdo?

—Sí... de acuerdo... supongo.

Curry apuntó los nombres de las partes implicadas y la dirección donde se celebraría la actuación. Subió su tarifa al doble de lo habitual porque no quería quedar de barato delante de aquellos tipos de Wall Street. A esa gente siempre le impresionan los servicios caros. Lo sabía de buena tinta. Y, además, dada la naturaleza del trabajo, supuso que se iba a ganar el dinero. Forster aceptó la tarifa sin dudarlo y le prometió que le enviaría un cheque por correo. Curry colgó y empezó a repasar mentalmente su armario para ver qué coño iba a ponerse para parecer el principal socio de un bufete de Wall Street.

13

De Saint Louis a Dallas–Fort Worth hay novecientos catorce kilómetros en avión y tardaron noventa confortables minutos en llegar: treinta de ellos ascendiendo con afán, treinta acelerando al máximo y treinta descendiendo para aterrizar. Reacher y Jodie iban juntos en primera clase, en esa ocasión en el lado de babor, entre una clientela muy diferente de la que había viajado con ellos desde Nueva York. La mayor parte de la sección estaba ocupada por hombres de negocios texanos con trajes de zapa de tonos azules o grises, botas de caimán y grandes sombreros. Eran más grandes, más rojizos y más ruidosos que sus homólogos de la Costa Este y se esforzaban más con las azafatas. Jodie llevaba un sencillo vestido color óxido que bien podría haber sido uno de esos que vestía Audrey Hepburn, y aquellos hombres de negocios no dejaban de lanzarle miraditas y de evitar a Reacher. Era él quien iba en el asiento de pasillo, con sus pantalones caquis arrugados y con sus viejos zapatos ingleses, y a los hombres de negocios no les cuadraba que estuviera allí. Percibía cómo lo observaban, cómo se fijaban en su piel morena, en sus manos y en su compañera, y daba por hecho que pensarían que debía de ser algún paleto que había tenido suerte con alguna demanda, aunque enseguida se darían cuenta de que esas cosas ya no pasaban y empezarían a especular una vez más. Los ignoró y bebió el mejor café de la aerolínea en una taza de porcelana mientras pensaba en cómo entrar en Wolters y conseguir que DeWitt les contara algo.

Lo que puede suceder cuando un policía militar intenta sonsacar a un general de dos estrellas es como lanzar una moneda al aire. Si sale cara, te topas con una persona que es consciente de lo valiosa que resulta la cooperación. Puede que haya tenido dificultades en el pasado con una unidad u otra y que los de la PM se las hayan resuelto de una manera efectiva y perceptiva. En ese caso, es un creyente y su instinto está contigo. Eres su amigo. Ahora bien, si sale cruz, te encuentras con un tipo que quizá haya sido el culpable de sus propias dificultades. Puede que haya sido chapucero o que metiera la pata con algún mando y que la PM no se cortara en hacérselo saber. En ese caso, no se consigue nada de él excepto agravar la situación. Cara o cruz, sí, pero es que, además, como toda institución desprecia a su propia policía, se trata de una moneda trucada, por lo que es mucho más habitual que salga cruz que cara. Al menos, esa había sido la experiencia de Reacher. Y lo que era peor: era un policía militar que, por si fuera poco, en ese momento era civil. Ya tenía dos *strikes* en contra y ni siquiera había salido a batear.

El avión rodó hasta la puerta correspondiente de la terminal y los hombres de negocios esperaron e hicieron pasar a Jodie primero por el pasillo. O bien se debía a la típica cortesía texana, o bien querían verle las piernas y el culo. Claro que Reacher no podía criticarlos, porque él habría querido lo mismo. Cogió la bolsa de viaje de ella y la siguió por la pasarela hasta la terminal. Se detuvo a su lado y le pasó el brazo por los hombros. Notó que se le clavaban en la espalda una docena de pares de ojos.

—¿Me estás reclamando como tuya?

—¿Te has fijado en ellos?

Jodie le pasó el brazo por la cintura y tiró de él mientras caminaban.

—Como para no fijarse. No habría tenido que esforzarme para conseguir una cita para esta noche.

—Les habrías atizado con un palo si te lo hubieran pedido.

—Es por el vestido. Quizá debería haber llevado pantalones, pero he pensado que, aquí, el vestido es más tradicional.

—Podrías ir vestida de tanquista soviético, de gris y verde con un mono acolchado, que seguirían babeando.

Jodie se rio.

—He visto a tanquistas soviéticos. Mi padre me enseñó fotos. Noventa kilos, bigotes enormes, fumando en pipa, tatuajes... y eso que solo me refiero a las mujeres.

El aire acondicionado de la terminal estaba tan fuerte que hacía un frío terrible y, cuando salieron a la calle, camino de la parada de taxis, una diferencia de temperatura de veinte grados los golpeó como un puñetazo. Junio en Texas, poco después de las diez de la mañana y ya hacía más de treinta y siete grados y mucha humedad.

—¡Vaya, pues puede que haya acertado al ponerme vestido!

Estaban a la sombra de una carretera elevada; pero, más allá, el sol caía blanco, abrasador, sobre el asfalto. De hecho, parecía que el cemento estuviera cociéndose y salía vapor de él. Jodie se agachó y cogió unas gafas de sol de la bolsa de viaje. En cuanto se las puso, se pareció aún más a una Audrey Hepburn rubia. El primer taxi era un Caprice nuevo con el aire acondicionado muy fuerte y objetos de carácter religioso colgando del retrovisor interior. El taxista se mantuvo en silencio y el viaje duró cuarenta minutos, la mayor parte por autopistas de asfalto que brillaban de color blanco bajo el sol y que, si bien empezaron con mucho tráfico, fueron vaciándose.

El fuerte Wolters era una instalación permanente y grande que estaba en medio de la nada, con edificios bajos y elegantes y unos jardines limpios y bien cuidados, pero de esa manera estéril típica de los militares. Al complejo lo rodeaba una valla alta, tensa y sin malas hierbas ni a un lado ni a otro. El bordillo de la carretera que quedaba en el lado de la base estaba blanqueado. Al otro lado de la valla, las carreteras interiores de cemento gris serpenteaban entre los edificios. Las ventanas centelleaban por el reflejo del sol. El taxi tomó una curva y aparecieron frente a un campo del tamaño de un estadio que estaba lleno de helicópteros alineados entre los que se movían escuadras de aprendices de vuelo.

La entrada principal estaba apartada de la carretera por la que los había llevado el taxi y tenía a los lados, inclinados, una serie de mástiles de color blanco de los que las banderas colgaban flácidas por efecto del calor. Había una caseta de guardia cuadrada y baja con una barrera rojiblanca para controlar el acceso. Como a un metro de altura, la caseta era todo ventanas y Reacher se fijó en cómo observaban los policías militares del interior la aproximación del taxi. Vestían con el uniforme completo, incluido el casco blanco. Policías militares del ejército regular. Sonrió. Esa parte no iba a suponerle ningún problema. De hecho, iban a considerarlo más amigo a él que a la gente que estaban protegiendo.

El taxi los dejó en la rotonda que había frente a la entrada principal, dio la vuelta y se marchó. Jodie y Reacher caminaron bajo el sol cegador hasta la sombra de la caseta. Uno de los dos policías militares, un sargento, deslizó la ventanilla y los miró con aire inquisitivo. Reacher sintió el aire helado que salía de la garita.

—Queremos reunirnos con el general DeWitt. ¿Hay alguna posibilidad de que lo consigamos, sargento?

El sargento lo miró de arriba abajo.

—Eso depende de quiénes sean ustedes.

Reacher le dijo quién era y quién había sido, así como quién era Jodie y quién había sido su padre y, de inmediato, estaban los dos dentro de la fresquita caseta de guardia y el sargento hablaba por teléfono con su homólogo de la oficina de mando.

—Bien, ya están ustedes registrados. El general tiene un hueco en media hora.

Reacher sonrió. Lo más probable era que el tipo estuviera libre en aquel mismo instante y que aquella media hora la quisieran para comprobar que eran quienes decían ser.

—¿Cómo es el general, sargento? —preguntó Reacher.

—Lo tenemos clasificado como GCV, señor —dijo el militar, y sonrió.

Reacher también sonrió. De pronto, se sintió la mar de bien dentro de aquella caseta de guardia. Como en casa. GCV era un código de la Policía Militar que significaba «Gilipollas del Culo a Veces» y, a decir verdad, era una calificación muy benevolente para un general, viniendo de un sargento. Era la típica calificación que significaba que, si se acercaba uno bien a él, el tipo podía cooperar. Por otro lado, también significaba que podía no hacerlo. Aquello le dio que pensar durante la espera.

Después de treinta y dos minutos, un Chevrolet de color verde con estarcidos blancos aparcó junto a la barrera, por dentro, y el sargento les hizo un asentimiento con la cabeza para que subieran al vehículo. El conductor era un soldado raso que no tenía ninguna intención de hablarles. Se limitó a esperar a que estuvieran sentados, dio la vuelta y los llevó, poco a poco, por entre los edificios. Reacher se fijó en las familiares vistas que iban dejando atrás. Aunque nunca había estado en Wolters, lo conocía bien porque era idéntico a decenas de fuertes en los que sí que había estado. La misma disposición, la misma gente, los mismos detalles, como si estuvieran todos construidos según un mismo plan director. El edificio principal era de ladrillo, tenía dos pisos y daba a una plaza de armas. Su arquitectura era igual que la del edificio principal de la base de Berlín en la que había nacido. Lo único que cambiaba era el clima.

El Chevrolet se detuvo junto a las escaleras del edificio. El conductor movió la palanca de transmisión en la posición de estacionamiento y permaneció mirando hacia delante por el parabrisas, en silencio. Reacher abrió la puerta y salió del coche con Jodie. De nuevo los recibió el calor.

—Gracias por traernos, soldado.

El muchacho se quedó aparcado con el motor en marcha, mirando hacia delante. Reacher y Jodie subieron las escaleras y entraron en el edificio. En el gélido vestíbulo había destacado un policía militar, con el casco blanco, las polainas blancas y con un brillante M-16 cruzado a la altura del pecho. Mantuvo la mirada fija en las piernas de Jodie a medida que estas bailaban hacia él.

—Reacher y Garber. Venimos a ver al general DeWitt —se presentó Reacher.

El soldado levantó el rifle, gesto que simbolizaba el levantamiento de una barrera. Reacher asintió y caminó por delante de Jodie hacia las escaleras. Aquel edificio era como todos los del ejército, construido según unas premisas que estaban a caballo entre lo suntuoso y lo funcional, como un colegio privado ubicado en una vieja mansión. El sitio estaba inmaculado y, aunque los materiales eran los mejores posibles, la decoración era institucional y cruda. En lo alto de las escaleras, en el pasillo, había un escritorio, y sentado al escritorio había un corpulento sargento de la Policía Militar rodeado de pilas y pilas de papeles. Detrás de él había una puerta de roble con una placa con el nombre del general, su rango y sus condecoraciones. Era una placa muy grande.

—Reacher y Garber. Venimos a ver al general.

El sargento asintió y cogió el teléfono. Pulsó un botón.

—Los visitantes, señor.

Escuchó la respuesta, se puso de pie y les abrió la puerta. Se hizo a un lado para facilitarles el paso. Cerró la puerta. El despacho era del tamaño de una pista de tenis. Estaba revestido con paneles de roble y había una gran alfombra oscura y deshilachada de tantas veces como la habían limpiado. El escritorio era enorme y de roble, y DeWitt estaba sentado a él. El hombre tendría entre cincuenta y cincuenta y cinco años, era seco y fibroso, y estaba empezando a perder el pelo, que tenía gris y llevaba cortado casi al cero. Tenía los ojos entrecerrados para observar con atención su avance. A Reacher le pareció que su expresión estaba a medio camino entre la curiosidad y la irritación.

—Siéntense, por favor.

Cerca del escritorio había dos sillas de cuero para visitantes. Las paredes estaban abarrotadas de recuerdos enmarcados, pero eran todos ellos recuerdos de batallones o divisiones, trofeos de guerra, honores de batalla y viejas fotografías en blanco y negro de pelotones. Había también dibujos y cortes de sección de una decena de helicópteros. Ahora bien, no había nada personal. Ni siquiera tenía fotos de familia en el escritorio.

—¿En qué puedo ayudarlos?

Su acento era el típico acento anodino militar, ese que se le queda a uno después de servir por todo el mundo rodeado de gente de todo el país. Era probable que el general fuera del Medio Oeste. Puede que de cerca de Chicago, pensó Reacher.

—Fui comandante de la Policía Militar —empezó Reacher y aguardó.

—Lo sé, lo hemos comprobado.

Una respuesta neutral, que no decantaba la balanza hacia ningún lado. Ni era hostil ni era aprobatoria.

—Mi padre era el general Garber —dijo Jodie.

De Witt asintió sin decir palabra.

—Estamos en unas instalaciones privadas —dijo Reacher.

Un corto silencio.

—Unas instalaciones civiles, de hecho —puntualizó el general.

Reacher asintió.

«Primer *strike*».

—Venimos a hablar de un piloto llamado Victor Hobie. Sirvieron ustedes juntos en Vietnam.

Dio la impresión de que DeWitt se hubiera quedado en blanco. Luego levantó las cejas.

—¿Ah, sí? Pues no me acuerdo de él.

«Segundo *strike*».

No iba a cooperar.

—Estamos intentando descubrir qué le sucedió.

Otro corto silencio. El general asintió despacio, como entretenido.

—¿Por qué? ¿Era tío suyo? O quizá fuera su padre y lo haya descubierto usted hace poco. Puede que tuviera una relación breve y triste con su madre cuando era el chico que le limpiaba la piscina. ¿O acaso ha comprado la casa en que vivió cuando era niño y ha encontrado sus diarios de adolescente junto con una *Playboy* de 1968 en un compartimento oculto de los paneles de madera?

«Tercer *strike*».

No solo no iba a cooperar, sino que se mostraba agresivo. El despacho se quedó en silencio. A lo lejos se oía el batir de las palas de un rotor. Jodie se sentó un poco más adelantada en la silla. Su voz era suave y sonó baja en la quietud del despacho.

—Hemos venido por sus padres, señor. Perdieron a su hijo hace treinta años y aún no saben qué fue de él. Siguen sufriendo, general.

DeWitt la miró con sus ojos grises y negó con la cabeza.

—Lo siento muchísimo, pero no me acuerdo de él.

—Entrenó con usted aquí, en Wolters —dijo Reacher—. Fueron juntos a Rucker e hicieron juntos el viaje en barco de un mes a Qui Nhon. Estuvieron juntos casi dos servicios completos pilotando los escurridizos de la base de Pleiku.

—¿Estuvo su padre en el servicio? —preguntó DeWitt.

Reacher asintió.

—En el Cuerpo de Marines. Treinta años. *Semper Fi.*

—El mío estuvo en el Octavo de las Fuerzas Aéreas durante la Segunda Guerra Mundial. Pilotaba bombarderos desde Anglia Oriental hasta Berlín y, luego, de vuelta a Inglaterra. ¿Sabe lo que me dijo cuando me alisté en el cuerpo de helicópteros?

Reacher se mantuvo a la espera.

—Me dio un buen consejo. Me dijo: «No trabes amistad con los pilotos, porque todos mueren y lo único para lo que te habrá servido es para que te sientas mal».

Reacher asintió de nuevo.

—¿De verdad no se acuerda de él?

El general se encogió de hombros.

—¿Ni siquiera por sus padres? —insistió Jodie—. No parece justo que vayan a morir sin saber lo que le pasó a su hijo, ¿verdad?

Silencio. El lejano sonido del rotor se apagó hasta que dejó de oírse. DeWitt miró a Jodie. Luego extendió sus pequeñas manos sobre el escritorio y suspiró con fuerza.

—Bueno, puede que de algo me acuerde. De los primeros días. Más tarde, cuando mis compañeros empezaron a morir, decidí seguir al pie de la letra el consejo de mi padre. Me encerré en mí mismo, ¿me entienden?

—¿Y cómo era él? —preguntó Jodie.

—Que cómo era. Muy diferente de mí, eso se lo aseguro. Aunque tampoco se parecía a nadie que haya conocido. Era una contradicción andante. Era voluntario, ¿lo sabían? Como yo. Y como muchos de los que estábamos allí. Sin embargo, Vic no se parecía a nosotros. En aquella época había una línea divisoria entre los voluntarios y los reclutados. Los voluntarios éramos gente muy alegre, animada. Al fin y al cabo, íbamos a la guerra porque creíamos en la causa. Vic no era así. Aunque se hubiera presentado voluntario, siempre estaba callado como un ratón, como el más ceñudo de los reclutados. No obstante, pilotaba como si hubiera nacido con un rotor en el culo.

—Así que era bueno —dijo Jodie.

—Mejor que bueno —puntualizó DeWitt—. Al principio, solo me tenía a mí por delante, que es mucho decir, porque yo, desde luego, sí que había nacido con un rotor en el culo. Además, me acuerdo de que a Vic se le daban bien los libros. En clase nos aventajaba a todos.

—¿Le provocó eso algún problema de actitud? —preguntó Reacher—. Porque intercambiara favores a cambio de ayuda, me refiero.

El general dejó de mirar a Jodie y miró a Reacher.

—Han hecho los deberes. Han estado en el archivo.

—Sí. Venimos directos del CNRP.

El general asintió con actitud neutral.

—Espero que no hayan leído mi archivo.

—El supervisor no nos lo permitió —dijo Reacher.

—No queremos meternos donde no nos llaman —añadió Jodie.

DeWitt asintió una vez más.

—Vic intercambiaba favores, y cuando los oficiales superiores se enteraron, consideraron que aquello no estaba bien. Por lo que recuerdo, hubo cierta controversia al respecto. Se suponía que uno tenía que ayudar a los suyos por el mero placer de ayudarles. Por el bien de la unidad, ¿entienden? ¿Se acuerda usted de toda esa mierda?

El general miraba a Reacher entretenido. Reacher asintió, consciente de que el hecho de que Jodie estuviera allí estaba sirviéndole de ayuda. El encanto personal de la joven hacía que el general la mirara también a ella en busca de aprobación.

—Pero Vic llevaba aquel asunto con frialdad. Como si lo de los favores fuera una ecuación matemática más. Como si x levantara el helicóptero del suelo, como si la ayuda con esta o con aquella ecuación complicada sirviera para que le limpiaran las botas. Dijeron de él que era frío.

—¿Y lo era? —le preguntó Jodie.

El general asintió.

—Como si careciera de emociones. El tipo más frío con el que me he topado. Aquello siempre me sorprendió. Al principio, pensé que se debía a que venía de un pueblo en el que apenas había visto nada ni había hecho nada, pero más tarde me di cuenta de que se debía a que no sentía nada. Nada de nada. Era raro. En cualquier caso, aquello lo convertía en un piloto fuera de serie.

—¿Porque no tenía miedo? —preguntó Reacher.

—Exacto. No es que fuera valiente, porque valiente es aquel que siente miedo y lo vence. Vic ni siquiera sentía miedo. Eso era lo que lo convertía en un piloto mejor que yo. Yo fui el único que se graduó por delante de él en Rucker y conservo la placa que lo demuestra, pero, cuando llegamos allí, él era mejor que yo sin lugar a dudas.

—¿En qué sentido?

DeWitt se encogió de hombros, como si fuera incapaz de explicarlo.

—Lo aprendíamos todo sobre la marcha, como si no hubiera nada planeado. A decir verdad, el entrenamiento con el que llegábamos era una mierda. Era como si a uno le enseñaran algo redondo y le dijeran: «Esto es una pelota de béisbol», y acto seguido, le enviaran a jugar a primera división. Eso es algo que intento enmendar desde que soy el que manda aquí. No quiero enviar a ningún lado a pilotos tan poco preparados como nosotros.

—¿Y a Victor Hobie se le daba bien aprender sobre la marcha?

—Era el mejor. ¿Sabe algo de helicópteros en la selva?

Reacher negó con la cabeza.

—Poca cosa.

—El primer problema con el que te encuentras es la ZA, la zona de aterrizaje. Hay un montón de soldados de infantería extenuados y desesperados a los que el enemigo no deja de disparar y que hay que sacar de allí donde estén. Nos llaman por radio y nuestro supervisor les dice: «Claro, van para allá. Prepárennos una ZA y los sacaremos de allí». Así que ellos, con explosivos y sierras y lo que coño tengan a mano, preparan una ZA en medio de la selva. La cuestión es que, para aterrizar, un Huey con el rotor girando necesita un espacio exacto de catorce metros con setenta centímetros de ancho por diecisiete metros con cuarenta centímetros de largo. Lo malo es que los de infantería están cansados y tienen mucha prisa, y los *charlies* no paran de dispararles con morteros, así que, por lo general, no hacen la ZA lo bastante grande. Y, claro, así no podemos sacarlos de allí. Eso nos pasó dos o tres veces y nos jodía, ¿saben? La cosa es que una noche veo que Vic está estudiando el borde de ataque de una de las palas del rotor principal de su Huey y le pregunto: «¿Qué estás mirando?», a lo que me responde: «Es de metal», y yo pienso: «Y de qué coño iba a ser, ¿de bambú?», pero él no deja de mirarla. Entonces, justo al día siguiente, nos ordenan que volemos a una ZA improvisada una vez más, y, ¿qué sucede?, pues que vuelve a ser pequeña. Nada, faltan solo unos sesenta centímetros, pero lo suficiente para que no podamos descender. Sin embargo, va Vic y baja. Gira y gira con el helicóptero y se hace espacio con las palas. Como si fuera un cortacésped gigante, ¿entienden? Fue la hostia. Trozos de árboles saltando por todas partes. Luego baja, recoge a siete u ocho soldados y los demás bajamos por detrás de él y recogemos a los que quedan. Y eso se convirtió en POE, ya sabe, en un Procedimiento de Operación Estándar. Y fue él quien lo inventó. Porque era frío y lógico, y porque no le daba miedo intentarlo. A lo largo de los años, esa maniobra le ha salvado la vida a muchos soldados. A cientos. Puede que incluso a miles.

—Impresionante —opinó Reacher.

—¡Ni se lo imagina! El segundo gran problema que teníamos era el peso. Descendíamos a un claro y la infantería corría hacia nosotros como un enjambre hasta que el puto helicóptero pesaba tanto que no podíamos despegar, así que nuestros propios artilleros se veían obligados a bajar a golpes a cuantos fuera necesario. Y los dejabas allí tirados... donde era muy posible que murieran. Uno no se queda tranquilo sabiendo eso. Así que, un día, Vic permite que suban todos y empuja la palanca hacia delante y avanza en horizontal por el claro hasta que la velocidad aerodinámica lo impulsa por debajo del rotor y lo levanta del suelo. Luego, coge y se va de allí sin más. «Salto a la carrera» lo llamamos. Otro POE. También lo inventó él. A veces lo hacía colina abajo, incluso por el interior de las montañas. Parecía que fuera a estrellarse y, de pronto, levantaba el vuelo. Como ya les he dicho, aprendíamos sobre la marcha, y, la verdad, muchas de las mejores técnicas las inventó Victor Hobie.

—Usted lo admiraba —dijo Jodie.

—Sí, lo admiraba y no me vergüenza admitirlo —respondió el general.

—Pero no eran ustedes buenos amigos.

Negó con la cabeza.

—Tal y como me había dicho mi padre, no me hacía amigo de los demás pilotos. Y me alegro de haber seguido su consejo, porque murieron demasiados.

—¿Cómo pasaba Victor Hobie el tiempo? —preguntó Reacher—. En los informes del archivo ponía que había muchos días en que no podían salir ustedes a volar.

—El clima era una mierda. Pero una mierda de categoría. No se hacen a la idea. No paro de pedir que muevan estas instalaciones a otra parte. Al estado de Washington, por ejemplo, donde mis chicos verán algo de niebla y brumas. No sirve de nada entrenar en Texas y en Alabama si se quiere ir a combatir a alguna parte donde el clima no es tan apacible.

—Bueno, ¿cómo pasaban el tiempo que tenían que estar en tierra?

—Yo hacía de todo. A veces me iba de fiesta, a veces dormía. A veces cogía un camión y me iba a buscar aquello que pudiéramos necesitar.

—¿Y Vic? ¿Qué hacía él? —preguntó Jodie.

El general DeWitt se encogió de hombros.

—No tengo ni idea. Siempre estaba ocupado, siempre estaba con algo entre manos, pero no sé lo que era. Como ya les he dicho, no quería mezclarme con otros pilotos.

—¿Estaba diferente Victor Hobie durante el segundo periodo de servicio? —preguntó Reacher.

DeWitt esbozó una sonrisita.

—Todos estábamos diferentes la segunda vez.

—¿En qué sentido? —quiso saber Jodie.

—Estábamos más cabreados. Aunque alguien se reenganchara de inmediato, tenían que pasar nueve meses como mínimo para que volviera, a veces hasta un año. Entonces, uno llegaba y veía que el cuartel en el que había estado viviendo se encontraba hecho unos zorros. Veía que estaba descuidado y que se encargaban de él a medias. Complejos que uno mismo había construido se caían a pedazos, las trincheras que había excavado para evitar el fuego de mortero estaban medio llenas de agua, los árboles que uno había arrasado con el helicóptero para limpiar zonas enteras estaban rebrotando. Daba la sensación de que los pequeños dominios los habían destruido un puñado de idiotas mientras uno no estaba. Hacía que uno se enfureciera y que se deprimiera. Y, en términos generales, aquello era un reflejo de la realidad. Todo lo que tenía que ver con Vietnam iba cuesta abajo. Estaba todo fuera de control. La calidad del personal era cada vez peor.

—¿Vio usted que Victor Hobie se desilusionara? —le preguntó Reacher.

DeWitt se encogió de hombros.

—Lo cierto es que no recuerdo gran cosa de su actitud. Puede que él lo llevara mejor. Por lo que recuerdo, tenía un gran sentido del deber.

—¿Cómo fue su última misión?

Al general se le quedaron los ojos sin brillo, inexpresivos, como si alguien acabase de correr las cortinas.

—No lo recuerdo.

—Lo abatieron —explicó Reacher—. Volaba un poco por delante de usted. ¿No recuerda qué misión les habían asignado?

—En Vietnam perdimos ocho mil helicópteros. Ocho mil, señor Reacher, desde el primer día hasta el final de la guerra. Y tengo la sensación de que los vi caer casi todos, así que, ¿cómo quiere que me acuerde de uno en concreto?

—¿Cuál era la misión? —insistió Reacher.

—¿Por qué lo quiere saber?

—Me serviría de ayuda.

—¿Para qué?

Reacher se encogió de hombros.

—Con sus padres, supongo. Me gustaría poder decirles que murió haciendo algo de utilidad.

DeWitt sonrió. Era una sonrisa amarga, sardónica, cansada y desgastada por los bordes después de treinta años de uso.

—Pues, amigo, vaya haciéndose a la idea de que no va a poder hacerlo.

—¿Por qué no?

—Porque ninguna de nuestras misiones servían para nada. Eran una pérdida de tiempo. Una pérdida de vidas. Perdimos la guerra, ¿no?

—¿Era una misión secreta?

Una pausa. Silencio en el enorme despacho.

—¿Por qué iba a serlo?

—Hobie solo subió a tres personas a bordo. A mí, eso me suena a secreto de por medio. En aquella ocasión no hizo falta que practicara el salto a la carrera, ¿verdad?

—Ya le digo que no lo recuerdo.

Reacher lo miró a los ojos y el general le mantuvo la mirada.

—¿Por qué iba a tener que recordarlo? Me hablan ustedes de algo en lo que no pienso desde hace treinta años. ¿Se supone que he de recordar cada puto detalle?

—Esta no es la primera vez que le hablan de ello en treinta años. Le hicieron estas mismas preguntas hace un par de meses. En abril.

DeWitt se quedó en silencio.

—El general Garber llamó al CNRP preguntando por Victor Hobie —dijo Reacher—. Es inconcebible que no lo llamara a usted después. ¿Acaso no va a contarnos a nosotros lo mismo que le contó a él?

El general DeWitt sonrió.

—A él también le dije que no lo recordaba.

Silencio de nuevo. Las lejanas palas de un rotor batiendo el aire cada vez más cerca.

—¿No va a decírnoslo? ¿Ni por sus padres? —preguntó Jodie con suavidad—. Siguen sufriendo por él. Tienen que saber qué le pasó.

—No puedo —aseguró el general De Witt.

—¿No puede o no quiere? —soltó Reacher.

DeWitt se levantó despacio y fue hacia la ventana. Era de corta estatura. Se quedó a la luz del sol, pero se echó un poco a la izquierda para poder ver cómo el helicóptero que estaban oyendo aterrizaba en el campo.

—Es información clasificada. No se me permite hacer ningún comentario al respecto, y no voy a hacerlo. El general Garber me lo preguntó y le dije lo mismo: sin comentarios. Ahora bien, le sugerí que buscara más cerca de casa, y voy a aconsejarles a ustedes que hagan lo mismo, señor Reacher. Busquen más cerca de casa.

—¿Más cerca de casa?

El general DeWitt le dio la espalda a la ventana.

—¿Consultaron ustedes el informe de Kaplan?

—¿El del copiloto de Victor Hobie? Sí.

DeWitt asintió.

—¿Y leyeron cuál fue su penúltima misión?

Reacher negó con la cabeza.

—Pues deberían haberlo hecho. Es un poco chapucero para alguien que fue comandante de la Policía Militar en su día. Ahora bien, no le digan a nadie que he sido yo quien se lo ha sugerido, porque lo negaré, y será a mí a quien crean, no a ustedes.

Reacher miró hacia otro lado. El general volvió al escritorio y se sentó.

—General, ¿es posible que Victor Hobie siga vivo? —preguntó Jodie.

El distante helicóptero apagó los motores. Se hizo un silencio total.

—Sin comentarios.

—¿Le han hecho antes esa pregunta? —insistió Jodie.

—Sin comentarios.

—Usted vio el accidente. ¿Es posible que alguien sobreviviera?

—Vi una explosión bajo la jungla, nada más. Vic llevaba más de medio depósito lleno, señorita Garber, saque usted sus propias conclusiones.

—¿Sobrevivió?

—Sin comentarios.

—¿Por qué a Kaplan lo consideran muerto oficialmente y a Hobie no?

—Sin comentarios.

Jodie asintió y, como era una gran abogada, pensó durante unos instantes, se rehízo y siguió boxeando con aquel testigo poco cooperativo.

—Entonces supongámoslo teóricamente. Imaginemos por unos instantes que un joven con la personalidad, el carácter y el pasado de Victor Hobie hubiera sobrevivido a un accidente así. ¿Ve posible que una persona como él no se hubiera puesto en contacto con sus padres en treinta años?

El general volvió a ponerse de pie. Era evidente que estaba incómodo.

—No lo sé, señora Garber. No soy un puto psicólogo. Y, además, como ya les he dicho varias veces, me aseguré de no llegar a conocerlo mucho. Parecía muy diligente, pero era frío. A su pregunta, yo diría que es improbable; pero no olvide que Vietnam cambió a la gente. A mí, desde luego, me cambio. Yo antes era un tipo agradable.

El agente Sark tenía cuarenta y cuatro años, pero parecía mayor. Su físico estaba deteriorado porque había pasado la infancia sumido en la pobreza y por el abandono en el que se había sumido a lo largo de casi toda su edad adulta. Tenía la piel mate, pálida, y hacía tiempo que había empezado a perder el pelo. Eso hacía que tuviera, antes de tiempo, un aspecto cetrino, hundido, de viejo. Aunque la verdad era que por fin había despertado y había empezado a enfrentarse a ello. Después de leer el material que les pasaban los médicos del Departamento de Policía de Nueva York en cuanto a dieta y ejercicio, el policía había eliminado la mayor parte de las grasas de su ingesta diaria y había empezado a tomar un poco el sol, lo suficiente para deshacerse de aquella palidez extrema, pero sin correr riesgos de que le salieran melanomas. Caminaba siempre que podía. Cuando volvía a casa, se bajaba una parada de metro antes y caminaba el resto del trayecto lo bastante rápido para verse obligado a respirar un poco más rápido y que aumentara su ritmo cardiaco, como había leído que había que hacer. Durante los días laborables, convencía a O'Hallinan para que aparcaran el coche patrulla algo antes de la dirección a la que iban, y así tuvieran que caminar un poco para llegar a su destino.

O'Hallinan no tenía ningún interés en el ejercicio aeróbico, pero era una buena mujer y tampoco le suponía ningún problema colaborar con él, en especial, durante los meses de verano, cuando más brillaba el sol. Así que O'Hallinan aparcó el coche patrulla a la sombra de la iglesia de la Trinidad y fueron hasta el World Trade Center a pie desde el sur. Aquello hizo que dieran un pequeño paseo de casi seiscientos metros a paso ligero, lo que satisfizo a Sark, pero también dejó su coche a una distancia equidistante entre un millón de direcciones postales sin que en la sala de la brigada hubiera un solo papel con una pista de a cuál de ellas se dirigían.

—¿Quieren que los llevemos al aeropuerto? —les preguntó el general DeWitt.

Reacher interpretó la oferta como un «pueden retirarse» mezclado con un gesto pensado para suavizar el muro que el tipo había levantado entre ellos y él. Reacher asintió. El Chevrolet del ejército los llevaría más rápido que un taxi, porque ya estaba esperando en la puerta, con el motor en marcha.

—Gracias.

—Ha sido un placer —respondió el general DeWitt.

Marcó un número de teléfono y habló como si estuviera dando una orden.

—Esperen aquí. Tres minutos.

Jodie se puso de pie y se alisó el vestido. Fue a la ventana y miró hacia fuera. Reacher fue a la pared donde estaban colgados los recuerdos. Uno de ellos era una reimpresión brillante de una famosa fotografía que había salido en los periódicos: un helicóptero despegaba del interior del complejo de la embajada de Saigón mientras, debajo de él, había una muchedumbre con los brazos levantados que parecía que pretendiera obligarle a bajar.

—¿Era usted el piloto?

DeWitt miró la fotografía y asintió.

—¿Seguía usted allí en 1975?

DeWitt asintió de nuevo.

—Cumplí cinco periodos de servicio y luego pasé una temporada en el cuartel general. A decir verdad, creo que prefería la acción.

Se oyó un ruido a lo lejos. El batir grave de un helicóptero potente que cada vez estaba más cerca. Reacher se acercó a Jodie, que seguía junto a la ventana. Había un Huey en el aire. Sobrevolaba los edificios más lejanos, pero lo hacía en dirección a la plaza de armas.

—Su transporte.

—¿Un helicóptero? —exclamó Jodie.

DeWitt sonreía.

—¿Y qué esperaba? Esta es una academia de helicópteros, ¿no? Para eso han venido esos muchachos. Esto no es una autoescuela.

El ruido del rotor cada vez era más fuerte y hacía uop-uop-uop. Luego, a medida que se acercaba, poco a poco, fue mezclándose con un agudo uip-uip-uip y el quejido de los motores se unió a lo uno y a lo otro.

—¡Ahora, las palas son mayores! —gritó el general—. ¡Son de materiales compuestos! ¡Ya no son de metal! ¡No sé qué habría opinado al respecto el bueno de Vic!

El Huey se acercaba de lado y sobrevolaba la plaza de armas, delante del edificio. El ruido hacía que las ventanas retemblasen. Luego el aparato se enderezó y tomó tierra.

—¡Ha sido un placer conocerlos!

Se estrecharon la mano y Reacher y Jodie salieron del despacho. El sargento de la Policía Militar del escritorio los saludó con un gesto de cabeza y siguió con el papeleo. Bajaron las escaleras y salieron a la calle, donde los recibió un golpe de calor, además de polvo y ruido. El copiloto deslizó la puerta para abrírsela. Corrieron medio inclinados la corta distancia que los separaba de la aeronave. Jodie sonreía mientras el pelo le volaba en todas las direcciones. El copiloto le ofreció la mano y la ayudó a subir. Reacher subió después. Se abrocharon el cinturón del asiento y el copiloto cerró la puerta y fue a su puesto. La familiar sacudida de la vibración empezó en cuanto el aparato se impulsó para despegar. El suelo se inclinó y se balanceó, los edificios rotaron en las ventanas del helicóptero y, después, su tejado y, después, la hierba que los rodeaba, con las autopistas dispuestas como si fueran larguísimos trazos grises de lápiz. El aparato inclinó el morro y el ruido del motor se convirtió en un rugido a medida que el piloto fijaba un rumbo y aceleraba hasta alcanzar una velocidad de crucero de ciento sesenta kilómetros por hora.

En los textos que había leído Sark, a aquello lo llamaban «caminar enérgico» y la idea era que se alcance una velocidad de unos seis kilómetros y medio por hora. De esa manera, el corazón incrementaba el bombeo, que era la clave del beneficio aeróbico, pero se evitaba el impacto dañino que provocaba el correr en los tobillos y en las rodillas. Era una propuesta convincente y el agente creía en ella. Si uno lo hacía bien, seiscientos metros a unos seis kilómetros y medio por hora deberían llevarle un poquito más de cinco minutos, pero a ellos les llevaron unos ocho, porque caminaba con O'Hallinan. A ella le parecía bien lo de caminar, pero quería hacerlo despacio. La mujer estaba en forma, pero siempre decía que a ella le iban las comodidades, no andar con prisas. Sark sabía que tenía que hacer concesiones porque necesitaba su complicidad para caminar, así que nunca se quejaba del paso que llevaba. Daba por sentado que caminar a aquel ritmo era mejor que nada. Algún bien le estaría haciendo.

—¿Cuál de los dos edificios es? —preguntó él.

—Creo que el del sur.

Rodearon la torre sur hasta la entrada principal y entraron en el vestíbulo. Había guardias de seguridad de uniforme detrás de un mostrador de recepción, pero estaban ocupados con un grupo de extranjeros vestidos con traje gris, por lo que Sark y

O'Hallinan decidieron acercarse al directorio y consultar por su cuenta dónde estaba la empresa que buscaban. La Compañía Fiduciaria de las Islas Caimán estaba en la planta ochenta y ocho. Se dirigieron al ascensor sin que los guardias de seguridad supieran siquiera que habían entrado en el edificio.

El suelo del aparato elevador les presionó los pies y los levantó a toda velocidad. El ascensor frenó y se detuvo en el piso ochenta y ocho. La puerta se abrió, sonó una campanilla amortiguada y los dos policías salieron al pasillo. El techo era bajo y el pasillo, estrecho. Lo recorrieron hasta dar con la oficina de la Compañía Fiduciaria de las Islas Caimán, que tenía una puerta de roble moderna con una ventanilla y un pomo de latón. Sark abrió la puerta y dejó pasar a O'Hallinan. La policía era lo bastante mayor como para apreciar la cortesía.

En la recepción había un joven fornido sentado detrás de un mostrador de roble y latón que le llegaba por el pecho. Sark se quedó en el centro de la recepción. El cinturón reglamentario llevaba tantos utensilios que enfatizaba la anchura de sus caderas, lo que hacía que pareciera más grande y que estaba al mando. Sin embargo, fue O'Hallinan la que se acercó al mostrador. Pretendía atar un cabo suelto, así que probó con el típico ataque frontal que tantas veces había visto utilizar a los detectives.

—Venimos por lo de Sheryl.

—Tengo que volver a casa —dijo Jodie.

—No, tú te vienes a Hawái conmigo.

Volvían a estar en la gélida terminal de Dallas–Fort Worth. El Huey los había dejado en una pista remota y el copiloto los había llevado en un coche de golf pintado de color verde mate hasta una puerta sin distintivos, que los llevó a unas escaleras de las bulliciosas zonas públicas.

—¿A Hawái? Reacher, no puedo ir a Hawái. Tengo que volver a Nueva York.

—Recuerda, Nueva York es donde está el peligro, así que no vas a volver allí sola, y como además tengo que ir a Hawái, pues vas a tener que acompañarme. Es así de sencillo.

—Reacher, de verdad, no puedo. Mañana tengo que asistir a una reunión, ya lo sabes. Tú mismo has respondido a la llamada.

—Lo siento mucho, Jodie, pero no vas a volver sola a Nueva York.

Dejar la suite nupcial de Saint Louis aquella mañana había obrado un cambio en él. Esa parte reptil de su cerebro que estaba escondida detrás de los lóbulos frontales le había chillado: «La luna de miel ha terminado, colega Tu vida está cambiando y es ahora cuando empiezan los problemas». Antes había ignorado aquella voz; pero, en ese momento, estaba prestándole atención. Por primera vez en la vida tenía algo que quería proteger a toda costa. Alguien de quien preocuparse. En general, era un placer, pero también suponía una carga.

—Reacher, tengo que volver a Nueva York. No puedo olvidarme del bufete.

—Lama. Diles que no vas a poder ir. Que estás enferma, o lo que prefieras.

—No puedo hacerlo. Mi ayudante sabe que no estoy enferma. Además, tengo que pensar en mi carrera. Para mí, es muy importante.

—No pienso permitir que vuelvas sola a Nueva York.

—En cualquier caso, ¿para qué quieres ir a Hawái?

—Porque es allí donde está la respuesta.

Reacher se acercó a un mostrador y cogió un horario muy grueso de un pequeño estante de cromo. Se puso bajo las frías luces fluorescentes y lo abrió por la lista de salidas de la letra D, de Dallas–Fort Worth, y pasó las hojas hasta la lista de destinos que empezaban por H, en busca de Honolulu. Luego, pasó las páginas hasta las salidas de Honolulu y consultó qué aviones volaban desde allí a Nueva York. Lo comprobó un par de veces y, entonces, sonrió aliviado.

—Bueno, podemos hacer ambas cosas. Mira. Hay un avión que sale de aquí hacia Honolulu a las doce y cuarto. Si le restamos al tiempo de vuelo el cambio horario por ir hacia el oeste, llegamos allí a las tres. Luego, a las siete, tomamos uno que nos lleve de vuelta a Nueva York. Si sumamos el tiempo de vuelo y el cambio horario por ir hacia el este, estaremos en el JFK a las doce del mediodía de mañana. Tu ayudante ha dicho que la reunión era por la tarde, así que nos da tiempo.

—Ya, pero tendrán que informarme del caso. No tengo ni idea de lo que se trata.

—Tendrás un par de horas. Eres muy rápida aprendiendo.

—Es una locura. Solo dispondremos de cuatro horas en Hawái.

—No necesitamos más. Llamaré con antelación y lo prepararé.

—Pasaremos toda la noche en un avión. Llegaré a la reunión después de pasar una noche intentando dormir en un avión.

—Por eso viajamos en primera. Paga Rutter, ¿no? En primera clase se puede dormir. Los asientos parecen lo bastante confortables.

Jodie se encogió de hombros y suspiró.

—Qué locura.

—Déjame el móvil.

Jodie lo buscó en su bolso y se lo tendió, y él hizo una llamada de larga distancia a una oficina de información para que le dieran un número. Lo marcó y oyó cómo sonaba a unos seis mil kilómetros de distancia. Sonó ocho veces y, entonces, respondió la voz que quería oír.

—Soy Jack Reacher, ¿va a estar usted todo el día en la oficina?

La contestación fue lenta, como la que daría una persona somnolienta, pero es que en Hawái era muy temprano. En cualquier caso, era la respuesta que Reacher quería oír. Colgó y le devolvió el móvil a Jodie. Ella volvió a suspirar, pero, en esa ocasión, había media sonrisa en su rostro. Se acercó al mostrador y compró cuatro billetes de ida en primera clase con su tarjeta oro: dos de Dallas-Fort Worth a Honolulu y dos de Honolulu a Nueva York. El azafato de tierra les asignó los asientos allí mismo, un poco sorprendido porque unas personas fueran a pagar lo que valía un deportivo de segunda mano por pasar veinte horas en un avión y solo cuatro en Oahu. Les dio los billetes en unos billeteros, y veinte minutos después, Reacher estaba poniéndose cómodo en un enorme asiento de cuero y badana, con Jodie a salvo a un metro de distancia.

En una situación así, tenían un plan establecido. Nunca antes lo habían puesto en práctica, pero lo habían ensayado a menudo y con todo lujo de detalles. El joven fornido que estaba detrás del mostrador movió la mano hacia un lado como el que no quiere la cosa y pulsó con el índice un botón y con el corazón otro. El primero cerraba la puerta de roble que daba al pasillo. Un mecanismo electromagnético bloqueaba el resbalón de la cerradura y la puerta permanecía cerrada hasta que el mecanismo no la abría de nuevo, se le hiciera lo que se le hiciese al pestillo o a la cerradura. El segundo botón encendía una luz roja intermitente en el intercomunicador de Hobie. La luz roja era muy brillante y el despacho estaba siempre a oscuras, por lo que era imposible no verla.

—¿Quién? —preguntó el joven fornido.

—Sheryl —repitió la agente O'Hallinan.

—Lo siento, pero aquí no trabaja nadie que se llame Sheryl. En la actualidad solo somos tres, y los tres somos hombres.

El joven fornido movió la mano hacia la izquierda y pulsó un botón en el que ponía HABLAR que activaba el intercomunicador.

—¿Tienen ustedes un Tahoe negro?

El joven fornido asintió.

—Tenemos un Tahoe negro en la flota de la compañía, sí.

—¿Y una camioneta Suburban?

—Sí, yo diría que también tenemos una Suburban. ¿Han venido por alguna infracción de tráfico?

—Hemos venido porque Sheryl está en el hospital —dijo la agente O'Hallinan.

—¿Quién?

Sark se situó al lado de su compañera y dijo:

—Tenemos que hablar con su jefe.

—De acuerdo. Voy a ver si es posible. ¿Podrían decirme sus nombres?

—Somos el agente Sark y la agente O'Hallinan, del Departamento de Policía de Nueva York.

Tony abrió la puerta y se quedó en el quicio, con aire inquisitivo.

—¿En qué puedo ayudarles, agentes?

En los ensayos, los polis se apartaban del mostrador y miraban a Tony. Era posible que incluso dieran un par de pasos hacia él, que fue justo lo que sucedió. Los agentes Sark y O'Hallinan se dirigieron hacia la parte central de la recepción, con lo que le dieron la espalda al mostrador. El joven fornido se inclinó hacia un lado y abrió un cajón. Sacó una escopeta y la mantuvo baja y fuera de la vista de los policías.

—Venimos por Sheryl —insistió la agente O'Hallinan.

—¿Sheryl? ¿Qué Sheryl?

—La Sheryl que está en el hospital con la nariz rota —soltó el agente Sark—. También tiene rotos los pómulos y sufre una conmoción cerebral. La Sheryl que salió de su Tahoe y entró en las Urgencias del hospital St. Vincent.

—¡Ah, vale! Es que no sabíamos su nombre. No decía nada por las heridas que tenía en la cara.

—Ya, pero ¿qué hacía en su coche? —le preguntó la agente O'Hallinan.

—Pues mire, resulta que estábamos en Grand Central, adonde habíamos ido a dejar a un cliente, y nos la encontramos en la acera, como perdida. Había bajado de un tren de Mount Kisco y estaba como vagando de un lado para otro. Nos ofrecimos a llevarla al hospital, porque parecía necesitarlo. Así que la dejamos en el St. Vincent, que nos pillaba de camino.

—Bellevue está más cerca de Grand Central.

—No me gusta el tráfico de esa zona de la ciudad. St. Vincent me pareció mejor opción.

—¿Y no se preguntaron qué le habría pasado? ¿Cómo se habría hecho esas heridas? —preguntó el agente Sark.

—Claro que nos lo preguntamos. Y se lo preguntamos también a ella, pero es que no hablaba, por culpa precisamente de las heridas. Por eso no sabíamos a quién se estaban refiriendo.

O'Hallinan permaneció quieta, dudando. Mientras, Sark dio un paso adelante.

—Ha dicho que la encontraron en la acera, ¿no?

Tony asintió.

—Fuera de Grand Central.

—Y también ha dicho que no podía hablar.

—Ni una palabra.

—En ese caso, ¿cómo saben ustedes que venía de Mount Kisco?

El único punto débil de los ensayos, debido a que se trataba de algo muy subjetivo, era determinar el momento exacto en que dejar la defensa y pasar al ataque. Por lo tanto, habían confiado en que, llegado el momento, sabrían cuándo debían hacerlo. Y, en efecto, lo supieron. El joven fornido se puso de pie, cargó un cartucho en la recámara de la escopeta, la levantó a la altura del mostrador y gritó:

—¡Quietos!

Tony sacó una nueve milímetros de la nada y los dos agentes de policía miraron la pistola. Después, se volvieron y vieron la escopeta, momento en que levantaron las manos. Ahora bien, no lo hicieron como en las películas, despacio y con cara de arrepentimiento, sino deprisa y tan alto como pudieron, como si les fuera la vida en ello, como si pretendieran alcanzar el falso techo con la punta de los dedos. El joven fornido salió de detrás del mostrador y le puso la boca de la escopeta en la espalda a Sark. Tony se puso detrás de O'Hallinan e hizo lo mismo, pero con la pistola. Luego, un tercer hombre salió de la penumbra del despacho y se detuvo en la puerta.

—Hola, soy Garfio Hobie.

Los policías lo miraron, pero no dijeron nada. Primero se fijaron en los rasgos de la cara, desfigurados por las cicatrices; después, bajaron la mirada poco a poco hasta la manga vacía de la camisa.

—¿Quién es quién? —preguntó Hobie.

No respondieron. Le miraban el garfio. Él lo levantó y dejó que le diera la luz.

—¿Quién de ustedes es O'Hallinan?

La agente agachó un poco la cabeza y Hobie se volvió.

—Y usted es Sark.

Sark asintió. Una ligera inclinación de cabeza.

—Quítense los cinturones. De uno en uno. Y dense prisa.

Sark fue el primero. Se dio prisa. Bajó las manos y se peleó con la hebilla. El pesado cinturón hizo un ruido fuerte y sordo al caer al suelo, a sus pies. Acto seguido, volvió a levantar las manos.

—Y ahora, usted —dijo Hobie a O'Hallinan.

La agente hizo lo mismo que su compañero. El pesado cinturón con el revólver, la radio, las esposas y la porra cayó sobre la alfombra con un ruido sordo. Luego levantó las manos tanto como pudo. Hobie se agachó, se valió del garfio para recoger del suelo ambos cinturones y posó con ellos como un pescador al final de un fructífero día en la ribera del río. Con la mano, sacó las dos esposas de su gastado contenedor de cuero.

—Dense la vuelta.

Hicieron lo que Hobie les ordenaba y se quedaron de cara a la escopeta.

—Las manos a la espalda.

Si el individuo está quieto, con las muñecas juntas, un manco no tiene por qué tener problemas para ponerle unas esposas. Los agentes Sark y O'Hallinan se quedaron muy quietos. Hobie cerró las cuatro manillas de una en una y, después, apretó los trinquetes hasta que oyó los quejidos apagados de dolor de ambos policías. Acto seguido, levantó los cinturones lo suficiente para no arrastrarlos y volvió a su despacho.

—Pasen.

Hobie rodeó el escritorio y dejó los cinturones sobre él como si fueran objetos que quisiera analizar con atención. Se dejó caer en la silla y esperó a que Tony alineara a los prisioneros enfrente de él. Hizo que esperaran en silencio mientras él sacaba todo lo que tenían en los cinturones. Sacó los revólveres y los metió en un cajón. Sacó las radios y jugueteó con los controles del volumen hasta que ambos aparatos sisearon y crepitaron con fuerza. Los dejó juntos en una esquina del escritorio, con las antenas enfocadas hacia la pared de ventanales. Inclinó la cabeza unos instantes y escuchó el cúmulo de interferencias de las radios. Luego sacó ambas porras del aro de cuero del cinturón. Una la dejó sobre el escritorio y la otra la sopesó con la mano. Eran de las modernas, de esas telescópicas con un asa. La examinó, interesado.

—¿Cómo funciona?

Ninguno de los dos policías respondió. Hobie jugueteó con la porra unos instantes y, después, miró al joven fornido de la escopeta, que bajó el arma y le atizó a Sark con la culata en los riñones.

—Les he hecho una pregunta.

—La gira... la gira y luego da un golpe seco —musitó el agente.

Se necesitaba espacio para hacerlo, así que Hobie se puso de pie. Giró la porra y, luego, dio un golpe seco, como si estuviera haciendo restallar un látigo. La sección telescópica salió y se quedó fija. Hobie sonrió con la parte de la cara que no tenía quemada. Cerró el arma y la probó una vez más. Volvió a sonreír. Empezó a describir amplios círculos alrededor del escritorio abriendo y cerrando la porra en vertical, en horizontal... Cada vez aplicaba más fuerza y describía círculos más cerrados. La abrió inclinada, el mecanismo se quedó fijo y, sin previo aviso, atizó con la porra en la cara a la agente O'Hallinan.

—¡Me gusta este cacharro!

O'Hallinan empezó a trastabillar hacia atrás, pero Tony la sujetó con el cañón de la pistola. Aun así, se le doblaron las rodillas y cayó al suelo hecha un guiñapo, justo delante del escritorio, con las manos esposadas a la espalda, sangrando por la nariz y por la boca.

—¿Qué les ha contado Sheryl? —preguntó Hobie.

El agente Sark miraba a su compañera.

—Nos dijo que se golpeó con una puerta —respondió.

—Entonces ¿por qué cojones están molestándome ustedes? ¿Qué hacen aquí?

Sark levantó la vista. Miró a Hobie a los ojos.

—Porque no le creímos. Estaba claro que alguien le había pegado. Seguimos la pista de la matrícula del Tahoe y, al parecer, nos ha traído al sitio adecuado.

El despacho se quedó en silencio. No se oía más que la estática de las radios de los policías, en la esquina del escritorio. Hobie asintió.

—Sí, justo al sitio adecuado. No se golpeó con ninguna puerta.

Sark asintió. Era un hombre bastante valiente. La Unidad de Violencia de Género no era refugio para cobardes. Por definición, implicaba tener que tratar con hombres capaces de dar palizas brutales, y lo cierto es que él era capaz de encargarse de ellos como el que más.

—Está cometiendo usted un grave error —le dijo a Hobie en voz baja.

—¿Ah, sí? ¿En qué sentido?

—Esto tiene que ver con lo que le hizo usted a Sheryl, nada más. No tiene por qué convertirse en algo peor. De verdad, no debería usted añadir más cargos a la lista. Por si no lo sabe, agredir a la policía es un delito castigado con una pena muy severa. Podríamos sacar algo en claro de lo de Sheryl. Es posible que ella lo provocara, ¿me entiende? Algo que suavizara la condena. Ahora bien, como siga usted por este camino, no podremos ayudarle en nada. Está cavando usted su propia tumba.

El policía se quedó callado y esperó una respuesta. Aquel discurso casi siempre funcionaba. La parte contraria, la del perpetrador, solía mostrarse interesada en negociar. Sin embargo, Hobie no respondió. No dijo nada. El despacho estaba en silencio. El agente Sark estaba a punto de probar con una nueva táctica cuando las radios crepitaron y una voz transmitida por el aire los sentenció a muerte.

—«Cinco uno y cinco dos, por favor, confirmad cuál es vuestra posición».

El policía estaba tan acostumbrado a responder que hizo el ademán de echar mano a la radio, pero las esposas se lo impidieron. Hobie miraba al vacío.

—«Cinco uno, cinco dos, por favor, necesito vuestra posición».

El agente Sark miraba las radios aterrado. Hobie siguió su mirada y sonrió.

—Vaya, así que no saben dónde están ustedes.

El agente Sark negó con la cabeza. Pensaba a toda prisa. Era un hombre valiente.

—Sí, sí que saben dónde estamos. Saben que estamos aquí. Tan solo quieren confirmación. Comprueban cada dos por tres que estemos donde deberíamos estar.

La radio crepitó de nuevo.

—«Cinco uno, cinco dos, por favor, responded».

Hobie miró al policía. La agente O'Hallinan, por su lado, se esforzaba por ponerse de rodillas y cuando lo consiguió se quedó mirando las radios. Tony la apuntó con la pistola.

—«Cinco uno, cinco dos, ¿me recibís?».

La voz se perdió entre el mar de estática y después habló con más fuerza:

—«Cinco uno, cinco dos, tenemos una urgencia de violencia de género en Houston con la avenida D. ¿Estáis cerca de allí?».

Hobie sonrió.

—Eso está a más de tres kilómetros de aquí. No tienen ni idea de dónde están ustedes, ¿eh?

Luego sonrió más ampliamente. El lado izquierdo de la cara se le arrugó con unas líneas atípicas; en el lado derecho, sin embargo, el tejido cicatrizado permaneció tieso, como una máscara rígida.

14

Por primera vez en su vida, Reacher llevaba un par de días viajando cómodo en un avión. Llevaba volando desde que nació, primero como hijo de soldado y después como soldado. Millones de kilómetros en total, pero todos ellos encorvado en espartanos transportes militares que rugían con fuerza o en duros asientos de vuelos civiles que eran más estrechos que sus hombros. Por eso, volar en primera clase era un lujo nuevo para él.

La cabina de pasajeros era un espacio fantástico, un insulto calculado para los pasajeros que iban entrando en el avión, se asomaban a ella y empezaban a desfilar por el pasillo en busca de su pésimo asiento. En primera clase, que estaba decorada con tonos pastel, se estaba fresco y solo había cuatro asientos por fila, que ocupaban el espacio de diez plazas de las del resto del avión. De acuerdo con un sencillo cálculo aritmético, su asiento era dos veces y media más grande que el de los demás, pero era tan confortable que daba la impresión de que lo fuera aún más. Eran enormes. Como sofás. Lo bastante anchos como para poder retorcerse a derecha e izquierda sin que sus caderas tocaran los reposabrazos. Además, el espacio que tenía para las piernas era fascinante. Podía estirarse sin tocar el asiento de delante. El asiento tenía, además, un botón con el que podía reclinarlo casi hasta ponerlo en posición horizontal sin llegar a molestar a quien viajara detrás de él. Probó el mecanismo en un par de ocasiones como un niño con un juguete, después lo puso en una sensata posición intermedia y cogió la revista de la compañía, cuyas hojas estaban impecables, no como las de los ejemplares arrugados y pegajosos que estarían leyendo los de las cuarenta filas de atrás.

Jodie estaba perdida en su propio asiento. Se había quitado los zapatos y había subido los pies. Tenía sobre el regazo la misma revista que Reacher y, junto al codo, una copa de champán helado. La cabina estaba en silencio. Estaban muy lejos de los motores y su ruido quedaba tan amortiguado que parecía poco más que un siseo que entraba por los conductos de ventilación del techo. Tampoco notaban vibraciones. Reacher observaba el burbujeante líquido dorado de la copa de Jodie y no vio temblor alguno en su superficie.

—Podría acostumbrarme a esto —le dijo.

Ella levantó la mirada y sonrió.

—Con tu sueldo, va a ser complicado.

Él asintió y volvió a entregarse a la aritmética. Calculó que lo que ganaba en un día excavando piscinas con una pala le serviría para volar ochenta kilómetros en primera clase. A velocidad de crucero, eso eran unos cinco minutos de vuelo. Diez horas de trabajo tiradas a la basura en cinco minutos. Estaba gastando el dinero ciento veinte veces más rápido de lo que lo ganaba.

—¿Qué vas a hacer cuando esto haya acabado? —preguntó Jodie.

—No lo sé.

Llevaba haciéndose aquella pregunta desde que la joven le había contado lo de la herencia. La casa estaba en su cabeza, a veces como algo bueno, a veces como una amenaza, como una imagen trucada que cambiaba dependiendo de cómo le diera la luz. A veces, permanecía bajo el sol, confortable, baja y ancha, rodeada por la amistosa jungla del jardín, y le parecía un hogar. En otros momentos, le parecía una gigantesca rueda de molino que lo obligaba a correr, correr y correr solo para llegar a la casilla de salida. Conocía a gente que tenía casa. Había hablado con ellos con la misma falta de interés con la que hablaría con una persona que tuviera serpientes por mascotas o fuera a presentarse a un concurso de bailes de salón. Las casas te obligaban a llevar cierto estilo de vida. Aunque alguien te regalara una, como había hecho Leon, te comprometía con un montón de obligaciones. Había que pagar impuestos de la propiedad. Había que tener un seguro por si acaso el sitio se quemaba o se lo llevaba un huracán. Había que ir manteniéndola. Las personas con casa que conocía siempre le estaban haciendo algo. Tenían que reemplazar el sistema de calefacción al principio del invierno porque había fallado. Encontraban una fuga de agua en el sótano que los obligaba a realizar unas complicadísimas excavaciones. Los techos también eran un problema. Y lo sabía porque esas mismas personas con casa se lo habían explicado. Los techos tenían una vida finita, lo que le sorprendía. Por ejemplo, cada cierto tiempo había que reemplazar las tejas por otras nuevas. Y el revestimiento. Y las ventanas. Conocía a personas que habían cambiado las ventanas de su casa. Habían deliberado largo y tendido acerca del tipo de ventanas que sustituirían a las viejas.

—¿Buscarás un trabajo?

A través de la ventanilla ovalada, Reacher contempló el sur de California, un territorio seco y marrón once mil metros por debajo de él. ¿Qué tipo de trabajo iba a tener que buscar? Puede que la casa fuera a costarle cerca de diez mil dólares en impuestos, seguros y mantenimiento. Y, además, era una casa aislada, por lo que iba a tener que quedarse también con el coche de Rutter. El coche le había salido muy barato, sí, pero quedárselo le costaría mucho dinero, como pasaba con la casa. Seguro, cambios de aceite, inspecciones, permiso de circulación, gasolina. Puede que otros tres mil al año. Y la comida y la ropa, claro. Además, si tenía una casa, acabaría queriendo tener también otras cosas. Querría un estéreo. Querría el disco de Wynonna

Judd y muchos otros. Pensó en los cálculos que la señora Hobie había hecho y rehecho a mano. La mujer había calculado la cantidad de dinero que necesitaban al año su marido y ella para cubrir los gastos básicos, y Reacher no creía que fuera a necesitar menos que ellos, es decir, unos treinta mil dólares. Eso significaba que tendría que ganar unos cincuenta mil para hacerse cargo de los impuestos y de lo que le costara ir y volver cinco días a la semana al infierno de trabajo con el que costeara todo aquello.

—No sé.

—Podrías dedicarte a muchas cosas.

—¿Como qué?

—Tienes muchas habilidades. Por ejemplo, eres un investigador increíble. Mi padre siempre decía que nunca había conocido a uno mejor.

—Eso era en el ejército. Ahora eso se ha acabado.

—Las habilidades las lleva uno consigo, Reacher, y siempre hay demanda para los mejores.

Entonces, a Jodie se le iluminó el rostro, como si acabara de tener una gran idea.

—¡Podrías quedarte con el trabajo de Costello! ¡Él va a dejar un vacío y nosotros lo contratábamos cada dos por tres!

—¡Genial! Primero hago que lo maten y después le robo el negocio.

—No fue culpa tuya. Deberías planteártelo.

Reacher volvió a mirar California y se lo planteó. Pensó en la silla de cuero desgastada que tenía Costello y en su cuerpo envejecido, producto de una vida acomodada. Se planteó sentarse en su despacho de color pastel con su ventana de cristal esmerilado y tirarse la vida al teléfono. Se planteó lo que costaría tener alquilada la oficina de Greenwich Avenue y contratar una secretaria y ponerle un ordenador y un teléfono, además de pagarle un seguro médico y las vacaciones. Y, aparte, mantener la casa de

Garrison, claro. Pasaría diez meses del año trabajando solo para poder costearse su vida.

—No sé —repitió Reacher—. No estoy seguro de qué hacer.

—Pues vas a tener que pensar en algo.

—Puede que sí, pero no tiene por qué ser ahora.

La joven sonrió como si le comprendiera y volvieron a quedarse en silencio. El avión siguió avanzando envuelto en un siseo y, al rato, llegó una azafata con el carrito de las bebidas. Jodie pidió que le rellenaran la copa de champán y él pidió una lata de cerveza. Siguió hojeando la revista de la aerolínea, que estaba llena de artículos insustanciales acerca de temas sin interés. Había anuncios de servicios financieros y de herramientas pequeñas y complicadas, todas ellas de color negro y con batería. Llegó a una página en la que aparecía representada la flota operativa de la aerolínea con unos dibujos a todo color. Buscó el avión en el que viajaban y leyó sus características: la capacidad de pasajeros, la autonomía, la potencia de sus motores. Luego llegó al crucigrama, que ocupaba la última página entera y parecía bastante complicado. Jodie ya estaba rellenando el suyo.

—Reacher, lee la definición del once vertical.

La leyó:

—«Pueden pesar mucho». Diecisiete letras.

—Responsabilidades.

Marilyn y Chester Stone estaban muy juntos en la parte izquierda del sofá que había delante del escritorio porque Hobie estaba en el cuarto de baño, a solas con los dos policías. El joven fornido estaba sentado en otro de los sofás, con la escopeta en el regazo. Tony estaba acomodado a su lado, con los pies sobre la mesa de centro. Chester estaba inerte, mirando al vacío en la penumbra. Marilyn tenía frío y hambre. Además, estaba aterrada. No dejaba de mirar a un lado y otro de la habitación. Del cuarto de baño no les llegaba ningún ruido.

—¿Qué está haciéndoles? —preguntó entre susurros.

Tony se encogió de hombros.

—Ahora mismo, lo más probable es que esté hablando con ellos.

—¿De qué?

—Bueno, estará haciéndoles preguntas acerca de lo que les gusta y lo que no. En lo que se refiere al dolor físico, ya me entiende. Eso es algo que le encanta.

—¡Dios! ¿Por qué?

Tony sonrió.

—Ya sabe, le parece que es más democrático dejar que las víctimas decidan su final.

Marilyn sintió un escalofrío.

—Ay, Dios, ¿y no puede dejar que se vayan? Han venido porque pensaban que Sheryl era una esposa maltratada, por nada más. Ni siquiera sabían quién es su jefe.

—Ya, pero pronto lo van a saber —explicó Tony—. Hace que sus víctimas escojan un número. Estas no tienen ni idea de si es mejor elegirlo alto o bajo, porque no saben para qué se lo pide. Piensan que, si eligen bien, le satisfarán, así que pasan muchísimo rato intentando decidir qué número escoger.

—¿Y no podría dejar que se marcharan? ¿Aunque fuera más tarde?

—No —respondió Tony—. Ahora mismo está muy tenso. Eso lo relajará. Para él, es como ir a terapia.

Marilyn se quedó callada un buen rato. Pero, luego, tuvo que preguntarlo, también entre susurros:

—¿Para qué es lo del número?

—Es el número de horas que tardará en matarlos. Los que eligen un número alto se cabrean muchísimo cuando se enteran.

—Qué hijos de puta.

—En una ocasión, uno eligió el cien, pero nos conformamos con diez.

—Hijos de puta.

—Pero a usted no va a pedirle que elija un número. Para usted tiene otros planes.

Seguía sin llegarles ningún ruido del cuarto de baño.

—Está loco.

Tony se encogió de hombros.

—Puede que un poco, pero me gusta. Ha sufrido mucho en la vida, ¿sabe? Yo creo que esa es la razón de que le interese tanto profundizar en el tema.

Marilyn miró a Tony horrorizada. Entonces, sonó el timbre de la puerta de roble y latón. El silencio era tal que el timbrazo sonó muy alto. Tony y el joven fornido miraron en dirección a la puerta.

—Ve a comprobar quién es —ordenó Tony.

Tony rebuscó en su chaqueta, sacó la pistola y apuntó a Chester y a Marilyn. El joven fornido se levantó del sofá y sorteó la mesa de centro en dirección a la puerta del despacho, que cerró despacio al salir. La habitación se quedó en silencio. Tony se puso de pie y fue hasta el cuarto de baño. Llamó a la puerta con la culata de la pistola, abrió la puerta un poco y metió la cabeza.

—Visita —susurró.

Marilyn miró a derecha e izquierda. Tony, que se encontraba a unos seis metros, era quien más cerca estaba de ella. La mujer se puso de pie de golpe y respiró hondo. Sorteó la mesa de centro y pasó junto al sofá de al lado camino de la puerta del despacho. La abrió de golpe. El joven fornido del traje oscuro estaba en la zona más alejada de la recepción, hablando con un hombre de corta estatura que estaba en la puerta que daba al pasillo.

—¡Ayúdenos! —gritó.

El hombre la miró. Iba vestido con unos pantalones de color

azul oscuro, una camisa azul y una chaqueta corta y abierta del mismo azul que los pantalones. Debía de ser una especie de uniforme. En la parte del pecho de la chaqueta, a la izquierda, había un pequeño logo. Llevaba una bolsa marrón de comestibles en los brazos, como si la acunara.

—¡Ayúdenos! —gritó Marilyn de nuevo.

Sucedieron dos cosas. La primera, que el joven fornido del traje oscuro se lanzó hacia delante como un resorte, tiró del visitante hacia dentro y cerró la puerta de golpe. La segunda, que Tony cogió a Marilyn por detrás, por la cintura, con un brazo, con fuerza, y tiró de ella hacia el despacho. La mujer se revolvió contra el abrazo de él, se arqueó hacia delante, se dobló, peleó.

—¡Por el amor de Dios, ayúdenos!

Tony la levantó del suelo. Tenía el brazo a la altura de los pechos de ella y a la mujer se le había subido el vestido hasta los muslos. Marilyn pegaba patadas y se resistía. El hombre bajo de uniforme miraba la escena. A Marilyn se le cayeron los zapatos. Entonces, el hombre bajo empezó a sonreír y, sin soltar la bolsa de comida, entró en el despacho detrás de Tony y de ella, con cuidado de no pisar los zapatos, que habían quedado tirados sobre la alfombra.

—¡Anda que no me la iba a comer yo a esa! —soltó con aire jocoso el hombre de corta estatura.

—¡Pues olvídalo! —respondió Tony—. ¡Esta, de momento, está prohibida!

—¡Qué pena! No se ven tías como esa todos los días.

Tony siguió enfrentándose a Marilyn hasta que llegaron al sofá, momento en que la lanzó al lado de Chester. El recién llegado se encogió de hombros apenado y vació el contenido de la bolsa de comida encima del escritorio. Sobre la madera cayeron unos fajos de billetes que hicieron un ruido sordo. Hobie abrió la puerta del cuarto de baño y salió al despacho. Se había quitado la chaqueta y llevaba las mangas de la camisa remangadas hasta el codo.

El brazo izquierdo tenía un antebrazo que estaba lleno de músculos nudosos y de pelo oscuro. En el derecho se veía una copa de cuero de color marrón oscuro, vieja, brillante, con una serie de correas que se metían por debajo de la camisa. La parte de abajo de la copa se estrechaba hasta dar forma a un cuello, un cuello del que el brillante garfio de acero sobresalía entre quince y veinte centímetros antes de que empezara la curva que llevaba a la punta.

—Tony, cuenta el dinero —ordenó Hobie.

Marilyn se puso de pie como una exhalación y miró al recién llegado.

—¡Tiene a dos policías en el cuarto de baño! ¡Va a matarlos!

El tipo se encogió de hombros.

—No me parece mal. De hecho, si por mí fuera, los mataría a todos.

La mujer se quedó mirándolo como si no entendiera nada. Tony se acercó al escritorio y agrupó los fajos. Luego, fue contándolos a medida que los apilaba en el otro lado del escritorio.

—Cuarenta mil dólares.

—¿Dónde están las llaves? —preguntó el recién llegado.

Tony abrió uno de los cajones.

—Estas son las del Mercedes.

Se las tiró y buscó otras en su bolsillo.

—Estas son las del Tahoe, que está abajo, en el garaje.

—¿Y las del BMW?

—El BMW sigue en Pound Ridge —respondió Hobie desde el otro lado del despacho.

—¿Y las llaves?

—En la casa, diría yo. La mujer no llevaba cartera y no parece que las lleve escondidas encima, ¿verdad?

El tipo miró el vestido de Marilyn y esbozó una fea sonrisa, una sonrisa que era todo labios y lengua.

—Ahí hay algo, no te quepa duda, pero, desde luego, las llaves no parece que sean.

Marilyn lo miró con cara de asco. El logo de su chaqueta decía mo's motors y estaba bordado con seda roja. De algún taller de reparaciones. Hobie cruzó el despacho y se puso justo detrás de Marilyn. Se inclinó hacia delante y puso el garfio donde la mujer pudiera verlo bien. Ella lo miró. Lo tenía muy cerca. Se estremeció.

—¿Dónde están las llaves?

—El BMW es mío.

—Ya no.

Hobie acercó aún más el garfio. Marilyn olía el metal y el cuero.

—Si quieres, puedo registrarla —dijo el recién llegado—. Quizá sí que las lleve encima. A mí se me ocurren un par de sitios interesantes en los que mirar.

Marilyn se estremeció.

—Las llaves —insistió Hobie con suavidad.

—En la encimera de la cocina —susurró ella.

Hobie apartó el garfio y se alejó sonriendo. El recién llegado tenía cara de decepción. Asintió para dejarle claro a Hobie que había oído el susurro y fue poco a poco hacia la puerta del despacho dando vueltas con el dedo a las llaves del Mercedes y las del Tahoe.

—Siempre es un placer hacer negocios contigo —soltó de camino a la puerta.

Cuando llegó, se detuvo y se volvió para mirar a Marilyn.

—Hobie, ¿seguro que está prohibida? No sé, teniendo en cuenta que somos viejos amigos y todo eso... Hemos hecho muchos negocios juntos, ¿no?

—Olvídate de ella —respondió Hobie mientras negaba con la cabeza—. Esta es para mí.

El recién llegado se encogió de hombros y salió de la estancia dando vueltas a las llaves. Poco después de que el tipo cerrara la puerta, los que estaban en el despacho oyeron un segundo golpe sordo, el de la puerta de la oficina. Luego oyeron el quejido de un ascensor y el despacho volvió a quedarse en el más absoluto silencio. Hobie miró los fajos de billetes que había sobre el escritorio y regresó al cuarto de baño. A Marilyn y a Chester los sentaron de nuevo el uno al lado del otro en el sofá. Ambos tenían frío, se sentían mal y se morían de hambre. La luz que entraba por las rendijas de las lamas de las cortinas se había vuelto de ese amarillo vespertino insulso y siguieron sin oír nada dentro del cuarto de baño. Entonces, cuando Marilyn calculaba que serían las ocho, unos chillidos terribles rompieron el silencio.

El avión perseguía el sol en dirección oeste, pero perdió la carrera y llegó a Oahu tres horas después, a media tarde. La zona de primera clase la desocupaban antes que la clase ejecutiva y la turista, lo que hizo que Reacher y Jodie fueran los primeros en llegar a la terminal y a la parada de taxis. La temperatura y la humedad eran similares a las de Texas, pero el aire tenía un toque salado que se debía a la proximidad del Pacífico. La luz también era más suave. Las verdes montañas serradas y el mar azul bañaban la isla con el brillo enjoyado de los trópicos. Jodie se puso las gafas de sol y miró más allá de las vallas del aeropuerto con algo de curiosidad, pero poca, típica de alguien que ha pasado por Hawái varias veces cuando su padre estaba de servicio pero que no ha llegado a pasar tiempo en las islas. El propio Reacher había utilizado aquel aeropuerto de estación de paso en el Pacífico en multitud de ocasiones, pero nunca había servido en Hawái.

El taxi que esperaba el primero de la fila era una réplica del que habían cogido en Dallas–Fort Worth, un Caprice limpio con el aire acondicionado muy fuerte y el compartimento del conductor decorado a caballo entre una capilla y una sala de estar. Decepcionaron al taxista al pedirle que hiciera el recorrido más corto que hay en Oahu, los ochocientos metros del camino que recorre el perímetro hasta la base de las Fuerzas Aéreas de Hickam. El tipo miró hacia atrás, a los demás taxis, y Reacher se dio cuenta de que estaba pensando que seguro que cualquiera de ellos conseguía un viaje mucho mejor.

—Le daremos una propina de diez dólares.

El taxista miró a Reacher con la misma cara que había puesto el azafato de tierra del mostrador del Dallas–Fort Worth. ¿Un viaje que iba a dejar el taxímetro en una cantidad irrisoria y diez dólares de propina? Reacher se fijó en que el hombre tenía en el salpicadero una fotografía de lo que debía de ser su familia. Una familia grande, con sonrientes niños de piel oscura y una sonriente esposa también de piel oscura y con un alegre vestido estampado, todos ellos delante de una casa sencilla con algo que crecía con vigor en una especie de jardín que había a la derecha. Eso lo llevó a pensar en los Hobie, solos en el oscuro silencio de Brighton, acompañados por el siseo de la bombona de oxígeno y el crujido de las tablas del viejo suelo de madera. Y en Rutter, en su miserable y polvorienta tienda del Bronx.

—Veinte dólares. Pero tiene que arrancar ya, ¿vale?

—¿Veinte dólares? —El taxista alucinaba.

—Treinta, por los niños, que parecen buenos.

El conductor sonrió por el espejo retrovisor, se llevó los dedos a los labios, tocó la fotografía brillante con ellos y arrancó el taxi. Cambió de carril hasta el que seguía el perímetro de la base de las Fuerzas Aéreas y recorrió, como quien dice, de inmediato los ochocientos metros que había hasta la entrada principal, una entrada principal que era idéntica a la del fuerte Wolters. Jodie abrió la puerta del taxi y salió al caluroso exterior y Reacher echó mano al bolsillo y sacó su rollo de billetes. El de arriba del todo era de cincuenta. Lo cogió y lo metió por la puertecita de la mampara de plexiglás.

—Quédeselo. —Luego, señaló la fotografía—. ¿Es esa su casa?

El taxista asintió.

—¿Y qué tal aguanta? ¿Necesita alguna reparación?

—Qué va —negó el hombre—, es de primera calidad.

—¿Y está bien el tejado?

—Perfecto.

Reacher asintió.

—Bien, solo era por preguntar.

Bajó del taxi y se unió a Jodie, que estaba parada en el asfalto. El taxi arrancó y volvió a la terminal civil. Les llegaba una leve brisa del océano. Salada. Jodie se apartó el pelo de la cara y miró en derredor.

—¿Adónde vamos?

—Al LICHA. Está justo ahí dentro.

Reacher lo había pronunciado fonéticamente y a ella le hizo gracia.

—¿Al «licha»? ¡¡Y eso qué es!?

—El L-I-C-HA. Laboratorio de Identificación Central de Hawái. Es la instalación principal del Departamento del Ejército.

—¿Identificación de qué?

—Te lo enseñaré. —Entonces hizo una pausa—. Bueno, si nos dejan entrar, claro.

Se acercaron a la caseta de guardia y esperaron junto a la ventanilla. Dentro había un sargento con el mismo uniforme, el mismo corte de pelo y la misma cara de desconfianza que el que los había atendido en Wolters. Los hizo esperar fuera un instante y después abrió la ventanilla. Reacher dio un paso adelante y le dijo quiénes eran.

—Venimos a ver a Nash Newman.

El sargento puso cara de sorpresa, cogió un portapapeles y pasó las hojas. Fue bajando con su grueso dedo por las entradas que había en una de ellas y asintió. Cogió el teléfono y marcó un número. Cuatro dígitos. Una llamada interna. Anunció a los visitantes, escuchó la respuesta y volvió a poner cara de sorpresa. Tapó el micrófono del teléfono y le preguntó a Jodie:

—¿Qué edad tiene usted, señorita?

—Treinta años.

Ahora era Jodie la que estaba sorprendida.

—Treinta años —repitió el sargento por teléfono. —Escuchó, colgó y escribió algo en el portapapeles. Volvió a la ventanilla—. Enseguida viene. Pasen.

Se apretaron por el estrecho hueco que quedaba entre la caseta de guardia y la barrera para vehículos y esperaron en el cálido pavimento, a menos de dos metros de donde acababan de estar, solo que, entonces, en suelo militar, no en el asfalto del Departamento de Transporte de Hawái, algo que marcaba la diferencia para el sargento. El suboficial ya no se mostraba receloso, sino que sentía una gran curiosidad por saber por qué el legendario Nash Newman tenía tanta prisa porque aquellos dos civiles entraran en la base.

A unos sesenta metros había un edificio bajo de bloques de cemento con una sencilla puerta de servicio. La puerta se abrió y por ella salió un hombre con el pelo plateado. Se dio la vuelta para cerrarla con llave y, después, se dirigió hacia ellos a paso rápido. Iba con los pantalones y la camisa del uniforme que el ejército suministra para zonas tropicales y con una bata blanca de laboratorio abierta que revoloteaba detrás de él. En el cuello de la camisa había tanto metal que quedaba claro que era un oficial de alta graduación y, de hecho, no había nada en su distinguido porte que contradijera aquella primera impresión. Reacher avanzó para reunirse con él y Jodie lo siguió. El hombre del pelo plateado tendría unos cincuenta y cinco años, era alto y, de cerca, se podían apreciar sus rasgos aristocráticos y una elegancia atlética innata en la que, sin embargo, empezaba a hacer mella la rigidez de la edad.

—General Newman —saludó Reacher—. Le presento a Jodie Garber.

Newman miró a Reacher, cogió la mano de la joven y le sonrió.

—Es un placer conocerle, general —dijo ella.

—Me temo que ya nos conocemos.

—¿Ah, sí?

—Tú no te acuerdas, pero, claro, me habría sorprendido muchísimo que lo hicieras. Tenías tres años, más o menos. En Filipinas. En el jardín trasero de la casa de tu padre. Recuerdo que me trajiste un vaso de ponche de ron. Era un vaso grande, como el jardín. Tú, en cambio, eras muy pequeña, así que lo traías con ambas manos, con la lengua fuera, concentrada. No te quité ojo en todo el camino, con el corazón en un puño por si se te caía.

Jodie sonrió.

—Pues lo siento, pero tienes razón, no me acuerdo. ¿Tres años dices que tenía? Es que ha pasado muchísimo tiempo.

Newman asintió.

—Por eso quería saber qué edad tenías. Aunque, lo siento, no pretendía que el sargento te lo preguntara directamente, tan solo quería su impresión subjetiva. No es el tipo de preguntas que se le hacen a una dama, ¿verdad? Pero es que no me cabía en la cabeza que la hija de Leon viniera a verme.

El general le estrechó la mano y se la soltó. Luego, se volvió hacia Reacher y le pegó un puñetazo cariñoso en el hombro.

—¡Jack Reacher! ¡Joder, cuánto me alegro de verte!

Reacher y el general se dieron la mano con fuerza. Era evidente que ambos se alegraban.

—El general Newman fue mi profesor. Hará unos mil años impartía Ciencia Forense Avanzada en la academia. Me enseñó todo lo que sé.

—Era muy buen estudiante. Por lo menos, prestaba atención, que ya era más que la mayoría.

—¿A qué se dedica ahora, general? —preguntó Jodie.

—Pues me dedico a la antropología forense.

—Es el mejor del mundo.

Newman rechazó el cumplido con un gesto de la mano.

—No estoy tan seguro de eso.

—¿Antropología? Pero ¿no tiene eso que ver con el estudio de las antiguas tribus y cosas por el estilo? ¿Con cómo vivían los seres humanos, sus rituales y creencias?

—Bueno, eso es antropología cultural. Hay muchas disciplinas diferentes dentro de la antropología. La mía es la forense, que es parte de la antropología física.

—Estudiar los restos humanos en busca de pistas —explicó Reacher.

—Un doctor de huesos, vamos. Al final, eso es lo que soy.

Iban paseando por la acera mientras charlaban, camino de la puerta de servicio que había en el edificio de bloques de cemento. El general la abrió y vieron a un hombre más joven esperándolos en el pasillo. Era una persona anodina, de unos treinta años, con uniforme y galones de teniente debajo de la bata.

—Os presento al teniente Simon. Está a cargo del laboratorio. No sé cómo me las arreglaría sin él.

Se dieron la mano. Simon parecía tranquilo y reservado. Reacher imaginó que se trataba de la típica rata de laboratorio, y aquella interrupción le molestaba porque alteraba su rutina de trabajo. Newman los guio por el pasillo hasta su despacho y Simon le hizo un asentimiento silencioso y desapareció.

—Sentaos. Hablemos.

—Así que eres una especie de patólogo —concluyó Jodie.

Newman se sentó al escritorio y balanceó una mano a derecha e izquierda como para indicar alguna disparidad.

—A ver, los patólogos tienen un graduado médico, cosa de la que los antropólogos carecemos. Nosotros solo hemos estudiado antropología, lisa y llanamente. Nuestro campo es la estructura física del cuerpo humano. Ambos trabajamos *post mortem*, claro está; pero, por decirlo de alguna manera, si el cadáver está fresco, es un patólogo quien se encarga de él. Y cuando solo queda el esqueleto, es cosa nuestra. Así que soy un doctor de huesos.

Jodie asintió.

—Claro que eso es una ligera simplificación —continuó Newman—. Un cadáver al que le quede carne puede despertar preguntas acerca de sus huesos. Supongamos que hay de por medio un desmembramiento. En un caso así, el patólogo nos pediría ayuda. Nosotros podemos ver las marcas de la sierra en los huesos y echarle un cable. Podemos determinar lo débil o lo fuerte que era el criminal, qué tipo de sierra usó, si era diestro o zurdo, cosas por el estilo. Ahora bien, el noventa y nueve por ciento de las veces trabajamos con esqueletos. Con huesos viejos y secos. —Volvió a sonreír. Era una sonrisa privada y animada—. Por otro lado, los patólogos no saben qué hacer con los huesos. No saben ni por dónde cogerlos, créeme. A veces, me pregunto qué les enseñarán en la Facultad de Medicina.

El despacho estaba en calma y era fresco. No había ventanas y la luz provenía de una serie de plafones de iluminación indirecta. El escritorio era de palisandro, las sillas para visitantes eran de cuero y cómodas, y el suelo estaba cubierto con moqueta. En una estantería baja había un reloj elegante que hacía un tictac suave y que señalaba las tres y media de la tarde. Les quedaban tres horas y media para tomar el vuelo de vuelta.

—Hemos venido por una razón, general —dijo Reacher—. Me temo que la nuestra no es del todo una visita de cortesía.

—Pero es lo bastante cortés como para que dejes de llamarme general para tratarme de tú, ¿no? A ver, ¿qué sucede?

Reacher asintió.

—Mira, Nash, necesitamos tu ayuda.

El general lo miró a los ojos.

—¿Con las listas de desaparecidos en combate? —Acto seguido, se volvió hacia Jodie y le explicó—: A eso es a lo que me dedico aquí. Durante estos últimos veinte años no he hecho otra cosa.

Jodie hizo un gesto de asentimiento.

—Es por un caso en particular. Se podría decir que nos hemos visto involucrados en él.

Newman asintió despacio. Sin embargo, la luz de su mirada había desaparecido.

—Sí, eso me temía. Aquí tenemos ochenta y nueve mil ciento veinte casos de desaparecidos en combate, pero apostaría cualquier cosa a que sé cuál es el que os interesa.

—¿Ochenta y nueve mil? —repitió Jodie muy sorprendida.

—Ciento veinte. Dos mil doscientos desaparecidos en Vietnam, ocho mil ciento setenta desaparecidos en Corea y setenta y ocho mil setecientos cincuenta desaparecidos en la Segunda Guerra Mundial. No nos hemos dado por vencidos con ninguno de ellos y he dado mi palabra de que nunca lo haremos.

—¡Dios! ¿Cómo es posible que haya tantos?

Newman se encogió de hombros. De repente, una tristeza amarga se había apoderado de su rostro.

—Las guerras, ya sabes. Explosivos, movimientos tácticos, aviones. Cuando se lucha en una guerra, algunos combatientes viven y otros mueren. A algunos de los muertos los recuperamos, pero a otros no. A veces, no queda nada que recuperar. Un impacto directo de un proyectil de artillería reduce a un soldado a sus moléculas constituyentes. Sencillamente, ya no está allí. Puede que sea una niebla rojiza flotando en el aire, puede que ni siquiera sea eso. Puede que el calor del disparo lo haya convertido en vapor. Un proyectil que impacte cerca, aunque no sea un impacto directo, lo hará pedazos. Y las guerras tienen que ver con el terreno, ¿no? Así que, aunque los pedazos que hayan quedado sean lo bastante grandes, un tanque que les pase por encima, ya sea amigo o enemigo, los enterrará y con eso los has perdido para siempre.

Se quedó callado. El reloj seguía con su tictac suave.

—Y los aviones son peores. Muchas de nuestras campañas aéreas se han librado en el océano. Un avión cae en el mar y su tripulación permanecerá desaparecida hasta el fin de los tiempos, por mucho que nos esforcemos aquí.

Hizo un gesto vago con la mano como señalando el despacho y el resto de las instalaciones que lo rodeaban, aunque no pudieran verlas, y acabó haciendo que descansara boca arriba, en dirección a Jodie, como si estuviera rogando.

—Ochenta y nueve mil... —empezó a decir ella—. Yo pensaba que los desaparecidos en combate solo tenían que ver con Vietnam. Con esos dos mil de los que has hablado.

—Ochenta y nueve mil ciento veinte. Aún resolvemos algunos de Corea. Alguno de la Segunda Guerra Mundial ocasionalmente, de los caídos en las islas japonesas. Pero tienes razón, esto es, como quien dice, por Vietnam. Dos mil doscientos desaparecidos. En el fondo, no son tantos. Durante cuatro largos años, en la Primera Guerra Mundial morían muchos más cada mañana. Hombres y muchachos destruidos en pedazos y aplastados en el barro. Pero Vietnam fue diferente. En parte, por situaciones como las que tuvieron lugar en la Primera Guerra Mundial. Ya nunca vamos a sufrir esas matanzas indiscriminadas, ¡y menos mal! Hemos avanzado. Hoy en día, la población no permitiría actitudes anticuadas como aquellas.

Jodie asintió en silencio.

—Y, en parte, es porque la guerra de Vietnam la perdimos —dijo Newman con calma—. Eso la hace muy diferente. Es la única guerra que hemos perdido, por lo que todo lo que sucedió en ella parece muchísimo peor. Así que nos esforzamos más para resolver esos casos.

Volvió a hacer el gesto vago con la mano para indicar el complejo que no podían ver, pero que estaba más allá de las paredes de aquel despacho.

—Así que eso es lo que hacéis aquí. Esperáis a que alguien encuentre esqueletos en alguna parte y os los traiga para que los identifiquéis y podáis tacharlos de la lista.

415

Newman volvió a mecer la mano con aire evocador.

—Bueno, lo que se dice esperar, no esperamos. Siempre que podemos salimos a buscarlos. Por otro lado, no siempre conseguimos identificarlos, aunque te aseguro que nos dejamos la piel.

—Tiene que ser difícil.

Newman le dio la razón.

—En el plano técnico, puede ser un gran reto. Por lo general, el sitio donde recuperamos los cadáveres es un caos. Los trabajadores de campo nos envían huesos de animales, de gente de la zona... de todo. Aquí nos toca hacer una criba. Luego, trabajamos con lo que tenemos, que, en ocasiones, no es gran cosa. A veces, lo único que queda de un soldado estadounidense solo es un puñado de fragmentos de hueso que cabrían en una caja de puros.

—Más que difícil, tiene que ser imposible —dijo Jodie.

—A menudo lo es. Ahora mismo tenemos aquí un centenar de esqueletos parciales sin identificar. El Departamento del Ejército no puede permitirse fallos. Nos piden un altísimo grado de certeza y, a veces, no podemos alcanzarlo.

—¿Por dónde empezáis?

—Pues, por donde podemos. Por lo general, por los registros médicos. Supón que Reacher fuera un desaparecido en combate. Si se hubiera roto el brazo cuando era niño, podríamos comparar una vieja radiografía con una rotura curada que hubiera en los huesos que encontráramos. Quizá. O si encontráramos su mandíbula, podríamos compararla con los registros bucales del dentista.

Reacher se fijó en que Jodie lo miraba y se dio cuenta de que estaba imaginándoselo reducido a un montón de huesos amarillos y secos en una selva, recién sacados del barro, y que alguien lo comparaba con radiografías quebradizas y medio desdibujadas de hacía treinta años. El despacho volvió a quedarse en silencio. El reloj seguía con su tictac suave.

—Leon vino en abril —dijo Reacher.

El general Newman asintió.

—Sí, vino a verme —gimió el general Newman—. Fue una tontería, la verdad, porque estaba muy enfermo, pero me alegré de verlo. —Luego miró a Jodie con cara de compasión y le dijo—: Era una persona magnífica. Le debía mucho.

Ella hizo un gesto de comprensión. No era la primera vez que lo oía, ni sería la última.

—Vino a preguntarte por Victor Hobie —continuó Reacher—, ¿verdad?

El general asintió de nuevo.

—Victor Truman Hobie.

—¿Y qué le contaste?

—Nada. Y a vosotros tampoco voy a contaros nada.

El reloj continuaba con su tictac suave. Las cuatro menos cuarto.

—¿Por qué no? —preguntó Reacher.

—Sabes muy bien por qué no.

—¿Es un archivo clasificado?

—Clasificado no, clasificadísimo.

Reacher se removió en la silla, frustrado.

—Nash, eres nuestra última esperanza. Ya hemos probado todo lo demás.

El general negó con la cabeza.

—Reacher, ya sabes cómo son estas cosas. Soy un oficial del Ejército de Estados Unidos, joder. No pienso revelar información clasificada.

—Por favor, Nash. Hemos venido hasta aquí.

—No puedo.

—Tiene que haber algún modo.

Silencio.

—Bueno, supongo que podríais hacerme preguntas. Si un antiguo estudiante viene y me hace preguntas fundamentadas en sus propias habilidades y conocimientos, y yo las respondo de manera académica, no sé qué daño podríamos hacerle a nadie.

Fue como si las nubes se abrieran y volviera a lucir el sol. Jodie miró a Reacher. Reacher miró el reloj. Siete minutos para las cuatro. Menos de tres horas para que tuvieran que subir al avión.

—Vale, gracias. A ver, ¿te resulta familiar este caso?

—Todos me resultan familiares. Pero este, en concreto, me resulta más familiar desde abril.

—¿Y tiene un nivel alto de clasificación?

Newman se limitó a asentir.

—¿Un nivel tan alto como para que ni siquiera Leon tuviera acceso a él?

—Sí, lo que es un nivel muy alto, ¿no te parece?

Reacher le dio la razón con un gesto. Pensó.

—¿Qué quería Leon que hicieras?

—Estaba perdido. Tenéis que tener eso en cuenta, ¿vale?

—Vale. ¿Qué quería que hicieras?

—Quería que encontráramos el lugar donde se había estrellado el helicóptero.

—A seis kilómetros y medio al oeste de An Khe.

Newman asintió.

—Me sentía mal por él. No había razones para que no pudiera tener acceso a la información, pero tampoco podía hacer yo nada para alterar el nivel de clasificación del archivo. Sin embargo, le debía tanto, más de lo que puedo expresar, que accedí a su petición.

Jodie se inclinó hacia delante.

—Pero ¿cómo es que no lo habían encontrado antes? Más o menos, se sabía dónde había caído, ¿no?

—Es muy complicado. No te haces a la idea. El terreno, la burocracia... Perdimos la guerra, no lo olvides. Allí, son los vietnamitas los que dictan las reglas. Somos nosotros los que llevamos a cabo las misiones de recuperación, pero son ellos quienes las controlan. Nos someten a manipulaciones y a humillaciones constantes. No nos permiten llevar uniforme porque dicen que ver soldados estadounidenses traumatizaría a los habitantes. Nos obligan a alquilar sus helicópteros para ir de aquí para allá. Nos gastamos millones y millones de dólares en mierdas roñosas que tienen la mitad de capacidad que nuestras máquinas. Lo cierto es que les estamos comprando esos huesos y son ellos quienes fijan el precio y la disponibilidad. Estados Unidos está pagando algo más de tres millones de dólares por cada una de las identificaciones que hacemos, y eso me quema por dentro.

Cuatro minutos para las cuatro. El general Newman volvió a suspirar, sumido en sus propios pensamientos.

—Pero ¿encontrasteis el sitio? —le preguntó Reacher.

—Era una búsqueda que no estaba programada para un futuro cercano. Sabíamos, más o menos, dónde había caído el helicóptero y sabíamos muy bien lo que nos encontraríamos cuando llegáramos, así que el caso no tenía una prioridad alta. Sin embargo, como favor a Leon, fui hasta allí e hice un trato para que hicieran un cambio en la programación. Mi intención era que aquellos muchachos fueran los siguientes en la lista, y fue muy jodido negociarlo. Como los vietnamitas se den cuenta de que quieres algo en particular, se ponen tercos como mulas. No os hacéis a la idea. Inescrutables.

—Pero ¿lo encontrasteis? —quiso saber Jodie.

—Geográficamente era una putada. Hablamos con DeWitt, que está en Wolters, y él nos ayudó a dar con la localización casi exacta. Es el sitio más remoto que os podáis imaginar. Montañoso e inaccesible. Os garantizo que ningún ser humano ha pisado jamás ese lugar. El viaje fue una pesadilla, pero que el sitio fuera así de abrupto lo convertía en una maravilla, porque no estaba minado.

—¿Minado? —preguntó Jodie—. ¿Te refieres a trampas explosivas enterradas?

—No, me refiero a que no estaba excavado —explicó el general—. Hace treinta años, la población se tiraba a por todo lo que pudiera sacar de las zonas accesibles. Se llevaban las placas identificativas, los carnets de identidad, los cascos... Eran recuerdos, aunque, en realidad, lo que más les interesaba eran los metales, en especial los de los aviones, ya sabéis, por el oro y el platino.

—¿Oro? —preguntó Jodie.

—El de los circuitos eléctricos. Las conexiones de los Phantom F-4, por ejemplo, llevaban unos cinco mil dólares en metales preciosos. Los vietnamitas los saqueaban y vendían el botín. Si compras joyas baratas en Bangkok, lo más probable es que estén hechas con componentes electrónicos de los cazabombarderos estadounidenses.

—¿Y qué encontrasteis allí? —preguntó Reacher.

—Estaba todo en bastante buen estado de conservación. El Huey se hallaba partido y oxidado, pero era fácil reconocerlo. Los cadáveres eran esqueletos, claro está. La ropa se había podrido y ya no quedaba nada de ella, pero no faltaba nada más. Todos tenían las placas identificativas. Los empaquetamos y los llevamos en helicóptero a Hanói. Luego, los trajimos aquí en un Starlifter con todos los honores. De hecho, acabamos de regresar. Tres meses, de principio a fin. En términos de tiempo, una de las mejores misiones que he hecho. Y lo de identificarlos va a ser una formalidad, porque todos tenían las placas. En este caso, el doctor de huesos no va a ser necesario. Abrir y cerrar. Lo único que siento de verdad es que Leon no vaya a verlo. Se habría quedado tranquilo.

—¿Están aquí los cadáveres? —se sorprendió Reacher.

—Al otro lado de la puerta.

—¿Podríamos verlos?

—No debería permitíroslo, pero quiero que los veáis.

El despacho se quedó en silencio Newman se levantó y les hizo un gesto con ambas manos para que fueran hacia la puerta. Cuando salieron al pasillo, vieron pasar al teniente Simon, que los saludó.

—Vamos al laboratorio —le dijo Newman.

—Sí, señor.

El teniente entró en su despacho, y Jodie, Reacher y Newman fueron en la otra dirección y se detuvieron frente a una puerta sencilla que había en una pared blanca de bloques de cemento. El general sacó unas llaves del bolsillo y la abrió; después repitió el mismo gesto formal con ambas manos para que sus invitados pasaran primero. Reacher y Jodie entraron en el laboratorio.

Desde su cubículo, Simon vio cómo entraban en el laboratorio. En cuanto cerraron la puerta, cogió el teléfono y marcó el nueve para obtener línea. Luego marcó un número de diez dígitos que empezaba con el prefijo de la ciudad de Nueva York. El teléfono sonó durante mucho rato porque a nueve mil seiscientos kilómetros de allí ya era de noche.

—Reacher está aquí —susurró el teniente en cuanto respondieron al teléfono—. Con una mujer. Están en el laboratorio ahora mismo. Mirando.

—¿Quién es la mujer?

Era la voz grave y controlada de Hobie.

—Jodie Garber. La hija del general Garber.

—Alias «señora Jacob».

—¿Qué quieres que haga?

Silencio. Tan solo oía el pitido del satélite de larga distancia.

—Llevarlos al aeropuerto. La mujer tiene una reunión mañana por la tarde en Nueva York, así que intentarán coger el avión de las siete. Asegúrate de que no lo pierden.

—De acuerdo —dijo Simon. Y Hobie colgó.

El laboratorio era una habitación amplia y de techo bajo, de unos doce metros por quince. No tenía ventanas. La gran cantidad de luz que había en ella la daban los fluorescentes. Se oía el leve siseo de un eficaz circuito de aire, pero había cierto olor en la estancia, un olor que estaba a caballo entre el de los desinfectantes acres y fuertes y el de la tierra caliente. Al final de la sala había un rincón lleno de estanterías. Estas estaban llenas de cajas de cartón marcadas en negro con números de referencia. Debía de haber un centenar.

—Los no identificados —señaló Reacher.

El general Newman asintió.

—De momento. Porque no vamos a rendirnos con ellos.

Entre dicho rincón y ellos estaba la parte principal del laboratorio. El suelo era de baldosas y relucía. En la sala había veinte pulcras mesas de madera dispuestas en precisas filas. Las mesas llegaban a la altura de la cintura y tenían encima unas pesadas y brillantes cubiertas metálicas para realizar las autopsias. Cada mesa era un poco más corta y un poco más estrecha que los catres del ejército. Parecían versiones robustas de las mesas que usan los decoradores para subirse a encolar y empapelar paredes. Seis de ellas estaban vacías, otras siete las ocupaban las tapas de otros tantos ataúdes de aluminio, y en las siete mesas restantes había siete ataúdes de aluminio, cada uno de ellos en la mesa de al lado de la de su correspondiente tapa. Reacher permaneció en silencio, cabizbajo, y, unos instantes después, se puso firme y saludó a los ataúdes. Habían pasado más de dos años desde la última vez que hizo el saludo militar.

—Qué horrible —susurró Jodie.

La joven tenía las manos entrelazadas a la espalda, con la cabeza baja, como si estuviera celebrando un entierro en un cementerio. Reacher dejó de saludar y le cogió la mano.

—Gracias —les dijo el general Newman—. Me gusta que la gente muestre respeto en esta sala.

—¿Cómo no íbamos a hacerlo? —susurró Jodie.

Mientras miraba los ataúdes, a la joven empezaban a asomarle las lágrimas.

—Bueno, Reacher, dime, ¿qué ves?

Reacher miraba el brillante laboratorio. Estaba tan sorprendido que no se había movido.

—Veo siete ataúdes, pero esperaba ver ocho. En aquel Huey viajaban ocho personas. Una tripulación de cinco que recogió a tres. Está en el informe de DeWitt. Cinco y tres son ocho.

—Y ocho menos uno son siete —añadió Newman.

—¿Explorasteis bien toda la zona? ¿Deteniéndoos en las cosas más pequeñas?

—No —respondió el general.

—¿Por qué?

—Eso tendrás que descubrirlo tú.

Reacher se estremeció y dio un paso adelante.

—¿Puedo?

—Adelante. Dime lo que ves. Concéntrate, que quiero ver qué recuerdas de lo que te enseñé y qué has olvidado.

Reacher se acercó al ataúd que tenía más cerca y se volvió para mirarlo a lo largo. Dentro del ataúd había una caja de madera basta, quince centímetros más pequeña que el ataúd en cada una de las tres dimensiones.

—Eso es lo que nos proporcionan los vietnamitas. Nos venden esas cajas de zapatos y nos obligan a utilizarlas. Una vez en el hangar del aeropuerto de Hanói los metemos en nuestros propios ataúdes.

La caja de madera no tenía tapa. Era una bandeja, poco más. Dentro había un montón de huesos que alguien había dispuesto de manera que siguieran, más o menos, la secuencia anatómica adecuada. Arriba había un cráneo, amarillento, viejo, con una sonrisa grotesca y un diente de oro. Las cuencas vacías miraban fijamente. Las vértebras del cuello estaban alineadas. Por debajo de ellas estaban los omoplatos, las clavículas y las costillas, estas últimas justo por encima de la pelvis. Los huesos de los brazos y de las piernas estaban dispuestos a los lados. Alrededor de las vértebras del cuello brillaba, mate, una cadenita de metal que descansaba por debajo del omoplato izquierdo.

—¿Puedo?

—Por favor.

Reacher permaneció en silencio unos instantes y después se agachó, pasó un dedo por debajo de la cadenita y la sacó. Las vértebras se movieron un poco y chocaron unas contra otras. Tiró de las placas y las frotó con el pulgar. Luego, leyó el nombre que había grabado en ellas.

—Kaplan. El copiloto.

—¿Cómo murió? —preguntó Newman.

Reacher dejó la cadenita alrededor de las vértebras y buscó pruebas. El cráneo estaba bien. No había señales de daños ni en los brazos, ni en las piernas, ni en el pecho. La pelvis, sin embargo, estaba machacada. Las vértebras de la parte baja de la columna estaban aplastadas. Las costillas estaban fracturadas por detrás. Ocho a ambos lados, contándolas de abajo arriba.

—Por el impacto. Cuando el Huey se estrelló. Recibió un golpe muy fuerte en la espalda. Graves traumatismos y hemorragias internas. Es probable que muriera en un minuto.

—Pero llevaba puesto el cinturón. Cayeron de morro al suelo, ¿cómo pudo hacerse esa herida por detrás?

Reacher volvió a mirar. Se sentía igual de nervioso que hacía muchos años en clase, porque no quería cagarla frente al legendario Nash Newman. Se fijó con más atención y puso las manos sobre los huesos secos para sentirlos. Tenía que estar en lo cierto. Aquello era un impacto en la parte inferior del cuerpo, no había otra explicación posible.

—El Huey giró. Cayó en un ángulo bajo y los árboles lo hicieron girar. La cabina y la cola se separaron y la cabina impactó en el suelo mientras caía hacia atrás.

El general asintió.

—Excelente. Así es, exactamente, como lo encontramos. La

cabina cayó hacia atrás y, en vez de salvarlo el cinturón, lo mató el asiento.

Reacher se acercó al siguiente ataúd. Dentro había la misma especie de bandeja de madera. El mismo montón de huesos amarillentos. La misma calavera grotesca, acusadora y sonriente. Por debajo de ella, el cuello estaba roto. Sacó las placas identificativas de entre las vértebras partidas.

—Tardelli.

—El artillero de estribor —informó Newman.

El esqueleto de Tardelli estaba fatal. Los artilleros de los escurridizos iban muy expuestos, sin puerta, sin seguridad, como quien dice, haciendo malabarismos con la pesada ametralladora, que se balancea en la banda elástica. Cuando el Huey empezó a caer, Tardelli había salido disparado contra el interior de la cabina.

—Se rompió el cuello. Hay aplastamiento hasta la parte superior del pecho.

Reacher le dio la vuelta al cráneo amarillo. Estaba fracturado como una cáscara de huevo.

—Y también tiene un traumatismo en la cabeza. Yo diría que murió al instante. Ahora bien, no me atrevería a decir cuál de las dos heridas lo mató.

—Yo tampoco. Tenía diecinueve años.

Se hizo el silencio. En el aire solo se olía un ligero aroma a marga.

—Mira el siguiente.

El siguiente era distinto. Tenía una única herida, en el pecho. Las placas de identificación estaban enganchadas entre vértebras astilladas. Reacher no fue capaz de sacarlas. Tuvo que agacharse para comprobar el nombre.

—Bamford.

—El jefe de tripulación. Él debía de ir sentado en la cabina, mirando hacia atrás, en dirección opuesta a los tres tipos que habían recogido.

La cara huesuda de Bamford lo miraba. Por debajo de ella, su esqueleto estaba completo y no había sufrido daños, excepto por la estrecha herida ladeada que tenía en la parte superior del cuerpo. Era como una trinchera de siete centímetros y medio en el pecho. El esternón había quedado partido a la altura de la columna, lo que había desplazado tres vértebras. También se había llevado tres costillas por delante.

—¿Qué opinas de ese? —preguntó Newman.

Reacher metió las manos en la caja y sintió las dimensiones de la herida. Era estrecha y horizontal. No llegaban a caber tres dedos, pero dos sí.

—Recibió un impacto de algún tipo. De un objeto que era, al mismo tiempo, afilado y romo. Como es evidente, el objeto lo golpeó de lado en el pecho. Debió de pararle el corazón de inmediato. ¿Una de las palas del rotor?

Newman asintió.

—Muy bien. Por cómo nos encontramos el helicóptero, parece que el rotor se dobló contra los árboles y entró en la cabina. Debió de golpearlo en el pecho. Como bien has dicho, un golpe así tuvo que pararle el corazón al instante.

En el siguiente ataúd, los huesos eran muy diferentes. Algunos eran del mismo color amarillo mate que los que Reacher había visto hasta el momento, pero la mayoría eran blancos, resultaban quebradizos y estaban erosionados. Las placas identificativas estaban dobladas y ennegrecidas. Reacher las giró, las desdobló un poco y las sujetó bajo la luz para leer bien lo que estaba grabado: Soper.

—El artillero de babor —informó Newman.

—Hubo un incendio.

—¿Cómo lo sabes? —Newman se lo preguntó como lo haría un profesor.

—Las placas identificativas están quemadas.

—¿Y?

—Y los huesos están calcinados. Al menos, gran parte de ellos.

—¿Calcinados?

Reacher asintió y retrocedió quince años, a sus libros de texto.

—Los componentes orgánicos se quemaron y solo quedaron los componentes inorgánicos. El fuego deja los huesos más pequeños, más blancos, nervados, quebradizos, erosionados.

—Bien —aprobó Newman.

—La explosión que vio de DeWitt —dijo Jodie—. Fue el tanque de combustible.

El general Newman asintió.

—Es una prueba clásica. No es un fuego lento, sino una explosión de combustible. Salta por todas partes y arde deprisa, lo que explica la naturaleza azarosa de los huesos quemados. Yo diría que a Soper le cayó el combustible en la parte inferior del cuerpo y que la parte superior estaba fuera del incendio.

Sus tranquilas palabras dieron paso al silencio y los tres imaginaron lo terrible que tuvo que ser. Los motores rugiendo, las balas del enemigo impactando en el helicóptero, la repentina pérdida de energía, los chorros de combustible, el fuego, el impacto entre los árboles, los gritos, las palas como una guadaña, el choque estremecedor, el chirriar del metal, los frágiles cuerpos humanos golpeándose contra el indiferente suelo de la selva, en un lugar por el que nadie había caminado jamás. Las cuencas de los ojos de Soper miraban la luz, como si los retara a imaginar.

—Pasa al siguiente —pidió Newman.

El siguiente ataúd contenía los restos de un hombre apellidado Allen. No estaba quemado. Todos los huesos estaban amarillos y la cadena de las placas identificativas estaba alrededor de las vértebras del cuello, que se le había roto. Tenía una calavera noble, sonriente, con los dientes blancos. Era un cráneo alto, redondo, sin daños; el producto de una buena nutrición y una buena crianza en Estados Unidos durante los años cincuenta. Tenía la espalda entera aplastada, parecía un cangrejo muerto.

—Allen era uno de los tres que recogieron —dijo Newman.

Reacher asintió con cara de pena. El sexto ataúd era el de otra víctima del fuego. Se apellidaba Zabrinski. Sus huesos estaban calcinados y eran pequeños.

—Es probable que, en vida, fuera un tipo bastante grande —informó Newman—. Recuerda que el fuego puede llegar a reducir los huesos un cincuenta por ciento, así que no lo confundas con un enano.

Reacher asintió de nuevo. Tocó sus huesos. Eran ligeros y quebradizos. Como cáscaras. Tenían canaladuras y nervaduras casi microscópicas.

—¿Tiene alguna herida más?

Reacher volvió a mirar, pero no vio nada.

—No, murió abrasado.

—Sí, eso me temo.

—Es horrible —susurró Jodie.

El séptimo y último ataúd contenía los restos de un hombre apellidado Gunston. Eran unos restos terribles. De hecho, al principio a Reacher le pareció que ni siquiera había cráneo. Entonces, tras examinar el esqueleto, lo vio a los pies de la caja de madera. Estaba roto en mil y un pedazos, la mayoría de los cuales no eran más grandes que la uña de su pulgar.

—¿Qué opinas? —quiso saber Newman.

—No quiero seguir con esto. No quiero pensar más en esto —respondió entre susurros.

Newman hizo un gesto de comprensión.

—Una de las palas del rotor lo golpeó en la cabeza. Él era otro de los tres que recogieron. Estaba sentado enfrente de Bamford.

—Cinco y tres —dijo Jodie en voz baja—. Así que la tripulación la componían Hobie y Kaplan, piloto y copiloto respectivamente; Bamford, el jefe de tripulación, y Soper y Tardelli, los artilleros. Ellos descendieron y recogieron a Allen, a Zabrinski y a Gunston.

Newman asintió.

—Eso es lo que dicen los informes.

—Así que ¿dónde está Hobie? —preguntó Reacher.

—Estás pasando algo por alto. Un trabajo un poco chapucero, para alguien a quien solía dársele bien esto —dijo Newman.

Reacher miró al general Newman. El general DeWitt le había dicho algo similar. En concreto, le había dicho: «Es un poco chapucero para alguien que fue comandante de la Policía Militar en su día», y, luego, había añadido: «Busquen más cerca de casa».

—Eran policías militares, ¿verdad? —afirmó Reacher de repente.

Newman sonrió.

—¿Quiénes?

—Dos de ellos. De los tres que recogieron. Dos de ellos, de entre Allen, Zabrinski y Gunston, estaban arrestando al tercero. Era una misión especial. Kaplan había dejado a dos policías militares en tierra el día anterior. Aquella fue su penúltima misión, una misión en la que voló solo. La misión que no leí. Volvían para recogerlos a ellos y a la persona a la que habían arrestado.

El general Newman asintió.

—Así es.

—¿Quién era quién? —preguntó Reacher.

—Pete Zabrinski y Joey Gunston eran los polis. Carl Allen era el malo.

—¿Qué había hecho?

—Los detalles son información clasificada; pero ¿tú qué crees?

—¿Teniendo en cuenta que esto parece un arresto rápido? Supongo que fragmentaría a alguien.

—¿Qué es eso de que «fragmentaría a alguien»? —preguntó Jodie.

—Matar a algún oficial —respondió Reacher—. Sucedía de vez en cuando. Algún teniente entusiasta, recién llegado, por lo general, se emocionaba con avanzar hacia posiciones peligrosas. A los soldados no les hacía gracia porque daban por hecho que iba detrás de una medalla o que era gilipollas, y ellos, en cambio, preferían seguir vivos. Así que, cuando el oficial daba la orden de cargar, alguien le disparaba por la espalda o le lanzaba una granada de fragmentación, que era mucho más eficaz, dado que no hacía falta apuntar, y además, después, resultaba mucho más complicado demostrar que había sido intencionado. De ahí viene el término, de las granadas de fragmentación.

—¿Y fue eso lo que hizo?

—Los detalles son información clasificada pero, desde luego, hubo un intento de fragmentación de por medio al final de una carrera larga y despiadada. Según los archivos, nadie habría elegido empleado del mes a Carl Allen —respondió el general.

Jodie asintió y añadió:

—En cualquier caso, ¿por qué iba a ser eso información clasificada? Hiciera lo que hiciese, lleva treinta años muerto. Hiciera lo que hiciese, ya se ha hecho justicia, ¿no?

Reacher, que había vuelto al ataúd de Allen, respondió a Jodie mientras miraba los restos con atención:

—La mantienen clasificada por precaución. Fuera quien fuese aquel teniente impulsivo, a su familia le dijeron que murió como un héroe, enfrentándose al enemigo. Si algún día se descubre lo contrario, será un escándalo, y al Departamento del Ejército no le gustan los escándalos.

—Así es —confirmó Newman.

—Ahora bien, ¿dónde está Hobie? —insistió Reacher.

—Sigues dejándote algo. Los pasos hay que darlos de uno en uno —dijo Newman.

—Pero ¿qué es? ¿Dónde está?

—En los huesos.

El reloj del laboratorio señalaba las cinco y media. Faltaba poco más de una hora para que tuvieran que irse. Reacher respiró hondo y recorrió los ataúdes en el orden inverso: Gunston, Zabrinski, Allen, Soper, Bamford, Tardelli, Kaplan. Seis cráneos sonrientes y un esqueleto sin cabeza lo observaban. Hizo la ronda una vez más. El reloj avanzaba. Se detuvo al lado de cada uno de los ataúdes, se apoyó en el frío aluminio, se inclinó y miró dentro, desesperado por dar con lo que se le estaba escapando. En los huesos. Empezaba cada búsqueda por arriba. El cráneo, el cuello, los omoplatos, las costillas, los brazos, la pelvis, las piernas, los pies. Empezó a rebuscar en las cajas, con suavidad y delicadeza, entre los huesos, indagando. Las seis menos cuarto. Menos diez. Jodie lo observaba nerviosa. Reacher hizo la ronda una tercera vez, empezando otra vez por Gunston, uno de los policías militares. Pasó a Zabrinski, el otro policía militar. A Allen, el criminal. A Soper, el artillero. A Bamford, el jefe de tripulación. Lo encontró allí, en la caja de Bamford. Cerró los ojos. Y era evidente. Tan evidente que parecía que estuviera escrito con rotulador fosforescente e iluminado con una linterna. Repasó las otras seis cajas deprisa, contando, comprobándolo dos veces. Sí, ya lo tenía. Había dado con ello. Las seis en punto en Hawái.

—Hay siete cadáveres, pero hay quince manos.

Eran las seis de la tarde en Hawái y las once de la noche en Nueva York. Hobie estaba solo en su apartamento, treinta pisos por encima de la Quinta Avenida, en el dormitorio, a punto de irse a dormir, aunque acostumbraba a acostarse más tarde de las once. Por lo general, se quedaba despierto hasta la una o las dos de la madrugada leyendo un libro o viendo alguna película en la televisión por cable. Esa noche, no obstante, estaba cansado. Había sido un día extenuante. No solo había habido mucho ajetreo físico, sino que también había sufrido mucho estrés.

Estaba sentado en el borde de la cama. Aunque dormía solo, y siempre había sido así, tenía una cama extragrande. Sobre la cama había un grueso edredón blanco. Las paredes estaban pintadas de blanco y las persianas venecianas eran blancas también. Y aquello no se debía a que hubiera pretendido conseguir algún tipo de consistencia artística con la decoración, sino a que las cosas blancas siempre eran más baratas. Cualquier cosa, ropa de cama, pintura o persianas, en blanco siempre era más económica. No tenía cuadros en las paredes. No había fotografías, ni decoraciones, ni recuerdos. No había nada. El suelo era de madera de roble. Sin alfombras.

Tenía los pies apoyados en el suelo, en ángulo recto con las tablas de la tarima de roble, y llevaba unos Oxford negros y tan limpios que relucían. Se agachó y se desató los cordones con la mano. Uno primero. El otro después. Se quitó los zapatos. Uno primero. El otro después. Los puso juntos con el pie, los cogió juntos del suelo y los metió debajo de la cama. Metió el dedo gordo de la mano bajo la goma de un calcetín y se lo quitó. Después el otro. Los sacudió y los dejó caer al suelo. Se desanudó la corbata. Siempre llevaba corbata. Se sentía muy orgulloso de que fuera capaz de hacerse el nudo con una sola mano.

Se puso de pie con la corbata en la mano y fue al armario. Deslizó la puerta y colgó la prenda en la barrita de latón donde las dejaba cada noche. Luego bajó el hombro izquierdo y se sacudió para que la manga de la chaqueta le resbalara por el brazo. Se valió de la mano para quitarse la manga derecha. Buscó una percha en el armario y colgó la chaqueta. Colgó la percha en la barra. Luego se desabrochó los pantalones y se bajó la cremallera. Los dejó caer al suelo y salió de ellos. Una pierna primero, la otra después. Se agachó y los estiró en el suelo de roble. Un manco no tenía otra manera de doblar los pantalones. Colocó la parte baja de una de las perneras sobre la de la otra, las pisó y las puso rectas. A continuación, se levantó y cogió otra percha del armario, se agachó, pasó la percha por las perneras y la deslizó hasta la altura de las rodillas. Volvió a ponerse de pie, sacudió la percha y los pantalones quedaron doblados a la perfección. Los colgó junto a la chaqueta.

Se llevó la mano a los botones de la almidonada camisa y empezó a desabotonarlos. Se soltó el puño derecho. Se sacudió la camisa de los hombros y se valió de la mano para sacársela por el garfio. Luego se ladeó y dejó que cayera por el brazo izquierdo. Pisó el faldón trasero con el pie y sacó el brazo. La manga quedó del revés, como siempre, pero le dio la vuelta con la mano. La única modificación que se había visto obligado a hacer en la ropa era mover el botón de los puños izquierdos para permitir que pasaran por la mano aunque estuvieran abrochados.

Dejó la camisa en el suelo, tiró de la goma de los calzoncillos y se bamboleó a derecha e izquierda para quitárselos. Los dejó caer al suelo y salió de ellos. Un pie primero, el otro después. Cogió el dobladillo de la camiseta interior. Esa era la parte más difícil. Estiró el dobladillo, se inclinó y se sacó la prenda a toda prisa hasta la cabeza. Luego la cogió por el cuello y tiró por la cara. La sacó hasta la parte derecha y sacó el garfio por la sisa. Para acabar, sacudió el brazo izquierdo como si fuera un látigo hasta que la camiseta cayó al suelo. Se agachó, la cogió y la puso con la camisa, con los calzoncillos y con los calcetines, y, a continuación, llevó aquellas prendas al cuarto de baño y las metió en el cesto de la ropa sucia.

Desnudo, volvió a la cama y se sentó de nuevo en el borde. Se llevó la mano al pecho y desató las pesadas cintas de cuero que llevaba alrededor del bíceps derecho. Eran tres cintas y tres hebillas. Aflojó el corsé de cuero y se lo quitó del antebrazo. El cuero crujió en el silencio del dormitorio mientras lo hacía. Era un cuero mucho más grueso y pesado que el de un zapato y estaba fabricado en capas. Era de color marrón y brillaba por el uso. A lo largo de los años, se había moldeado a él como acero. Le apretó los músculos mientras soltaba las tiras ribeteadas del codo. Después, cogió la fría curva del garfio con la mano y tiró con cuidado. La copa tiró un poco del muñón, pero salió. Sujetó el instrumento en vertical entre las rodillas, con la punta del garfio hacia abajo y la copa hacia arriba. Se inclinó hacia la mesita de noche y cogió un montón de pañuelos de papel de una caja y del cajón sacó un bote de polvos de talco. Arrugó los pañuelos con la mano y los metió en la copa. Con intención de secar el sudor del día, los retorció con fuerza como si estuviera atornillándolos. A continuación, abrió el bote de polvos de talco y echó unos pocos en la copa. Cogió más pañuelos y frotó el cuero y el acero. Después, puso el artilugio en el suelo, paralelo a la cama.

En el muñón llevaba un calcetín fino. Se lo ponía para evitar que el cuero le dañara la piel. No era un objeto ortopédico para mancos, sino un calcetín infantil. Era solo un tubo, sin talón, de esos que se les ponen a los bebés antes de que aprendan a caminar. Los compraba por docenas en grandes almacenes y siempre de color blanco. Eran más baratos. Se quitó el calcetín del muñón, lo sacudió y lo dejó en la mesita de noche, junto a la caja de pañuelos.

El muñón estaba arrugado. Quedaba algo de músculo, pero como no desempeñaba ningún trabajo, se había ido quedando en nada. Los huesos estaban muy bien limados y la piel se la habían cosido por encima de ellos. Era una piel blanca. Los puntos eran rojos. Parecía caligrafía china. En la parte baja del muñón tenía algo de pelo porque, para cubrírselo, le habían estirado la piel de la parte exterior del antebrazo.

Se puso de pie una vez más y fue al baño. El anterior dueño del apartamento había colocado una pared de espejo sobre el lavamanos. Se miró en ella y odió lo que vio. El brazo le daba igual. Le faltaba, nada más. Era su rostro lo que odiaba. Las quemaduras. El brazo era una herida, pero la cara la tenía desfigurada. Se puso de medio lado para no tener que ver aquella piel. Se lavó los dientes y llevó una botella de loción a la cama. Se puso una gota en el muñón y empezó a masajearlo con los dedos. Cuando terminó, dejó la loción en la mesita de noche, al lado del calcetín de bebé, se metió en la cama y apagó la luz.

—¿La derecha o la izquierda? —preguntó Jodie—. ¿Cuál perdió?

Reacher estaba de pie junto al brillante ataúd de Bamford, mirando entre los huesos.

—La derecha —respondió—. La mano extra es una mano derecha.

Newman se acercó a Reacher, se agachó, separó dos pedazos de hueso astillados de unos quince centímetros de largo cada uno y señaló:

—No solo perdió la mano. Estos son pedazos del radio y del cúbito de su brazo derecho. Lo que perdió fue el antebrazo, algo por debajo del codo, puede que segado por un fragmento de una de las palas del rotor. Debió de quedarle un muñón considerable.

Reacher cogió los huesos y pasó los dedos por las zonas astilladas.

—No lo entiendo, Nash. ¿Por qué no explorasteis la zona?

—¿Y por qué íbamos a hacerlo? —respondió Newman como sin darle importancia.

—¿Y por qué ibais a dar por hecho que sobrevivió? Estaba malherido. El impacto, el brazo amputado... Puede que incluso tuviera otras heridas, internas, quizá. Tuvo que perder muchísima sangre. Puede que incluso se quemara. Hay quemaduras de combustible por todos los lados. Piénsalo, lo más probable es que saliera de allí gateando, con sangrado arterial, puede que envuelto en llamas, que recorriera veinte metros y que se derrumbara entre los árboles y muriera. ¿Por qué no lo buscasteis?

—Hazte tú mismo la pregunta. ¿Por qué no lo buscamos?

Reacher se quedó mirándolo. Nash Newman era una de las personas más inteligentes que había conocido. Era una persona tan meticulosa y precisa que era capaz de coger un fragmento de dos centímetros y medio de un cráneo y decirte a quién le perteneció, cómo había vivido esa persona y cómo había muerto. Era alguien tan profesional y escrupuloso que llevaba años al mando de la investigación forense más larga y complicada de la historia, y, además, había recibido por ello loas y alabanzas de unos y otros. ¿Cómo iba a haber cometido Nash Newman un error tan elemental? Reacher seguía mirándolo. Entonces, espiró y cerró los ojos.

—Dios mío, Nash —empezó a decir poco a poco—. Sabías que había sobrevivido, ¿verdad? ¡Lo sabías con seguridad! No lo buscaste porque sabías que estaba vivo.

—En efecto.

—Pero ¿cómo lo sabías?

El general Newman miró a su alrededor y bajó la voz:

—Porque apareció más tarde. Tres semanas después, llegó arrastrándose a un hospital de campaña que había a ochenta kilómetros del accidente. Está todo registrado en su archivo médico. Tenía fiebre, estaba desnutrido, tenía unas quemaduras terribles en un lado de la cara, le faltaba un brazo y tenía gusanos en el muñón. Se mostró incoherente la mayor parte del tiempo, pero lo identificaron por las placas. Luego, cuando el tratamiento lo recuperó para el mundo de los vivos, explicó lo que había sucedido y confirmó que era el único superviviente. Por eso he dicho que sabíamos muy bien lo que nos íbamos a encontrar. Por eso la prioridad era tan baja, hasta que llegó Leon para removerlo todo.

—¿Y qué sucedió? ¿A qué viene tanto secretismo? —preguntó Jodie.

—El hospital estaba muy al norte. Los *charlies* nos empujaban con fuerza y estábamos de retirada. El hospital estaba preparándose para la evacuación.

—¿Y? —preguntó Reacher.

—Resulta que Hobie desapareció la noche antes de que fueran a replegarse hacia Saigón.

—¿Que desapareció?

—Se largó. Se levantó de su catre y huyó. Nadie ha vuelto a verlo desde entonces.

—Joder...

—Sigo sin entender a qué viene tanto secreto —dijo Jodie.

Newman se encogió de hombros.

—Eso también puede explicártelo Reacher. De hecho, es más su campo que el mío.

Reacher aún tenía los huesos de Victor Hobie en la mano. El radio y el cúbito del brazo derecho, perfectos en la parte inferior, redondeados, tal y como la naturaleza los había concebido, pero brutalmente aplastados y astillados por arriba por culpa de un fragmento de una de las palas del rotor del helicóptero que pilotaba. Victor Hobie había estudiado aquellas palas y había determinado que eran capaces de cortar árboles con ramas tan gruesas como los brazos de una persona. Había usado aquella inspiración para salvarle la vida a muchos soldados. Y luego aquella misma pala había entrado girando a toda velocidad en la carlinga y le había cortado el brazo.

—Era un desertor —respondió Reacher—. Para el ejército, eso es lo que era. Era un soldado de servicio que había huido. Sin embargo, decidieron no ir tras él. Tenían que hacerlo así, porque, ¿qué iba a hacer el ejército si lo atrapaba? Estarían persiguiendo a un soldado con una hoja de servicios ejemplar, con novecientas noventa y una misiones de combate, un soldado que había desertado después del trauma que le habían producido una herida y una desfiguración horrendas. ¿Cómo iban a detenerlo? Aquella guerra era impopular. No podían enviar a la prisión de Leavenworth a un héroe de guerra desfigurado por haber desertado en unas circunstancias así. Ahora bien, tampoco podía parecer que lo habían permitido, porque enviaría un mensaje de esperanza a quienes estuvieran pensando en desertar. Y eso habría dado pie a un escándalo de otro tipo, porque, por aquel entonces, encerraban a muchos soldados por deserción, a aquellos que eran indignos del uniforme. Pero, claro, el ejército no podía revelar que no medía a todos los suyos por el mismo rasero. Así que cerraron el expediente de Hobie, lo sellaron y lo clasificaron como «secreto». Por eso su registro termina con su última misión. Lo demás está en alguna de las cámaras de seguridad que hay escondidas por el Pentágono.

Jodie asintió y dijo:

—Y por eso no está en el Muro, porque saben que está vivo.

A Reacher le estaba costando dejar los huesos en el ataúd. Pasó los dedos a lo largo de ellos. La parte que estaba bien era redondeada y suave; estaba lista para aceptar las sutiles articulaciones de la muñeca humana.

—¿Has cotejado sus informes médicos? —preguntó Reacher a Newman—. Me refiero a las viejas radiografías, a los registros dentales, a todo eso.

—No es un desaparecido en combate —dijo Newman—. Sobrevivió y desertó.

Reacher se volvió hacia el ataúd de Bamford y dejó los dos pedazos de hueso amarillos con suavidad en una esquina de la basta caja de madera. Sacudió la cabeza.

—No me lo puedo creer, Nash. Todo lo que sé de este tipo me indica que jamás habría tenido mentalidad de desertor. Su trasfondo, su archivo... todo. Y algo sé de desertores. He dado caza a muchos.

—Desertó. Es una realidad. Lo pone en los archivos del hospital.

—Sobrevivió al accidente. Eso, desde luego, no puedo seguir poniéndolo en duda. Llegó al hospital, lo que también es innegable. Ahora bien, dudo muchísimo de que se tratara de una deserción. Yo digo que estaba confundido, o atontado por las drogas, o algo así. Echaría a andar y se perdería.

—No, no estaba confundido —afirmó el general Newman.

—¿Cómo sabes eso? Una importante pérdida de sangre, malnutrición, fiebre, morfina.

—Desertó.

—No encaja.

—La guerra cambia a las personas.

—No tanto.

Newman se acercó a Reacher y bajó la voz:

—Mató a un ordenanza. El soldado lo vio cuando Hobie se marchaba e intentó detenerlo. Está todo en el archivo. Al parecer, gritó: «¡No pienso volver!», y golpeó al soldado con una botella. Le rompió el cráneo. Lo pusieron en la misma cama en la que había estado Hobie, pero no sobrevivió al viaje a Saigón. Por eso hay tanto secretismo, Reacher. No solo dejaron que se librara de la deserción, sino que permitieron que se librara de que lo juzgaran por asesinato.

El laboratorio se sumió en el silencio más absoluto. El aire siseaba y llevaba de aquí para allá el aroma a marga de los viejos huesos. Reacher apoyó la mano en el borde brillante del ataúd de aluminio de Bamford.

—No me lo puedo creer.

—Pues deberías, porque esa es la verdad.

—No puedo contarles eso a sus padres. ¡No puedo! ¡Los mataría!

—Es un secreto muy duro —convino Jodie—. ¿Pasaron por alto un asesinato?

—Política —respondió Newman—. Los políticos de aquella época apestaban. Bueno, igual que los de hoy en día, a decir verdad.

—Puede que muriera después —conjeturó Reacher—. Puede que muriera en la selva. Seguía estando muy mal, ¿no?

—¿Y en qué iba a ayudarte eso?

—Podría decirles a sus padres que murió allí. Ya sabes, para suavizar los detalles.

—Intentas agarrarte a un clavo ardiendo.

—Reacher, tenemos que irnos —intervino Jodie—. Tenemos que coger el avión.

—Nash, ¿cotejarías sus informes médicos? Si consiguiera que sus padres me los entregaran, ¿me harías ese favor?

El general Newman tardó unos instantes en responder.

—Ya los tengo aquí. Me los trajo Leon. La familia se los entregó a él.

—¿Y les echarías un vistazo?

—Estás agarrándote a un clavo ardiendo —repitió Newman.

Reacher se dio la vuelta y señaló el centenar de cajas que tenían apiladas en el rincón del laboratorio.

—De hecho, Nash, podría estar ahí.

—¿Es que no te das cuenta, Reacher? Está en Nueva York —le dijo Jodie.

—No, quiero que esté muerto. No puedo presentarme delante de sus padres y decirles que su hijo era un desertor y un asesino y que, aunque sigue vivo, no se ha puesto en contacto con ellos en estos treinta años. Quiero que esté muerto.

—Pues no lo está —dijo Newman.

—Pero podría estarlo, ¿no? Podría haber muerto después. En la selva, en otro lado. Lejos, mientras huía. Enfermo, desnutrido... Puede que ya hayáis encontrado su esqueleto. Por favor, ¿cotejarás sus informes médicos? Hazme ese favor.

—Reacher, tenemos que irnos.

—¿Los cotejarás?

—No puedo, Reacher. ¡Joder, este asunto está clasificado! ¿Es que no lo entiendes? De hecho, no debería haberte dicho nada de nada. Además, no puedo añadir otro nombre a la lista de desaparecidos en combate. El Departamento del Ejército se

me comería. Se supone que estamos aquí para reducir su número, no para aumentarlo.

—Aunque no sea de forma oficial. Por tu cuenta. Eso puedes
hacerlo, ¿no? Tú eres el jefe. Nash, por favor. Hazlo por mí.

El general Newman negó con la cabeza.

—Estás agarrándote a un clavo ardiendo.

—Por favor, Nash.

Silencio. El general Newman suspiró.

—¡De acuerdo, joder! Lo haré... pero solo lo hago por ti.

—¿Cuándo?

El general se encogió de hombros.

—Será lo primero que haga mañana.

—¿Me llamarás en cuanto lo tengas?

—Por supuesto, pero estás perdiendo el tiempo. ¿A qué número te llamo?

—A mi móvil —respondió Jodie, que le recitó el número.

Newman lo apuntó en el puño de la bata.

—Muchísimas gracias, Nash. De verdad, aprecio de corazón
lo que vas a hacer.

—Es una pérdida de tiempo.

—Tenemos que irnos —urgió Jodie.

Reacher asintió como ausente y los tres se dirigieron a la sencilla puerta que había en la pared de bloques de cemento. El teniente Simon estaba esperándolos al otro lado y se ofreció a llevarlos en coche a lo largo de la valla que cerraba el perímetro de
la base, hasta la terminal de pasajeros.

Por mucho que viajaran en primera clase, el vuelo de vuelta fue

15

Por mucho que viajaran en primera clase, el vuelo de vuelta fue horrible. El avión era el mismo, que volaba, en esa ocasión, en dirección este a Nueva York por otro de los lados de un gigantesco triángulo imaginario. Lo habían limpiado y perfumado, lo habían revisado, había repostado y, además, había una nueva tripulación a bordo. Reacher y Jodie iban en los mismos asientos que habían dejado hacía cuatro horas. Reacher volvió a sentarse junto a la ventanilla, pero se sentía diferente. El asiento seguía siendo dos veces y media mayor que los demás y seguía estando tapizado con elegancia con cuero y badana, pero ya no le satisfacía ir sentado en él.

La luz estaba atenuada para representar la noche. Habían despegado envueltos en una escandalosa puesta de sol tropical que hervía más allá de las islas y, después, habían empezado a volar hacia la oscuridad. Los motores solo producían un siseo apagado. Las azafatas estaban calladas y dejaban en paz al pasaje. Solo había otro pasajero en primera. Estaba sentado dos filas por delante de ellos, al otro lado del pasillo. Era un hombre alto, con aire sobrio, vestido con una camisa de sirsaca de manga corta y rayas claritas. Apoyaba el antebrazo derecho en el brazo del asiento y su mano colgaba relajada. Tenía los ojos cerrados.

—¿Qué altura tendrá? —le preguntó Jodie.

Reacher se inclinó hacia delante, lo observó e hizo una estimación.

—Andará por el metro ochenta y cinco.

—Como Victor Hobie, ¿no? ¿Te acuerdas? Lo leímos en su dosier.

Reacher asintió. Miró en diagonal el pálido antebrazo que descansaba sobre el brazo del asiento. El tipo era delgado, así que no le costó apreciar las prominencias de los huesos de la muñeca, que destacaban en la penumbra. Tenía músculos delgados, la piel llena de pecas y el pelo muy claro. Se le veía el hueso del radio, que subía hasta el codo. Victor Hobie se había dejado unos quince centímetros de radio en el accidente. Reacher calculó quince centímetros desde la muñeca del tipo. Era, más o menos, la mitad del antebrazo.

—Mitad y mitad, ¿no? —había dicho Jodie.

—Un poco más de la mitad, diría yo. El hueso estaba astillado, así que seguro que tuvieron que recortarle el muñón. Supongo que se lo limarían. Si es que sobrevivió, claro.

El hombre que iba dos filas por delante de ellos se volvió, somnoliento, y se acercó el brazo al cuerpo, donde no lo veían, como si supiera que estaban hablando de él.

—Sobrevivió y está en Nueva York, intentando que nadie lo descubra —aseguró Jodie.

Reacher cambió de postura, hacia el otro lado, y apoyó la cabeza en el frío plástico de la ventanilla.

—Habría apostado la vida a que no —confesó.

Miraba por la ventanilla, pero no había nada que ver, tan solo una noche negra sobre un océano negro, a once mil metros de altitud.

—¿Por qué te preocupa tanto?

Reacher se dio la vuelta y se quedó mirando el asiento vacío que tenía delante, a metro ochenta de distancia.

—Por muchas razones.

—¿Como cuál?

—Es un compendio de cosas, como una espiral enorme y de-

443

primente. Era una corazonada profesional. Mi instinto me decía algo y, al parecer, estaba equivocado.

Jodie le puso la mano con suavidad en el antebrazo, justo donde el músculo se estrechaba un poco y acababa en la muñeca.

—Equivocarse no es el fin del mundo.

Él negó con la cabeza.

—A veces no, a veces sí. Depende de lo que se trate, ¿no crees? Alguien me pregunta qué equipo va a ganar las Series Mundiales y yo digo que los Yankees. En ese caso no importa, ¿no crees? Porque, ¿cómo iba a saberlo yo? Ahora bien, imagina que fuera un periodista deportivo que se supone que entiende de eso. O un apostador profesional. Supón que el béisbol fuera mi vida. En ese caso, si empiezo a cagarla, es el fin del mundo.

—¿Adónde quieres llegar?

—A que ese tipo de juicios son mi vida. Es lo que se supone que se me da bien. O se me daba, vamos. Siempre podía confiar en que estaba en lo cierto.

—Bueno, a ver, tampoco tienes que darle tanta importancia.

—Claro que sí, Jodie, claro que tengo que dársela. De hecho, le doy mucha más importancia de la que le di a algunas de las misiones que me encomendaron en el ejército. He ido a ver a los padres del tipo, he leído sus cartas, he hablado con un viejo amigo, he visto su archivo, he hablado con su antiguo camarada de armas y todo me decía que se trataba de un tipo que no podía estar comportándose tal y como parecía. La cuestión es que estaba totalmente equivocado, y eso me consume, porque, ¿dónde me deja?

—¿En qué sentido?

—Tengo que decírselo a los Hobie. Los matará. Ay, si los hubieras conocido. Adoraban a su hijo, ¡su único hijo! Y adoraban lo militar, el patriotismo, servir a su país, todo eso. Y ahora tengo que volver y decirles que su chaval es un asesino y un desertor. Que se convirtió en una persona cruel que ha permitido que pasaran treinta largos años sumidos en la pena y la ignorancia.

Será como si entrase y los matase, Jodie. Debería pedir una ambulancia antes de ir.

Se quedó callado unos instantes y se volvió hacia la negra ventanilla.

—¿Y...? —insistió ella.

Reacher se volvió para mirarla

—Y el futuro. ¿Qué voy a hacer? Tengo una casa, así que necesito un trabajo. ¿Y qué trabajo voy a desempeñar? Ya no puedo dedicarme a investigar, o, al menos, no podré como empiece a interpretarlo todo al revés. ¡Y en qué momento! Mis capacidades profesionales se acaban de ir al garete justo en el momento exacto en que necesito trabajo. Debería volver a los Cayos y dedicarme a excavar piscinas hasta que me muera.

—Estás siendo demasiado duro contigo mismo. Tan solo ha sido un pálpito. Tuviste un pálpito y te has equivocado.

—Los pálpitos siempre deberían ser acertados. Los míos siempre lo habían sido. Podría hablarte de decenas de veces en las que me he agarrado a una corazonada por la mera razón de que la había tenido. De vez en cuando, incluso, me han salvado la vida.

Jodie asintió, pero no dijo nada.

—Y, además, aunque solo fuera por estadística, debería haber estado en lo cierto —continuó Reacher—. ¿Sabes cuántos casos de desapariciones no justificadas hubo oficialmente en Vietnam? Cinco. Hay dos mil doscientos soldados desaparecidos, sí, pero están todos muertos, eso lo sabemos. Antes o después, Nash dará con ellos y los tachará de la lista. Sin embargo, solo hay cinco que no entran en ninguna categoría. Tres de ellos cambiaron de bando y se quedaron en los pueblos, con los nativos, y los otros dos desaparecieron en Tailandia. Uno de ellos vivía en una cabaña, debajo de un puente de Bangkok. Cinco cabos sueltos de un ejército de un millón de soldados... y resulta que Victor Hobie es uno de ellos y que yo estaba equivocado.

—Bueno, no estabas equivocado. Tú estabas haciendo tu planteamiento basándote en el viejo Victor Hobie, nada más. Todo lo que has descubierto de él era del Victor Hobie anterior a la guerra, anterior al accidente. La guerra cambia a las personas. El único testigo del cambio fue DeWitt, y él, a su manera, tampoco quiso darse cuenta.

Reacher volvió a negar con la cabeza.

—Eso ya lo tuve en cuenta. O, al menos, lo intenté. La cuestión es que no pensé que la guerra lo hubiera cambiado tanto.

—Puede que fuera el accidente lo que lo cambió. Piensa en ello. ¿Qué edad tenía? ¿Veintiún años? ¿Veintidós? Murieron siete personas y es probable que se sintiera responsable. Era el capitán de la nave, ¿no? Y estaba desfigurado. Perdió parte del brazo y estaba quemado. La desfiguración física es un trauma terrible para una persona tan joven. Y, más tarde, en el hospital de campaña, es muy probable que estuviera atontado por las drogas y que le aterrorizara volver.

—Jamás lo hubieran enviado a combatir de nuevo.

—Ya, pero es probable que no pensara con claridad. Que a uno le pongan morfina hace que se sienta como si estuviera colocado, ¿no? Quizá se le metiera en la cabeza que iban a enviarlo al frente una vez más. O quizá pensara que iban a castigarlo por haber perdido el helicóptero. No sabemos cuál era su estado mental en aquel momento. Así que intentó marcharse y le atizó en la cabeza al ordenanza para que no se lo impidiera. Luego, cuando se recuperó, se dio cuenta de lo que había hecho y se sintió fatal. Esa es mi corazonada. Se esconde porque el secreto que guarda hace que sienta remordimientos. Debería haberse entregado porque nadie lo habría acusado de nada, las circunstancias atenuantes eran demasiado obvias, pero decidió esconderse, y cuanto más tiempo pasaba, peor se ponía el asunto. Como una bola de nieve que rueda por una pendiente.

—Sigue sin cuadrarme. Acabas de describir a una persona

446

irracional. Presa del pánico, ingenua. Un poco histérica. Yo, en cambio, lo tenía por un trabajador lento pero incansable. Muy cuerdo, muy racional, muy normal. No, Jodie, estoy perdiendo mi perspicacia.

El gigantesco avión siseaba casi de forma imperceptible. Aunque iba a novecientos sesenta y cinco kilómetros por hora, parecía que estuviera suspendido en el aire, inmóvil. Una espaciosa capa protectora de colores pastel colgando a once mil metros, en medio de la noche, sin ir a ningún lado.

—¿Y qué vas a hacer? —preguntó Jodie.

—¿Con respecto a qué?

—Al futuro.

Reacher se encogió de hombros.

—No lo sé.

—¿Y qué vas a hacer con los Hobie?

—No lo sé.

—Podrías intentar dar con Victor Hobie y, ya sabes, convencerlo de que, a estas alturas, no va a pasarle nada. Intentar que entre en razón. Quizá hasta podrías conseguir que fuera a visitar a sus padres.

—¿Cómo quieres que lo encuentre a él si, tal y como me siento ahora, sería incapaz hasta de encontrarme la nariz en la cara? Ya sé que estás intentando que me sienta mejor, pero estás pasando un detalle por alto.

—¿Cuál?

—No quiere que lo encuentren. Tal y como habías supuesto, quiere permanecer oculto. Aunque estuviera muy confundido al principio, luego, tuvo que darse cuenta de todo. Jodie, hizo que mataran a Costello. Envió a unos matones a por nosotros. Y todo para que nadie lo descubriera.

Justo entonces, la azafata bajó aún más las luces y la cabina quedó casi a oscuras. Reacher se dio por vencido, reclinó el asiento e intentó dormir con aquellas últimas frases resonándole en la cabeza: «Victor Hobie hizo que mataran a Costello. Envió a unos matones a por nosotros. Y todo para que nadie lo descubriera».

Treinta pisos por encima de la Quinta Avenida, Hobie se despertó poco después de las seis de la mañana, cosa que, para él, era más o menos normal, dependiendo de lo malas que hubieran sido las pesadillas que hubiera tenido con el fuego. Treinta años son casi once mil días, y once mil días tienen once mil noches, y durante las once mil noches había soñado con fuego. La carlinga se rompía, se separaba de la cola y las copas de los árboles le daban la vuelta. La fractura en el casco también rajaba el tanque de combustible. El combustible saltaba por todos los lados. Lo veía venir cada noche, a cámara lenta. Era horrible. Brillaba y centelleaba por el aire gris de la jungla. Era líquido y globular y adquiría formas sólidas que parecían gotas de lluvia gigantescas y distorsionadas. Giraban, cambiaban, aumentaban de tamaño, como seres vivos que flotaran poco a poco por el aire. La luz las iluminaba y hacía que resultaran extrañas y preciosas a un tiempo. Veía arcoíris en ellas. Lo alcanzaban antes de que la pala del rotor lo golpease en el brazo. Cada noche giraba la cabeza de golpe, sin poder evitarlo, pero, cada noche, lo alcanzaban. Le salpicaban la cara. El líquido estaba caliente. Lo desconcertaba. Parecía agua. El agua debería estar fría. Debería haber sentido un estremecimiento de lo fría que estaba. Pero no, el líquido estaba caliente. Y era pegajoso. Más espeso que el agua. Y tenía olor. Un olor químico. Le salpicaba la parte izquierda de la cara. Le mojaba el pelo. Le pegaba el flequillo a la frente y caía poco a poco hasta llegarle al ojo.

De inmediato, giraba la cabeza hacia atrás y veía que había fuego. Había llamas como dedos que señalaban hacia los riachuelos flotantes de combustible como si los acusaran de algo. A continuación, los dedos se convertían en lenguas. Lenguas que se comían las formas líquidas flotantes. Y se las comían a toda velocidad y hacían que las formas más grandes empezaran a arder. Después, los glóbulos separados se convertían en llamas que se peleaban por adelantarse las unas a las otras. Ya no había conexión alguna. No había secuencia. Explotaban, sin más. Había bajado la cabeza once mil veces, pero el fuego siempre lo alcanzaba. Tenía un olor caliente, como si quemara, pero él lo sentía frío como el hielo. Un repentino frío gélido en un lado de la cara, en el pelo. Después, la forma negra de la pala del rotor describiendo un arco hacia abajo. Se rompía contra el pecho del chico que se llamaba Bamford y un fragmento le golpeaba a él, con la parte filosa, en el antebrazo.

Vio cómo la pala le cortaba el brazo. Lo vio con todo detalle. Esa parte no salía en el sueño, porque el sueño era sobre el fuego, pero tampoco necesitaba soñar con cómo había perdido la mano, porque lo recordaba a la perfección. La pala era de color negro mate y el filo tenía un perfil aerodinámico. Le cortó los huesos del antebrazo pero se detuvo contra su muslo porque ya había perdido toda la energía. El antebrazo quedó partido en dos. El reloj seguía en la muñeca. La mano y la muñeca cayeron al suelo. Levantó el antebrazo seccionado y se tocó la cara con él porque quería saber por qué el aire olía tan caliente si sentía tantísimo frío en la cara.

Tiempo después, se dio cuenta de que aquel gesto le había salvado la vida. Cuando fue capaz de pensar con lucidez de nuevo, entendió lo que había hecho. Las intensas llamas le habían cauterizado el antebrazo. El calor había chamuscado la carne y sellado las arterias. Si no se hubiera tocado la cara, se habría desangrado. Aquello era un triunfo. Incluso en medio de un peligro extremo, en medio de tantísima confusión, había hecho lo adecuado. Lo inteligente. Era un superviviente. Aquello le dio una seguridad tremenda en sí mismo, si bien es cierto que nunca había dejado de creer en él.

Permaneció consciente unos veinte minutos. Hizo lo que tenía que hacer en la carlinga y salió del accidente arrastrándose. Y allí nadie más se arrastraba. Llegó a los árboles y siguió avanzando. Iba de rodillas, con la mano que le quedaba por delante. Caminando con los nudillos, como un gorila. Agachó la cabeza y apoyó la piel quemada en el suelo. Fue entonces cuando empezó la agonía. La resistió veinte minutos y después se desmayó.

No recordaba casi nada de las tres semanas siguientes. No sabía adónde había ido, qué había comido, qué había bebido. Tenía unos destellos de claridad, que era peor que no recordar. Estaba cubierto de sanguijuelas. Se le cayó la piel quemada y la piel de debajo apestaba a podredumbre. En el muñón tenía unos gusanos que reptaban por él. De pronto, estaba en un hospital. Una mañana, se despertó flotando en una nube de morfina. En toda su vida, jamás se había sentido mejor. Sin embargo, fingía que estaba muerto de dolor. Así, tardarían más tiempo en enviarlo de vuelta.

Le aplicaron apósitos para quemados en la cara. Le limpiaron los gusanos de la herida. Años después, se dio cuenta de que los gusanos también le habían salvado la vida. Había leído un reportaje sobre nuevas investigaciones médicas y, por lo visto, estaban probando gusanos como tratamiento revolucionario contra la gangrena. El hecho de que no dejaran de comer el tejido muerto acababa con la gangrena antes de que la carne se pudriera. Los experimentos habían tenido muchísimo éxito. Había sonreído al leerlo. Él ya lo sabía.

La evacuación del hospital le pilló por sorpresa. No le habían dicho nada. Oyó cómo los ordenanzas hacían planes para la mañana siguiente. Se marchó de inmediato. No había guardias. Solo uno de los ordenanzas, que, por casualidad, merodeaba por el perímetro. Aquel ordenanza le costó una preciada botella de agua, porque tuvo que rompérsela en la cabeza, pero no lo retrasó más de un segundo.

Su largo camino a casa empezó entonces, después de saltar la valla del hospital, después de internarse un metro entre los árboles. Lo primero era recuperar el dinero. Estaba enterrado a ochenta kilómetros de allí, en un sitio secreto en las afueras de su antiguo campamento base, dentro de un ataúd. Lo del ataúd había sido un golpe de suerte. En su día, no había podido echarle mano a ningún otro receptáculo, pero, con el tiempo, resultó una verdadera genialidad. El dinero lo tenía todo en billetes de cien, de cincuenta, de veinte y de diez, y había algo más de setenta y cinco kilos, que era un peso que no extrañaría en el interior de un ataúd. En total, había casi dos millones de dólares.

Para aquel entonces, ese campamento base estaba abandonado y quedaba ya en territorio enemigo. Aun así, consiguió llegar, que fue cuando tuvo que enfrentarse a la primera de muchas dificultades. ¿Cómo excava un manco enfermo? Al principio, con perseverancia ciega. Más tarde, con ayuda. Ya casi había retirado toda la tierra cuando lo descubrieron. La tapa del ataúd estaba a la vista en la fosa superficial. La patrulla del Viet Cong salió de entre los árboles de repente y creyó que iban a matarlo. Pero no lo hicieron. Por el contrario, la situación lo llevó a hacer un descubrimiento. Un descubrimiento que estaba a la altura de los otros grandes descubrimientos que ya había hecho en su vida. Los del Viet Cong se quedaron quietos, temerosos, musitando, indecisos. Se dio cuenta de que no sabían quién era. No sabían qué era. Las terribles quemaduras del rostro le habían robado la identidad. Llevaba puesto el camisón que le habían dado en el hospital, pero estaba rasgado y sucio. No parecía estadounidense. No parecía nada. No parecía siquiera un ser humano. Se dio cuenta de que la combinación de su aterradora apariencia y de su comportamiento salvaje, además del ataúd, creaban un efecto aterrador. Los antiquísimos miedos atávicos a la muerte, a los cadáveres y a la locura los dejó atónitos. Se dio cuenta, de inmediato, de que si se comportaba como un loco y se aferraba a su ataúd, harían lo que fuera por él. Las supersticiones ancestrales de aquella gente jugaron a su favor. La patrulla del Viet Cong acabó de excavar el ataúd y lo cargó en un carro tirado por un búfalo. Él se sentó en lo alto del ataúd y empezó a gritar, a farfullar y a señalar hacia el oeste, y aquellos hombres lo llevaron ciento sesenta kilómetros en dirección a Camboya.

Vietnam es un país estrecho de este a oeste. Fue pasando por diferentes grupos de vietnamitas y, en cuatro días, llegó a Camboya. Le dieron de comer arroz y de beber agua, y lo vistieron con un pijama negro, para aplacar sus miedos primitivos. Luego, fueron los camboyanos los que lo llevaron. Saltaba y chillaba como un mono y no dejaba de señalar al oeste, al oeste, al oeste. Dos meses después, estaba en Tailandia. Los camboyanos tiraron el ataúd al otro lado de la frontera y huyeron.

Tailandia era diferente. Cuando cruzó la frontera, fue como abandonar la Edad de Piedra. Había carreteras y vehículos. La gente era distinta. El hombre de las cicatrices que no paraba de balbucir era objeto de lástima y preocupación. No lo consideraban una amenaza. Lo llevaron en viejas camionetas Chevrolet y en algunas viejas Peugeot, y en cuestión de dos semanas se encontró en esa cloaca de Extremo Oriente a la que llaman Bangkok.

Estuvo viviendo allí un año. Enterró el ataúd en el jardín trasero que tenía la cabaña que alquiló. Se pasó toda la primera noche cavando como un loco con una pala plegable del ejército estadounidense que había conseguido en el mercado negro. Con aquella pala fue muy fácil, porque estaba diseñada para usarla con una sola mano, mientras con la otra se sujetaba un rifle.

Una vez que su dinero estuvo a salvo, fue al médico. En Bangkok había muchos, aunque eran restos del antiguo imperio, borrachos aficionados a la ginebra a los que habían echado de todos los puestos que habían tenido, si bien bastante competentes el día en que estaban sobrios. Poco pudieron hacer con su cara.

Un cirujano le reconstruyó el párpado para que casi pudiera cerrarlo, y eso fue todo. Con el brazo, sin embargo, se esmeraron. Abrieron la herida de nuevo y limaron los huesos para que quedaran suaves y redondeados. Después cosieron el músculo y estiraron la piel antes de volver a cerrar la herida. Le dijeron que dejara pasar un mes, para que curara bien, y que después lo enviarían a ver a alguien que confeccionaba brazos y piernas ortopédicos.

Aquel hombre le dio varios estilos a elegir. Con todos había que llevar el mismo corsé alrededor del bíceps, las mismas correas, la misma copa adaptada al contorno exacto de su muñón, pero había apéndices diferentes. Estaba la mano de madera, tallada y pintada con gran habilidad por su hija. Había una herramienta con tres puntas o dientes que parecía una especie de rastrillo de jardinería. Él prefirió el sencillo garfio. Le gustó, aunque no podría explicar por qué. Aquel hombre lo forjó con acero inoxidable y lo pulió. Tardó una semana. Lo soldó a una lámina de acero con forma de embudo y colocó aquella lámina en la pesada copa de cuero. Luego, talló una réplica de madera del muñón y le dio forma al cuero con ella. Después, empapó el cuero con resinas para endurecerlo. Cosió el corsé y le puso las cinchas y las hebillas. Lo montó todo con sumo cuidado y le cobró quinientos dólares estadounidenses por el trabajo.

Al principio del año que vivió en Bangkok, se arañaba con el garfio y resultaba una herramienta torpe e incontrolable; pero, poco a poco, fue mejorando. La práctica diaria lo llevó a dominarlo. Para cuando decidió sacar de nuevo el ataúd y reservar un pasaje a San Francisco en un carguero de vapor, se había olvidado de que, en su día, había tenido dos manos. Era la cara lo que seguía molestándole.

Desembarcó en California, sacó el ataúd de la bodega de carga y usó un poquito de su contenido para comprar una ranchera de segunda mano. Un trío de estibadores asustados cargó el ataúd en el vehículo y él cruzó el país hasta Nueva York. Y allí seguía, veintinueve años después, con la maravillosa prótesis que le había hecho el artesano de Bangkok en el suelo, junto a la cama, donde la había dejado cada noche desde hacía once mil noches.

Rodó y estiró la mano para coger la prótesis. Se sentó en la cama, se la puso entre las piernas, con el garfio hacia abajo, y se estiró para coger el calcetín de bebé de la mesita de noche. Las seis y diez de la mañana. Otro día más.

William Curry se despertó a las seis y cuarto. Era un hábito que le había quedado de haber trabajado tantos años en el turno de día de las brigadas de detectives. Había heredado el alquiler que tenía su abuela de un apartamento en un segundo piso de Beekman Street. No es que fuera gran cosa, pero era barato y muy apañado para la mayoría de lo que se veía en el distrito por debajo de Canal Street. Así que se había mudado allí después del divorcio y había decidido quedarse después de jubilarse. La pensión de la policía le daba para el alquiler y los gastos y para el alquiler del despacho de una habitación que tenía en Fletcher Street. Por tanto, lo que ganase como detective privado novato tenía que darle para comer y para la pensión alimentaria de su exesposa. Luego, una vez se hubiera establecido y labrado una reputación, se suponía que se haría rico.

A las seis y cuarto de la mañana, el apartamento aún estaba frío porque los edificios altos de alrededor le tapaban el sol. El detective puso los pies en el linóleo, se levantó y se estiró. Fue a la cocina que tenía en un rincón y encendió la cafetera. Se dirigió al cuarto de baño y se aseó. Aquella era una rutina gracias a la que siempre había estado en la comisaría a las siete de la mañana. Una rutina con la que se había quedado.

Se acercó al armario con el café en la mano, abrió la puerta y se quedó mirando lo que tenía en la barra del armario. Como policía, siempre le había gustado ir con pantalón de vestir y americana. Franela gris, chaquetas deportivas de cuadros. Le gustaba el *tweed*, aunque él, en realidad, no era del todo irlandés. En verano había probado con las chaquetas de lino, pero se arrugaban con solo mirarlas, por lo que se había pasado a delgadas mezclas de poliéster. En cualquier caso, ninguna de aquellas prendas iba a hacer que pareciera David Forster, un abogado de renombre, por lo que iba a tener que ponerse del traje que había comprado para su boda.

El traje, un Brooks Brothers negro, era sencillo, así que le había valido también para otras bodas, bautizos y funerales. Aunque ya tenía quince años, como era un Brooks Brothers tampoco resultaba muy diferente de las prendas contemporáneas. Le quedaba un poco grande, porque quedarse sin la habilidad culinaria de su esposa había hecho que perdiera peso a pasos agigantados. Los pantalones eran un pelín anchos para los estándares del East Village, pero le iban bien, porque tenía planeado llevar una pistolera en cada tobillo. William Curry era un tipo que consideraba indispensable estar preparado. David Forster le había dicho: «De hecho, es muy posible que no suceda nada», y si ese era el caso, él sería el primero que se alegraría; pero un veterano que había pasado veinte años en el Departamento de Policía de Nueva York durante sus peores años sabía que, cuando alguien le decía algo así, era mejor ser precavido. Por eso, su idea era llevar una pistola en cada tobillo y la enorme 357 en la cintura, en la espalda.

Metió el traje en una funda de plástico que había sacado de algún lado y añadió una camisa blanca y su corbata más discreta. Pasó la funda de la 357 por un cinturón de cuero negro y lo puso en una bolsa junto con las dos pistoleras de tobillo. Metió las tres pistolas en un maletín: una Magnum 357 de cañón largo y dos Smith and Wesson del calibre 38 y cañón corto. Cogió doce balas para cada pistola, las metió en una caja y la caja la metió en el maletín junto con las armas. Metió un calcetín negro en cada uno de los zapatos, que también eran negros, y puso los unos y los otros con las pistoleras. Pensó que lo mejor sería cambiarse después de una comida temprana. No tenía ningún sentido vestirse así a primera hora de la mañana e ir todo el día con pinta de monigote.

Cerró el apartamento con llave y fue caminando en dirección sur hasta su despacho de Fletcher con el equipaje en la mano. Solo se detuvo para comprar una magdalena de plátano y nueces baja en calorías.

Marilyn Stone se despertó a las siete de la mañana. Se sentía somnolienta y cansada. Los habían tenido fuera del cuarto de baño hasta bien pasada la medianoche porque había que limpiarlo. Había sido el joven fornido del traje oscuro quien se había encargado de ello. Cuando hubo terminado, salió de mal humor y los obligó a esperar a que se secara el suelo. Habían permanecido sentados a oscuras y en silencio, entumecidos, con hambre y frío. Estaban tan asqueados que no querían ni pensar en pedir que les dieran algo de comer. Tony había obligado a Marilyn a ahuecar los cojines de los sofás. La mujer supuso que se debía a que Tony iba a dormir allí. Tener que agacharse con aquel vestido tan corto para hacerle la cama había sido una humillación. Mientras ahuecaba los cojines, él la observaba con una sonrisa.

El cuarto de baño estaba frío. Había mucha humedad y olía a desinfectante. El joven fornido había doblado las toallas y las había apilado cerca del lavamanos. Marilyn las había puesto en dos montones en el suelo y Chester y ella se habían acurrucado encima sin decir palabra. Al otro lado de la puerta, el despacho estaba en silencio. Marilyn había dado por hecho que no podría pegar ojo. A pesar de todo, debía de haber dormido porque, cuando despertó, tenía la clara sensación de que empezaba un nuevo día.

Se oían ruidos en el despacho. Marilyn se había lavado la cara y estaba de pie cuando el joven fornido les llevó café. Cogió la taza sin decir palabra y el joven dejó la de Chester en el estante que había sobre el lavamanos, debajo del espejo. Chester seguía en el suelo, aunque no estaba dormido; sencillamente, yacía allí, inerte. El joven fornido pasó por encima de él cuando salió.

—Ya casi ha terminado —dijo Marilyn.

—Querrás decir que está a punto de empezar. ¿Qué haremos después? ¿Adónde vamos a ir esta noche?

Marilyn estuvo a punto de exclamar «A casa, ¡gracias a Dios!», pero se lo calló en cuanto se dio cuenta de que su marido era consciente de que, después de las dos y media, ya no tendrían ni casa.

—Pues a un hotel, supongo.

—Me han quitado las tarjetas de crédito.

Luego se quedó callado. Ella lo miró.

—¿Qué pasa? —preguntó ella.

—Esto no va a terminar nunca. ¿Es que no te das cuenta? Somos testigos... de lo que les han hecho a los policías. Y a Sheryl. ¿Cómo van a dejar que nos vayamos?

Marilyn asintió. Fue un ligerísimo movimiento de cabeza y luego lo miró, molesta. Estaba molesta porque por fin su marido lo había entendido y eso haría que estuviera preocupado y de los nervios todo el día, lo que haría la situación aún más difícil.

Tardó cinco minutos en hacerse un buen nudo en la corbata, y luego se puso la chaqueta. Para vestirse hacía justo lo contrario que para desvestirse, lo que significaba que los zapatos tenían que ser lo último. Era capaz de atarse los cordones tan rápido como cualquier persona con dos manos. El truco estaba en sujetar el cabo al suelo con el garfio.

Luego fue al cuarto de baño. Metió toda la ropa sucia del cesto en una funda de almohada y la dejó junto a la puerta de entrada del apartamento. Quitó las sábanas y metió la ropa de cama en otra funda de almohada. Metió en una bolsa de supermercado todos los enseres personales que encontró. El contenido del armario lo metió en una bolsa para trajes. Dejó la puerta del apartamento abierta y llevó las fundas de almohada y la bolsa del supermercado a la rampa de la basura. Tiró las tres bolsas por ella y la puertecilla hizo un fuerte sonido metálico cuando la cerró. Cogió la bolsa para trajes, que había dejado en el vestíbulo, cerró la puerta del apartamento con llave y luego metió las llaves en un sobre que se guardó en el bolsillo.

Se desvió hasta el mostrador del conserje y dejó allí el sobre con las llaves para el agente inmobiliario. Bajó al aparcamiento por las escaleras y fue hasta el Cadillac con la bolsa para trajes llena. Guardó la ropa en el maletero y rodeó el coche hasta la puerta del conductor. Entró, se inclinó con las llaves en la mano, las metió en el contacto y arrancó. Las ruedas del Cadillac chirriaron hasta que salió a la luz del día. Condujo en dirección sur por la Quinta Avenida y no apartó la mirada hasta que dejó atrás el parque y se sintió a salvo en los bulliciosos cañones que formaban los edificios y las calles del centro de la ciudad.

Tenía alquiladas tres plazas de aparcamiento en el World Trade Center; pero ya no tenía ni la Suburban ni el Tahoe, por lo que estaban las tres vacías cuando llegó. Aparcó en la del centro y dejó la bolsa para trajes en el maletero. Había pensado conducir en el Cadillac hasta LaGuardia y abandonarlo en el aparcamiento para largas estancias. Luego, con la bolsa al hombro, cogería un taxi hasta el JFK y no parecería sino otro pasajero más con prisa. El coche se quedaría en el aparcamiento hasta que empezaran a crecerle malas hierbas por debajo, y, si por algún casual, alguien llegaba a sospechar, sería en los manifiestos de vuelo de LaGuardia donde lo buscarían, no en los del JFK. Aquello suponía dar por perdido el Cadillac y el alquiler del despacho, pero nunca le había importado gastar dinero cuando tenía sentido hacerlo, y, desde luego, no había nada que tuviera más sentido que salvar la vida.

Cogió el ascensor para subir del garaje noventa segundos después y estaba en su recepción del mostrador de roble con detalles de latón. Tony estaba sentado al mostrador, bebiendo café, con cara de cansado.

—¿Y el barco? —preguntó Hobie.

—Lo tiene el agente —confirmó Tony—. Nos hará una transferencia; pero quiere reparar la borda, la parte que jodió el gilipollas con el cuchillo de carnicero. Le he dicho que vale, que lo deduzca del precio final.

Hobie asintió.

—¿Qué más?

Tony sonrió con aparente ironía.

—Tenemos más dinero que mover. Acaba de llegar el primer pago de intereses de la cuenta de Stone. Once mil dólares, justo a tiempo. Un gilipollas meticuloso, ¿eh?

Hobie también sonrió.

—Desvistiendo a un santo para vestir a otro. Claro que, ahora, solo queda un santo. Transfiérelo a las islas en cuanto abran los bancos, ¿vale?

—«Simon ha vuelto a llamar desde Hawái. Han subido al avión. Ahora mismo, deben de estar encima del Gran Cañón».

—¿Lo ha descubierto ya Newman?

Tony negó con la cabeza.

—Aún no —respondió Tony—. Va a ponerse con ello esta mañana. Reacher lo ha empujado a hacerlo. El tipo parece muy listo.

—No lo suficiente. Le llevamos cinco horas de adelanto a

Hawái, ¿no? Así que Newman no lo descubrirá hasta nuestra tarde. Digamos que empieza a sus nueve y que pasa un par de horas con el caso. Eso serán nuestras cuatro de la tarde y, para entonces, ya no estaremos aquí. —Hobie volvió a sonreír y añadió—: Ya te dije que lo lograríamos. ¿Verdad que te lo dije? ¿No te dije que te relajaras y que dejaras que fuera yo quien pensara e hiciera los planes?

Reacher se despertó a las siete en su reloj, que, si mal no recordaba, aún tenía puesta la hora de Saint Louis, lo que significaba que eran las tres de la madrugada en Hawái, las seis en Arizona o Colorado, o el lugar que estuvieran sobrevolando en aquel instante, a once mil metros de altitud, y las ocho en Nueva York. Se estiró en el asiento, se levantó y pasó por encima de los pies de Jodie, que estaba acurrucada con una mantita con la que la había tapado una azafata. Dormía profundamente, respiraba con suavidad y tenía el pelo sobre la cara. Reacher permaneció un momento en el pasillo, observando cómo dormía. Luego fue a estirar las piernas.

Paseó por la clase ejecutiva y por la turista. La luz estaba atenuada. A medida que avanzaba, había más gente en el avión. Los estrechos asientos estaban abarrotados de personas tapadas con mantas. Olía a ropa sucia. Fue hasta el fondo del avión y giró en la cocina, frente al personal de cabina, que estaba apoyado en los armaritos de aluminio. Volvió a pasar por turista. Llegó a la zona de la clase ejecutiva. Hizo una pausa allí y observó a los pasajeros. Eran hombres y mujeres de traje, con la chaqueta quitada y la corbata desanudada. Algunos tenían ordenadores portátiles abiertos en el regazo. En los asientos vacíos había maletines llenos de informes y proyectos encuadernados con canutillo y portadas de plástico transparente. Las luces de lectura estaban enfocadas a la mesita incorporada en la butaca. Algunos de ellos estaban trabajando y podía interpretarse que estarían haciéndolo hasta altas horas de la madrugada, o que llevaban con ello desde primerísima hora de la mañana.

Dio por hecho que era gente de clase media. Estaban muy lejos de lo más bajo, pero tampoco estaban cerca de lo más alto. En términos del ejército serían comandantes y coroneles, el equivalente civil de lo que había sido él. Cuando lo licenciaron, Reacher era comandante, y, si hubiera seguido con el uniforme, para entonces sería coronel. Se apoyó en un mamparo, miró las nucas de todas aquellas cabezas y pensó: «Leon me convirtió en quien era y, ahora, me ha cambiado». Leon le había dado un empujón a su carrera. No es que le hubiera dado forma, que la hubiera creado, pero la había convertido en lo que fue, de eso no había duda. Entonces, un día, su carrera terminó y empezó la deriva. Y en ese momento la deriva había terminado, también en ese caso por culpa de Leon. No solo por Jodie, sino por la última voluntad de su padre, por su testamento. El viejo le había dejado en herencia su casa, una casa que se había convertido en una bomba de relojería que pretendía anclarlo. Una casa que podría conseguirlo. Hasta entonces, asentarse le había parecido un proyecto teórico. Asentarse era un país lejano que sabía que no iba a ir a visitar, porque el viaje era demasiado largo y el precio, demasiado caro. La mera dificultad de adquirir un estilo de vida que le resultaba extraño le parecía insalvable. Pero la herencia de Leon lo había secuestrado. Leon lo había secuestrado y lo había dejado justo en la frontera de aquel país tan remoto. De hecho, tenía la nariz contra la valla y veía cómo la vida lo esperaba al otro lado. De repente, le parecía una locura dar media vuelta y hacer autoestop hasta su punto de origen. Eso convertiría el vagar en una elección consciente, y la elección consciente convertiría el vagar en algo muy distinto. Lo de vagar era una aceptación pasiva y feliz de la ausencia de alternativas y, por tanto, si había alternativas, dejaba de tener sentido. Y Leon le había puesto en las manos una enorme alternativa. Una alternativa que lo esperaba tranquila y amigable, observando el cauteloso Hudson. Leon debía de haber sonreído cuando escribió aquella parte del testamento. Debía de haber sonreído y pensado: «A ver cómo sales ahora de esta, Reacher».

Miró los ordenadores portátiles, los informes y los proyectos y se estremeció. ¿Cómo iba a cruzar la frontera de aquel país remoto sin pagar el gran peaje que tenía delante? Los trajes, las corbatas, aquellos artilugios negros con batería. Los maletines de piel de cocodrilo y los memorandos de la oficina central. Se estremeció y se sintió paralizado junto a aquel mamparo, presa del pánico, incapaz de respirar, de mover un dedo. Recordó el día, hacía poco más de un año, en que había bajado de una camioneta en un cruce de caminos que había cerca de un pueblo del que jamás había oído hablar, en un estado en el que jamás había puesto un pie. Se había despedido del conductor con la mano, había metido las manos en los bolsillos y había empezado a caminar, con millones de kilómetros por delante y millones de kilómetros por detrás. Brillaba el sol y Reacher levantaba polvo a cada paso que daba. Recordó que había sonreído por el mero placer que le suponía estar solo y no tener la más mínima idea de adónde iba.

Pero también recordaba otro día, nueve meses después de aquello, en el que había empezado a quedarse sin dinero y le había tocado ponerse a pensar en alguna solución. Hasta para alojarse en los moteles más baratos necesitaba dinero. Hasta para comer en los restaurantes más baratos necesitaba dinero. Había aceptado el trabajo de los Cayos con la intención de quedarse solo un par de semanas. Más tarde había aceptado el trabajo del bar de estriptis y aún conservaba ambos empleos cuando Costello llegó en su busca, tres meses después. Así que, a decir verdad, lo de vagar hacía tiempo que había terminado. Ya era un trabajador. No tenía sentido negarlo. Entonces solo era cuestión de dónde, por cuánto y para quién. Sonrió. «Como la prostitución —pensó—. No hay marcha atrás». Se relajó un poco, dejó atrás el mamparo y volvió a primera clase. El tipo de la camisa de sirsaca y los brazos de la misma longitud que Victor Hobie estaba despierto y lo miraba. Hizo un gesto con la cabeza para saludarlo. Reacher se lo devolvió y fue al cuarto de baño. Jodie estaba despierta cuando volvió a su asiento, sentada recta, peinándose con los dedos.

—Hola, Reacher.

—Hola, Jodie.

Reacher se agachó y la besó en los labios. Pasó por encima de sus pies, se sentó y le preguntó:

—¿Estás bien?

Antes de responder, la joven bajó un poco la cabeza y describió un ocho para echarse el pelo por detrás de los hombros.

—No estoy mal. La verdad es que no estoy nada mal. De hecho, estoy mejor de lo que pensaba. ¿Adónde has ido?

—A dar un paseo. He ido a ver cómo viven los demás.

—No, has estado pensando. Hace quince años ya me fijé en esa costumbre tuya. Siempre te vas a caminar cuando tienes que pensar en algo.

—¿Ah, sí? Pues no me había dado cuenta.

—Pues sí, lo haces. Empecé a fijarme en ti desde el primer día en que te vi y enseguida me di cuenta. Estaba enamorada, ¿recuerdas?

—¿Y qué otras cosas hago?

—Cierras la mano izquierda cuando estás enfadado o tenso. La mano derecha la dejas suelta, lo que es probable que se deba a tu entrenamiento con armas. Cuando estás aburrido, escuchas música en tu cabeza. Me di cuenta por tus dedos, porque los mueves como si estuvieras tocando el piano o algún otro instrumento. Se te arruga un poco la punta de la nariz cuando hablas.

—¿Ah, sí?

—Te lo aseguro. Venga, dime, ¿en qué estabas pensando?

Reacher se encogió de hombros.

—En esto y en lo de más allá.

—En lo de la casa, ¿verdad? Te preocupa. Y en mí. En la casa y en mí, en que te atamos, como a Gulliver. ¿Conoces el libro?

Reacher sonrió.

—El náufrago que despierta en una playa y descubre que unos seres diminutos lo han atado al suelo con cientos de cuerdas que, para él, son como hilos.

—¿Y te sientes así?

Se quedó callado un breve instante.

—Contigo no.

La pausa, sin embargo, había sido una fracción de segundo más larga de lo debido. Ella asintió.

—No es como estar solo, ¿eh? Ya lo sé. He estado casada. Tienes que tener en cuenta a otra persona todo el tiempo. Tienes que preocuparte por ella.

Reacher sonrió.

—Me acostumbraré.

Ella le devolvió la sonrisa.

—Y, luego, la casa.

—Es que es raro.

—Eso, háblalo con mi padre. Yo, desde luego, no pienso demandarte, hagas lo que hagas. Es tu vida y es tu casa. Deberías sentirte libre para hacer lo que quieras con ella. Sin presión.

Reacher asintió. No dijo nada.

—Entonces ¿vas a buscar a Hobie?

—Quizá, pero dar con él va a ser muy complicado.

—Tiene que haber algún hilo del que empezar a tirar. Informes médicos y documentos por el estilo, ¿no? Seguro que tiene una prótesis. Además, si está quemado, tendrá que haber algún informe. ¡Y seguro que si te cruzas con él lo reconoces! Manco, quemado...

464

Reacher asintió.

—O podría sentarme a esperar a que venga a por mí. Podría quedarme en Garrison hasta que envíe a los suyos de nuevo.

Luego miró por la ventanilla y vio su leve reflejo en ella. Entonces se dio cuenta: «Estoy aceptando que está vivo. Estoy aceptando que me he equivocado». Se volvió hacia Jodie.

—¿Me dejas el móvil? ¿Puedes pasar hoy sin él? Por si acaso Nash descubre algo y llama. Quiero ser el primero al que se lo cuenta.

Ella le mantuvo la mirada un buen rato y, después, asintió. Se agachó, abrió la cremallera del bolso, sacó el móvil y se lo entregó.

—Buena suerte.

Reacher asintió y se guardó el teléfono en el bolsillo.

—Nunca la había necesitado.

Nash Newman no esperó a las nueve de la mañana para empezar con la búsqueda. El general era una persona meticulosa que prestaba gran atención a los detalles tanto en su trabajo como en su ética profesional. Aquella era una búsqueda no oficial que iba a llevar a cabo por la compasión que sentía hacia un amigo preocupado, por lo que no pensaba hacerlo durante su jornada laboral. Los asuntos privados hay que resolverlos en el tiempo libre.

Por lo tanto, se levantó a las seis y observó por la ventana el leve fulgor rojizo del amanecer tropical, que empezaba ya más allá de las montañas. Se preparó un café, se vistió y a las seis y media estaba en su despacho. Supuso que tardaría unas dos horas. Luego desayunaría en la cantina y empezaría a trabajar a su hora, a las nueve.

Abrió un cajón de su escritorio y sacó los informes médicos de Victor Hobie. Leon Garber los había reunido tras pacientes visitas a médicos y dentistas del condado de Putnam y los había metido en una vieja carpeta de la Policía Militar que había cerrado con una correa de lona. En su día, la correa había sido roja, pero el paso del tiempo la había vuelto de un color rosa polvoriento. La correa tenía una elaborada hebilla de metal.

Soltó la hebilla. Abrió la carpeta. La primera hoja era un descargo firmado por los Hobie en abril. Por debajo estaba la historia antigua. Newman había estudiado miles de archivos similares a aquel y era capaz de saber la edad del «niño» al que se referían en cada caso, su situación geográfica, los ingresos de sus padres, lo bien que se le daban los deportes y los demás y numerosos factores que reúne un historial médico. La edad y el lugar iban de la mano. Podía suceder, por ejemplo, que en California descubrieran y pusieran en práctica un novedoso tratamiento dental, un tratamiento que se extendería por el país como una moda; así, un chico de trece años al que sometieran a dicho tratamiento en Des Moines habría nacido cinco años después que el chico de trece al que hubieran sometido al tratamiento en Los Ángeles. Que el chico hubiera seguido o no el tratamiento hasta el final determinaba el nivel de ingresos de los padres. Los que en el instituto eran estrellas de fútbol americano tenían tratamientos para arreglar hombros dislocados, los que habían jugado al béisbol tenían la muñeca rota y los que habían nadado tenían infecciones de oído crónicas.

Victor Truman Hobie apenas tenía nada. Newman leyó entre líneas e imaginó a un niño sano al que sus diligentes padres habían alimentado y cuidado bien. Había tenido buena salud. Había tenido resfriados y fiebre, e incluso un episodio de bronquitis cuando tenía ocho años. Pero no había sufrido accidentes. No se había roto ningún hueso. El tratamiento dental había sido exhaustivo. El chico había crecido en la era de la odontología agresiva. Por la propia experiencia del general, tenía los dientes típicos de cualquier joven que hubiera crecido en la zona metropolitana de Nueva York durante los años cincuenta y principios de los sesenta. En aquella época, la odontología consistía en declararle la guerra a las caries. Había que darles caza a todas ellas. Las buscaban con potentes radiografías y, cuando las encontraban, las agrandaban con el taladro y las rellenaban con pasta. Aquello hacía que los viajes a la consulta del dentista fueran muchos, lo que, sin lugar a dudas, no le habría gustado nada al joven Victor; pero, a él, a Newman le proporcionaba un montón de radiografías de la boca del muchacho. Unas radiografías que, además, eran lo bastante buenas y estaban lo bastante claras como para ser pruebas definitivas.

Amontonó las radiografías y se las llevó. Recorrió el pasillo, abrió la sencilla puerta que había en la pared de bloques de cemento, dejó atrás los ataúdes de aluminio y se dirigió al fondo del laboratorio, al rincón donde estaban las cajas. Al fondo de un estante ancho había un ordenador, por lo quedaba fuera de la vista. Lo encendió y abrió el menú de búsqueda. En la pantalla apareció un menú desplegable con un cuestionario muy detallado.

Rellenar el cuestionario era cuestión de lógica. Hico clic en «Todos los huesos» e introdujo dos comandos: «Sin fracturas en la infancia» y «Posibles fracturas en la edad adulta». El muchacho no se había roto la pierna jugando al fútbol americano en el instituto, pero podría habérsela roto en un entrenamiento militar. A veces, los registros médicos del ejército se perdían. Pasó mucho tiempo con la sección dental. Introdujo la descripción completa de cada diente tal y como hubiera quedado registrado en el último informe médico. Marcó las caries que le habían curado y, además, en cada diente en buen estado marcó «Posible carie», dado que esa era la única manera de evitar los errores. Lógica pura y dura: un diente en buen estado durante la juventud puede estropearse más tarde y que lo tenga que tratar el dentista, pero una caries rellenada no puede desaparecer. Consultó las radiografías y en la sección «Espaciado» escribió «Uniforme», y en la de «Tamaño» volvió a escribir «Uniforme». El resto del cuestionario lo dejó en blanco porque, aunque hay enfermedades que se ven en los huesos, no es el caso de los resfriados, de la fiebre o de la bronquitis.

Repasó lo que había escrito y a las siete en punto de la mañana pulsó la tecla BUSCAR. El disco duro empezó a zumbar y a cuchichear en medio del silencio y el programa empezó su paciente viaje por la base de datos.

Aterrizaron diez minutos antes de la hora prevista, justo antes del mediodía del huso horario de la Costa Este. Descendieron sobre las relucientes aguas de la bahía de Jamaica y aterrizaron en dirección este antes de girar despacio y rodar hasta la terminal. Jodie ajustó la hora de su reloj y se levantó antes de que el avión se detuviera, una transgresión por la que a uno no le reprenden en primera clase.

—Vamos, voy muy justa de tiempo.

Estaban frente a la puerta antes de que la azafata la abriera. Reacher llevó la bolsa de viaje por la pasarela, por la terminal y una vez salieron de ella. El Lincoln Navigator seguía en el aparcamiento para cortas estancias, grande, negro y evidente. Sacarlo de allí les costó cincuenta y ocho de los dólares de Rutter.

—¿Me da tiempo a darme una ducha?

Reacher interpretó la pregunta de Jodie como que debía darse prisa, así que aceleró por Van Wyck. La autopista de Long Island no tenía tráfico en dirección oeste, camino del túnel. Llegaron a Manhattan a los veinte minutos de haber aterrizado e iban en dirección sur, hacia Broadway, no muy lejos ya de casa de Jodie, después de media hora.

—Tengas que ducharte o no, pienso seguir comprobando que no hay peligro.

Ella asintió. Volver a la ciudad había hecho que la preocupación también volviera.

—De acuerdo, pero date prisa.

Reacher se limitó a detenerse en la calle, frente al portal, y a hacer una comprobación visual del vestíbulo. Allí no había nadie. Dejaron el coche junto a la acera, subieron en ascensor hasta el quinto y bajaron andando por la escalera de incendios hasta el cuarto. El edificio estaba tranquilo, desierto. El apartamento estaba vacío. No había entrado nadie. La copia del Mondrian brillaba a la luz del día. Las doce y media.

—Diez minutos —dijo Jodie—. Luego me llevas en coche al bufete, ¿vale?

—¿Cómo irás a la reunión?

—Tenemos un chófer. Me llevará él.

Cruzó el salón corriendo, camino de su dormitorio, y fue quitándose la ropa de camino.

—¿Tienes hambre? —gritó Reacher.

—¡No tengo tiempo!

Jodie estuvo cinco minutos en la ducha y cinco frente al armario. Salió del dormitorio con un vestido negro carbón y una chaqueta a juego.

—¡Búscame el maletín, por favor!

Se cepilló el pelo y se lo secó con un secador. Solo se puso la raya del ojo y lápiz de labios. Se miró en el espejo y volvió a correr por el salón. Reacher tenía el maletín en la mano. Fue él quien lo bajó hasta el coche.

—Toma mis llaves. Así podrás entrar. Te llamaré desde el bufete para que vengas a recogerme.

Tardaron siete minutos en llegar a la plaza que había frente al edificio en el que trabajaba. La joven salió del coche cuando faltaban cinco minutos para la una.

—¡Buena suerte! ¡Y dales caña!

Ella se despidió de él con la mano y corrió hacia la puerta giratoria. Los de seguridad la vieron llegar, la saludaron con un movimiento de cabeza y la dejaron pasar a los ascensores. Estaba en su despacho antes de la una. Su ayudante la siguió hasta dentro con un informe en la mano.

—Aquí tiene —le dijo con ceremonia.

Jodie lo abrió y pasó las ocho hojas de papel.

—¿Qué coño es esto?

—En la reunión de hoy, los socios se han mostrado entusiasmados —le respondió el ayudante.

Ella volvió a ojear las páginas, pero en orden inverso.

—Pues no veo el porqué. Nunca había oído hablar de estas empresas y, además, la cantidad es insignificante.

—Esa no es la cuestión.

Jodie lo miró.

—¿Ah, no? Entonces ¿cuál es?

—Es el acreedor quien la ha contratado, no el deudor. Se trata de un movimiento preventivo, ¿no cree? Seguro que se debe a que está empezando a correrse la voz. El acreedor sabe que, como se ponga usted del lado del deudor, podría causarle muchos problemas. Así que la ha contratado primero para evitarlo a toda costa. Significa que es usted famosa. Eso es lo que ha entusiasmado a los socios. Ahora, señora Jacob, es usted una gran estrella.

16

Reacher condujo despacio de vuelta a la parte baja de Broadway y el Lincoln dio un bote al descender por la rampa del aparcamiento de la casa de Jodie. Aparcó y cerró el coche. Pero no subió al apartamento. Subió por la rampa hasta la calle y se dirigió al norte, bajo el sol, a la cafetería. Le pidió al camarero que le pusiera un café largo en un vaso de cartón y se sentó a la misma mesa de cromo en la que se había sentado Jodie mientras él comprobaba que no hubiera nadie en su apartamento la noche en la que había vuelto de Brighton y había pasado a recogerla por el bufete. Al terminar, había salido a Broadway y se la había encontrado en aquella mesa, mirando la fotografía falsa de Rutter. Sentado en la misma silla que había elegido ella, sopló la espuma del expreso, olió el aroma del café y dio el primer trago.

¿Qué iba a decirles a los padres? Lo más humano sería ir a verlos y no explicarles nada. Decirles solo que no había descubierto nada que decirles. Ser vago en su relato. Sería un acto de bondad. Ir hasta su casa, cogerles las manos, contarles lo del engaño de Rutter, devolverles el dinero y, después, describirles una larga e infructuosa búsqueda hacia atrás en la historia que había acabado ni más ni menos que en ningún lado. Acto seguido, les suplicaría que aceptaran que su hijo tenía que llevar mucho tiempo muerto e intentaría que comprendieran que nadie iba a poder decirles nunca ni dónde, ni cuándo, ni cómo. Luego se esfumaría de allí y dejaría que vivieran lo que les quedara de vida con la dignidad que pudieran, a sabiendas de que estaban solos entre las decenas de millones de padres que habían tenido que renunciar a sus hijos, que habían tenido que dejar que se los llevaran la noche y la niebla de aquel siglo abominable.

Siguió sorbiendo el café, con su mano izquierda agarrando con fuerza la mesa. Les mentiría, pero por compasión. La compasión no era un sentimiento con el que Reacher tuviera mucha experiencia. Era una virtud que siempre había corrido paralela a su vida. Nunca se había encontrado en una situación en la que le valiese para algo. Nunca le habían asignado la tarea de darles malas noticias a los parientes de un soldado. A algunos de sus contemporáneos sí. Después de la Guerra del Golfo se habían formado escuadras compuestas por un oficial de la unidad a la que pertenecía el soldado fallecido y un policía militar; escuadras que iban a visitar a la familia, que caminaban por largos caminos de entrada, que subían escaleras de apartamentos, que daban una noticia que su llegada, uniformados, anunciaba con antelación. Reacher supuso que la compasión contaba para mucho en una tarea como esa; pero su carrera se había circunscrito al servicio en sí, donde los asuntos siempre eran sencillos, sucedieran o no sucedieran, fueran buenos o malos, legales o ilegales. Ahora, dos años después de que lo hubieran licenciado, la compasión acababa de convertirse en un factor importante en su vida. E iba a llevarle a mentir.

«Pero encontraré a Victor Hobie». Dejó de agarrar la mesa y se tocó a través de la camisa la cicatriz que le había dejado la quemadura de la pistola. Al fin y al cabo, aún tenía que ajustar cuentas. Siguió bebiendo y no paró hasta que no notó el poso del expreso en los dientes y en la lengua. Luego, tiró el vaso a la basura y volvió a la calle. El sol brillaba con todo su esplendor en Broadway. Llegaba ligeramente desde el sudoeste, desde lo alto. Lo sintió en la cara y la volvió hacia él, camino de la casa de Jodie. Estaba cansado. Solo había dormido cuatro horas en el avión. Cuatro horas en un periodo de más de veinticuatro. Recordó cómo había reclinado el enorme asiento de primera clase y cómo se había quedado dormido en él. Había estado pensando en Hobie, igual que en ese momento. «Hizo que mataran a Costello. Envió a unos matones a por nosotros. Y, todo, para que nadie lo descubriera». Recordó a Crystal, la bailarina de los Cayos. No debería estar pensando en ella, pero le estaba diciendo algo a ella en aquel bar oscuro. Ella llevaba una camiseta y nada más. Luego era Jodie la que hablaba con él en el estudio sombrío de la casa de Leon. «Mi casa». Jodie le decía a él lo mismo que él le decía a Crystal. Él decía: «Ha debido de mosquear a alguien en el norte, le ha causado algún problema a alguien», y ella le decía: «Ha debido de tomar algún atajo, de alertar a alguien».

Reacher se detuvo en seco en medio de la calle, con el corazón a mil por hora. Leon. Costello. Leon y Costello, juntos, hablando. Costello había ido a Garrison y había hablado con Leon poco antes de que este muriera. Leon le había pasado el problema. «Encuentre a un tipo que se llama Jack Reacher porque quiero que dé con un tipo que se llama Victor Hobie», debía de haberle dicho. Costello, calmado y profesional, debía de haber escuchado con atención. Costello había vuelto a la ciudad y había sopesado el encargo. Le había parecido duro, complicado, y había probado con un atajo: «Costello fue a buscar al tipo que se llamaba Victor Hobie antes de ir a buscar al tipo que se llamaba Jack Reacher».

Fue corriendo hasta el aparcamiento subterráneo de la casa de Jodie. De Broadway a Greenwich Avenue había casi cuatro kilómetros, que recorrió en once minutos sorteando los taxis que se dirigían a la zona oeste del centro de la ciudad. Dejó el Lincoln en la acera, delante del edificio, y subió corriendo las escaleras de piedra hasta el vestíbulo. Miró a uno y otro lado y pulsó tres botones al azar.

—UPS.

La puerta de cristal interior zumbó, Reacher la abrió y subió las escaleras a todo correr hasta la oficina número cinco. La puerta de caoba de la oficina de Costello estaba cerrada, tal y como él mismo la había dejado cuatro días atrás. Miró a uno y otro lado en el descansillo e intentó abrirla. El pomo giró y la puerta se abrió. El pestillo seguía quitado para que cualquiera pudiera entrar, típico de oficinas. La recepción, pintada con tonos pastel, seguía como la había dejado. La ciudad impersonal. La vida seguía su curso, ajetreada, un torbellino que no se paraba a pensar en nadie, al que no le importaba nadie. El sitio olía a cerrado. El perfume de la secretaria se había desvanecido y apenas quedaban trazas. El ordenador, sin embargo, seguía encendido. Aquel salvapantallas acuático giraba y se revolvía, esperando con paciencia a que ella volviera.

Reacher empujó el ratón con el dedo. El salvapantallas desapareció y dejó a la vista la entrada de la base de datos de Spencer, Gutman, Ricker y Talbot, que era lo último que él había buscado antes de llamarlos, cuando aún no había oído hablar de ninguna señora Jacob. Salió de aquella entrada y volvió al listado principal, aunque no era muy optimista. Al fin y al cabo, había buscado «Jacob» y no había encontrado nada. Tampoco recordaba haber visto «Hobie», y eso que la H y la J están muy próximas en el alfabeto.

Repasó el listado de abajo arriba y de arriba abajo. Allí no había nombres reales, eran todo acrónimos de empresas. Dejó el ordenador y fue al despacho de Costello. En el escritorio no había papeles. Lo rodeó y vio, en el hueco de las piernas, una papelera de metal en la que había unos cuantos papeles arrugados. Se agachó para cogerla y la vació en el suelo. Sobres e impresos. El envoltorio grasiento de un sándwich. Algunos folios rayados arrancados de una libreta perforada. Alisó estos últimos sobre la alfombra. Nada le llamó la atención, pero estaba claro que eran notas de trabajo. Eran las típicas anotaciones que hace una persona muy ocupada para que le ayuden a organizar los pensamientos. Todas eran recientes. Era evidente que Costello era de esas personas que vacían la papelera cada cierto tiempo. Allí no había nada que datara de más de dos días antes de que lo asesinaran en los Cayos. Cualquier atajo que hubiera decidido tomar con respecto a Victor Hobie habría sido de doce o trece días atrás, justo después de hablar con Leon, justo al principio de la investigación.

Reacher abrió los cajones del escritorio uno a uno y encontró la libreta perforada en el de más arriba, a mano izquierda. Era una libreta de supermercado, medio usada, con una gruesa espiral a la izquierda y solo la mitad de las páginas originales a la derecha. Reacher se sentó en la ajada silla de cuero y hojeó la libreta. En la décima página encontró escrito «Leon Garber». Le llamó la atención de entre un embrollo de notas escritas a lápiz. «Señora Jacob», «SGR&T», «Victor Hobie». Aquel último nombre estaba subrayado dos veces, con dos rayas de esas que hace alguien que está pensativo, que está concentrado en otra cosa. También estaba rodeado con dos óvalos, como dos huevos, que se superponían. Al lado, Costello había garabateado «¿¿CFIC??». Había una línea que recorría el papel desde «¿¿CFIC??» hasta una nota que decía «9:00». Esa hora, las «9:00», también estaba rodeada por dos óvalos. Reacher se quedó mirando la página y vio que había apuntada una reunión con Victor Hobie en un sitio llamado CFIC a las nueve de la mañana. Lo más probable era que fueran las nueve de la mañana del día en que lo habían asesinado.

Reacher echó hacia atrás la silla y rodeó el escritorio deprisa, camino del ordenador. La base de datos seguía allí. El salvapantallas no había saltado todavía. Subió hasta lo más alto de la lista y miró con atención todo lo que había entre la B y la D. Allí estaba CFIC, justo entre CCR&W y CGAG&Y. Movió el ratón y la seleccionó. La pantalla descendió y dejó al descubierto la entrada de la Compañía Fiduciaria de las Islas Caimán. Había una dirección del World Trade Center. También había un número de teléfono y otro de fax. Había una lista con consultas de bufetes de abogados. El director de la compañía era el señor Victor Hobie. Reacher se quedó mirando el monitor y, de pronto, empezó a sonar el teléfono.

Reacher apartó la mirada de la pantalla y se quedó mirando el teléfono del escritorio. Estaba en silencio. El sonido provenía de su bolsillo. Sacó a toda prisa el móvil de Jodie de la chaqueta y pulsó el botón con el que se respondía a la llamada.

—¿Sí?

—Tengo noticias —dijo Nash Newman.

—¿Noticias de qué?

—¿Cómo que de qué? ¿De qué coño va a ser?

—Pues no lo sé. Dímelo tú.

Y el general Newman le contó las noticias. Silencio. Solo se oía un leve siseo en el teléfono, que representaba los nueve mil seiscientos kilómetros que los separaban, y el sordo zumbido del ventilador del ordenador. Reacher se apartó el teléfono de la oreja, miró la pantalla del ordenador y luego, el móvil otra vez, y la pantalla de nuevo. Estaba confundido.

—¿Sigues ahí? —preguntó Newman. La voz sonaba débil y electrónica por el auricular, como un graznido lejano.

Reacher se llevó el móvil al oído.

—¿Estás seguro?

—Al cien por cien. Es seguro. Es imposible que me haya equivocado. Imposible. No me cabe duda.

—¿Del todo seguro?

—Al cien por cien. Sin asomo de duda.

Reacher se quedó en silencio. Miró a su alrededor. Las paredes eran de color azul celeste allí donde daba el sol que entraba por la ventana de cristal esmerilado, de color gris claro donde no.

—No parece que estés muy contento —dijo Newman.

—Es que no me lo puedo creer. Repítemelo.

Así que Newman se lo repitió.

—No me lo creo. ¿De verdad estás seguro de lo que dices?

Newman lo repitió una vez más. Reacher, atónito, se quedó mirando el escritorio.

—Otra vez, Nash. Una vez más.

Newman le explicó todo una cuarta vez y, en esa ocasión, añadió:

—¿Acaso me he equivocado alguna vez?

—Mierda. Mierda, ¿te das cuenta de lo que significa? ¿Te das cuenta de lo que sucedió? ¡De lo que hizo! Tengo que dejarte, Nash. La respuesta está en Saint Louis. Tengo que leer ese archivo cuanto antes.

—Sí, estoy de acuerdo. Desde luego, Saint Louis sería el primer sitio al que yo recurriría. Y con bastante urgencia, la verdad.

—Gracias, Nash.

Por el tono de voz parecía que Reacher estuviera ausente. Colgó y volvió a guardar el móvil en el bolsillo de la chaqueta. Luego, se puso de pie, salió despacio de la oficina de Costello, camino de las escaleras, y dejó la puerta de caoba abierta de par en par.

Tony entró en el cuarto de baño con el traje Savile Row en una percha de alambre y cubierto con la bolsa de plástico de una tintorería. La camisa estaba almidonada y doblada en un envoltorio de papel que llevaba debajo del brazo. Miró a Marilyn, colgó el traje en la barra de la ducha y le tiró la camisa a Chester sobre el regazo. Se llevó la mano al bolsillo y fue sacando la corbata, poco a poco, como haría un mago durante un truco con un pañuelo de seda escondido. Cuando acabó, se la tiró encima de la camisa.

—Es la hora del espectáculo. Hay que estar preparados en diez minutos.

Se marchó. Chester se sentó recto y acunó la camisa empaquetada. La corbata la tenía enredada entre las rodillas, donde había caído. Marilyn se agachó y le cogió la camisa. Deslizó los dedos por el papel y abrió el paquete. Hizo una bola con el papel y lo tiró. Sacudió la camisa y desabrochó los dos botones de arriba.

—Ya casi ha acabado —le dijo a Chester como si pretendiera encantarlo.

Él la miró sin expresión en el rostro y se puso de pie. Le cogió la camisa y se la metió por la cabeza. Ella se situó delante de él, le levantó el cuello y le hizo el nudo de la corbata.

—Gracias.

Luego lo ayudó con el traje. Volvió a situarse delante de él y le puso bien las solapas.

—El pelo —dijo ella.

Chester fue al espejo y vio en él el hombre que había sido en otra vida. Se peinó con los dedos. Tony volvió a entrar. Llevaba la estilográfica Montblanc.

—Te la dejamos para que firmes la transferencia.

Chester asintió, cogió la pluma y la guardó en la chaqueta.

—Y esto. Con tantos abogados por aquí, tenemos que mantener las apariencias.

Era el Rolex de platino. Chester lo cogió y se lo puso. Tony volvió a irse. Marilyn estaba frente al espejo, arreglándose el pelo con los dedos. Se lo pasó por detrás de las orejas y, después, juntó los labios, como cuando se ponía pintalabios, solo que no tenía. Lo hizo por costumbre. Fue hasta el centro del cuarto de baño y se alisó el vestido a la altura de los muslos.

—¿Estás preparado?

Chester se encogió de hombros.

—¿Para qué? ¿Lo estás tú?

—Sí, estoy preparada.

El chófer de Spencer, Gutman, Ricker y Talbot era el marido de una de las secretarias que más tiempo llevaba en el bufete. En su día, había sido un empleado incompetente que no había sobrevivido a la fusión de su empresa con una competidora más hambrienta y feroz. Con cincuenta y nueve años, en paro y sin habilidades ni perspectivas, se había gastado el dinero de la indemnización en un Lincoln Town Car de segunda mano y su esposa le había escrito una propuesta de negocio en la que aseguraba que para el bufete sería más barato tenerlo a él en plantilla que ir contratando un servicio cada vez que necesitaran un chófer. Los socios habían mirado hacia otro lado con los errores de contabilidad de la propuesta y lo habían contratado porque consideraban que, a pesar de que las ventajas fueran pocas, estaban haciendo una buena obra. Por eso, el hombre se encontraba esperando en el garaje con el motor en marcha y el aire acondicionado al máximo cuando Jodie salió del ascensor y se dirigió hacia el coche. Él bajó la ventanilla y ella se inclinó para hablarle.

—¿Sabe adónde vamos?

El hombre asintió y le dio unos golpecitos al portapapeles que tenía en el asiento de delante.

—Sí, todo preparado.

Jodie se subió atrás. Por naturaleza, era una persona igualitaria que habría preferido ir delante con el chófer, pero él insistía en que los pasajeros tenían que ir en los asientos de atrás. Aquello hacía que sintiera que su trabajo era más oficial. Era una persona sensible y enseguida se había dado cuenta del tufillo a caridad que rodeaba su contratación, así que tenía la sensación de que actuar con gran corrección y profesionalidad haría que mejorara la percepción que tenían de él. Llevaba un traje oscuro y una gorra de chófer que había comprado en una tienda de uniformes laborales que había en Brooklyn.

En cuanto vio por el espejo retrovisor que Jodie se había acomodado, puso primera y fue en busca de la rampa del garaje para salir a la calle, a la luz del sol. La salida estaba en la parte de atrás del edificio, en Exchange Place. Giró a la izquierda en Broadway y fue cambiando de carril para salir a la derecha hasta el zigzag de Trinity Street. Siguió la calle en dirección oeste y giró justo para llegar al World Trade Center desde el sur. El tráfico era lento pasada la iglesia de la Trinidad porque una grúa de la policía y el coche patrulla al lado del que estaba aparcada ocupaban dos carriles. Los policías miraban por las ventanillas como si hubiera algo que no tenían claro. El chófer pasó despacio al lado de ambos vehículos y después aceleró. Enseguida volvió a reducir la velocidad y aparcó junto a la plaza. Tenía la mirada fija en la calle, en las gigantescas torres que se cernían sobre él, aunque no alcanzara a verlas del todo. Permaneció sentado, con el motor en marcha, en silencio y respetuoso.

—La esperaré aquí.

Jodie salió del coche e hizo una pausa en la acera. La plaza era muy grande y estaba llena de gente. Faltaban cinco minutos para las dos y la gente que había salido a comer volvía al trabajo. Estaba inquieta. Por primera vez desde que había empezado aquella locura, iba a recorrer un espacio público sin que Reacher la vigilara. Miró a su alrededor y se unió a un grupo de personas que avanzaban a toda prisa y caminó a su altura hasta que llegó a la torre sur.

La dirección que aparecía en el informe que le había confeccionado su ayudante era la de una oficina que estaba en el piso ochenta y ocho. Entró en el edificio y se puso en la cola de los ascensores, detrás de un hombre de estatura media que vestía un traje negro que le quedaba un poco grande. El hombre llevaba un maletín barato de plástico marrón con una textura que pretendía representar piel de cocodrilo. La joven se apretó para entrar en el ascensor con él. El ascensor estaba lleno y la gente iba gritándole su piso a la mujer que estaba cerca de los botones. El hombre del traje un poco grande dijo:

480

—Ochenta y ocho.

Así que ella permaneció callada.

El ascensor paró en la mayoría de las plantas de su rango y la gente fue saliendo. El avance era lento. Eran las dos en punto cuando el ascensor llegó a la planta ochenta y ocho.

Jodie salió. El hombre del traje un poco grande salió por detrás de ella. El pasillo estaba desierto. Las puertas que daban a las oficinas eran de lo más corrientes y estaban todas cerradas. Jodie fue en una dirección y el hombre del traje un poco grande fue en la otra, ambos mirando las placas que había junto a las puertas. Volvieron a encontrarse frente a una puerta de roble en la que ponía COMPAÑÍA FIDUCIARIA DE LAS ISLAS CAIMÁN. En la puerta había una ventanilla descentrada de cristal reforzado. Jodie miró por él y el hombre del traje un poco grande abrió la puerta.

—¿Vamos a la misma reunión? —preguntó ella sorprendida.

Jodie siguió al hombre y entraron en una recepción con un mostrador de roble y latón. Olía a oficina: a productos químicos calientes de las fotocopiadoras y a café. El hombre se dio la vuelta y asintió.

—Eso parece.

Ella le tendió la mano mientras pasaban.

—Me llamo Jodie Jacob. Vengo de Spencer Gutman. Por el acreedor.

El hombre dio un paso atrás, se cambió el maletín de plástico de mano, sonrió y le estrechó la mano.

—Yo soy David Forster, de Forster y Abelstein.

Habían llegado ya al mostrador de recepción. Ella se detuvo y lo miró bien.

—No, usted no es David Forster —dijo ella inexpresiva—. Conozco a David muy bien.

De repente, el hombre se puso muy nervioso. La recepción se quedó en silencio. Jodie se volvió hacia el otro lado y vio al joven fornido que había estado intentando abrir la puerta de su

Bravada mientras Reacher hacía lo imposible por escapar de la colisión de Broadway. Estaba sentado en la recepción, tan tranquilo, mirándola de frente. El joven fornido movió la mano izquierda y pulsó un botón. El silencio era tal que Jodie oyó un clic en la puerta de la entrada. Luego, el hombre del mostrador movió la mano derecha, que descendió vacía pero ascendió con una escopeta de metal mate. El arma tenía el cañón ancho, como un tubo, y la empuñadura de metal. El cañón medía algo más de treinta centímetros. El hombre del traje un poco grande dejó caer el maletín y levantó las manos. Jodie miró el arma y pensó: «Pero si eso es una escopeta».

El joven fornido volvió a mover la mano izquierda y pulsó otro botón. Alguien abrió la puerta del despacho. El tipo que había estrellado la camioneta Suburban contra su coche estaba de pie en el quicio de la puerta. Llevaba una pistola en la mano. Jodie reconoció el arma por películas en las que la había visto. Se trataba de una pistola automática que, en las pantallas de cine, disparaba balas muy ruidosas que hacían que uno saliera disparado dos metros hacia atrás si le alcanzaban. El conductor de la Suburban la sujetaba con firmeza apuntando a una zona intermedia entre el hombre del traje un poco grande y ella, como si tuviera la muñeca preparada para mover la pistola a derecha o izquierda.

El joven fornido salió de detrás del mostrador de recepción con la escopeta y pasó por delante de Jodie. Se puso detrás del hombre del traje un poco grande y le clavó el cañón de la escopeta en la parte baja de la espalda. Aquello produjo un sonido metálico amortiguado por la ropa. El joven fornido metió la mano por debajo de la chaqueta del otro y sacó un enorme revólver de cromo. Lo levantó como si estuviera exhibiéndolo.

—No creo que sea normal que un abogado lleve uno de estos, ¿no? —soltó el hombre de la puerta.

—Este tío no es abogado. La mujer ha dicho que conoce bien a David Forster y que no era él.

Después de decir aquello, el de la puerta asintió y añadió:

—Me llamo Tony. Por favor, entren. Los dos.

Tony se hizo a un lado y apuntó con la pistola automática a Jodie mientras el joven fornido empujaba al que se había hecho pasar por David Forster. Ellos dos fueron los primeros que cruzaron la puerta. A continuación, Tony le hizo una señal con la pistola a Jodie para que se acercara a él. Él también dio un paso hacia ella y, cuando la tuvo al lado, la empujó con la mano plana para que pasara. La joven trastabilló, pero enseguida recuperó el equilibrio. Al otro lado de la puerta había un despacho grande, espacioso, cuadrado. Las cortinas estaban corridas casi del todo, así que había poca luz. Delante de un escritorio había una serie de muebles de salón: tres sofás idénticos, con su mesita auxiliar cada uno, y una enorme mesa de centro de cristal y latón en el centro. Sentados en el sofá de la izquierda había dos personas: un hombre y una mujer. El hombre llevaba un traje y una corbata inmaculados y la mujer, un vestido de fiesta de seda muy arrugado. El hombre levantó la mirada. Su rostro era inexpresivo. La mujer, en cambio, los miraba aterrorizada.

Había un hombre sentado al escritorio. Permanecía en la penumbra, acomodado en una silla de cuero. Debía de andar por los cincuenta y cinco años. Jodie lo miró. Su cara estaba dividida en dos de forma desigual, como si fuera una decisión arbitraria, como un mapa de los estados del oeste del país. En la parte derecha tenía la piel arrugada y un pelo entrecano que ya había empezado a perder; en la parte izquierda, en cambio, tenía una enorme cicatriz, rosada y gruesa, brillante como la cabeza sin terminar de un enorme monstruo de plástico. La cicatriz le alcanzaba el ojo y el párpado era como una bola rosa, como un pulgar machacado.

El hombre llevaba un buen traje y tenía los hombros y el pecho anchos. Tenía apoyada la mano izquierda sobre la mesa con toda tranquilidad. Jodie alcanzaba a ver el puño de una camisa, blanco como la nieve en aquella penumbra, y una mano con la manicura hecha. La palma la mano estaba boca abajo y tamborileaba un ritmo imperceptible con los dedos. El brazo derecho estaba situado de forma simétrica respecto al izquierdo. El mismo traje de verano, la misma manga y el mismo puño de la camisa, nevado también. Sin embargo, parecía que estuvieran vacíos. Y, de hecho, lo estaban, porque de aquel puño no salía ninguna mano, sino un garfio de acero que asomaba en un ángulo bajo sobre la mesa. El instrumento era curvo y estaba pulido, como si fuera una representación en miniatura de una de esas esculturas modernas que ponen en los jardines públicos.

—Hobie —murmuró Jodie.

El hombre asintió despacio, una sola vez, y levantó el garfio como para saludarla.

—Es un verdadero placer conocerla por fin, señora Jacob. Lo único que siento es que no haya podido ser antes. —Hobie sonrió y añadió—: Bueno, y que nuestra relación vaya a ser tan breve.

El hombre volvió a asentir, solo que, esa vez, al tal Tony, que se puso junto al que se hacía pasar por Forster. Ambos permanecieron a la espera, el uno al lado del otro.

—¿Dónde está su amigo Jack Reacher? —le preguntó Hobie a Jodie.

—No lo sé —respondió la joven.

Hobie la miró un buen rato.

—De acuerdo, ya nos encargaremos de él más tarde. Ahora siéntese.

Señalaba con el garfio el sofá que estaba enfrente del de la pareja. Jodie, azorada, se acercó y se sentó.

—Le presento al señor y a la señora Stone. Chester y Marilyn para los amigos. El señor Stone dirigía una empresa llamada Stone Optical. Me debe más de diecisiete millones de dólares. Va a pagarme en acciones.

Jodie miró a la pareja que tenía enfrente. Ambos tenían el pánico dibujado en los ojos. Como si algo hubiera salido fatal.

—Pongan las manos sobre la mesa —les pidió Hobie—. Los tres. Adelántense y abran bien las manos, como seis estrellitas de mar.

Jodie se inclinó hacia delante y puso las manos en la mesa de centro. La pareja hizo lo mismo de forma automática.

—Inclínense más hacia delante.

Los tres adelantaron las manos hacia el centro de la mesa hasta que estuvieron inclinados hacia el suelo. Aquello provocaba que el peso de sus cuerpos descansara en las manos y que, por tanto, no pudieran moverse. Hobie se levantó y se acercó despacio hasta el hombre del traje un poco grande.

—Al parecer, usted no es David Forster.

El hombre no dijo nada.

—¿Sabe? La verdad es que, con un traje como este, me lo habría imaginado al instante. ¡Tiene que estar de broma! Dígame, ¿quién es usted?

El hombre siguió en silencio. Jodie lo miraba con la cabeza girada hacia un lado. Tony levantó la pistola y apuntó al tipo a la cabeza. Con la mano que tenía libre, quitó el seguro de la pistola, que produjo un sonido metálico amenazador. Tiró un poco del gatillo. Jodie se fijó en que el nudillo se le ponía blanco.

—¡Curry! —soltó el hombre con rapidez—. ¡Me llamo William Curry! ¡Soy detective privado y trabajo para Forster!

—De acuerdo, señor Curry.

Hobie asintió mientras pronunciaba aquellas palabras y luego fue hacia los Stone y se detuvo justo detrás de la mujer.

—Estoy confundido, Marilyn.

El hombre se apoyó con la mano en el respaldo del sofá, se inclinó hacia delante y enganchó el cuello del vestido con la punta del garfio. Luego tiró con suavidad y fue atrayendo a la mujer poco a poco. Las palmas de las manos de la mujer resbalaban por la superficie de la mesa y dejaban marcas de humedad. La espalda de la mujer llegó hasta el respaldo del sofá y Hobie le puso el garfio delante y le dio un golpecito con él en el mentón, como un peluquero que ajustara la posición de la cabeza antes de comenzar con el corte. A continuación, empezó a peinarla con la punta del garfio, con suavidad, de delante hacia atrás. Marilyn tenía mucho pelo y el garfio iba abriendo surcos en él, poco a poco, con suavidad, de delante hacia atrás. La mujer tenía tanto miedo que había cerrado los ojos con fuerza.

—Me ha engañado usted —dijo—. No me gusta que me engañen. Y menos usted. Yo la he protegido, Marilyn. Podría haberla vendido junto con los coches. Es posible que ahora lo haga. Tenía otros planes para usted, pero me temo que la señora Jacob le ha quitado el puesto y que será ella quien disfrute de mis afectos. Nadie me había dicho que fuera tan guapa.

Hobie dejó de peinar a la mujer y, por entre el pelo de esta, por la frente, empezó a correr un hilillo de sangre. El hombre miró a Jodie. El ojo bueno la examinaba con atención, sin parpadear.

—Sí, mire por dónde, creo que va a ser usted el regalo de despedida que voy a llevarme de Nueva York.

Hobie empujó con fuerza la cabeza de Marilyn Stone hacia delante, hasta que la mujer volvió a tener las manos apoyadas en la mesa. Luego se dio la vuelta.

—¿Está armado, señor Curry?

El detective se encogió de hombros.

—Lo estaba, pero eso ya lo sabe. La pistola se la han quedado ustedes.

El joven fornido levantó la brillante pistola. Hobie asintió.

—¿Tony?

Tony empezó a cachear al detective por los hombros. Siguió por debajo de ellos. Curry miró a derecha e izquierda y el joven fornido dio un paso adelante y le clavó el cañón en el costado.

—Estese quieto.

Tony se agachó y le pasó las manos por el cinturón y por la cara interna de los muslos. Luego, cuando empezó a bajar, el detective se volvió con violencia e intentó apartar la escopeta, pero el joven fornido la sujetaba con mucha fuerza y tenía bien plantados los pies, por lo que detuvo a Curry enseguida. Como si fuera un puño, con la boca de la escopeta le dio un fuerte golpe en el estómago. El detective soltó una tos al quedarse sin gran parte del aire, se dobló y el joven fornido le atizó en la sien con la culata. El detective cayó al suelo de rodillas y Tony lo tiró al suelo, de lado, con el pie.

—Gilipollas... —soltó luego con desdén.

El joven fornido se inclinó, le clavó la escopeta en las tripas y se apoyó en ella. Aquello tuvo que dolerle. Tony se agachó, metió las manos por debajo de las perneras del detective y enseguida encontró los dos revólveres idénticos. Los cogió con el índice izquierdo por el guardamonte y les dio vueltas. El metal tintineaba, traqueteaba. Los revólveres eran pequeños. Eran de acero inoxidable. Parecían juguetitos brillantes. Tenían el cañón corto. De hecho, casi no tenían cañón.

—Levántese, señor Curry —ordenó Hobie.

El detective rodó sobre manos y rodillas. Estaba claro que el golpe en la cabeza lo había dejado un poco atontado. Jodie veía que el hombre parpadeaba, como intentando enfocar. Sacudió la cabeza. Se apoyó en el respaldo de uno de los sofás y se puso de pie. Hobie se acercó un metro a él y le dio la espalda. Miró a Jodie, a Chester y a Marilyn como si fueran el público. Levantó la palma de la mano y empezó a dar golpes en ella con la curva del garfio. Golpeaba con la derecha y palmeaba con la izquierda. Los impactos cada vez eran más inquietantes.

—Es una sencilla cuestión de energía mecánica. El impacto del final de un garfio se transmite al muñón. Las ondas viajan. Se disipan contra lo que queda del brazo. Como es natural, la parte de cuero, el corsé y el correaje los construyó un experto, por lo que la molestia se reduce en gran medida. Aun así, nadie puede ir contra las leyes de la física, ¿verdad? Así que, al final, la duda que me queda es ¿quién de los dos siente el dolor primero? ¿Él o yo?

Hobie giró sobre la punta del pie y golpeó en la cara al detective con la curva exterior del garfio. Fue un puñetazo muy fuerte dado desde el hombro y el detective se tambaleó hacia atrás y jadeó.

—Le he preguntado si iba armado —dijo Hobie en voz baja—. Debería haberme dicho la verdad. Debería haber dicho usted: «Sí, señor Hobie, llevo un revólver en cada tobillo», pero no lo ha hecho. Ha intentado engañarme y, como acabo de decirle a la señora Stone, no me gusta que me engañen.

El siguiente golpe se lo dio en el tronco. Repentino y fortísimo.

—¡Pare! —gritó Jodie, que se echó hacia atrás y se sentó recta—. ¿Por qué está haciendo esto? ¿Qué coño le ha pasado?

Curry estaba doblado y resollaba. Hobie dejó de concentrarse en él y miró a la joven.

—¿Que qué me ha pasado?

—Era usted una buena persona. Lo sabemos todo sobre usted.

—No, no saben nada —afirmó Hobie.

Sonó el timbre de la puerta de la oficina. Tony miró a Hobie y guardó la pistola automática en el bolsillo. Luego cogió los revólveres del detective privado y le puso uno en la mano a Hobie y el otro lo metió en el bolsillo de la chaqueta de Hobie después de inclinarse hacia él con mucha confianza. Fue un sorprendente gesto íntimo. Luego salió del despacho y cerró la puerta. El joven fornido retrocedió para buscar un ángulo en el que pudiera cubrir a los cuatro rehenes. Hobie se movió en la dirección contraria para cubrir otro ángulo distinto.

—Todos muy callados —susurró.

Oyeron cómo se abría la puerta que daba al pasillo. Después, oyeron una conversación y cómo la puerta volvía a cerrarse. Un segundo después, Tony entró en el despacho en penumbra con un paquete debajo del brazo y una sonrisa en los labios.

—Un mensajero del antiguo banco de Stone. Trescientas acciones certificadas.

Levantó el paquete.

—Ábrelo —pidió Hobie.

Tony buscó la tira de plástico y rasgó el sobre. Jodie alcanzó a ver los grabados elaborados de los típicos títulos de acciones. Tony les echó un vistazo y asintió. Hobie fue hasta su escritorio y dejó encima el revólver que tenía en la mano.

—Siéntese, señor Curry. Al lado de su colega de profesión, por favor.

El detective se dejó caer al lado de Jodie. Puso las manos en el cristal de la mesa de centro y las deslizó, como los demás. Hobie hizo un gesto circular con el garfio.

—Mire bien a su alrededor, señor Stone. El señor Curry, la señora Jacob y Marilyn, su querida esposa. Buena gente, no me cabe duda. Tres vidas llenas de sus insignificantes preocupaciones y triunfos. Tres vidas, Chester, que están ahora mismo en sus manos.

Chester Stone había levantado la cabeza y miraba a las tres personas que lo acompañaban alrededor de la mesa. Luego miró a Hobie.

—Vaya a por el resto de las acciones. Lo acompañará Tony. Quiero que vaya directo, nada de trucos y, así, estas tres personas sobrevivirán. De lo contrario, las mataré. ¿Lo ha entendido?

Stone asintió en silencio.

—Escoja un número, Chester.

—El uno —respondió.

—Escoja dos más, Chester.

—El dos y el tres.

—De acuerdo, pues quiero que sepa que será a Marilyn a quien le asigne el tres si decide usted hacerse el héroe.

—Le traeré las acciones.

—Sí —asintió Hobie—, lo cierto es que creo que lo hará. Ahora bien, primero tiene que firmar la transferencia.

Hobie abrió un cajón del escritorio y metió en él el brillante y pequeño revólver que tenía en la mano. Luego, sacó una hoja de papel y le hizo un gesto a Stone para que se acercara. El hombre se deslizó hacia atrás y se puso de pie, temblando. Se acercó al escritorio y firmó el papel con la Montblanc que llevaba en el bolsillo.

—La señora Jacob puede ejercer de testigo. Al fin y al cabo, es miembro del Colegio de Abogados del estado de Nueva York —añadió Hobie.

La joven permaneció quieta un buen rato. Miró hacia la izquierda, al joven fornido, a Tony y, después, a Hobie. Se puso de pie. Se acercó al escritorio, giró el formulario y le cogió la estilográfica a Stone. Firmó y escribió la fecha.

—Gracias. Ahora, siéntese y estese muy quieta.

La joven volvió al sofá y se inclinó de nuevo sobre la mesa de centro. Empezaban a dolerle los hombros. Tony cogió a Stone por el codo y lo guio hacia la puerta.

—Cinco minutos para ir y cinco para volver. No se haga el héroe, Chester.

Tony se llevó a Stone del despacho y cerró la puerta con suavidad. Luego se oyó un golpe sordo. La puerta de la oficina. Un chirrido lejano. El ascensor. Y, después, el silencio. A Jodie le dolían varias partes del cuerpo. El cristal tiraba de sus sudadas palmas y eso hacía que se le levantase la carne de debajo de las uñas. Le quemaban los hombros. Le dolía el cuello. En la cara de los otros dos también vio sufrimiento. Empezaron a respirar con fuerza, a resollar, a emitir unos suaves gemidos graves.

Hobie le hizo un gesto al joven fornido y cambiaron de sitio. El hombre empezó a pasear nervioso por el despacho mientras que el otro se sentó al escritorio y apoyó la escopeta, que iba moviendo a derecha e izquierda como si se tratase del foco de una cárcel. Hobie miraba su reloj, contaba los minutos. Jodie se fijó en que el sol empezaba a desplazarse hacia el sudoeste y en que se colaba discreto por entre las lamas de las cortinas y proyectaba rayos con ángulos cerrados por la estancia. Oía la respiración entrecortada de los otros dos cerca de ella y sentía el ligerísimo temblor del edificio, que la mesa de cristal le transmitía por las manos.

Cinco minutos para ir y cinco para volver eran diez, pero por lo menos habían pasado veinte. Hobie no dejaba de pasear por el despacho y miraba el reloj cada dos por tres. Luego salió a la recepción y el joven fornido lo siguió hasta la puerta del despacho. El tipo los apuntaba con la escopeta, pero tenía la cabeza girada para ver qué hacía su jefe.

—¿Creen que dejará que nos marchemos? —preguntó el detective privado entre susurros.

Jodie se encogió de hombros y, en vez de las palmas, apoyó la punta de los dedos, encorvó los hombros y agachó la cabeza, todo ello para mitigar el dolor.

—No lo sé —contestó después, también entre susurros.

Marilyn, que tenía los antebrazos juntos y la frente apoyada en ellos, levantó la cabeza y negó con ella.

—Ha matado a dos policías —susurró—. Mi marido y yo hemos sido testigos.

—¡Callaos de una vez! —gritó el joven fornido desde la puerta.

Oyeron el ruido del ascensor de nuevo y la sacudida que hizo al detenerse en la planta. Un momento de silencio y, entonces, alguien abrió la puerta de la oficina y se oyó ruido en la recepción. Era la voz de Tony. Y la de Hobie, fuerte y cargada de alivio. Hobie entró en el despacho con un sobre blanco y sonriendo con la parte de la cara que podía mover. Sujetó el sobre con el codo derecho y lo abrió mientras caminaba. Jodie vio más títulos de acciones en papel grueso. Hobie fue hasta el escritorio por el camino largo y puso las acciones encima de las otras trescientas que ya tenía. Stone entró después de Tony, como si se hubieran olvidado de él, y se quedó mirando el trabajo de dos vidas, la de su abuelo y la de su padre, apilado de mala manera sobre aquella mesa de madera arañada. Marilyn levantó la mirada, tiró las manos hacia atrás y se puso recta porque ya no le quedaba fuerza en los hombros.

—Bueno, ya las tiene —dijo en voz baja—. Ahora, ya puede dejar que nos vayamos.

Hobie sonrió.

—Pero, Marilyn, por favor, ¿acaso es usted estúpida?

Tony se echó a reír. Jodie lo miró primero a él y luego a Hobie, y se dio cuenta de que aquellos dos estaban llegando al final de una carrera muy larga. Habían perseguido algún objetivo y en ese momento consideraban que lo tenían, por fin, al alcance de la mano. La carcajada de Tony parecía, más que una risa, una forma de liberar tensión.

—Reacher sigue estando allí fuera —dijo con parsimonia, como si fuera un movimiento de ajedrez.

Hobie dejó de sonreír. Se llevó el garfio a la frente, se rascó las cicatrices y asintió.

—Reacher, sí. Él es la última pieza del rompecabezas. No deberíamos olvidarnos de él, ¿verdad? Sigue estando allí fuera, pero ¿dónde?

Ella dudó.

—Eso no lo sé. —Luego levantó la cabeza, desafiante, y añadió—: Pero está en la ciudad y lo encontrará a usted.

Hobie la miró a los ojos con desdén.

—¿Piensa usted que voy a sentirme amenazado por algo así? Si le digo la verdad, quiero que dé conmigo, quiero que dé conmigo porque tiene algo que necesito. Algo vital. Así que ayúdeme, señora Jacob. Llámelo e invítelo a unirse a nosotros.

Jodie se quedó callada unos instantes.

—No sé dónde está.

—Pruebe en su casa. Sabemos que ha estado quedándose a dormir con usted. Es probable que esté allí ahora mismo. Han bajado del avión a las doce menos diez, ¿no es así?

Jodie se lo quedó mirando y él asintió con complacencia.

—Comprobamos todos esos detalles, señora Jacob. Hay un tal Simon que nos pertenece. Yo diría que lo ha conocido usted. Los llevó al vuelo de las siete de Honolulu y nosotros llamamos al JFK y nos informaron de que su avión había aterrizado justo a las once cincuenta. Según nos han dicho, el bueno de Jack Reacher se quedó con un palmo de narices en Hawái, ¿eh? Y, además, tiene que estar cansado. Como usted. Porque tiene usted cara de cansada, señora Jacob, ¿lo sabía? Sin embargo, es muy probable que su amigo Reacher esté en la cama de su apartamento, durmiendo, mientras usted está aquí, pasándoselo de miedo con nosotros. Así que llámelo y dígale que venga y que se una a la fiesta.

Jodie bajó la mirada a la mesa. No dijo nada.

—Llámelo. Así, podrá verlo una última vez antes de morir.

La joven permanecía en silencio. Miraba el cristal de la mesa, que estaba manchado por sus huellas. Quería llamarlo. Quería verlo. Se sentía como se había sentido miles de veces durante aquellos quince largos años. «Quiero volver a verlo». Su sonrisa descuidada y torcida. Su pelo enmarañado. Sus brazos, tan largos que le daban la gracilidad de un galgo a pesar de que pareciera tan grande como una casa. Sus ojos, de ese azul frío como el Ártico. Sus manos, enormes guantes acolchados y magullados que se convertían en puños del tamaño de balones de fútbol americano. Quería volver a ver aquellas manos. Y quería verlas alrededor del cuello de Victor Hobie.

Miró por el despacho. Los rayos del sol empezaban a desplazarse por el escritorio, un par de centímetros apenas. Vio que Stone estaba inerte. Marilyn temblaba. Curry estaba pálido y jadeaba a su lado. El joven fornido estaba relajado. Reacher lo partiría en dos sin esfuerzo. Miró a Tony, que la miraba a los ojos. Y a Hobie, que se acariciaba el garfio con aquella mano tan cuidada y le sonreía, expectante. Se volvió y miró la puerta cerrada. Imaginó que Reacher la rompía en pedazos y entraba en el despacho. De hecho, quería ver cómo lo hacía. Jamás había tenido tantas ganas de que estuviera a su lado.

—De acuerdo, lo llamaré —susurró.

—Dígale que voy a estar aquí unas pocas horas más. Ahora bien, déjele claro que, si quiere volver a verla con vida, será mejor que venga pronto, porque usted y yo tenemos una cita en el cuarto de baño dentro de unos treinta minutos.

Jodie se estremeció, dejó de apoyarse en la mesa de cristal y se puso de pie. Tenía las piernas débiles y le ardían los hombros. Hobie se acercó a ella, la cogió por el codo y la llevó hacia la puerta. La guio hasta detrás del mostrador de recepción.

—Este es el único teléfono que tenemos. No me gustan los teléfonos.

El hombre se sentó en la silla y pulsó el nueve con la punta del garfio. Le tendió el auricular.

—Venga, acérquese, que quiero oír lo que le dice Reacher. Marilyn se valió del teléfono para engañarme y no voy a permitir que suceda de nuevo.

La obligó a que se inclinara y pegara la cara a la de él. Hobie olía a jabón. El hombre se llevó la mano al bolsillo y sacó el pequeño revólver que Tony le había metido allí. Le puso el cañón en el costado a Jodie. La joven sujetó el auricular de forma que ambos pudieran oír la conversación y estudió la consola del teléfono. Había un montón de botones, incluso uno que daba línea directa con la policía. Dudó unos instantes y, después, marcó el teléfono de su casa. Sonó seis veces. Seis largos y suaves tonos. Con cada uno de ellos, Jodie deseó:

«Está en casa. Está en casa».

Pero fue su propia voz la que respondió, una voz que salía de una máquina.

—No está en casa —informó sin más.

Hobie sonrió.

—Vaya, qué pena.

Jodie, allí inclinada, se sentía aturdida por el miedo.

—¡Espere, lleva mi móvil! ¡Acabo de recordarlo!

—Muy bien, pues pulse el nueve para obtener línea.

Jodie colgó y descolgó con suavidad, pulsó el nueve y, después, su número de teléfono. Sonó cuatro veces. Cuatro graznidos altos, urgentes y electrónicos. En cada uno de ellos rogó: «Responde, responde, responde, responde».

Entonces, oyó un clic.

—¿Sí? —respondió Reacher.

Jodie respiró hondo.

—Hola, Jack.

—Hola, Jodie. ¿Qué pasa?

—¿Dónde estás?

Se dio cuenta de que su tono transmitía intranquilidad y de que eso hizo que él se pusiera en guardia.

—Estoy en Saint Louis, Missouri. Acabo de aterrizar, como quien dice. He vuelto al CNRP.

Jodie tragó saliva. «¿¡En Saint Louis!?». Se le secó la boca.

—¿Estás bien?

Hobie se inclinó y le susurró a la joven al oído:

—Dígale que venga ahora mismo a Nueva York. Directo aquí, lo antes que pueda.

Jodie asintió, nerviosa, y Hobie le volvió a clavar la pistola en el costado.

—¿Podrías volver? Es que... digamos que te necesito aquí lo antes posible.

—Tengo un billete para las seis de la tarde. Me deja allí sobre las ocho y media, horario de la Costa Este. ¿Te vale?

Jodie era consciente de que Hobie estaba sonriendo a su lado.

—¿No podrías venir antes? ¿No podrías volver ya?

Jodie oyó voces de fondo. Supuso que se trataría del comandante Conrad. Recordó su despacho: madera oscura, cuero desgastado, el cálido sol de Missouri en la ventana.

—¿Ya? Sí, claro, supongo que sí. Podría llegar en un par de horas, dependiendo de los vuelos. ¿Dónde estás?

—En el World Trade Center. Sube al piso ochenta y ocho de la torre sur, ¿vale?

—Habrá mucho tráfico. Yo diría que tardaré unas dos horas y media.

—De acuerdo.

—¿Estás bien?

Hobie le enseñó la pistola.

—Estoy bien. Te quiero.

Hobie se inclinó hacia delante y cortó la conexión con la punta del garfio. Por el auricular se oyó un clic y después tono otra vez. Jodie colgó el teléfono, poco a poco, con cuidado. Inclinada aún sobre el mostrador, el miedo, la decepción y el entumecimiento la tenían agotada. Tenía una mano apoyada en la mesa para no caerse y la otra, con la que acababa de colgar el teléfono, le temblaba a un par de centímetros del auricular.

—¡Dos horas y media! —dijo Hobie con simpatía exagerada—. Bueno, parece, señora Jacob, que la caballería no va a llegar a tiempo para salvarla.

El hombre se rio para sus adentros y volvió a meter el revólver en el bolsillo de la chaqueta. Se puso de pie y la cogió por el brazo en el que se apoyaba. Tiró de ella hacia la puerta del despacho, pero Jodie trastabilló y se agarró al mostrador para no caerse. Él le pegó un golpe de revés con el garfio. La curva de la herramienta le alcanzó en la sien y la joven se soltó. Se le doblaron las rodillas y cayó al suelo. Hobie la llevó hasta la puerta del despacho arrastrándola por el brazo. Jodie pataleaba y sus tacones arañaban el suelo. El hombre le dio la vuelta, tiró de ella hasta que la tuvo delante y la empujó al interior del despacho. Jodie cayó despatarrada sobre la alfombra y él entró y cerró la puerta de golpe.

—¡Vuelva al sofá! —gruñó el hombre.

Para entonces, los rayos de sol habían dejado atrás el escritorio. En aquel momento recorrían la alfombra y empezaban a subirse a la mesa. Así iluminados, los dedos de Marilyn Stone parecían muy vistosos. Jodie se apartó de Hobie gateando, se apoyó en el sofá, tropezó y fue a sentarse junto a Curry. Volvió a situarse en la misma posición, con las manos extendidas sobre la mesa. Sentía un leve dolor en la sien. Era como un latido furioso, cálido y extraño justo allí donde el metal había impactado con el hueso. Además, Hobie le había retorcido el brazo. El joven fornido la observaba, con la escopeta en la mano. Tony la observaba, con la automática en la mano. Reacher estaba muy lejos, como lo había estado casi toda su vida.

Hobie volvió al escritorio y ordenó las acciones, que conformaban un ladrillo de papel de unos diez centímetros de altura. Repasó con el garfio por todos los lados que estuvieran bien cuadradas, porque los gruesos papeles grabados se deslizaban con facilidad.

—Los de UPS no tardarán en llegar —comentó animado—. Les llevarán las acciones a los constructores, yo recibiré mi dinero y habré ganado de nuevo. Media hora, más o menos, y habrá acabado todo. Para usted y para mí.

Jodie se dio cuenta de que estaba dirigiéndose solo a ella. La había elegido de conducto de información. Curry y los Stone la miraban a ella, no a él. Ella apartó la mirada y se concentró en la alfombra a través de la mesa de cristal. Tenía un patrón muy similar al de la alfombra raída que tenía DeWitt en Texas, solo que era mucho más pequeña y nueva. Hobie dejó las acciones, rodeó el cuadrado de muebles y le quitó la escopeta al joven fornido.

—Tráeme un café.

El joven fornido asintió y fue a la recepción. Al salir, cerró la puerta del despacho con suavidad. El despacho se quedó en silencio. Solo se oían unas respiraciones tensas y el sordo temblor del edificio por lo bajo. Hobie sujetaba la escopeta con la mano. Apuntaba al suelo. La balanceaba adelante y atrás describiendo un pequeño arco. No la sujetaba con firmeza, porque Jodie oía el golpeteo de la mano contra el metal. Vio que Curry estaba mirando algo. La posición en la que estaba Tony. Este se había retirado un metro. Se había apartado del campo de disparo de la escopeta y apuntaba con la automática en perpendicular a dicho campo, con el arma levantada. Jodie se dio cuenta de que Curry estaba valorando qué fuerza le quedaba en los hombros. Se dio cuenta de que se movía. De que juntaba los brazos. Vio cómo el detective se fijaba en Tony, al que tenía delante, a algo más de tres metros y medio. Vio que miraba después a Hobie, a quien tenía a algo menos de dos metros y medio a la izquierda. Vio los rayos de sol, que corrían en ese momento en paralelo a los bordes de latón de la mesa de centro. Vio que levantaba las manos de la mesa, que apoyaba solo la yema de los dedos.

—No —le dijo muy bajito.

Su padre siempre había simplificado la vida con reglas. Tenía una para cada situación. Cuando era niña, la volvía loca con aquello. Su regla general, que servía para todo, desde los exámenes de ella hasta las misiones de él, pasando por la legislación del Congreso, decía: «Hazlo una vez y hazlo bien». Y la cuestión era que Curry no tenía ninguna posibilidad de hacerlo bien. Ni una. Estaba a tiro de dos armas muy potentes. No tenía ninguna posibilidad. Si pegaba un salto por encima de la mesa de centro e iba a por Tony, se llevaría una bala en el pecho antes de que hubiera recorrido la mitad de la distancia. Y lo más probable era que también recibiría un disparo de escopeta que no solo lo mataría a él, sino también a los Stone. Y si iba primero a por Hobie, era posible que Tony no disparara por miedo a darle a su jefe, pero Hobie seguro que lo haría, lo que destrozaría al detective en mil pedazos. Y, además, y aunque por detrás de él, ella estaría en la línea del disparo. Otra de las reglas de su padre era: «Lo imposible es imposible, así que es mejor no fingir lo contrario».

—Espere —le instó.

Vio que el detective asentía de forma leve y que relajaba los hombros. Esperaron. Ella siguió mirando la alfombra a través de la mesa de cristal y se enfrentó al dolor, minuto a minuto. Su peso estaba haciendo que el hombro que se había torcido le doliera a rabiar. Dobló los dedos y se apoyó en los nudillos. Oía a Marilyn Stone respirando con fuerza al otro lado de la mesa. Parecía derrotada. Tenía la cabeza apoyada de lado en los brazos y los ojos cerrados. Los rayos de sol ya no estaban en paralelo al borde de la mesa y se inclinaban despacio, muy despacio, hacia su lado.

—¿Qué coño está haciendo ese chico allí fuera? —musitó Hobie—. ¿Cuánto se tarda en preparar un café?

Tony miró a su jefe, pero no dijo nada. Se limitó a seguir apuntando con la pistola a Curry más a menudo que a los demás. Jodie giró las manos y se apoyó en los pulgares. Le zumbaba la cabeza, le ardía. Hobie levantó la escopeta y apoyó el cañón en el sofá que tenía delante. Con la parte plana de la curva del garfio se frotó las cicatrices.

—¡Joder! Pero ¿por qué tarda tanto? ¡Vamos, vaya a echarle una mano!

Jodie se dio cuenta de que se dirigía a ella.

—¿Quién?, ¿yo?

—¡Pues claro! Por lo menos, haga usted algo útil. Al fin y al cabo, hacer el café es cosa de mujeres.

Ella dudó.

—No sé dónde está.

—¡Ya se lo enseño!

La miraba, esperando. Jodie asintió, contenta de tener la oportunidad de moverse un poco. Estiró los dedos, llevó las manos hacia atrás y se empujó contra el sofá. Se puso de pie. Se sentía débil y se tropezó con la mesa. Se golpeó en la espinilla con el borde de latón. Caminó incómoda por delante de la pistola de Tony. De tan cerca, aquella automática era enorme y aterradora. El hombre la apuntó todo el camino mientras se aproximaba a Hobie. Allí, junto a él, estaba fuera del alcance de los rayos de sol. Hobie la guio por la penumbra y maniobró con la escopeta para ponérsela debajo del brazo, cogió el pomo de la puerta y la abrió.

«Lo primero, comprobar si se abre la puerta exterior y, después, al teléfono». Eso era lo que había estado repitiéndose mientras avanzaba, ensayándolo en la cabeza. Si conseguía llegar al pasillo, quizá tuvieran una oportunidad. Si la puerta estaba cerrada, pulsaría el botón del teléfono que comunicaba con la policía. Levantaría el auricular y pulsaría el botón. Y aunque no tuviera la oportunidad de hablar con la operadora, el circuito automático les daría a los policías una ubicación. «O la puerta, o el teléfono». Ensayó cómo mirar hacia la puerta y hacia la izquierda luego, el teléfono, con un preciso movimiento de cabeza entre medio. Sin embargo, cuando llegó el momento no hizo ni lo uno ni lo otro. Hobie se quedó parado delante de ella. Ella tuvo que rodearlo y vio al tipo que había ido a hacer café.

Era un joven fornido, más bajo que Hobie y que Tony, pero muy corpulento. Llevaba un traje oscuro. Estaba tumbado boca arriba, justo delante de la puerta de la oficina. Tenía las piernas rectas y los pies abiertos hacia fuera. Su cabeza estaba apoyada sobre un montón de listines telefónicos. Tenía los ojos abiertos de par en par. Miraban hacia delante, pero no veían nada. Tenía el brazo izquierdo levantado hacia atrás y la mano descansaba con la palma hacia arriba encima de otro montón de libros, como la grotesca parodia de un saludo. El brazo derecho lo tenía recto, muy poco separado del cuerpo. La mano derecha la tenía cortada a la altura de la muñeca y estaba sobre la alfombra, a unos quince centímetros del puño de la camisa, perfectamente alineada con el brazo al que pertenecía. Jodie oyó que de la garganta de Hobie salía un sonido extraño y se volvió para mirarlo. Al hombre se le cayó la escopeta al suelo y se agarró al marco de la puerta con todas sus fuerzas. Las quemaduras seguían siendo de color rosa brillante, pero el resto de la cara estaba poniéndosele tan pálida como si hubiera visto un fantasma.

17

El nombre de Reacher, Jack, lo había elegido su padre, que era un yanqui sencillo de Nuevo Hampshire al que cualquier cosa sofisticada le producía un implacable terror. El hombre había entrado en la sala de maternidad un martes de finales de octubre, la mañana después del nacimiento, le había entregado a su esposa un pequeño ramo de flores y le había dicho: «Se llamará Jack». Sin segundo nombre. Jack Reacher, sin más. En cualquier caso, ya estaba inscrito tal cual en el registro, porque su padre había ido a ver al ordenanza de la compañía de camino a la enfermería y el oficial lo había registrado y se lo había comunicado de inmediato por télex a la embajada de Berlín. Otro ciudadano estadounidense nacido en el extranjero por ser hijo de soldado, con el nombre Jack-nada-Reacher.

Su madre no había objetado. Amaba a su esposo por su naturaleza ascética, dado que era francesa y dicha naturaleza le daba al hombre un carácter europeo que hacía que se sintiera más cómoda con él. Su madre había descubierto que, en las décadas de la posguerra, había un enorme golfo entre Estados Unidos y Europa. La riqueza y los excesos estadounidenses provocaban un incómodo contraste con el cansancio y la pobreza de Europa. Sin embargo, a su yanqui de Nuevo Hampshire no le interesaban ni la riqueza ni los excesos. No le interesaban lo más mínimo. Lo que a él le gustaba eran las cosas sencillas y ella no tenía ningún inconveniente al respecto, incluso aunque aquella sencillez se extendiera a los nombres que les ponía a sus hijos.

El hombre había llamado a su primogénito Joe. No Joseph, sino Joe a secas. Sin segundo nombre. Ella quería con locura a aquel niño, claro, pero el nombre le resultaba un poco complicado. Era muy corto y un tanto abrupto. Además, la J le resultaba un poco difícil de pronunciar. En su boca, aquella J parecía más un «Zh», como si el muchacho se llamara «Zhoe». Jack era mucho mejor, porque, con su acento francés, sonaba como «Jacques», que era un antiguo nombre de su país cuya traducción al inglés era «James». Para ella, su segundo hijo se llamaba James.

Lo curioso era que prácticamente nadie lo llamaba nunca por el nombre de pila y Reacher no sabía a qué se debía. A Joe todo el mundo le llamaba Joe, pero a él lo llamaban Reacher. Su propia madre lo hacía así y ella tampoco sabía por qué. La mujer asomaba la cabeza por alguna de las ventanas del bungaló militar en el que estuvieran viviendo y gritaba: «¡Zhoe, a comer! ¡Y trae a Reacher!», y sus dos dulces hijos llegaban corriendo a comer.

Lo mismo le había pasado en el colegio y, de hecho, su primer recuerdo tenía que ver con aquel tema. Reacher era un niño serio y sincero, y se preguntaba por qué lo llamaban así; por qué a su hermano lo llamaban por el nombre de pila primero y por el apellido después y a él se dirigían solo por el apellido. Un día, en el campo de béisbol, el dueño del bate estaba eligiendo equipo. Se dirigió a los dos hermanos: «Joe y Reacher, conmigo». Y todos los niños hacían lo mismo. Y los profesores. Lo llamaban Reacher hasta en la guardería. Y, con los años, por alguna razón, aquello había viajado con él. Igual que cualquier otro niño del ejército, había cambiado de colegio un montón de veces, y ya desde el primer día, se tratara del colegio que se tratase incluso aunque estuviera en otro continente, el profesor le gritaba: «¡Reacher, venga aquí!».

Pero se acostumbró enseguida y nunca le molestó que lo conocieran por el apellido. Era Reacher, siempre lo había sido y siempre lo sería, para todo el mundo. Cuando la primera chica con la que salió, una morena alta que se le había acercado caminando oblicuamente por timidez, le había preguntado cómo se llamaba, él le había respondido: «Reacher». Los amores de su vida siempre lo habían llamado Reacher. «Mmm... Reacher, te quiero», le susurraban al oído. Todos, incluida Jodie. Cuando él había aparecido en lo alto de las escaleras de cemento que daban al jardín de atrás de la casa de Leon, ella se había acercado, lo había mirado y le había dicho: «Hola, Reacher». Después de quince largos años, seguía sabiendo cómo llamarlo.

Sin embargo, por el móvil no lo había llamado Reacher. Él había respondido a la llamada con un «¿Sí?», y ella le había dicho: «Hola, Jack». Aquello había hecho que en su cabeza empezara a sonar una alarma. Luego le había preguntado dónde estaba con tal voz de pánico, tan tensa, que él había empezado a darle vueltas a la cabeza. Sin duda, lo llamaba por su nombre de pila porque estaba intentado decirle algo. Había tardado solo un segundo en darse cuenta. Jodie tenía algún problema. Un problema gordo, pero era digna hija de Leon, por lo que su inteligencia había encontrado la manera de transmitírselo con algo que le sonara raro desde el principio de aquella llamada de teléfono desesperada.

«Hola, Jack». Era una alerta. Una señal de combate. Así que había pestañeado una vez, había dejado el miedo a un lado y se había puesto manos a la obra. Lo primero que había hecho era mentirle. En el combate hay tres factores determinantes: el tiempo, el espacio y las fuerzas enemigas. Es como un enorme diagrama en cuatro dimensiones. El primer paso consiste en desinformar al enemigo. Hay que dejar que crea que tu diagrama tiene una forma muy diferente a la que tiene en realidad. Das por hecho que las comunicaciones tienen topos, por lo que te vales de ellos para propagar mentiras. Así obtienes ventaja.

No estaba en Saint Louis. ¿Por qué iba a estarlo? ¿Para qué

iba a volar de nuevo hasta allí teniendo en cuenta que hacía años que se había inventado el teléfono y que ya había trabado una relación profesional con el comandante Conrad? Lo había llamado desde la acera de Greenwich Avenue y le había hecho una petición. Conrad le había devuelto la llamada en tres minutos porque su pregunta estaba en la A, la sección que más cerca tenía el soldado corredor. Había escuchado lo que le contaba el comandante mientras los peatones le pasaban en una y otra dirección por la derecha y por la izquierda. El militar le leyó el archivo en voz alta y, doce minutos después, Reacher colgó, porque ya tenía toda la información que necesitaba.

Luego condujo el Lincoln por la Séptima Avenida a toda prisa y lo dejó mal aparcado en un garaje que había una manzana al norte de las Torres Gemelas. Se apresuró calle abajo, cruzó la plaza y estaba en el vestíbulo de la torre sur, ochenta y ocho pisos por debajo de ella, cuando Jodie lo llamó. Lo había pillado hablando con uno de los guardias de seguridad de recepción, que era la voz que ella había oído. Reacher se había quedado pálido, había colgado y había cogido el ascensor y subido hasta la planta ochenta y nueve. Había salido del ascensor, había respirado con fuerza y se había obligado a calmarse. «Cálmate y traza un plan». Supuso que el piso ochenta y nueve tendría la misma distribución que el ochenta y ocho. Aquel piso estaba en silencio y vacío. Alrededor del núcleo central de ascensores había unos pasillos estrechos que estaban iluminados por unos focos que había en el techo. Había puertas que daban a las diferentes oficinas. En cada puerta había una ventanilla de cristal reforzado que no estaba en el centro pero sí dispuesta a la altura de los ojos de una persona de estatura baja. Al lado de cada puerta había un timbre y una placa de metal en la que ponía el nombre de los que estaban al otro lado.

Dio con las escaleras de incendios y bajó un piso. Eran unas escaleras funcionales. Nada de finura en la decoración, solo cemento polvoriento y una barandilla de metal. Detrás de cada puerta cortafuegos había un extintor. Encima de este había una vitrina de color rojo brillante con un hacha roja en su interior. En la pared que había al lado de la vitrina había pintado en rojo un número gigantesco, el de la planta en la que se encontraban.

Salió al pasillo del piso ochenta y ocho. Estaba igual de tranquilo. Era igual de estrecho, tenía la misma iluminación, la misma disposición, las mismas puertas. Corrió en la dirección equivocada y dio toda la vuelta hasta que encontró la Compañía Fiduciaria de las Islas Caimán. La oficina tenía una puerta de roble claro con una placa de metal al lado y un timbre. Empujó la puerta muy despacio. Estaba cerrada. Se agachó y miró por la ventanilla de cristal reforzado. Vio una recepción. Luces brillantes. Decoraciones de latón y roble. Un mostrador a la derecha. Otra puerta, al fondo. Aquella puerta estaba cerrada. La recepción estaba desierta. Se agachó y miró la puerta del fondo, que estaba cerrada. Notó que el pánico se le agarraba a la garganta.

Jodie estaba allí. Detrás de aquella puerta. Lo presentía. Estaba allí, sola, prisionera, y lo necesitaba. Jodie estaba allí dentro y él debería estar allí con ella. «¡Debería haberla acompañado!». Pegó la cabeza al frío cristal y miró la puerta del fondo. Entonces oyó a Leon en su cabeza, empezando a soltar alguna de sus reglas de oro: «Si ha salido mal, no pierdas tiempo preocupándote por ello; arréglalo y ya está, ¡joder!».

Dio un paso atrás y miró a derecha e izquierda. Se puso debajo del foco que había más cerca de la puerta, se estiró y desenroscó la bombilla. El cristal caliente le quemó los dedos. Hizo un gesto de dolor, volvió a acercarse a la puerta, pero se quedó a un metro y miró de nuevo por la ventanilla. En ese momento, la recepción estaba iluminada y el pasillo, a oscuras. Él veía lo que pasaba dentro, pero a él no lo veía nadie. Desde un sitio a oscuras se ve un lugar iluminado, pero desde un lugar iluminado no se ve lo que hay en un sitio a oscuras. Es una diferencia crucial. Permaneció de pie y esperó.

La puerta del fondo se abrió y un joven fornido salió por ella y la cerró con suavidad. Un joven fornido con un traje oscuro. El joven al que había empujado por las escaleras del bar de estriptis de los Cayos. El que había disparado la Beretta en Garrison. El que se había aferrado a la puerta del Bravada. Aquel joven recorrió la recepción y desapareció de la vista. Reacher dio un paso adelante y estudió la puerta del fondo. Permanecía cerrada. Llamó con suavidad a la puerta de entrada. El joven fornido se acercó a la ventanilla y miró hacia fuera. Reacher se puso recto, se volvió para que su chaqueta marrón llenara todo el campo de visión del otro y dijo suavemente:

—UPS.

Aquel era un edificio de oficinas, el pasillo estaba oscuro y Reacher llevaba una chaqueta marrón, así que el joven fornido abrió la puerta. Reacher acompañó el giro de esta y lanzó su mano para coger al del traje oscuro por el cuello. Si uno lo hace lo bastante rápido y con suficiente fuerza, aturde a la víctima antes de que pueda emitir ni un solo sonido. Luego se le clava los dedos en la garganta y así se impide que caiga. El joven pesaba como un plomo, pero Reacher lo arrastró por el pasillo hasta la puerta de incendios y lo tiró de espaldas contra la caja de la escalera. El joven rebotó, se golpeó con la pared más alejada y cayó al suelo mientras su garganta emitía un leve sonido rasposo.

—Es hora de elegir —susurró—. O me ayudas, o te mato.

Ante esas dos opciones, solo hay una elección sensata, pero no fue la que eligió el joven fornido, que se puso de rodillas e hizo ademán de que iba a darle problemas. Reacher le pegó en lo alto de la cabeza un golpe seco lo bastante fuerte como para que lo sintiera en las vértebras del cuello y le repitió las alternativas:

—O me ayudas, o te mato.

El joven fornido negó con la cabeza para dejarlo más claro todavía y se lanzó contra Reacher, que volvió a oír a Leon: «Pregúntalo una vez, pregúntalo dos veces si lo consideras necesario, pero, por el amor de Dios, ¡no lo preguntes tres veces!». Reacher le pegó una patada en el pecho, lo tiró hacia atrás, lo cogió de un antebrazo y se lo dobló por la espalda, hasta los hombros, lo agarró por la mandíbula con la otra mano, tiró con fuerza y le rompió el cuello.

Uno menos, aunque no había podido sacarle nada de información y, en un combate, la información es vital. Su instinto seguía diciéndole que aquella era una operación pequeña, pero una operación podía considerarse pequeña con dos, tres o incluso cinco efectivos, y había mucha diferencia entre enfrentarse a ciegas a dos oponentes, a tres o a cinco. Hizo una pausa y miró el hacha que había en la vitrina roja. En un combate, lo segundo mejor después de la información es algo que distraiga la atención del enemigo. Algo que lo inquiete y lo ponga nervioso. Algo que consiga que se pare a pensar.

Cogió el hacha e intentó hacer el menor ruido posible. Luego, comprobó que en el pasillo no hubiera nadie antes de arrastrar el cadáver de vuelta a la oficina. Abrió la puerta sin hacer ruido y colocó al joven fornido en el suelo, en medio de la recepción. A continuación, cerró la puerta y se agachó detrás del mostrador de recepción. Era de esos que llegan a la altura del pecho y medía algo más de tres metros de largo. Se tumbó, sacó la Steyr con silenciador del bolsillo de la chaqueta y se dispuso a esperar.

Resultó una espera larga. Aunque estaba encima de una alfombra, su tejido era fino, por lo que sentía el inflexible cemento por debajo de ella, un cemento al que daban vida las vibraciones que producía un bullicioso edificio laboral como aquel. Sentía el estremecimiento grave de los ascensores, deteniéndose y reanudando la marcha. Sentía el hormigueo de la tensión de sus cables. Oía el zumbido del aire acondicionado y el estremecimiento del viento. Ancló la punta de los pies a la resistencia que ofrecía el pelo de la alfombra y dobló un poco las piernas, preparado para la acción.

Notó los pasos un segundo antes de oír el pestillo. Sabía que la puerta del fondo se había abierto porque percibió un cambio en la acústica de la habitación. La recepción acababa de quedar, de pronto, abierta a un espacio mucho más amplio. Oyó cuatro pies en la alfombra y cómo se detenían, que era justo lo que sabía que harían. Esperó. Por experiencia propia, si uno le presenta a alguien una escena impactante, tardará tres segundos en producirle el efecto máximo. La ve, la mira, su cerebro la rechaza, los ojos vuelven a mirarla y, entonces, se le cae el alma a los pies. Tres segundos de principio a fin. Contó mentalmente: «Uno, dos, tres», y se asomó por la base del mostrador con el largo silenciador negro de la Steyr por delante. Sacó los brazos, sacó los hombros, sacó los ojos.

Lo que vio era desastroso. Al hombre del garfio y la cara quemada se le caía un arma, boqueaba y se aferraba con fuerza al marco de la puerta del fondo. Era desastroso porque el tipo se encontraba en el lado malo de Jodie. En el alejado. Estaba a la derecha de la joven y el mostrador de recepción lo tenía Jodie a la izquierda. Reacher la tenía a ella treinta centímetros más cerca que a él. Ella era mucho más bajita que el otro, pero Reacher estaba en el suelo, así que tenía un ángulo ascendente que ponía la cabeza de la joven justo delante de la del hombre del garfio. Reacher no veía con claridad el objetivo, porque Jodie estaba en medio.

De la garganta del hombre del garfio y la cicatriz en la cara, que, igual que Jodie, seguía mirando al suelo, salían unos ruidos extraños. Entonces, detrás de ellos, en el quicio de la puerta, apareció un segundo tipo. Era el conductor de la Suburban. Se detuvo a la altura del hombro de Jodie y miró lo que miraban los otros dos. Llevaba una Beretta en la mano derecha. Cuando vio lo que había en el suelo, apartó a Jodie para pasar. La dejó atrás. Se alejó un metro de ella. Estaba en campo abierto.

Reacher apretó el gatillo. Seis kilos de presión y el silenciador soltó un ruido fuerte instantes antes de que la cara del conductor de la Suburban saltase por los aires. Recibió la bala de nueve milímetros justo en el centro de la cara, que explotó. Sangre y hueso contra el techo y contra la pared que tenía detrás. Jodie se quedó de piedra, igual que el hombre del garfio. Sin embargo, el hombre del garfio era muy rápido. Mucho más de lo que debería haber sido para tratarse de un tullido de cincuenta y tantos años. El hombre se agachó y recogió la escopeta del suelo con la mano. Se volvió y pasó el brazo derecho alrededor de la cintura de Jodie. El instrumento de acero resplandecía recortado contra el traje negro carbón de ella. Se la estaba llevando incluso antes de que el conductor de la Suburban llegara al suelo. La sujetó con fuerza, la levantó y se retiró con ella. El estallido de la Steyr aún resonaba en la recepción.

—¿Cuántos son? —gritó Reacher.

Digna hija de Leon:

—¡Dos bajas, queda uno!

Así que el hombre del garfio era el único que quedaba, pero ya estaba maniobrando con la escopeta. Describió un arco con ella y aprovechó la inercia para cargarla. Reacher estaba medio expuesto, al salir a gatas de detrás del mostrador. El hombre del garfio tenía una oportunidad mínima, pero la aprovechó. Disparó bajo. El arma soltó un fogonazo y tronó, y el mostrador de recepción quedó reducido a astillas. Reacher agachó la cabeza, pero las puntiagudas agujas de madera, el metal y los perdigones perdidos le alcanzaron en el lateral de la cara, desde la frente hasta la mejilla, como si acabaran de golpearlo con un mazo. Sintió la presión sorda y los pinchazos agonizantes que produce una herida grave. Como si se hubiera caído por una ventana y se hubiera golpeado contra el suelo con la cara por delante. Aturdido, rodó sobre sí mismo y vio al hombre del garfio llevándose a Jodie hacia atrás, cruzando la puerta del fondo, cargando de nuevo la escopeta con ayuda del peso del arma. Reacher no oía muy bien y estaba inmóvil, apoyado contra la pared, mientras la boca de la escopeta lo buscaba. Sentía frío en la frente. Un dolor terrible. Levantó la Steyr. El silenciador apuntó a Jodie. Reacher lo movió un poco a la derecha, un poco a la izquierda. Seguía apuntando a Jodie. El hombre se encogía detrás de ella, y ya estaba estirando el brazo derecho para apuntar con la escopeta. Su dedo empezó a tirar del gatillo. Reacher estaba contra la pared y no podía moverse. Miró a Jodie para fijar su rostro en su cabeza antes de morir. Entonces, como salida de la nada, detrás de Jodie apareció una mujer rubia que empujó con todas sus fuerzas al hombre del garfio y lo desequilibró. El hombre trastabilló, se volvió y atizó a la mujer con la culata. Reacher alcanzó a ver un vestido rosa mientras la mujer caía al suelo.

Luego la escopeta volvió a girar hacia él, pero Jodie se revolvió e intentó zafarse del brazo del hombre del garfio. Le pegó patadas y lo pisó. El hombre del garfio se tambaleó por efecto de la energía con la que lo movía Jodie. El hombre se resbaló, dio un paso adelante hacia la recepción, se tropezó con las piernas del conductor de la Suburban y se cayó al suelo con Jodie. A media caída, la escopeta se disparó, pero lo hizo contra el cadáver del conductor de la Suburban. Se oyó un sonido atronador, empezó a salir humo y Reacher vio el repulsivo rocío de sangre y tejido muerto. El hombre del garfio cayó de rodillas, y Reacher lo siguió con la Steyr. El hombre tiró la escopeta y metió la mano en el bolsillo de la chaqueta, rebuscó y sacó un brillante revólver de cañón corto. Lo amartilló con un clic atronador. Jodie se revolvía a derecha e izquierda para librarse del brazo del garfio. A derecha e izquierda. A derecha e izquierda. Con furia. Sin un patrón. Reacher seguía sin tener un disparo claro. Notaba cómo le entraba sangre en el ojo izquierdo. Le latía con fuerza la frente; le sangraba. Cerró el ojo inútil y entrecerró el otro. El hombre del garfio le puso el brillante revólver a Jodie en el costado. Ella pegó un grito de sorpresa y dejó de moverse. El manco asomó la cara por detrás de ella. Sonreía como un salvaje.

—¡Tira el arma, gilipollas! —ordenó entre resuello y resuello.

Reacher continuó apuntándolo con la Steyr. Un ojo entrecerrado, el otro cerrado del todo, con pinchazos de dolor en la cabeza, con el silenciador apuntando a la sonrisa distorsionada del hombre del garfio.

—¡Dispararé! —gruño el hombre.

—Entonces yo te dispararé a ti. Si ella muere, tú también.

El hombre del garfio se quedó mirando con atención a Reacher. Luego asintió y dijo:

—Tablas.

Reacher asintió a su vez. Eso parecía. Sacudió la cabeza para aclarar las ideas. Sin embargo, no consiguió sino empeorar el dolor. Un callejón sin salida. Aunque consiguiera ser el primero en disparar, el hombre del garfio podría apretar el gatillo. Con el dedo tenso sobre este y la pistola presionando con tanta fuerza el costado de Jodie, el pulso de la muerte podría ser suficiente para disparar el arma. El riesgo era demasiado grande. Siguió apuntándolo con la Steyr y se levantó despacio. Se sacó el faldón de la camisa y se limpió la cara con él, pero sin dejar de apuntar con el ojo entrecerrado. El hombre del garfio respiró hondo y también se puso de pie. Aupó a Jodie con él. La joven intentó liberarse de la presión del cañón, pero el hombre se lo impidió con el brazo derecho: giró el codo hacia delante, el garfio pivotó y la punta se le clavó a la joven en la cintura.

—Tenemos que hacer un trato.

Reacher siguió limpiándose el ojo y no respondió. Le zumbaba la cabeza de dolor. Le zumbaba y gritaba. Empezaba a darse cuenta de que tenía un problema serio.

—Tenemos que hacer un trato —repitió el hombre del garfio.

—No hay trato.

El hombre giró el garfio un poco más y apretó el revólver un poco más. Jodie suspiró. Era un Smith and Wesson. Un modelo 60. Cañón de cinco centímetros, acero inoxidable, calibre 38, cinco balas en el tambor. El tipo de arma que una mujer lleva en el bolso o que un hombre esconde en el cuerpo. El arma tenía un cañón tan corto y el del garfio se lo estaba clavando con tanta fuerza a Jodie que solo se veían los nudillos blancos del hombre contra el cuerpo de ella, que colgaba contra la presión del brazo de él. Le caía el pelo por la cara. Miró a Reacher. Era la mirada más amorosa que Reacher había sentido en su vida.

—¡A Victor Hobie nadie le rechaza un trato! —rugió el hombre.

Reacher se enfrentó al dolor y mantuvo la Steyr apuntándolo, solo que había pasado a hacerlo a la frente, justo donde las cicatrices rosas se encontraban con la piel gris.

—Tú no eres Victor Hobie. Tú eres Carl Allen, y eres un mierda.

Silencio. El dolor martilleaba la cabeza de Reacher. Jodie lo miraba con intensidad. Sus ojos eran todo preguntas.

—Tú no eres Victor Hobie —repitió Reacher—. Tú eres Carl Allen.

El nombre quedó flotando en el aire y dio la impresión de que el hombre del garfio intentaba apartarse de él. Arrastró a Jodie, pasó por encima del cadáver del joven fornido del traje oscuro y fue girando a la joven para que estuviera siempre entre Reacher y él. Por fin, cruzó de espaldas la puerta del fondo y entró en el despacho en penumbra. Reacher lo seguía con paso vacilante pero sin dejar de apuntarle con la Steyr. En el despacho había más gente. Reacher vio unas ventanas por las que apenas entraba luz, mobiliario de salón y tres personas: la rubia del vestido de seda rosa y dos hombres vestidos con traje. Todos lo miraban. Miraban su arma, el silenciador, su frente y la sangre que le manchaba la camisa. Se reagruparon como autómatas y se retiraron hacia un cuadrado formado por unos sofás. Los sortearon y se sentaron frente a la mesa de cristal que había en el centro, se inclinaron y apoyaron las manos en la mesa. Seis manos en la mesa, tres caras que lo miraban con expresión de esperanza, de miedo, de asombro.

—Te equivocas —dijo el hombre del garfio.

Siguió retirándose con Jodie. Lo hizo describiendo un círculo amplio hasta que llegó al sofá más alejado de la puerta. Reacher avanzaba con ellos y se detuvo en el sofá de enfrente. Apuntaba al del garfio por encima de la cabeza de las tres personas que se encogían de miedo con las manos sobre la mesa de centro. La sangre que le goteaba de la mejilla caía sobre el respaldo del sofá.

—No, no me equivoco. Eres Carl Allen. Naciste el 18 de abril de 1949 en el sur de Boston, en un barrio arbolado de las afueras. Una familia normal, pequeña, que no iba a ninguna parte. Te reclutaron en el verano de 1968. Te clasificaron como «soldado raso con habilidad inferior a la media en todos los campos». Te enviaron a Vietnam como soldado de infantería. Un machaca, un humilde soldadito de a pie. La guerra cambia a las personas y, cuando llegaste allí, te convertiste en todo un cabrón. Empezaste a hacer chanchullos. Comprabas y vendías, comerciabas con drogas y con niñas, con lo que fuera que cayera en tus sucias manos. Entonces, empezaste a prestar dinero. Te volviste sanguinario. Comprabas y vendías favores. Viviste como un rey durante mucho tiempo. Pero, entonces, alguien se enteró y te sacó de esa comodidad con la que vivías y te envió al frente. A la selva. A la guerra de verdad. En una unidad dura, con un oficial duro que te llevaba recto como una vela. Eso te tocaba los huevos y, en la primera oportunidad que se te presentó, lo hiciste volar por los aires con una granada. Y después al sargento. Pero la unidad te entregó. Eso es inusual. No les gustabas, ¿verdad? Es probable que te debieran dinero. Dieron el aviso y dos policías militares, Gunston y Zabrinski, fueron a buscarte. ¿Quieres negar algo de lo que he dicho?

El hombre del garfio no dijo nada. Reacher tragó saliva. Le dolía muchísimo la cabeza. Sentía un dolor muy profundo, que iba más allá de las heridas superficiales. El dolor atroz de las heridas graves.

—Llegaron en un Huey. Lo pilotaba un muchacho muy majo

que se apellidaba Kaplan. Al día siguiente volvió Kaplan, pero esa vez como copiloto de Victor Hobie, un as de los cielos. Gunston y Zabrinski te tenían preparado y los esperabais en tierra. Pero al Huey de Hobie lo alcanzaron durante el despegue. Cayó seis kilómetros y medio más allá. Hobie murió, junto con Kaplan, Gunston, Zabrinski y los otros tres miembros de la tripulación: Bamford, Tardelli y Soper. Pero tú sobreviviste. Estabas quemado y habías perdido una mano, pero estabas vivo. Y ese cerebro de cabrón que tienes seguía tramando maldades. Te cambiaste las placas identificativas con el soldado que tenías más cerca, que resultó ser Victor Hobie. Luego te alejaste a gatas con sus placas en el cuello. A él le habías puesto las tuyas. Justo en ese momento, Carl Allen y su pasado criminal dejaron de existir. Conseguiste llegar a un hospital de campaña, donde pensaron que estaban tratando a Hobie. Fue ese nombre, Victor Hobie, el que escribieron en sus registros. Luego mataste al ordenanza y huiste. Gritaste: «¡No pienso volver!» porque sabías que, en cuanto te vieran, los de las Fuerzas Aéreas sabrían que no eras Hobie. Descubrirían quién eras y volverías a estar hasta el cuello de mierda. Así que desapareciste. Una nueva vida, un nombre nuevo. La pizarra limpia. ¿Quieres negar algo de lo que he dicho?

Allen agarró con más fuerza a Jodie.

—¡Todo eso es mentira!

Reacher sacudió la cabeza. Sintió un destello de dolor en el ojo, como el flash de una cámara.

—No, todo es verdad. Nash Newman acaba de identificar el cadáver de Victor Hobie. Está en un ataúd, en Hawái, con tus placas de identificación alrededor del cuello.

—¡Mentira!

—Lo ha sabido por los dientes. Los señores Hobie, los padres de Victor, enviaron a su chaval al dentista treinta y cinco veces para que tuviera los dientes perfectos. Newman dice que las pruebas son irrefutables. Ha pasado casi una hora con las radiografías, programando el ordenador. Entonces, ha reconocido el cráneo mientras pasaba junto a tu ataúd. Una coincidencia total.

Allen permaneció en silencio.

—Te ha salido bien durante treinta años, hasta que esos dos pobres padres dieron, por casualidad, con alguien que quería hacerles caso y que decidió investigar. Ahora ya no te va a funcionar nunca más, porque vas a responder ante mí.

Allen esbozó una sonrisa desdeñosa. Una sonrisa que afeó su lado bueno de la cara tanto como el que tenía desfigurado por las cicatrices del fuego.

—¿Y por qué iba a responder ante ti?

Reacher parpadeó porque le molestaba la sangre sobre el ojo, pero no dejó de apuntar firmemente con la Steyr.

—Por muchas razones. La primera, porque soy el representante de mucha gente. Represento a Victor Truman Hobie, por ejemplo. Era un héroe, pero, por tu culpa, lo registraron como desertor y asesino. Sus padres llevan treinta largos años sufriendo lo indecible. A ellos también los represento. Y a Gunston y a Zabrinski también los represento. Ambos eran tenientes de la Policía Militar. Tenían veinticuatro años. Con veinticuatro años, yo también era teniente de la Policía Militar. Murieron por las maldades que tú habías cometido. Por eso vas a responder ante mí, Allen, porque soy todos y cada uno de ellos. La escoria como tú hace que gente como yo muera.

Allen lo miraba sin expresión. Se cambió de lado el peso de Jodie para seguir teniéndola justo delante de él. Giró más el garfio y le clavó la pistola con más fuerza. Asintió. Un asentimiento ligerísimo.

—Vale, yo era Carl Allen. Lo admito, chico listo. Yo era Carl Allen, pero eso se acabó. Luego pasé a ser Victor Hobie. Y he sido Victor Hobie durante mucho más tiempo del que fui Carl Allen, aunque supongo que eso también ha acabado. Así que ahora voy a ser Jack Reacher.

—¿Qué?

—Eso es lo que tú tienes y es lo que yo quiero. Ese es el trato que vamos a hacer a cambio de la vida de esta chica.

—¿Qué?

—Quiero tu identidad —dijo Allen—. Quiero tu nombre.

Reacher se quedó mirándolo sin decir nada.

—Eres un vagabundo. No tienes familia. Nadie va a echarte de menos.

—Y después ¿qué?

—Después te mato. No puede haber por ahí dos personas con el mismo nombre, ¿no te parece? Es un trato justo. Tu vida por la de ella.

Jodie lo observaba atenta. Esperando.

—No hay trato.

—Pues le pego un tiro —advirtió Allen.

Reacher negó con la cabeza. El dolor que sentía era espantoso. Se hacía cada vez más fuerte y empezaba a extendérsele a ambos ojos.

—No se lo vas a pegar. Piénsalo bien, Allen. Piensa en ti. Eres un mierda egoísta. Para ti, siempre eres el número uno. Si le pegas un tiro, yo te pego otro a ti. Te tengo a tres metros y medio. Te estoy apuntando a la cabeza. Si aprietas el gatillo, yo también lo haré. Ella muere, pero tú mueres una centésima de segundo después. Y tampoco vas a dispararme a mí porque, en cuanto intentes apuntarme, ya te habré matado. Piénsalo. Tablas.

Le mantuvo la mirada a pesar del dolor y de la penumbra. El clásico punto muerto. Pero en su análisis había un problema. Un defecto importante. Y era consciente de ello. Nada más darse cuenta, sintió un frío destello de pánico. Allen se dio cuenta en el mismo instante y su gesto pasó a ser de complacencia.

—Estás haciendo mal los cálculos —le dijo—. Te estás dejando un detalle importante en el tintero.

Reacher no respondió.

—Sí, ahora mismo estamos en tablas, lo admito. Y sería así para siempre mientras siguiéramos ambos de pie. Ahora bien, ¿cuánto tiempo vas a seguir tú de pie?

Reacher tragó saliva. El dolor era atroz. Lo martilleaba.

—Seguiré de pie el tiempo que haga falta. Tengo todo el tiempo del mundo. Como bien has dicho, soy un vagabundo, así que no voy a llegar tarde a ninguna reunión.

Allen sonrió.

—Eres muy valiente, pero estás sangrando por la cabeza, no sé si lo sabías. Tienes un pedazo de metal clavado en la cabeza. Lo veo desde aquí.

Jodie asintió desesperada, despavorida.

—Míralo tú, detective, y díselo —ordenó Allen.

Uno de los dos hombres de traje que estaba sentado en el sofá por debajo de la Steyr giró la cara. Se mantuvo apartado del arma de Reacher y estiró el cuello. Nada más verlo, esbozó un gesto de horror.

—Es un clavo —dijo—. Tiene usted un clavo en la cabeza.

—Del mostrador de recepción —apuntó Allen.

El detective llamado Curry volvió a girar la cara y se inclinó, y Reacher se dio cuenta de que era verdad. Nada más oírlo, en cuanto se lo corroboraron, el dolor se redobló, se cuadruplicó, explotó. Era una agonía perforante centrada en la frente, a menos de tres centímetros del ojo. La adrenalina había enmascarado el dolor durante mucho rato, pero los efectos de la adrenalina no duran para siempre. Se obligó a no pensar en la herida. Se empleó a fondo, pero ni con toda su voluntad fue suficiente. El dolor seguía ahí. Un dolor malo, puntiagudo, que le provocaba náuseas, que atronaba en su cabeza, que latía, que le relampagueaba en el ojo izquierdo. La sangre le había empapado la camisa hasta la cintura. Parpadeó. No veía nada con el ojo izquierdo. Solo sangre. Sangre que le corría por el cuello hasta el brazo izquierdo.

—Estoy bien. Que nadie se preocupe por mí.

—Muy valiente —dijo Allen—, pero es evidente que te duele y que estás perdiendo mucha sangre. No vas a aguantar más que yo, Reacher. Te crees muy duro, pero eres mantequilla a mi lado. Yo salí arrastrándome de un helicóptero accidentado, sin mano. Con arterias cortadas. Quemándome. En ese estado, sobreviví tres semanas en la jungla. Luego, conseguí regresar a casa. He convivido con el peligro treinta años. Aquí el tipo duro soy yo. De hecho, soy el tipo más duro del mundo. Tanto en lo mental como en lo físico. No conseguirías aguantar más que yo aunque no tuvieras el puto clavo en la cabeza, así que deja de engañarte, ¿quieres?

Jodie lo miraba. Su pelo era puro oro iluminado por aquella luz difusa que entraba por las lamas de las cortinas. Le caía por la cara, aunque sin taparle los ojos. Reacher le veía los ojos. La boca. La curva del cuello. Su cuerpo, delgado pero fuerte, tenso contra el brazo de Allen. El garfio, brillando frente a su traje negro carbón. El dolor le martilleaba la cabeza. Sentía la camisa empapada por el sudor, pegándosele a la piel. Tenía sangre en los labios. En la boca. Sabía metálica, como si fuera aluminio. Empezaba a sentir los primeros temblores en el hombro, si bien leves aún. Empezaba a pesarle la Steyr.

—Además, estoy muy motivado —continuó Allen—. He trabajado muy duro para conseguir lo que tengo y no pienso renunciar a ello. Además de un superviviente, soy un genio. ¿De verdad piensas que voy a permitir que me arrebates lo que tengo? ¿Crees que eres el primero que lo intenta?

El dolor llevó a Reacher a balancearse un poco.

—Venga, vamos a subir la apuesta —propuso Allen.

Levantó a Jodie con toda la fuerza que tenía en el brazo derecho y le clavó la pistola con tantísima saña en el costado que ella se dobló de dolor. La situó de tal manera que él quedaba totalmente escondido detrás de ella. Luego movió el brazo derecho, el garfio. Pasó de aplastarle la cintura a aplastarle los pechos. Jodie resolló de dolor. El hombre siguió moviendo el brazo hasta describir un ángulo abierto, continuó aplastando a la joven y le apoyó el garfio en la cara. Entonces, giró el codo y la punta del garfio se hundió en la mejilla de Jodie.

—Podría rajarle la cara. Seguirías sin poder hacer nada; pero, además, te sentirías peor. Y la tensión agudiza el dolor, ¿verdad? Ya no piensas con tanta claridad, ¿eh? Dentro de poco te desmayarás. Te caerás y, en ese momento, te lo aseguro, ya no habrá tablas.

Reacher se estremeció. Y no por el dolor, sino porque sabía que Allen tenía razón. Se sentía las rodillas. Estaban allí y eran fuertes. Pero una persona sana no se nota las rodillas. Son parte de él. Sentir cómo sujetaban con valentía sus ciento quince kilos significaba que pronto cederían. Era una advertencia temprana.

—Vas a caer, Reacher. Estás temblando, ¿lo sabes? Estás empezando a dejarnos. En un par de minutos me acercaré a ti con toda tranquilidad y te pegaré un tiro en la cabeza. Y, entonces, tendrás todo el tiempo del mundo.

Reacher volvió a estremecerse y decidió analizar la situación. Le costaba pensar. Estaba mareado. Tenía una herida abierta en la cabeza. El clavo le había traspasado el cráneo. Nash Newman apareció en su cabeza, sujetando huesos en un aula. Cabía la posibilidad de que Nash explicara ese caso dentro de unos años: «Un objeto puntiagudo penetró en el lóbulo frontal... aquí... y pinchó las meninges, que fue lo que causó la hemorragia». Le temblaba la mano de la Steyr. Entonces apareció Leon con el ceño fruncido y le musitó: «Si el plan A no funciona, pon en marcha el plan B».

A continuación, se le presentó el comisario de Louisiana, el de años atrás, en otra vida, y empezó a hablarle de los revólveres del calibre 38: «No puedes confiar en que abatan a un tío que viene hacia ti hasta las cejas de cocaína». Reacher vio la cara de decepción del tipo. «No puedes confiar en que abatan a un tío que viene hacia ti hasta las cejas de cocaína». Y con una 38 de cañón corto, menos aún. Es complicado acertarle a un objetivo con una pistola de cañón corto. Además, tener que sujetar con el otro brazo a una mujer con la que pretendías escudarte lo hacía aún más complicado. «Aunque, como Jodie se mueva mucho, esa bala podría acabar dándome de lleno por accidente». La cabeza le daba vueltas. En aquel instante sentía como si se la estuviera taladrando un gigante con un martillo neumático. Empezaba a quedarse sin fuerzas. Tenía el ojo derecho bien abierto y notaba que se le secaba, que le picaba, como si le hubieran metido agujas. «Puede que me queden cinco minutos. Luego, se acabó». Estaba en un coche alquilado, con Jodie. Volvían del Jardín Botánico. Él hablaba. En el coche hacía calor. Sol y cristal. Él decía: «Es la base de toda estafa, ¿no crees? Le dices a la gente lo que quiere oír». La Steyr le tembló un poco en la mano y pensó: «Vale, Leon, este es el plan B, a ver qué te parece».

Se le doblaron las rodillas y se balanceó. Volvió a ponerse recto y apuntó con la Steyr al único fino filo de cabeza que se le veía a Allen. El silenciador describió un círculo. Un círculo pequeño al principio, mayor a medida que el peso del arma superaba el control que era capaz de ejercer el hombro. Reacher tosió y escupió sangre con ayuda de la lengua. La Steyr descendió. Vio que lo que tenía delante se caía, como si una persona muy fuerte tirara de ello. Intentó enderezarlo, pero no pudo. Se obligó a levantar la mano, pero esta se movió hacia un lado como si una fuerza invisible la apartara. Sus rodillas volvieron a ceder y Reacher se puso de nuevo de pie como si le hubiera dado un espasmo. La Steyr estaba a kilómetros de distancia. Colgaba a la derecha. Apuntaba al escritorio. Reacher tenía el codo como aprisionado por el peso de su cuerpo y se le doblaba el brazo. «Allen está moviendo la mano». Observó el movimiento de su rival con un solo ojo y se preguntó: «¿Me hará lo que siento por Jodie tan imparable como si fuera hasta las cejas de cocaína?». El corto cañón de la 38 se liberó de un pliegue de la ropa de Jodie. Se liberó, después, de la chaqueta. «¿Lo conseguiré?». Sus rodillas no respondían ya y empezó a temblar. «Espera. Tú espera». Allen adelantó la mano. Reacher vio el movimiento. Un movimiento muy rápido. Vio el agujero negro del cañón de acero inoxidable. «Ya no la apunta a ella». Jodie bajó la cabeza y Reacher apuntó rápido con la Steyr y tuvo un blanco bastante bueno antes de que Allen disparara. Cinco centímetros. Nada más. Cinco centímetros de nada. «He sido rápido, pero no lo suficiente». Reacher vio cómo el martillo del 38 salía despedido hacia delante y, de inmediato, una brillante llama que florecía desde el interior del cañón y un tren de carga que lo alcanzaba en el pecho. El rugido del disparo se perdió por completo debido al tremendo impacto de la bala. Sintió como si lo golpearan con un martillo del tamaño de un planeta. Le acertó, estalló y lo ensordeció desde dentro. No sentía dolor. No sentía ni un gramo de dolor. Solo sentía un gran entumecimiento frío en el pecho y el silencio que produce un gran vacío, la calma en su cabeza. Se esforzó por pensar durante una décima de segundo, por mantenerse firme, de pie, con el ojo abierto el tiempo suficiente para concentrarse en la nube de hollín que salía del silenciador de la Steyr. Luego movió el ojo imperceptiblemente y vio cómo la cabeza de Allen reventaba a tres metros y medio de distancia de donde estaba él. Hubo una explosión de sangre y hueso, una nube de casi un metro de diámetro que se expandió como una bruma. «¿Estará muerto ya?». Cuando oyó que se respondía a sí mismo: «Debe de estarlo, sí», se dejó caer, cerró el ojo y se derrumbó hacia atrás sumido en una oscuridad silenciosa, perfecta, tranquila, que continuaba en todas las direcciones y no tenía final.

18

Sabía que se estaba muriendo porque no dejaban de acercársele caras y todas ellas las reconocía. Venían como parte de un ancho cauce sin final, de una en una, de dos en dos, y no había ninguna que le resultase extraña. Había oído que sería así. Se suponía que la vida te pasaba por delante a toda velocidad. Todo el mundo lo decía. Y a él era eso lo que le estaba sucediendo, así que se estaba muriendo.

Supuso que todo acabaría cuando dejara de ver caras. Se preguntó cuál sería la última. Tenía una serie de candidatos. Se preguntaba quién elegiría el orden. ¿Quién lo decidiría? Le molestó un poco que él no hubiera podido decir nada al respecto. Y luego, ¿qué? Cuando la última cara se hubiera ido, ¿qué?

Pero había algo que iba muy mal, porque, de pronto, se le acercó una cara que no conocía. Fue entonces cuando se dio cuenta de que era el ejército el que estaba a cargo del desfile. No podía ser de otro modo. Solo el ejército podía incluir por error a alguien que no hubiera visto en la vida, un completo extraño en el sitio equivocado y en el momento equivocado. Supuso que era normal. Al fin y al cabo, había pasado casi toda la vida bajo el control del ejército. Le pareció que era de lo más normal que fueran ellos los que se hicieran cargo de organizar su partida. Además, un error era tolerable. Normal, incluso aceptable, teniendo en cuenta que se trataba del ejército.

Pero el dueño de aquella cara estaba tocándolo. Le pegaba.

Le hacía daño. De pronto, se dio cuenta de que el desfile había acabado justo antes de que llegara aquel tipo. Entonces aquel tipo no debía de formar parte del desfile, debía de venir por detrás. Puede que estuviera allí para ponerle fin al asunto. Sí, claro, tenía que ser eso. Aquel tipo había llegado para asegurarse de que moría en el horario previsto. El desfile había terminado y el ejército no podía permitir que sobreviviera. ¿Para qué iban a tomarse las molestias de hacerlo pasar por todo aquello y después dejar que sobreviviera? Eso no estaría bien. Nada bien. De hecho, sería un fallo muy grave en el procedimiento. Intentó recordar a quién había visto antes de a aquel tipo. La penúltima cara, que, en realidad, había sido la última. No lo recordaba. No había prestado atención. Se dejó ir y murió sin recordar la última cara que había desfilado por delante de él.

Estaba muerto, pero seguía pensando. ¿Estaría eso bien? ¿Sería así la otra vida? Menudo infierno. Había pasado casi treinta y nueve años dando por hecho que no existía la otra vida. Algunas personas se mostraban de acuerdo con él; otras, se lo rebatían. En cualquier caso, él siempre había estado convencido. Sin embargo, resultaba que había aparecido de lleno en ella. Seguro que no tardaría en llegar alguien que le soltara con tono burlón: «¡Te lo dije!». Desde luego, él lo haría si la situación fuera al revés. No iba a permitir que nadie se librara de que le restregase por la cara lo equivocado que había estado. Como poco, le daría un codazo amistoso en las costillas.

De pronto, vio a Jodie Garber. Seguro que era ella la que se lo soltaba. No, eso no era posible. No estaba muerta. Seguro que, en la otra vida, solo podía chillarte otro muerto. Sería imposible que un vivo lo hiciera. Eso era evidente. Las personas vivas no estaban en la otra vida. Y Jodie Garber era una persona viva. Se había asegurado de ello. Aquella había sido, de hecho, la cuestión. Además, tenía bastante claro que jamás había hablado de la otra vida con Jodie Garber. ¿O sí? Puede que hubieran hablado del tema hacía muchos años, cuando ella era una cría. Desde luego, aquella era Jodie Garber. Y estaba a punto de hablarle. Se sentó delante de él y se puso el pelo por detrás de las orejas. Un pelo largo y rubio, unas orejas pequeñas.

—Hola, Reacher.

Era su voz. De eso, no le cabía duda. No había margen de error. Así que quizá estuviera muerta. Puede que hubiera tenido un accidente de tráfico. Eso sería una ironía trágica. Puede que, mientras la joven volvía a casa desde el World Trade Center, la hubiera atropellado una camioneta que iba a toda velocidad por el sur de Broadway.

—Hola, Jodie.

Le sonrió. Había comunicación. Vaya, así que estaba muerta. Solo un muerto puede oír a otro muerto. Seguro. Aunque prefería cerciorarse.

—¿Dónde estamos?

—En el St. Vincent.

De san Pedro había oído hablar. Al parecer, era el tipo que te esperaba en la puerta del cielo. Había visto imágenes. Bueno, imágenes no, ilustraciones. Era un anciano con una túnica. Con barba. Estaba detrás de un facistol y te preguntaba qué te hacía pensar que merecías entrar en el cielo. Sin embargo, no recordaba que san Pedro le hubiera hecho ninguna pregunta. Quizá se la hiciera más tarde. Puede que tuvieras que salir e intentar entrar de nuevo.

En cualquier caso, ¿quién era el tal san Vincent? Quizá fuera el encargado del sitio en el que tenías que quedarse uno esperando a que san Pedro reclamara su presencia para hacerle la pregunta, como un campo de entrenamiento militar. Puede que el bueno de san Vincent fuera el que dirigiera el equivalente al fuerte Dix. Bueno, pues bien, no le suponía ningún problema.

En el campo de entrenamiento se había salido. De hecho, era lo que más fácil le había parecido de todo. Podría repetirlo sin problemas. Aunque, a decir verdad, le fastidiaba un poco. ¡Por el amor de Dios, que era comandante cuando lo habían licenciado! Tenía una estrella. Medallas. ¿Por qué narices tenía que hacer otra vez el entrenamiento básico?

¿Y por qué estaba allí Jodie? Se suponía que estaba viva. Se dio cuenta de que tenía la mano izquierda cerrada con fuerza. Estaba muy muy enfadado. Si le había salvado la vida porque la amaba, ¿cómo era posible que estuviera muerta? ¿Qué coño estaba pasando? Intentó ponerse de pie. Algo lo retenía. Pero ¿qué mierda...? ¡O le explicaban un par de cosas de inmediato o iba a empezar a chocar cabezas!

—Relájate —dijo Jodie.

—¡Quiero ver a san Vincent ahora mismo! ¡Dile que le doy cinco minutos o que, si no, empezaré a liarla!

La joven lo miró y asintió.

—Vale.

Luego miró hacia otro lado y se puso de pie. Se marchó y él permaneció tumbado. Aquello no era ningún campo de entrenamiento, porque estaba todo muy en silencio y las almohadas eran suaves.

Si echaba la vista atrás, lo cierto es que debería haberse sorprendido. Pero no fue así. Abrió los ojos, enfocó la habitación y vio, de pronto, la decoración y el brillante equipo y pensó: «Un hospital». Pasó de estar muerto a estar vivo y no sintió sino ese encogimiento de hombros mental típico de los hombres de negocios cuando se dan cuenta de que no es el día que pensaban.

El sol iluminaba la habitación. Movió la cabeza y vio que tenía ventana. Jodie estaba sentada en una silla, a su lado, leyendo. Siguió respirando suavemente y la observó. Tenía el pelo limpio y brillante. Le caía por encima de los hombros y se retorcía un mechón con los dedos. Llevaba un vestido amarillo sin mangas. Tenía los hombros morenos. El verano. En lo alto de esos hombros veía la protuberancia de los huesos. Sus brazos eran largos y delgados. Tenía las piernas cruzadas. Llevaba unos mocasines marrones a juego con el vestido. A la luz del sol, sus tobillos brillaban, morenos.

—Hola, Jodie.

La joven volvió la cabeza y lo miró. Buscó algo en su rostro y, cuando lo encontró, sonrió.

—Hola.

Dejó el libro y se puso de pie. Dio tres pasos hasta él, se inclinó y lo besó con suavidad en los labios.

—En el St. Vincent, claro. Me lo dijiste, pero estaba confuso.

Jodie asintió.

—La morfina. Te la bombeaban como locos. Con tu torrente sanguíneo le habrían alegrado el día a todos los drogadictos de Nueva York.

Reacher asintió. Miró el sol que entraba por la ventana. Parecía que fuera por la tarde.

—¿Qué día es?

—Estamos en julio. Llevas aquí tres semanas.

—¡Dios mío! Debería tener hambre, ¿no?

Ella rodeó la cama y se situó a su izquierda. Le puso la mano en el antebrazo. Lo tenía con la palma hacia arriba y le entraban unos tubos en las venas, a la altura del codo.

—Descuida, han estado dándote de comer. Me he encargado de que te suministraran lo que más te gusta. Ya sabes, mucha glucosa y solución salina.

Reacher asintió.

—No hay nada como la solución salina.

Jodie no dijo nada.

—¿Qué pasa?

—¿Lo recuerdas?

Reacher asintió de nuevo.

—Lo recuerdo todo.

Ella tragó saliva.

—No sé qué decir... Recibiste una bala por mí.

—Fue culpa mía. Fui muy lento, nada más. La idea era engañarlo y disparar primero. Ahora bien, al parecer, yo he sobrevivido. Así que no digas nada. De verdad. No hace falta que volvamos a hablar de ello.

—Pero tengo que darte las gracias —susurró.

—Puede que sea yo quien tenga que dártelas a ti. Es maravilloso conocer a alguien por quien merece la pena llevarse una bala.

Jodie asintió, pero no porque pretendiera mostrarse de acuerdo; era, sencillamente, un movimiento físico cualquiera diseñado para evitar echarse a llorar.

—Bueno, ¿qué tal estoy?

Jodie hizo una pausa antes de decir:

—Voy a ir a buscar al doctor. Él te lo explicará mejor que yo.

Jodie se marchó, y al cabo de un rato llegó un tipo con una bata blanca. Reacher sonrió. Era el tipo que el ejército había enviado para acabar con él al final del desfile. Era un hombre de corta estatura, ancho y peludo, que bien podría haber encontrado trabajo en la lucha libre.

—¿Sabe usted algo de ordenadores? —le preguntó.

Reacher se encogió de hombros y empezó a preocuparse porque aquello fuera una introducción en clave para darle malas noticias acerca de una herida en el cerebro, una discapacidad, pérdida de memoria o pérdida de alguna función.

—¿De ordenadores? No mucho, no.

—Vale, pues a ver, probemos con esto. Imagine un superordenador Cray zumbando. Le metemos todo lo que sabemos sobre psicología humana y todo lo que sabemos sobre heridas de bala y, después, le pedimos que diseñe una persona lo mejor equipada posible para sobrevivir al disparo de un 38 en el pecho. ¿Y qué nos da?

Reacher volvió a encogerse de hombros.

—No lo sé.

—Pues una foto suya, amigo mío. ¡Eso es lo que nos da! ¡La puta bala ni siquiera consiguió perforarle el pecho! Tiene usted los músculos pectorales tan gruesos y densos que la detuvieron. Como si hubiera llevado un chaleco antibalas kevlar con un grosor de siete centímetros. Salió por otro lado de la pared de músculo y le rompió una costilla, nada más.

—Entonces ¿por qué llevo aquí tres semanas? Desde luego, por una herida en el músculo y una costilla rota no va a ser. ¿Tengo bien la cabeza?

El médico hizo una cosa extraña. Dio unos aplausos y levantó un puño como en señal de victoria. Luego se acercó a él con una amplia sonrisa.

—Lo cierto es que me preocupaba. Me preocupaba mucho. Era una herida fea. Yo habría dicho que se la habían hecho con una pistola de clavos, hasta que me explicaron que provenía de un mueble de oficina hecho trizas. Le penetró el cráneo y se le clavó unos tres milímetros en el cerebro; en el lóbulo frontal, amigo, que es un mal sitio para llevar un clavo. Si no me quedara otra que llevar un clavo en el cerebro, desde luego el lóbulo frontal no sería una de mis primeras opciones. Aunque, si tuviera que ver un clavo en el lóbulo frontal de otra persona, creo que lo elegiría a usted, porque tiene el cráneo más grueso que un neandertal. En el caso de una persona con un cráneo normal, el clavo habría entrado del todo y eso habría sido «¡gracias y buenas noches!».

—Entonces ¿estoy bien?

—Nos ha ahorrado usted diez mil dólares en pruebas —dijo el médico muy contento—. Le explico lo de la herida del pecho y

¿qué hace usted? Desde el punto de vista analítico, me refiero. Compara la información con sus bases de datos, se da cuenta de que no es una herida seria como para haber estado tres semanas en coma, recuerda su otra herida, suma dos y dos, y pregunta lo que ha preguntado. De inmediato. Sin dudar. Rapidez, pensamiento lógico, encadenamiento de información pertinente, capacidad para llegar a una conclusión, e incluso se plantea de forma lúcida la fuente de una posible respuesta. A su cabeza no le pasa nada, amigo mío. Considérelo una opinión profesional.

Reacher asintió despacio.

—En ese caso, ¿cuándo puedo marcharme?

El médico cogió el portapapeles metálico que había a los pies de la cama, que tenía pinzados un montón de papeles. Los miró.

—A ver, en general, su salud es excelente, pero lo mejor sería que lo mantuviéramos en observación un tiempo. Un par de días más.

—¡Ni pensarlo! Me voy esta misma noche.

El médico asintió.

—Bueno, veamos qué tal se siente en una hora.

El médico se acercó a la cama y estiró la mano hacia una válvula que había abajo del todo de una de las bolsas de suero intravenoso. Movió una pestañita que había en la válvula, que chasqueó, y le dio unos golpecitos con el dedo al tubo. Se quedó mirando el tubo con atención durante unos instantes, asintió y se marchó de la habitación. En la puerta se cruzó con Jodie, a la que acompañaba un tipo con una americana de sirsaca. Tendría unos cincuenta años, estaba pálido, era de baja estatura y tenía el pelo entrecano. Reacher lo miró bien y pensó: «Me apuesto lo que sea a que es del Pentágono».

—Reacher, te presento al general Mead.

—Del Departamento del Ejército, ¿no?

El hombre de la americana de sirsaca lo miró sorprendido.

—¿Nos conocemos?

—No —respondió Reacher—, pero sabía que alguno de los suyos aparecería por aquí en cuanto despertara.

El general Mead sonrió.

—Podría decirse que llevamos acampados ante su puerta desde el principio. No voy a andarme con rodeos: queremos que mantenga silencio acerca de lo de Carl Allen.

—Jamás.

El general Mead sonrió de nuevo y esperó.

Era un burócrata muy experimentado y sabía bien los pasos que había que dar. Leon solía decir: «¿Algo a cambio de nada? Ese es un idioma que no entiendo».

—Los Hobie —dijo Reacher—. Quiero que vuelen a D. C. en primera clase, que los alojen en un hotel de cinco estrellas, que les enseñen que el nombre de su hijo está en el Muro y que se aseguren de que hay un montón de jefazos con el uniforme de gala para saludar como locos todo el tiempo. Si cumplen con eso, no diré ni una palabra de lo de Carl Allen.

El general Mead asintió.

—Así lo haremos.

El militar dio media vuelta y salió de la habitación.

Jodie se sentó a los pies de la cama.

—Dime, ¿tengo que responder ante la policía? —quiso saber Reacher.

Ella negó con la cabeza.

—Allen era un asesino de policías. De hecho, si te quedas en territorio del Departamento de Policía de Nueva York no volverán a ponerte una multa en la vida. Fue en defensa propia, nadie lo pone en duda.

—¿Y mi pistola? Era robada.

—No, era un arma de Allen. Peleaste con él y se la quitaste. Todos los que estábamos en el despacho te vimos hacerlo.

Reacher asintió despacio. Volvió a ver la rociada de sangre y cerebro que había producido su disparo. Pensó que había sido un buen disparo.

La habitación en penumbra, la presión, un clavo en la cabeza, la bala de un 38 en el pecho... y había dado justo en el blanco. Poco le había faltado para ser un disparo perfecto. Entonces volvió a ver el garfio en la cara de Jodie, apretado contra la piel de color miel de la joven.

—Y tú, ¿estás bien?

—Estoy bien.

—¿Seguro? ¿Tienes pesadillas?

—No. Ahora ya soy una chica mayor.

Reacher asintió. Recordó la primera noche que habían pasado juntos. Una chica muy mayor. Tenía la sensación de que hubieran pasado mil años desde entonces.

—Y tú, ¿estás bien? —preguntó a su vez ella.

—El doctor dice que sí. Me ha llamado neandertal.

—No, en serio.

—¿Cómo me ves tú?

—Espera, que lo vas a ver tú mismo.

Jodie entró en el cuarto de baño y salió con el espejo de la pared. Era redondo y tenía el marco de plástico. Se lo apoyó a Reacher en las piernas y este lo sujetó con la mano derecha y se miró. Seguía teniendo un moreno estupendo. Los ojos azules. Los dientes blancos. Le habían afeitado la cabeza, pero el pelo había empezado a crecerle otra vez; tendría ya tres milímetros. Tenía el lado izquierdo de la cara lleno de pequeñas heridas. El agujero que le había dejado el clavo de la frente se perdía entre las ruinas de una vida larga y violenta. Adivinaba dónde estaba porque tenía un color más rojizo y era más nuevo que las demás marcas. Sin embargo, era incluso más pequeño que la marca de algo más de un centímetro que le había dejado su hermano con aquel fragmento de cristal durante una disputa cuando eran críos, una disputa cuyo origen no recordaba y que había tenido lugar el mismo año en que se había estrellado el Huey de Victor Hobie. Bajó el espejo y se miró el aparatoso vendaje que tenía en el pecho. Estaba tan moreno que las vendas parecían nieve. Debía de haber perdido unos quince kilos. Bueno, así volvería a estar en los cien de siempre. Le dio el espejo a Jodie e hizo ademán de sentarse. Le dio un mareo.

—Quiero irme de aquí.

—¿Estás seguro?

Reacher asintió. Estaba seguro, aunque se sentía somnoliento. Reposó la cabeza en la almohada. Solo iba a ser un rato. Tenía calor y la almohada era suave. La cabeza le pesaba una tonelada y carecía de fuerza suficiente en los músculos del cuello para levantarla. La habitación empezaba a quedarse a oscuras. Miró hacia arriba y vio las bolsas de suero. Se fijó en la válvula que había ajustado el médico. El hombre había pulsado algo que había chasqueado. Recordaba bien el sonido del plástico. Había algo escrito en la bolsa que había manipulado. Lo que ponía estaba del revés. Se concentró para leerlo. Se concentró con todas sus fuerzas. Estaba escrito en verde. Ponía: «Morfina».

—Mierda —susurró justo antes de que la habitación desapareciera de su vista y se sumiera en una profunda oscuridad.

Cuando abrió los ojos de nuevo, el sol estaba en otra posición, más atrás. Era más temprano. Por la mañana, no por la tarde. Jodie estaba sentada en la silla que había junto a la ventana, leyendo. El mismo libro. Había avanzado algo más de un centímetro en su lectura. Llevaba un vestido azul, no el amarillo.

—Es el día siguiente —dijo Reacher.

Jodie cerró el libro y se puso de pie. Se acercó, se agachó y le dio un beso en los labios. Él le devolvió el beso y, acto seguido, apretó los dientes y se sacó las cánulas del brazo y las dejó en el lateral de la cama. Los tubos empezaron a gotear poco a poco en el suelo. Se sentó, apoyado en los almohadones, y se pasó la mano por aquel pelo puntiagudo.

—¿Cómo te encuentras?

Reacher permaneció unos instantes sentado, concentrado en la evaluación que se estaba haciendo, que había empezado por los pies y que acabaría en la cabeza.

—Bien —respondió cuando terminó.

—Hay dos personas que quieren verte. Se han enterado de que has despertado.

Reacher asintió y se estiró. Notaba la herida del pecho. La tenía a la izquierda. Sentía debilidad en esa zona. Agarró con la mano izquierda la percha de la que colgaban las bolsas de suero intravenoso. El utensilio era de acero inoxidable y tenía dos varillas curvas en lo alto, que era de donde colgaban las bolsas. Puso la mano en la parte curva de una de las varillas y apretó con fuerza. Sintió dolor en el codo, donde había tenido las agujas, y un poco en el pecho, donde había recibido el balazo, pero, aun así, el acero pasó de tener forma redondeada a tenerla ovalada. Sonrió.

—Vale, que pasen.

Sabía quiénes eran antes de que entraran. Lo supo por el ruido que hacían. Las ruedas del carrito de la bombona de oxígeno chirriaban. La señora mayor iba al lado de su marido, pero le dejó pasar primero. Llevaba un vestido nuevo. Él, en cambio, se había puesto el mismo traje azul de sarga. El hombre entró empujando el carrito y se detuvo nada más cruzar la puerta. Sin dejar de apoyarse en el carrito de oxígeno con la mano izquierda, levantó la derecha para hacerle un saludo militar. Le temblaba la mano. Reacher lo saludó de la misma forma. Le hizo su mejor saludo, su saludo de desfile, y lo hizo de corazón durante todo el tiempo que lo mantuvo. Luego bajó la mano de golpe y el anciano giró con el carrito y se acercó a la cama mientras su esposa refunfuñaba por detrás.

Habían cambiado. Seguían siendo viejos y estando muy débiles, pero Reacher los veía serenos, en paz. Supuso que era mejor saber que tu hijo estaba muerto a no saber qué había sido de él. Pensó en el laboratorio sin ventanas de Newman, en Hawái, y recordó el ataúd de Allen, en el que estaba el esqueleto de Victor Hobie. Los viejos huesos de Victor Hobie. Se acordaba muy bien de ellos. Eran peculiares. El suave arco de la frente, el cráneo alto y redondeado. Los dientes blancos y perfectos. Aquellos brazos y piernas largos y limpios. Era un esqueleto noble.

—Era un héroe. Lo saben, ¿verdad?

El anciano asintió.

—Cumplió con su deber.

—Hizo mucho más. He leído su archivo y he hablado con el general DeWitt. Era un piloto valiente que hizo mucho más que cumplir con su deber. Salvó a muchísima gente gracias a su coraje. Si estuviera vivo, tendría tres estrellas. Sería el general Victor Truman Hobie, con un gran mando o con un estupendo trabajo en el Pentágono.

Era lo que aquellos ancianos querían oír, pero es que, además, era verdad. La anciana puso su delgada y pálida mano sobre la de su marido y a ambos se les llenaron los ojos de lágrimas, ojos que tenían enfocados a dieciocho mil kilómetros de distancia. Estaban imaginando historias de lo que podría haber sido. El pasado se extendía ante ellos sin vericuetos ni complicaciones, amputado por una noble muerte en combate que daría paso a sueños honestos. Y estaban teniendo esos sueños por primera vez, porque ya eran legítimos. Esos sueños les darían fuerzas, como el oxígeno que salía siseando de la bombona para ayudar al anciano en su cansado respirar.

—Ahora puedo morir tranquilo.

Reacher negó con la cabeza.

—Le entiendo, pero aún no ha llegado su hora. Tienen que ir

ustedes a visitar el Muro. Van a poner el nombre de su hijo en él y quiero que me traigan ustedes una fotografía.

El anciano asintió y su esposa esbozó una sonrisa que a punto estuvo de acompañar de lágrimas.

—La señorita Garber nos ha contado que quizá vaya usted a vivir a Garrison. ¡Sería nuestro vecino! —comentó la mujer.

—Quizá.

—La señorita Garber es una mujer encantadora.

—Lo es, señora.

—¡Deja de decir tonterías! —le regañó el marido.

Luego les explicaron que no podían quedarse porque los había llevado un vecino que estaba esperándolos fuera y que tenía que volver a casa. Reacher los observó hasta que salieron de la habitación. En cuanto se marcharon, Jodie entró sonriendo.

—El doctor dice que puedes marcharte.

—¿Me llevas? ¿Te has comprado ya un coche?

—No, es de alquiler —respondió la joven—. No he tenido tiempo para compras. Los de Hertz me trajeron un Mercury. Tiene navegador por satélite.

Reacher estiró los brazos por encima de la cabeza y flexionó los hombros. Se sentía muy bien. De hecho, le sorprendía lo bien que se sentía. No le dolían las costillas.

—Necesito ropa. Supongo que la que tú me compraste quedó hecha un asco.

—Las enfermeras la cortaron con tijeras.

—¿Estabas delante?

—Llevo aquí todo el tiempo. Estoy viviendo en una habitación que hay al final del pasillo.

—¿Y el trabajo?

—He pedido una excedencia. Les dije que o accedían o me iba.

La joven abrió las puertas del armario y sacó un montón de ropa. Pantalones vaqueros nuevos, camisa nueva, chaqueta nueva, calcetines nuevos, calzoncillos nuevos, todo doblado y apilado, y con sus viejos zapatos encima del todo, como en el ejército.

—No es gran cosa. No quería pasar mucho tiempo lejos de aquí. Quería estar contigo cuando despertaras.

—¿Llevas aquí sentada tres semanas?

—Me han parecido tres años. Estabas hecho un cromo. Comatoso. Tenías muy mala pinta. Pero mala mala.

—Y la cosa esa con satélite, ¿sabe llegar a Garrison?

—¿Te vas a quedar allí?

Reacher se encogió de hombros.

—Supongo. Tendré que recuperarme, ¿no? El aire de la montaña me vendrá bien.

Luego apartó la mirada.

—Quizá podrías quedarte conmigo un tiempo... ya sabes, para ayudarme con la recuperación.

Reacher se quitó la sábana de encima, se sentó en la cama y puso los pies en el suelo. Se levantó, despacio, vacilando, y empezó a vestirse mientras ella lo cogía por el codo para que no se cayera.

LEE CHILD

JACK REACHER

1. Zona peligrosa

El ex policía militar Jack Reacher llega a la aparentemente tranquila localidad de Margrave. No puede imaginarse la bienvenida que le espera allí. Rápidamente es detenido, acusado de un asesinato que no ha cometido. Y ese no será el único suceso sorprendente que Reacher descubrirá en muy poco tiempo.

2. Morir en el intento

En Chicago, a plena luz del día, una mujer acaba de ser secuestrada a punta de pistola. No va sola. La casualidad ha querido que en ese momento Jack Reacher esté junto a ella y que también él se embarque en un viaje no deseado. ¿Adónde los llevan? ¿Quiénes son los secuestradores? ¿Qué es lo que quieren?

3. Trampa mortal

El exmilitar Jack Reacher pasa sus días en Florida sin grandes preocupaciones, trabajando en pequeñas cosas. Sin embargo, la irrupción de un detective privado perturba su vida sin sobresaltos. Ese investigador, que ha llegado a Florida buscando pistas, acaba encontrando allí la muerte. Y Jack Reacher deberá averiguar por qué.

4. Correr a ciegas (*Running Blind*)

Dos mujeres con carrera militar acaban de ser encontradas muertas en similares circunstancias. Se trata sin duda del mismo asesino. Tenían algunas cosas en común: ambas habían sufrido acoso en el ejército y ambas conocían a Jack Reacher. La investigación debe avanzar rápido porque es posible que un asesino en serie ande suelto.

5. Eco ardiente (*Echo Burning*)

El verano en Texas es implacable para todos. Y más si, como Jack Reacher, se hace autoestop en medio de la nada. De repente, un Cadillac se detiene y lo recoge Carmen, una mujer joven, guapa y rica. Reacher no tardará en descubrir que ella tiene un montón de problemas. Y él no es de los que rehúyen las dificultades.

6. Sin fallos (*Without Fail*)

Una agente del Servicio Secreto contacta con Jack Reacher para que haga un trabajo inusual: intentar matar al vicepresidente de Estados Unidos. El objetivo de esa misión es detectar algún fallo en el sistema de seguridad que puedan aprovechar unos terroristas. Lo que no sabe Reacher es que esa amenaza es real.

7. El inductor

Jack Reacher es un exmilitar sin posesiones, ni vínculos familiares ni miedo a afrontar grandes dificultades. Además, Reacher no es de los que dejan los problemas sin solucionar. Así que, cuando le proponen investigar un caso de un asesinato no resuelto, Reacher acepta. Por muy difícil que sea el reto, nada va a detenerlo.

8. El enemigo

Año 1990. El Muro de Berlín ha caído y la guerra fría se acaba. Pronto el ejército estadounidense se va a quedar sin enemigos contra los que luchar. Jack Reacher es un policía militar destinado en Carolina del Norte. Acaba de saber que un soldado ha muerto en un motel. El problema es que ese militar no es una persona cualquiera.

9. Un disparo

Un hombre escondido entre la mutitud. Un hombre armado. Seis disparos certeros que dejan cinco muertos. La policía no tarda en dar con el asesino. Todas las pruebas están contra él, aunque el acusado insiste en que él no ha sido. La única posibilidad que le queda es reclamar la presencia del exmilitar Jack Reacher, que parece una apuesta más segura que cualquier abogado.

10. El camino difícil

Nueva York. Noche. Un Mercedes llama la atención de Jack Reacher. Un empresario sospechoso le ha contratado para que investigue el secuestro de su mujer y su hijo. Reacher no tarda en descubrir que nada encaja. Algo repugnante que hubiera preferido no saber le llevará lejos de Nueva York y ya no podrá detenerse.

11. Mala suerte

Jack Reacher, retirado tras una década trabajando para la élite en el ejército, recibe el mensaje de una antigua compañera: van a por ellos y uno de los suyos ha sido asesinado. Así que Reacher reúne al antiguo equipo e inicia la investigación. ¿Quién se los está cargando y por qué? Las pistas le conducen al terrorismo internacional.

12. Nada que perder (*Nothing to Lose*)

Dos pequeñas poblaciones en medio de la nada. Entre ellas una desolada carretera por la que transita Jack Reacher. Busca un café pero lo único que encuentra es la hostilidad de las gentes de la zona, que le obligan a marcharse. Se equivocan de hombre. Reacher es un tipo duro y obstinado que siente curiosidad cuando le provocan.

13. Mañana habrá desaparecido (*Gone Tomorrow*)

Es noche cerrada en Manhattan. Jack Reacher está en el metro, donde presencia un suicidio. Su instinto le dice que algo no cuadra. Tras esa muerte hay algo oculto, un secreto siniestro por el que otras personas están dispuestas a matar. La prudencia recomendaría a otras personas dejar correr el asunto, pero ese no es el estilo de Reacher.

14. 61 horas (*61 Hours*)

Una terrible tormenta y un accidente de autobús dejan a Jack Reacher atrapado en Dakota del Sur. Allí una mujer lucha por conseguir justicia y la conseguirá si sobrevive. Durante las próximas 61 horas va a necesitar toda la ayuda posible para afrontar las múltiples amenazas que se ciernen sobre ella.

15. Razones por las que morir (*Worth Dying For*)

Después de haber sobrevivido a una explosión, Jack Reacher se encuentra de paso en un condado de Nebraska. Allí la casualidad le lleva a descubrir el poder de una familia que tiene aterrorizados a todos los habitantes de la zona. Los Duncan guardan celosamente un secreto que Reacher está dispuesto a descubrir a cualquier precio.

16. El caso (*The Affair*)

Es marzo de 1997 y Jack Reacher aún es miembro del ejército. Ha sido enviado a una localidad en la que ha muerto degollada una mujer. ¿Quién ha cometido el asesinato? ¿Algún lugareño o algún soldado de la base militar que se encuentra cerca de la población? A veces, intentar desvelar la identidad del asesino puede acarrear consecuencias no deseadas.

17. Un hombre buscado (*A Wanted Man*)

No es fácil hacer autoestop cuando se tiene el aspecto de Jack Reacher. Sin embargo, esta vez ha conseguido que un coche le lleve a Virginia. En él viajan dos hombres y una mujer. Y también un buen puñado de mentiras. A Reacher le conviene saber qué es lo que sus compañeros de viaje han dejado atrás para no correr riesgos innecesarios.

18. Nunca vuelvas atrás

Jack Reacher llega al edificio de su antigua unidad militar, donde espera encontrarse con Susan Turner, oficial a cargo del grupo. Pero lo que allí le espera no es una mujer, sino problemas. Problemas graves. Y como huir nunca ha sido una opción para Reacher, el único camino que le queda es encontrar a Susan Turner y limpiar su reputación.

19. Personal (VIII Premio RBA de Novela Policiaca, 2014)

Un francotirador ha intentado acabar con la vida del presidente de Francia, pero ha fallado y ha huido. Tal como se ha llevado a cabo, el atentado solo puede haber sido obra de un hombre. Es peligroso y muy escurridizo. El exmilitar Jack Reacher es el único capaz de atraparlo, aunque no va a ser tarea fácil.

20. Oblígame (*Make Me*)

Reacher llega a Mother's Rest, una pequeña población en medio de la nada, con habitantes hoscos y en continuo estado de alerta. Allí, una mujer llamada Michelle Chang confunde a Reacher con otra persona y le pide ayuda. Ella y su colega empezaron una investigación que creían sencilla y acabó siendo letal.

21. Escuela nocturna (*Night School*)

Es 1996 y Jack Reacher aún es militar del ejército estadounidense. Lo han transferido a una unidad especial, porque los servicios de inteligencia en Europa han interceptado una frase inquietante: «El estadounidense quiere cien millones de dólares». ¿Para qué?